William Faulkner
Nobelpreis für Literatur 1949

Das Buch

Vor der Kulisse der sinnlichen Mississippi-Landschaft verbindet Faulkner drei Schicksale zu einem sprachgewaltigen und verstörenden Werk, die er in zahlreichen Rückblenden miteinander verwebt: Die junge Lena Grove ist schwanger und landet auf der Suche nach dem Vater ihres ungeborenen Kindes in Jefferson, der Hauptstadt von William Faulkners fiktivem Yoknapatawpha-County, wo sie das Schicksal in die Arme eines anderen Mannes führt. Der Wanderarbeiter Joe Christmas hingegen, in seiner Rassenzugehörigkeit verunsichert, versucht nach einer von Brutalität und christlichem Fanatismus geprägten Kindheit, sein Glück in der Liebe zu einer älteren Frau zu finden – und wird zum Mörder. Der ehemalige Geistliche Gail Hightower erkennt die unsichtbaren Nöte, die hinter all dem Hass, Rassenwahn, der Gewalt, den Lügen und den sexuellen Verklemmungen stecken, zögert aber einzugreifen, weil er selbst in der verklärten Vorstellung von der einst glorreichen Ära der Südstaaten gefangen ist.

Der Autor

William Faulkner wird am 25. September 1897 in New Albany (Mississippi) als William Falkner geboren. Im Ersten Weltkrieg ist er bei der kanadischen Luftwaffe in Toronto tätig. Sein Studium an der Universität Oxford (Mississippi) finanziert er als Leiter der Universitäts-Poststelle. Zwischen 1928 und 1932 schreibt er seine vier Hauptwerke, die anhand des fiktiven Landkreises *Yoknapatawpha County* von Glanz und dem geistig-kulturellen Zerfall der Südstaaten-Gesellschaft erzählen. Sie bringen ihm Ruhm. Ab 1932 arbeitet er als Drehbuchautor für Hollywood. 1950 erhält er rückwirkend für 1949 den Nobelpreis für Literatur. Der scheue Faulkner kommt nur auf Zureden zur Preisverleihung nach Stockholm. Ein Teil des Preisgeldes fließt in eine Literaturstiftung. Er stirbt am 6. Juli 1962 in Byhalia (Mississippi) an den Folgen eines Reitunfalls.

William Faulkner

Licht im August

Roman

Deutsch von
Helmut Frielinghaus
und Susanne Höbel

Mit einem Nachwort von
Paul Ingendaay

Bild

MIX
Papier aus verantwortungsvollen Quellen
FSC® C014496
FSC
www.fsc.org

Das für dieses Buch verwendete FSC®-zertifizierte Papier *EOS*
liefert Salzer Papier, St. Pölten, Austria.

Lizenzausgabe der Axel Springer AG, Berlin
1. Auflage, Oktober 2011

Die Originalausgabe erschien 1932 unter dem Titel Light in August im Verlag
Harrison Smith & Robert Haas, New York

Konzeption und Gestaltung: Klaus Fuereder
redaktionelle Leitung: Willem Tell
Projektkoordination: Stephan Pallmann, Alexandra Wesner
Titelbild: William Faulkner
Bildnachweis: © ullstein bild - Roger Viollet
Bearbeitung: Philippe Krueger.Kommunikation
Satz: GGP Media GmbH, Pößneck
Druck und Bindung: GGP Media GmbH, Pößneck
Gedruckt in Deutschland

ISBN 978-3-942656-25-2

I

Lena sitzt am Straßenrand und beobachtet, wie das Fuhrwerk den Hügel zu ihr heraufklettert, und sie denkt: ‹Ich komme aus Alabama: ein schönes Stück. Den ganzen Weg von Alabama her, zu Fuß. Ein schönes Stück.› Sie denkt *Ich bin noch keinen ganzen Monat unterwegs und hab's schon bis Mississippi geschafft, weiter weg von zu Hause, als ich je vorher gewesen bin. Ich bin jetzt weiter weg von Doane's Mill, als ich seit meinem zwölften Lebensjahr gewesen bin*

Nach Doane's Mill war sie auch erst gekommen, als ihr Vater und ihre Mutter starben, auch wenn sie sechs- oder achtmal im Jahr am Samstag in die Stadt gefahren war, im Fuhrwerk, in einem Versandhauskleid, die bloßen Füße flach auf dem Wagenboden und die Schuhe, in ein Stück Papier gewickelt, neben sich auf der Bank. Erst kurz bevor das Fuhrwerk die Stadt erreichte, zog sie die Schuhe an. Als sie ein großes Mädchen geworden war, bat sie ihren Vater, am Stadtrand anzuhalten, dann stieg sie ab und ging zu Fuß weiter. Sie mochte ihrem Vater nicht sagen, warum sie lieber gehen statt fahren wollte. Er dachte, es hätte mit den glatten Straßen, den Gehwegen zu tun. Es war aber, weil sie glaubte, die Leute, die sie sahen und an denen sie vorbeikam, würden dann denken, sie lebte auch in der Stadt.

Als sie zwölf Jahre alt war, starben ihr Vater und ihre Mutter in ein und demselben Sommer, in einem Blockhaus mit drei Zimmern und einem Flur, ohne Fliegengitter, in einem Zimmer, das von einer insektenumschwirrten Petroleumlampe erleuchtet war, der nackte Fußboden von nackten Füßen blank poliert wie altes Silber. Sie war das jüngste der lebenden Kinder. Zuerst starb die Mutter. Sie sagte: «Kümmre dich um Pa.» Das tat Lena. Dann sagte eines Tages ihr Vater: «Geh du mit McKinley nach Doane's Mill. Mach dich bereit, damit du bereit bist, wenn er kommt.» Dann starb er. McKinley, der Bruder, kam in einem Fuhrwerk. Sie begruben den Vater an einem Nachmittag in einem Hain hinter einer ländlichen Kirche und setzten ihm ein Grabmal aus Kiefernholz. Am nächsten Morgen ging sie für immer fort, auch wenn sie es damals womöglich nicht wusste, und fuhr mit McKinley im Fuhrwerk nach Doane's Mill. Das Fuhrwerk war geliehen, und der Bruder hatte versprochen, es bis zum Einbruch der Dunkelheit zurückzubringen.

Der Bruder arbeitete in der Sägemühle. Alle Männer im Ort arbeiteten in der Mühle oder für die Mühle. Dort wurde Kiefernholz gesägt. Es gab die Mühle seit sieben Jahren, und in weiteren sieben Jahren würde sie den gesamten Kiefernbestand im Umkreis zerstört haben. Dann würden ein Teil der Maschinen und die meisten der Männer, die sie betrieben und die dank der Mühle und für die Mühle hier lebten, auf Güterwagen verladen und weggefahren werden. Ein Teil der Maschinen aber bliebe zurück, da man ja jederzeit neue auf Raten kaufen konnte – triste, starrende, reglose Räder, die auf zutiefst verwunderliche Art und Weise aus Haufen von Backsteinschutt und zottigem Unkraut emporragten, und ausgeweidete Dampfkessel, die ihre rostenden, rauchlosen Schlote mit sturer, verdutzter und verstörter Miene in die Luft reckten, auf einem mit Baumstümpfen übersäten Gelände von tiefer, friedlicher Trostlosigkeit, ungepflügt, unbestellt, das unter dem langen ruhigen Herbstregen und der galoppierenden Furie der Frühlingstagundnachtgleiche langsam ins Rutschen kam, die roten, schon verstopften Schluchten hinunter. Eines Tages würde das kleine Dorf, das selbst in seinen besten Zeiten keinen in den Jahrbüchern des Postministeriums verzeichneten Namen getragen hatte, nicht einmal mehr von den verstreuten, hakenwurmkranken Erben, die die Gebäude niederrissen und das Holz in Küchenherden und winterlichen Feuerstellen verfeuerten, erinnert werden.

Als Lena ankam, lebten dort vielleicht fünf Familien. Es gab ein Bahngleis und einen Haltepunkt, und einmal am Tag sauste ein gemischter Zug kreischend durch. Der Zug konnte mit einer roten Flagge angehalten werden, doch gewöhnlich tauchte er mit der Plötzlichkeit einer Erscheinung und dem Heulen einer Todesfee aus den verwüsteten Hügeln auf und fuhr quer durch den kleinen Ort, der, nicht einmal ein Dorf, wie die vergessene Holzperle einer zerrissenen Kette war. Der Bruder war zwanzig Jahre älter als Lena. Sie konnte sich kaum noch an ihn erinnern, als sie kam, um nun bei ihm zu leben. Er wohnte in einer ungestrichenen Hütte mit vier Räumen, zusammen mit seiner von Mühsal und Kindbett verbrauchten Frau. Fast die Hälfte eines jeden Jahres lag die Schwägerin entweder im Wochenbett oder erholte sich davon. In dieser Zeit versah Lena alle Hausarbeit und versorgte die anderen Kinder. Später sagte sie sich: ‹Deshalb, glaube ich, hab ich selbst so schnell eins gekriegt.›

Sie schlief in einem hinten am Haus angebauten Raum. Er hatte ein Fenster, das sie im Dunkeln zu öffnen und wieder zu schließen lernte, ohne dass jemand es hörte, obwohl in dem angebauten Zimmer zuerst auch ihr ältester Neffe schlief, dann die beiden ältesten und schließlich alle drei. Sie wohnte schon acht Jahre dort, als sie das Fenster zum ersten Mal aufmachte. Sie hatte es noch kein Dutzend Mal aufgemacht, als sie feststellen musste, dass sie es besser niemals aufgemacht hätte. Sie sagte sich: ‹Ich hab aber auch ein Pech.›

Die Schwägerin erzählte es dem Bruder. Daraufhin bemerkte er, was ihm schon eine Zeit lang hätte auffallen sollen, ihre sich verändernde Gestalt. Er war ein harter Mann. Alles Sanfte und Zarte und Jugendliche (er war gerade erst vierzig) und fast alles andere, außer einer gewissen hartnäckigen und verzweifelten Standhaftigkeit und dem finsteren Erbe seines Familienstolzes, hatte die Arbeit aus ihm herausgeschwitzt. Er nannte sie eine Hure. Er beschuldigte den richtigen Mann (junge, noch unverheiratete Männer oder gar Sägemehl-Casanovas gab es noch weniger als Familien), aber sie wollte es nicht zugeben, obwohl der Mann schon sechs Monate zuvor weggegangen war. Sie sagte hartnäckig nur immer wieder: «Er will mich nachkommen lassen. Er hat gesagt, er lässt mich nachkommen»; unerschütterlich, mit Lammsgeduld, aus dem Vorrat langmütiger und standfester Treue schöpfend, worauf die Lucas Burches dieser Welt vertrauen und sich verlassen, obwohl sie gar nicht die Absicht haben, zugegen zu sein, wenn die Not es gebietet. Zwei Wochen darauf kletterte sie abermals durch das Fenster. Diesmal war es ein bisschen schwierig. ‹Wenn es vorher auch so schwer gewesen wäre, dann würde ich's, nehme ich an, jetzt nicht tun›, dachte sie. Sie hätte zur Tür hinausgehen können, am hellichten Tage, niemand hätte sie aufgehalten. Vielleicht wusste sie das. Aber sie entschied sich, bei Nacht zu gehen, durch das Fenster. Sie hatte einen Palmblattfächer bei sich und ein kleines Bündel, ordentlich in einem Halstuch zusammengebunden. Es enthielt unter anderem fünfunddreißig Cent in Nickeln und Dimes. Ihre Schuhe waren von ihrem Bruder, der sie ihr gegeben hatte. Sie waren nur wenig getragen, da sie alle im Sommer keine Schuhe trugen. Als sie den Staub der Landstraße unter ihren Füßen spürte, zog sie die Schuhe aus und trug sie in der Hand.

So hat sie es jetzt seit fast vier Wochen gehalten. Die vier Wochen hinter ihr, das erinnerte *schöne Stück* Wegs, sind ein friedlicher Korridor, gepflastert mit unbeirrbarem und gelassenem Vertrauen und bevölkert von freundlichen, namenlosen Gesichtern und Stimmen: *Lucas Burch? Ich weiß nicht. Ich kenne hier in der Gegend keinen, der so heißt. Die Straße hier? Die führt nach Pocahontas. Vielleicht ist er dort. Möglich ist es. Hier kommt ein Fuhrwerk, das fährt ein Stück des Weges. Es nimmt Sie sicher so weit mit*; hinter ihr rollt jetzt eine lange, monotone Folge friedlicher, sich niemals wandelnder Wechsel ab, von Tageshelle zu Dunkelheit und von Dunkelheit wieder zu Tageshelle, durch die sie sich in immer gleichen, anonymen, bedächtigen Fuhrwerken wie durch eine Folge räderknarrender und schlappohriger Reinkarnationen bewegt hat – wie etwas, das auf immer, ohne voranzukommen, über eine Urne kriecht.

Das Fuhrwerk klettert den Hügel zu ihr herauf. Sie ist daran vorbeigegangen, ungefähr eine Meile weiter unten auf der Landstraße. Es stand am Straßenrand, die Maultiere schlafend im Geschirr, die Köpfe in die Richtung weisend, in die Lena ging. Sie sah es und sie sah die beiden Männer, die hinter einem Zaun bei einer Scheune hockten. Sie warf nur einen Blick auf den Wagen und die Männer: einen einzigen, alles umfassenden Blick, schnell, unschuldig und durchdringend. Sie blieb nicht stehen; höchstwahrscheinlich hatten die Männer hinter dem Zaun den Blick, der den Wagen und sie erfasst hatte, gar nicht bemerkt. Auch wandte sie sich nicht um. Sie schwand aus dem Blickfeld, ging langsam, die Schnürbänder an den Knöcheln gelockert, bis sie eine Meile weiter die Höhe des Hügels erreichte. Da setzte sie sich an den Grabenrand, die Füße im flachen Graben, und zog sich die Schuhe aus. Nach einer Weile hörte sie das Fuhrwerk. Sie hörte es eine Zeit lang. Dann kam es in Sicht, wie es den Hügel heraufkletterte.

Das scharfe und spröde Knacken und Klappern von verwittertem und ungeschmiertem Holz und Metall klingt schleppend und unheimlich: ein wiederholtes trockenes, träges Knallen, das eine halbe Meile weit quer durch die heiße unbewegte Kiefernduftstille des Augustnachmittags trägt. Obwohl die Maultiere in steter, nicht nachlassender Hypnose einhertrotten, scheint das Gefährt nicht voranzukommen. Es verharrt, so scheint es, immer und immerfort in der Schwebe, in mittlerer Entfernung, so geringfügig kommt es voran, wie eine schäbige Perle auf dem sanftroten Band der Straße. Das geht so weit, dass das Auge den Wagen beim Zuschauen aus dem Blick verliert, weil Sicht und Sinne sich schläfrig vermischen und verschmelzen, wie die Straße selbst, mit all den friedlichen und monotonen Wechseln zwischen Dunkel und Tageshelle, wie schon abgemessener Faden, der auf eine Spule gerollt wird. Sodass am Ende das Geräusch, gleichsam aus einer banalen und unwichtigen Region jenseits aller Entfernung, langsam und unheimlich und bar jeder Bedeutung hervortritt, als wäre es ein Geist, der eine halbe Meile vor seiner eigenen Gestalt daherreist. ‹So weit kann ich es hören, ehe ich's sehen kann›, denkt Lena. Sie sieht sich selbst schon in Bewegung, wieder fahrend, denkt *Dann ist es so, als wäre ich schon eine halbe Meile gefahren, bevor ich auch nur auf das Fuhrwerk gestiegen bin, bevor noch das Fuhrwerk zu der Stelle kam, wo ich gewartet hab, und wenn das Fuhrwerk dann wieder ohne mich weiterfährt, fährt es eine halbe Meile noch mit mir drin* Sie wartet und sieht jetzt nicht einmal zu dem Fuhrwerk hin, während das Denken müßig und schnell und glatt dahineilt, angefüllt mit namenlosen freundlichen Gesichtern und Stimmen: *Lucas Burch? In Pocahontas haben Sie es schon versucht, sagen Sie? Die Straße hier? Die führt nach Springvale. Warten Sie hier. Bald kommt ein Fuhrwerk hier durch, das nimmt Sie sicher, so weit es geht, mit* Sie denkt: ‹Und falls es die ganze Strecke bis Jefferson fährt, dann fahre ich in Hörweite von Lucas Burch, bevor ich in seiner Sichtweite bin. Dann hört er das Fuhrwerk, aber er weiß es noch nicht. Also wird eine Person in seiner Hörweite sein, bevor sie in seine Sichtweite kommt. Und dann sieht er mich, und dann freut er sich. Und so werden zwei in seiner Sichtweite sein, ehe er sich noch erinnert.›

Während Armstid und Winterbottom an der schattigen Wand von Winterbottoms Stall hockten, sahen sie Lena auf der Straße vorübergehen. Sie sahen sofort, dass sie jung, schwanger und eine Fremde war. «Ich möchte wissen, wo sie den Bauch herhat», sagte Winterbottom.

«Ich möchte wissen, wie weit sie ihn zu Fuß getragen hat», sagte Armstid.

«Zu Besuch bei einem, weiter unten an der Straße, denke ich», sagte Winterbottom.

«Nein, das glaube ich nicht. Sonst hätte ich davon gehört. Und in meine Richtung ist es auch keiner. Das hätte ich auch gehört.»

«Ich nehme an, sie weiß, wohin sie will», sagte Winterbottom. «Jedenfalls geht sie so.»

«Jedenfalls kriegt sie Gesellschaft, ehe sie noch viel weiter kommt», sagte Armstid. Die Frau war inzwischen weitergegangen, langsam, mit ihrer schwellenden, unverkennbaren Bürde. Keiner von ihnen hatte bemerkt, wie ihr Blick sie beide flüchtig streifte, als sie in einem unförmigen Kleid von verschossenem Blau vorüberging, in der Hand einen Palmblattfächer und ein kleines Stoffbündel. «Sie kommt nicht aus der Gegend hier», sagte Armstid. «Sie hat einen Schritt, als ob sie schon eine gute Weile unterwegs ist und noch ein gutes Stück Weges vor sich hat.»

«Sie muss irgendwen hier in der Nähe besuchen», sagte Winterbottom.

«Davon hätte ich gehört», sagte Armstid. Die Frau ging weiter. Sie hatte sich nicht umgedreht. Sie ging die Straße hinauf, aus dem Blickfeld: geschwollen, langsam, bedächtig, uneilig und unermüdlich, so wie der voller werdende Nachmittag selbst. Sie entfernte sich auch aus ihren Reden, vielleicht auch aus ihren Gedanken. Denn nach einer Weile sagte Armstid das, weswegen er gekommen war. Er hatte schon zweimal den Weg gemacht, um es zu sagen, war in seinem Fuhrwerk die fünf Meilen hergekommen und hatte drei Stunden lang, immer wieder ausspuckend, im Schutz der schattigen Wand von Winterbottoms Scheune gehockt, mit der zeitlosen Uneiligkeit und Umschweifigkeit von Menschen seines Schlages. Es ging darum, Winterbottom ein Angebot für einen Kultivator zu machen, den Winterbottom verkaufen wollte. Endlich sah Armstid zur Sonne und bot den Preis, den zu bieten er drei Nächte zuvor, während er im Bett lag, beschlossen hatte. «Ich weiß von einem in Jefferson, den ich zu diesem Preis kaufen könnte», sagte er.

«Dann solltest du ihn lieber kaufen», sagte Winterbottom. «Hört sich gut an, das Angebot.»

«Klar», sagte Armstid. Er spuckte aus. Wieder sah er zur Sonne und erhob sich. «Na, ich glaube, ich sollte mich langsam auf den Rückweg machen.»

Er stieg auf sein Fuhrwerk und weckte die Maultiere. Das heißt, er setzte sie in Bewegung, denn nur ein Neger kann erkennen, ob ein Maultier wach ist oder schläft. Winterbottom kam mit bis an den Zaun und legte die Arme auf die oberste Latte. «Ja, Mann», sagte er. «Zu dem Preis würde ich den Kultivator kaufen, auf jeden Fall. Wenn du ihn nicht nimmst, müsste ich schön dumm sein, wenn ich nicht gute Lust hätte, ihn selbst zu nehmen, zu dem Preis. Ich nehme an, der Mann, dem er gehört, hat nicht zufällig ein Maultiergespann für ungefähr fünf Dollar zu verkaufen, oder?»

«Klar», sagte Armstid. Er fuhr an, und das Fuhrwerk fiel in sein langsames, Meilen verzehrendes Klappern. Auch er sieht sich nicht um. Anscheinend blickt er auch nicht nach vorn, denn er sieht die Frau, die am Straßenrand im Graben sitzt, erst, als das Fuhrwerk schon fast den Scheitelpunkt des Hügels erreicht hat. In dem Moment, da er das blaue Kleid erkennt, kann er nicht sagen, ob sie den Wagen überhaupt schon gesehen hat. Auch hätte niemand ihm ansehen können, dass er sie je zuvor gesehen hat, als sie jetzt, ohne den geringsten Anschein von Bewegung auf beiden Seiten, einander langsam näher kommen, während das Fuhrwerk unheimlich auf Lena zukriecht in seiner trägen, greifbaren Aura von Schläfrigkeit und rotem Staub, in der sich die steten Maultierhufe wie im Traum bewegen und das spärliche Klirren des Geschirrs und die geschmeidig hüpfenden Präriehasenohren den Rhythmus markieren und die Maultiere weder schlafen noch wach sind, als er sie anhält.

Unter einem Sonnenhut von verschossenem Blau, den inzwischen nicht nur Wasser und Seife ausgebleicht haben, sieht sie ruhig und freundlich zu ihm auf: jung, mit einem freundlich anzusehenden Gesicht, offen, freundlich und munter. Noch bewegt sie sich nicht. Unter dem verschossenen Kleid von dem gleichen ausgeblichenen Blau ist ihr Körper unförmig und reglos. Der Fächer und das Bündel liegen in ihrem Schoß. Sie trägt keine Strümpfe. Ihre bloßen Füße ruhen nebeneinander in dem flachen Graben. Das Paar staubiger, schwerer, männlich wirkender Schuhe daneben ist nicht unbeweglicher. In dem angehaltenen Wagen sitzt Armstid gebeugt, bleichäugig. Ihm fällt auf, dass der Rand des Fächers sauber von dem gleichen verschossenen Blau gesäumt ist, das der Sonnenhut und das Kleid aufweisen.

«Wie weit wollen Sie?», sagt er.

«Ich wollte noch ein Stück weiter kommen, bevor es dunkel wird», sagt sie. Sie steht auf und nimmt die Schuhe. Sie klettert langsam und bedächtig auf die Straße und nähert sich dem Fuhrwerk. Armstid steigt nicht ab, um ihr zu helfen. Er hält lediglich das Gespann still, als sie schwerfällig über das Rad hinaufklettert und die Schuhe unter die Bank stellt. Dann setzt sich das Fuhrwerk in Bewegung. «Ich danke Ihnen», sagt sie. «Es macht ganz schön müde, zu Fuß.»

Anscheinend hat Armstid sie nicht ein einziges Mal richtig angesehen. Doch ist ihm gleich aufgefallen, dass sie keinen Ehering trägt. Auch jetzt sieht er sie nicht an. Wieder fällt das Fuhrwerk in sein langsames Geklapper. «Von wo kommen Sie schon?», fragt er.

Sie stößt den Atem aus. Es ist weniger ein Seufzer als vielmehr ein friedliches Ausatmen, wie in friedlichem Erstaunen. «Ein ganz schönes Stück, wie's jetzt aussieht. Ich komme von Alabama her.»

«Alabama? In Ihrem Zustand? Wo ist Ihre Familie?»

Auch sie sieht ihn nicht an. «Ich will sehen, dass ich ihn hier in der Gegend treffe. Vielleicht kennen Sie ihn. Er heißt Lucas Burch. Ein Stück weiter zurück haben mir Leute gesagt, dass er in Jefferson ist und in dem Hobelwerk arbeitet.»

«Lucas Burch.» Armstids Ton gleicht fast genau dem ihren. Sie sitzen Seite an Seite auf der Kutscherbank, die durchgesackt ist, weil die Federn gesprungen sind. Er sieht ihre Hände in ihrem Schoß und ihr Profil unter dem Sonnenhut, sieht es aus dem Augenwinkel. Sie scheint die Straße zu betrachten, wie sie sich zwischen den beweglichen Maultierohren entrollt. «Und Sie kommen den ganzen Weg hierher, zu Fuß, allein, um ihn zu suchen?»

Einen Moment lang antwortet sie nicht. Dann sagt sie: «Die Leute sind freundlich gewesen. Sie sind recht freundlich gewesen.»

«Die Frauensleute auch?» Aus dem Augenwinkel betrachtet er ihr Profil und denkt *Ich weiß nicht, was Martha sagen wird* denkt: ‹Ich glaube, ich weiß wohl, was Martha sagen wird. Ich nehme an, die Frauen sind wahrscheinlich gut, ohne dass sie sehr freundlich sind. Männer dagegen sind es vielleicht. Aber nur eine Frau, die selbst schlecht ist, wird sehr freundlich sein zu einer anderen Frau, die diese Freundlichkeit braucht›, denkt *Ja, ich weiß. Ich weiß genau, was Martha sagen wird*

Sie sitzt ein wenig vorgebeugt, ganz still, das Profil ganz still, ihre Wange. «Es ist schon seltsam», sagt sie.

«Dass Leute ein fremdes junges Mädchen auf der Straße gehen sehen, in Ihrem Zustand, und wissen, dass ihr Mann sie verlassen hat?» Sie rührt sich nicht. Das Fuhrwerk hat jetzt einen gewissen Rhythmus, das ungeschmierte, aufbegehrende Holz ist eins mit dem langsamen Nachmittag, der Landstraße, der Hitze. «Und Sie wollen ihn hier in der Gegend finden?»

Sie rührt sich nicht, offenbar betrachtet sie die langsame Straße zwischen den Ohren der Maultiere, die Entfernung, die vielleicht schon aus der Straße ausgeschnitten und festgelegt ist.

«Ich glaube, ich werd ihn finden. So schwer wird das nicht sein. Er wird da sein, wo die meisten Menschen versammelt sind und wo gelacht und gescherzt wird. Dafür war er immer zu haben.»

Armstid knurrt, ein ungehaltenes, brüskes Geräusch. «Los, voran, ihr zwei», sagt er zu den Maultieren; zu sich sagt er, zwischen Denken und lautem Sprechen: ‹Ich nehme an, sie findet ihn. Ich nehme an, dem Burschen geht bald auf, was für einen schlimmen Fehler er gemacht hat, dass er diesseits von Arkansas geblieben ist, oder sogar von Texas.›

Die Sonne steht jetzt schräg, noch eine Stunde bleibt sie über dem Horizont, über der rasch hereinbrechenden Sommernacht. Der Weg biegt von der Straße ab, stiller noch als die Straße. «Da sind wir», sagt Armstid.

Sofort bewegt sich die Frau. Sie greift nach unten und nimmt die Schuhe; offenbar will sie das Fuhrwerk nicht aufhalten, bis sie sie angezogen hat. «Ich danke Ihnen herzlich», sagt sie. «Es war eine Hilfe.»

Das Fuhrwerk hält wieder an. Die Frau macht sich zum Absteigen bereit. «Selbst wenn Sie vor Sonnenuntergang bis zu Varners Laden kommen, haben Sie immer noch zwölf Meilen bis Jefferson», sagt Armstid.

Sie hält die Schuhe, das Bündel, den Fächer ungeschickt in einer Hand, damit sie die andere frei hat beim Herunterklettern. «Ich glaube, ich gehe besser weiter», sagt sie.

Armstid berührt sie nicht. «Sie kommen mit und bleiben die Nacht in meinem Haus», sagt er, «wo Frauensleute – wo eine Frau Ihnen helfen kann … wenn Sie – Jetzt kommen Sie schon. Morgen bringe ich Sie als Erstes zu Varners Laden, und da nimmt Sie wer in die Stadt mit. Bestimmt fährt irgendwer, am Samstag. Und über Nacht wird er sich ja nicht aus dem Staub machen. Falls er überhaupt in Jefferson ist, wird er auch morgen noch da sein.»

Sie sitzt ganz still, ihre Habseligkeiten in der Hand, bereit abzusteigen. Sie blickt geradeaus, dorthin, wo die Straße eine

Kurve macht und entschwindet und von schrägen Schatten gequert wird. «Ich nehme an, ich hab noch ein paar Tage.»

«Klar. Sie haben noch viel Zeit. Nur dass Sie jetzt jeden Moment Gesellschaft kriegen können, die nicht laufen kann. Kommen Sie mit zu mir nach Hause.» Er setzt die Maultiere wieder in Bewegung, ohne auf eine Antwort zu warten. Das Fuhrwerk biegt in den Weg ein, den dunklen Fahrweg. Die Frau lehnt sich zurück, hält aber immer noch den Fächer, das Bündel, die Schuhe.

«Ich möchte nicht verpflichtet sein», sagt sie. «Ich möchte keine Ungelegenheiten machen.»

«Klar», sagt Armstid. «Kommen Sie nur mit mir.» Zum ersten Mal bewegen sich die Maultiere hurtig aus eigenem Antrieb. «Sie riechen den Mais», sagt Armstid und denkt: ‹Aber so geht das mit den Frauen. Sie sind die Ersten, die einer Schwester den Boden unter den Füßen wegziehen, und laufen selbst am Ende ohne Scham in aller Öffentlichkeit durchs Land, weil sie wissen, dass die Leute, die Mannsleute, sich um sie kümmern werden. Ihnen sind die Frauensleute gleichgültig. Und es war keine Frau, die sie in diesen Zustand gebracht hat, den sie nicht mal Unglück nennt. O ja. Da muss bloß eine von der Sorte heiraten oder, ohne verheiratet zu sein, ins Unglück geraten, und augenblicklich trennt sie sich von der weiblichen Rasse und Gattung und verbringt den Rest ihres Lebens mit dem Versuch, sich mit der Männerrasse zusammenzutun. Deshalb schnupfen sie Tabak und rauchen und wollen wählen.›

Als das Fuhrwerk am Haus vorbei und weiter zu den Stallungen fährt, sieht seine Frau von der Haustür aus zu. Er blickt nicht in diese Richtung, er braucht nicht hinzublicken, er weiß auch so, dass sie da sein wird, dass sie da ist. ‹Ja›, denkt er mit ironischem Bedauern, während er die Maultiere durchs offene Tor lenkt. ‹Ich weiß genau, was sie sagen wird. Ich glaube, ich weiß es genau.› Er hält den Wagen an. Er braucht nicht hinzublicken, er weiß auch so, dass seine Frau jetzt in der Küche ist:

Sie guckt jetzt nicht, sie wartet nur ab. Er hält den Wagen an. «Gehen Sie schon rüber zum Haus», sagt er; er ist schon abgestiegen, und die Frau klettert jetzt mühsam herunter, mit dieser nach innen horchenden Bedächtigkeit. «Wenn Sie wen sehen, dann ist es Martha. Ich komme, wenn ich das Vieh gefüttert hab.» Er sieht ihr nicht nach, als sie den Hof überquert und zur Küche geht. Das braucht er gar nicht. Schritt für Schritt ist er bei ihr, betritt mit ihr die Küche und trifft auf die Frau, die jetzt genauso auf die Küchentür blickt, wie sie von der Haustür aus das vorbeifahrende Fuhrwerk beobachtet hat. ‹Ich glaube, ich weiß genau, was sie sagen wird›, denkt er.

Er nimmt die Maultiere aus dem Geschirr, gibt ihnen Wasser, führt sie in den Stall, füttert sie, und er lässt die Kühe von der Weide herein. Dann geht er zur Küche. Sie ist noch da, die graue Frau mit dem kalten, herben, reizbaren Gesicht, die in sechs Jahren fünf Kinder geboren und zu Männern und Frauen großgezogen hat. Sie ist nicht untätig. Er sieht sie nicht an. Er geht zum Ausguss, füllt einen Topf mit Wasser aus dem Eimer und krempelt sich die Ärmel auf. «Sie heißt Burch», sagt er. «So wenigstens heißt, wie sie sagt, der Bursche, dem sie hinterher ist. Lucas Burch. Jemand unterwegs hat ihr gesagt, dass er jetzt in Jefferson ist.» Er fängt an, sich zu waschen, mit dem Rücken zu ihr. «Sie ist den ganzen Weg von Alabama gekommen, allein und zu Fuß, sagt sie.»

Mrs. Armstid sieht sich nicht um. Sie macht sich am Tisch zu schaffen. «Sie wird ziemlich lange nicht mehr allein sein, eh sie Alabama wiedersieht», sagt sie.

«Oder auch eh sie diesen Burch sieht, nehm ich an.» Er ist emsig am Ausguss beschäftigt, mit Wasser und Seife. Und er spürt ihren Blick auf sich, auf seinem Hinterkopf, auf seinen Schultern in dem Hemd von schweißgeblichenem Blau. «Sie sagt, unten bei Samson hat ihr wer gesagt, ein Mann, der Burch heißt oder so, arbeitet im Hobelwerk in Jefferson.»

«Und sie denkt, dass sie ihn dort findet. Dass er schon auf sie wartet. Und das Haus eingerichtet hat und alles.»

Er hört ihrer Stimme nicht an, ob sie ihn jetzt beobachtet oder nicht. Er rubbelt sich mit einem aufgetrennten Mehlsack ab. «Vielleicht findet sie ihn. Wenn er vor ihr weglaufen wollte, dann hat er wahrscheinlich einen schlimmen Fehler begangen, dass er haltgemacht hat, ehe er den Mississippi zwischen sie und sich gelegt hat.» Und jetzt weiß er, dass sie ihn beobachtet: die graue Frau, nicht rundlich und nicht dünn, hart wie ein Mann, hart von der Arbeit, in einem praktischen grauen Kleid, das sie sich barsch und brüsk übergezogen hat, die Hände in die Hüften gestützt und ihr Gesicht wie das eines Generals, der in der Schlacht eine Niederlage erlitten hat.

«Ihr Männer», sagt sie.

«Was willst du da machen? Sie wegschicken? Soll sie in der Scheune schlafen?»

«Ihr Männer», sagt sie. «Ihr verdammten Männer.»

Sie gehen zusammen in die Küche, doch Mrs. Armstid geht voraus. Sie geht direkt zum Herd. Lena steht in der Tür. Ihr Kopf ist jetzt unbedeckt, ihr Haar glatt gekämmt. Selbst das blaue Kleid sieht erfrischt und ausgeruht aus. Sie sieht zu, wie Mrs. Armstid am Herd mit den eisernen Ringen klappert und mit dem heftigen Ungestüm eines Mannes die Holzscheite auflegt. «Ich würde gern helfen», sagt Lena.

Mrs. Armstid sieht sich nicht um. Sie klappert wild am Herd. «Bleiben Sie nur, wo Sie sind. Ruhen Sie jetzt Ihre Füße aus, dann legen Sie sich vielleicht nicht so schnell wieder auf den Rücken.»

«Ich wäre Ihnen zu Dank verpflichtet, wenn Sie mich helfen ließen.»

«Bleiben Sie nur, wo Sie sind. Ich mach das nun seit dreißig Jahren, dreimal am Tag. Die Zeiten, wo ich Hilfe dabei brauchte, sind vorbei.» Sie ist am Herd beschäftigt und dreht sich nicht um. «Armstid sagt, Sie heißen Burch.»

«Ja», sagt die andere. Ihre Stimme ist jetzt ganz ernst, ganz ruhig. Sie sitzt ganz still, die Hände regungslos im Schoß. Und Mrs. Armstid dreht sich noch immer nicht um. Sie ist noch immer am Herd beschäftigt. Er scheint ein Übermaß an Aufmerksamkeit zu verlangen, das in keinem Verhältnis zu der Entschlossenheit steht, mit der sie das Feuer gemacht hat. Er nimmt, so scheint es, ihre Aufmerksamkeit ebenso sehr gefangen, wie wenn es eine teure Uhr wäre.

«Heißen Sie schon Burch?», fragt Mrs. Armstid.

Die junge Frau antwortet nicht sogleich. Mrs. Armstid klappert jetzt nicht mehr am Herd, obwohl sie der jüngeren Frau noch immer den Rücken zugekehrt hat. Dann dreht sie sich um. Sie sehen einander an, plötzlich unverhohlen, beobachten einander: die junge Frau auf dem Stuhl, mit dem ordentlichen Haar und den untätigen Händen im Schoß, und die ältere am Herd, nun umgewandt, auch sie regungslos, mit einem wild geschlungenen Knoten grauen Haars unten am Schädel und einem Gesicht, das aus Sandstein gemeißelt sein könnte. Dann spricht die jüngere.

«Ich hab's Ihnen falsch gesagt. Ich heiße noch nicht Burch. Ich heiße Lena Grove.»

Sie sehen einander an. Mrs. Armstids Stimme ist weder kalt noch warm. Sie ist gar nichts. «Und jetzt wollen Sie ihn finden, damit Ihr Name rechtzeitig Burch wird. Ist das so?»

Lena senkt jetzt den Blick, als betrachtete sie ihre Hände im Schoß. Ihre Stimme ist ruhig, beharrlich. Aber sie ist auch gelassen, heiter. «Ich glaube nicht, dass ich ein Versprechen von Lucas brauche. Das Unglück ist bloß gewesen, dass er fortgemusst hat. Sein Plan ist bloß nie richtig aufgegangen, dass er kommen und mich holen würde, wie er es vorhatte. Ich glaube, er und ich, wir brauchten uns kein Versprechen zu geben. An dem Abend damals, als er gemerkt hat, dass er gehen musste, hat er –»

«An welchem Abend? An dem Abend, als Sie ihm von dem Kleinen erzählt haben?»

Einen Augenblick lang antwortet die andere nicht. Ihr Gesicht ist so ruhig wie Stein, aber nicht hart. Die Beharrlichkeit hat etwas Weiches, eine nach innen gekehrte Helligkeit von ruhiger und gelassener Unvernunft und von Losgelöstheit. Mrs. Armstid beobachtet sie. Lena sieht die andere Frau nicht an, als sie spricht. «Er hatte schon vor langer Zeit erfahren, dass er vielleicht weggehen müsste. Er hat es mir bloß vorher nie erzählt, weil er nicht wollte, dass ich mir deswegen Sorgen machte. Als er das erste Mal erfuhr, dass er vielleicht weggehen müsste, wusste er, dass es dann auch besser war, wenn er ging, dass er schneller irgendwo vorankommen würde, wo der Vorarbeiter es nicht auf ihn abgesehen hatte. Aber er hat's immer wieder hinausgeschoben. Aber als das hier passierte, da konnten wir's nicht länger aufschieben. Der Vorarbeiter hatte es auf Lucas abgesehen, weil er ihn nicht leiden konnte, weil Lucas jung war und immer so lebenslustig, und der Vorarbeiter wollte die Arbeit, die Lucas machte, einem Cousin von sich geben. Aber er hatte mir das nicht sagen wollen, weil es mir nur Sorgen machen würde. Aber als das hier passierte, konnten wir nicht länger warten. Ich war diejenige, die gesagt hat, er soll gehen. Er hat gesagt, er würde bleiben, wenn ich es wollte, ob der Vorarbeiter ihn anständig behandelte oder nicht. Aber ich hab gesagt, er soll gehen. Er wollte nie gehen, auch da nicht. Aber ich hab gesagt, er soll gehen. Und er sollte mir Bescheid geben, wenn er so weit war, dass ich nachkommen konnte. Und dann sind seine Pläne bloß nie so aufgegangen, dass er mir rechtzeitig Bescheid geben konnte, wie er's vorgehabt hat. Wenn ein junger Mann weggeht und unter Fremden ist, dann braucht er Zeit, bis er sich eingelebt hat. Er wusste ja nicht, als er ging, dass er mehr Zeit brauchen würde, um sich einzuleben, als er gedacht hatte.

Besonders ein junger Mann, der so lebenslustig ist wie Lucas, der die Leute mag und sich vergnügt und den die Leute mögen. Er wusste nicht, dass es länger dauern würde, als er geplant hatte, jung wie er ist, und die Leute immer hinter ihm her, weil er gern lacht und Späße macht, er merkt überhaupt nicht, dass es ihn von der Arbeit ablenkt, denn er wollte nie anderer Leute Gefühle verletzen. Und ich wollte, dass er ein letztes Mal sein Vergnügen hatte, weil die Ehe für einen jungen Burschen, einen lebhaften jungen Burschen, etwas anderes ist als für eine Frau. Es braucht seine Zeit bei einem lebhaften jungen Mann. Finden Sie nicht auch?»

Mrs. Armstid antwortet nicht. Sie sieht die andere an, wie sie auf dem Stuhl sitzt, das Haar glatt, die Hände still im Schoß und das Gesicht weich und nachdenklich. «Es ist auch möglich, dass er mir schon die Nachricht geschickt hat, und sie ist unterwegs verlorengegangen. Es ist ein schönes Stück, sogar von hier nach Alabama, und ich hab's noch nicht bis Jefferson geschafft. Ich hab ihm gesagt, ich würde nicht erwarten, dass er schreibt, denn er ist nicht geschickt im Briefeschreiben. ‹Schick mir einfach eine mündliche Nachricht, wenn du mich brauchen kannst›, hab ich zu ihm gesagt. ‹Ich warte hier.› Zuerst hab ich mir ein bisschen Sorgen gemacht, nachdem er gegangen war, weil mein Name noch nicht Burch war und weil mein Bruder und seine Leute Lucas nicht so gut kennen, wie ich ihn kannte. Wie sollten sie auch?» In ihr Gesicht tritt langsam ein Ausdruck weicher, heller Überraschung, als wäre ihr gerade etwas eingefallen, von dem ihr nicht einmal bewusst gewesen war, dass sie es nicht wusste. «Das konnte man von denen ja auch nicht erwarten, nicht wahr? Aber er musste sich erst einleben; er war's, der es sicher schwerer gehabt hat unter lauter Fremden, ich brauchte mich ja um nichts zu kümmern, außer dass ich warten musste, er dagegen hatte all die Sorgen und den Kummer. Aber nach einer Weile war ich, glaube ich, so sehr damit beschäftigt, dass das Kleine bald kommen würde, dass ich mir keine Sorgen mehr darüber machen konnte, wie ich hieß oder was die Leute dachten. Aber zwischen Lucas und mir braucht es keine Versprechungen. Vielleicht ist etwas Unerwartetes passiert, oder er hat mir sogar Nachricht geschickt, und sie ist verlorengegangen. Deshalb habe ich eines Tages einfach beschlossen, loszugehen und nicht länger zu warten.»

«Wie wussten Sie, welchen Weg Sie gehen mussten, als Sie losgegangen sind?»

Lena betrachtet ihre Hände. Sie bewegen sich jetzt, glätten angelegentlich und gedankenverloren eine Falte ihres Kleides. Es ist nicht Scheu, nicht Schüchternheit. Es ist offenbar ein nachdenklicher Reflex der Hand. «Ich hab einfach immer wieder gefragt. Bei einem lebhaften jungen Kerl wie Lucas, der die Leute schnell und mühelos kennenlernt, da wusste ich, dass sich überall, wo er gewesen ist, Leute an ihn erinnern würden. Also hab ich immer gefragt. Und die Leute waren recht freundlich. Und tatsächlich, vor zwei Tagen hab ich, ein Stück zurück an der Straße, gehört, dass er in Jefferson ist und im Hobelwerk arbeitet.»

Mrs. Armstid beobachtet das gesenkte Gesicht. Sie hat die Hände in die Hüften gestützt, und sie beobachtet die junge Frau mit einem Ausdruck kalter, unpersönlicher Verachtung. «Und Sie glauben, dass er da ist, wenn Sie dort ankommen. Vorausgesetzt, dass er überhaupt je da war. Dass er hört, Sie sind in derselben Stadt wie er, und dann bei Sonnenuntergang noch da ist.»

Lenas gesenktes Gesicht ist ernst, ruhig. Jetzt bewegt sich ihre Hand nicht mehr. Sie liegt ganz still im Schoß, als wäre sie dort gestorben. Ihre Stimme ist leise, ruhig, beharrlich. «Ich glaube, eine Familie sollte zusammen sein, wenn ein Kleines kommt. Besonders beim ersten. Ich nehme an, der Herr wird's richten.»

«Und ich nehme an, das wird er auch müssen», sagt Mrs. Armstid heftig, barsch. Armstid liegt im Bett, den Kopf ein wenig aufgestützt, und sieht ihr über das Fußteil hinweg zu, wie sie sich, noch angezogen, in das Licht der Lampe auf der Kommode beugt und wild in einer Schublade kramt. Sie holt ein Metallkästchen heraus und öffnet es mit einem Schlüssel, den sie um den Hals trägt, und nimmt ein Stoffsäckchen heraus, macht es auf und bringt einen kleinen Porzellanhahn mit einem Schlitz im Rücken zum Vorschein. Münzen klimpern darin, als sie ihn bewegt und kopfüber hält und wild über der Kommode schüttelt, sodass die Münzen langsam, spärlich aus dem Schlitz fallen. Armstid liegt im Bett und beobachtet sie.

«Was hast du vor mit deinem Eiergeld, zu dieser nachtschlafenden Zeit?», fragt er.

«Ich nehme an, es ist meins und ich kann damit machen, was ich will.» Sie beugt sich unter die Lampe, ihr Gesicht ist herb, verbittert. «Gott weiß, dass ich die ganze Arbeit gemacht und sie versorgt hab. Du hast nie einen Finger krumm gemacht.»

«Klar», sagt er. «Ich nehme an, kein Mensch in diesem Land macht dir die Hühner streitig, höchstens die Beutelratten und die Schlangen. Und deinen Sparhahn auch nicht», sagt er. Denn plötzlich bückt sie sich, reißt sich einen Schuh vom Fuß und versetzt der Porzellanspardose einen einzelnen heftigen Hieb. Vom Bett aus, halb liegend, beobachtet Armstid, wie sie die restlichen Münzen aus den Porzellanscherben klaubt und zu den anderen in das Säckchen tut und das Säckchen zuknotet und mit wilder Endgültigkeit dreimal oder viermal verknotet.

«Das gibst du ihr», sagt sie. «Und bei Sonnenaufgang spannst du an und bringst sie von hier weg. Bring sie ganz bis nach Jefferson, wenn du willst.»

«Ich denke, bei Varner findet sie wen, mit dem sie mitfahren kann», sagt er.

Mrs. Armstid stand vor Tag auf und bereitete das Frühstück. Es stand auf dem Tisch, als Armstid vom Melken reinkam. «Geh und sag ihr, sie soll kommen und essen», sagte Mrs. Armstid.

Als er und Lena in die Küche kamen, war Mrs. Armstid nicht da. Lena ließ den Blick einmal durch den Raum schweifen, während sie noch in der Tür verharrte, ohne wirklich zu verharren, im Gesicht schon den vorgefassten Ausdruck eines Lächelns, dem eine Rede folgen sollte, eine vorbereitete Rede, wie Armstid wusste. Aber sie sagte nichts; das Verharren war weniger als ein Verharren.

«Also, essen wir und machen uns auf den Weg», sagte Armstid. «Sie haben noch ein gutes Stück vor sich.» Er beobachtete, wie sie aß, wieder mit dem ruhigen, von Herzen kommenden Anstand wie am Abend zuvor beim Nachtessen, nur dass da jetzt ein störender Anflug höflicher und fast gezierter Zurückhaltung war. Dann gab er ihr das verknotete Stoffsäckchen. Sie nahm es, ihr Gesicht wirkte erfreut, warm, wenn auch nicht sehr überrascht.

«Oh, das ist recht freundlich von ihr», sagte sie. «Aber ich werd's nicht brauchen, ich bin jetzt schon so nah.»

«Ich glaube, es ist besser, Sie behalten's. Ich glaube, Sie haben bemerkt, dass Martha sich nicht gern dreinreden lässt bei dem, was sie sich vorgenommen hat.»

«Es ist recht freundlich», sagte Lena. Sie band das Geldsäckchen in ihr Bündel und setzte sich den Sonnenhut auf. Das Fuhrwerk wartete. Als sie den Weg entlang am Haus vorbeifuhren, drehte sie sich um und blickte zurück. «Es war recht freundlich von Ihnen beiden», sagte sie.

«Das hat sie gemacht», sagte Armstid. «Ich glaube, ich hab keinen Anspruch auf Dank.»

«Jedenfalls war es recht freundlich. Sie müssen Ihr von mir Lebewohl sagen. Ich hatte gehofft, ich würde sie sehen, aber ...»

«Klar», sagte Armstid. «Ich glaube, sie hatte zu tun oder so. Ich sag's ihr.»

Im frühen Sonnenlicht fuhren sie bei dem Kaufladen vor, wo schon die Männer hockten, über die von Stiefelabsätzen zerkratzte Veranda spuckten und zusahen, wie Lena langsam und vorsichtig, das Bündel und den Fächer in der einen Hand, von der Sitzbank herabstieg. Wieder machte Armstid keine Anstalten, ihr zu helfen. Von der Bank herunter sagte er: «Das hier ist Miz Burch. Sie will nach Jefferson. Falls einer heute hinfährt, ist sie sicher dankbar, wenn sie mitfahren kann.»

Sie kam in den schweren, staubigen Schuhen auf dem Boden an. Heiter, friedlich sah sie zu ihm auf. «Es war recht freundlich von Ihnen», sagte sie.

«Klar», sagte Armstid. «Ich nehm an, Sie schaffen's jetzt in die Stadt.» Er sah zu ihr hinunter. Dann beobachtete er eine, wie es schien, endlos lange Zeit seine Zunge dabei, wie sie nach Worten suchte, und das Denken war ruhig und rasch, die Gedanken flüchtig *Ein Mann. Alle Männer. Er lässt hundert Gelegenheiten, Gutes zu tun, verstreichen, für eine Gelegenheit, sich einzumischen, wo Einmischung nicht erwünscht ist. Er übersieht, er verpasst Chancen, Gelegenheiten, zu Reichtum und Ruhm und Wohlstand zu kommen, und manche sogar auch, Böses zu tun. Aber eine Gelegenheit, sich einzumischen, entgeht ihm nie* Dann fand seine Zunge Wörter, und er hörte sie, vielleicht mit dem gleichen Erstaunen wie Lena: «Bloß, ich würde mir nicht zu große Hoffnung machen … Hoffnung auf …», und dachte *Sie hört nicht zu. Wenn sie sich Worte wie diese anhörte, würde sie nicht von diesem Wagen absteigen, mit diesem Bauch und diesem Fächer und dem kleinen Bündel, allein, und sich zu einem Ort aufmachen, den sie noch nie gesehen hat, und nach einem Mann suchen, den sie nie wieder sehen wird und den sie, was das betrifft, schon einmal zu oft gesehen hat* «– sollten Sie wieder hier vorbeikommen, morgen, oder vielleicht schon heute Abend …»

«Ich glaube, ich komme jetzt zurecht», sagte sie. «Man hat mir gesagt, dass er dort ist.»

Er wendete das Fuhrwerk und fuhr zurück nach Hause; zusammengesunken, bleichäugig saß er auf der durchgesackten Bank und dachte: ‹Es hätte doch nichts genützt. Sie hätte nicht geglaubt, was zu sagen und zu hören gewesen wäre, so wenig, wie sie die Gedanken glauben würde, die um sie herum gedacht worden sind seit … Vier Wochen sind es jetzt, hat sie gesagt. Genauso wenig, wie sie es jetzt spürt oder glaubt. Wie sie da auf der obersten Stufe sitzt, die Hände im Schoß, und diese Kerle hocken da und spucken an ihr vorbei auf die Straße. Und sie wartet nicht einmal, bis sie fragen, sondern fängt gleich an zu erzählen. Erzählt denen aus freien Stücken von dem verdammten Kerl, als ob sie gar nichts Besonderes zu verbergen oder zu erzählen hätte, selbst wenn Jody Varner oder einer von denen ihr sagt, dass der Kerl im Hobelwerk in Jefferson Bunch heißt, und nicht Burch; und auch das beunruhigt sie nicht. Ich glaube, sie weiß noch mehr als Martha, so wie sie gestern Abend zu Martha gesagt hat, der Herr wird's richten, dass das, was recht ist, auch geschieht.›

Ein, zwei Fragen genügten. Und Lena, die auf der obersten Stufe sitzt, den Fächer und das Bündel im Schoß, erzählt wieder ihre Geschichte, mit den geduldigen und durchsichtigen Wiederholungen eines Kindes, das lügt, und die Männer in ihren Overalls hocken da und hören still zu.

«Der Bursche heißt Bunch», sagt Varner. «Er arbeitet schon seit ungefähr sieben Jahren bei der Mühle. Woher wollen Sie wissen, dass Burch auch da ist?»

Sie blickt in die Ferne, die Landstraße hinauf, dahin, wo Jefferson liegt. Ihr Gesichtsausdruck ist ruhig, abwartend, ein wenig losgelöst, doch nicht verwirrt. «Ich glaube, dass er da ist. In dem Hobelwerk und so. Lucas mochte immer schon die Aufregung. Er hat das ruhige Leben nie gemocht. Deshalb hat's ihm bei Doane's Mill nie gefallen. Deshalb hat er – haben wir beschlossen, uns zu verändern: um des Geldes und der Aufregung willen.»

«Um des Geldes und der Aufregung willen», sagt Varner. «Lucas ist nicht der erste junge Spund, der die Arbeit, die er gelernt hat, hinwirft und der die, die darauf angewiesen sind, dass er die Arbeit tut, im Stich lässt, bloß um des Geldes und der Aufregung willen.»

Doch anscheinend hört sie nicht zu. Sie sitzt still auf der obersten Stufe und sieht die Straße hinauf, wo sie leer und ansteigend nach Jefferson hin abbiegt. Die an der Wand hockenden Männer betrachten ihr stilles, friedliches Gesicht, und sie denken, was Armstid gedacht hat und was Varner denkt: dass sie an einen Schurken denkt, der sie in ihrem Unglück sitzengelassen hat und den sie, wie sie glauben, nie wieder sehen wird, höchstens vielleicht seine vom Rennen schon brettflachen Rockschöße. ‹Aber vielleicht denkt sie auch an dieses Sloane's oder Bone's Mill›, denkt Varner. ‹Selbst ein dummes Mädchen braucht, glaube ich, nicht den ganzen Weg bis nach Mississippi zu kommen, um herauszufinden, dass es dort, wo sie herkommt, egal wo das war, auch nicht so furchtbar viel anders oder schlechter gewesen ist als da, wo sie jetzt ist. Selbst wenn sie dort einen Bruder hatte, der dagegen war, dass seine Schwester sich nachts rumtreibt›, und denkt *Ich hätte es wie der Bruder gehalten; der Vater hätte es auch so gemacht. Sie hat keine Mutter, denn Vaterblut hasst mit Liebe und Stolz, aber Mutterblut mit Hass liebt und schläft bei*

Doch sie denkt an nichts dergleichen. Sie denkt an die Münzen, die in das Bündel unter ihren Händen geknotet sind. Sie erinnert sich an das Frühstück und denkt, dass sie jetzt, in diesem Moment, in den Laden treten und sich Käse und Cracker kaufen kann, und sogar Sardinen, wenn sie will. Bei Armstid hatte sie nur eine Tasse Kaffee getrunken und ein Stück Maisbrot gegessen, sonst nichts, obwohl Armstid sie gedrängt hatte. ‹Ich hab höflich gegessen›, denkt sie, die Hände auf dem Bündel, wo sie die versteckten Münzen weiß, und erinnert sich an die eine Tasse Kaffee, den sittsam bescheidenen Brocken fremden Brots; sie denkt mit heiterem Stolz: ‹Wie eine Lady hab ich gegessen. Wie eine Lady auf Reisen. Aber jetzt kann ich mir sogar Sardinen kaufen, falls ich das will.›

So scheint sie über die ansteigende Straße hinweg nachzusinnen, während die bedächtig ausspuckenden, hockenden Männer sie verstohlen beobachten und glauben, dass sie an den Mann denkt und an die nahende Krise, während sie in Wirklichkeit einen kleinen Kampf mit der vorausschauenden Vorsicht der alten Erde ausficht, von der und mit der und auf der sie lebt. Diesmal gewinnt sie. Sie steht auf und geht, ein bisschen unbeholfen, ein bisschen vorsichtig, an der Batterie der Männeraugen vorbei und betritt den Laden, und der Verkäufer folgt ihr. ‹Ja, das mach ich jetzt›, denkt sie, als sie schon den Käse und die Cracker bestellt, ‹das mach ich jetzt›, und mit lauter Stimme sagt sie: «Und eine Dose Sardinen.» Sie spricht es *Saurdienen* aus. «Für einen Nickel.»

«Wir haben keine Sardinen für einen Nickel», sagt der Verkäufer. «Sardinen kosten fünfzehn Cent.» Auch er sagt *Saurdienen.*

Sie überlegt. «Was haben Sie denn in Dosen für einen Nickel?»

«Da haben wir nichts außer Schuhwichse. Ich glaube nicht, dass Sie das wollen. Nicht zum Essen, jedenfalls.»

«Ich glaube, dann nehme ich die für fünfzehn Cent.» Sie knüpft ihr Bündel auf und dann das zugeknotete Säckchen. Es dauert eine Weile, bis sie die Knoten gelöst hat. Aber sie knüpft sie geduldig auf, einen nach dem andern, bezahlt und knotet das Säckchen und das Bündel wieder zu und nimmt sich, was sie gekauft hat. Als sie auf die Veranda tritt, steht unten an den Stufen ein Fuhrwerk. Auf der Kutscherbank sitzt ein Mann.

«Der Wagen da fährt in die Stadt», sagen sie zu ihr. «Er nimmt sie mit.»

Ihr Gesicht erwacht, heiter, langsam, warm. «Oh, Sie sind recht freundlich.»

Das Fuhrwerk bewegt sich langsam, stetig, als wäre es hier, in der sonnenbeschienenen Einsamkeit der riesigen Weite, außerhalb von aller Zeit und aller Hast. Von Varners Laden bis nach

Jefferson sind es zwölf Meilen. «Wir kommen doch vor der Mittagszeit an?», sagt sie.

Der Fahrer spuckt aus. «Könnte sein», sagt er.

Offenbar hat er sie überhaupt nicht angesehen, auch nicht, als sie aufgestiegen ist. Offenbar hat auch sie ihn überhaupt nicht angesehen. Sie sieht ihn auch jetzt nicht an. «Ich glaube, Sie fahren ganz schön schnell nach Jefferson.»

Er sagt: «Kann sein.» Der Wagen fährt knarrend weiter. Felder und Gehölze scheinen in einer unausweichlichen mittleren Entfernung zu hängen, statisch und fließend zugleich, schnell, wie Trugbilder. Trotzdem lässt der Wagen sie hinter sich.

«Ich nehme an, Sie kennen keinen in Jefferson, der Lucas Burch heißt.»

«Burch?»

«Ich will ihn dort treffen. Er arbeitet im Hobelwerk.»

«Nein», sagt der Kutscher. «Ich glaube nicht, dass ich ihn kenne. Kann aber sein, dass es eine ganze Menge Leute in Jefferson gibt, die ich nicht kenne. Kann gut sein, dass er da ist.»

«Ich muss sagen, ich hoffe es. Das Reisen wird recht mühsam.»

Der Fahrer sieht sie nicht an. «Von wo kommen Sie schon, auf der Suche nach ihm?»

«Von Alabama. Das ist ein ganz schönes Stück.»

Er sieht sie nicht an. Seine Stimme klingt beiläufig. «Wieso haben Ihre Leute Sie gehen lassen, in Ihrem Zustand?»

«Meine Leute sind tot. Ich lebe bei meinem Bruder. Ich hab einfach beschlossen, ich gehe los.»

«Ich verstehe. Er hat Ihnen Nachricht geschickt, Sie sollen nach Jefferson kommen.»

Sie antwortet nicht. Er kann ihr ruhiges Profil unter dem Sonnenhut sehen. Der Wagen fährt weiter, langsam, zeitlos. Die roten, uneiligen Meilen entrollen sich unter dem gleichmäßigen Trott der Maultiere, unter dem Knarren und Klappern der Räder. Die Sonne steht jetzt hoch am Himmel, der Schatten des Sonnenhuts fällt jetzt auf ihren Schoß. «Ich glaube, es ist Zeit zu essen», sagt sie. Er beobachtet aus dem Augenwinkel, wie sie den Käse und die Cracker und die Sardinen auspackt und ihm davon anbietet.

«Ich mach mir nichts draus», sagt er.

«Es wäre nett, wenn Sie mithalten würden.»

«Ich mach mir nichts draus. Aber essen Sie nur.»

Sie fängt an zu essen. Sie isst langsam, gleichmäßig, leckt sich das dicke Sardinenöl von den Fingern, langsam und mit ungeschmälertem Genuss. Dann hört sie auf, nicht abrupt, doch ganz und gar, hält mitten im Kauen inne, einen angebissenen Cracker in der Hand, das Gesicht ein wenig gesenkt und die Augen ausdruckslos, als hörte sie etwas in großer Entfernung oder so nah, dass es etwas in ihr drin sein muss. Alle Farbe ist ihr aus dem Gesicht gewichen, das volle, gesunde Rot, und sie sitzt ganz still, hört und spürt die unversöhnliche, alte Erde, doch ohne Furcht oder Erschrecken. ‹Es sind Zwillinge, mindestens›, sagt sie zu sich, ohne die Lippen zu bewegen, lautlos. Dann vergeht der Krampf. Sie isst weiter. Das Fuhrwerk hat nicht angehalten; die Zeit hat nicht angehalten. Das Fuhrwerk kommt oben auf dem letzten Hügel an, und sie sehen Rauch.

«Jefferson», sagt der Kutscher.

«Also, ich muss schon sagen», sagt sie. «Wir sind schon fast da, nicht?»

Jetzt ist es der Mann, der nicht hört. Er blickt nach vorn, über das Tal hinweg zu der Stadt auf dem gegenüberliegenden Kamm. Ihr Blick folgt seiner ausgestreckten Peitsche, und sie sieht zwei Rauchsäulen: die eine dicht und schwer von brennender Kohle über einem hohen Schlot, die andere eine hohe gelbe Säule, die anscheinend in einiger Entfernung von der Stadt aus einer Ansammlung von Bäumen aufsteigt.

«Da brennt ein Haus», sagt der Kutscher. «Sehen Sie?»

Doch jetzt wiederum scheint sie nicht zuzuhören, nichts zu hören. «Meine Güte», sagt sie, «da bin ich noch keine vier

Wochen unterwegs, und jetzt bin ich schon in Jefferson. Meine Güte. Man kommt doch ganz schön rum.»

II

Das weiß Byron Bunch: Es war an einem Freitagmorgen vor drei Jahren. Und die Gruppe Männer, die im Hobelschuppen arbeiteten, blickten auf und sahen den Fremden, er stand da und beobachtete sie. Sie wussten nicht, wie lange er schon so dagestanden hatte. Er sah aus wie ein Tramp und auch wieder nicht wie ein Tramp. Seine Schuhe waren staubig, und auch seine Hose war verschmutzt. Aber sie war aus gutem Serge, mit scharfen Bügelfalten, und sein Hemd war zwar verschmutzt, aber es war ein weißes Hemd, und er trug einen Schlips und einen steifkrempigen Strohhut, der ganz neu war und in einem arroganten, nichts Gutes verheißenden Winkel über seinem ruhigen Gesicht saß. Er sah nicht wie ein professioneller Wanderarbeiter in seinen professionellen Lumpen aus, doch war etwas eindeutig Wurzelloses an ihm, als wäre keine Stadt, ob groß oder klein, die seine, und keine Straße, kein Gemäuer, kein Eckchen Erde sein Zuhause. Und als trüge er dieses Wissen immer mit sich herum wie ein Banner, rücksichtslos, einsam und fast stolz. «Als wäre er», sagten die Männer später, «gerade für eine Weile auf einem Tiefpunkt, beabsichtigte aber nicht, da unten zu verharren, ohne dass es ihn groß kümmerte, wie er wieder nach oben kam.» Er war jung. Und Byron beobachtete ihn, wie er da stand und die Männer in ihren schweißfleckigen Overalls betrachtete, eine Zigarette im Mundwinkel, das Gesicht finster und still vor Verachtung, auf der einen Seite ein wenig nach unten gezogen, wegen des Rauchs. Nach einer Weile spuckte er die Zigarette weg, ohne sie mit der Hand berührt zu haben, drehte sich um und ging zum Büro, während die Männer in ihren verblichenen und von der Arbeit verschmutzten Overalls sozusagen mit verdutzter Empörung auf seinen Rücken starrten. «Wir sollten ihn mal durch die Hobelmaschine laufen lassen», sagte der Vorarbeiter. «Dann würde ihm diese Miene vielleicht vergehen.»

Sie wussten nicht, wer er war. Keiner von ihnen hatte ihn zuvor gesehen. «Nur dass es ziemlich riskant ist, sich mit so einem Blick in der Öffentlichkeit zu zeigen», sagte einer. «Wenn er sich nicht vorsieht, könnte er einem begegnen, dem das nicht passt.» Damit entließen sie ihn, wenigstens aus ihrem Gespräch. Sie machten sich wieder an ihre Arbeit inmitten der surrenden und quietschenden Treibriemen und Wellen. Doch keine zehn Minuten später kam der Aufseher herein und hinter ihm der Fremde.

«Geben Sie dem Mann was zu tun», sagte der Aufseher zu dem Vorarbeiter. «Er sagt, er kann mit einer Schaufel umgehen, immerhin. Sie können ihn am Sägemehlhaufen beschäftigen.»

Die anderen hatten ihre Arbeit nicht unterbrochen, aber es war nicht einer im Schuppen, der den Fremden in seiner verschmutzten Stadtkleidung, mit seinem finsteren, unerträglichen Gesicht und seiner ganzen, Kälte und stille Verachtung ausdrückenden Haltung, nicht abermals beobachtete. Der Vorarbeiter sah ihn kurz an, und sein Blick war so kalt wie der des anderen. «Will er in dieser Kleidung arbeiten?»

«Das ist seine Sache», sagte der Aufseher. «Ich stelle nicht seine Kleidung ein.»

«Gut, mir soll's egal sein, was er anhat, wenn's Ihnen recht ist und ihm», sagte der Vorarbeiter. «Also gut, Mister», sagte er. «Holen Sie sich da unten eine Schaufel und helfen Sie den Leuten, das Sägemehl wegzuschaufeln.»

Der Neue drehte sich ohne ein Wort um. Die anderen beobachteten, wie er zu dem Sägemehlhaufen hinunterging und verschwand und mit einer Schaufel wieder erschien und sich an die Arbeit machte. Der Vorarbeiter und der Aufseher sprachen an der Tür miteinander. Sie trennten sich, und der Vorarbeiter kam zurück. «Er heißt Christmas», sagte er.

«Wie heißt er?», fragte einer.

«Christmas.»

«Ist er Ausländer?»

«Hast du schon mal von einem Weißen gehört, der Christmas heißt?», fragte der Vorarbeiter.

«Ich hab überhaupt noch nie von einem gehört, der so heißt», sagte der andere.

Und das war das erste Mal, wie Byron sich jetzt erinnerte, dass er darüber nachgedacht hatte, wie der Name eines Menschen, der ja doch einfach nur der Klang sein soll, der anzeigt, wer er ist, irgendwie auch verheißen kann, was er tun wird, sofern andere Menschen die Bedeutung nur rechtzeitig enträtseln. Ihm schien, dass keiner von ihnen den Fremden genauer angesehen hatte bis zu dem Moment, als sie seinen Namen hörten. Doch kaum dass sie ihn gehört hatten, war es, als wäre da etwas in dem Klang, das ihnen mitteilen wollte, was sie zu erwarten hatten; als trüge er sein eigenes, unausweichliches Warnsystem mit sich herum, so wie eine Blume ihren Geruch oder eine Klapperschlange ihre Klapper. Nur dass keiner von ihnen genügend Gespür hatte, es zu erkennen. Sie glaubten einfach, dass er ein Fremder sei, und während sie ihn an jenem Freitag für den Rest des Tages beobachteten, wie er mit Schlips und Strohhut und in der gebügelten Hose seine Arbeit tat, sagten sie sich, das sei wohl die Art und Weise, wie Männer in seinem Land arbeiteten; obwohl andere auch sagten: «Heute Abend wechselt er die Kleidung. Wenn er morgen früh zur Arbeit kommt, hat er nicht mehr diese Sonntagssachen an.»

Es wurde Samstagmorgen. Als kurz bevor die Dampfpfeife ertönte, die Letzten eintrafen, fragten sie schon: «Hat er – Wo –» Die anderen deuteten mit dem Zeigefinger. Der Neue stand allein unten am Sägemehlhaufen. Er hatte die Schaufel bei sich, stand in denselben Sachen wie tags zuvor da, mit dem arroganten Hut, und rauchte eine Zigarette. «Er war da, als wir kamen», sagte der Erste. «Stand einfach so da. Als wäre er gar nicht im Bett gewesen.»

Er sprach mit keinem von ihnen, kein Wort. Und keiner von ihnen machte den Versuch, mit ihm zu sprechen. Aber sie alle nahmen ihn wahr, seinen festen Rücken (er arbeitete recht ordentlich, mit einer irgendwie nichts Gutes verheißenden, verhaltenen Stetigkeit), die Arme. Es wurde Mittag. Sie hatten sich an diesem Tag, mit Ausnahme von Byron, kein Essen mitgebracht, und sie sammelten ihre Sachen zusammen und schickten sich anzugehen und würden erst am Montag wiederkommen. Byron ging mit seinem Henkelmann allein zum Pumpenhaus, wo sie gewöhnlich aßen, und setzte sich hin. Aus irgendeinem Grunde blickte er auf. Nicht weit von ihm lehnte der Fremde an einem Pfosten und rauchte. Byron wusste, dass der andere schon da gewesen war, als er den Raum betrat, und jetzt nicht daran dachte wegzugehen. Oder, schlimmer noch, er war absichtlich hereingekommen und übersah Byron jetzt, als wäre er nur ein weiterer Pfosten. «Machen Sie nicht Schluss?», fragte Byron.

Der andere stieß den Rauch aus. Dann sah er Byron an. Sein Gesicht war hager, das Fleisch hatte die gleichmäßige Färbung von mattem Pergament. Nicht die Haut: das Fleisch selbst, als wäre der Schädel in stiller und tödlicher Regelmäßigkeit geformt und dann in einem glutheißen Ofen gebrannt worden. «Wie viel zahlen die hier für Überstunden?», fragte er. Und da wusste Byron Bescheid. Da wusste er, warum der andere in Sonntagskleidern arbeitete, warum er keinen Lunch mitgebracht hatte, weder am Vortag noch heute, warum er nicht mit den anderen mittags weggegangen war. Er wusste es so gut, als hätte ihm der Mann gesagt, dass er keinen Nickel in der Tasche hatte und dass er, aller Wahrscheinlichkeit nach, die letzten zwei, drei Tage von Zigaretten gelebt hatte. Fast gleichzeitig mit dem Gedanken hielt Byron ihm seinen Henkelmann hin, die Geste ein Reflex wie der Gedanke. Denn schon bevor die Geste ausgeführt war, drehte der Mann, ohne seine lässige und verächtliche Haltung aufzugeben, sein Gesicht, warf durch den herabsinkenden Zigarettenrauch einen Blick auf das dargereichte Gefäß. «Ich hab keinen Hunger. Behalten Sie Ihren Dreck.»

Es wurde Montagmorgen, und Byron sah, dass er recht behielt. Der Mann kam in einem neuen Overall und mit Essen in einer Papiertüte zur Arbeit. Doch hockte er sich mittags zum Essen nicht zu ihnen ins Pumpenhaus, und noch immer trug er diesen Gesichtsausdruck zur Schau. «Soll er dabei bleiben», sagte der Vorarbeiter. «Simms hat so wenig sein Gesicht eingestellt wie seine Klamotten.»

Simms hatte auch nicht die Zunge des Fremden eingestellt, dachte Byron. Wenigstens schien Christmas das zu denken, und entsprechend handelte er. Selbst nach sechs Monaten hatte er noch immer keinem etwas zu sagen. Niemand wusste, was er zwischen den Stunden im Hobelwerk tat. Hin und wieder begegnete einer seiner Arbeitskollegen ihm nach dem Abendessen auf dem Platz unten in der Stadt, und dann war es so, als hätte Christmas den anderen nie gesehen. Dann trug er den neuen Hut und die gebügelte Hose, und die Zigarette klebte ihm im Mundwinkel, und der Rauch hing ihm spöttisch vorm Gesicht. Niemand wusste, wo er wohnte, wo er nachts schlief, außer dass hin und wieder jemand ihn sah, wie er auf einem Pfad ging, der am Rande der Stadt durch ein Gehölz führte, als wohnte er vielleicht dort draußen irgendwo.

Das ist nicht das, was Byron jetzt weiß. Es ist nur das, was er damals wusste, was er hörte und beobachtete, als es ihm zur Kenntnis kam. Damals wusste keiner von ihnen, wo Christmas lebte und was er hinter dem Schleier, der Fassade seiner Negerarbeit in der Mühle wirklich tat. Womöglich hätte es nie einer erfahren, wäre da nicht der andere Fremde gewesen, Brown. Doch sobald Brown davon erzählte, fanden sich auf einmal ein Dutzend Männer, die zugaben, dass sie in den letzten zwei Jahren bei Christmas Whiskey gekauft hatten, wozu sie ihn abends und allein getroffen hatten, in dem Gehölz hinter einem alten Pflanzerhaus im Kolonialstil, zwei Meilen außerhalb der Stadt, wo eine ältliche Jungfer, die Burden hieß, allein lebte. Doch selbst die, die bei ihm Whiskey gekauft hatten, wussten nicht, dass Christmas tatsächlich in einer halb verfallenen Negerhütte auf Miss Burdens Grundstück wohnte und dass er da schon seit über zwei Jahren lebte.

Dann, vor ungefähr sechs Monaten, erschien eines Tages ein anderer Fremder im Werk, so wie Christmas damals, und fragte nach Arbeit: Auch er war jung, groß, trug schon einen Overall, der aussah, als hätte er ihn seit geraumer Zeit ständig am Leib, und auch er sah so aus, als wäre er mit leichtem Gepäck gereist. Er hatte ein waches, halbwegs hübsches Gesicht, mit einer kleinen Narbe am Mund, die so aussah, als wäre sie ausgiebig im Spiegel betrachtet worden, und er hatte eine Art, den Kopf schnell herumzureißen und über die Schulter zu blicken, wie es ein Maultier vor einem Automobil auf der Landstraße tut, dachte Byron. Doch es war nicht allein ein Zurückblicken, nicht allein Wachsamkeit, vielmehr schien es Byron, dass darin auch eine bestimmte Selbstsicherheit lag, eine Dreistigkeit, als sagte sich der Mann immer wieder und betonte die ganze Zeit, dass er sich vor nichts fürchtete, was sich ihm von hinten nähern mochte oder konnte. Und als Mooney, der Vorarbeiter, den neuen Mann sah, glaubte Byron, dass er und Mooney ein und denselben Gedanken hatten. Mooney sagte: «Nun ja, Simms hat so gut wie nichts und niemanden eingestellt, als er den da eingestellt hat. Mit dem hat er nicht mal ein Paar heiler Hosen eingestellt.»

«So ist es», sagte Byron. «Er erinnert mich an eins von diesen Autos, die mit einem Radio drin durch die Straßen fahren. Du kannst nicht verstehen, was im Radio gesagt wird, und das Auto fährt in keine bestimmte Richtung, und wenn du genau hinsiehst, merkst du, dass nicht mal jemand drin sitzt.»

«Ja», sagte Mooney. «Mich erinnert er an ein Pferd. Kein bösartiges Pferd. Einfach ein wertloses Pferd. Sieht auf der Weide ganz gut aus, aber wenn jemand mit Zaumzeug am Gatter erscheint, ist es immer weit unten im Quellgrund. Kann schnell laufen, das ja, hat aber immer einen wunden Huf, wenn es ins Geschirr soll.»

«Aber ich nehme an, die Stuten mögen ihn vielleicht», sagte Byron.

«Klar», sagte Mooney. «Ich nehme an, er würde auch einer Stute nichts Bleibendes antun.»

Der Neue arbeitete mit Christmas unten am Sägemehlhaufen. Mit großem Getue erzählte er jedem, wer er war und wo überall er schon gewesen war, und der Ton und die Art und Weise, wie er das tat, offenbarten das von Grund auf wirre und verlogene Wesen des Mannes. Sodass man dem, was er behauptete, getan zu haben, nicht mehr Glauben schenkte als dem, was er als seinen Namen angab, dachte Byron. Es gab keinen Grund, warum er nicht Brown hätte heißen sollen. Nur, wenn man ihn ansah, wusste man, dass er ein Mann war, der zu irgendeiner Zeit in seinem Leben durch eigene Dummheit in eine Krise geraten würde, in der er seinen Namen ändern wollte, und dann würde ihm mit Jubel und Frohlocken einfallen, sich von nun an Brown zu nennen, als wäre der Name nie zuvor erfunden worden. Das Besondere war, dass es keinerlei Grund gab, warum er überhaupt einen Namen haben sollte oder gebraucht hätte. Es interessierte keinen, wie er hieß, so wie es, glaubte Byron, keinen (jedenfalls keinen, der Hosen trug) interessierte, woher er kam oder wohin er ging oder wie lange er blieb. Denn woher er auch kam und wo er sich auch aufgehalten hatte, man wusste sofort, dass er, wie eine Heuschrecke, einfach vom Land lebte. Und es sah so aus, als täte er dies nun schon so lange, dass alles an ihm zerfallen war, sich aufgelöst hatte und nichts mehr übrig geblieben war als die durchsichtige, gewichtslose Hülle, die, selbstvergessen und ziellos, von jedem beliebigen Wind vor sich hergetrieben wurde.

Er arbeitete jedoch ein wenig, wenigstens auf seine Art. Byron meinte, es sei nicht einmal genug von ihm übrig geblieben, um sich klug oder gerissen anzustellen, wenn er sich drückte. Oder um auch nur den Wunsch zu haben, sich zu drücken; denn man musste schon besser sein als der Durchschnitt, wenn man gut im Nichtstun sein wollte, genau, wie wenn man irgendetwas anderes gut machen wollte: stehlen, oder sogar morden. Man musste es auf ein bestimmtes und klar umrissenes Ziel abgesehen haben, darauf hinarbeiten. Und dazu, glaubte Byron, war Brown nicht in der Lage. Sie hörten, dass er gleich am ersten Samstagabend seinen ganzen ersten Wochenlohn beim Würfelspiel verloren hatte. Byron sagte zu Mooney: «Da bin ich doch überrascht. Ich hätte gedacht, Würfelspiele, das ist das Einzige, was er kann.»

«Der?», sagte Mooney. «Wieso kommst du darauf, dass er bei irgendeiner Teufelei gut sein könnte, wenn er sich bei etwas Kinderleichtem wie Sägemehlschaufeln so dumm anstellt? Dass er andere mit etwas so Kompliziertem wie einem Paar Würfel täuschen könnte, wenn er es mit etwas so Leichtem wie einer Schaufel nicht kann?» Dann sagte er: «Nun ja, aber ich glaube, keiner ist so traurig dran, dass er nicht irgendwas besser kann als ein anderer. Denn wenigstens ist er besser als dieser Christmas im Nichtstun.»

«Stimmt», sagte Byron. «Ich nehme an, darin gut zu sein ist für einen Faulen das Einfachste auf der Welt.»

«Ich denke, im Schlechtsein wäre er auch schnell gut», sagte Mooney, «wenn er nur einen hätte, der ihm zeigt, wie.»

«Na, den wird er schon irgendwo finden, früher oder später», sagte Byron. Beide wandten sich um und sahen zu dem Sägemehlhaufen hinunter, wo Brown und Christmas arbeiteten, der eine mit seiner verbissenen, wilden Stetigkeit, der andere mit ausladenden erratischen Armbewegungen, die nicht einmal sich selbst täuschen konnten.

«Das glaube ich auch», sagte Mooney. «Aber wenn ich vorhätte, schlecht zu sein, dann wollte ich bestimmt nicht ihn zum Partner haben.»

Wie Christmas kam Brown in denselben Sachen zur Arbeit, die er auch auf der Straße trug. Doch anders als Christmas änderte er seinen Aufzug geraume Zeit nicht. «Irgendwann gewinnt er eines Samstagsabends beim Würfeln so viel, dass er sich einen neuen Anzug kaufen kann und immer noch fünfzig Cent in Nickelmünzen übrig hat, mit denen er in der Hosentasche klimpern kann», sagte Mooney. «Und am nächsten Montagmorgen sehen wir ihn dann nicht wieder.» Unterdessen kam Brown weiter in demselben Overall und demselben Hemd zur Arbeit, in denen er in Jefferson angekommen war, und verlor jeden Samstagabend seinen Wochenlohn oder gewann vielleicht ein bisschen und quittierte das eine wie das andere mit dem gleichen idiotischen Gelächter und scherzte und plauderte mit ebenden Männern, die ihn höchstwahrscheinlich regelmäßig beraubten. Dann, eines Tages, hörten sie, er hätte sechzig Dollar gewonnen. «Na, den haben wir die längste Zeit gesehen», sagte einer.

«Ich weiß nicht», sagte Mooney. «Sechzig Dollar, das ist die falsche Summe. Wenn es zehn Dollar gewesen wären oder fünfhundert, dann hättest du wahrscheinlich recht. Aber nicht genau sechzig. Jetzt wird er denken, dass er's hier gut getroffen hat und endlich irgendwo das kassiert, was er seiner Meinung nach in der Woche wert ist.» Und am Montag kam er tatsächlich wieder zur Arbeit, in seinem Overall; die anderen sahen die beiden, Brown und Christmas, unten am Sägemehlhaufen. Sie hatten sie da unten beobachtet, seit Brown dort zu arbeiten angefangen hatte: Christmas, der seine Schaufel langsam und stetig und fest ins Sägemehl stach, als hackte er eine vergrabene Schlange in Stücke («oder einen Menschen», sagte Mooney), und Brown, der sich auf seine Schaufel stützte, während er augenscheinlich Christmas eine Geschichte, eine Anekdote erzählte. Denn im nächsten Moment lachte er los, schrie vor Lachen, warf den Kopf in den Nacken, während der andere neben ihm mit stummer und nicht nachlassender Wildheit arbeitete. Dann fing auch Brown wieder an und arbeitete wieder eine Weile lang so schnell wie Christmas, lud aber immer weniger auf seine Schaufel, bis die Schaufel in ihrem immer kleiner werdenden Bogen das Sägemehl gar nicht mehr berührte. Dann stützte er sich wieder darauf und beendete augenscheinlich, was immer er da Christmas erzählte, dem Mann erzählte, der nicht einmal seine Stimme zu hören schien. Als wäre der andere eine Meile entfernt oder spräche eine andere Sprache, die er nicht verstand, dachte Byron. Und manchmal wurden sie am Samstagabend zusammen in der Stadt gesehen: Christmas in seinem ordentlichen, nüchtern seriösen Aufzug in Serge und in Weiß und mit dem Strohhut auf dem Kopf, und Brown in seinem neuen Anzug (der war hellbraun, mit roten Karos, und dazu trug er ein buntes Hemd und einen Hut wie Christmas, aber mit einem bunten Band), redend und lachend, sodass seine Stimme quer über den Platz schallte und als Echo wieder zurückkam, ein bisschen so, wie in einer Kirche ein bedeutungsloses Geräusch aus allen Richtungen gleichzeitig zu kommen scheint. Als wollte er aller Welt zeigen, dass er und Christmas gute Kumpel waren, dachte Byron. Und dann wandte Christmas sich jedes Mal ab und verließ mit diesem ruhigen, mürrischen Gesicht die kleine Ansammlung, die Browns nackte, leere Stimme um sie herum versammelt hatte, während Brown ihm, noch immer lachend und redend, folgte. Und jedes Mal sagten die anderen Arbeiter: «Na, am Montagmorgen kommt der nicht mehr zur Arbeit.» Aber jeden Montag war er wieder da. Es war Christmas, der als Erster aufhörte.

Er hörte an einem Samstagabend auf, ohne Vorwarnung, nach fast drei Jahren. Brown war es, der ihnen mitteilte, dass

Christmas aufgehört hatte. Manche von den anderen Arbeitern waren Familienväter, andere waren Junggesellen, und sie waren unterschiedlichen Alters und führten ganz verschiedene Leben, doch am Montagmorgen kamen sie alle mit einem gewissen Ernst, fast einem inneren Anstand zur Arbeit. Manche waren jung, und sie tranken am Samstagabend und spielten, und hin und wieder fuhren sie sogar nach Memphis. Doch am Montagmorgen kamen sie ruhig und nüchtern zur Arbeit, in sauberen Overalls und sauberen Hemden, warteten ruhig, bis die Dampfpfeife ertönte, und machten sich dann ruhig an ihre Arbeit, als hinge noch etwas vom Sabbat in der Luft, gleichsam ein unumstößliches Gebot, wonach es sich geziemte und nur recht und billig war, dass man am Montagmorgen, einerlei was einer mit seinem Sabbat angefangen hatte, ruhig und sauber zur Arbeit kam.

Und das war es, was sie immer an Brown beobachtet hatten: Am Montagmorgen erschien er in der Regel in derselben verschmutzten Kleidung wie in der Woche davor, und mit schwarzen Bartstoppeln, die kein Rasiermesser gesehen hatten. Und er war lauter denn je, schrie und trieb seine Scherze wie ein zehnjähriges Kind. Die anderen, die nüchtern zur Arbeit kamen, fanden das nicht richtig. Für sie war es so, als wäre er nackt gekommen, oder betrunken. Es war also Brown, der ihnen an jenem Montagmorgen mitteilte, dass Christmas aufgehört hatte. Er kam zu spät, aber das war es nicht. Er war außerdem unrasiert, aber auch das war es nicht. Er war still. Eine Zeit lang merkten sie gar nicht, dass er da war, denn um diese Zeit hatte er es sonst schon so weit gebracht, dass die Hälfte der Männer ihn verfluchte, und manche in vollem Ernst. Er kam in dem Moment, als die Dampfpfeife ertönte, ging sofort zum Sägemehlhaufen und fing an zu arbeiten, ohne ein Wort an jemanden zu richten, auch nicht, als einer ihn ansprach. Und dann sahen sie, dass er da unten allein war, dass Christmas, sein Partner, nicht da war. Als der Vorarbeiter kam, sagte einer: «Na, wie ich sehe, hast du einen von deinen Feuerwehr-Lehrlingen verloren.»

Mooney blickte in die Richtung, wo Brown in dem Sägemehlhaufen stocherte, als wären es rohe Eier. Er spuckte kurz aus. «Ja. Er ist zu schnell reich geworden. Der kleine elende Posten hier konnte ihn nicht halten.»

«Reich geworden?», fragte der andere.

«Einer von den beiden, ja», sagte Mooney und beobachtete Brown weiter. «Gestern hab ich sie in einem neuen Auto rumfahren sehen. Er» – er deutete mit einer Kopfbewegung auf Brown – «saß am Steuer. Mich hat es nicht überrascht. Mich überrascht nur, dass überhaupt einer von den beiden heute zur Arbeit gekommen ist.»

«Na, ich nehme an, Simms hat keine Mühe in diesen Zeiten, Ersatz zu finden», sagte der andere.

«Damit hätte er wohl nie Mühe», sagte Mooney.

«Ich fand, dass er sich ganz gut gemacht hat.»

«Ah», sagte Mooney. «Ich verstehe. Du sprichst von Christmas.»

«Von wem sprichst du? Hat Brown gesagt, dass er auch aufhört?»

«Glaubst du, dass er da unten bleibt und arbeitet, während der andere den ganzen Tag in diesem neuen Auto in der Stadt rumfährt?»

«Ah.» Der andere sah auch zu Brown hinüber. «Ich möchte wissen, wo sie das Auto herhaben.»

«Ich möchte das gar nicht wissen», sagte Mooney. «Ich möchte bloß wissen, ob Brown heute Mittag aufhört oder ob er bis sechs weiterarbeitet.»

«Also», sagte Byron, «wenn ich hier reich genug würde, dass ich mir ein neues Automobil kaufen könnte, dann würde ich auch aufhören.»

Zwei oder drei von den anderen sahen zu Byron hin. Sie lächelten ein wenig. «Die sind nie im Leben hier so reich geworden», sagte einer. Byron sah ihn an. «Ich nehme an, Byron hält sich aus Geiz so abseits, dass er nicht mitkriegt, was andere Leute wissen», sagte der andere. Sie sahen Byron an. «Brown stellt sich sozusagen in den Dienst der Öffentlichkeit. Christmas hat die Leute immer in das Gehölz weit draußen, hinter Miss Burdens Haus, kommen lassen, abends; Brown bringt ihnen das Zeug jetzt mitten in die Stadt. Ich hab gehört, du musst nur das Kennwort wissen, dann kannst du jeden Samstagabend in welcher Seitengasse du willst einen Pint Whiskey aus seiner Hemdenbrust kaufen.»

«Und wie lautet das Kennwort?», fragte ein anderer. «Fünfundsiebzig Cent?»

Byron sah von einem zum anderen. «Stimmt das? Machen die das wirklich?»

«So macht es Brown. Bei Christmas weiß ich es nicht. Darauf möchte ich nicht wetten. Aber was Brown macht, ist bestimmt nicht so fern von dem, was Christmas macht. Gleich und Gleich gesellt sich gern, wie die Leute sagen.»

«Das stimmt», sagte ein anderer. «Ob Christmas dabei mitmacht oder nicht, das werden wir, glaube ich, nicht erfahren. Er rennt nicht wie Brown mit runtergelassener Hose in der Öffentlichkeit rum.»

«Braucht er auch nicht», sagte Mooney mit einem Blick auf Brown.

Und Mooney hatte recht. Sie beobachteten Brown bis zum Mittag, wie er da unten allein am Sägemehlhaufen stand. Dann ging die Dampfpfeife, und sie holten ihre Henkelmänner und hockten sich ins Pumpenhaus und fingen an zu essen. Brown kam schlecht gelaunt herein, mit mürrischer und zugleich gekränkter Miene wie ein Kind, hockte sich zu ihnen und ließ die Hände zwischen den Knien baumeln. Er hatte sich an diesem Tag nichts zu essen mitgebracht.

«Willst du nicht auch was essen?», fragte einer.

«Kalten Dreck aus einem schmutzigen fettigen Kübel?», sagte Brown. «Bei Tagesanbruch anfangen und den ganzen Tag schuften wie ein verdammter Nigger, und mittags eine Stunde frei, um kalten Dreck aus einem Blechkübel zu essen?»

«Na, kann ja sein, dass manche so arbeiten, wie da, wo sie herkommen, die Nigger arbeiten», sagte Mooney. «Aber ein Nigger könnte hier nicht bis zum Mittagspfeifen bleiben, wenn er so arbeiten würde, wie bestimmte Weiße arbeiten.»

Doch Brown schien ihn nicht zu hören, schien ihm nicht zuzuhören, während er mit mürrischer Miene und baumelnden Händen dahockte. Es war, als ob er niemandem zuhörte außer sich selbst, als hörte er nur sich selbst zu: «Ein Idiot. Ein Mann, der so was macht, ist ein Idiot.»

«Du bist nicht an die Schaufel gekettet», sagte Mooney.

«Da haben Sie verdammt recht», sagte Brown.

Dann tönte die Dampfpfeife. Sie gingen wieder an ihre Arbeit. Sie beobachteten Brown unten am Sägemehlhaufen. Er schaufelte eine Weile, dann wurde er langsamer, bewegte sich immer langsamer, bis er schließlich die Schaufel hielt, als wäre sie eine Reitpeitsche, und sie sahen deutlich, dass er mit sich selbst sprach. «Weil sonst keiner da unten ist, dem er was erzählen kann», sagte einer.

«Das ist es nicht», sagte Mooney. «Er hat sich noch nicht ganz überzeugt. Sich noch nicht ganz daran gewöhnt.»

«Woran gewöhnt?»

«An den Gedanken, dass er ein noch größerer Idiot ist, als ich gedacht hab», sagte Mooney.

Am nächsten Morgen erschien er nicht. «Seine Adresse ist von jetzt an der Barbierladen», sagte einer.

«Oder die Gasse gleich dahinter», sagte ein anderer.

«Ich nehme an, einmal sehen wir ihn noch», sagte Mooney. «Einmal kommt er noch her, um seinen Lohn für gestern zu kassieren.»

So geschah es. Gegen elf Uhr erschien er. Er trug jetzt den neuen Anzug und den Strohhut, und er blieb beim Schuppen stehen und beobachtete die Männer bei der Arbeit, wie Christmas es getan hatte, damals, vor drei Jahren, als ob irgendwie, ohne dass es Brown bewusst war, die Gesten und Gebärden aus dem toten Leben des Meisters die willigen Muskeln des Jüngers motivierten, der zu schnell und zu gut gelernt hatte. Doch Brown brachte es lediglich fertig, zerstreut auszusehen und hohl herumzustolzieren, während der Meister verdrossen und ruhig und unheilvoll wie eine Schlange geblickt hatte. «Dann schuftet mal schön, ihr sklavischen Dreckskerle!», sagte Brown mit fröhlicher, lauter Stimme und zeigte seine Zähne.

Mooney warf Brown einen Blick zu. Da waren Browns Zähne nicht mehr zu sehen. «Du hast sicher nicht mich so genannt», sagte Mooney. «Oder?»

In Browns beweglichem Gesicht vollzog sich ein rascher Wechsel, wie sie es schon von ihm kannten. Als wäre es in Teile zerlegt und so lose zusammengefügt, dass es ihm keinerlei Mühe machte, es zu verändern, dachte Byron. «Ich habe nicht zu Ihnen gesprochen», sagte Brown.

«Ah, ich verstehe.» Mooneys Ton klang freundlich, gelöst. «Du hast also die anderen hier Dreckskerle genannt.»

Sofort sagte ein Zweiter: «Hast du mich gemeint?»

«Ich hab nur zu mir selbst gesprochen», sagte Brown.

«Na, dann hast du einmal in deinem Leben Gottes reine Wahrheit gesagt», sagte Mooney. «Die eine Hälfte wenigstens. Möchtest du, dass ich zu dir komme und dir die andere Hälfte ins Ohr flüstere?»

Und danach sahen sie ihn nie wieder in der Sägemühle, doch Byron weiß und erinnert sich jetzt, das neue Auto (die eine Stoßstange oder beide waren inzwischen zerbeult) in der Stadt gesehen zu haben, müßig, ziellos und andauernd, und Brown saß hingelümmelt hinterm Steuer und wirkte nicht sehr überzeugend als leichtlebiger und beneidenswerter Müßiggänger.

Hin und wieder war Christmas bei ihm, aber nicht oft. Und jetzt ist es kein Geheimnis mehr, was sie gemacht haben. Es ist allgemein bekannt unter jungen Männern und sogar Jugendlichen, dass man bei Brown fast jederzeit Whiskey kaufen kann, und die Stadt wartet nur darauf, dass er erwischt wird, dass er eine Flasche aus seinem Regenmantel hervorzieht und sie einem verdeckten Ermittler anbietet. Man weiß immer noch nicht mit Sicherheit, ob Christmas in die Sache verwickelt ist, nur dass keiner Brown genug Verstand zutraut, den Handel mit schwarzgebranntem Schnaps allein mit Gewinn zu betreiben, und ein paar Leute wissen, dass beide, Brown und Christmas, in einer Hütte auf dem Grundstück der Burdens leben, aber auch die wissen nicht, ob Miss Burden davon weiß oder nicht, und wenn sie es wüssten, würden sie es ihr nicht sagen. Sie lebt allein in dem großen Haus, eine Frau mittleren Alters. Sie lebt seit ihrer Geburt in dem großen Haus, trotzdem ist sie noch immer eine Fremde, eine Ausländerin, deren Familie während der Zeit der Reconstruction aus dem Norden kam. Sie ist ein Yankee, eine Neger-Freundin, über die man sich in der Stadt noch immer Geschichten von sonderbaren Beziehungen zu Negern in und außerhalb der Stadt erzählt, obwohl es inzwischen sechzig Jahre her ist, dass ihr Großvater und ihr Bruder von einem ehemaligen Sklavenbesitzer auf dem Platz umgebracht wurden, bei einem Streit über das Wahlrecht der Neger bei bundesstaatlichen Wahlen. Aber die Geschichte umweht sie und das Grundstück noch immer: etwas Dunkles und Fremdes und Bedrohliches, obwohl sie doch eine Frau ist und bloß eine Nachfahrin derer, die zu hassen und zu fürchten die Vorfahren der Städter Grund hatten (oder zu haben glaubten). Aber das Vergangene ist da: in der Beziehung der Nachfahren beider zu den Geistern der jeweils anderen, mit dem Phantom des alten vergossenen Blutes, des alten Schreckens, des Zorns und der Angst zwischen ihnen.

Wenn es denn einst Liebe gegeben hat – Männer wie Frauen hätten gesagt, dass Byron Bunch sie vergessen hatte. Oder, wahrscheinlicher noch, sie (die Liebe) ihn – den kleinen Mann, der die dreißig hinter sich gelassen, der sieben Jahre lang jede Woche sechs Tage im Hobelwerk verbracht und Bretter in die Maschine geschoben hat. Auch die Samstagnachmittage verbringt er dort, allein jetzt, denn die anderen Arbeiter sind alle in der Stadt, in ihren Sonntagskleidern, mit ihren Schlipsen, und ergeben sich dem schrecklichen, ziellosen, unruhigen Müßiggang hart arbeitender Männer.

An diesen Samstagnachmittagen lädt er, da er die Hobelmaschine nicht allein bedienen kann, die fertigen Bretter auf Güterwagen, wobei er seine Arbeitszeit bis auf die Sekunde nach einem imaginierten Pfeifen einhält. Die anderen Arbeiter, die Stadt selbst oder der Teil der Stadt, der sich an ihn erinnert oder an ihn denkt, glauben, dass er es wegen der Überstunden tut, die er bezahlt bekommt. Mag sein, das ist der Grund. Der Mensch weiß so wenig von seinen Mitmenschen. In seinen Augen handeln alle Männer und Frauen aufgrund der Motive, die, wie er glaubt, ihn selbst bewegen würden, wäre er so verrückt, das zu tun, was diese anderen Männer und Frauen tun. In Wirklichkeit gibt es in der Stadt nur einen Mann, der mit einiger Sicherheit etwas über Bunch sagen könnte, und die Stadt weiß nicht, dass Bunch Umgang mit diesem Mann hat, da die beiden sich nur abends treffen und sprechen. Dieser Mann heißt Hightower. Vor fünfundzwanzig Jahren war er Geistlicher an einer der wichtigsten Kirchen, vielleicht der wichtigsten Kirche der Stadt. Allein dieser Mann weiß, wohin Bunch an jedem Samstagabend geht, wenn das imaginierte Pfeifen ertönt (oder wenn Bunchs große silberne Taschenuhr sagt, dass es ertönt ist). Mrs. Beard, in deren Pension Bunch wohnt, weiß nur, dass Bunch jeden Samstag kurz nach sechs Uhr das Haus betritt, badet und sich einen Anzug aus billigem Serge, der nicht neu ist, anzieht, sein Abendessen zu sich nimmt, dann das Maultier sattelt, das er in einem von ihm selbst ausgebesserten und gedeckten Schuppen hinter dem Haus hält, und davonreitet. Sie weiß nicht, wohin er reitet. Der Geistliche Hightower allein weiß, dass Bunch dreißig Meilen in die Landschaft hinaus reitet und den Sonntag damit verbringt, den Chor einer Kirche auf dem Lande zu leiten – bei einem Gottesdienst, der den ganzen Tag dauert. Dann, irgendwann gegen Mitternacht, sattelt er das Maultier wieder und reitet in einem steten nächtlichen Trott nach Jefferson zurück. Und am Montagmorgen ist er in sauberem Overall und einem sauberen Hemd im Hobelwerk zur Stelle, wenn die Dampfpfeife ertönt. Mrs. Beard weiß nur, dass jede Woche vom Abendessen am Samstagabend bis zum Frühstück am Montagmorgen sein Zimmer und der selbstgebaute Stall des Maultiers leer sind. Hightower allein weiß, wohin Bunch reitet und was er dort tut, denn an zwei oder drei Abenden in der Woche besucht Bunch Hightower in dem kleinen Haus, wo der ehemalige Geistliche allein lebt, in Schande lebt, wie es in der Stadt heißt – das Haus ungestrichen, klein, düster, spärlich beleuchtet, von Männergeruch, schlechtem Männergeruch erfüllt. Hier sitzen die beiden im Studierzimmer des Geistlichen und unterhalten sich leise: der kleine, unauffällige Mann, dem es ganz und gar entgeht, dass er für seine Arbeitskollegen ein rätselhafter Mensch ist, und der fünfzig Jahre alte Außenseiter, der von seiner Kirche verstoßen worden ist.

Dann verliebte sich Byron. Er verliebte sich gegen alle Tradition seiner strengen und eifersüchtigen ländlichen Erziehung, die dem Gegenstand der Liebe physische Unversehrtheit abverlangt. Es geschieht an einem Samstagnachmittag, als er allein im Hobelwerk ist. Zwei Meilen entfernt brennt noch das Haus, der gelbe Rauch steht senkrecht wie ein Monument am Horizont. Sie sahen es kurz vor Mittag, als der Rauch frisch über die Bäume stieg, ehe die Dampfpfeife ertönte und die anderen fortgingen. «Wahrscheinlich geht Byron heute auch», sagten sie. «Wo es ein Feuer anzugucken gibt.»

«Ein großes Feuer», sagte ein anderer. «Was kann es sein? Ich weiß in der Richtung nichts, das groß genug ist, um so viel Rauch zu machen, außer dem Haus der Burdens.»

«Vielleicht ist es das ja», sagte ein anderer. «Mein Papa sagt, er kann sich noch daran erinnern, wie die Leute vor fünfzig Jahren gesagt haben, man müsste es anzünden, und am besten mit ein bisschen fettem Menschenfleisch darin, damit es schön brennt.»

«Vielleicht ist dein Papa heimlich hingelaufen und hat es angezündet», sagte ein Dritter. Sie lachten. Dann arbeiteten sie weiter und warteten auf das Pfeifen und hielten hin und wieder inne, um nach dem Rauch zu sehen. Nach einer Weile fuhr ein Laster voller Baumstämme vor. Sie fragten den Fahrer, der durch die Stadt gekommen war.

«Burden», sagte der Fahrer. «Ja. Das ist der Name. Jemand in der Stadt hat gesagt, dass der Sheriff auch da rausgefahren ist.»

«Klar, Watt Kennedy guckt sich, glaube ich, gern ein Feuer an, auch wenn er seine Plakette mitnehmen muss», sagte einer.

«So wie es in der Stadt auf dem Platz aussieht», sagte der Fahrer, «wird er nicht viel Mühe haben, alle, die er verhaften will, da draußen zu finden.»

Das Mittagspfeifen ertönte. Die anderen gingen. Byron aß sein Mittagessen, die silberne Taschenuhr lag offen neben ihm. Als sie ein Uhr anzeigte, ging er wieder an die Arbeit. Er war allein im Ladeschuppen und machte seine steten und nicht endenden Gänge zwischen dem Schuppen und dem Güterwagen, mit einem Stück gefalteten Sackleinens auf der Schulter als Polster, und auf dem Polster Stapel von Brettern, von denen jeder andere gesagt hätte, dass er sie weder heben noch tragen könnte, als Lena Grove hinter ihm zur Tür hereinkam, das Gesicht in Vorfreude zu einem heiteren Lächeln bereit, den Mund schon um einen Namen geformt. Er hört sie und dreht sich um und sieht ihren Gesichtsausdruck schwinden wie die ersterbende Erregung in einem Brunnen, in den ein Kieselstein gefallen ist.

«Sie sind es gar nicht», sagt sie hinter ihrem schwindenden Lächeln und mit dem ernsten Erstaunen eines Kindes.

«Nein, Ma'am», sagt Byron. Er bleibt stehen und dreht sich halb um, mit den in Balance gehaltenen Brettern. «Nein, ich glaube nicht, dass ich es bin. Wer bin ich denn nicht?»

«Lucas Burch. Man hat mir gesagt –»

«Lucas Burch?»

«Man hat mir gesagt, ich würde ihn hier draußen finden.» Sie spricht mit einer Spur gelassenen Misstrauens und beobachtet ihn, ohne zu blinzeln, als glaubte sie, er versuche sie zu täuschen. «Als ich näher zur Stadt kam, sagten die Leute immer Bunch statt Burch. Aber ich hab gedacht, sie sagen den Namen nur falsch. Oder ich hätte ihn vielleicht falsch gehört.»

«Richtig, Ma'am», sagt er. «Das ist der Name: Bunch. Byron Bunch.» Die Bretter noch immer auf der Schulter balancierend, sieht er sie an, ihren geschwollenen Leib, ihre schweren Hüften, den roten Staub auf den schweren Männerschuhen an ihren Füßen. «Sind Sie Miz Burch?»

Sie antwortet nicht gleich. Sie steht halb in der Tür und beobachtet ihn aufmerksam, aber ohne Beunruhigung, mit einem unbekümmerten, leicht verdutzten, leicht misstrauischen Blick. Ihre Augen sind ganz blau. Doch liegt darin der Schatten ihres Verdachts, dass er sie nur täuschen will. «Schon weit weg, auf der Landstraße, haben sie mir gesagt, dass Lucas im Hobelwerk in Jefferson arbeitet. Viele haben das gesagt. Und dann bin ich in Jefferson angekommen, und sie haben mir gesagt, wo das Hobelwerk ist, und ich habe in der Stadt nach Lucas Burch gefragt, und die Leute haben gesagt: ‹Vielleicht meinen Sie Bunch›, und so hab ich gedacht, vielleicht haben sie seinen Namen nur falsch verstanden und dass es nicht weiter wichtig wäre. Auch als sie gesagt haben, dass der Mann, den sie meinten, keine dunkle Gesichtsfarbe hätte. Sie wollen mir doch nicht sagen, dass Sie hier draußen keinen Lucas Burch kennen.»

Byron legt die Ladung Bretter auf den Boden, in einem ordentlichen Stapel, sodass sie gleich wieder aufgenommen werden können. «Nein, Ma'am. Nicht hier draußen. Hier draußen ist kein Lucas Burch. Und ich kenne alle, die hier arbeiten. Vielleicht arbeitet er irgendwo in der Stadt. Oder in einem anderen Sägewerk.»

«Gibt es noch ein anderes Hobelwerk?»

«Nein, Ma'am. Aber es gibt ein paar Sägemühlen, ganz schön viele sogar.»

Sie beobachtet ihn. «Man hat mir unterwegs gesagt, dass er beim Hobelwerk arbeitet.»

«Ich kenne hier niemanden mit diesem Namen», sagt Byron. «Ich weiß überhaupt von niemandem, der Burch heißt, außer mir, und ich heiße Bunch.»

Sie beobachtet ihn weiter mit diesem Ausdruck, der weniger Sorge um die Zukunft als vielmehr Misstrauen gegenüber dem Jetzt verrät. Dann atmet sie. Es ist kein Seufzer: Sie atmet einfach einmal tief und ruhig ein und wieder aus. «Na gut», sagt sie. Sie dreht sich halb um und blickt umher, auf die gesägten Bretter, die gestapelten Hölzer. «Ich glaube, ich setze mich ein Weilchen hin. Es ist recht ermüdend, auf den harten Straßen von der Stadt raufzukommen. Fast hat mich der Weg von der Stadt hier raus mehr ermüdet als der ganze Weg von Alabama.» Sie geht auf einen niedrigen Stapel Planken zu.

«Warten Sie», sagt Byron. Er macht fast einen Satz nach vorn und zieht sich das Sackpolster von der Schulter. Die Frau, schon im Begriff, sich hinzusetzen, hält inne, und Byron breitet den Sack auf den Planken aus. «So sitzen Sie bequemer.»

«Oh, Sie sind recht freundlich.» Sie setzt sich.

«Ich glaube, so haben Sie's ein bisschen bequemer», sagt Byron. Er nimmt die silberne Uhr aus der Tasche und blickt darauf; dann setzt er sich auch, an das andere Ende des Holzstapels. «Ich nehme an, fünf Minuten, das ist in Ordnung.»

«Fünf Minuten zum Ausruhen?», fragt sie.

«Fünf Minuten, seit Sie reingekommen sind. Ich glaube, dass ich mit dem Ausruhen schon angefangen hab. Am Samstagabend achte ich immer selbst auf die Zeit», sagt er.

«Und jedes Mal, wenn Sie eine Minute Pause machen, rechnen Sie das ab? Woher sollen die wissen, dass Sie Pause gemacht haben? Ein paar Minuten, das schadet doch nicht, oder?»

«Ich nehme an, ich werde nicht fürs Hinsetzen bezahlt», sagt er. «Sie kommen also von Alabama?»

Sie erzählt nun ihm, während sie selber mit schwerem Leib auf dem Sackpolster sitzt, das Gesicht ruhig und friedlich, und er sie ebenso ruhig betrachtet; sie erzählt ihm mehr, als ihr bewusst ist, so wie sie nun schon öfter in den vier Wochen, die sie unterwegs ist, fremden Gesichtern erzählt hat, unter denen sie sich mit der gleichen ungetrübten Gelassenheit bewegt hat, mit der eine Jahreszeit in die andere übergeht. Und Byron seinerseits erhält das Bild einer jungen Frau, die betrogen und sitzengelassen wurde und die nicht einmal erkennt, dass sie sitzengelassen wurde, und die auch noch nicht den Namen Burch trägt.

«Nein, ich glaube nicht, dass ich ihn kenne», sagt er schließlich. «Außerdem ist außer mir auch niemand hier, heute Abend. Die andern sind alle bei dem Brand da drüben, höchstwahrscheinlich.» Er zeigt ihr die gelbe Rauchsäule, die hoch und von keinem Wind bewegt über den Bäumen steht.

«Wir konnten das Feuer vom Fuhrwerk aus sehen, ehe wir in die Stadt kamen», sagt sie. «Es ist ein recht großes Feuer.»

«Es ist ein ziemlich großes altes Haus. Es steht da schon seit langem. Niemand wohnt darin außer einer einzigen alleinlebenden Dame. Ich nehme an, in der Stadt gibt's einige, die sagen, dass das die gerechte Strafe ist, auch jetzt noch. Sie ist ein Yankee. Ihre Familie ist während der Reconstruction hergekommen, um die Nigger aufzuwiegeln. Zwei von ihnen sind dabei umgebracht worden. Die Leute sagen, sie gibt sich immer noch mit Niggern ab. Besucht sie, wenn sie krank sind, als wären es Weiße. Will keine Köchin haben, weil das eine Nigger-Köchin sein müsste. Die Leute sagen, sie behauptet, dass Nigger genauso sind wie Weiße. Deshalb gehen die Leute nie zu ihr raus. Außer einem.» Sie sieht ihn an, hört ihm zu. Jetzt sieht er sie nicht an, sondern sieht ein bisschen zur Seite. «Oder vielleicht zweien, nach dem, was ich gehört hab. Ich hoffe, sie waren rechtzeitig genug da und haben ihr geholfen, die Möbel rauszutragen. Vielleicht waren sie dort.»

«Wer, wo?»

«Zwei Männer, die beide Joe heißen, sie wohnen irgendwo da draußen. Joe Christmas und Joe Brown.»

«Joe Christmas? Das ist ein komischer Name.»

«Er ist auch ein komischer Kerl.» Wieder sieht er ein bisschen an ihrem aufmerksamen Gesicht vorbei. «Sein Kumpel ist auch so einer. Brown. Er hat auch hier gearbeitet. Aber sie haben aufgehört, beide. Kein großer Verlust, für keinen, nehme ich an.»

Die Frau sitzt auf dem Sack, aufmerksam, friedlich. Die beiden könnten auch an einem Sabbatnachmittag in ihren Sonntagskleidern in Lehnstühlen auf dem patinaglatten Boden vor einer Hütte auf dem Land sitzen. «Heißt sein Kumpel auch Joe?»

«Ja, Ma'am. Joe Brown. Aber ich nehme an, das könnte sein richtiger Name sein. Denn wenn man sich einen vorstellt, der Brown heißt, dann stellt man sich einen großmäuligen Burschen vor, der dauernd lacht und laut redet. Und so denke ich, dass es sein richtiger Name ist, auch wenn Joe Brown einem irgendwie ein bisschen zu glatt und leicht für einen natürlichen Namen vorkommt. Aber es wird schon seiner sein, nehme ich an. Denn wenn er für sein Mundwerk bezahlt würde, dann würde ihm die Sägemühle hier jetzt schon gehören. Er und Christmas verstehen sich jedenfalls gut.»

Sie beobachtet ihn die ganze Zeit. Ihr Gesichtsausdruck ist noch heiter, aber jetzt ist er auch ganz ernst, die Augen blicken ganz ernst und ganz gespannt. «Was machen sie, er und der andere?»

«Nichts, was verboten wäre, nehme ich an. Wenigstens sind sie noch nicht dabei geschnappt worden. Brown hat hier gearbeitet, sozusagen – wenn er gerade mal nicht gelacht und mit anderen seine Scherze gemacht hat. Aber Christmas hat sich zurückgehalten. Sie leben irgendwo zusammen da draußen, wo das Haus brennt. Und ich hab gehört, womit sie sich ihren Lebensunterhalt verdienen. Aber das geht mich erstens nichts an. Und zweitens ist das meiste, was Leute über andere Leute reden, schon mal gar nicht wahr. Und so nehme ich an, dass ich nicht besser bin als irgendein anderer.»

Sie beobachtet ihn. Sie blinzelt nicht einmal mit den Augen. «Und er sagt, er heißt Brown.» Es hätte eine Frage sein können, aber sie wartet nicht auf eine Antwort. «Was sind das für Geschichten, die Sie gehört haben über das, was die beiden machen?»

«Ich möchte keinem was Schlechtes nachsagen», sagt Byron. «Ich nehme an, ich hätte lieber nicht so viel reden sollen. Es stimmt, man gerät anscheinend sofort in Schwierigkeiten, wenn man aufhört zu arbeiten.»

«Was für Geschichten?», fragt sie. Sie hat sich nicht gerührt. Sie spricht mit ruhiger Stimme, aber Byron hat sich schon verliebt, auch wenn er es noch nicht weiß. Er sieht sie nicht an, spürt ihren ernsten, bohrenden Blick auf seinem Gesicht, seinem Mund.

«Manche behaupten, dass sie Whiskey verkaufen. Dass sie ihn da draußen verstecken, wo jetzt das Haus brennt. Und dann geht eine Geschichte um, dass Brown einmal am Samstagabend in der Stadt, als er betrunken war, mehr oder weniger etwas ausgeplaudert hat, was besser nicht gesagt worden wäre; wie er und Christmas eines Abends in Memphis waren, oder auf einer dunklen Landstraße in der Nähe von Memphis, und es kam ein Revolver drin vor. Vielleicht zwei Revolver. Denn Christmas ist schnell dazugekommen und hat Brown den Mund verboten und ihn weggezogen. Jedenfalls war's was, wovon Christmas nicht wollte, dass es erzählt wurde, und auch Brown hätte es bestimmt nicht ausgeplaudert, wäre er klar im Kopf gewesen und nicht betrunken. Das ist das, was ich gehört habe. Ich selbst bin nicht dabei gewesen.» Als er jetzt das Gesicht hebt, merkt er, dass er es schon wieder gesenkt hat, bevor er auch nur ihrem Blick begegnet ist. Er hat, so scheint es, schon eine Vorahnung von etwas, das jetzt unwiderruflich ist, nicht rückgängig gemacht werden kann, er, der geglaubt hatte, hier draußen im Hobelwerk und allein an einem Samstagnachmittag wäre er an einem Ort, wo die Gelegenheit, wehzutun oder zu verletzen, ihn nicht aufspüren könnte.

«Wie sieht er aus?», sagt sie.

«Christmas? Also –»

«Ich meine nicht Christmas.»

«Oh. Brown. Ja. Groß, jung. Dunkle Gesichtsfarbe; Frauen nennen ihn hübsch, ganz schön viele, hab ich sagen hören. Einer, der gern lacht und rumalbert und mit den Leuten seine Scherze treibt. Aber ich …» Seine Stimme bricht ab. Er kann sie nicht ansehen, spürt ihren steten, nüchternen Blick auf seinem Gesicht.

«Joe Brown», sagt sie. «Hat er eine kleine weiße Narbe hier am Mund?»

Und er kann sie nicht ansehen, und er sitzt auf dem gestapelten Holz, und da ist es schon zu spät, und er könnte sich die Zunge abbeißen.

III

Vom Fenster seines Studierzimmers kann er die Straße sehen. Sie ist nicht weit weg, denn das Rasenstück ist nicht breit. Ein kleiner Rasen, auf dem ein halbes Dutzend niedrigwachsender Ahornbäume steht. Auch das Haus, ein brauner, ungestrichener und unauffälliger Flachbau, ist klein und fast ganz verdeckt von buschig wachsender Myrte, Syringe und Eibisch, abgesehen von der Lücke, durch die er vom Fenster seines Studierzimmers die Straße beobachtet. So versteckt liegt das Haus, dass das Licht von der Straßenlaterne an der Ecke es kaum berührt.

Von dem Fenster aus kann er auch das Schild sehen, das er sein Denkmal nennt. Es ist niedrig und steht, der Straße zugewandt, in der Ecke des Vorgartens. Es ist neunzig Zentimeter breit und vierzig Zentimeter hoch – ein ordentliches längliches Rechteck, das Passanten seine Vorderseite und ihm seine Rückseite präsentiert. Aber er braucht es nicht zu lesen, denn er hat es selbst gemacht, ordentlich, mit Hammer und Säge, und er hat, ebenfalls ordentlich, die Beschriftung gemalt, in aller Sorgfalt, als ihm bewusst wurde, dass er nun anfangen müsste, Geld zu verdienen für Brot und Feuerholz und Kleidung. Als er das Seminar verließ, hatte er ein kleines, ihm von seinem Vater hinterlassenes Einkommen, das er, sobald er seine Gemeinde hatte, vierteljährlich nach Erhalt des Schecks unverzüglich an eine Institution für gefallene Mädchen in Memphis überwies. Dann verlor er seine Gemeinde, verlor die Kirche, und das Bitterste, was ihm, so glaubte er, je widerfahren war – noch bitterer als der schmerzliche Verlust und die Schande –, war der Brief, den er schreiben musste, um mitzuteilen, dass er von nun an nur noch die Hälfte der bisher von ihm gesandten Summe schicken könne.

So schickte er also weiterhin die Hälfte der Einkünfte, die in ihrer Gesamtheit gerade ausgereicht hätten, ihn am Leben zu erhalten. «Zum Glück gibt es ja einiges, das ich tun kann», sagte er damals. Daher also das von ihm ordentlich getischlerte und beschriftete Schild, mit kleinen, geschickt in die Farbe eingefügten Glassplittern, sodass die Buchstaben bei Dunkelheit, wenn das Licht der Straßenlaterne an der Ecke darauf schien, weihnachtlich glitzerten:

Reverend Gail Hightower, D. [1]
Kunstunterricht
Handgemalte Weihnachts- & Geburtstagskarten
Entwickeln von Fotografien

Doch das war Jahre her, und er hatte keine Kunststudenten gehabt und nur wenige Weihnachtskarten verkauft und fotografische Platten entwickelt, und aus den verblassten Buchstaben waren die Farbe und die Glassplitter herausgewittert. Sie waren jedoch noch lesbar; aber wie Hightower selbst wusste, musste kaum einer der Stadtbewohner sie noch lesen. Nur hin und wieder verweilte ein Negerkindermädchen mit ihren weißen Schützlingen davor und buchstabierte sie laut, mit der leeren Dummheit träger und des Lesens unkundiger Menschen ihres Schlages, oder ein Fremder, der zufällig die ruhige, entlegene, ungepflasterte und selten benutzte Straße entlangkam, blieb stehen und las das Schild und sah dann zu dem kleinen braunen, fast verborgenen Haus hin und ging weiter, und manchmal erwähnte der Fremde dann das Schild gegenüber einem Bekannten in der Stadt. «O ja», sagte dann der Freund. «Hightower. Er lebt da ganz allein. Er kam als Geistlicher der presbyterianischen Kirche in die Stadt, aber seine Frau hat

1 Doctor of Divinity, Doktor der Theologie. Anm. d. Übers.

Schande über ihn gebracht. Sie ist hin und wieder heimlich nach Memphis gefahren und hat sich dort amüsiert. Das war vor ungefähr fünfundzwanzig Jahren, gleich nachdem er hergekommen war. Manche Leute behaupteten, er habe gewusst, was sie trieb. Dass er ihr nicht genügen konnte oder wollte und dass er wusste, was sie trieb. Dann, an einem Samstagabend, ist sie zu Tode gekommen, in einem Haus oder so in Memphis. Die Zeitungen waren voll davon. Er musste sein kirchliches Amt aufgeben, aber aus irgendeinem Grund wollte er Jefferson nicht verlassen. Obwohl man versuchte, ihn dazu zu bringen, zu seinem eigenen Wohl wie zu dem der Stadt und der Kirche. Für die Kirche war das natürlich eine ziemlich üble Geschichte. Fremde sind gekommen und hörten davon und dass er sich weigere, die Stadt zu verlassen. Aber er ist nicht weggegangen. Seitdem lebt er da drüben in der Straße, die einst die Hauptstraße war, ganz für sich allein. Wenigstens ist es jetzt keine Hauptstraße mehr. Das ist schon mal gut. Aber außerdem stört er auch niemanden mehr, und ich glaube, die meisten Leute haben ihn vergessen. Er macht selbst die Hausarbeit. Ich glaube, in den fünfundzwanzig Jahren ist nie jemand in dem Haus gewesen. Wir wissen nicht, warum er hierbleibt. Aber jedes Mal, wenn man in der Dämmerung oder bei Einbruch der Dunkelheit dort vorbeigeht, kann man ihn am Fenster sitzen sehen. Er sitzt einfach nur da. Sonst sieht man ihn kaum, außer ab und zu, wenn er in seinem Garten arbeitet.»

Das Schild, das er getischlert und gemalt hat, bedeutete ihm also noch weniger als den Leuten in der Stadt; er nimmt es nicht mehr bewusst als Schild, als Mitteilung wahr. Es fällt ihm erst dann wieder ein, wenn er sich kurz vor der Dämmerung an seinen Platz am Fenster des Studierzimmers setzt. Und dann ist es nur ein vertrautes, niedriges, längliches Rechteck ohne jegliche Bedeutung, das niedrig an der Straße, am Ende des flachen Rasens steht; es könnte auch aus der tragischen und unausweichlichen Erde gewachsen sein, so wie die niedrig sich ausbreitenden Ahornbäume und die Büsche wachsen, ohne dass er etwas dazutut, ohne dass er sie hindert. Er sieht nicht mehr zu dem Schild hin, so wie er auch die Bäume nicht wirklich sieht, unter denen und durch die hindurch er die Straße beobachtet, während er auf den Einbruch der Dunkelheit, den Moment der Nacht wartet. Das Haus, das Studierzimmer, alles liegt im Dunkel hinter ihm, und er wartet auf den Moment, in dem alles Licht aus dem Himmel gewichen ist und es Nacht wäre, wenn da nicht das schwache Licht wäre, das, bei Tag gespeichert, nun von Blatt und Halm widerstrebend ausgeatmet wird und immer noch für ein wenig Licht auf Erden sorgt, obwohl die Nacht gekommen ist. *Jetzt, bald*, denkt er; *bald, jetzt* Er sagt nicht, nicht einmal zu sich selbst: «Es bleibt doch noch etwas von Ehre und Stolz, von Leben.»

Als Byron Bunch vor sieben Jahren neu nach Jefferson kam und das kleine Schild *Gail Hightower, D. . Kunstunterricht Weihnachtskarten Entwickeln von Fotografien* sah, dachte er: ‹D. .? Was heißt D. .?›, und er fragte, und man sagte ihm, es bedeute Debiler Dissident. Gail Hightower, debiler Dissident, wenigstens in Jefferson, sagte man ihm. Und dass Hightower unmittelbar vom Seminar nach Jefferson gekommen sei, dass er sich geweigert habe, einen Ruf in eine andere Stadt anzunehmen, und dass er alle möglichen Drähte gezogen habe, um nach Jefferson geschickt zu werden. Und wie er dann zusammen mit seiner jungen Frau eintraf und sich schon beim Aussteigen aus dem Zug in einem Zustand der Erregung befand und redete und den alten Männern und Frauen, den Säulen der Gemeinde, erzählte, dass er von Anfang an, seit er beschlossen habe, Geistlicher zu werden, darauf versessen gewesen sei, nach Jefferson zu kommen; wie er ihnen mit freudiger Befriedigung von den Briefen erzählte, die er geschrieben, und der inneren Anspannung, die er gespürt, und von dem Einfluss, den er genutzt habe, um nach hier berufen zu werden. Für die Leute in der

Stadt hörte sich das an wie die freudige Befriedigung eines Pferdehändlers bei einem vorteilhaften Handel. Vielleicht hörte es sich genau so für die Kirchenältesten an. Denn sie hörten ihm mit einer gewissen Kälte, mit Erstaunen und Zweifeln zu, weil es so klang, als ginge es ihm nur um die Stadt, in der er leben, und nicht um die Kirche und die Gemeindeglieder, denen er dienen wollte. Als wären ihm die Menschen, die lebenden Menschen, und ob sie ihn hier haben wollten oder nicht, gleichgültig. Außerdem war er jung, und die alten Männer und die alten Frauen versuchten seine freudige Erregung zu dämpfen, indem sie von den ernsten kirchlichen Angelegenheiten sprachen, von der Verantwortung der Kirche und seiner eigenen. Und sie erzählten Byron, dass der junge Geistliche auch nach sechs Monaten immer noch erregt war und immer noch vom Bürgerkrieg sprach und von seinem Großvater, einem Kavalleristen, der ums Leben gekommen, und von General Grant, dessen Lager in Jefferson in Flammen aufgegangen war, bis alles keinen Sinn mehr ergab. Sie erzählten Byron, dass Hightower anscheinend auch von der Kanzel so gesprochen habe, wild auch auf der Kanzel, und die Religion behandelt hätte, als wäre sie ein Traum. Nein, nicht ein Albtraum, sondern etwas, das schneller ging als die Wörter im Buch der Bücher, eine Art Wirbelsturm, der die eigentliche Erde nicht einmal zu berühren brauchte. Und auch das gefiel den alten Männern und Frauen nicht.

Es war so, als hätte er die Religion und die galoppierende Kavallerie und seinen toten, vom galoppierenden Pferd heruntergeschossenen Großvater nicht mehr auseinanderhalten können, auch auf der Kanzel nicht. Und dass er sie vielleicht auch zu Hause, in seinem Privatleben, nicht auseinanderhalten konnte. Vielleicht hatte er es zu Hause nicht einmal versucht, dachte Byron, und er dachte, dass es genau das ist, was Männer den Frauen, die zu ihnen gehören, antun; und er dachte, dass Frauen deshalb stark sein mussten und nicht verantwortlich gemacht werden durften für das, was sie mit Männern machten oder für oder wegen der Männer taten, weil Gott ja doch wusste, dass es eine ziemlich vertrackte Angelegenheit war, jemandes Ehefrau zu sein. Sie erzählten ihm, dass die Ehefrau eine kleine, still wirkende junge Frau war, von der die Stadt anfangs glaubte, sie habe ihrerseits nicht viel zu sagen. Aber die Stadt sagte, wenn Hightower ein zuverlässigerer Mann gewesen wäre, mehr so, wie man es von einem Geistlichen erwarten sollte, statt dreißig Jahre nach dem einzigen Tag geboren worden zu sein, an dem er je gelebt zu haben schien – nämlich dem, an dem sein Großvater von seinem galoppierenden Pferd geschossen worden war –, dann wäre es auch ihr besser ergangen. Aber das war er nicht, und die Nachbarn hörten sie manchmal nachmittags oder spätabends im Pfarrhaus weinen, und die Nachbarn wussten, dass der Ehemann nicht wusste, was er dagegen tun sollte, weil er nicht wusste, was der Kummer war. Und dass sie manchmal nicht zur Kirche kam, wo doch ihr eigener Ehemann predigte, sogar sonntags nicht, und dann sahen sie ihn an und fragten sich, ob er überhaupt wusste, dass sie nicht da war, oder ob er am Ende vergaß, dass er je eine Frau gehabt hatte, wenn er auf der Kanzel stand und seine Hände durch die Luft flogen und der Glaubenssatz, zu dem er predigen sollte, voll galoppierender Kavallerie und Niederlage und Ruhm war, so wie umgekehrt auf der Straße, wenn er ihnen von den galoppierenden Pferden erzählen wollte, alles vermengt wurde mit Absolution und Chören martialischer Seraphim, bis die alten Männer und Frauen schließlich glauben mussten, dass das, was er in Gottes eigenem Haus an Gottes eigenem Tag predigte, an Frevel grenzte.

Und sie erzählten Byron, wie das Gesicht der Frau nach einem Jahr in Jefferson diesen erstarrten Ausdruck annahm, und wenn die Kirchendamen zu Hightower gingen, um ihn zu besuchen, empfing er sie allein, in Hemdsärmeln und ohne Kragen, wie aufgescheucht, und eine Weile lang schien es so, als hätte er nicht die geringste Ahnung, warum sie gekommen waren und was er zu tun hatte. Dann bat er sie herein und entschuldigte sich und ging aus dem Zimmer. Und nirgendwo im Haus hörten sie ein Geräusch, und die ganze Zeit saßen sie in ihren Sonntagskleidern da, sahen sich gegenseitig an, sahen sich im Zimmer um und lauschten und hörten keinen Laut. Und dann kam er wieder herein, in Rock und Kragen, setzte sich und sprach mit ihnen über die Gemeinde und die Kranken, und sie sprachen mit ihm, klar und ruhig, immer noch horchend und vielleicht die Tür im Auge, vielleicht mit der unausgesprochenen Frage, ob er wohl wusste, was sie schon zu wissen glaubten.

Dann hörten die Damen auf, ihn zu besuchen. Bald sahen sie auch die Frau des Geistlichen nicht mehr auf der Straße. Und er verhielt sich immer noch so, als wäre alles in bester Ordnung. Und dann verschwand sie immer mal wieder ein, zwei Tage lang; man sah sie in den Frühzug einsteigen, mit einem Gesicht, das nach und nach schmal und hager wurde, als äße sie nicht genug, und mit diesem erstarrten Ausdruck, als sähe sie das nicht, worauf ihr Blick fiel. Und er sagte dann, dass sie ihre Familie besuche, irgendwo im Süden, bis eines Tages, während einer dieser Abwesenheiten, eine Frau aus Jefferson, die zum Einkaufen nach Memphis gefahren war, sie dort mit schnellen Schritten in ein Hotel gehen sah. Es war an einem Samstag, als die Frau zurückkam und das erzählte. Aber am nächsten Tag stand Hightower auf der Kanzel, wo er wieder den Glauben und die galoppierende Kavallerie vermischte, und am Montag kehrte seine Frau zurück, und am Sonntag darauf kam sie wieder zur Kirche, das erste Mal seit sechs oder sieben Monaten, und setzte sich allein ganz hinten in die Kirche. Danach kam sie eine Weile lang jeden Sonntag. Dann war sie wieder verschwunden, diesmal mitten in der Woche (es war Juli und heiß), und Hightower sagte wieder, sie sei weggefahren, um ihre Familie zu besuchen, auf dem Land, wo es sicher kühler wäre; und die alten Männer, die Kirchenältesten, und die alten Frauen beobachteten ihn und wussten nicht, ob er glaubte, was er sagte, und die jungen Leute redeten hinter seinem Rücken.

Aber sie konnten nicht erkennen, ob er selbst glaubte, was er ihnen sagte, oder nicht, ob es ihm etwas ausmachte oder nicht, wenn doch sein Glaube durch und durch mit seinem von einem galoppierenden Pferd geschossenen Großvater verquickt war, als wäre der Samen, den sein Großvater an ihn weitergegeben hatte, in jener Nacht mit auf dem Pferd gewesen und gleichfalls zu Tode gekommen und als wäre die Zeit für den Samen in ebendiesem Moment stehengeblieben, und nichts wäre seither in der Zeit geschehen, auch nicht er selbst.

Die Frau kam vor Sonntag zurück. Es war heiß; die alten Leute sagten, es war die heißeste Zeit, die es in der Stadt je gegeben hätte. An diesem Sonntag kam sie zur Kirche und nahm auf einer Bank ganz hinten Platz, allein. Mitten während der Predigt sprang sie von der Bank auf und fing an zu schreien und etwas zur Kanzel hinauf zu kreischen, und sie schüttelte ihre Fäuste zur Kanzel hin, wo ihr Mann aufgehört hatte zu sprechen und, mit erhobenen Händen nach vorn gebeugt, innehielt. Ein paar Leute in ihrer Nähe versuchten sie zu beruhigen, doch sie widersetzte sich ihnen, und sie erzählten Byron, wie die Frau da gestanden habe, im Gang jetzt, kreischend und die Fäuste zur Kanzel hin schüttelnd, wo ihr Mann vorgebeugt stand, die Hände noch erhoben, sein wildes Gesicht erstarrt in der Form des donnernden allegorischen Satzgefüges, das er noch nicht vollendet hatte. Sie wussten nicht, ob seine Frau ihre Fäuste gegen ihn oder gegen Gott schüttelte. Dann kam er von der Kanzel herunter und ging auf sie zu, und da hörte sie auf, sich zu widersetzen, und er führte sie hinaus, und alle Köpfe drehten sich nach ihnen um, als sie vorbeigingen, bis der Küster dem Organisten sagte, er solle spielen. An diesem Nachmittag hielten die Kirchenältesten hinter verschlossenen Türen eine Versammlung ab. Die Leute wussten nicht, was da im Verborgenen vor sich ging, außer dass Hightower wieder herauskam und in die Sakristei ging und ebenfalls die Tür hinter sich schloss.

Aber die Leute wussten nicht, was geschehen war. Sie erfuhren nur, dass die Kirche einen Betrag zusammenbrachte, damit die Frau in eine Institution geschickt werden könnte, ein Sanatorium, und dass Hightower sie dort hinbrachte und zurückkam und am nächsten Sonntag wie gewöhnlich predigte. Die Frauen, die Nachbarn, von denen manche seit Monaten das Pfarrhaus nicht betreten hatten, waren freundlich zu ihm, brachten ihm hin und wieder Speisen und erzählten sich gegenseitig und ihren Ehemännern, wie verkommen das Pfarrhaus war und dass der Pfarrer anscheinend wie ein Tier aß – wenn er gerade Hunger hatte und was er gerade finden konnte. Alle zwei Wochen fuhr er zu dem Sanatorium und besuchte seine Frau, aber er kam immer nach ein, zwei Tagen zurück; und am Sonntag, wenn er wieder auf der Kanzel stand, war es, als wäre all das nicht geschehen. Die Leute fragten, wie es ihr gehe, neugierig und freundlich, und er dankte ihnen. Jeden Sonntag dann stand er wieder auf der Kanzel, mit seinen wilden Händen und seiner wilden, erregten, eifernden Stimme, in der Gott und die Erlösung und die galoppierenden Pferde und sein toter Großvater wie Phantome donnerten, während unter ihm die Kirchenältesten saßen, und die Gemeinde, verwirrt und entrüstet. Im Herbst kam die Frau zurück. Sie sah besser aus. Sie hatte ein wenig zugenommen. Sie hatte sich sogar noch mehr verändert. Insofern vielleicht, als sie jetzt geläutert schien, jedenfalls wach. Irgendwie war sie jetzt so, wie die Kirchendamen sie die ganze Zeit hatten haben wollen, so wie ihrer Meinung nach die Frau eines Geistlichen sein sollte. Sie kam regelmäßig zum Gottesdienst und zu den Gebetsstunden, und die Damen besuchten sie, und sie besuchte die Damen, und sie saß still und demütig unter ihnen, selbst in ihrem eigenen Haus, während die Damen ihr erklärten, wie sie ihr Haus führen und was sie anziehen und was sie ihrem Mann zu essen geben solle.

Es könnte sogar gesagt werden, dass sie ihr vergaben. Kein Verbrechen, kein Vergehen war tatsächlich genannt, keine

Strafe tatsächlich verhängt worden. Doch die Stadt glaubte nicht, dass die Damen die früheren mysteriösen Reisen vergessen hatten, deren Ziel Memphis und über deren Zweck alle der gleichen Meinung gewesen waren, obwohl niemand es je in Worte fasste oder laut aussprach, denn die Stadt glaubte, dass gute Frauen nicht so leicht vergessen, Gutes wie Schlechtes, damit Geschmack und Würze des Vergebens nicht vom Gaumen des Gewissens weichen. Die Stadt glaubte, dass die Damen die Wahrheit wussten, da sie glaubte, dass schlechte Frauen sich von Schlechtigkeit täuschen lassen, weil sie nicht die ganze Zeit misstrauisch sein können, aber dass keine gute Frau sich davon täuschen lässt, denn weil sie selber gut ist, braucht sie sich weder um ihr eigenes Gutsein noch um das anderer zu kümmern und hat folglich reichlich Zeit, nach Sünde zu schnüffeln. Deshalb, so glaubte man, kann Gutsein sie fast jederzeit täuschen und glauben machen, es sei Böses, doch das Böse kann sie niemals täuschen. Als die Frau also nach vier oder fünf Monaten wieder verreiste, um einen Besuch zu machen, und ihr Mann wieder sagte, sie sei weggefahren, um ihre Familie zu besuchen, glaubte die Stadt, dass diesmal selbst er nicht getäuscht war. Jedenfalls kam sie zurück und er predigte weiter jeden Sonntag, als wäre nichts geschehen, machte seine Besuche bei den Gemeindegliedern und den Kranken und sprach mit ihnen über die Kirche. Aber die Frau kam nicht mehr zur Kirche, und bald darauf hörten die Damen auf, sie zu besuchen und überhaupt zum Pfarrhaus zu gehen. Und auch die Nachbarn zu beiden Seiten sahen sie nicht mehr beim Haus. Und bald war es so, als gäbe es sie gar nicht; als wären alle übereingekommen, dass sie nicht da war, dass der Geistliche gar keine Frau hatte. Und er predigte ihnen weiterhin jeden Sonntag und erzählte ihnen jetzt nicht einmal mehr, dass sie zu ihrer Familie gefahren sei. Vielleicht war er froh darüber, dachte die Stadt. Vielleicht war er froh, dass er nicht mehr lügen musste.

So hatte niemand sie gesehen, als sie an jenem Freitag in den Zug stieg, aber vielleicht war es auch am Samstag, jedenfalls an dem Tag selbst. Es stand am Sonntagmorgen in der Zeitung, die sie lasen, und dort hieß es, dass sie am Samstagabend in einem Hotel in Memphis aus dem Fenster gesprungen oder gefallen und sofort tot gewesen sei. Ein Mann sei mit ihr in dem Zimmer gewesen. Er wurde festgenommen. Er war betrunken. Sie waren als Mann und Frau unter einem fingierten Namen eingetragen. Die Polizei fand ihren richtigen Namen heraus, sie hatte ihn selbst auf einen Zettel geschrieben und den Zettel dann zerrissen und in den Papierkorb geworfen. Die Zeitungen druckten ihn ab, zusammen mit der Geschichte: Ehefrau des Reverend Gail Hightower, aus Jefferson, Mississippi. Und in dem Bericht stand, die Zeitung habe den Ehemann um zwei Uhr früh angerufen und der Ehemann habe gesagt, er hätte nichts zu sagen. Und als die Leute an diesem Sonntagmorgen zur Kirche kamen, war der Vorplatz voller Reporter aus Memphis, die Fotos von der Kirche und dem Pfarrhaus machten. Dann kam Hightower. Die Reporter wollten ihn anhalten, aber er ging zwischen ihnen hindurch, in die Kirche und auf die Kanzel. Die alten Damen und einige der alten Männer saßen schon in der Kirche, entsetzt und entrüstet, nicht so sehr wegen der Sache in Memphis als vielmehr wegen der Anwesenheit der Reporter. Aber als Hightower hereinkam und tatsächlich auf die Kanzel stieg, vergaßen sie sogar die Reporter. Die Damen standen als Erste auf und gingen eine nach der anderen hinaus. Dann standen auch die Männer auf, und dann war die Kirche leer, abgesehen von dem Geistlichen auf der Kanzel, der sich ein wenig vorbeugte, die Bibel aufgeschlagen vor sich, die Hände zu beiden Seiten davon aufgestützt und den Kopf nicht etwa gesenkt, und von den Reportern aus Memphis (sie waren ihm in die Kirche gefolgt), die in einer Reihe auf der hintersten Bank saßen. Sie sagten, er habe nicht zugesehen, wie seine Gemeinde die Kirche verließ; er habe nichts und niemanden angesehen.

Man erzählte Byron davon: wie der Geistliche schließlich die Bibel sorgfältig zugeklappt habe und in die leere Kirche hinabgestiegen und durch den Mittelgang geschritten sei, ohne auch nur einen Blick auf die Reihe der Reporter zu werfen, wie die Gemeinde es getan hatte, und zur Tür hinausging. Draußen vor der Kirche warteten einige Fotografen, sie hatten die Kameras aufgestellt und die Köpfe schon unter die schwarzen Tücher gesteckt. Der Geistliche hatte offensichtlich damit gerechnet. Denn als er aus der Kirche kam, hielt er sich ein offenes Gesangbuch vors Gesicht. Doch die Fotografen hatten das offensichtlich ihrerseits erwartet. Sie täuschten ihn. Höchstwahrscheinlich war er dergleichen nicht gewöhnt und ließ sich deshalb leicht täuschen, sagten sie zu Byron. Einer der Fotografen hatte seine Kamera an der Seite aufgestellt, und der Geistliche sah ihn nicht, oder erst, als es zu spät war. Er verbarg sein Gesicht vor der Kamera, die vor ihm stand, und das Bild, das am nächsten Tag in der Zeitung erschien, war von der Seite aufgenommen, der Geistliche mitten im Gehen, das Gesangbuch vorm Gesicht. Und hinter dem Gesangbuch waren seine Lippen von den Zähnen weggezogen, als ob er lächelte. Aber die Zähne waren fest aufeinandergepresst, und sein Gesicht sah aus wie das Gesicht Satans auf alten Drucken. Am nächsten Tag holte er seine Frau nach Hause und begrub sie. Die Stadt kam zur Beerdigung. Es gab keine Trauerfeier. Er brachte die Leiche nicht einmal in die Kirche. Er brachte sie direkt auf den Friedhof und schickte sich an, aus der Bibel zu lesen, als ein anderer Geistlicher nach vorn trat und ihm die Bibel aus der Hand nahm. Viele Leute, die jüngeren, blieben noch, nachdem er und die anderen gegangen waren, und sahen sich das Grab an.

Dann erfuhren auch die Mitglieder der anderen Kirchen, dass seine Kirche ihn aufgefordert habe, sein Amt niederzulegen, und dass er sich geweigert hatte. Am darauffolgenden Sonntag kamen viele von den anderen Gemeinden zu seiner Kirche, um zu sehen, was geschehen würde. Er kam und betrat die Kirche.

Die Gemeinde erhob sich geschlossen und ging hinaus und ließ den Geistlichen und die Leute von den anderen Gemeinden, die wie zu einer Show gekommen waren, allein zurück. Also predigte er zu ihnen, wie er immer gepredigt hatte: mit dem erregten Furor, den sie als Frevel betrachtet hatten und den die Leute von den anderen Gemeinden schlicht für Wahnsinn hielten.

Er trat nicht von seinem Amt zurück. Die Kirchenältesten baten die Kirchenleitung, ihn abzuberufen. Doch nach dieser Geschichte, den Bildern in den Zeitungen und alldem wollte auch keine andere Stadt ihn haben. Es war nichts, was sich gegen ihn persönlich richtete, betonten sie alle. Er hatte einfach Pech. Er war glücklos geboren. Und so hörten die Leute ganz auf, in seine Kirche zu kommen, selbst die von den anderen Gemeinden, die eine Zeit lang aus Neugier gekommen waren: Er war nun nicht einmal mehr gut für ein Spektakel, jetzt war er nur noch ein Ärgernis. Aber er kam auch weiterhin jeden Sonntagmorgen zur gewohnten Stunde zur Kirche und stieg auf die Kanzel, und die Gemeinde erhob sich und ging hinaus, und die Müßiggänger und ihresgleichen standen draußen auf der Straße beieinander und hörten ihn in der leeren Kirche predigen und beten. Und am Sonntag darauf, als er kam, war die Tür verschlossen, und die Müßiggänger beobachteten, wie er die Tür zu öffnen versuchte und dann davon abließ und dann dastand, das Gesicht noch immer nicht gesenkt, und die Straße gesäumt von Menschen, die ohnehin nie zur Kirche gingen, und kleinen Jungen, die nicht recht verstanden, was da vor sich ging, wohl aber, dass es etwas Besonderes war, weshalb sie stehenblieben und mit großen runden Augen den Mann ansahen, der gänzlich regungslos vor der verschlossenen Tür stand. Am nächsten Tag hörte die Stadt, er sei zu den Kirchenältesten gegangen und habe sein Predigeramt niedergelegt, zum Wohle der Gemeinde.

Dann tat er der Stadt leid, während sie zugleich froh war, so wie Leute manchmal jemanden bedauern, den sie doch selbst gezwungen haben, zu tun, was sie wollten. Sie dachten natürlich, dass er jetzt weggehen würde, und die Gemeinde sammelte Geld für ihn, damit er wegging und sich anderswo niederließ. Dann weigerte er sich, die Stadt zu verlassen. Sie erzählten Byron, wie konsterniert alle waren, mehr noch als empört, als sie erfuhren, dass er das kleine Haus in der Seitenstraße gekauft hatte, wo er jetzt lebt und seitdem gelebt hat; und die Kirchenältesten hielten eine weitere Versammlung ab, denn sie sagten, sie hätten ihm das Geld gegeben, damit er fortging, und wenn er es nun für etwas anderes ausgebe, dann habe er das Geld unter Vortäuschung falscher Tatsachen angenommen. Sie gingen zu ihm und sagten ihm das. Er bat sie, ihn einen Moment zu entschuldigen, dann kam er ins Zimmer zurück mit der Summe, die man ihm gegeben hatte, auf den Penny genau und in genau den Scheinen und Münzen, und bestand darauf, dass sie alles zurücknahmen. Aber sie weigerten sich, und er wollte nicht sagen, woher er das Geld für das Haus hatte. Und am nächsten Tag, so erzählten sie Byron, gab es einige, die behaupteten, er habe eine Lebensversicherung für seine Frau abgeschlossen und dann jemanden gedungen, sie zu ermorden. Aber jeder wusste, dass das nicht stimmte, einschließlich derer, die es behaupteten und weitererzählten, und derer, die es sich, wenn es erzählt wurde, bereitwillig anhörten.

Aber er wollte die Stadt nicht verlassen. Dann, eines Tages, sahen sie das kleine Schild, das er selbst getischlert und beschriftet und in seinem Vorgarten aufgestellt hatte, und da wussten sie, dass er vorhatte zu bleiben. Er hatte damals noch die Köchin, eine Negerin. Er hatte sie die ganze Zeit gehabt. Aber sie erzählten Byron, wie den Leuten, bald nachdem seine Frau gestorben war, anscheinend bewusst wurde, dass die Negerin eine Frau war und dass er diese Negerin den ganzen Tag allein bei sich im Haus hatte. Und wie, kaum dass die Ehefrau in ihrem schändlichen Grab kalt war, schon das Gewisper begann. Dass er seine Frau auf Abwege gebracht und in den Selbstmord getrieben habe, weil er kein natürlicher Ehemann, kein natürlicher Mann war, und dass die Negerin der Grund dafür sei. Das war alles, dessen es bedurfte, alles, was noch gefehlt hatte. Byron hörte still zu und dachte bei sich, dass die Menschen überall zwar mehr oder weniger gleich waren, dass es aber so schien, als könnten die Leute in einer kleinen Stadt, wo es schwieriger ist, Böses zu tun, und wo die Möglichkeiten, in Abgeschiedenheit zu leben, geringer sind, schneller anderen etwas Böses andichten. Denn das war alles, was noch gefehlt hatte: dieser Gedanke, dieses einzige hohle Wort, das von einem zum anderen flog. Eines Tages ging die Köchin. Sie hörten, wie eines Abends ein paar flüchtig maskierte Männer zum Haus des Geistlichen gegangen waren und ihm befohlen hatten, sie rauszuwerfen. Dann hörten sie, wie am nächsten Tag die Frau sagte, sie sei von allein gegangen, weil ihr Arbeitgeber von ihr etwas gewollt habe, was, wie sie sagte, gegen Gott und wider die Natur war. Und es hieß auch, dass ein paar maskierte Männer sie mit Drohungen dazu gebracht hatten zu gehen, weil sie eine Hellbraune war, wie es hieß, und es war bekannt, dass es zwei oder drei Männer in der Stadt gab, die es nicht dulden würden, dass sie etwas tat, was immer es war, von dem sie fand, dass es gegen Gott und wider die Natur sei, denn, so sagten einige der jüngeren Männer, wenn eine Niggerfrau fand, dass es etwas gegen Gott und wider die Natur sei, dann musste es ziemlich schlimm sein. Wie auch immer, der Geistliche konnte keine andere Köchin bekommen – oder wollte keine andere. Möglicherweise hatten die Männer noch am selben Abend allen anderen Negerinnen in der Stadt Angst gemacht. So kochte er eine Weile lang selbst, bis sie eines Tages hörten, er habe einen Neger gefunden, der für ihn kochte. Und damit war er natürlich erledigt. Noch am gleichen Abend holten ein paar Männer, die nicht einmal maskiert waren, den Neger aus dem Haus und peitschten ihn aus. Und als Hightower am nächsten Morgen aufwachte, war das Fenster in seinem Studierzimmer zerbrochen, und auf dem Fußboden lag ein Backstein, an den ein Zettel gebunden war mit dem Befehl, die Stadt bis Sonnenuntergang zu verlassen, unterzeichnet K... Aber er ging nicht, und am Morgen danach fand ein Mann ihn im Wald, ungefähr eine Meile außerhalb der Stadt. Er war an einen Baum gefesselt und bewusstlos geschlagen worden.

Er weigerte sich zu sagen, wer es gewesen war. Die Stadt wusste, dass das nicht richtig war, und einige der Männer kamen zu ihm, und wieder versuchten sie ihn zu überreden, Jefferson zu verlassen, zu seinem eigenen Besten, und sie sagten, das nächste Mal werde man ihn womöglich umbringen. Aber er weigerte sich, die Stadt zu verlassen. Er wollte auch nicht darüber sprechen, wie man ihn geschlagen hatte, auch nicht, als sie ihm anboten, die Männer, die es getan hatten, vor Gericht zu bringen. Er tat keins von beidem: Weder verriet er die Täter, noch verließ er die Stadt. Und dann plötzlich schien die ganze Angelegenheit verweht zu sein, wie ein böser Wind. Es war, als hätte die Stadt endlich begriffen, dass er Teil ihres Lebens bleiben würde, bis zu seinem Tod, und dass es das Beste war, sich damit abzufinden. Als wäre das Ganze, dachte Byron, ein Theaterstück gewesen, in dem viele Leute mitgespielt hatten, und jetzt endlich hätten sie alle die Rollen, die ihnen zugefallen waren, zu Ende gespielt und könnten nun friedlich miteinander leben. Sie ließen den Geistlichen in Ruhe. Sie sahen ihn im Hof oder im Garten arbeiten, und sie sahen ihn auf der Straße und in den Läden, mit einem kleinen Korb am Arm, und dann sprachen sie mit ihm. Sie wussten, dass er selbst sein Essen kochte und die Hausarbeit machte, und nach einer Weile fingen die Nachbarn wieder an, ihm Essen zu bringen, auch wenn es Gerichte von der Art waren, die sie sonst einer armen Arbeiterfamilie gegeben hätten. Aber es war etwas zu essen, und es war freundlich gemeint. Denn, so dachte Byron, die Leute vergessen viel im Laufe von zwanzig Jahren. ‹Wirklich›, denkt Byron, ‹ich glaube nicht, dass es außer mir einen Menschen in

Jefferson gibt, der weiß, dass er an jedem einzelnen Tag vom Sonnenuntergang bis zur völligen Finsternis dort am Fenster sitzt. Oder wie es im Haus drinnen aussieht. Und sie wissen auch nicht, dass ich's weiß, sonst würden sie vermutlich uns beide holen und uns wieder auspeitschen, denn es scheint doch so, dass die Menschen kaum länger vergessen, als sie sich erinnern.› Denn da ist noch etwas anderes, das Byron in der Zeit, seit er nach Jefferson kam, selbst erfahren und beobachtet hat.

Hightower las sehr viel. Das heißt, Byron hatte nachdenklich und mit respektvollem Staunen die Bücher betrachtet, die ringsum an den Wänden des Studierzimmers standen: Bücher über Religion und Geschichte und Naturwissenschaft, von deren Existenz Byron nie zuvor gehört hatte. Eines Tages, vor ungefähr vier Jahren, war ein Neger zum Haus des Geistlichen gerannt gekommen, von seiner Hütte am Rand der Stadt, die gleich dahinter lag, und sagte, seine Frau liege in den Wehen. Hightower hatte kein Telefon und sagte zu dem Neger, er solle nach nebenan laufen und einen Arzt rufen lassen. Er sah, wie der Neger zum Tor des Nachbarhauses ging. Doch statt hineinzugehen, stand er eine Weile davor und machte sich dann auf den Weg zur Stadt, zu Fuß; Hightower wusste, dass der Mann den ganzen Weg zur Stadt gehen und dann wahrscheinlich weitere dreißig Minuten damit verbringen würde, auf seine tapsige, zeitvergessene Negerart einen Arzt zu erreichen, statt eine weiße Frau zu bitten, für ihn zu telefonieren. Darauf ging er nach hinten zur Küchentür, und er hörte die Frau in der nicht weit entfernten Hütte jammern. Er wartete nicht länger. Er lief zu der Hütte und stellte fest, dass die Frau – warum, das erfuhr er nie – aus dem Bett gestiegen war und jetzt auf Händen und Knien auf dem Fußboden hockte und schreiend und jammernd wieder ins Bett zu kommen versuchte. Er hievte sie wieder ins Bett und befahl ihr, still zu liegen, und er schüchterte sie so ein, dass sie ihm gehorchte, und lief zurück zu seinem Haus, nahm ein Buch aus dem Regal im Studierzimmer, holte sein

Rasiermesser und ein Stück Kordel und lief wieder zu der Hütte und entband die Frau. Aber das Kind war schon tot; der Arzt, der bald darauf kam, sagte, sie habe ihm zweifellos Schaden zugefügt, als sie aus dem Bett gestiegen war, wo Hightower sie gefunden hatte. Außerdem lobte er Hightowers Werk, und auch der Ehemann war zufrieden.

‹Aber es war zu nah an der anderen Geschichte›, dachte Byron, ‹obwohl doch inzwischen fünfzehn Jahre vergangen waren.› Denn binnen zwei Tagen gab es Leute, die sagten, das Kind sei von Hightower gewesen und er habe es absichtlich sterben lassen. Doch Byron war überzeugt, dass selbst diejenigen, die dies sagten, es nicht glaubten. Er glaubte, dass die Stadt einfach zu lange die Gewohnheit gehabt hatte, Dinge, die sie selbst nicht glaubte, über den gefallenen Geistlichen zu sagen, als dass sie davon ablassen konnte. ‹Denn immer›, denkt Byron, ‹wenn etwas zur Gewohnheit wird, dann entfernt es sich auch bald ein gutes Stück von der Wahrheit und den Tatsachen.› Und er erinnert sich an einen Abend, als Hightower und er miteinander sprachen und Hightower sagte: «Es sind gute Menschen. Sie müssen glauben, was sie glauben müssen, zumal ich ja einst beides war, Herr wie auch Diener ihres Glaubens. Und so ist es nicht meine Aufgabe, mich gegen ihren Glauben zu empören, noch die eines Byron Bunch, zu sagen, dass sie sich irren. Denn alles, worauf ein Mensch hoffen kann, ist, dass er in Frieden unter seinen Mitmenschen leben darf.» Das war, bald nachdem Byron die ganze Geschichte gehört hatte, kurz nachdem seine abendlichen Besuche in Hightowers Studierzimmer begonnen hatten, als Byron sich noch wunderte, warum der andere in Jefferson blieb, fast in Sichtweite und jedenfalls in Hörweite der Kirche, die ihn abgelehnt und ausgestoßen hatte. Eines Abends fragte Byron ihn danach.

«Warum verbringen Sie Ihre Samstagnachmittage in der Sägemühle, während die anderen Männer sich in der Stadt dem Vergnügen hingeben?», fragte Hightower.

«Ich weiß es nicht», sagte Byron. «Ich denke, es ist einfach mein Leben.»

«Und ich denke, ebenso ist das hier mein Leben», sagte der andere. ‹Aber ich weiß jetzt auch›, denkt Byron, ‹warum das so ist. Es liegt daran, dass einer sich mehr vor dem Ungemach fürchtet, das noch über ihn kommen könnte, als vor dem, das er schon hat. Er wird sich eher an das gewohnte Ungemach klammern, als eine Veränderung zu wagen. Ja. Einer mag davon reden, wie gern er vor den Lebenden fliehen würde. Aber es sind die Toten, die ihm den Schaden zufügen. Es sind die Toten, die still an einer Stelle liegen und gar nicht versuchen, ihn festzuhalten, sie sind es, denen er nicht entfliehen kann.›

Inzwischen sind sie vorbeigedonnert und haben sich lautlos in die Dämmerung gestürzt; die Nacht ist nun vollständig da. Doch er sitzt noch am Fenster seines Studierzimmers, das Zimmer hinter ihm noch dunkel. Die Straßenlaterne an der Ecke flackert und funkelt, sodass die gezackten Schatten der von keinem Windhauch bewegten Ahornbäume sich leise vor dem Augustdunkel zu wiegen scheinen. Aus der Ferne, ganz leise und doch ganz klar, hört er das sonore Auf und Ab versammelter Stimmen aus der Kirche: ein Klang, zugleich streng und reich, demütig und stolz, anschwellend und abfallend in der stillen Sommerdunkelheit, eine harmonische Flutwelle.

Dann sieht er, wie ein Mann auf der Straße näher kommt. An jedem Abend in der Woche hätte er die Gestalt erkannt, die Silhouette, die Haltung, den Gang. Doch an einem Sonntagabend, während das Echo der Geisterhufe noch geräuschlos durch das von Dämmerlicht erfüllte Studierzimmer kracht, beobachtet er in Ruhe die schmächtige, unberittene Gestalt, die sich mit der unsicheren, unechten Gewandtheit bewegt, mit der Tiere auf den Hinterbeinen balancieren; eine Gewandtheit, auf die das menschliche Tier so unsinnig stolz ist und die den Menschen doch fortwährend hereinlegt, mit Naturgesetzen wie dem der Schwerkraft, oder mit Glatteis, und mit lauter artfremden Gegenständen, die er sich selbst erfunden hat, wie Automobilen und Möbeln im Dunkeln, und dazu den auf Fußböden oder Gehwegen liegengebliebenen Abfällen von seinem eigenen Essen; und gerade denkt er im Stillen, wie recht die Alten hatten, als sie das Pferd zu einem Attribut und Symbol von Kriegern und Königen machten, da sieht er den Mann auf der Straße an dem niedrigen Schild vorbeigehen und zu seinem Gartentor einbiegen und auf die Haustür zugehen. Jetzt sitzt er vorgebeugt da und beobachtet, wie der Mann den dunklen Weg zur dunklen Haustür heraufkommt; hört, wie der Mann schwerfällig über die dunkle unterste Stufe stolpert. «Byron Bunch», sagt er. «In der Stadt, und das an einem Sonntagabend. Byron Bunch an einem Sonntagabend in der Stadt.»

IV

Sie sitzen einander gegenüber am Schreibtisch. Das Studierzimmer ist jetzt von einer Leselampe mit grünem Schirm erleuchtet, die auf dem Schreibtisch steht. Hightower sitzt hinter dem Tisch, auf einem alten Drehstuhl, Byron auf einem einfachen Stuhl ihm gegenüber. Beider Gesichter befinden sich knapp außerhalb des nach unten gerichteten Lichtkegels der beschirmten Lampe. Durch das offene Fenster kommt von der fernen Kirche her Gesang. Byron spricht mit flacher, gleichbleibender Stimme.

«Es war eine seltsame Sache. Ich dachte, wenn es überhaupt irgendwo einen Ort gäbe, wo einer sein kann, und die Gelegenheit, Schaden zuzufügen, ihn nicht aufspüren kann, dann wäre es da draußen im Hobelwerk an einem Samstagabend. Und obendrein mit dem brennenden Haus direkt vor meiner Nase, sozusagen. Die ganze Zeit, während ich mein Essen aß, hab ich immer wieder aufgeblickt und den Rauch gesehen und gedacht: ‹Na, jedenfalls werde ich hier draußen heute Abend keine Menschenseele sehen. Wenigstens wird mich heute Abend niemand stören.› Und dann hab ich wieder aufgeblickt, und da war sie, das Gesicht zum Lächeln geformt und der Mund geformt, um seinen Namen zu sagen, und dann sah sie, dass ich nicht er war. Und ich plaudere, als wüsste ich's nicht besser, die ganze Geschichte aus.» Er verzieht schwach das Gesicht zu einer Grimasse. Es ist kein Lächeln. Die Oberlippe zieht sich kurz nach oben, und die Bewegung, auch das Kräuseln auf der Oberfläche, wandert nicht weiter und ist fast gleich darauf verschwunden. «Da hatte ich noch nicht den geringsten Verdacht, dass das, was ich nicht wusste, noch nicht das Schlimmste war.»

«Es muss etwas Seltsames gewesen sein, wenn es Byron Bunch einen Sonntag in Jefferson festhalten konnte», sagt Hightower. «Aber sie hat nach ihm gesucht. Und Sie haben ihr geholfen, ihn zu finden. War nicht, was Sie getan haben, genau das, was sie wollte, weshalb sie den ganzen Weg von Alabama hergekommen war?»

«Ich nehme an, ich hab ihr Bescheid gegeben, ja. Ich nehme an, daran besteht kein Zweifel. Die ganze Zeit hat sie mich angeguckt, wie sie da saß, mit dickem Bauch, und hat mich beobachtet, mit diesen Augen, die keiner hätte anlügen können, selbst wenn er es gewollt hätte. Und ich plappere alles aus, mit dem Rauch da drüben deutlich vor Augen, als wäre er da hingestellt, um mich zu warnen und mir zu sagen, ich solle meine Zunge hüten, nur dass ich nicht den Verstand hatte, das zu begreifen.»

«Oh», sagt Hightower, «das Haus, das gestern abgebrannt ist. Aber ich sehe keine Verbindung zwischen – Wessen Haus war es? Ich habe auch den Rauch gesehen, und ich habe einen Neger, der vorbeikam, gefragt, aber der wusste es nicht.»

«Das alte Haus der Burdens», sagt Byron. Er sieht den anderen an. Sie sehen einander an. Hightower ist ein hochgewachsener Mann, und früher war er dünn. Aber jetzt ist er nicht dünn. Seine Haut hat die Farbe von Mehlsäcken, und sein Oberkörper hat die Form eines lose gefüllten Sacks, der durch sein Eigengewicht von den knochigen Schultern auf seinen Schoß fällt. Dann sagt Byron: «Sie haben's also noch nicht gehört.» Der andere beobachtet ihn. In nachdenklichem Ton sagt Byron: «Das also war mir auch noch zugedacht. An zwei Tagen zwei Menschen etwas zu sagen, was sie bestimmt nicht hören wollen und was sie eigentlich auch gar nicht hätten hören sollen.»

«Was will ich Ihrer Meinung nach nicht hören? Was habe ich noch nicht gehört?»

«Nicht das mit dem Brand», sagt Byron. «Aus dem Feuer sind sie heil rausgekommen.»

«Sie? Ich dachte immer, Miss Burden lebte dort allein.»

Wieder sieht Byron den anderen einen Moment lang an. Doch Hightowers Gesicht ist nur ernst und aufmerksam. «Brown und Christmas», sagt Byron. Noch ändert sich der Ausdruck in Hightowers Gesicht nicht. «Nicht einmal das haben Sie gehört», sagt Byron. «Die beiden haben da draußen gewohnt.»

«Da draußen gewohnt? Sie haben in dem Haus gewohnt?»

«Nein. In einer alten Negerhütte hinter dem Haus. Christmas hat sie vor drei Jahren instand gesetzt. Er hat seither die ganze Zeit da gelebt, während die Leute sich immer gefragt haben, wo er nachts schläft. Als er und Brown dann anfingen, zusammen Geschäfte zu machen, hat er Brown mit in die Hütte genommen.»

«Oh», sagte Hightower. «Aber ich verstehe nicht ... Wenn es ihnen passte und Miss Burden nichts dagegen –»

«Ich nehme an, sie sind miteinander ausgekommen. Sie haben Whiskey verkauft und das alte Grundstück als Hauptquartier benutzt, als Tarnung. Ich glaube nicht, dass sie das wusste, das mit dem Whiskey. Wenigstens können die Leute nicht sagen, ob sie's wusste oder nicht. Sie sagen, Christmas hätte allein damit angefangen, vor drei Jahren, und da hätte er nur an ein paar regelmäßige Kunden verkauft, die sich untereinander nicht kannten. Aber dann hat er sich mit Brown zusammengetan, und ich nehme an, Brown wollte das Geschäft vergrößern. Er hat das Zeug in Flaschen zu einem halben Pint aus seiner Hemdenbrust verkauft, in jeder kleinen Seitengasse, und an jeden. Das heißt, er hat verkauft, was er nicht selbst getrunken hat. Und ich nehme an, wie sie an den Whiskey gekommen sind, den sie verkauft haben, das möchte man lieber nicht genauer wissen. Denn ungefähr zwei Wochen nachdem Brown im Hobelwerk aufgehört hat und anfing, als Hauptbeschäftigung mit diesem neuen Auto herumzufahren, war er eines Samstagabends in der Stadt, betrunken, und prahlte vor einem Haufen Leute im Barbierladen damit, wie er und Christmas eines Abends in Memphis waren, oder auf einer Landstraße in der

Nähe von Memphis. Es ging um sie beide und um das neue Auto, das im Gebüsch versteckt war, und Christmas mit einer Pistole, und noch lang und breit um einen Lastwagen und hundert Gallonen von irgendwas, bis Christmas rasch reinkam und auf ihn zuging und ihn aus dem Stuhl zerrte. Und Christmas sagt in diesem ruhigen Ton, den er hat, der nicht freundlich und auch nicht böse ist: ‹Du solltest lieber nicht zu viel von diesem Haarwasser aus Jefferson trinken. Das ist dir zu Kopf gestiegen. Sonst hast du, ehe du dichs versiehst, eine kaputte Lippe.› Er hat Brown mit der einen Hand festgehalten und ihm mit der anderen ins Gesicht geschlagen. Es sah nicht nach heftigen Schlägen aus. Aber die Leute konnten zwischen Browns Bartstoppeln die roten Stellen sehen, wenn Christmas zwischen den Schlägen die Hand hob. ‹Du kommst jetzt raus, frische Luft schnappen›, sagt Christmas. ‹Du hältst hier nur die Leute von der Arbeit ab.›» Byron denkt nach. Dann spricht er wieder: «Und da war sie nun, saß auf den Vierkanthölzern, sah mich an, und ich plappere all das aus, und sie sieht mich an. Und dann sagt sie: ‹Hat er eine kleine weiße Narbe, hier am Mund?›»

«Und Brown ist der Mann», sagt Hightower. Er sitzt regungslos da und sieht Byron mit stummem Erstaunen an. Da ist nichts Eiferndes, nichts von entrüsteter Moral. Es ist, als hörte er vom Tun und Treiben der Menschen einer anderen Rasse. «Ihr Ehemann – ein Schnapsschmuggler. Sieh an, sieh an, sieh an.» Doch Byron sieht deutlich, wie in der Miene des anderen etwas Latentes erwacht, dessen sich Hightower selbst noch nicht bewusst ist, als wollte etwas tief in ihm Sitzendes ihn warnen oder auf etwas vorbereiten. Doch Byron denkt, dass dies nur die Reflexion dessen ist, was er, Byron, schon weiß und jetzt sagen will.

«Und so hatte ich es ihr schon erzählt, bevor ich es selbst wusste. Und ich hätte mir die Zunge abbeißen können, auch dann, auch als ich dachte, dass es damit sein Bewenden hätte.» Er sieht den anderen jetzt nicht an. Durch das Fenster kommen aus dem stillen Abend, schwach und doch klar, mit Stimmen vermischte Orgelklänge von der fernen Kirche herübergeweht. *Ich möchte wissen, ob er es auch hört* denkt Byron *Oder ob er es schon so oft und so lang gehört hat, dass er es nicht mehr hört. Nicht mehr hören muss* Und den ganzen Abend saß sie da, während ich arbeitete, und der Rauch ließ endlich nach, und ich überlegte, was ich ihr sagen und was ich tun sollte. Sie wollte direkt da hingehen, und ich sollte ihr den Weg erklären. Als ich ihr sagte, es seien zwei Meilen, lächelte sie nur, als ob ich ein kleines Kind wäre oder so. ‹Ich bin den ganzen Weg von Alabama gekommen›, sagte sie. ‹Ich nehme an, zwei Meilen mehr, das macht mir auch nichts weiter aus.› Und dann hab ich ihr gesagt…» Seine Stimme verstummt. Er scheint den Boden zu seinen Füßen zu betrachten. Er blickt auf. «Ich habe gelogen, glaube ich. Nur, in gewisser Weise war es keine Lüge. Es war, weil ich wusste, da draußen würden Leute sein, die zusahen, wie das Haus abbrannte, und sie würde dazukommen, mit der Absicht, ihn zu finden. Da wusste ich selbst noch nicht das andere. Den Rest der Geschichte. Das Schlimmste von allem. Deshalb hab ich ihr gesagt, er hätte viel zu tun und die beste Zeit, ihn zu treffen, sei nach sechs Uhr abends unten in der Stadt. Und das war die Wahrheit. Denn ich nehme an, er nennt es wirklich Arbeit, wenn er all die kleinen Flaschen nackt an der Brust mit sich rumschleppt, und wenn er jemals nicht auf dem Platz war, dann nur, weil er sich mit dem Zurückkommen Zeit ließ oder weil er sich gerade in eine Seitengasse verzogen hatte. Deshalb hab ich sie überredet zu warten, und sie saß da, und ich hab weitergearbeitet und überlegt, was ich tun soll. Wenn ich jetzt denke, wie besorgt ich war wegen dem bisschen, was ich wusste, jetzt, wo ich den Rest weiß, dann sage ich mir, ich hätte eigentlich keinen Grund gehabt, mir Sorgen zu machen. Den ganzen Tag lang hab ich gedacht, wie angenehm es wäre, wenn ich einfach zu gestern zurückkehren könnte und mir nicht mehr Sorgen machen müsste als da.»

«Ich verstehe immer noch nicht, weswegen Sie sich Sorgen machen müssen», sagt Hightower. «Es ist nicht Ihre Schuld, dass der Mann ist, wie er ist, oder sie, wie sie ist. Sie haben getan, was Sie konnten. Mehr kann man von einem Fremden nicht verlangen. Es sei denn …» Auch seine Stimme bricht ab. Und sie verklingt mit diesem unbestimmten Ton, als wäre aus müßigem Denken Spekulation geworden und dann etwas wie Beunruhigung. Ihm gegenüber sitzt Byron und rührt sich nicht, das Gesicht gesenkt und ernst. Und Byron gegenübersitzend, denkt Hightower noch immer nicht *Liebe*. Er sagt sich nur, dass Byron ja noch jung ist und ein Leben der Enthaltsamkeit und der harten Arbeit geführt hat und dass Byrons Schilderungen nach die Frau, die er selbst nie gesehen hat, zumindest etwas Verstörendes an sich hat, obwohl Byron immer noch glaubt, es sei nichts weiter als Mitleid. Deshalb beobachtet er Byron jetzt mit schmalen Augen, weder kalt noch warm, während Byron mit tonloser Stimme fortfährt: dass er bis sechs Uhr noch immer nicht zu einer Entscheidung gekommen war und dass er, als er und Lena zum Platz kamen, noch immer unentschlossen war. Und jetzt tritt in Hightowers verdutzten Ausdruck eine Spur von Zurückweichen und von Vorahnung, während Byron ruhig weiterspricht und erzählt, wie er, nachdem sie den Platz erreicht hatten, beschlossen habe, Lena zu Mrs. Beard zu bringen. Und Byron spricht ruhig, denkt nach, erinnert sich: Es war, als wäre etwas durch die Luft geweht, durch den Abend, und hätte die vertrauten Gesichter der Menschen fremd erscheinen lassen, und obwohl er noch nichts gehört hatte, ohne also zu wissen, dass etwas geschehen war, das aus dem bisherigen Dilemma seiner Unschuld Kinderkram machte, wusste er – bevor er wusste, was geschehen war –, dass Lena es nicht erfahren durfte. Es brauchte ihm auch nicht mit Worten gesagt zu werden, dass er mit Sicherheit den verschwundenen Lucas Burch gefunden hatte; ihm schien jetzt, dass nur krasseste Einfalt und Dummheit ihn im Unklaren hatten lassen können. Ihm schien, dass das Schicksal, die Umstände den ganzen Tag lang in Gestalt der gelben Rauchsäule eine Warnung in den Himmel geschrieben hatten und er zu dumm gewesen war, sie zu lesen. Und so wollte er nicht zulassen, dass irgendjemand etwas sagte – die Männer nicht, an denen sie vorbeigingen, und nicht die Luft, die ihnen, voll davon, entgegenwehte –, damit sie, die Frau, es nicht auch hörte. Vielleicht wusste er da schon, dass sie es früher oder später erfahren, hören würde; dass es eigentlich ihr gutes Recht war, es zu erfahren. Er meinte, wenn er sie nur über den Platz und in ein bestimmtes Haus bringen könnte, wäre er von seiner Verantwortung befreit. Nicht von der Verantwortung für das Böse, die er aus dem einfachen Grunde auf sich nahm, weil er den Nachmittag mit ihr verbracht hatte, während es geschah, und er durch die Umstände auserwählt worden war, ihr gegenüber, die dreißig Tage lang zu Fuß und ohne Geld unterwegs gewesen war, um hierherzugelangen, Jefferson zu vertreten. Weder hoffte noch beabsichtigte er, sich dieser Verantwortung zu entziehen. Er wollte sich und ihr nur genug Zeit geben, erschrocken und überrascht zu sein. Er erzählt es leise, nach Wörtern suchend, das Gesicht gesenkt, mit seiner tonlosen, gleichbleibenden Stimme, während Hightower auf der anderen Seite des Schreibtischs ihn mit diesem Ausdruck des Zurückweichens und der Verweigerung betrachtet.

Schließlich kamen sie zu der Pension und traten ein. Es war, als spürte auch sie eine Vorahnung: Sie beobachtete ihn, während sie im Flur standen, und sprach zum ersten Mal: «Was war das, was wollten die Männer Ihnen erzählen? War's über das Haus, das abgebrannt ist?»

«Es war nichts weiter», sagte er, und seine Stimme klang in seinen Ohren dürr und gewichtslos. «Nur über Miss Burden, dass sie bei dem Brand verletzt worden ist.»

«Wie verletzt? Wie schwer verletzt?»

«Ich glaube, nicht so schlimm. Vielleicht überhaupt nicht verletzt. Was die Leute so reden, wahrscheinlich. Sie reden viel.» Er konnte sie nicht ansehen, ihr nicht in die Augen sehen. Aber er spürte, wie sie ihn ansah, und er meinte, Myriaden von Geräuschen zu hören: Stimmen, die gedämpften, angespannten Stimmen überall in der Stadt, auf dem Platz, über den er mit ihr geeilt war und wo die Männer sich unter den sicheren, vertrauten Lichtern trafen und es sich erzählten. Auch das Haus schien von vertrauten Klängen erfüllt, doch hauptsächlich von Trägheit, einem schrecklichen Hinauszögern, während er in den dämmrigen Hausflur blickte und dachte *Warum kommt sie nicht. Warum kommt sie nicht* Dann kam Mrs. Beard doch: eine behagliche Frau mit roten Armen und unordentlichem grauem Haar. «Das hier ist Miz Burch», sagte er. Seine Miene war fast ein Starren: fordernd, drängend. «Sie ist gerade aus Alabama gekommen. Sie will hier ihren Mann treffen. Er ist noch nicht da. Deshalb habe ich sie hierhergebracht, damit sie sich ein bisschen ausruhen kann, ehe sie in die Aufregungen in der Stadt gezogen wird. Sie ist noch nicht in der Stadt gewesen und hat noch mit niemandem gesprochen, und ich dachte, Sie könnten ihr vielleicht einen Platz herrichten, damit sie sich ausruhen kann, bevor sie sich das Gerede anhören muss und …» Seine Stimme brach ab, verklang in der Wiederholung, fordernd, verlangend. Er glaubte, dass sie verstanden hatte, was er sagen wollte. Später erfuhr er, dass sie nicht, weil er darum gebeten hatte, nichts von dem erzählte, was sie, wie er wusste, auch schon gehört hatte, sondern weil sie sogleich die Schwangerschaft bemerkt hatte und die Sache sowieso im Verborgenen gelassen hätte. Sie sah Lena an, einmal, von Kopf bis Fuß, so wie fremde Frauen sie nun schon vier Wochen lang angesehen hatten.

«Wie lange hat sie vor zu bleiben?», fragte Mrs. Beard.

«Nur eine Nacht, oder zwei», sagte Byron. «Vielleicht nur heute Nacht. Sie will hier ihren Mann treffen. Sie ist gerade angekommen und hat noch keine Zeit gehabt, rumzufragen oder sich zu erkundigen –» Seine Stimme klang noch immer rekapitulierend, bedeutungsvoll. Jetzt sah Mrs. Beard ihn genau an. Er dachte, sie versuche noch, die Bedeutung seiner Worte zu erfassen. Doch sie beobachtete ihn dabei, wie er herumtastete, und glaubte (oder war im Begriff zu glauben), dass dieses Herumtasten einen anderen Grund, eine andere Bedeutung hatte. Dann sah sie wieder Lena an. Ihre Augen blickten nicht eigentlich kalt. Aber sie blickten auch nicht warm.

«Ich glaube, sie sollte vorerst nichts weiter unternehmen», sagte sie.

«Das hab ich auch gedacht», sagte Byron rasch, eifrig. «Bei all dem Gerede und der Aufregung, die sie sich wohl anhören müsste, wo sie doch noch nichts von dem Gerede und der Aufregung gehört hat … Wenn Sie heute keinen Platz haben, dachte ich, könnte sie mein Zimmer haben.»

«Ja», sagte Mrs. Beard prompt. «Sie gehen ja sowieso in ein paar Minuten. Möchten Sie ihr bis Montagmorgen, bis Sie zurückkommen, Ihr Zimmer überlassen?»

«Heute Abend gehe ich nicht», sagte Byron. Er wandte den Blick nicht ab. «Diesmal kann ich nicht gehen.» Er blickte unverwandt in die kalten, schon misstrauischen Augen und beobachtete die Frau, wie sie ihrerseits in seinen Augen zu lesen versuchte und sich einbildete, dass sie las, was dort stand, während sie doch nur das las, was ihrer Meinung nach darin stand. Es heißt, der geübte Lügner sei es, der zu täuschen vermag. Doch oft genug täuscht der geübte und chronische Lügner nur sich selbst; wohingegen die Lügen dessen, der sich sein Leben lang der Wahrheit verschrieben hat, am ehesten geglaubt werden.

«Oh», sagte Mrs. Beard. Sie sah wieder Lena an. «Hat sie keine Bekannten in Jefferson?»

«Sie kennt niemanden hier», sagte Byron. «Nicht diesseits von Alabama. Wahrscheinlich trifft Mr. Burch morgen früh ein.»

«Oh», sagte Mrs. Beard. «Und wo werden Sie schlafen?» Doch sie wartete nicht auf eine Antwort. «Ich glaube, für heute Nacht kann ich ihr ein Bett in meinem Zimmer herrichten. Wenn sie nichts dagegen hat.»

«Das wäre schön», sagte Byron. «Das wäre schön.»

Als es zum Abendessen läutete, war er gut vorbereitet. Er hatte eine Gelegenheit gefunden, mit Mrs. Beard zu sprechen. Er hatte mehr Zeit darauf verwandt, diese Lüge zu erfinden, als bei jeder anderen. Und dann war es gar nicht nötig; das, was er beschützen wollte, wirkte als sein eigener Schutz. «Die Männer werden bei Tisch darüber reden», sagte Mrs. Beard. «Ich glaube, eine Frau in ihrem Zustand (*die obendrein noch einen Ehemann namens Burch finden muss* dachte sie mit herber Ironie) sollte sich besser keine weiteren Geschichten über die Umtriebe der Männer anhören. Kommen Sie später mit ihr, wenn die anderen alle gegessen haben.» Was Byron tat. Wieder aß Lena mit herzhaftem Appetit, mit dieser ernsten und herzhaften Schicklichkeit, und noch ehe sie fertig war, schlief sie fast über ihrem Teller ein.

«Es ist recht ermüdend, das Reisen», sagte sie zur Erklärung.

«Setzen Sie sich ins Wohnzimmer, und ich mache inzwischen Ihr Bett», sagte Mrs. Beard.

«Ich würde gern helfen», sagte Lena. Doch selbst Byron sah, dass sie das nicht konnte, dass sie todmüde war.

«Setzen Sie sich nur ins Wohnzimmer», sagte Mrs. Beard. «Ich glaube, Mr. Bunch hat nichts dagegen, Ihnen ein paar Minuten Gesellschaft zu leisten.»

«Ich hab nicht gewagt, sie allein zu lassen», sagt Byron. Hightower hinter dem Schreibtisch hat sich nicht gerührt. «Und da saßen wir, zur selben Zeit, als in der Stadt, im Büro des Sheriffs, alles herauskam, zur selben Zeit, als Brown alles erzählte, von sich und Christmas und dem Whiskey und allem. Nur das mit dem Whiskey war für die Leute nichts Neues, nicht seit Christmas sich Brown als Partner genommen hatte. Ich glaube, das Einzige, worüber die Leute sich wunderten, war, warum Christmas sich überhaupt mit Brown eingelassen hatte. Vielleicht war es so, weil Gleich und Gleich sich nicht nur gern gesellt, sondern auch, weil unweigerlich Gleich von Gleich aufgespürt wird. Selbst wenn sie sich nur in einem gleich sind, denn sogar diese zwei waren, obwohl sie sich in einem glichen, trotzdem ganz verschieden. Christmas verstieß gegen das Gesetz, weil er zu Geld kommen wollte, und Brown hat dagegen verstoßen, weil er nie genug Verstand hatte zu begreifen, was er tat. Wie an dem Abend im Barbierladen, als er betrunken war und laut erzählte, bis Christmas reingerannt kam und ihn nach draußen zerrte. Und Mr. Maxey sagte: ‹Was glauben Sie, war er nicht drauf und dran, sich und den anderen zu verraten?›, und Captain McLendon sagte: ‹Ich hab dazu keine Meinung›, und Mr. Maxey sagte: ‹Glauben Sie, dass die beiden wirklich einen Lastwagen mit einer Schnapsladung überfallen haben?›, und Mr. McLendon sagte: ‹Wären Sie überrascht, wenn Sie hören würden, dass dieser Christmas noch Schlimmeres in seinem Leben angestellt hat?›

Das also hat Brown gestern Abend erzählt. Aber alle wussten davon. Sie hatten schon seit längerem gesagt, jemand müsste Miss Burden davon erzählen. Aber ich nehme an, keiner hatte Lust, zu ihr zu gehen und es ihr zu sagen, weil niemand wusste, was dann passieren würde. Ich nehme an, es gibt Leute, die hier geboren sind, die sie überhaupt noch nie gesehen haben. Ich nehme an, ich wäre auch nicht gern rausgegangen, zu dem alten Haus, wo keiner sie je gesehen hat, abgesehen vielleicht von Leuten in einem vorbeifahrenden Fuhrwerk, die sie hin und wieder auf dem Grundstück gesehen haben, in einem Kleid und mit einem Sonnenhut auf dem Kopf, den manche Niggerfrauen, die ich kenne, niemals getragen hätten, wegen seiner Form und weil sie so komisch damit aussah. Aber vielleicht wusste sie es auch schon. Als Yankee und so, da hat es sie vielleicht nicht gestört. Und außerdem konnte auch niemand wissen, was passieren würde.

Und so hab ich nicht gewagt, sie allein zu lassen, bis sie im Bett war. Eigentlich hatte ich vor, Sie gleich gestern Abend zu besuchen. Aber ich habe einfach nicht gewagt, sie allein zu lassen. Die anderen Pensionsgäste gingen dauernd über den Flur, und ich wusste nicht, wann es einem von ihnen einfallen würde, reinzukommen und darüber zu reden und die ganze Sache zu erzählen; ich hörte die anderen schon auf der Veranda darüber reden, und sie sah mich immer noch an, und ihr Gesicht sagte klar und deutlich, dass sie mich wieder nach dem Brand fragen wollte. Deshalb habe ich nicht gewagt, sie allein zu lassen. Und wir saßen im Wohnzimmer, und sie konnte die Augen kaum offen halten, und ich sage ihr, ich würde ihn ihr schon finden, nur dass ich einen mir bekannten Prediger aufsuchen und mit ihm reden wollte, weil der ihr helfen könnte, mit ihm zusammenzukommen. Und sie sitzt da, die Augen geschlossen, als ich ihr das erzähle, und weiß nicht, dass ich weiß, dass sie und dieser Mann noch nicht verheiratet sind. Sie glaubte, sie hätte alle getäuscht. Und dann fragte sie, was für ein Mann das sei, dem ich von ihr erzählen wollte, und ich sagte es ihr, und sie sitzt da, die Augen geschlossen, sodass ich schließlich sagte: ‹Sie haben doch kein Wort von dem gehört, was ich gerade gesagt habe›, und sie richtete sich ein bisschen auf und sagte, ohne die Augen aufzumachen: ‹Kann er noch Leute verheiraten?›, und ich sagte: ‹Was? Kann er was?›, und sie sagte: ‹Ist er noch genug Geistlicher, dass er Leute verheiraten kann?›»

Hightower hat sich nicht gerührt. Er sitzt aufrecht hinter dem Schreibtisch, die Unterarme parallel auf den Armlehnen des Stuhls. Er trägt weder Kragen noch Rock. Sein Gesicht ist zugleich hager und schlaff; es ist so, als gäbe es zwei Gesichter, eins über dem andern, unter dem blassen, kahlen, von einem grauen Haarkranz umgebenen Schädel, die hinter dem doppelten bewegungslosen Glitzern seiner Brillengläser hervorblicken. Der über dem Schreibtisch sichtbare Teil seines Oberkörpers ist unförmig, fast monströs, eine weiche, vom vielen Sitzen auseinandergeflossene Masse. Er sitzt steif da, in seinem Gesicht ist der Ausdruck von Verweigerung und Flucht jetzt klar und deutlich geworden. «Byron», sagt er, «Byron. Was erzählen Sie mir da?»

Byron bricht ab. Er sieht den anderen ruhig an, mit einem Ausdruck von Erbarmen und Mitleid. «Ich wusste, dass Sie's noch nicht gehört haben. Ich wusste, dass es an mir sein würde, es Ihnen zu erzählen.»

Sie sehen sich an. «Was habe ich noch nicht gehört?»

«Das von Christmas. Von gestern und Christmas. Dass Christmas teils Nigger ist. Von ihm und Brown und gestern.»

«Teils Neger», sagt Hightower. Seine Stimme klingt unbeschwert, leichthin, als fiele eine Distelblüte zu Boden, lautlos, gewichtslos. Er regt sich nicht. Noch einen weiteren Moment regt er sich nicht. Dann zieht sich, so scheint es, über seinen ganzen Körper, als wären dessen Teile beweglich wie Gesichtszüge, dieser Ausdruck des Zurückweichens und der Verweigerung, und Byron sieht, dass das stille, schlaffe, breite Gesicht plötzlich nass glänzt vor Schweiß. Doch die Stimme klingt unbeschwert und ruhig. «Was von Christmas und Brown und gestern?», fragt er.

Die Musik aus der fernen Kirche ist längst verklungen. Jetzt ist kein Geräusch im Zimmer außer dem beständigen Sirren der Insekten und dem monotonen Klang von Byrons Stimme. Hightower sitzt aufrecht hinter dem Schreibtisch. Zwischen seinen parallelen, nach unten gekehrten Handflächen und mit dem vom Schreibtisch verborgenen unteren Teil seines Körpers ist seine Haltung die eines orientalischen Götzenbildes.

«Es war gestern Morgen. Da war ein Landarbeiter, der mitsamt seiner Familie auf einem Fuhrwerk in die Stadt kam. Er war derjenige, der das Feuer entdeckt hat. Nein: er war der Zweite, der dort hinkam, denn wie er erzählte, war schon ein anderer dort im Haus, als er die Tür aufbrach. Er erzählte, wie das Haus in Sicht kam und wie er zu seiner Frau sagte, da käme aber ziemlich viel Rauch aus der Küche, und wie sie weitergefahren sind und seine Frau dann gesagt hat: ‹Das Haus brennt.› Und ich nehme an, er hat den Wagen vielleicht angehalten, und sie haben eine Weile im Wagen gesessen und rübergeguckt zu dem Rauch, und nach einer Weile, nehme ich an, hat er gesagt: ‹Sieht ganz so aus.› Und ich nehme an, seine Frau hat gesagt, er soll absteigen und nachsehen. ‹Die wissen nicht, dass es brennt›, sagte sie, nehme ich an. ‹Geh hin und sag's ihnen.› Und er stieg von dem Fuhrwerk ab und ist zur Veranda raufgegangen und hat da gestanden und eine Weile lang ‹Hallo. Hallo› gerufen. Er hat erzählt, dass er das Feuer im Haus hören konnte, und dann hat er die Tür mit der Schulter aufgedrückt und ist reingegangen und hat den vorgefunden, der das Feuer als Erster entdeckt hatte. Das war Brown. Aber das wusste der Landarbeiter nicht. Er sagte nur, da war ein Betrunkener im Flur, der so aussah, als wäre er gerade die Treppe runtergefallen, und der Landarbeiter sagte zu ihm: ‹Ihr Haus steht in Flammen, Mister›, bevor er bemerkte, wie betrunken der Mann war. Und er erzählte, wie der Betrunkene immer wieder sagte, es wäre niemand oben und oben stünde sowieso alles in Flammen und es hätte keinen Sinn, da oben noch was retten zu wollen.

Aber der Landarbeiter wusste, dass das Feuer oben nicht so stark sein konnte, weil der Brandherd zur Küche hin war. Und außerdem war der Mann sowieso zu betrunken, um es zu wissen. Und er erzählte, wie ihm der Verdacht gekommen ist, dass irgendwas nicht stimmte, weil der Betrunkene ihn davon abhalten wollte, nach oben zu gehen. Er begann also, die Treppe raufzugehen, und der Betrunkene versuchte ihn zurückzuhalten, und er stieß den Betrunkenen weg und ging weiter nach oben. Er erzählte, wie der Betrunkene versuchte, ihm zu folgen, und immer wieder sagte, oben wäre nichts, und er sagte, als er wieder runterkam und der Betrunkene ihm wieder einfiel, war der verschwunden. Aber ich nehme an, es hat einige Zeit gedauert, bis Brown ihm wieder eingefallen ist. Denn er ging nach oben und hat gerufen und eine Tür nach der andern aufgemacht, und dann hat er die richtige Tür aufgemacht und hat sie gefunden.»

Er bricht ab. Jetzt ist in dem Zimmer kein Geräusch, außer von den Insekten. Draußen vor dem offenen Fenster ist das ständige pulsierende Schwirren der unermüdlichen Insekten, taumelig und tausendfach. «Sie gefunden», sagt Hightower. «Es war Miss Burden, die er gefunden hat.» Er regt sich nicht. Byron sieht ihn nicht an. Womöglich betrachtet er, während er spricht, seine Hände auf dem Schoß.

«Sie lag auf dem Boden. Ihr Kopf war fast ganz abgetrennt; eine Lady mit den ersten grauen Haaren. Der Mann erzählte, wie er da stand und das Feuer hörte, und in dem Zimmer selbst war jetzt auch Rauch, als wäre er ihm gefolgt. Und wie er Angst hatte, sie aufzuheben und rauszutragen, weil ihr Kopf vielleicht vollends abfallen würde. Und dann sagte er, wie er gerannt ist, die Treppe wieder runter und aus dem Haus, und gar nicht bemerkt hat, dass der Betrunkene verschwunden war, und runter zur Straße und zu seiner Frau gesagt hat, sie soll die Pferde antreiben und zum nächsten Telefon und dann den Sheriff anrufen. Und wie er zurückgerannt ist, ums Haus herum zu der Zisterne, und er war schon dabei, sagte er, einen Eimer Wasser raufzuziehen, als ihm klar wurde, wie töricht das war, wo doch mittlerweile der ganze hintere Teil des Hauses in hellen Flammen stand. Also ist er wieder ins Haus und wieder die Treppe rauf und in das Zimmer und hat eine Decke vom Bett gerissen und die Frau in die Decke eingerollt und die Enden gegriffen und sich das Ganze wie einen Sack Mehl auf den Rücken geschwungen und aus dem Haus getragen und unter einen Baum gelegt. Und das, wovor er Angst gehabt hatte, sagte er, ist dann passiert. Denn die Decke fiel zurück und die Frau lag auf der Seite, in die eine Richtung gewandt, und ihr Kopf war genau in die entgegengesetzte Richtung gedreht, als ob sie hinter sich guckte. Und er sagte, wenn sie das so hätte tun können, als sie noch lebte, dann hätte sie es doch wohl jetzt nicht getan.»

Byron bricht ab und sieht auf, wirft einen Blick auf den Mann hinter dem Schreibtisch. Hightower hat sich nicht geregt. Um das leere Doppelglitzern der Brillengläser herum schwitzt sein Gesicht ruhig und beharrlich. «Und der Sheriff ist rausgekommen, und die Feuerwehr kam auch. Aber die konnte nichts mehr ausrichten, weil kein Wasser für den Schlauch da war. Und das alte Haus hat den ganzen Abend gebrannt, ich konnte den Rauch vom Werk aus sehen, und ich hab ihn ihr gezeigt, als sie kam, weil ich da noch nichts wusste. Und sie haben Miss Burden in die Stadt gebracht, und sie hatte bei der Bank ein Papier hinterlegt, darin stünde, hatte sie gesagt, was mit ihr geschehen solle, wenn sie stirbt. Und da stand, sie hätte einen Neffen im Norden, wo sie herkommt, wo ihre ganze Familie herkommt. Dann haben sie dem Neffen telegraphiert, und nach zwei Stunden hatten sie die Antwort, dass der Neffe eintausend Dollar Belohnung zahlen würde für die Ergreifung des Täters.

Und beide, Christmas und Brown, waren verschwunden. Der Sheriff stellte fest, dass jemand in der Hütte gewohnt hatte, und auf einmal erzählten alle von Christmas und Brown, nachdem sie es geheim gehalten hatten, lange genug, dass einer von den beiden die Lady hätte ermorden können, oder vielleicht beide. Aber sie waren nicht zu finden, keiner von beiden, bis gestern Abend. Der Landarbeiter wusste nicht, dass es Brown war, den er betrunken im Haus angetroffen hatte. Die Leute dachten, dass vielleicht beide, Brown und Christmas, geflüchtet waren. Und dann, gestern Abend, kreuzte Brown wieder auf. Da war er ganz nüchtern, und er kommt gegen acht auf den Platz, außer sich, und brüllt, Christmas war's, der sie umgebracht hat, und meldet seinen Anspruch auf die tausend Dollar an. Man hat die Polizei geholt und ihn zum Büro des Sheriffs gebracht, und dort haben sie ihm gesagt, die tausend Dollar gehörten ihm, sobald er Christmas gefangen und bewiesen hätte, dass der es getan hat. Und so hat Brown geredet. Er hat erzählt, dass Christmas drei Jahre lang mit Miss Burden wie Mann und Frau gelebt habe, bis Brown und er sich zusammentaten. Zuerst, als er in die Hütte zu Christmas rausgezogen war, sagte Brown, hätte Christmas ihm erzählt, dass er immer in der Hütte geschlafen habe. Dann sagte Brown, dass er eines Abends nicht einschlafen konnte, und er erzählte, wie er gehört habe, dass Christmas vom Bett aufstand und kam und sich eine Weile über Browns Bett beugte, als lauschte er, und dann sei er auf Zehenspitzen zur Tür gegangen, habe sie leise geöffnet und sei rausgegangen. Und Brown sagte, er sei aufgestanden und hinter Christmas hergegangen und habe gesehen, wie Christmas zum großen Haus gegangen sei und es durch die hintere Tür betreten habe, als wäre sie entweder für ihn offen gelassen worden oder als hätte er den Schlüssel dafür. Danach ist Brown zur Hütte zurückgegangen und hat sich ins Bett gelegt. Aber vor lauter Lachen, sagte er, konnte er nicht einschlafen, und er dachte, wie raffiniert Christmas sich doch vorkam. Und er lag noch wach, als Christmas ungefähr eine Stunde später zurückkam. Da, sagte er, konnte er sich das Lachen nicht länger verbeißen, und er sagt zu Christmas: ‹Du bist ja ein ganz gerissener Hund.› Dann, sagte er, ist Christmas im Dunkeln ganz still geworden, und er, Brown, lag im Bett und lachte und sagte zu Christmas, so ein toller Hecht wäre er nun auch wieder nicht, und er zog Christmas auf mit den grauen Haaren und sagte, dass er sich, wenn Christmas das wollte, gern wochenweise mit ihm abwechseln würde beim Bezahlen der Miete.

Dann erzählte er, wie ihm in dieser Nacht klar geworden sei, dass Christmas früher oder später entweder sie oder wen anders umbringen würde. Er sagte, er habe im Bett gelegen, lachend, und gedacht, Christmas würde sich auch wieder ins Bett legen, als der ein Streichholz anriss. Da hätte er, sagte Brown, aufgehört zu lachen und hätte im Bett gelegen und zugeguckt, wie Christmas die Lampe anzündete und sie auf den Kasten neben

Browns Bett stellte. Und dann sagte Brown, dass er jetzt nicht mehr gelacht hätte und nur dalag, und Christmas stand an seinem Bett und blickte zu ihm runter. ‹Jetzt hast du einen guten Witz›, sagt Christmas. ‹Damit kannst du alle zum Lachen bringen, wenn du ihn morgen Abend im Barbierladen erzählst.› Und Brown sagte, er wusste nicht, dass Christmas wütend war, und er hätte irgendwas zu Christmas gesagt, ohne die Absicht, ihn wütend zu machen, und Christmas hätte auf seine ruhige Art gesagt: ‹Du kriegst nicht genug Schlaf. Du bist zu viel wach. Vielleicht solltest du mehr schlafen›, und Brown fragte: ‹Wie viel mehr?›, und Christmas sagte: ‹Vielleicht von jetzt an.› Und Brown sagte, da hätte er begriffen, dass Christmas wütend war und dass es nicht der richtige Zeitpunkt war, Späße mit ihm zu treiben, und er sagte: ‹Wir sind doch Kumpel, oder? Warum sollte ich was erzählen, was mich nichts angeht? Vertraust du mir nicht?›, und Christmas sagte: ‹Ich weiß nicht. Ist mir auch egal. Aber du kannst mir vertrauen.› Und er sah Brown an. ‹Kannst du mir vertrauen?›, und Brown sagte, er hätte gesagt: ‹Ja.›

Und dann erzählte er, wie er Angst gehabt hätte, dass Christmas eines Nachts Miss Burden umbringen würde, und als der Sheriff ihn fragte, wieso er seine Befürchtung nie gemeldet habe, sagte Brown, er hätte gedacht, wenn er nichts sagte, könnte er vielleicht da draußen bleiben und es verhindern, ohne die Polizei behelligen zu müssen; und der Sheriff knurrte und sagte, das sei ja sehr rücksichtsvoll von Brown und Miss Burden wäre garantiert dankbar dafür, wenn sie es wüsste. Und da, nehme ich an, dämmerte es Brown, dass auch auf ihm ein gewisser Verdacht lag. Denn nun fing er an zu erzählen, dass es Miss Burden gewesen war, die Christmas das Auto gekauft hatte, und wie er dauernd versucht hätte, Christmas zu überreden, mit dem Whiskeyverkaufen aufzuhören, ehe er sie beide damit noch in Schwierigkeiten brachte; und die Polizisten beobachteten ihn, und er redete immer schneller und immer mehr; wie er am Samstagmorgen in aller Frühe aufgewacht sei und gesehen habe, dass Christmas gegen Morgengrauen aufstand und rausging. Und Brown wusste, wohin Christmas ging, und gegen sieben Uhr kam Christmas wieder in die Hütte und stand da und sah Brown an. ‹Ich hab's getan›, sagt Christmas. ‹Was getan?›, sagt Brown. ‹Geh rüber zum Haus und sieh selbst›, sagt Christmas. Und Brown sagte, da hätte er's mit der Angst gekriegt, aber nie hätte er die Wahrheit geahnt. Im äußersten Fall, sagte er, hätte er erwartet, dass Christmas sie vielleicht verprügelt. Und er sagte, Christmas wäre wieder rausgegangen, und da sei er aufgestanden und habe sich angezogen, und er wollte gerade Feuer machen, um sein Frühstück zuzubereiten, als er zufällig zur Tür hinausgesehen hätte, und da, sagte er, hätte die ganze Küche oben im großen Haus in Flammen gestanden.

‹Um wie viel Uhr war das?›, fragt der Sheriff.

‹Gegen acht, denke ich›, sagt Brown. ‹Die Zeit, um die man normalerweise aufsteht. Außer man ist reich. Und Gott weiß, dass ich das nicht bin.›

‹Und der Brand wurde erst gegen elf Uhr gemeldet›, sagt der Sheriff. ‹Und um drei Uhr nachmittags hat das Haus immer noch gebrannt. Wollen Sie mir sagen, dass ein altes Holzhaus, selbst ein großes, sechs Stunden braucht, um abzubrennen?›

Und Brown saß da, guckte hierhin und dahin, und die Männer im Kreis um ihn herum beobachteten ihn, trieben ihn in die Enge. ‹Ich sage Ihnen nur die Wahrheit›, sagt Brown. ‹Danach haben Sie gefragt.› Er guckte hierhin und dahin und zuckte mit dem Kopf. Dann hat er fast gebrüllt: ‹Woher soll ich wissen, wie viel Uhr es war? Glauben Sie, einer, der im Sägewerk arbeitet wie ein Niggersklave, ist so reich, dass er eine Uhr besitzt?›

‹Sie haben in keinem Sägewerk gearbeitet und auch sonst nirgendwo, in den letzten sechs Wochen›, sagt der Polizeichef. ‹Und einer, der sich's leisten kann, den ganzen Tag in einem neuen Auto rumzufahren, der kann es sich auch leisten, oft genug am Gerichtsgebäude vorbeizufahren und nach der Uhr zu sehen und sich die Zeit zu merken.›

‹Es war überhaupt nicht mein Auto, das sage ich Ihnen doch!›, sagt Brown. ‹Es war seins. Sie hat es gekauft und ihm geschenkt; die Frau, die er ermordet hat, hat's ihm geschenkt.›

‹Das hat mit dem hier nichts zu tun›, sagt der Sheriff. ‹Soll er den Rest erzählen.›

Und so hat Brown weitergeredet und hat immer lauter und immer schneller geredet, als wollte er Joe Brown hinter dem verstecken, was er Christmas anhängte, bis er die Chance hatte, die tausend Dollar in die Hand zu bekommen. Das übertrifft doch alles, wie manche Leute sich einbilden, es wäre ein Spiel ohne jede Regel, wie man Geld verdient oder in die Hände kriegt. Er erzählte, wie er, selbst als er das Feuer sah, nicht im Traum gedacht hätte, sie könnte noch im Haus sein oder gar tot. Er sagte, er wäre nie auf die Idee gekommen, im Haus nachzusehen; er hätte nur überlegt, wie er das Feuer löschen könnte.

‹Und das war gegen acht Uhr morgens›, sagt der Sheriff. ‹So behaupten Sie wenigstens. Und Hamp Wallers Frau hat den Brand erst gegen elf gemeldet. Da haben Sie ganz schön lange gebraucht, um rauszufinden, dass Sie den Brand nicht mit Ihren bloßen Händen löschen konnten.› Und Brown sitzt da, umringt von den anderen (sie hatten die Tür verschlossen, aber an den Fenstern sah man Reihen von Gesichtern hinter den Scheiben), und seine Augen springen hierhin und dahin, und seine Lippe schiebt sich von den Zähnen weg. ‹Hamp sagt, als er die Tür eingedrückt hat, war schon ein Mann im Haus›, sagt der Sheriff. ‹Und dieser Mann wollte ihn hindern, die Treppe raufzugehen.› Und er, er sitzt da, umringt von den andern, und seine Augen springen unablässig umher.

Ich nehme an, er war inzwischen verzweifelt. Ich nehme an, er sah jetzt nicht nur, dass die tausend Dollar immer weiter von ihm wegrückten, sondern er sah allmählich auch, dass jemand anders sie bekommen würde. Ich nehme an, es war, als sähe er sich selbst, die tausend Dollar schon fest in der Hand, nur damit dann jemand anders sie ausgeben durfte. Denn sie sagten, es war so, als hätte er das, was er ihnen als Nächstes sagte, genau für einen Moment wie diesen aufgespart. Als hätte er gewusst, wenn er in die Klemme käme, dann würde dies ihn retten, auch wenn es fast schlimmer für einen Weißen war, das zuzugeben, was er nun zugeben musste, als selber des Mordes beschuldigt zu werden. ‹Das stimmt›, sagt er. ‹Nur zu. Beschuldigen Sie mich. Beschuldigen Sie den Weißen, der Ihnen mit dem, was er weiß, zu helfen versucht. Beschuldigen Sie den weißen Mann und lassen Sie den Nigger frei. Beschuldigen Sie den Weißen und lassen Sie den Nigger laufen.›

‹Nigger?›, sagte der Sheriff. ‹Nigger?›

Es war, als wüsste er, dass er sie damit in der Tasche hatte. Dass nichts, wovon sie glauben konnten, er hätte es getan, so schlimm sein würde wie das, was er einem anderen nachsagen konnte. ‹Ihr seid so schlau›, sagt er. ‹Die Leute in dieser Stadt sind so schlau. Drei Jahre lang haben sie sich täuschen lassen. Haben ihn drei Jahre lang einen Ausländer genannt, und ich hab schon, nachdem ich ihn drei Tage beobachtet hatte, gewusst, dass er so wenig ein Ausländer ist wie ich. Ich wusste es, bevor er es mir selbst gesagt hat.› Und sie alle sehen ihn an, und ab und zu wechseln sie Blicke untereinander.

‹Passen Sie gut auf, was Sie da sagen, falls es ein Weißer ist, von dem Sie reden›, sagt der Polizeichef. ‹Ob er ein Mörder ist oder nicht.›

‹Ich rede von Christmas›, sagt Brown. ‹Von dem Mann, der die weiße Frau getötet hat, nachdem er vor den Augen der ganzen Stadt mit ihr zusammengelebt hat, und Sie alle lassen ihn immer weiter davonlaufen und beschuldigen stattdessen den Einzigen, der ihn für Sie finden kann, der weiß, was er getan hat. Er hat Niggerblut. Ich wusste es, als ich ihn das erste Mal sah. Aber ihr seid ja alle so schlau, ihr schlauen Sheriffs, ihr. Einmal hat er's sogar zugegeben, hat mir gesagt, er ist teils Nigger. Vielleicht war er in dem Moment betrunken: Ich weiß es nicht. Jedenfalls, am nächsten Morgen, nachdem er's mir gesagt hat, kommt er zu mir, und er sagt (Brown redete jetzt ganz schnell, und seine Augen und seine Zähne blitzten in die Runde, von einem zum andern), und er sagte zu mir: „Ich hab gestern Abend einen Fehler gemacht. Mach du nicht den gleichen", und ich sagte: „Wie meinst du das, einen Fehler?", und er sagte: „Denk mal einen Moment nach", und ich dachte an etwas, das er eines Abends gemacht hat, als er und ich in Memphis waren, und ich wusste, mein Leben war nichts mehr wert, falls ich ihm je in die Quere kam, und deshalb sagte ich: „Ich glaube, ich weiß, was du meinst. Ich mische mich nicht in Sachen ein, die mich nichts angehen. Das hab ich noch nie gemacht, soweit ich weiß." Und das hätten Sie auch alle gesagt›, sagt Brown, ‹da draußen, allein in der Hütte mit ihm, und weit und breit keiner, der Sie hört, wenn Sie schreien. Sie hätten auch Angst gehabt, und dann wenden sich die Leute, denen man helfen wollte, gegen einen und werfen einem den Mord vor, den man nicht begangen hat.› Und da saß er, seine Augen sprangen unablässig umher, und die anderen im Raum beobachteten ihn, und draußen pressten sie ihre Gesichter an die Fensterscheiben.

‹Ein Nigger›, sagte der Polizeichef. ‹Ich hab doch immer schon gedacht, dass irgendwas seltsam ist an dem Burschen.›

Dann sprach der Sheriff wieder mit Brown. ‹Und deswegen haben Sie die ganze Zeit nichts gesagt über das, was da draußen vor sich gegangen ist, bis heute Abend?›

Und Brown sitzt da, von den anderen umringt, die Lippen wütend zurückgezogen und die kleine Narbe an seinem Mund weiß wie ein Popcorn. ‹Zeigen Sie mir mal den Mann, der sich anders verhalten hätte›, sagt er. ‹Mehr verlange ich gar nicht. Zeigen Sie mir den Mann, der sich, wenn er mit ihm zusammengewohnt und ihn so gut gekannt hätte wie ich, anders verhalten hätte.›

‹Aha›, sagt der Sheriff. ‹Ich glaube, jetzt sagen Sie endlich die Wahrheit. Gehen Sie jetzt mit Buck und schlafen Sie sich gut aus. Ich kümmere mich um Christmas.›

‹Ich vermute, Sie meinen das Gefängnis›, sagt Brown. ‹Ich vermute, Sie sperren mich ein, ins Gefängnis, bis Sie selbst die Belohnung haben.›

‹Halten Sie den Mund›, sagt der Sheriff, aber nicht wütend. ‹Wenn die Belohnung Ihnen zusteht, sorge ich schon dafür, dass Sie sie kriegen. Nehmen Sie ihn mit, Buck.›

Der Polizeichef kam herüber und tippte Brown auf die Schulter, und Brown stand auf. Als sie zur Tür hinausgingen, drängten sich die Leute, die durchs Fenster gestarrt hatten, um sie. ‹Haben Sie ihn erwischt, Buck? Ist er's gewesen?›

‹Nein›, sagt Buck. ‹Geht ihr jetzt nach Hause. Legt euch schlafen.›»

Byrons Stimme bricht ab. Der tonlose, gleichbleibende ländliche Singsang erstirbt. Jetzt sieht er Hightower an, mit seinem mitleidvollen und bekümmerten, stillen Blick, beobachtet den Mann auf der anderen Seite des Schreibtischs, der mit geschlossenen Augen dasitzt und dem der Schweiß wie Tränen über das Gesicht rinnt. Hightower spricht: «Ist es sicher, ist es bewiesen, dass er Negerblut hat? Bedenken Sie, Byron, was das bedeutet, wenn die Leute – wenn sie ihn fangen … Armer Mann. Arme Menschheit.»

«Brown jedenfalls behauptet es», sagt Byron, leise, beharrlich, überzeugt. «Und selbst ein Lügner kann vor lauter Angst die Wahrheit sagen, so wie ein ehrlicher Mensch gefoltert werden kann, bis er lügt.»

«Ja», sagt Hightower. Er sitzt da mit geschlossenen Augen, aufrecht. «Aber sie haben ihn noch nicht gefasst. Sie haben ihn noch nicht gefasst, Byron.»

Auch Byron sieht den anderen nicht an. «Noch nicht. Nicht, soweit ich gehört hab. Sie haben heute Bluthunde mit raufgenommen. Aber sie haben ihn noch nicht gefasst, soweit ich gehört habe.»

«Und Brown?»

«Brown», sagt Byron. «Der. Der ist mit ihnen gegangen. Vielleicht hat er Christmas bei der Tat geholfen. Aber das glaube ich nicht. Ich nehme an, zu mehr, als das Haus in Brand zu stecken, hat es bei ihm nicht gereicht. Und warum er das getan hat, falls er es getan hat, weiß er, glaube ich, selbst nicht. Außer dass er vielleicht gedacht hat, wenn der ganze Kasten einfach abbrennt, dann wäre es alles sozusagen nie gewesen, und er und Christmas könnten einfach weiter in dem neuen Auto rumfahren. Ich nehme an, er denkt, dass das, was Christmas gemacht hat, weniger eine Sünde war als ein Fehler.» Seine Miene ist nachdenklich, der Blick gesenkt; wieder zeigen sich in seinem Gesicht feine Risse, dazu eine Art höhnischer Überdruss. «Ich nehme an, er ist aus der Gefahr raus. Ich nehme an, sie kann ihn jetzt jederzeit finden, wann immer sie will, vorausgesetzt, er und der Sheriff sind nicht gerade mit den Hunden draußen. Er wird nicht versuchen wegzulaufen – nicht, solange die tausend Dollar fast greifbar vor ihm hängen, könnte man sagen. Ich nehme an, keiner von den anderen ist so scharf darauf, Christmas zu fangen wie er. Er geht mit ihnen. Sie holen ihn aus dem Gefängnis, und er geht mit ihnen, und dann kommen sie alle in die Stadt zurück und sperren Brown wieder ein. Es ist verrückt. Ein bisschen so, als wollte ein Mörder sich selbst fangen, um die Belohnung für die eigene Ergreifung einzustreichen. Doch macht ihm das anscheinend nichts aus, außer dass er sich über die verlorene Zeit ärgert, wenn sie nicht auf der Suche sind, wenn sie die Zeit mit Rumsitzen verschwenden. Ja. Ich werde es ihr morgen sagen. Ich sage ihr nur, dass er vorübergehend im Kittchen ist, er und diese zwei Hunde. Vielleicht gehe ich mit ihr in die Stadt, wo sie sehen kann, wie sie alle drei an die anderen Männer gekettet sind und zerren und kläffen.»

«Sie haben es ihr noch nicht gesagt.»

«Nein, noch nicht. Ihm auch nicht. Weil er dann vielleicht wieder wegrennen würde, mit oder ohne Belohnung. Und vielleicht, wenn er Christmas fangen kann und die Belohnung kriegt, vielleicht heiratet er sie dann noch rechtzeitig. Aber noch weiß sie es nicht, so wenig, wie sie es gestern wusste, als sie auf dem Platz von dem Fuhrwerk abgestiegen ist. Als sie mit ihrem dicken Bauch langsam von diesem seltsamen Fuhrwerk runtergeklettert ist, inmitten fremder Gesichter, und sich mit stillem Erstaunen gesagt hat – nur dass ich nicht glaube, dass es mit Erstaunen war, denn sie ist langsam gekommen und zu Fuß, und Gerede hat sie nie gestört –: ‹Meine Güte. Da bin ich den ganzen Weg von Alabama hergekommen, und jetzt bin ich endlich in Jefferson, tatsächlich.›»

V

Es war nach Mitternacht. Obwohl Christmas seit zwei Stunden im Bett lag, schlief er noch nicht. Er hörte Brown, bevor er ihn sah. Er hörte, wie Brown sich der Tür näherte und dann dagegen rempelte, sah, wie sich dessen Silhouette, an die Tür gestützt, aufrichtete. Brown atmete schwer. Die Arme nach beiden Seiten abgestützt, stand er da und begann mit süßlicher, nasaler Tenorstimme zu singen. Die langgezogenen Töne, die er von sich gab, rochen, so schien es, nach Whiskey. «Sei still», sagte Christmas. Er rührte sich nicht, und er hatte seine Stimme nicht erhoben. Doch Brown hörte sofort auf. Er stand noch einen Augenblick in der Tür und hielt sich mit abgestützten Armen aufrecht. Dann ließ er die Tür los, und Christmas hörte, wie er in den Raum stolperte; gleich darauf rempelte er gegen etwas. Es entstand eine Pause, die von schwerem, angestrengtem Atmen erfüllt war. Dann fiel Brown mit enormem Gepolter zu Boden, stieß gegen das Feldbett, auf dem Christmas lag, und füllte den Raum mit lautem, irrem Gelächter.

Christmas stand von seinem Bett auf. Unter ihm, nicht sichtbar, lag Brown auf dem Fußboden; er lachte und machte keinerlei Anstalten aufzustehen. «Sei still!», sagte Christmas. Brown lachte weiter. Christmas stieg über Brown hinweg und streckte die Hand nach der Holzkiste aus, die als Tisch diente und auf der die Lampe und die Streichhölzer waren. Aber er konnte die Kiste nicht ertasten, und dann erinnerte er sich an das Geräusch der zerbrechenden Lampe, als Brown hingefallen war. Mit gegrätschten Beinen über Brown stehend, beugte er sich hinunter, griff nach Browns Hemdkragen, zog ihn unter dem Bett hervor, hielt seinen Kopf hoch und begann ihn mit der flachen Hand zu schlagen, kurze, heftige und harte Schläge, bis Brown aufhörte zu lachen.

Brown war schlaff wie eine Stoffpuppe. Christmas hielt seinen Kopf fest und beschimpfte ihn mit leiser Stimme, nicht lauter als ein Flüstern. Er zerrte Brown hinüber zu dem anderen Feldbett und warf ihn darauf, mit dem Gesicht nach oben. Brown fing wieder an zu lachen. Christmas legte die Hand flach auf Browns Mund und Nase, mit der Linken drückte er ihm das Kinn hoch, während er ihn mit der Rechten wieder schlug, mit den gleichen harten, langsamen, gemessenen Schlägen, als teilte er sie abgezählt aus. Brown hatte aufgehört zu lachen. Er wehrte sich. Unter Christmas' Hand gab er, sich wehrend, erstickte, gurgelnde Laute von sich. Christmas hielt ihn, bis er aufhörte und ruhig wurde. Dann lockerte Christmas den Griff ein wenig. «Bist du jetzt still?», sagte er. «Hast du verstanden?»

Brown schlug wieder um sich. «Nimm deine schwarze Hand von mir, du verdammter niggerblütiger –» Die Hand würgte ihn wieder. Und wieder schlug Christmas ihm mit der anderen Hand ins Gesicht. Brown hörte auf und lag still da. Christmas lockerte den Griff. Nach einer Weile sprach Brown in einem heimtückischen Ton, nicht laut: «Du bist ein Nigger, stimmt's? Du hast es selbst gesagt. Du hast es mir gesagt. Aber ich bin weiß. Ich bin ein W–» Die Hand würgte ihn ab. Wieder wehrte sich Brown, gab unter dem Griff ein ersticktes Wimmern von sich, und Speichel lief über die Finger des anderen. Als er aufhörte, sich zu wehren, lockerte sich die Hand. Nun lag er still und atmete keuchend.

«Bist du jetzt ruhig?», fragte Christmas.

«Ja», sagte Brown. Er atmete geräuschvoll. «Lass mich atmen. Ich bin ruhig. Lass mich atmen.»

Christmas lockerte die Hand, aber er nahm sie nicht weg. Brown atmete jetzt leichter, sein Atem kam und ging leichter, weniger geräuschvoll. Doch Christmas nahm die Hand nicht weg. Er stand im Dunkel über dem ausgestreckten Körper, spürte

Browns Atem abwechselnd heiß und kalt an seinen Fingern und dachte ruhig *Etwas passiert mit mir. Ich werde etwas tun* Ohne die linke Hand von Browns Gesicht zu nehmen, konnte er mit der rechten zu seinem Bett hinüber und nach seinem Kopfkissen greifen, unter dem sein Rasiermesser mit der zwölf Zentimeter langen Klinge lag. Aber er tat es nicht. Vielleicht war das Denken schon weit genug gegangen, und weit genug ins Dunkel, um ihm zu sagen *Dies ist nicht der Richtige* Jedenfalls griff er nicht nach dem Rasiermesser. Nach einiger Zeit nahm er die Hand von Browns Gesicht. Aber er ging nicht weg. Er stand noch über dem Bett, und sein eigener Atem ging so ruhig, so langsam, dass er sogar für ihn selbst kein Geräusch machte. Auch Brown, der unsichtbar war, atmete jetzt leiser, und nach einer Weile ging Christmas zu seinem Bett zurück, setzte sich und suchte in seiner Hose, die an der Wand hing, nach einer Zigarette und einem Streichholz. Im Flackern des Streichholzes war Brown sichtbar. Und ehe Christmas Feuer nahm, hielt er das Streichholz hoch und betrachtete Brown. Brown lag auf dem Rücken, mit ausgestreckten Gliedern, ein Arm hing baumelnd zum Fußboden hinab. Sein Mund stand offen. Während Christmas ihn betrachtete, fing er an zu schnarchen.

Christmas zündete sich die Zigarette an, schnipste das Streichholz zur offenen Tür hin und beobachtete, wie die Flamme im Flug verglomm. Dann horchte er auf das leichte, banale Geräusch, mit dem das erloschene Streichholz auf den Boden fallen würde, und dann meinte er es zu hören. Und dann, während er in dem dunklen Raum auf dem Feldbett saß, meinte er eine Myriade von Geräuschen zu hören, die allesamt nicht sehr laut waren – Stimmen, Murmeln, Flüstern: von Bäumen, der Dunkelheit, der Erde, von Menschen: seine eigene Stimme; andere Stimmen, die Namen und Zeiten und Orte heraufbeschworen –, Geräusche, die ihm sein Leben lang bewusst gewesen waren, ohne dass er es wusste, die sein Leben waren, und er dachte *Gott vielleicht, und auch das weiß ich nicht* Er sah es wie einen gedruckten Satz, aus dem Nichts geboren und schon tot *Gott liebt auch mich* wie die verblichenen und verwitterten Buchstaben auf einer letztjährigen Anzeigentafel *Gott liebt auch mich*

Er rauchte die Zigarette ganz zu Ende, ohne sie ein einziges Mal mit der Hand zu berühren. Er schnipste auch sie zur Tür. Anders als das Streichholz verglomm sie nicht im Flug. Er beobachtete, wie der glimmende Stummel sich um sich selbst drehte und durch die Tür flog. Er legte sich wieder auf sein Bett, die Hände hinter dem Kopf verschränkt, so wie einer liegt, der nicht damit rechnet, dass er schlafen wird, und denkt *Jetzt liege ich schon seit zehn im Bett und habe noch nicht geschlafen. Ich weiß nicht, wie spät es ist, aber es ist nach Mitternacht, und ich habe noch nicht geschlafen* Das ist, weil sie angefangen hat, für mich zu beten», sagte er. Er sprach laut, seine Stimme tönte jäh und laut in dem dunklen Raum, übertönte Browns betrunkenes Schnarchen. Das ist es. Weil sie angefangen hat, für mich zu beten.»

Er stand vom Bett auf. Seine nackten Füße machten kein Geräusch. Er stand im Dunkeln, nur in seinem Unterzeug. Auf dem anderen Bett schnarchte Brown. Einen Moment lang drehte Christmas den Kopf nach dem Geräusch. Dann ging er zur Tür. In seinem Unterzeug und mit bloßen Füßen verließ er die Hütte. Draußen war es etwas heller. Am Himmel kreisten die langsamen Sternbilder, Sterne, die er seit dreißig Jahren sah und von denen nicht einer einen Namen für ihn hatte oder ihm, dank seiner Gestalt oder Helligkeit oder Position, etwas bedeutete. Vor sich sah er einen Schornstein und einen Giebel des Hauses aus einer kompakten Masse von Bäumen aufragen. Das Haus selbst war unsichtbar und dunkel. Kein Licht zeigte sich, und kein Laut drang ihm entgegen, als er sich dem Fenster des Zimmers näherte, wo sie schlief, und darunter stehenblieb und dachte *Wenn sie auch schläft. Wenn sie schläft* Die Türen waren nie verschlossen, und es war stets so gewesen, dass er, wann immer ihn zwischen Nachtdunkel und Morgengrauen das Verlangen packte, das Haus betrat und in ihr Schlafzimmer ging und mit sicherem Schritt durch das Dunkel zu ihrem Bett fand. Manchmal war sie wach und wartete, und dann sagte sie seinen Namen. Bei anderen Gelegenheiten weckte er sie mit harter, brutaler Hand, und manchmal nahm er sie ebenso hart und brutal, bevor sie noch richtig wach war.

Das war vor zwei Jahren, lag jetzt zwei Jahre hinter ihnen, und er denkt *Vielleicht kommt daher die Empörung. Vielleicht glaube ich, dass ich überlistet worden bin, getäuscht. Dass sie mich über ihr Alter belogen hat, über das, was mit Frauen in einem bestimmten Alter passiert* Laut sagte er, allein, in der Dunkelheit unter dem dunklen Fenster: «Sie hätte nicht anfangen sollen, für mich zu beten. Es wäre ihr gutgegangen, wenn sie nicht angefangen hätte, für mich zu beten. Sie kann nichts dafür, dass sie zu alt ist und nichts mehr taugt. Aber sie hätte nicht den Fehler machen sollen, für mich zu beten.» Er fing an, sie zu verwünschen. Er stand unter dem dunklen Fenster und verwünschte sie langsam, mit wohlüberlegten Obszönitäten. Er sah nicht zu dem Fenster hinauf. Im eher dunklen Halblicht schien er seinen Körper zu beobachten, schien zu beobachten, wie er sich langsam und lasziv in einem Geflüster von Gossensprache wand, wie ein Ertrunkener in einer zähflüssigen, stillen schwarzen Lache von etwas, das mehr war als Wasser. Er berührte sich mit seinen flachen Händen, hart, strich sich mit den Händen hart den Unterleib herauf und, unter seinem Unterhemd, über die Brust. Das Hemd wurde von einem einzelnen Knopf am Hals zusammengehalten. Früher hatte er Kleidung gehabt, an der kein Knopf fehlte. Eine Frau hatte sie angenäht. So war es eine Zeit lang gewesen, in einer bestimmten Zeit. Dann ging die Zeit vorbei. Danach fischte er seine Sachen aus der Familienwäsche, bevor die Frau darangehen und die fehlenden Knöpfe annähen konnte. Als sie ihm zuvorkam, nahm er sich vor, sich zu merken, welche Knöpfe gefehlt hatten und wieder angenäht worden waren. Mit seinem Taschenmesser und der kalten, blutlosen Bedachtsamkeit eines Chirurgen trennte er die Knöpfe, die sie gerade angenäht hatte, wieder ab.

Seine rechte Hand glitt schnell und glatt wie einst die Messerklinge in der Öffnung des Kleidungsstücks hinauf. Mit der Kante traf sie den verbliebenen Knopf, ein leichter, schneller Schlag. Die dunkle Luft blies auf ihn, blies sanft, als das Kleidungsstück an seinen Beinen hinunterglitt, der kühle Mund der Dunkelheit, die weiche, kühle Zunge. Als er sich wieder rührte und weiterging, spürte er die dunkle Luft wie Wasser; er spürte den Tau unter seinen Füßen, wie er nie zuvor Tau gespürt hatte. Er trat durch das zerborstene Tor und blieb an der Straße stehen. Das Augustunkraut stand lendenhoch. Auf den Blättern und Halmen lag der Monatsstaub vorbeifahrender Fuhrwerke. Vor ihm verlief die Landstraße. Sie war ein wenig fahler als die Dunkelheit der Bäume und der Erde. In der einen Richtung lag die Stadt. In der anderen stieg die Straße einen Hügel hinauf. Nach einiger Zeit leuchtete ein größer werdender Lichtschein hinter dem Hügel auf und zeichnete dessen Konturen. Dann hörte er das Auto. Er bewegte sich nicht. Er stand, die Hände auf den Hüften, nackt, bis zu den Lenden im staubigen Gras, während das Auto über den Hügel kam und sich näherte, die Scheinwerfer voll auf ihn gerichtet. Er beobachtete, wie sein Körper weiß aus der Dunkelheit wuchs, wie ein Kodakabzug aus dem Entwicklerbad. Er blickte direkt in die Scheinwerfer, als das Auto vorbeischoss. Eine schrille Frauenstimme flog kreischend daraus zu ihm zurück. «Ihr weißen Schweine!», schrie er. «Das ist nicht die Erste von euren Schnepfen, die einen ...» Doch das Auto war fort. Es war niemand da, der hören, ihm zuhören konnte. Es war fort, saugte seinen Staub und sein Licht hinter sich her, saugte mit sich die verklingende Stimme der weißen Frau. Jetzt war ihm kalt. Es war so, als wäre er lediglich hergekommen, um bei einer Endgültigkeit zugegen zu sein, und jetzt, da die Endgültigkeit sich ereignet hatte, war er wieder frei. Er kehrte zum Haus zurück. Unter dem dunklen Fenster verharrte er, suchte und fand sein Unterzeug und zog es an. Jetzt war nicht ein einziger Knopf mehr daran, und er musste es zusammenhalten, als er zur Hütte zurückging. Er hörte schon Browns Schnarchen. Eine Weile stand er an der Tür, regungslos und still, und lauschte den langgezogenen, rauen, ungleichmäßigen Atemzügen, von denen jeder in einem erstickten Gurgeln endete. ‹Ich hab ihm die Nase wohl mehr verletzt, als ich gemerkt habe›, dachte er. ‹Elender Scheißkerl.› Er ging hinein, ging zu seinem Bett und wollte sich hinlegen. Er ließ sich gerade zurücksinken, als er, schon halb liegend, innehielt. Vielleicht war die Vorstellung, dort zu liegen, bis es Tag wurde, während der Betrunkene in der Dunkelheit schnarchte und die Pausen dazwischen mit einer Myriade von Stimmen erfüllt war, mehr, als er ertragen konnte. Denn er richtete sich auf und tastete leise unter dem Bett, fand seine Schuhe und zog sie an, nahm die schmale Baumwolldecke, aus der sein Bettzeug bestand, und ging aus der Hütte. Ungefähr dreihundert Meter entfernt war der Stall. Der verfiel zusehends, und seit dreißig Jahren hatte kein Pferd darin gestanden, trotzdem lenkte er seine Schritte zum Stall. Er ging ziemlich schnell. Er dachte jetzt, dachte jetzt laut: «Warum zum Teufel will ich Pferde riechen?» Dann sagte er, noch tastend: «Weil sie nicht Frauen sind. Selbst eine Stute ist eine Art Mann.»

Er schlief keine zwei Stunden. Als er aufwachte, brach gerade die Morgendämmerung an. In die schmale Decke gehüllt lag er auf den losen Fußbodenbrettern der in sich zusammensackenden düsteren Höhle, wo es bitter roch vom dünnen Staub verschwundenen Heus und schwach nach Ammoniak von der luftlosen Verlassenheit alter Ställe; durch das von keinem Fensterladen verschlossene Fenster in der Ostwand konnte er den blassgelben Himmel und den hoch stehenden, fahlen Morgenstern des Hochsommers sehen.

Er fühlte sich gut ausgeruht, als hätte er acht Stunden am Stück geschlafen. Das lag an dem unerwarteten Schlaf, denn er hatte nicht erwartet, dass er überhaupt schlafen würde. Die Füße wieder in den nicht zugebundenen Schuhen, die gefaltete Decke unterm Arm, stieg er die senkrechte Leiter hinunter, tastete mit den Füßen nach den morschen, nicht sichtbaren Sprossen und ließ sich Sprosse für Sprosse in einhändigen Schwüngen nach unten. Er trat hinaus in das Grau und Gelb des frühen Morgens, in die saubere Kühle und atmete tief.

Die Hütte hob sich jetzt scharf vor dem heller werdenden östlichen Himmel ab, ebenso die Baumgruppe, in der das Haus verborgen lag, abgesehen von dem einzelnen Schornstein. Der Tau wog schwer auf dem hohen Gras. Seine Schuhe waren sofort nass. Das Leder drückte kalt an seine Füße, die Grashalme schlugen wie biegsame Eiszapfen an seine nackten Beine. Brown hatte aufgehört zu schnarchen. Als Christmas eintrat, sah er Brown im Licht, das durch das östliche Fenster einfiel. Er atmete jetzt ruhig. ‹Wieder nüchtern›, dachte Christmas. ‹Nüchtern – und weiß es nicht. Armes Schwein.› Er sah Brown an. ‹Armes Schwein. Er wird sich ärgern, wenn er aufwacht und merkt, dass er wieder nüchtern ist. Wahrscheinlich braucht er eine volle Stunde, bis er wieder betrunken ist.› Er legte die Decke hin und zog sich an, die Sergehose, das weiße Hemd, das schon ein wenig beschmutzt war, den Schlips. Er rauchte. An einem Nagel an der Wand hing eine Spiegelscherbe. In dem Fragment betrachtete er, während er sich den Schlips band, sein dunkles Gesicht. Der steife Hut hing an einem Nagel. Er nahm ihn nicht. Er nahm stattdessen von einem anderen Nagel eine Schirmmütze, und unter seinem Bett holte er ein Magazin hervor, eines von der Sorte, auf deren Umschlag entweder Mädchen in Unterwäsche oder mit Pistolen aufeinander schießende Männer abgebildet sind. Unter dem Kopfkissen auf seinem Bett zog er sein Rasiermesser, einen Pinsel und ein Stück Rasierseife hervor und steckte alles in die Hosentasche.

Als er die Hütte verließ, war es vollends hell. Die Vögel zwitscherten im Chor. Diesmal kehrte er dem Haus den Rücken zu. Er ging am Stall vorbei und betrat die Weide dahinter. Seine Schuhe und seine Hosenbeine waren bald klitschnass vom Morgentau. Er blieb stehen und rollte sich die Hosenbeine vorsichtig bis zu den Knien hoch, dann ging er weiter. Am Ende der Weide begann ein Gehölz. Hier war es nicht so nass vom Tau, und er rollte die Hosenbeine wieder runter. Nach einer Weile kam er zu einem kleinen Tal, in dem eine Quelle entsprang. Er legte das Magazin hin, sammelte Zweige und trockenes Gestrüpp und machte ein Feuer; dann setzte er sich mit dem Rücken an einen Baum, die Füße den Flammen zugekehrt. Sogleich fingen seine nassen Schuhe an zu dampfen. Dann spürte er, wie die Hitze an seinen Beinen hinaufkletterte, und dann plötzlich schlug er die Augen auf und sah, dass die Sonne hoch am Himmel stand und das Feuer ganz heruntergebrannt war, und ihm wurde klar, dass er eingeschlafen war. ‹Verdammt, das muss ich wohl›, dachte er. ‹Verdammt, ich muss wieder eingeschlafen sein.›

Diesmal hatte er über zwei Stunden lang geschlafen, denn die Sonne schien senkrecht auf die Quelle herab, glänzend und glitzernd auf dem unaufhörlich sprudelnden Wasser. Er stand auf, streckte seinen verkrampften, steif gewordenen Rücken und weckte seine prickelnden Muskeln. Er nahm das Rasiermesser, den Pinsel und die Seife aus der Tasche. Vor der Quelle kniend, rasierte er sich, die Wasseroberfläche diente ihm als Spiegel, und das lange, helle Rasiermesser zog er an seinem Lederschuh ab.

Er versteckte das Rasierzeug und das Magazin im Gebüsch und band sich den Schlips wieder um. Als er sich jetzt von der Quelle entfernte, hielt er sich weit abseits vom Haus. Und als er an die Landstraße kam, lag das Haus eine halbe Meile hinter ihm. Ein kleines Stück weiter gab es einen kleinen Laden mit einer Benzinpumpe davor. Er ging in den Laden, und eine Frau verkaufte ihm Cracker und eine Dose gekochtes Fleisch. Er kehrte zurück zu der Quelle, zu dem erloschenen Feuer.

Mit dem Rücken an einen Baum gelehnt, aß er sein Frühstück und las beim Essen das Magazin. Er hatte vorher nur eine Geschichte gelesen, jetzt fing er mit der zweiten an und las das Magazin bis zum Ende durch, als wäre es ein Roman. Hin und wieder blickte er kauend von den Seiten auf und sah in die sonnenbesprenkelten Blätter, von denen der Graben überwölbt war. ‹Vielleicht hab ich's schon getan›, dachte er. ‹Vielleicht wartet es jetzt nicht mehr darauf, getan zu werden.› Es kam ihm so vor, als könnte er den gelben Tag sehen, wie er sich friedvoll vor ihm auftat, wie ein Flur, ein gewirkter Teppich, in ein stilles Helldunkel hinein, ohne Dringlichkeit. Es kam ihm so vor, als betrachtete ihn, während er da saß, der gelbe Tag müde und verschlafen – wie eine ausgestreckte, schläfrige gelbe Katze. Dann las er weiter. In regelmäßigen Abständen blätterte er die Seiten um, doch hin und wieder schien er länger bei einer Seite, bei einem Satz, vielleicht bei einem Wort zu verweilen. Dann blickte er nicht auf. Dann rührte er sich nicht, offenbar festgehalten, gefesselt von einem einzelnen Wort, das vielleicht noch nicht in ihn eingesunken war, sein ganzes Sein in der Schwebe gehalten von einer einzelnen trivialen Buchstabenkombination an einem ruhigen, sonnigen Platz, sodass er, bewegungslos, ohne Körpergewicht schwebend, dem langsamen Fließen der Zeit unter sich zuzusehen schien, und er dachte *Ich wollte nur meinen Frieden* dachte: ‹Sie hätte nicht anfangen sollen, für mich zu beten.›

Als er zu der letzten Geschichte kam, hörte er auf zu lesen und zählte die verbleibenden Seiten. Dann sah er nach der Sonne und las weiter. Jetzt las er wie einer, der auf einer Straße geht und die Risse im Pflaster zählt, bis zur letzten, abschließenden Seite, bis zum letzten, abschließenden Wort. Dann stand er auf, zündete ein Streichholz an und hielt es an das Magazin und stocherte geduldig darin herum, bis es ganz verbrannt war. Mit dem Rasierzeug in der Hosentasche ging er in dem Graben weiter.

Nach einer Weile weitete sich der Graben: ein glatter, sandheller Boden zwischen steilen gestuften Wänden, deren Flanken und Kamm von stachligen Ranken und Buschwerk überwuchert waren. Darüber wölbten sich auch hier noch Bäume, und in einer kleinen Nische in der einen Flanke lag ein Haufen trockenes Gestrüpp, das sie ganz ausfüllte. Er machte sich daran, das Gestrüpp zur Seite zu zerren, bis die Nische sich lichtete und eine Schaufel mit kurzem Stiel zum Vorschein kam. Mit der Schaufel grub er in dem Sand, den das Gestrüpp verdeckt hatte, und grub nacheinander sechs Blechdosen mit Schraubverschlüssen aus. Er schraubte die Dosen nicht auf. Er legte sie auf die Seite und durchstieß sie mit der scharfen Kante des Schaufelblatts, und der Sand darunter verdunkelte sich, als der Whiskey sprudelnd und gurgelnd darin versickerte, während der Geruch von Alkohol die sonnenüberflutete Einsamkeit, die Luft erfüllte. Er leerte die Dosen gründlich, ohne Eile, und sein Gesichtsausdruck war völlig gelassen, fast maskenhaft. Als alle leer waren, stieß er sie zurück in das Loch, bedeckte sie grob mit Sand, zog das trockene Gestrüpp darüber und versteckte die Schaufel wieder. Das Gestrüpp bedeckte die feuchten Flecken, aber es vermochte nicht den Duft, den Geruch zu verdecken. Wieder sah er zur Sonne hoch. Es war inzwischen Nachmittag.

Um sieben Uhr an diesem Abend war er in der Stadt, in einem Restaurant in einer Seitenstraße, und aß sein Abendessen; er saß auf einem Hocker an einer glattgeriebenen Holztheke und aß.

Um neun Uhr stand er draußen vorm Barbierladen und blickte durch das Fenster auf den Mann, den er sich als Partner genommen hatte. Er stand ganz still, die Hände in den Hosentaschen, Zigarettenrauch zog über sein ruhiges Gesicht hinweg, und die Schirmmütze trug er, wie den steifen Hut, in dem Winkel, der großspurig und unheilkündend zugleich war. So kalt, so unheilkündend stand er da, dass Brown drinnen im Laden, zwischen all den Lichtern, in der von Haarwasser und heißer Seife schweren Luft, gestikulierend, mit belegter Stimme, in der verschmutzten rot gestreiften Hose und dem verschmutzten bunten Hemd, mitten im Wort aufsah und mit seinen betrunkenen Augen in die Augen des Mannes jenseits der Schaufensterscheibe blickte. So ruhig und unheilkündend stand er da, dass ein Negerjunge, der pfeifend die Straße heraufgeschlurft kam, Christmas im Profil sah und aufhörte zu pfeifen und einen Bogen machte und hinter ihm vorbeischlüpfte, sich dann umdrehte und über die Schulter zurückblickte. Doch Christmas ging jetzt selbst weiter. Als wäre er dort nur stehengeblieben, damit Brown ihn sah.

Er ging weiter, nicht schnell, fort vom Platz. Die Straße, eine, die zu jeder Tageszeit ruhig war, lag um diese Stunde verlassen da. Sie führte durch Freedman Town, das Negerviertel, zum Bahnhof. Um sieben Uhr wäre er Menschen begegnet, weißen wie schwarzen, die zum Platz und zum Kino wollten, und um halb zehn wären sie auf dem Weg nach Hause gewesen. Doch das Kino war noch nicht zu Ende, und er hatte die Straße jetzt für sich. Er ging weiter, ging immer noch an den Häusern weißer Menschen vorbei, von Straßenlaterne zu Straßenlaterne, und die schweren Schatten von Eichen- und Ahornblättern glitten wie Fetzen schwarzen Samts über sein weißes Hemd. Nichts kann so einsam wirken wie ein großer Mann allein auf einer leeren Straße. Doch obwohl Christmas weder sehr breit noch hochgewachsen war, brachte er es irgendwie zuwege, dass er einsamer aussah als ein Telegraphenmast inmitten der Wüste. Auf der weiten, leeren, von Schatten verdüsterten Straße sah er aus wie ein Phantom, ein Geist, der aus seiner eigenen Welt weggelaufen war und sich verirrt hatte.

Dann fand er sich wieder. Ohne dass es ihm bewusst geworden war, führte die Straße jetzt bergab, und ehe er sichs versah, war er in Freedman Town, umgeben von den Sommergerüchen und Sommerstimmen nicht sichtbarer Neger. Sie umfingen ihn, so schien es, wie körperlose Stimmen, murmelten, plauderten, lachten in einer Sprache, die nicht die seine war. Wie auf dem Grund einer tiefen schwarzen Grube sah er sich umgeben von Hüttenformen, verschwommen, erleuchtet von Petroleumlampen, sodass die Straßenlaternen ihrerseits weiter auseinandergerückt schienen, als hätte das schwarze Leben, das schwarze Atmen die Substanz des Atems so verdichtet, dass nicht nur Stimmen, sondern auch sich bewegende Gestalten und selbst das Licht flüssig wurden und nach und nach, Partikel für Partikel, mit der jetzt wägbaren Nacht zusammenwachsen, untrennbar eins werden mussten.

Er stand jetzt still da, atmete ganz schwer, starrte hierhin und dorthin. Rings um ihn her wurden die Hütten durch den schwachen, schwülen Schein der Petroleumlampen schwarz aus Schwärze geformt. Auf allen Seiten, sogar in ihm, murmelten die körperlosen, fruchtbar-weichen Stimmen von Negerfrauen. Es war, als wären er und alles andere männlich geformte Leben um ihn herum der lichtlosen heißen feuchten Urmutter zurückgegeben worden. Er fing an zu laufen, der Blick wild, die Zähne schimmernd, die eingeatmete Luft kalt an seinen trockenen Zähnen und Lippen, auf die nächste Straßenlaterne zu. Dort bog ein schmaler, von Radspuren gefurchter Weg ab und führte, aus der schwarzen Höhle heraus, zur Parallelstraße hinauf. Rennend bog er ein und begann mit hämmerndem Herzen den steilen Anstieg zur höher gelegenen Straße. Dort hielt er an, keuchend, wild um sich blickend, und sein Herz pochte, als könnte oder wollte er noch nicht glauben, dass die Luft jetzt wieder die kalte, harte Luft weißer Menschen war.

Dann wurde er ruhig. Der Negergeruch, die Negerstimmen waren jetzt hinter ihm und unterhalb von ihm. Zu seiner Linken lag der Platz, waren Dolden von Lichtern: helle Vögel in geringer Höhe, die sich mit stillen Schwingen zitternd in der Schwebe hielten. Zur Rechten reihten sich in Abständen die Straßenlaternen, wechselten sich ab mit scharf umrissenen, reglosen Zweigen. Er ging weiter, den Rücken dem Platz zugewandt, und kam wieder an den Häusern von Weißen vorbei. Auch hier saßen Menschen auf den Veranden oder auf Stühlen auf dem Rasen; doch hier konnte er in Ruhe gehen. Hin und wieder sah er sie: Köpfe im Schattenriss, eine verschwommene Gestalt in weißem Kleid; auf einer beleuchteten Veranda saßen vier Menschen um einen Kartentisch, die weißen Gesichter konzentriert und scharf in dem niedrigen Licht, die nackten Arme der Frauen weich und weiß schimmernd über den trivialen Karten. ‹Mehr hab ich nicht gewollt›, dachte er. ‹Das ist doch nicht zu viel verlangt.›

Jetzt führte diese Straße wiederum bergab. Aber sie neigte sich nicht bedrohlich. Sein stetig weißes Hemd und seine ausschreitenden dunklen Beine wurden von langen Schatten verschluckt, die kantig und riesig vor den Sternen des Augusthimmels emporquollen: ein Lagerhaus für Baumwolle, ein horizontaler, zylindrischer Tank, wie der Torso eines geköpften Mammuts, eine Reihe von Güterwagen. Er überquerte die Bahngleise, einen Moment lang leuchteten im doppelten grünen Glitzern einer Weichenlaterne die Schienen auf und verglommen im nächsten Moment. Jenseits der Gleise begann ein Gehölz. Doch er fand untrüglich den Pfad. Der führte zwischen den Bäumen bergauf, und auf der anderen Seite des Tals, durch das die Eisenbahnstrecke verlief, kamen jetzt nach und nach wieder die Lichter der Stadt in Sicht. Doch blickte er erst zurück, als er den Hügelkamm erreicht hatte. Nun sah er die Stadt vor sich, das Flimmern, die einzelnen Lichter, wo Straßen strahlenförmig vom Platz wegführten. Er sah die Straße unten, die er gekommen war, und die andere Straße, die beinahe sein Verderben gewesen wäre; und weiter weg, rechtwinklig, die ferne helle Umwallung der Stadt selbst, und in dem Winkel dazwischen die schwarze Grube, aus der er mit trommelndem Herzen und brennenden Lippen geflohen war. Kein Licht kam daraus hervor, kein Atem stieg von dort auf, kein Geruch. Sie lag einfach nur da, schwarz, undurchdringlich, umgeben von der Girlande zittriger Augustlichter. Sie mochte der ursprüngliche Steinbruch gewesen sein, der Abgrund selbst.

Er ging mit sicherem Schritt, trotz der Bäume, der Dunkelheit. Nicht ein einziges Mal kam er von dem Pfad ab, den er nicht sehen konnte. Das Gehölz erstreckte sich über eine Meile. Er kam an einer Straße heraus, Staub unter den Füßen. Jetzt konnte er wieder sehen, die verschwommen sich ausdehnende Welt, den Horizont. Hier und da leuchteten schwach einzelne Fenster, aber die meisten der Hütten waren dunkel. Dennoch begann sein Blut wieder zu reden und zu reden. Er ging schnell, im Rhythmus seines Blutes; er schien zu merken, dass die Gruppe von Menschen vor ihm Neger waren, ehe er sie noch hören oder sehen konnte, ehe sie vor dem alles auslöschenden Staub verschwommen in sein Blickfeld kamen. Es waren fünf oder sechs, in einer sich auflösenden Gruppe und doch undeutlich gepaart; wieder drang, das Pochen seines Blutes übertönend, das kehlige Murmeln von Frauenstimmen an sein Ohr. Er ging direkt auf sie zu, ging mit schnellen Schritten. Sie hatten ihn gesehen und wichen nach der einen Straßenseite aus, die Stimmen verstummten. Auch er änderte die Richtung und ging quer auf sie zu, als wollte er sie niederrennen. In einer einzigen Bewegung, wie auf einen gesprochenen Befehl, wichen die Frauen zurück und gingen um ihn herum, schlugen einen weiten Bogen um ihn. Einer der Männer folgte ihnen, als triebe er sie vor sich her, und warf im Vorbeigehen einen Blick zurück über die Schulter. Die beiden anderen Männer blieben auf der Straße stehen und sahen Christmas entgegen. Auch Christmas war stehengeblieben. Keiner schien sich zu bewegen, und doch näherten sie sich, wurden größer wie zwei heraufziehende Schatten. Er roch Neger; er roch billige Kleidung und Schweiß. Der Kopf des Negers, der seinen überragte, schien sich aus dem Himmel, vor dem Himmel herabzubeugen. «Es ist ein Weißer», sagte er ruhig, ohne den Kopf zu wenden. «Was wollen Sie,

Weißmann? Suchen Sie jemand?» Der Ton war nicht drohend. Er war auch nicht unterwürfig.

«Komm weg von da, Jupe», sagte der, der den Frauen gefolgt war.

«Wen suchen Sie, Käpt'n?», fragte der Neger.

«Jupe», sagte eine der Frauen, ihre Stimme klang etwas schrill. «Komm jetzt.»

Einen Augenblick noch schienen die beiden Köpfe, der helle und der dunkle, in der Dunkelheit zu schweben, sich gegenseitig anzuatmen. Dann war es so, als schwebte der Kopf des Negers davon; ein kühler Lufthauch wehte von irgendwoher. Christmas drehte sich langsam um und beobachtete, wie sie sich auflösten und wieder mit der fahlen Straße verschmolzen, und er merkte, dass er das Rasiermesser in der Hand hielt. Es war nicht aufgeklappt. Es war nicht, weil er Angst gehabt hätte. «Drecksweiber!», sagte er ganz laut. «Dreckskerle!»

Der Wind wehte dunkel und kühl; der Staub fühlte sich sogar durch seine Schuhe hindurch kühl an. ‹Was zum Teufel ist mit mir los?›, dachte er. Er steckte das Rasiermesser wieder in die Hosentasche, blieb stehen und zündete sich eine Zigarette an. Er musste sich mehrmals die Lippen anfeuchten, bis die Zigarette haften blieb. Im Licht des Streichholzes sah er, wie seine Hände zitterten. ‹Dieser ganze Ärger›, dachte er. «Dieser ganze verdammte Ärger», sagte er laut und ging weiter. Er sah zu den Sternen auf, zum Himmel. ‹Es muss jetzt bald zehn sein›, dachte er, und dann, fast gleichzeitig mit dem Gedanken, hörte er die Uhr auf dem Gerichtsgebäude schlagen, zwei Meilen entfernt. Langsam, gemessen, klar tönten die zehn Schläge herüber. Er zählte sie, blieb wieder auf der einsamen, leeren Straße stehen. ‹Zehn Uhr›, dachte er. ‹Gestern Nacht hab ich's auch zehn schlagen hören. Und elf. Und zwölf. Aber eins hab ich nicht gehört. Vielleicht hatte der Wind gedreht.›

Als er es an diesem Abend elf schlagen hörte, saß er innerhalb des zerborstenen Tors mit dem Rücken an einem Baum, und hinter ihm war das Haus wieder dunkel und lag versteckt in seiner gezackten Baumgruppe. Er dachte an diesem Abend nicht *Vielleicht schläft sie auch nicht* Er dachte gar nichts; das Denken hatte bisher nicht angefangen; auch die Stimmen hatten bisher nicht angefangen. Er saß einfach nur da und rührte sich nicht, bis er nach einer Weile die zwei Meilen entfernte Uhr zwölf schlagen hörte. Da stand er auf und bewegte sich auf das Haus zu. Er ging nicht schnell. Er dachte auch da nicht *Etwas wird passieren. Etwas wird mit mir passieren*

VI

Das Gedächtnis glaubt, ehe das Wissen sich erinnert. Glaubt länger schon, als es sich zurückerinnert, länger noch, als das Wissen sich auch nur wundert. Es weiß erinnert glaubt: ein Korridor in einem großen, langen, verschachtelten, kalten, widerhallenden Gebäude aus dunkelrotem Backstein, rußgeschwärzt von mehr Schornsteinen als nur den eigenen, das auf einem graslosen, mit Schlacke bestreuten Hof steht, von Rauch ausstoßenden Fabrikanlagen umgeben und umschlossen von einem zehn Fuß hohen Zaun aus Stahl und Draht, wie eine Besserungsanstalt oder ein Zoo, wo unter spatzengleichem Kindergezwitscher Waisenkinder in identischen blauen Denimuniformen willkürlich und zufällig in die Erinnerung kommen und wieder aus ihr verschwinden, aber im Wissen so beständig sind wie die öden Wände, die öden Fenster, an denen bei Regen der Ruß von den jahrein, jahraus benachbarten Schornsteinen Streifen wie von schwarzen Tränen zog.

In dem ruhigen, leeren Korridor, in der ruhigen Stunde des frühen Nachmittags wirkte er, klein selbst für einen Fünfjährigen, wie ein Schatten, gefasst und ruhig wie ein Schatten. Ein anderer in dem Korridor hätte nicht zu sagen vermocht, wann und wohin genau er verschwunden war, hinter welche Tür, in welches Zimmer. Doch um diese Zeit war in dem Korridor niemand anders. Das wusste er. Was er tat, tat er jetzt seit fast einem Jahr, seit dem Tag, an dem er zufällig die Zahnpasta entdeckt hatte, die die Wirtschafterin benutzte.

Sobald er in dem Zimmer war, ging er auf nackten, leisen Sohlen schnurstracks zu dem Waschtisch und griff nach der Tube. Er sah zu, wie der rosa Wurm sich glatt und kühl und langsam auf seinem pergamentfarbenen Finger ringelte, als er

Schritte im Korridor hörte und dann Stimmen unmittelbar vor der Tür. Vielleicht erkannte er die Stimme der Wirtschafterin. Jedenfalls wartete er nicht, ob sie an der Tür vorbeigehen würden oder nicht. Mit der Tube in der Hand und immer noch lautlos wie ein Schatten auf seinen bloßen Sohlen, durchquerte er das Zimmer und schlüpfte unter einem Vorhang hindurch, der eine Ecke des Zimmers abtrennte. Hier hockte er sich hin, zwischen zierliche Schuhe und herabhängende weiche Frauenkleider. Kauernd hörte er, wie die Wirtschafterin und ihr Begleiter das Zimmer betraten.

Die Wirtschafterin war für ihn bis dahin noch nichts als ein mechanisches Zubehör zu Essen, Nahrung, dem Speisesaal, der Zeremonie des Essens an den Holztischen, jemand, der hin und wieder in sein Blickfeld kam, ohne irgendeinen Eindruck zu hinterlassen, höchstens so etwas wie eine angenehme Assoziation und auch selbst ein angenehmer Anblick – jung, ein bisschen füllig, glatt, rosa-und-weiß, etwas, das ihn an den Speisesaal und seinen Mund an etwas süß Schmeckendes und Klebriges denken ließ, das überdies rosa und heimlich war. An dem Tag, als er die Zahnpasta in ihrem Zimmer entdeckte, war er, der noch nie von Zahnpasta gehört hatte, direkt darauf zugegangen, als wüsste er schon, dass sie etwas in dieser Art besitzen und dass er es finden würde. Er kannte auch die Stimme ihres Begleiters. Es war die eines jungen Assistenzarztes aus dem Bezirkskrankenhaus, der dem Gemeindearzt zugeordnet war, auch er eine vertraute Gestalt in dem Haus und bis dahin noch kein Feind.

Er war jetzt in Sicherheit, hinter dem Vorhang. Wenn sie wieder gingen, würde er die Zahnpasta zurücklegen und auch gehen. Er blieb also hinter dem Vorhang hocken und hörte, ohne zuzuhören, die angespannt flüsternde Stimme der Frau: «Nein! Nein! Nicht hier. Nicht jetzt. Sie werden uns ertappen. Irgendwer wird – Nicht, Charley! Bitte!» Die Worte, die der Mann sagte, konnte er überhaupt nicht verstehen. Seine

Stimme war auch ganz leise. Sie hatte einen unbarmherzigen Klang, wie in seinen Ohren die Stimmen aller Männer, denn er war noch zu jung, um aus der Welt der Frauen zu flüchten, für die kurze Pause, ehe er sich wieder in sie hineinflüchtete und bis zur Stunde seines Todes dort verharrte. Er hörte andere Geräusche, die er sehr wohl kannte: ein Scharren wie von Füßen, das Drehen des Schlüssels in der Tür. «Nein, Charley! Charley, bitte! Bitte, Charley!», sagte das Flüstern der Frau. Er hörte andere Geräusche, Geraschel, Gewisper, keine Stimmen. Er hörte nicht zu; er wartete einfach nur und dachte, ohne besonderes Interesse und ohne Aufmerksamkeit, dass dies eine seltsame Stunde war, um ins Bett zu gehen. Wieder drang das vergehende Flüstern der Frau durch den dünnen Vorhang: «Ich hab Angst! Mach schnell! Mach schnell!»

Er hockte zwischen den weichen, nach Frau duftenden Kleidern und den Schuhen. Er sah, allein indem er sie befühlte, die eingedrückte, zuvor zylindrische Tube. Schmeckend, nicht mit den Augen sehend, betrachtete er den kühlen, unsichtbaren Wurm, wie er sich auf seinen Finger ringelte und scharf, wie von selbst und süß in seinem Mund verteilte. Normalerweise hätte er nur einen Mund voll genommen und dann die Tube zurückgelegt und das Zimmer verlassen. Auch mit fünf wusste er, dass er mehr nicht nehmen durfte. Vielleicht war es animalischer Instinkt, der ihm sagte, dass mehr ihn krank machen würde, vielleicht menschliches Gespür, das ihm sagte, dass sie es merken würde, wenn er mehr nahm. Dies war das erste Mal, dass er mehr genommen hatte. Inzwischen, während er in dem Versteck saß und wartete, hatte er eine ganze Portion mehr genommen. Indem er sie befühlte, sah er die leerer werdende Tube. Er fing an zu schwitzen. Dann ging ihm auf, dass er seit geraumer Zeit schwitzte, dass er schon seit geraumer Zeit nichts anderes tat als schwitzen. Er hörte inzwischen überhaupt nichts mehr. Wahrscheinlich hätte er nicht einmal einen Schuss hinter dem Vorhang gehört. Er schien ganz und gar in sich gekehrt und beobachtete sich dabei, wie er schwitzte, beobachtete sich dabei, wie er in seinen Mund einen weiteren Wurm der Paste schmierte, den sein Magen nicht wollte. Und tatsächlich wollte der Wurm nicht runterrutschen. Regungslos jetzt, ganz der Beobachtung hingegeben, war es, als beugte er sich wie ein Chemiker im Labor über sich selbst und wartete. Er musste nicht lange warten. Plötzlich hob sich in ihm die Paste, die er schon geschluckt hatte, und versuchte wieder herauszukommen, an die Luft, wo es kühl war. Sie war jetzt auch nicht mehr süß. In der dichten, rosa-weiblich duftenden Dunkelheit hinter dem Vorhang hockte er, voller rosa Schaum, horchte auf sein Inneres und wartete mit erstauntem Fatalismus auf das, was ihm gleich widerfahren würde. Dann geschah es. In rückhaltloser und passiver Unterwerfung sagte er zu sich: «Gut, hier bin ich.»

Als der Vorhang zurückflog, sah er nicht auf. Als Hände ihn heftig aus seinem Erbrochenen zerrten, wehrte er sich nicht. Er hing schlaff an den Händen und sah mit herabhängendem Kiefer und glasig-idiotischem Blick in ein Gesicht, das nicht länger glatt und rosa-und-weiß, sondern jetzt von wildem und zerzaustem Haar umgeben war, dessen glatte Bänder ihn einst an Bonbons erinnert hatten. «Du kleine Ratte!», zischte die dünne, wütende Stimme. «Du kleine Ratte! Du spionierst mir nach! Du kleiner Niggerbastard!»

Die Wirtschafterin war siebenundzwanzig – alt genug, um ein paar amouröse Abenteuer zu riskieren, aber noch jung genug, um nicht so sehr der Liebe als vielmehr der Gefahr, dabei ertappt zu werden, die größere Bedeutung beizumessen. Außerdem war sie so dumm zu glauben, dass ein fünfjähriges Kind nicht nur aus dem, was es gehört hatte, auf die Wahrheit schließen konnte, sondern bestimmt auch wie ein Erwachsener davon erzählen wollte. Und als sie an den folgenden zwei Tagen, wie es schien, nirgendwo hinsehen und nirgendwo sein konnte, ohne dass sie das Kind sah, wie es sie mit dem tiefgründigen und aufmerksam fragenden Blick eines Tiers ansah, befrachtete sie es mit immer mehr Eigenschaften eines Erwachsenen: Sie glaubte, dass es nicht nur vorhatte, sie zu verraten, sondern dass es den Moment absichtlich hinauszögerte, um ihre Qual zu vergrößern. Es kam ihr nie in den Sinn, dass er glaubte, er sei derjenige, der beim Sündigen ertappt worden war und der nun damit gefoltert wurde, dass man seine Bestrafung hinauszögerte, und dass er sich ihr absichtlich in den Weg stellte, um es hinter sich zu bringen, um seine Prügel zu beziehen und für einen Ausgleich zu sorgen und den Vorfall zu vergessen.

Am zweiten Tag war sie der Verzweiflung nahe. Sie schlief nachts nicht. Sie lag den größten Teil der Nacht wach, angespannt, die Zähne zusammengebissen, die Hände zu Fäusten geballt, keuchend vor Wut und Angst und, was am schlimmsten war, vor Reue: dem blinden wütenden Wunsch, die Zeit um nur eine Stunde zurückzudrehen, um eine Sekunde. Damit wäre sogar die Liebe für diese Zeit ausgeschlossen. Der junge Arzt war jetzt, wenn auch weniger als das Kind, lediglich ein Werkzeug ihres Unglücks und nicht einmal das ihrer Rettung. Sie hätte nicht zu sagen vermocht, wen sie mehr hasste. Sie hätte nicht einmal zu sagen vermocht, wann sie schlief und wann sie wachte. Denn die ganze Zeit stand vor ihren Augenlidern oder auf ihrer Netzhaut das stille, ernste, unausweichliche pergamentfarbene Gesicht, das sie beobachtete.

Am dritten Tag fand sie aus dem Zustand des Komas, aus dem Wachschlaf heraus, in dem sie während der Stunden des Tageslichts und der Gesichter ihr eigenes Gesicht wie eine schmerzende Maske trug, in einer erstarrten Grimasse der Verstellung, die nicht nachlassen durfte. Am dritten Tag handelte sie. Sie hatte keine Mühe, ihn zu finden. Es war im Korridor, dem leeren Korridor in der ruhigen Stunde nach dem Essen. Er war da, ohne irgendetwas zu tun. Vielleicht war er ihr gefolgt. Kein anderer hätte sagen können, ob er dort gewartet hatte oder nicht. Aber sie fand ihn, ohne dass sie überrascht war, und er hörte sie und drehte sich um und erblickte sie, ohne dass er überrascht war: die zwei Gesichter, das eine nun nicht mehr glatt und rosa-und-weiß, das andere ernst, die Augen gefasst und völlig leer, bis auf das Warten. ‹Jetzt bring ich's hinter mich›, dachte er.

«Hör mal», sagte sie. Dann hielt sie inne und sah ihn an. Es war, als fiele ihr nicht ein, was sie als Nächstes sagen sollte. Das Kind wartete, still, regungslos. Langsam, nach und nach zogen sich seine Gesäßmuskeln zusammen, wurden flach und fest und hart wie Bretter. «Willst du es sagen?», fragte sie.

Er antwortete nicht. Er glaubte, es müsste jedem klar sein, dass er auf gar keinen Fall anderen von der Zahnpasta, dem Erbrochenen etwas sagen würde. Er sah ihr nicht ins Gesicht. Er beobachtete ihre Hände und wartete. Eine war in ihrer Rocktasche geballt. Durch den Stoff sah er, dass die Hand fest geballt war. Mit der Faust war er noch nie geschlagen worden. Aber er hatte auch noch nie drei Tage darauf gewartet, bestraft zu werden. Als er sah, wie die Hand aus der Rocktasche hervorkam, glaubte er, die Frau wollte ihn jetzt schlagen. Aber sie tat es nicht; die Hand öffnete sich vor seinen Augen. Darin lag ein Silberdollar. Ihre Stimme war dünn, eindringlich, flüsternd, obwohl außer ihnen niemand sonst im Korridor war. «Du kannst eine Menge damit kaufen. Ein ganzer Dollar.» Er hatte noch nie einen Dollar gesehen, obwohl er wusste, was das war. Er sah ihn an. Er wollte ihn gern haben, so wie er die glänzende Kappe einer Bierflasche hätte haben wollen. Aber er glaubte nicht, dass sie ihm den Dollar geben würde, denn wäre es seiner, hätte er ihn ihr auch nicht gegeben. Er wusste nicht, was sie von ihm wollte. Er wartete darauf, geprügelt und dann freigelassen zu werden. Mit eindringlicher, angespannter, schneller Stimme fuhr sie fort: «Ein ganzer Dollar. Siehst du? Wie viel du damit kaufen kannst! Was zu essen, für jeden Tag in der Woche. Und nächsten Monat gebe ich dir vielleicht wieder einen.»

Er rührte sich nicht, noch sprach er. Er hätte aus Holz geschnitzt sein können, ein großes Spielzeug: klein, still, mit einem runden Kopf und großen runden Augen, in einem Overall. Er stand starr vor Staunen, vor Schreck, vor Empörung. Beim Anblick des Dollars meinte er Reihen von Zahnpastatuben vor sich zu sehen, wie geripptes Holz, endlos und furchterregend; sein ganzes Inneres drehte sich in tiefem, wildem Ekel. «Ich will keine mehr», sagte er. ‹Ich will nie wieder welche›, dachte er.

Er wagte es nicht einmal, ihr ins Gesicht zu sehen. Er fühlte sie, hörte sie, hörte ihren langen, rasselnden Atem. *Jetzt kommt's* dachte er in einem blitzartigen Moment. Doch sie schüttelte ihn nicht einmal. Sie hielt ihn einfach nur, hielt ihn fest, ohne ihn zu schütteln, als wüsste auch ihre Hand nicht, was sie als Nächstes tun sollte. Ihr Gesicht war so nah, dass er ihren Atem an seiner Wange spürte. Er musste nicht nach oben sehen, um zu wissen, wie ihr Gesicht jetzt aussah. «Dann sag's!», sagte sie. «Sag's doch! Du kleiner Niggerbastard! Du Niggerbastard!»

Das war am dritten Tag. Am vierten Tag wurde sie auf ruhige Weise vollständig verrückt. Sie plante nun gar nicht mehr. Ihre dann folgenden Handlungen entsprangen einer Art Eingebung, als hätten die Tage und die schlaflosen Nächte, in denen sie hinter der ruhigen Maske ihre Furcht und ihre Wut genährt hatte, sie mit übersinnlichen Kräften begabt, zusätzlich noch zu der ihr eigenen weiblichen Unfehlbarkeit, mit der sie spontan das Böse erfasste.

Sie war jetzt ganz ruhig. Für den Augenblick sah sie sich sogar der Dringlichkeit enthoben. Es war, als hätte sie jetzt die Zeit, sich umzusehen und zu planen. Und als sie sich in der Umgebung umsah, richteten sich ihr Blick, ihr Bewusstsein, ihr Denken voll und unmittelbar und augenblicklich auf den Hausmeister, der an der Tür zum Heizungsraum saß. Es gab dafür keine vernünftige Begründung, keine bestimmte Absicht. Offenbar sah sie nur einen Moment lang aus sich selbst heraus, wie ein Reisender aus einem Wagen, und erblickte ohne die geringste Überraschung den kleinen schmutzigen Mann, der an dem rußgeschwärzten Eingang auf einem geflochtenen Stuhl saß und mit einer Nickelbrille in einem Buch las – eine Gestalt, fast eine feste Einrichtung, die ihr jetzt seit fünf Jahren bekannt war, ohne dass sie den Mann ein einziges Mal richtig angesehen hatte. Auf der Straße hätte sie das Gesicht nicht erkannt. Sie wäre an ihm vorübergegangen, ohne ihn zu erkennen, obwohl er doch ein Mann war. Ihr Leben schien ihr nun geradlinig und einfach, wie ein Korridor, an dessen Ende er saß. Sie ging sogleich zu ihm, beschritt schon den schmutzigen Pfad, ehe ihr noch bewusst war, dass sie ihn eingeschlagen hatte.

Er saß auf seinem geflochtenen Stuhl an der Tür, das aufgeschlagene Buch auf den Knien. Im Näherkommen sah sie, dass es die Bibel war. Doch sie nahm dies nur zur Kenntnis, wie sie eine Fliege auf seinem Bein zur Kenntnis genommen hätte. «Sie hassen ihn auch», sagte sie. «Sie haben ihn auch beobachtet. Ich habe Sie gesehen. Sagen Sie nicht, dass es nicht stimmt.» Er blickte auf und sah in ihr Gesicht, die Brille jetzt über die Augenbrauen hochgeschoben. Er war kein alter Mann. Mit seiner gegenwärtigen Beschäftigung wirkte er fehl am Platze. Er war ein kräftiger Mann, in den besten Jahren, ein Mann, der ein hartes, tätiges Leben hätte führen müssen, doch irgendetwas, die Zeit, die Umstände hatten ihn betrogen und hatten den rüstigen Körper und Geist eines Fünfundvierzigjährigen in eine Stagnation geraten lassen, die einem Mann von sechzig oder fünfundsechzig angestanden hätte. «Sie wissen es», sagte sie. «Sie haben es gewusst, bevor die anderen Kinder anfingen, ihn Nigger zu rufen. Sie sind zur gleichen Zeit hierhergekommen. Sie haben kaum einen Monat hier gearbeitet, vor dem Weihnachtsabend damals, als Charley ihn drüben auf der Türstufe fand. Sagen Sie's mir.» Das Gesicht des Hausmeisters war rund, die Haut ein wenig schlaff, ziemlich schmutzig, mit einem schmutzigen Stoppelbart. Seine Augen waren ganz klar, ganz grau, ganz kalt. Sie waren außerdem ganz verrückt. Doch das fiel der Frau nicht auf. Oder vielleicht kamen sie ihr nicht verrückt vor. So sahen sie einander in dem von Kohlenstaub verdreckten Eingang an, verrückte Augen, die in verrückte Augen blickten, verrückte Stimmen, die zueinander sprachen, so ruhig und leise und knapp wie zwei Verschwörer. «Ich beobachte Sie seit fünf Jahren.» Sie glaubte, dass sie die Wahrheit sagte. «Sie sitzen hier immer auf demselben Stuhl und beobachten ihn. Sie sitzen hier immer nur dann, wenn die Kinder draußen sind. Sobald sie rausgehen, holen Sie sich den Stuhl hier an die Tür und setzen sich so, dass Sie sie beobachten können. Sie beobachten ihn und hören, wie die anderen Kinder ihn Nigger rufen. Das, genau das tun Sie. Ich weiß es. Sie sind hierhergekommen, damit Sie genau das tun können, damit Sie ihn beobachten und hassen können. Sie waren hier und bereit, als er kam. Vielleicht haben Sie ihn selbst hergebracht und da drüben auf die Türstufe gelegt. Aber jedenfalls wissen Sie Bescheid. Und ich weiß es jetzt auch. Wenn er es sagt, werde ich gefeuert. Und Charley könnte – Charley wird – Sagen Sie es mir. Sagen Sie es mir jetzt.»

«Ah», sagte der Hausmeister. «Ich hab's gewusst, dass er zur Stelle sein und Sie ertappen würde, wenn Gottes Zeit gekommen ist. Ich hab's gewusst. Ich weiß, wer ihn dahin gesetzt hat, als Zeichen und als Verdammnis von Unzucht.»

«Ja. Er war direkt hinter dem Vorhang. So nah wie Sie jetzt. Sagen Sie es mir, jetzt. Ich hab Ihre Augen gesehen, wenn Sie ihn beobachten. Ich hab Sie beobachtet. Fünf Jahre lang.»

«Ich weiß», sagte er. «Ich kenne das Böse. Habe ich nicht das Böse gemacht, auf dass es sich erhebe und durch Gottes Welt wandle? Eine wandelnde Besudelung in Gottes eigenem Angesicht, das hab ich gemacht. Aus den Mündern der Unmündigen hat er es offenbart. Sie haben sie gehört. Ich hab ihnen nie gesagt, dass sie das sagen, dass sie ihn bei dem Namen, der seiner wahren Natur entspricht, nennen sollen, bei dem Namen seiner Verdammnis. Ich hab's ihnen nie gesagt. Sie haben es gewusst. Jemand hat es ihnen gesagt, aber ich war's nicht. Ich hab einfach nur gewartet, auf Gottes rechte Zeit, bis er es richtig finden würde, es seiner Welt der Lebenden zu offenbaren. Und jetzt ist die Zeit gekommen. Das ist das Zeichen, das abermals geschrieben wurde wider Weibersünden und Unzucht.»

«Ja. Aber was soll ich tun? Sagen Sie es mir.»

«Warten. Wie ich gewartet habe. Fünf Jahre hab ich gewartet, dass der Herr ein Zeichen setze und seinen Willen kundtue. Und er hat es getan. Warten auch Sie. Wenn er bereit ist, wird er denen, die das Sagen haben, seinen Willen zeigen.»

«Ja, die das Sagen haben.» Sie sahen einander mit stechenden Augen an, still, leise atmend.

«Der Madam. Wenn er bereit ist, wird er es ihr offenbaren.»

«Sie meinen, wenn die Madam es erfährt, wird sie ihn fortschicken? Ja. Aber ich kann nicht warten.»

«Ebenso wenig können Sie Gott den Herrn zur Eile antreiben. Habe ich nicht auch fünf Jahre gewartet?»

Sie fing an, leicht die Hände zusammenzuschlagen. «Aber verstehen Sie denn nicht? Vielleicht ist das der Weg des Herrn. Dass Sie es mir sagen. Weil Sie es wissen. Vielleicht ist es sein Weg, dass Sie es mir sagen und dass ich es der Madam sage.» Ihre verrückten Augen waren ganz ruhig, ihre verrückte Stimme geduldig und ruhig: Nur ihre Hände waren in leichter, unaufhörlicher Bewegung.

«Sie werden warten, so wie ich auch gewartet hab», sagte er. «Sie spüren das Gewicht der richtenden Hand des Herrn vielleicht seit drei Tagen. Ich habe fünf Jahre darunter gelebt und habe geschaut und auf seine, ihn gut dünkende Zeit gewartet, weil meine Sünde größer ist als Ihre.» Obwohl er ihr direkt ins Gesicht blickte, schien er sie gar nicht zu sehen, seine Augen sahen sie nicht. Sie wirkten so, als wären sie blind, weit aufgerissen, eisig fanatisch. «Neben dem, was ich getan habe und was ich gelitten habe, um es zu sühnen, ist das, was Sie getan haben, und Ihr Weiberleiden nicht mehr als eine Handvoll modriger

Schmutz. Ich hab mein Los fünf Jahre lang getragen; wer sind Sie, dass sie den Allmächtigen mit Ihrem bisschen Weiberschmutz zur Eile antreiben wollen?»

Sogleich drehte sie sich um. «Gut. Sie brauchen es mir nicht zu sagen. Ich weiß es sowieso. Ich weiß schon die ganze Zeit, dass er teils Nigger ist.» Sie kehrte zum Haus zurück. Sie ging jetzt nicht schnell, und sie gähnte gewaltig. ‹Ich muss mir nur überlegen, wie ich die Madam dahin bringe, dass sie es glaubt. Er wird es ihr nicht sagen, wird mich nicht unterstützen.› Wieder gähnte sie, ungeheuerlich, und aus ihrem Gesicht war jetzt alles gewichen bis auf das Gähnen, und dann wich auch das Gähnen daraus. Gerade war ihr noch etwas anderes eingefallen. Es war ihr nicht eher eingefallen, aber sie glaubte, dass sie es gewusst hatte, die ganze Zeit schon gewusst hatte, weil es ihr so richtig vorkam: Er würde nicht nur aus der Anstalt entfernt, er würde auch dafür bestraft werden, dass er ihr Angst und Sorgen gemacht hatte. ‹Sie werden ihn ins Nigger-Waisenhaus schicken›, dachte sie. ‹Natürlich. Das müssen sie.›

Sie ging auch nicht gleich zur Oberin. Zwar hatte sie den Weg dorthin eingeschlagen, doch statt sich der Tür zum Büro zuzuwenden, sah sie sich daran vorbeigehen und weiter zur Treppe und die Treppe hinauf. Fast war es, als ginge sie hinter sich selbst her, um zu sehen, wohin sie ging. In dem Korridor, der jetzt ruhig und leer war, gähnte sie wieder, aufs äußerste gelöst. Sie betrat das Zimmer und verriegelte die Tür, zog sich aus und legte sich ins Bett. Die Jalousien waren heruntergelassen, und sie lag in dem mehr als halbdunklen Raum ruhig auf dem Rücken. Ihre Augen waren geschlossen, ihr Gesicht leer und glatt. Nach einer Weile begann sie, die Beine zu öffnen und langsam wieder zu schließen, und fühlte, wie das Laken kühl und glatt darüberglitt und dann wieder warm und glatt zurückglitt. Ihr Denken hing in der Schwebe zwischen dem Schlaf, den sie jetzt drei Nächte lang nicht gehabt hatte, und dem Schlaf, den sie gleich empfangen würde, ihr Körper war bereit, den Schlaf hinzunehmen, als wäre der Schlaf ein Mann. ‹Ich muss nur Madam dahin bringen, dass sie es glaubt›, dachte sie. Und dann dachte sie *Er wird aussehen wie eine Erbse in einer Pfanne voller Kaffeebohnen*

Das war am Nachmittag. Um neun Uhr abends war sie wieder dabei, sich auszuziehen, als sie den Hausmeister den Korridor entlang kommen hörte, auf ihre Tür zu. Sie wusste nicht, wer es war, konnte es nicht wissen, doch dann wusste sie es doch, hörte die gleichmäßigen Schritte und dann das Klopfen an der Tür, die sich schon öffnete, bevor sie hinspringen konnte. Sie rief nicht, sie sprang zur Tür, stemmte ihr Gewicht dagegen und hielt sie zu. «Ich zieh mich gerade aus!», sagte sie mit dünner, gequälter Stimme, denn sie wusste, wer es war. Er antwortete nicht, sein Gewicht drückte fest und stetig gegen die kriechende Tür, jenseits des kriechenden Spalts. «Sie können hier nicht reinkommen!», rief sie, kaum lauter als ein Flüstern. «Wissen Sie nicht, dass die …» Ihre Stimme klang keuchend, schwindend und verzweifelt. Er antwortete nicht. Sie versuchte, dem langsamen Kriechen der Tür nach innen Einhalt zu gebieten. «Warten Sie, dass ich mir etwas überziehe, dann komme ich zu Ihnen raus. Tun Sie das?» Sie sprach in dem schwindenden Flüsterton, leichthin, unbekümmert, wie man mit einem unberechenbaren Kind spricht oder mit einem Wahnsinnigen: beschwichtigend, gut zuredend: «Warten Sie einen Moment. Haben Sie mich gehört? So warten Sie doch, ja?» Er antwortete nicht. Das langsame, unaufhaltsame Vorankriechen der Tür hörte nicht auf. Wie sie sich dagegenlehnte, nur mit ihrer Leibwäsche bekleidet, war sie wie eine Marionette in einer Burleske von Raublust und Verzweiflung. Gegen die Tür gelehnt, den Blick gesenkt, ohne sich zu bewegen, schien sie in tiefste Gedanken versunken, als hätte die Marionette mitten in der Szene sich selbst verloren. Dann drehte sie sich um, ließ die Tür los, sprang zurück zum Bett, raffte, ohne hinzusehen, ein Kleidungsstück und wirbelte wieder zur Tür herum, das Kleidungsstück an die Brust gepresst, hineingeduckt. Er war schon im Zimmer; offenbar hatte er sie bei diesem ganzen blinden Zwischenspiel des fahrigen Hantierens in unendlicher Hast beobachtet und abgewartet.

Er trug noch den Overall, und jetzt trug er seinen Hut. Er nahm ihn nicht ab. Wieder schienen seine kalten, verrückten grauen Augen sie nicht zu sehen, sie überhaupt nicht anzusehen. «Und wenn der Herr selbst zu einer von euch ins Zimmer käme», sagte er, «ihr würdet glauben, er käme in unzüchtiger Absicht.» Er fragte: «Haben Sie es ihr gesagt?»

Die Frau setzte sich auf das Bett. Sie schien langsam darauf niederzusinken, wobei sie das Kleidungsstück umklammert hielt und ihn mit bleichem Gesicht beobachtete. «Ihr gesagt?»

«Was will sie mit ihm machen?»

«Machen?» Sie sah ihn an: diese hellen, stillen Augen, die sie, wie es schien, nicht ansahen, sondern geradezu umfingen. Ihr Mund stand offen wie bei einer Schwachsinnigen.

«Wo schicken sie ihn hin?» Sie antwortete nicht. «Lügen Sie mich nicht an, lügen Sie Gott den Herrn nicht an. Sie werden ihn zu dem für Nigger schicken.» Ihr Mund schloss sich; es war, als habe sie endlich begriffen, wovon er sprach. «Ja, ich hab drüber nachgedacht. Sie werden ihn zu dem für Niggerkinder schicken.» Sie antwortete nicht, aber sie beobachtete ihn jetzt, noch immer mit etwas furchtsamen, aber auch verschwiegenen, berechnenden Augen. Jetzt sah er sie an; sein Blick verengte sich auf ihre Gestalt und ihr Wesen. «Antworte mir, Iezabel!», schrie er.

«Psssssssst!», sagte sie. «Ja. Das müssen sie. Wenn sie rausfinden …»

«Ah», sagte er. Sein Blick wurde schwächer, die Augen ließen sie los und umfingen sie erneut. Als sie ihm in die Augen sah, meinte sie, sich selbst darin zu sehen, als weniger denn nichts, nichtig wie ein Zweig, der auf einem Tümpel treibt. Dann wurden seine Augen fast menschlich. Er sah sich in dem

Weiberzimmer um, als hätte er noch nie eines gesehen: der enge Raum, warm, unordentlich, rosa nach Frau riechend. «Weiberdreck», sagte er. «In Gottes Angesicht.» Er wandte sich ab und ging hinaus. Nach einer Weile erhob sich die Frau. Sie stand eine Weile da, das Kleidungsstück an sich gedrückt, regungslos, idiotisch, und starrte auf die leere Tür, als wüsste sie nicht, was sie sich jetzt zu tun vornehmen musste. Dann lief sie los. Sie sprang zur Tür, stürzte sich darauf, warf die Tür krachend ins Schloss und drehte den Schlüssel um, sie lehnte sich keuchend dagegen und hielt den umgedrehten Schlüssel mit beiden Händen umklammert.

Zur Frühstückszeit am nächsten Morgen fehlten der Hausmeister und der Junge. Man fand keine Spur von ihnen. Sogleich wurde die Polizei benachrichtigt. Man entdeckte, dass eine Nebentür unverschlossen war, zu der der Hausmeister den Schlüssel hatte.

«Das ist, weil er es weiß», sagte die Wirtschafterin zur Oberin.

«Was weiß er?»

«Dass das Kind, der Junge, Christmas, ein Nigger ist.»

«Was ist er?», sagte die Leiterin. «Ein Ne–, das glaube ich nicht!», rief sie. «Das glaube ich nicht.»

«Sie müssen es nicht glauben», sagte die andere. «Aber er weiß es. Deshalb hat er ihn heimlich weggebracht.»

Die Oberin war über fünfzig, sie hatte ein schlaffes Gesicht mit schwachen, freundlichen, resignierten Augen. «Das glaube ich nicht!», sagte sie. Doch am dritten Tag ließ sie die Wirtschafterin kommen. Sie sah aus, als hätte sie länger nicht geschlafen. Die Wirtschafterin dagegen wirkte ganz frisch und ganz heiter. Sie war auch noch ungerührt, als die Oberin ihr die Neuigkeit mitteilte, dass der Mann und das Kind gefunden worden seien. «In Little Rock», sagte die Oberin. «Er wollte das Kind dort in ein Waisenhaus geben. Sie dachten, er sei wahnsinnig, und haben ihn festgehalten, bis die Polizei kam.» Sie sah die jüngere Frau an. «Sie haben mir gesagt ... Neulich haben Sie gesagt ... Woher wussten Sie davon?»

Die Wirtschafterin wandte den Blick nicht ab. «Ich wusste es nicht. Ich hatte gar keine Ahnung. Ich wusste natürlich, dass es keinerlei Bedeutung hatte, wenn die anderen Kinder ihn Nigger riefen –»

«Nigger?», sagte die Oberin. «Die anderen Kinder?»

«Sie rufen ihn seit Jahren Nigger. Manchmal, glaube ich, erfassen Kinder Dinge, die Erwachsene in Ihrem oder meinem Alter nicht erkennen. Kinder und alte Menschen wie er, wie der alte Mann. Deshalb hat er immer da drüben an der Tür gesessen, wenn die Kinder draußen auf dem Hof gespielt haben: um das Kind zu beobachten. Vielleicht hat er's herausgefunden, weil er immer gehört hat, wie die anderen Kinder ihn Nigger riefen. Aber er wusste es vielleicht sowieso. Falls Sie sich erinnern, die beiden sind um die gleiche Zeit zu uns gekommen. Er hatte hier noch keinen Monat gearbeitet, als an dem Abend – es war Weihnachten, erinnern Sie sich? – als Chr... als das Kind vor der Tür gefunden wurde.» Sie sprach sanft und beobachtete die verdutzten, schmaler werdenden Augen der älteren Frau, die voll auf sie gerichtet waren, als könnte sie sie nicht abwenden. Die Augen der Wirtschafterin waren ausdruckslos und unschuldig. «Und neulich haben wir miteinander gesprochen, und er wollte mir etwas über das Kind erzählen. Es war etwas, das er mir erzählen wollte oder irgendeinem anderen erzählen wollte, und am Schluss hat ihn wahrscheinlich der Mut verlassen, und er hat es nicht erzählt, und da hab ich ihn stehenlassen. Ich hab nicht mehr daran gedacht. Es war mir ganz entfallen, als –» Ihre Stimme brach ab. Ihr Blick ruhte auf der Oberin, als in ihr Gesicht ein Ausdruck der Erleuchtung trat, ein plötzliches Verstehen, und niemand hätte sagen können, ob es simuliert war oder nicht. «Ja, das muss der Grund sein ... Ja, jetzt verstehe ich alles. Was an dem Tag passiert ist, ehe sie weggegangen sind und vermisst wurden. Ich war im Korridor, auf dem Weg zu meinem Zimmer; es war derselbe Tag, an dem ich zufällig mit ihm gesprochen hatte und er sich weigerte, mir das zu erzählen, was er mir erzählen wollte, obwohl er schon angefangen hatte, und plötzlich kam er auf mich zu und stellte sich mir in den Weg; ich fand das sonderbar, denn ich hatte ihn noch nie innerhalb des Hauses gesehen. Und er sagte – er klang irr, und er sah auch irr aus, und ich hatte Angst, vor Angst traute ich mich nicht, mich zu bewegen, weil er den Korridor versperrte –, er sagte: ‹Haben Sie es ihr schon gesagt?›, und ich sagte: ‹Wem gesagt? Wem was gesagt?›, und da wurde mir klar, dass er Sie meinte; ob ich Ihnen gesagt hätte, dass er mir etwas über das Kind hatte erzählen wollen. Aber ich wusste nicht, was er meinte, was ich Ihnen sagen sollte, und ich wollte schreien, und dann sagte er: ‹Was wird sie tun, wenn sie es erfährt?›, und ich wusste nicht, was ich sagen sollte oder wie ich von ihm wegkommen konnte, und dann sagte er: ‹Sie brauchen es mir nicht zu sagen. Ich weiß, was sie tun wird. Sie schickt ihn in das für Nigger.›»

«Für Neger?»

«Ich verstehe nicht, wieso es uns so lange entgehen konnte. Wenn Sie jetzt sein Gesicht ansehen, seine Augen und sein Haar. Natürlich ist es schrecklich. Aber da wird er sicher hinmüssen, denke ich.»

Hinter den Brillengläsern hatten die schwachen, beunruhigten Augen der Oberin einen gequälten, erstarrten Ausdruck angenommen, als wollte sie versuchen, ihre Augen zu etwas zu zwingen, das jenseits ihrer physischen Beschaffenheit lag. «Aber warum wollte er dann das Kind fortschaffen?»

«Also, wenn Sie meine Meinung hören wollen, ich bin der Meinung, dass er verrückt ist. Wenn Sie ihn auf dem Flur gesehen hätten, an dem Ab– an dem Tag, so wie ich. Natürlich ist es schlecht für das Kind, dass es in das Niggerheim muss, nach diesem hier, nachdem es hier unter Weißen aufgewachsen ist. Er kann nichts dafür, dass er so ist. Aber wir können auch nichts dafür –» Sie verstummte und sah die Oberin an. Hinter den Brillengläsern waren die Augen der älteren Frau immer noch gequält, schwach, ohne Hoffnung; ihr Mund zitterte, als sie Wörter damit formte. Auch ihre Worte waren ohne Hoffnung, aber sie waren entschieden genug, entschlossen genug.

«Wir müssen ihn unterbringen. Wir müssen ihn sofort unterbringen. Was für Anträge haben wir? Geben Sie mir bitte den Ordner …»

Als das Kind aufwachte, wurde es getragen. Es war pechschwarze Nacht und kalt; er wurde von jemandem die Treppe hinuntergetragen, der sich mit stummer und unendlicher Sorgfalt bewegte. Zwischen ihn und einen der Arme, die ihn hielten, war ein Bündel geklemmt, von dem er wusste, dass es seine Kleider waren. Er schrie nicht, machte kein Geräusch. Er wusste, wo er war, merkte es an dem Geruch, der Luft des hinteren Treppenhauses, das von dem Raum aus, wo sein Bett, solange er sich erinnern konnte, als eins von vierzig anderen stand, zu der Seitentür hinunterführte. Auch erkannte er an dem Geruch, dass derjenige, der ihn trug, ein Mann war. Aber er machte kein Geräusch und lag so still und so gelöst wie vorher im Schlaf, während er sich in den unsichtbaren Armen langsam treppab auf die Seitentür zubewegte, die zum Spielhof hinausführte.

Er wusste nicht, wer ihn trug. Das kümmerte ihn nicht, weil er zu wissen glaubte, wohin er getragen wurde. Oder genauer gesagt, warum. Auch das Wohin kümmerte ihn nicht, noch nicht. Das hatte mit einem Vorfall vor zwei Jahren zu tun, als er drei Jahre alt war. Eines Tages fehlte unter den Kindern ein Mädchen von zwölf Jahren, das Alice hieß. Er mochte sie, mochte sie genug, um sich ein wenig von ihr bemuttern zu lassen; vielleicht mochte er sie deshalb. Sie war für ihn so erwachsen und auch von der Größe her fast so wie die erwachsenen Frauen, die ihm sagten, wann er essen und sich waschen und schlafen musste, mit dem Unterschied, dass sie nicht seine

Feindin war, nie sein würde. Einmal weckte sie ihn mitten in der Nacht auf. Sie sagte ihm Lebewohl, aber er verstand das nicht. Er war schläfrig und ein bisschen gereizt, er wachte auch gar nicht ganz auf und ließ sie gewähren, weil sie immer gut zu ihm gewesen war. Er wusste nicht, dass sie weinte, weil er nicht wusste, dass erwachsene Menschen weinten, und als er das lernte, hatte die Erinnerung sie vergessen. Noch während er sie gewähren ließ, schlief er wieder ein, und am nächsten Morgen war sie fort. Verschwunden, keine Spur mehr von ihr, auch kein Kleidungsstück, und selbst das Bett, in dem sie geschlafen hatte, war schon von einem neuen Jungen belegt. Er hatte nie erfahren, wohin sie gegangen war. An jenem Tag belauschte er ein paar der älteren Mädchen, die ihr beim Vorbereiten ihres Aufbruchs geholfen hatten; es war das gleiche unterdrückte geheimnisvolle Getuschel, mit dem sechs junge Mädchen, die ein siebtes für die Hochzeit vorbereitet haben, mit immer noch angehaltenem Atem von dem neuen Kleid, den neuen Schuhen, der Kutsche, die sie fortgeholt hatte, erzählen. Da wusste er, dass sie für immer fortgegangen war, dass sie das eiserne Tor im Stahlzaun hinter sich gelassen hatte. Und dann meinte er sie zu sehen, wie sie im Augenblick ihres Verschwindens jenseits des zugeschlagenen Tors zur Heldin wurde und, ohne an Größe zu verlieren, in etwas Namenloses und Herrliches gleich einem Sonnenuntergang entschwand. Über ein Jahr verging, bevor er begriff, dass sie nicht die Erste war und nicht die Letzte sein würde. Dass noch andere, außer Alice, jenseits des zugeschlagenen Tors entschwunden waren, in einem neuen Kleid oder in einem neuen Overall, mit einem kleinen, ordentlichen Bündel unter dem Arm, das manchmal kleiner war als ein Schuhkarton. Er glaubte, es sei das, was jetzt ihm widerfuhr. Er glaubte, dass er jetzt wusste, wie sie es alle bewerkstelligt hatten und aufgebrochen waren, ohne eine Spur zu hinterlassen. Er glaubte, sie seien hinausgetragen worden, so wie er jetzt, mitten in der Nacht.

Schon konnte er die Tür spüren. Sie war jetzt ganz nah; er wusste die genaue Anzahl der noch verbleibenden, nicht sichtbaren Stufen, die der Mann, der ihn trug, mit dieser unendlichen, stummen Sorgfalt hinabsteigen würde. An seiner Wange spürte er den ruhigen, raschen, warmen Atem des Mannes; unter sich spürte er die angespannten, steifen Arme und das runde Bündel, in dem er seine Sachen wusste, die tastend im Dunkeln zusammengerafft worden waren. Der Mann blieb stehen. Als er sich bückte, schwangen die Füße des Kindes nach unten und berührten den Fußboden, seine Zehen zogen sich auf den eiskalten Brettern zusammen. Der Mann sprach zum ersten Mal. «Stell dich hin», sagte er. Da wusste das Kind, wer der Mann war.

Es erkannte ihn sofort und war nicht überrascht. Überrascht gewesen wäre die Oberin, hätte sie gewusst, wie gut der Junge den Mann kannte. Er kannte nicht den Namen des Mannes, und in den drei Jahren, seit er denken konnte, hatten sie keine hundert Worte miteinander gesprochen. Doch der Mann war eine leibhaftigere Person in seinem Leben als irgendjemand sonst, das Mädchen Alice nicht ausgenommen. Schon mit drei Jahren hatte das Kind gewusst, dass zwischen ihnen etwas war, das der Worte nicht bedurfte. Er wusste, dass er nie auch nur einen Augenblick auf dem Spielhof war, ohne dass der Mann ihn von dem Stuhl bei der Tür zum Heizungsraum aus beobachtete, und dass der Mann ihn mit einer tiefen und nie nachlassenden Aufmerksamkeit beobachtete. Wäre das Kind älter gewesen, hätte es vielleicht gedacht *Er hasst mich und hat Angst vor mir. So sehr, dass er mich nicht aus den Augen lassen kann* Mit einem größeren Wortschatz, aber nicht mehr Jahren hätte er vielleicht gedacht *Deshalb bin ich anders als die anderen: weil er mich die ganze Zeit beobachtet* Er nahm es hin. Und so war er nicht überrascht, als er feststellte, wer ihn, während er schlief, aus dem Bett genommen und nach unten getragen hatte; so wie er, als er bei der Tür in der kalten, pechschwarzen Dunkelheit stand und der Mann ihm half, seine Sachen anzuziehen, hätte denken können *Er hasst mich so sehr, dass er sogar zu verhindern sucht, was mir jeden Moment zustoßen wird*

Zitternd vor Kälte zog er sich gehorsam so schnell er konnte an, gemeinsam mühten sie sich mit den kleinen Kleidungsstücken ab, schafften es, sie ihm anzuziehen. «Deine Schuhe», sagte der Mann in gehauchtem Flüsterton. «Hier.» Das Kind setzte sich auf den kalten Fußboden und zog sich die Schuhe an. Der Mann berührte ihn jetzt nicht, aber das Kind hörte, spürte, dass der Mann sich auch bückte und mit etwas beschäftigt war. ‹Er zieht sich auch die Schuhe an›, dachte das Kind. Jetzt berührte der Mann das Kind wieder, tastete nach ihm, half ihm auf die Füße. Das Kind hatte seine Schnürsenkel nicht zugebunden. Es hatte noch nicht gelernt, es selber zu machen. Er sagte dem Mann nicht, dass seine Schuhe nicht zugebunden waren. Er gab keinen Laut von sich. Er stand einfach da, und dann hüllte ein größeres Kleidungsstück ihn ein – an dem Geruch erkannte er, dass es dem Mann gehörte –, und er wurde wieder hochgehoben. Die Tür öffnete sich gähnend nach innen. Die frische kalte Luft strömte herein und das Licht von den Laternen an der Straße; er konnte die Lichter sehen und die öden Fabrikmauern und die hohen, rauchlosen Schlote vor den Sternen. Im Licht der Straßenlaternen war der Stahlzaun wie eine Parade halb verhungerter Soldaten. Während die beiden den leeren Spielhof überquerten, baumelten seine Füße im Rhythmus zu den Schritten des Mannes, und die nicht zugebundenen Schuhe schlackerten um seine Fußgelenke. Sie kamen zu dem eisernen Tor und gingen hindurch.

Sie mussten nicht lange auf die Straßenbahn warten. Wäre er älter gewesen, hätte er bemerkt, wie gut der Mann die Zeit geplant hatte. Aber er wunderte sich nicht, bemerkte nichts. Er stand einfach nur neben dem Mann an der Straßenecke, in seinen nicht zugebundenen Schuhen, bis zu den Fersen eingehüllt in den Mantel des Mannes, die Augen rund und weit offen, das kleine Gesicht still, wach. Die Straßenbahn kam, die Reihe von Fenstern, hielt kreischend an und summte, während sie einstiegen. Die Bahn war fast leer, da es schon nach zwei Uhr war. Jetzt bemerkte der Mann, dass die Schuhe nicht zugebunden waren, und er band sie zu, und das Kind beobachtete ihn, ganz still auf seinem Platz, die Beine gerade von sich gestreckt. Die Haltestelle war weit entfernt, und er war schon Straßenbahn gefahren, sodass er, als sie den Bahnhof erreichten, eingeschlafen war. Als er aufwachte, war es Tag, und sie waren schon seit einiger Zeit im Zug. Mit der Eisenbahn war er noch nie gefahren, doch niemand hätte ihm das angemerkt. Er saß ganz still, so wie in der Straßenbahn, vollständig eingehüllt in den Mantel des Mannes, bis auf seine ausgestreckten Beine und seinen Kopf, und sah zu, wie das Land – Berge und Bäume und Kühe und dergleichen –, das er nie zuvor gesehen hatte, vorbeiflog. Als der Mann sah, dass er wach war, wickelte er etwas zu essen aus einem Stück Zeitungspapier. Es war Brot, mit Schinken dazwischen. «Hier», sagte der Mann. Das Kind nahm das Brot und aß und sah dabei zum Fenster hinaus.

Er sagte kein Wort, hatte keine Überraschung gezeigt, auch nicht, als am dritten Tag die Polizisten kamen und ihn und den Mann mitnahmen. Da, wo sie jetzt waren, war es nicht anders als in dem Haus, das sie in der Nacht verlassen hatten – die gleichen Kinder, nur mit anderen Namen, die gleichen Erwachsenen, nur mit anderen Gerüchen: Er sah keinen Grund, warum sie nicht da bleiben sollten, so wie er nicht wusste, warum sie das erste Haus überhaupt verlassen hatten. Doch war er nicht überrascht, als die Polizisten kamen und sagten, er solle aufstehen und sich anziehen, ihm aber zu sagen versäumten, warum und wohin es diesmal ginge. Vielleicht wusste er, dass er zurückgebracht werden sollte; vielleicht hatte er mit der Hellsichtigkeit eines Kindes die ganze Zeit etwas gewusst, was der Mann nicht wusste, nämlich dass dies nicht von Dauer sein würde, nicht von Dauer sein konnte. Wieder im Zug, sah er dieselben Berge, dieselben Bäume, dieselben Kühe, nur von einer anderen Seite, aus anderer Richtung. Der Polizist gab ihm zu essen. Es war Brot, mit Schinken dazwischen, nur dass es diesmal nicht aus einem Stück Zeitungspapier ausgewickelt wurde. Das fiel ihm auf, aber er sagte nichts, vielleicht dachte er nichts.

Dann war er wieder zu Hause. Vielleicht erwartete er, dass er bei seiner Rückkehr bestraft würde, aber er erwartete nicht, dass man ihm sagte, wofür, für welches Vergehen, denn er hatte schon gelernt, dass Kinder zwar Erwachsene als Erwachsene sehen konnten, dass Erwachsene aber Kinder immer nur so sahen, als wären sie auch Erwachsene. Die Sache mit der Zahnpasta hatte er längst vergessen. Jetzt mied er die Wirtschafterin ebenso, wie er sich einen Monat zuvor ihr in den Weg gestellt hatte. Er war so eifrig damit beschäftigt, sie zu meiden, dass er längst den Grund dafür vergessen hatte; bald hatte er auch die Reise vergessen, da er niemals erfahren sollte, dass ein Zusammenhang zwischen beidem bestand. Hin und wieder dachte er daran, verschwommen und undeutlich. Aber immer nur dann, wenn er zur Tür des Heizungsraums sah und sich an den Mann erinnerte, der da immer gesessen und ihn beobachtet hatte und der jetzt fort war, ganz und gar fort, ohne eine Spur zu hinterlassen, nicht einmal den geflochtenen Stuhl an der Tür, nach der Art aller, die von hier fortgegangen waren. Wohin er gegangen sein mochte, war ebenfalls etwas, worüber das Kind nicht nachdachte und sich nicht wunderte.

Eines Abends kamen sie in das Schulzimmer und holten ihn. Das war zwei Wochen vor Weihnachten. Zwei der jungen Frauen – die Wirtschafterin war nicht dabei – nahmen ihn mit ins Badezimmer und wuschen ihn und kämmten ihm die feuchten Haare und zogen ihm einen sauberen Overall an und nahmen ihn mit in das Büro der Oberin. In dem Büro saß ein Mann, ein Fremder. Und er sah den Mann an, und er wusste, noch ehe die Oberin sprach. Vielleicht war es wissende Erinnerung, Wissen, das sich zu erinnern begann; vielleicht sogar

Sehnsucht, denn mit fünf ist man noch zu jung, um so viel Verzweiflung erfahren zu haben, dass man hofft. Vielleicht erinnerte er sich plötzlich an die Eisenbahnfahrt und an das Essen, da selbst die Erinnerung kaum hinter dieses Ereignis zurückging. «Joseph», sagte die Oberin, «wie würde es dir gefallen, wenn du bei netten Leuten auf dem Lande leben könntest?»

Er stand da in dem steifen neuen Overall, Ohren und Gesicht gerötet, brennend von der rauen Seife und dem rauen Handtuch, und hörte dem Fremden zu. Er hatte einmal hingeblickt und sah einen gedrungenen Mann mit gestutztem braunem Bart und kurzem, wenn auch nicht frisch geschnittenem Haar. Sowohl das Haar als auch der Bart waren von borstiger, kräftiger Beschaffenheit, ohne Silberfäden, als glitte die Pigmentierung an den vierzig oder mehr Jahren ab, die das Gesicht offenbarte. Die Augen waren hell, kalt. Er trug einen Anzug aus hartem, gediegenem schwarzem Tuch. Auf dem Knie lag ein schwarzer Hut, den er mit einer stumpffingrigen, sauberen Hand festhielt, die, selbst auf dem weichen Filz des Hutes, zur Faust geschlossen war. Quer über seine Weste hing eine schwere silberne Uhrkette. Seine schweren schwarzen Schuhe standen fest nebeneinander; sie waren mit der Hand gewienert worden. Sogar das fünfjährige Kind wusste, als es ihn ansah, dass der Mann selbst keinen Tabak rauchte und es auch bei anderen nicht tolerieren würde. Aber wegen seiner Augen sah er den Mann nicht an.

Er spürte jedoch, dass der Mann ihn ansah, mit einem kalten, intensiven, starrenden Blick, der aber nicht absichtlich schroff war. Es war der gleiche Blick, mit dem er ein Pferd oder einen gebrauchten Pflug gemustert hätte, von vornherein überzeugt, dass er Fehler entdecken würde, von vornherein überzeugt, dass er kaufen würde. Er sprach mit besonnener, stockender, schwerer Stimme; es war die Stimme eines Mannes, der forderte, dass man ihm zuhörte, nicht unbedingt aufmerksam, aber schweigend. «Und über seine Herkunft können oder wollen Sie mir also nicht mehr sagen.»

Die Oberin sah ihn nicht an. Hinter ihren Brillengläsern waren die Augen, wie es schien, wenigstens für den Moment erstarrt. Sie sagte rasch, vielleicht ein bisschen zu rasch: «Wir bemühen uns nicht, über ihre Herkunft etwas in Erfahrung zu bringen. Er wurde, wie ich Ihnen schon sagte, am Weihnachtsabend, in zwei Wochen ist es fünf Jahre her, bei uns auf die Türstufe gelegt. Wenn Ihnen die Herkunft des Kindes wichtig ist, dann sollten Sie besser keines adoptieren.»

«Ganz so habe ich das nicht gemeint», sagte der Fremde. Sein Ton war jetzt eher beschwichtigend. Er brachte es fertig, sich zu entschuldigen, ohne auch nur ein Jota von seiner Überzeugung abzugehen. «Ich hatte gedacht, ich könnte mit Miss Atkins (das war der Namen der Wirtschafterin) sprechen, weil sie diejenige ist, mit der ich korrespondiert habe.»

Wieder erklang die Stimme der Oberin kalt und rasch, sie sprach fast schon, ehe er zu Ende gesprochen hatte. «Ich kann Ihnen, denke ich, genauso viel Auskunft über dieses oder jedes andere unserer Kinder geben wie Miss Atkins, zumal sich ihre offizielle Tätigkeit hier bei uns auf den Speisesaal und die Küche beschränkt. Es hat sich zufällig so ergeben, dass sie in diesem Fall so freundlich war, in unserer Korrespondenz mit Ihnen als Sekretärin zu fungieren.»

«Es spielt keine Rolle», sagte der Fremde. «Es spielt keine Rolle. Ich hatte nur gedacht …»

«Was hatten Sie nur gedacht? Wir zwingen niemanden, unsere Kinder zu nehmen, noch zwingen wir die Kinder, gegen ihren Willen zu gehen, sofern sie vernünftige Gründe haben. Das ist eine Angelegenheit, die zwischen den beiden Seiten geklärt werden muss. Wir beraten nur.»

«Ja», sagte der Fremde. «Es spielt keine Rolle, wie ich Ihnen gerade schon sagte. Ich hab keinen Zweifel, der Bengel wird schon recht sein. Er findet bei Mrs. McEachern und mir ein gutes Zuhause. Wir sind nicht mehr jung, und wir haben's gern ruhig. Und für ihn wird's weder Leckereien noch Müßiggang geben. Aber auch nicht mehr Arbeit, als gut für ihn ist. Ich hab keinen Zweifel, dass er bei uns trotz seiner Herkunft lernen wird, Gott zu fürchten und Müßiggang und Eitelkeit zu verabscheuen.»

So wurde der Schuldschein, den er an jenem Nachmittag vor zwei Monaten mit einer Tube Zahnpasta unterschrieben hatte, eingefordert, während der Schuldner, noch ahnungslos, in eine saubere Pferdedecke gehüllt, klein, formlos, regungslos, auf der Bank eines Buggys saß, der in der Dezemberdämmerung über einen froststarren, gefurchten Weg holperte. Sie waren den ganzen Tag gefahren. Mittags hatte der Mann ihm zu essen gegeben; er hatte unter der Sitzbank eine Pappschachtel hervorgezogen, in der vor drei Tagen gekochtes ländliches Essen war. Doch erst jetzt sprach der Mann zu ihm. Er sagte ein einziges Wort, indem er mit der in einem Handschuh steckenden, die Peitsche haltenden Faust auf ein einsames Licht deutete, das sich in der Dämmerung zeigte. «Zuhause», sagte er. Das Kind sagte nichts. Der Mann sah zu ihm hinunter. Auch der Mann war gegen die Kälte vermummt, gedrungen, groß, formlos, einem Felsen ähnlich, unbezwingbar, und nicht so sehr unfreundlich als vielmehr unbarmherzig. «Ich hab gesagt, da ist dein Zuhause.» Noch immer antwortete das Kind nicht. Der Junge hatte nie ein Zuhause gesehen, und so gab es nichts, was er darüber sagen konnte. Und er war noch nicht so alt, dass er reden konnte, ohne etwas zu sagen. «Dort bekommst du Essen und Obdach und die Fürsorge von Christenmenschen», sagte der Mann. «Und Arbeit, die deinen Kräften angemessen ist und dich davor bewahrt, Böses zu tun. Denn ich werde dich bald lehren müssen, dass Faulheit und müßige Gedanken die beiden Übel sind, die beiden Tugenden aber Arbeit und Gottesfurcht.» Noch immer sagte das Kind nichts. Der Junge hatte bisher weder gearbeitet noch Gott gefürchtet. Von Gott wusste er noch weniger als von Arbeit. Er hatte Arbeit gesehen, in Gestalt von Männern mit Harken und Schaufeln, um den Spielhof herum, an sechs Tagen in der Woche, aber Gott war nur am Sonntag vorgekommen. Und das war dann – abgesehen von dem damit verbundenen peinvollen Reinigungsritual – Musik, die dem Ohr gefiel, und Wörter, die das Ohr nicht im Mindesten quälten – im Ganzen gesehen angenehm, wenn auch ein bisschen ermüdend. Er sagte nichts. Das Gefährt holperte weiter, das kräftige, gut gehaltene Gespann trabte eifrig dem Hof, dem Stall entgegen.

Noch etwas anderes war geschehen, woran er sich erst später erinnerte, als die Erinnerung sich nicht mehr mit dem Gesehenen abfand, sich nicht mehr mit der Oberfläche des Erinnerns abfand. Sie waren im Büro der Oberin; er stand regungslos, ohne in die Augen des Fremden zu sehen, die er auf sich spürte, und wartete darauf, dass der Fremde sagte, was seine Augen dachten. Dann kam es: «Christmas. Ein heidnischer Name. Gotteslästerung. Das werde ich ändern.»

«Das ist Ihr verbrieftes Recht», sagte die Oberin. «Uns interessiert nicht, wie sie genannt werden, sondern wie sie behandelt werden.»

Aber so wenig, wie der Fremde anderen zuhörte, so wenig sprach er zu jemandem, als er sagte: «Von jetzt an wird er McEachern heißen.»

«Das ist durchaus recht», sagte die Oberin. «Wenn Sie ihm Ihren Namen geben.»

«Er wird mein Brot essen, und er wird meinen Glauben ausüben», sagte der Fremde. «Warum sollte er nicht meinen Namen tragen?»

Das Kind hörte nicht zu. Es machte sich keine Gedanken deswegen. Es machte ihm nichts weiter aus, nicht mehr, als wenn der Mann gesagt hätte, der Tag sei heiß, wenn der Tag nicht heiß war. Es sagte nicht einmal zu sich selbst *Ich heiße nicht McEachern. Ich heiße Christmas* Vorerst bestand keine

Notwendigkeit, sich deswegen Gedanken zu machen. Dazu war noch viel Zeit.

«Ja, warum eigentlich nicht?», sagte die Oberin.

VII

Und das Gedächtnis weiß dies: Zwanzig Jahre später glaubt das Gedächtnis noch immer *An diesem Tag wurde ich zum Mann*

Das saubere, spartanische Zimmer verströmte den Geruch von Sonntag. An den Fenstern bauschten sich die sauberen, geflickten Gardinen leicht in der Brise, die nach gepflügter Erde und Holzäpfeln roch. Auf dem gelben, Eichenholz imitierenden Harmonium, dessen Pedale mit ausgefransten und abgetretenen Teppichstücken belegt waren, stand ein Einmachglas mit Rittersporn. Der Junge saß auf einem geraden Stuhl am Tisch, auf dem eine Nickellampe stand und eine riesige Bibel, mit Schnallen und Scharnieren aus Messing und einem Messingschloss, lag. Er trug ein sauberes weißes Hemd ohne Kragen. Seine Hose war dunkel, derb und neu. Seine Schuhe waren kürzlich geputzt worden, ungeschickt, wie ein Achtjähriger eben Schuhe putzt, sodass hier und da kleine matte Stellen zu sehen waren, besonders um die Absätze herum, wo die Schuhcreme nicht hingelangt war. Auf dem Tisch lag aufgeschlagen vor ihm ein Presbyterianischer Katechismus.

McEachern stand neben dem Tisch. Er trug ein sauberes, gestärktes Hemd und dieselbe schwarze Hose, in der der Junge ihn das erste Mal gesehen hatte. Sein Haar, feucht, noch immer ohne Silberfäden, war sauber und steif über den runden Schädel gekämmt. Sein Bart, auch er noch feucht, war ebenfalls gekämmt. «Du hast nicht versucht, es zu lernen», sagte er.

Der Junge sah nicht auf. Er rührte sich nicht. Aber das Gesicht war felsenhart, nicht weniger als das des Mannes. «Ich hab's versucht.»

«Dann versuch's noch einmal. Ich gebe dir noch eine Stunde.» Aus seiner Westentasche zog McEachern eine dicke silberne

Taschenuhr und legte sie, mit dem Zifferblatt nach oben, auf den Tisch, zog dann einen zweiten geraden, harten Stuhl an den Tisch und setzte sich, die sauberen, geschrubbten Hände auf den Knien, die schweren geputzten Schuhe ordentlich nebeneinandergestellt. An seinen Schuhen gab es keine Stellen, wo die Schuhcreme nicht hingelangt war. Doch gestern, zur Essenszeit, hatte es solche Stellen gegeben. Und später, als der Junge schon ausgezogen und im Nachthemd war, hatte er eine Tracht Prügel bekommen und sie noch einmal geputzt. Der Junge saß am Tisch. Sein Gesicht war geneigt, still, ausdruckslos. In das karge, saubere Zimmer strömte in nachlassenden Stößen die frühlingslaue Luft.

Es war neun Uhr. Sie saßen dort schon seit acht. Es gab Kirchen in der Nähe, doch die presbyterianische Kirche war fünf Meilen entfernt; es dauerte eine Stunde, dorthin zu fahren. Um halb zehn kam Mrs. McEachern herein. Sie war ausgehbereit, in Schwarz, mit einer Haube – eine kleine Frau, die schüchtern, ein wenig gekrümmt, mit mutlosem Gesicht eintrat. Sie wirkte fünfzehn Jahre älter als ihr robuster, kraftvoller Ehemann. Sie kam nicht ganz in das Zimmer herein. Sie kam nur eben bis an die Tür und blieb dort einen Moment lang stehen, mit ihrer Haube und in ihrem Kleid aus abgetragenem, oft gebürstetem Schwarz, in der Hand einen Schirm und einen Palmblattfächer; in ihren Augen war etwas Seltsames, als ob sie das, was sie sah oder hörte, durch eine Männergestalt oder Männerstimme sah und hörte, die unmittelbarer waren, so als wäre sie das Medium und der kraftvolle und erbarmungslose Ehemann derjenige, der die Kontrolle ausübte. Vielleicht hatte er sie gehört. Doch sah er weder auf, noch sprach er. Sie drehte sich um und ging.

Nach genau einer Stunde hob McEachern den Kopf. «Kannst du es jetzt?», fragte er.

Der Junge rührte sich nicht. «Nein», sagte er.

McEachern erhob sich, bedächtig, ohne Hast. Er nahm die Uhr, klappte den Deckel zu und steckte sie zurück in die Tasche, führte die Kette wieder unter dem Hosenträger hindurch. «Komm», sagte er. Er sah sich nicht um. Der Junge folgte ihm durch den Flur nach hinten; auch er ging aufrecht und schweigend, den Kopf erhoben. Da war eine durchaus verwandte Hartnäckigkeit, eine Ähnlichkeit, die sich in ihren Rücken ausdrückte. Mrs. McEachern war in der Küche. Sie trug noch den Hut, hatte noch den Schirm und den Fächer in der Hand. Sie blickte zur Tür hin, als die beiden vorübergingen. «Pa», sagte sie. Keiner der beiden sah auch nur zu ihr hin. Vielleicht hatten sie nicht gehört, vielleicht hatte sie gar nicht gesprochen. Sie gingen weiter, immer hintereinander, und in der rigiden Ablehnung jedes Kompromisses waren ihrer beider Rücken ähnlicher, als tatsächliche Blutsverwandtschaft sie hätte machen können. Sie durchquerten den hinteren Hof und gingen weiter zu den Ställen, gingen hinein. McEachern öffnete die Tür zum Pferdestand und trat zur Seite. Der Junge betrat den Stand. McEachern nahm einen Halfterriemen von der Wand. Wie seine Schuhe war der Riemen weder neu noch alt. Wie seine Schuhe war er sauber, und er roch, wie der Mann roch: nach sauberem, hartem, männlichem, lebendigem Leder. Der Mann sah zu dem Jungen hinunter:

«Wo ist das Buch?», sagte er. Der Junge stand vor ihm, still, das Gesicht ruhig und ein wenig blass unter der glatten pergamentfarbenen Haut. «Du hast es nicht mitgebracht», sagte McEachern. «Geh zurück und hol es.» Seine Stimme war nicht unfreundlich. Sie war nicht menschlich, nicht im Geringsten persönlich. Sie war bloß kalt, unversöhnlich, wie geschriebene oder gedruckte Worte. Der Junge drehte sich um und ging hinaus.

Als er zum Haus kam, war Mrs. McEachern im Flur. «Joe», sagte sie. Er antwortete nicht. Er sah sie nicht einmal an, sah nicht in ihr Gesicht, sah nicht die steife Bewegung der einen, halb erhobenen Hand, eine steife Karikatur der weichsten Bewegung, zu der eine menschliche Hand imstande ist. Er ging steif an ihr vorbei, mit starrem Gesicht, starr vor Stolz vielleicht und vor Verzweiflung. Aber vielleicht war es auch Eitelkeit, die törichte Eitelkeit eines Mannes. Er nahm den Katechismus vom Tisch und kehrte zum Stall zurück.

McEachern wartete, den Riemen in der Hand. «Leg es hin», sagte er. Der Junge legte das Buch auf den Boden. «Nicht dahin», sagte McEachern, ohne Erregung. «Glaubst du etwa, dass der Stallboden, wo die Tiere stampfen und scharren, der richtige Platz für das Wort Gottes ist? Aber auch das lehre ich dich noch.» Er hob das Buch selbst auf und legte es auf einen Sims. «Lass die Hose runter», sagte er. «Wir wollen sie nicht beschmutzen.»

Dann stand der Junge da, die Hose heruntergerutscht über seine Füße, die Beine sichtbar unter dem kurzen Hemd. Er stand, schmal und aufrecht. Als der Riemen niedersauste, zuckte er nicht zusammen, kein Beben ging über sein Gesicht. Er blickte geradeaus vor sich hin, mit einem versunkenen, ruhigen Ausdruck, wie ein Mönch auf einem Gemälde. McEachern fing an, methodisch zu schlagen, mit langsamer und bedächtiger Kraft, noch immer ohne Erregung oder Zorn. Es wäre schwer zu sagen gewesen, wessen Gesichtsausdruck versunkener, ruhiger, überzeugter war.

Er schlug zehnmal, dann hörte er auf. «Nimm das Buch», sagte er. «Lass die Hosen unten.» Er gab dem Jungen den Katechismus. Der Junge nahm ihn. Er stand da, aufrecht, das Gesicht und das Buch hoch erhoben, in verzückter Haltung. Hätte nicht das Gewand gefehlt, er hätte ein katholischer Chorknabe sein können, mit dem düster aufragenden, schattigen Stall als Kirchenschiff und der rauen Bretterwand, hinter der sich in der nach Ammoniak und trockenem Heu riechenden Dunkelheit hin und wieder schnaubend und träge stampfend Tiere regten. McEachern ließ sich steif auf einer Futterkiste nieder, die Knie gespreizt, die eine Hand auf das Knie gestützt und auf der anderen Handfläche die silberne Taschenuhr, sein sauberes, bärtiges

Gesicht so fest wie in Stein gemeißelt, die Augen erbarmungslos, kalt, aber nicht unfreundlich.

So verharrten sie eine weitere Stunde. Bevor die Stunde um war, kam Mrs. McEachern an die hintere Tür des Hauses. Aber sie sprach nicht. Sie stand nur da und sah zum Stall, die Haube auf dem Kopf, Schirm und Fächer in der Hand. Dann ging sie wieder ins Haus.

Wieder, auf die Sekunde genau eine Stunde später, steckte McEachern die Uhr in die Tasche. «Kannst du es jetzt?», sagte er. Der Junge antwortete nicht, starr, aufrecht hielt er das geöffnete Buch vor sein Gesicht. McEachern nahm es ihm aus den Händen. Sonst rührte sich der Junge nicht. «Sag deinen Katechismus auf», sagte McEachern. Der Junge starrte geradeaus, auf die Wand vor sich. Sein Gesicht war nun trotz der weichen, reich getönten Blässe seiner Haut kreideweiß. Sorgfältig und bedächtig legte McEachern das Buch auf den Sims und nahm den Riemen. Er schlug zehnmal. Als er fertig war, stand der Junge noch einen Moment länger, ohne sich zu rühren. Er hatte noch kein Frühstück bekommen; keiner von beiden hatte Frühstück gegessen. Dann wankte der Junge und wäre gefallen, hätte der Mann ihn nicht am Arm gepackt und aufrecht gehalten. «Komm», sagte McEachern und wollte ihn zu dem Futterkasten führen. «Setz dich da hin.»

«Nein», sagte der Junge. Sein von dem Mann umklammerter Arm fing an zu zucken. McEachern ließ ihn los.

«Was hast du? Ist dir schlecht?»

«Nein», sagte der Junge. Seine Stimme war schwach, sein Gesicht war kreideweiß.

«Nimm das Buch», sagte McEachern und legte es dem Jungen in die Hand. Durch das Stallfenster war Mrs. McEachern zu sehen, wie sie aus dem Haus trat. Sie trug jetzt eine verschossene Kittelschürze und eine Sonnenhaube, und in der Hand hielt sie einen Eimer aus Zedernholz. Sie ging am Fenster vorbei, ohne zu dem Stall zu blicken, und verschwand. Bald darauf drang das Quietschen der Brunnenseilrolle zu ihnen, das in der Sabbatluft etwas Friedliches, Überraschendes hatte. Dann war sie durch das Fenster wieder zu sehen, mit ihrem Körper balancierte sie jetzt das Gewicht des Eimers in ihrer Hand aus, und sie betrat wieder das Haus, ohne zum Stall zu blicken.

Wieder, punktgenau eine Stunde später, sah McEachern von seiner Uhr auf. «Hast du es jetzt gelernt?», fragte er. Der Junge antwortete nicht, rührte sich nicht. Als McEachern näher kam, sah er, dass der Junge gar nicht auf die Seite blickte, dass seine Augen ganz starr waren und ganz leer. Als er die Hand auf das Buch legte, bemerkte er, dass der Junge sich daran klammerte, wie an ein Seil oder einen Pfosten. Als McEachern dem Jungen das Buch gewaltsam wegnahm, schlug der Junge der Länge nach auf den Boden und bewegte sich nicht mehr.

Als er zu sich kam, war es später Nachmittag. Er war in seinem Bett in der Dachkammer mit der niedrigen Decke. Es war still in dem Raum, der sich schon mit Dämmerlicht füllte. Er fühlte sich recht wohl, und eine Weile lag er da und sah friedlich zu der abgeschrägten Zimmerdecke hinauf, bevor er gewahr wurde, dass jemand neben seinem Bett saß. Es war McEachern. Auch er trug jetzt seine Alltagskleidung – nicht den Overall, mit dem er aufs Feld ging, sondern ein verblichenes sauberes Hemd ohne Kragen und eine verblichene saubere Khakihose. «Du bist wach», sagte er. Seine Hand kam vor und schlug die Decke zurück. «Komm», sagte er.

Der Junge rührte sich nicht. «Werden Sie mich wieder schlagen?»

«Komm», sagte McEachern. «Steh auf.» Der Junge erhob sich vom Bett und stand da, dünn, in derber Baumwollunterwäsche. McEachern bewegte sich auch, gedrungen, mit derben, muskelsteifen Bewegungen wie unter enormem Kraftaufwand; der Junge beobachtete ihn mit dem unerstaunten Interesse eines Kindes, sah, wie der Mann langsam und schwerfällig neben dem Bett niederkniete. «Knie nieder», sagte McEachern. Der

Junge kniete sich hin; die beiden knieten in der engen, von Dämmerlicht erfüllten Kammer: die kleine Gestalt in abgeschnittener Unterwäsche, der erbarmungslose Mann, der nie Mitleid oder Zweifel kennengelernt hatte. McEachern fing an zu beten. Er betete lange, seine Stimme klang leiernd, einschläfernd, monoton. Er bat um Vergebung dafür, dass er gegen den Sabbat verstoßen und seine Hand gegen ein Kind erhoben hatte, ein Waisenkind, das Gott teuer war. Er bat darum, dass das verstockte Herz des Kindes erweicht und dass auch ihm die Sünde des Ungehorsams vergeben werde, kraft der Fürsprache des Mannes, gegen den es sich aufgelehnt und versündigt hatte, und er bat den Allmächtigen, ebenso großmütig zu sein wie er selbst, kraft und mittels und dank bewusster Gnade.

Er endete und erhob sich, kam schwerfällig auf die Beine. Der Junge kniete noch. Er rührte sich nicht. Doch seine Augen waren offen (sein Gesicht war keinen Moment abgewandt oder auch nur gesenkt gewesen), und sein Gesicht war ganz ruhig; ruhig, friedlich, ganz und gar undurchdringlich. Er hörte, wie der Mann sich an dem Tisch zu schaffen machte, auf dem die Lampe stand. Ein Streichholz ratschte, spuckte; die Flamme über dem Docht beruhigte sich unter dem Glasschirm, auf dem die Hand des Mannes jetzt aussah, als wäre sie in Blut getaucht. Die Schatten wirbelten umher und kamen zur Ruhe. McEachern nahm etwas vom Tisch neben der Lampe in die Hand: den Katechismus. Er sah auf den Jungen hinunter – eine Nase, eine vorspringende Wange wie aus Granit, der Bart, der bis zu den tiefliegenden Augenhöhlen hinter der Brille reichte. «Nimm das Buch», sagte er.

An jenem Sonntag vor dem Frühstück hatte es begonnen. Er hatte kein Frühstück gehabt; wahrscheinlich hatten weder er noch der Mann auch nur daran gedacht. Der Mann selbst hatte kein Frühstück gegessen, obwohl er zum Tisch gegangen war und für die Nahrung und die Notwendigkeit, sie zu essen, um

Vergebung gebetet hatte. Zur Mittagsessenszeit hatte der Junge vor lauter nervöser Erschöpfung geschlafen. Und zur Abendessenszeit hatte wieder keiner von ihnen ans Essen gedacht. Der Junge wusste nicht einmal, was ihm fehlte, warum er sich so schwach und friedlich fühlte.

Denn so fühlte er sich, während er im Bett lag. Die Lampe brannte noch; draußen war es jetzt ganz dunkel. Einige Zeit war vergangen, aber ihm war, als sähe er, wenn er den Kopf zur Seite wandte, noch immer sie beide, sich und den Mann, neben dem Bett knien, oder doch wenigstens den Abdruck auf dem Bettvorleger von zwei Paar Knien ohne greifbare Substanz. Auch schien die Luft noch die monotone Stimme abzusondern, als spräche jemand im Traum, redend, beschwörend, rechtend auf eine Präsenz ein, die nicht einmal einen Phantomabdruck auf einem tatsächlich vorhandenen Bettvorleger hinterlassen konnte.

So lag er da, auf dem Rücken, die Hände über der Brust gekreuzt, wie eine Grabmalfigur, als er wieder Schritte auf der engen Treppe hörte. Es waren nicht die des Mannes; er hatte McEachern in dem Buggy davonfahren hören; im Dämmerlicht war er aufgebrochen, um die drei Meilen zu einer Kirche, die nicht presbyterianisch war, zu fahren und die Buße zu tun, die er sich am Morgen auferlegt hatte.

Ohne den Kopf zu wenden, hörte der Junge, wie Mrs. McEachern sich langsam die Treppe heraufschleppte. Er hörte sie über den Fußboden näher kommen. Er sah nicht zu ihr hin, doch nach einer Weile kam ihr Schatten und fiel auf die Wand, wo er ihn sehen konnte, und er sah, dass sie etwas trug. Es war ein Tablett mit Essen. Sie stellte das Tablett aufs Bett. Er hatte sie keinen Moment lang angesehen. Er hatte sich nicht gerührt. «Joe», sagte sie. Er rührte sich nicht. «Joe», sagte sie. Sie sah, dass seine Augen offen waren. Sie berührte ihn nicht.

«Ich hab keinen Hunger», sagte er.

Sie bewegte sich nicht. Sie stand da, die Hände in ihre Schürze gefaltet. Auch sie schien ihn nicht anzusehen. Sie schien zu der Wand hinter dem Bett zu sprechen. «Ich weiß, was du denkst. So ist es nicht. Er hat mir nicht gesagt, dass ich's dir bringen soll. Ich hab selbst daran gedacht. Er weiß es nicht. Es ist kein Essen, das er dir schickt.» Er rührte sich nicht. Sein Gesicht war ruhig, wie aus Holz geschnitzt, und blickte zu der steilen Schräge der hölzernen Zimmerdecke hinauf. «Du hast heute nichts gegessen. Setz dich und iss. Er hat nicht gesagt, dass ich's dir bringen soll. Er weiß es nicht. Ich hab gewartet, bis er gegangen war, dann hab ich's selbst hergerichtet.»

Da setzte er sich auf. Unter ihren Blicken erhob er sich vom Bett und nahm das Tablett, trug es in die Ecke des Zimmers und kippte es um, sodass die Schüsseln und Speisen und alles, was darauf war, auf den Fußboden fielen. Dann kehrte er zum Bett zurück und trug das leere Tablett, als wäre es eine Monstranz und er der Träger, sein Chorgewand die abgeschnittene Unterwäsche, die für einen ausgewachsenen Mann gekauft worden war. Sie sah ihn jetzt nicht an, obwohl sie sich nicht bewegt hatte. Noch immer waren ihre Hände in die Schürze gerollt. Er ging wieder ins Bett und legte sich auf den Rücken, die Augen weit geöffnet und ruhig auf die Decke gerichtet. Er konnte ihren bewegungslosen Schatten sehen, formlos, ein wenig gekrümmt. Dann verschwand der Schatten. Er sah nicht hin, aber er hörte, wie sie in der Ecke kniete und die Scherben auf das Tablett sammelte. Dann verließ sie die Kammer. Danach war es ganz still. Die Lampe brannte gleichmäßig über dem geraden Docht; an der Wand waren die flirrenden Schatten der umherschwirrenden Nachtfalter so groß wie Vögel. Von draußen vor dem Fenster roch und fühlte er Dunkelheit, Frühling, die Erde.

Damals war er gerade acht. Erst Jahre später wusste das Gedächtnis, woran er sich erinnerte, Jahre nach diesem Abend, als er eine Stunde später vom Bett aufstand und zu der Ecke ging und sich dort so hinkniete, wie er zuvor auf dem Bettvorleger nicht gekniet hatte, und über dem misshandelten Essen kniete und mit den Händen aß, wie ein Wilder, wie ein Hund.

Es war die Zeit der Dämmerung; er hätte längst Meilen weiter auf dem Nachhauseweg sein sollen. Zwar hatte er an Samstagnachmittagen frei, doch war er nie zuvor zu so später Stunde so weit von zu Hause entfernt gewesen. Wenn er nach Hause kam, würde er verprügelt werden. Doch nicht für das, was er in seiner Abwesenheit getan oder nicht getan haben mochte. Wenn er nach Hause kam, würde er, auch wenn er keine Sünde begangen hatte, dieselbe Tracht Prügel bekommen, die er bekommen hätte, wenn McEachern ihn die Sünde hätte begehen sehen.

Doch vielleicht wusste er selbst noch nicht, dass er die Sünde nicht begehen würde. In der Dämmerung standen sie zu fünft ruhig zusammen, um die halb eingesunkene Einfahrt zu einem verlassenen Sägemühlenschuppen herum, nachdem sie aus einem hundert Meter entfernten Versteck beobachtet hatten, wie das Negermädchen hineinging, noch einmal zurückgeblickt hatte und dann verschwand. Einer der älteren Jungen hatte die Verabredung getroffen, und er ging als Erster hinein. Die anderen, alle in den gleichen Overalls, Jungen, die in einem Umkreis von drei Meilen lebten und ebenso wie der, den sie als Joe McEachern kannten, mit ihren vierzehn oder fünfzehn Jahren wie erwachsene Männer pflügen und melken und Holz hacken konnten, zogen unterdessen Strohhalme, um die Reihenfolge festzulegen. Vielleicht betrachtete er es nicht einmal als Sünde, bis er an den Mann dachte, der inzwischen zu Hause auf ihn wartete, denn für einen Vierzehnjährigen bestand die größte aller Sünden darin, öffentlich als Jungfrau verurteilt zu werden.

Er kam an die Reihe. Er trat in den Schuppen. Es war dunkel. Augenblicklich wurde er von einer schrecklichen Hast ergriffen. Etwas in ihm wollte nach draußen, an die Luft, wie immer dann, wenn er an die Zahnpasta denken musste. Doch er konnte sich nicht gleich rühren und stand da und roch die Frau, roch das Negerhafte, alles auf einmal; bedrängt von dem Negerweib und der Hast, getrieben, gezwungen zu warten, bis sie sprach: einen Laut, der ihn lenkte, kein bestimmtes Wort und ganz unbewusst. Dann glaubte er sie sehen zu können – etwas zu sehen, ausgestreckt, unterwürfig; vielleicht ihre Augen. Er beugte sich vor, und es war, als blickte er hinunter in einen schwarzen Brunnen, und auf dem Grund sah er zwei glitzernde Flecken, wie die Spiegelungen toter Sterne. Jetzt bewegte er sich, weil sein Fuß sie berührte. Dann berührte sein Fuß sie wieder, weil er sie trat. Er trat sie hart, trat in und durch ein unterdrücktes Wimmern der Überraschung und Angst. Sie fing an zu schreien, er riss sie hoch, packte sie am Arm und schlug auf sie ein, mit weit ausholenden, wilden Schlägen, schlug vielleicht auf ihre Stimme ein, traf jedoch ihr Fleisch, bedrängt von dem Negerweib und der Hast.

Dann floh sie unter seiner Faust, und auch er floh, rückwärts, als die anderen über ihn herfielen, ihn umkreisten, mit ihm rauften, nach ihm griffen, und er schlug zurück, sein Atem zischte vor Zorn und Verzweiflung. Dann war es das Männliche, was er roch, was sie alle rochen; irgendwo darunter wand sich das Weib, schrie. Sie trampelten und schwankten, schlugen auf alles ein, womit Hand oder Körper in Berührung kamen, bis sie alle in einem Haufen zu Boden gingen, er zuunterst. Doch er wehrte sich noch, kämpfte, weinte. Jetzt war da kein Weib mehr. Sie kämpften einfach; es war, als wäre ein Wind zwischen sie gefahren, hart und sauber. Sie hielten ihn jetzt am Boden fest, hielten ihn, dass er hilflos war. «Hörst du jetzt auf? Wir haben dich. Versprich, dass du jetzt aufhörst.»

«Nein», sagte er. Er wand sich, stemmte sich hoch.

«Hör auf, Joe! Du kannst nicht gegen uns alle kämpfen. Außerdem will keiner mit dir kämpfen.»

«Nein», sagte er keuchend, sich wehrend. Keiner von ihnen konnte sehen, sagen, wer wer war. Sie hatten das Mädchen völlig vergessen, vergessen, warum sie gekämpft hatten, falls sie es je gewusst hatten. Bei den anderen vieren war es einfach nur unwillkürlich gewesen, ein Reflex: der spontane Drang des Mannes, zu kämpfen – mit der Frau oder wegen der Frau oder um die Frau, mit der er gerade kopuliert hat oder zu kopulieren im Begriff ist. Doch keiner von ihnen wusste, warum er gekämpft hatte. Und er hätte es ihnen nicht sagen können. Sie hielten ihn am Boden fest und sprachen miteinander mit leisen, beklommenen Stimmen.

«Geht ihr dahinten aus dem Weg. Dann lassen wir andern ihn alle auf einmal los.»

«Wer hat ihn denn? Wen hab ich hier?»

«Hier; lass los. Jetzt warte: Hier ist er. Ich und –» Wieder begann das Rangeln und Ringen aller. Wieder hielten sie ihn. «Wir haben ihn hier. Lasst ihn los und rennt raus. Macht uns Platz.»

Zwei von ihnen standen auf und wichen zurück, zur Tür. Dann war es, als schössen die beiden anderen in einer Explosion aus der Erde auf, aus dem von Dämmerlicht erfüllten Schuppen, und dann liefen sie auch schon. Joe schlug nach ihnen, sobald er frei war, aber sie hatten sich schon in Sicherheit gebracht. Auf dem Rücken liegend, beobachtete er, wie die vier in der Dämmerung weiterliefen, langsamer wurden, sich umdrehten und zurückblickten. Er stand auf und trat aus dem Schuppen. Er stand in der Tür und klopfte sich den Staub ab, auch das eine rein unwillkürliche Bewegung, während die anderen in geringer Entfernung still beieinanderhockten und zu ihm zurückblickten. Er sah nicht zu ihnen hin. In seinem Overall, dämmergrau im Dämmerlicht, ging er weiter. Inzwischen war es spät. Der Abendstern war hell und üppig wie eine Jasminblüte. Er sah sich nicht ein einziges Mal um. Er ging weiter, verblasste, wie ein Phantom; die vier Jungen, die ihm nachsahen, hockten ruhig beieinander, ihre Gesichter klein und blass in der Dämmerung. Aus der Gruppe rief plötzlich eine Stimme laut:

«Heee!» Er sah sich nicht um. Eine zweite Stimme, die leise, deutlich über die Entfernung trug, sagte ruhig: «Wir sehen uns morgen in der Kirche, Joe.» Er antwortete nicht. Er ging weiter. Hin und wieder strich er mit den Händen mechanisch über seinen Overall.

Als sein Zuhause vor ihm in Sicht kam, war alles Licht im Westen geschwunden. Auf der Weide hinter der Scheune war eine Quelle: ein Grüppchen Weiden, in der Dunkelheit zu riechen und zu hören, aber nicht zu sehen. Als er näher kam, brach das Quaken der jungen Frösche ab, als wären ebenso viele Saiten gleichzeitig mit Scheren durchtrennt worden. Er kniete sich hin: Es war so dunkel, dass er nicht einmal die Silhouette seines eigenen Kopfes erkennen konnte. Er benetzte sein Gesicht, sein geschwollenes Auge. Er ging weiter, quer über die Weide auf das Küchenlicht zu. Es schien ihn zu beobachten, abwartend und bedrohlich, wie ein Auge.

Als er zum Zaun des Grundstücks kam, blieb er stehen und sah zu dem Licht im Küchenfenster hinüber. Eine Weile stand er, am Zaun lehnend, da. Das Gras war laut, belebt von Grillen. Vor der taugrauen Erde und den dunklen Bändern der Bäume tanzten und erloschen Leuchtkäfer, erratisch und zufällig. Eine Spottdrossel sang in dem Baum neben dem Haus. Hinter ihm, in dem Gehölz hinter der Quelle, pfiffen zwei Ziegenmelker. Dahinter, wie hinter einem endgültigen sommerlichen Horizont, heulte ein Hund. Dann stieg er über den Zaun und sah jemanden ganz regungslos in der Tür zum Stall sitzen, in dem die beiden Kühe warteten, die er noch nicht gemolken hatte.

Er erkannte McEachern ohne Überraschung, wie es schien, als wäre die ganze Situation absolut logisch und vernünftig und unausweichlich. Vielleicht dachte er in dem Augenblick, dass er und der Mann immer aufeinander zählen, sich aufeinander verlassen konnten, dass allein die Frau unberechenbar war. Vielleicht sah er keinerlei Widersinn darin, dass er, der die Kardinalsünde, wie McEachern es betrachten würde, hätte begehen können, aber davor zurückgestreckt war, nun gleich genauso bestraft werden würde, als hätte er sie begangen. McEachern stand nicht auf. Er saß still, stur und wie ein Fels da, sein Hemd ein weißer Fleck im schwarzen Gähnen der Tür. «Ich hab gemolken und gefüttert», sagte er. Dann stand er auf, bedächtig. Vielleicht wusste der Junge, dass er den Riemen schon in der Hand hielt. Der Riemen hob und senkte sich, bedächtig, abgezählt, mit bedächtigem, kurzem Knallen. Der Körper des Jungen hätte aus Holz oder Stein sein können, ein Pfosten oder ein Turm, auf dem der empfindende Teil seines Ichs sinnend saß wie ein Eremit, kontemplativ, in Ekstase und Selbstkasteiung entrückt.

Auf dem Weg zur Küche gingen sie Seite an Seite. Als das Licht vom Fenster auf sie fiel, blieb der Mann stehen, wandte sich zu ihm und beugte sich spähend vor. «Gekämpft?», sagte er. «Worum ging's?»

Der Junge antwortete nicht. Sein Gesicht war ganz still, gefasst. Nach einer Weile antwortete er. Seine Stimme war ruhig, kalt. «Nichts.»

Sie standen da. «Heißt das, du kannst es nicht sagen oder du willst es nicht sagen?» Der Junge antwortete nicht. Er blickte nicht zu Boden. Er blickte auf gar nichts Bestimmtes. «Also, wenn du es nicht weißt, bist du ein Dummkopf. Und wenn du's nicht sagen willst, dann bist du ein Lump gewesen. Warst du bei einer Frau?»

«Nein», sagte der Junge. Der Mann sah ihn an. Als er sprach, klang seine Stimme nachdenklich.

«Du hast mich nie belogen. Das heißt, soweit ich weiß.» Er sah den Jungen an, das stille Profil. «Mit wem hast du gekämpft?»

«Es waren mehrere.»

«Ah», sagte der Mann. «Du hast deine Spuren an ihnen hinterlassen, hoffe ich.»

«Ich weiß nicht. Ich nehm's an.»

«Ah», sagte der Mann. «Geh, wasch dich. Das Abendessen ist fertig.»

Als er an diesem Abend zu Bett ging, war er entschlossen wegzulaufen. Er kam sich wie ein Adler vor: hart, genügsam, mächtig, unbarmherzig, stark. Doch das ging vorüber, obwohl er damals nicht wusste, dass ihm, wie dem Adler, sein eigenes Fleisch wie auch aller Raum noch immer ein Käfig waren.

Zwei Tage lang bemerkte McEachern das Fehlen der Färse nicht. Dann fand er den neuen Anzug, der in der Scheune versteckt war; er untersuchte ihn und stellte fest, dass er nicht getragen war. Er fand den Anzug am Vormittag. Aber er verlor kein Wort darüber. Am Abend kam er in die Scheune, wo Joe beim Melken war. Wie der Junge da auf dem Melkschemel saß, den Kopf in die Flanke der Kuh gedrückt, war sein Körper jetzt, wenigstens der Größe nach, der eines Mannes. Doch McEachern sah das nicht. Wenn er überhaupt etwas sah, dann das Kind, das Waisenkind von fünf Jahren, das an jenem Dezemberabend vor zwölf Jahren mit der stillen, aufmerksamen, unbeteiligten Passivität eines Tiers auf der Bank seines Buggys gesessen hatte. «Ich sehe deine Färse nicht», sagte McEachern. Joe antwortete nicht. Er beugte sich über den Eimer, über das gleichmäßige Zischen der Milch. McEachern stand hinter und über ihm und blickte auf ihn hinunter. «Ich sagte, deine Färse ist nicht mit raufgekommen.»

«Ich weiß», sagte Joe. «Ich nehm an, sie ist unten am Bach. Ich werd mich um sie kümmern, sie gehört schließlich mir.»

«Ah», sagte McEachern. Er hatte die Stimme nicht erhoben. «Der Bach bei Nacht, da gehört eine Kuh, die fünfzig Dollar wert ist, nicht hin.»

«Dann ist es mein Verlust», sagte Joe. «Es war meine Kuh.»

«War?», sagte McEachern. «Sagtest du, *war* meine Kuh?»

Joe sah nicht auf. Zwischen seinen Fingen zischte die Milch gleichmäßig in den Eimer. Er hörte, wie McEachern sich hinter ihm bewegte. Doch Joe sah sich nicht um; erst als keine Milch mehr kam, drehte er sich um. McEachern saß auf einem Holzklotz bei der Tür. «Du bringst besser erst die Milch ins Haus», sagte er.

Joe stand auf, der Eimer hing schwingend an seiner Hand. Seine Stimme klang trotzig, wenn auch ruhig. «Ich suche sie morgen früh.»

«Bring die Milch ins Haus», sagte McEachern. «Ich warte hier auf dich.»

Einen Moment noch stand Joe da. Dann ging er. Er trat ins Freie und ging hinüber zur Küche. Mrs. McEachern kam herein, als er den Eimer auf den Tisch stellte. «Das Abendessen ist fertig», sagte sie. «Ist Mr. McEachern schon ins Haus gekommen?»

Joe wandte sich ab, wieder zur Tür. «Er kommt gleich», sagte er. Er spürte, dass die Frau ihn beobachtete. In einem vorsichtigen, besorgten Ton sagte sie:

«Du hast gerade noch Zeit, dich zu waschen.»

«Wir sind gleich da.» Er ging zurück zur Scheune. Mrs. McEachern kam an die Tür und sah ihm nach. Es war noch nicht ganz dunkel, und sie konnte ihren Mann im Scheunentor stehen sehen. Sie rief nicht. Sie stand einfach nur da und beobachtete, wie die beiden Männer aufeinandertrafen. Sie konnte nicht verstehen, was sie sagten.

«Sie ist unten am Bach, sagst du?», sagte McEachern.

«Ich sagte, da könnte sie sein. Die Weide ist ziemlich groß.»

«Ah», sagte McEachern. Beider Stimmen waren leise. «Wo, meinst du, wird sie sein?»

«Ich weiß nicht. Ich bin keine Kuh. Ich weiß nicht, wo sie sein könnte.»

McEachern setzte sich in Bewegung. «Wir gehen und sehen nach», sagte er. Einer hinter dem anderen betraten sie die Weide. Der Bach war eine Viertelmeile entfernt. Vor dem dunklen Band der Bäume, wo er floss, blinkten Leuchtkäferchen und erloschen. Die beiden kamen zu den Bäumen. Die Stämme waren umwuchert von sumpfigem Gebüsch, das selbst bei Tage schwer zu durchdringen war. «Ruf sie», sagte McEachern. Joe sagte nichts. Er bewegte sich nicht. Sie standen sich gegenüber.

«Es ist meine Kuh», sagte Joe. «Sie haben Sie mir geschenkt. Ich hab sie großgezogen, damals war sie noch ein Kalb, Sie haben sie mir geschenkt, sie sollte mir gehören.»

«Ja», sagte McEachern. «Ich hab sie dir geschenkt. Um dich Verantwortung für Besitz und Eigentum, die Verantwortung des Besitzens zu lehren. Die Verantwortung des Besitzers für das, was er mit Gottes Billigung besitzt. Um dich Voraussicht und Mehrung des Besitzes zu lehren. Ruf sie.»

Eine Weile noch standen sie sich gegenüber. Vielleicht sahen sie einander an. Dann drehte Joe sich um und ging an dem sumpfigen Gelände entlang, McEachern folgte ihm. «Warum rufst du sie nicht?» Joe antwortete nicht. Er schien das Sumpfgelände, den Bach gar nicht im Blick zu haben. Im Gegenteil, sein Blick war auf das einzelne Licht gerichtet, das das Haus bezeichnete, immer wieder sah er dorthin zurück, als wollte er seine Entfernung von dort abschätzen. Sie gingen nicht schnell, doch schließlich kamen sie an den Grenzzaun, der das Ende der Weide kennzeichnete. Inzwischen war es ganz dunkel. Als sie den Zaun erreichten, drehte Joe sich um und blieb stehen. Jetzt sah er den anderen an. Wieder standen sie einander gegenüber. Dann sagte McEachern: «Was hast du mit der Färse gemacht?»

«Ich hab sie verkauft», sagte Joe.

«Ah. Du hast sie verkauft. Und was hast du für sie bekommen, wenn ich fragen darf?»

Beide konnten die Gesichtszüge des jeweils anderen jetzt nicht mehr erkennen. Sie waren nur noch Schatten, fast von der gleichen Größe, nur dass McEachern breiter war. Über dem weißen Fleck seines Hemds ähnelte McEacherns Kopf einer der marmornen Kanonenkugeln auf Bürgerkriegsdenkmälern. «Es war meine Kuh», sagte Joe. «Wenn es nicht meine war, warum haben Sie mir dann gesagt, dass es meine wäre? Warum haben Sie sie mir geschenkt?»

«Du hast ganz recht. Sie gehörte dir. Ich habe dich noch nicht dafür gescholten, dass du sie verkauft hast, vorausgesetzt du hast einen guten Preis für sie bekommen. Und selbst wenn du bei dem Handel übervorteilt worden bist, was bei einem Jungen von achtzehn Jahren nicht verwunderlich wäre, werde ich dich auch dafür nicht schelten. Obwohl du besser den Rat eines Älteren, der sich in der Welt auskennt, eingeholt hättest. Aber du musst lernen, so wie ich es auch musste. Ich frage dich nur: Was hast du mit dem Geld gemacht, damit es sicher aufbewahrt ist?» Joe antwortete nicht. Sie standen einander gegenüber. «Du hast es womöglich deiner Pflegemutter gegeben, dass sie es für dich aufhebt?»

«Ja», sagte Joe. Sein Mund sagte es, brachte die Lüge hervor. Er hatte nicht die Absicht gehabt, überhaupt zu antworten. Mit entsetztem Erstaunen hörte er seinen Mund das Wort sagen. Dann war es zu spät. «Ich hab's ihr gegeben, damit sie es verwahrt», sagte er.

«Ah», sagte McEachern. Er seufzte; es war ein fast luxuriöser Laut, ein Laut der Befriedigung und des Siegs. «Und zweifellos wirst du auch sagen, dass deine Pflegemutter den neuen Anzug gekauft hat, den ich versteckt auf dem Scheunenboden gefunden habe. Du hast alle anderen Sünden, deren du fähig bist, an den Tag gelegt: Trägheit und Undankbarkeit, Unehrerbietigkeit und Gotteslästerung. Und jetzt habe ich dich bei den restlichen beiden ertappt: Lügen und Unzucht. Denn wozu sonst willst du einen neuen Anzug haben, wenn nicht, um zu huren?» Und dann gestand er sich ein, dass das Kind, das er vor zwölf Jahren adoptiert hatte, ein Mann geworden war: Er sah ihn an, fast berührten sich ihre Zehenspitzen, und er schlug Joe mit der Faust.

Joe nahm die ersten beiden Schläge hin, vielleicht aus Gewohnheit, vielleicht weil er überrascht war. Aber er nahm sie hin, spürte, wie die harte Faust des Mannes zweimal krachend in sein Gesicht fuhr. Dann sprang er zurück, duckte sich, leckte sich das Blut ab und keuchte. Sie starrten einander an. «Schlagen Sie mich nicht noch einmal», sagte er.

Später, als er kalt und starr in seinem Bett im Dachgeschoss lag, hörte er durch das enge Treppenhaus ihre Stimmen unten im Zimmer.

«Ich hab ihn für ihn gekauft!», sagte Mrs. McEachern. «Hab ich! Ich hab ihn von meinem Buttergeld gekauft. Du hast gesagt, ich könnte es haben ... könnte es ausgeben – Simon! Simon!»

«Du bist noch plumper im Lügen als er», sagte der Mann. Seine Stimme, gemessen, harsch, ohne Erregung, drang durch das enge Treppenhaus herauf zu Joe, der im Bett lag. Er hörte nicht zu. «Knie nieder. Knie nieder. KNIE NIEDER, FRAU. Gott musst du um Gnade und Vergebung bitten, nicht mich.»

Sie hatte sich immer bemüht, freundlich zu ihm zu sein, von dem ersten Dezemberabend vor zwölf Jahren an. Sie hatte auf der Veranda gewartet – ein geduldiges, niedergedrücktes Wesen ohne Geschlechtsmerkmale, außer dem ordentlich gedrehten Knoten ergrauenden Haars und dem Rock –, als der Buggy vorfuhr. Statt dass sie, wie man hätte annehmen können, von dem erbarmungslosen und bigotten Mann auf subtile Weise zerschlagen und zu etwas korrumpiert worden war, das über sein Wollen und ihr Wissen hinausging, war es so, als wäre sie mit Hartnäckigkeit immer noch dünner ausgehämmert worden wie ein passives, fühllos formbares Metall, bis zur Ausdünnung ihrer dumpfen Hoffnungen und enttäuschten Wünsche, die nun leblos und blass wie kalte Asche waren.

Als der Buggy hielt, trat sie vor, als hätte sie das alles schon geplant, geübt: wie sie ihn von der Bank herunterheben und ihn ins Haus tragen würde. Seit er groß genug war, um allein zu gehen, war er nie mehr von einer Frau getragen worden. Er entwand sich ihr und ging auf eigenen Füßen ins Haus, marschierte hinein, klein und unförmig in seiner Umhüllung. Sie folgte ihm, schwebte über ihm. Sie sorgte dafür, dass er sich setzte. Es war, als umschwebte sie ihn mit angespannter Wachsamkeit, mit einer verdutzten und wachsamen Miene, und wartete nur darauf, wieder beizuspringen und zu versuchen, dass er und sie alles so machten, wie sie es geplant hatte. Sie kniete sich vor ihm hin und machte sich daran, ihm die Schuhe auszuziehen, bis er merkte, was sie vorhatte. Er schob ihre Hände weg und zog sich selbst die Schuhe aus, stellte sie aber nicht auf den Fußboden. Er behielt sie in der Hand. Sie zog ihm die Strümpfe aus und holte dann eine Schüssel mit heißem Wasser herbei, holte sie so schnell, dass jeder außer einem Kind gewusst hätte, dass sie es wahrscheinlich den ganzen Tag bereitgehalten hatte. Da sprach er zum ersten Mal. «Ich hab mich gestern erst gewaschen», sagte er.

Sie antwortete nicht. Sie kniete vor ihm nieder, während er auf ihren Scheitel blickte und auf ihre Hände, die sich ein wenig ungeschickt an seinen Füßen zu schaffen machten. Er machte jetzt keinen Versuch, ihr zu helfen. Er wusste nicht, was sie vorhatte, auch dann nicht, als er dasaß, mit seinen kalten Füßen im warmen Wasser. Er wusste nicht, dass das alles war, weil es sich zu gut anfühlte. Er wartete darauf, dass der Rest begann, der Teil, der nicht angenehm sein würde, was immer es sein mochte. So etwas war ihm noch nie widerfahren.

Später brachte sie ihn zu Bett. Seit fast zwei Jahren hatte er sich selbst angezogen und ausgezogen, unbeaufsichtigt und ohne Unterstützung, außer gelegentlich von der einen oder anderen Alice. Er war schon zu müde, um sofort einzuschlafen, und jetzt war er verwirrt und wurde unruhig und wartete darauf, dass sie hinausging, damit er schlafen könnte. Sie ging aber nicht hinaus. Stattdessen zog sie sich einen Stuhl ans Bett und setzte sich. In der Kammer war kein Feuer; es war kalt. Sie hatte sich jetzt ein Tuch um die Schultern gelegt, in das sie sich schmiegte, und ihr Atem stieg in Dampfwölkchen auf, als ob sie rauchte. Und er wurde jetzt hellwach. Er wartete darauf, dass das begann, was ihm nicht gefallen würde, was immer es sein mochte, was immer er getan hatte. Er wusste nicht, dass dies alles war. So etwas war ihm noch nie widerfahren.

An diesem Abend begann es. Er glaubte, so würde es sein ganzes Leben lang weitergehen. Mit siebzehn konnte er, wenn er zurückblickte, die lange Reihe trivialer, unbeholfener, vergeblicher Anstrengungen sehen, alle aus Enttäuschung und Unsicherheit und dumpfem Instinkt geboren: die Speisen, die sie ihm heimlich zubereitete, um dann darauf zu bestehen, dass er sie, ebenfalls heimlich, annahm und aß, obwohl er sie nicht wollte und obwohl er wusste, dass es McEachern sowieso gleichgültig war; die vielen Male, wenn sie sich, wie an diesem Abend, zwischen ihn und die Strafe stellen wollte, die, ob verdient oder nicht, gerecht oder ungerecht, unpersönlich war und die sowohl der Mann als auch der Junge als eine natürliche und unausweichliche Tatsache hinnahmen, bis sie sich in den Weg stellte und der Strafe unweigerlich einen Geruch, eine Ausdünnung, einen Nachgeschmack gab.

Manchmal kam ihm der Gedanke, dass er es ihr, wenn sie allein waren, sagen sollte. Damit sie, die es in ihrer Hilflosigkeit weder ändern noch übersehen konnte, es wusste und genötigt war, es vor dem Mann zu verbergen, dessen jähe und vorhersehbare Reaktion auf das Wissen es als Faktor in ihren Beziehungen so vollständig auslöschen würde, dass es nie wieder zum Vorschein käme. Ihr wollte er heimlich sagen, als heimlichen Lohn für die heimlichen Speisen, die er nicht gewollt hatte: «Hören Sie. Er sagt, er hat einen Gotteslästerer und einen Undankbaren großgezogen. Sagen Sie ihm meinetwegen, wen er wirklich großgezogen hat. Dass er einen Nigger unter seinem Dach großgezogen hat, mit seinem eigenen Essen, an seinem eigenen Tisch.»

Denn sie war immer freundlich zu ihm gewesen. Der Mann, der harte, gerechte, erbarmungslose Mann verließ sich lediglich darauf, dass er, Joe, auf bestimmte Weise handelte und dafür die ebenso bestimmte Belohnung oder Bestrafung hinnahm, so wie umgekehrt er sich darauf verlassen konnte, dass der Mann auf bestimmte Art und Weise auf bestimmte seiner Taten und Untaten reagierte. Es war die Frau, die mit der Neigung und dem Gespür der Frau für Heimlichkeiten die trivialsten und unschuldigsten Handlungen mit einer leichten Tönung des Bösen überzog. Hinter einem losen Brett in der Wand seiner Dachkammer hatte sie in einer Blechdose einen kleinen Vorrat Geldes gehortet. Es war eine unbedeutende Summe, und augenscheinlich war es für niemanden ein Geheimnis, außer für ihren Mann, dem es, wie der Junge glaubte, gleichgültig gewesen wäre. Für ihn dagegen war es nie ein Geheimnis gewesen. Selbst als er noch ein Kind war, hatte sie ihn oft mitgenommen, wenn sie mit all der angespannten und geheimnistuerischen Vorsicht eines spielenden Kindes zum Dachboden hinaufgeschlichen war und dem Vorrat ein paar mickrige und seltene und schreckliche Nickel und Dimes hinzufügte (von welchen kleinen Tricks und Täuschungen sie herrührten, wo doch niemand unter der Sonne sie daran gehindert hätte, wusste er nicht), indem sie vor seinen runden ernsten Augen in die Dose Münzen steckte, deren Wert er nicht einmal kannte. Sie war es, die ihm vertraute, die darauf bestand, ihm Vertrauen zu schenken, so wie sie darauf bestand, dass er aß: in einem Akt der Verschwörung, insgeheim, indem sie aus der Tatsache, die der Akt des Vertrauens veranschaulichen sollte, ein Geheimnis machte.

Nicht die harte Arbeit war ihm verhasst, auch nicht die Bestrafung und die Ungerechtigkeit. Daran war er schon gewöhnt, ehe er der beiden ansichtig wurde. Er erwartete nichts anderes, und so war er weder empört noch überrascht. Vielmehr war es die Frau: die weiche Freundlichkeit, der er, wie er glaubte, auf ewig ausgeliefert sein würde und die er mehr hasste als die harte und erbarmungslose Gerechtigkeit der Männer. ‹Sie will mich zum Weinen bringen›, dachte er, während er kalt und starr, die

Hände unter dem Kopf, in seinem Bett lag und das Mondlicht quer über seinen Körper fiel, und er hörte das stete Murmeln der Stimme des Mannes, wie es durch das Treppenhaus die erste Stufe zum Himmel erklomm. ‹Sie wollte mich zum Weinen bringen. Dann, denkt sie, haben sie mich für immer.›

VIII

Mit leisen Bewegungen holte er das Seil aus dem Versteck. Das eine Ende war schon vorbereitet, sodass es sich schnell innen am Fenster befestigen ließ. Inzwischen konnte er im Nu nach unten gelangen und wieder nach oben; inzwischen konnte er, nachdem er über ein Jahr geübt hatte, Hand über Hand an dem Seil nach oben klettern, ohne ein einziges Mal die Mauer des Hauses zu berühren, schattenhaft und behände wie eine Katze. Er beugte sich aus dem Fenster und ließ das freie Ende nach unten wispern. Im Mondlicht sah es so fragil aus wie ein Spinnenfaden. Dann, nachdem er seine Schuhe zusammengebunden und hinten an den Gürtel gehängt hatte, glitt er an dem Seil hinunter, schnell wie ein Schatten an dem Fenster vorbei, wo die alten Leute schliefen. Das Seil hing direkt vor ihrem Fenster. Er zog es straff seitwärts, sodass es flach an der Hauswand lag, und befestigte es. Dann ging er durch das Mondlicht zum Stall und stieg zum Heuboden hinauf und nahm den neuen Anzug aus dem Versteck. Der Anzug war sorgfältig in Papier eingewickelt. Ehe er ihn auswickelte, betastete er die Knicke im Papier. ‹Er hat ihn gefunden›, dachte er. ‹Er weiß.› Und laut sagte er, wispernd: «Der Dreckskerl. Der Hundesohn.»

Schnell zog er sich im Dunkeln um. Er war spät dran, denn er hatte ihnen Zeit geben müssen, damit sie einschliefen nach all dem Aufruhr um die Färse und dem Aufruhr, den die Frau gestiftet hatte, weil sie sich eingemischt hatte, als alles schon vorbei, geklärt war – wenigstens für den Abend. In dem Bündel waren auch ein weißes Hemd und ein Schlips. Er steckte sich den Schlips in die Tasche, aber das Jackett zog er an, damit das weiße Hemd im Mondlicht nicht so sichtbar war. Er kletterte hinunter und trat aus der Scheune nach draußen. Nach seinem weichen, oft gewaschenen Overall fühlte sich der neue Stoff des Anzugs schwer und hart an. Das Haus hockte breit im Mondlicht, dunkel, unergründlich, ein bisschen trügerisch. Es war, als hätte das Haus im Mondlicht Persönlichkeit angenommen: bedrohlich, heimtückisch. Er ging daran vorbei und kam zu dem Weg. Er zog seine Ein-Dollar-Uhr aus der Tasche. Er hatte sie vor drei Tagen von einem Teil des Geldes gekauft. Aber er hatte noch nie eine Uhr besessen, und so hatte er vergessen, sie aufzuziehen. Doch brauchte er die Uhr nicht, um zu wissen, dass er spät dran war.

Der Weg führte geradeaus unter dem Mondlicht und war zu beiden Seiten von Bäumen gesäumt; die Schatten der Zweige lagen schwer und scharf umrissen wie schwarze Farbe auf dem leichten Staub. Er schritt aus, das Haus lag jetzt hinter ihm, und er selbst war vom Haus aus nicht mehr zu sehen. Der Weg stieß nicht weit entfernt auf die Straße. Er erwartete, jeden Moment das Auto vorbeifahren zu sehen, denn er hatte ihr gesagt, wenn er nicht an der Einmündung des Weges wartete, würde er sie beim Schulhaus treffen, wo der Tanz stattfand. Doch kein Auto fuhr vorbei, und als er zur Straße kam, hörte er nichts. Die Straße, die Nacht, alles war leer. ‹Vielleicht ist sie schon vorbeigefahren›, dachte er. Wieder nahm er die stehengebliebene Uhr heraus und sah darauf. Die Uhr war stehengeblieben, weil er keine Gelegenheit gehabt hatte, sie aufzuziehen. Er hatte sich wegen der beiden verspätet, sie hatten ihm keine Gelegenheit gegeben, die Uhr aufzuziehen und so zu wissen, ob er spät dran war oder nicht. Am anderen Ende des dunklen Weges, in dem nun unsichtbaren Haus, lag jetzt schlafend die Frau, nachdem sie alles dazu getan hatte, dass er spät dran war. Er blickte zurück, den Weg entlang; dann hielt er mitten im Blicken und Denken inne, Verstand und Körper wie vom selben Schalter gesteuert, weil er zwischen den Schatten auf dem Weg eine Bewegung gesehen zu haben glaubte. Dann dachte er, er habe vielleicht doch nichts gesehen, dass es vielleicht ein Gedanke in seinem Kopf gewesen war, wie ein auf eine Mauer geworfener Schatten. ‹Aber ich hoffe, er ist es›, dachte er. ‹Ich wünschte, er wäre es. Ich wünschte, er würde mir folgen und sehen, wie ich in das Auto steige. Ich wünschte, er würde versuchen, uns zu folgen. Ich wünschte, er würde versuchen, mich aufzuhalten.› Doch er konnte nichts auf dem Weg sehen. Der Weg war leer, mit trügerischen Schatten hier und da. Dann hörte er von weit her auf der Straße in Richtung der Stadt das Geräusch des Autos. Er hob den Blick, und im nächsten Moment sah er das grelle Licht der Scheinwerfer.

Sie war Kellnerin in einem kleinen, schmuddeligen Restaurant in einer ärmlichen Seitenstraße der Stadt. Dem Erwachsenen verriet selbst ein flüchtiger Blick, dass sie die dreißig längst überschritten hatte. Doch in Joes Augen sah sie, weil sie so zierlich war, wahrscheinlich nicht älter als ebenfalls siebzehn aus. Nicht nur war sie nicht groß, sie war auch schmächtig, fast wie ein Kind. Doch der Blick des Erwachsenen erkannte, dass die Zierlichkeit keine natürliche Schlankheit war, sondern Folge einer inneren Verderbtheit des Geistes: eine Schlankheit, die nie jung gewesen war, in deren Körperformen nie auch nur ein Hauch von Jugendlichkeit lebendig gewesen war oder geschlummert hatte. Ihr Haar war dunkel. In ihrem Gesicht waren die Knochen stark ausgeprägt, es war immer gesenkt, als säße der Kopf ein wenig versetzt auf dem Hals. Ihre Augen waren wie die Knopfaugen eines Spielzeugtiers: eine Eigenschaft noch jenseits von Härte, ohne dass sie hart gewesen wären.

Nur ihrer Zierlichkeit wegen hatte er sich überhaupt an sie herangewagt, als hätte diese Zierlichkeit sie vor den begehrlichen, räuberischen Blicken der meisten Männer schützen sollen oder tatsächlich schützen können und seine Chancen verbessert. Wäre sie eine stattliche Frau gewesen, hätte er sich nicht getraut. Er hätte gedacht: ‹Es hat keinen Zweck. Sie hat bestimmt schon einen Kerl, einen Mann.›

Es fing in dem Herbst an, als er siebzehn war. Es war an einem Tag mitten in der Woche. Gewöhnlich kamen sie an einem Samstag in die Stadt und brachten sich ihr eigenes Essen mit – kaltes Essen in einem Korb, der zu diesem Zweck gekauft worden war und benutzt wurde –, weil sie die Absicht hatten, den ganzen Tag in der Stadt zu verbringen. An jenem Tag wollte McEachern einen Rechtsanwalt aufsuchen und hatte vor, die Angelegenheit schnell zu erledigen und rechtzeitig zum Essen wieder zu Hause zu sein. Doch es war fast zwölf Uhr, als er auf die Straße trat, wo Joe auf ihn wartete. Er sah gerade auf seine Taschenuhr, als er in Joes Blickfeld kam. Dann blickte er zu der öffentlichen Uhr am Gerichtsgebäude hinauf, dann zur Sonne, und sein Gesichtsausdruck war aufgebracht und empört. Er sah Joe mit demselben Ausdruck an, die offene Uhr in der Hand, die Augen kalt, gereizt. Zum ersten Mal schien er den Jungen, den er seit dessen Kindheit großgezogen hatte, prüfend und abwägend zu mustern. Dann wandte er sich um. «Komm mit», sagte er. «Jetzt ist es nicht mehr zu ändern.»

Die Stadt war ein Eisenbahnknotenpunkt. Selbst mitten in der Woche waren viele Männer auf den Straßen. Die ganze Atmosphäre hatte etwas Männliches, Flüchtiges: eine Bevölkerung, wo die Ehemänner nur zwischendurch und an Feiertagen zu Hause waren – eine Bevölkerung von Männern, die an entfernten Schauplätzen ein geheimes Leben führten und deren zeitweilige Anwesenheit begehrt war wie die von Zuschauern im Theater.

Joe hatte das Lokal, zu dem McEachern mit ihm ging, noch nie gesehen. Es war ein Restaurant in einer Seitenstraße – ein schmaler, schmuddeliger Eingang zwischen zwei schmuddeligen Fenstern. Im ersten Moment erkannte er nicht, dass es ein Restaurant war. Draußen war kein Schild, und weder bemerkte er Essensgerüche, noch hörte er Küchengeräusche. Was er sah, war eine lange Holztheke und davor aufgereiht lehnenlose Hocker, eine stattliche blonde Frau hinter einer Zigarrenvitrine am Anfang der Theke, und am fernen Ende eine Gruppe von Männern, die nicht aßen und die sich, als er und McEachern eintraten, alle wie ein Mann umdrehten und sie durch den Zigarettenrauch musterten. Keiner sagte auch nur ein Wort. Sie sahen McEachern und Joe einfach nur an, als hätte das Atmen mit dem Sprechen aufgehört, als hätte sogar der Zigarettenrauch aufgehört und schwebte nun ziellos aus eigenem Antrieb umher. Die Männer hatten keine Overalls an, alle trugen Hüte, und ihre Gesichter sahen alle gleich aus: nicht jung und nicht alt, weder Farmer noch Stadtleute. Sie sahen aus wie Menschen, die gerade aus dem Zug gestiegen waren und die morgen wieder abreisten, Leute, die keine feste Adresse hatten.

McEachern und Joe nahmen auf zwei Hockern an der Theke Platz und aßen. Joe aß schnell, weil McEachern schnell aß. Selbst beim Essen schien der Mann, wie er neben ihm saß, mit steifem Rücken Empörung auszudrücken. Was McEachern bestellt hatte, war einfach: schnell zubereitet und schnell gegessen. Aber Joe wusste, dass Sparsamkeit nicht der Grund dafür war. Womöglich waren sie aus Sparsamkeit hierher statt in ein anderes Lokal gegangen, doch er wusste, dass der Wunsch, schnell wieder zu gehen, die Wahl des Essens bestimmt hatte. Sobald er Messer und Gabel hingelegt hatte, sagte McEachern: «Komm», und rutschte schon von seinem Hocker herunter. An der Zigarrenvitrine bezahlte McEachern bei der Frau mit dem messingfarbenen Haar. Sie hatte etwas an sich, das die Zeit abwies: eine streitbare, diamantenharte Respektabilität. Sie hatte nicht einen einzigen Blick auf sie beide geworfen, nicht, als sie hereingekommen waren, und auch nicht, als McEachern ihr das Geld gab. Immer noch ohne sie anzusehen, gab sie das Wechselgeld heraus, korrekt und schnell, und schob die Münzen über die Glastheke, fast ehe McEachern ihr den Geldschein gegeben hatte; sie selbst, die hinter dem falschen Glanz des sorgfältig zurechtgemachten Haars, hinter dem sorgfältig zurechtgemachten Gesicht etwas Entschiedenes hatte, wie eine in Stein gehauene Löwin, die ein Portal bewacht, präsentierte Ehrbarkeit, wie einen Schild, hinter dem die zusammenhockenden, untätigen und dubiosen Männer ihre Hüte schräg seitwärts schieben und ihre Zigaretten schief im Mundwinkel hängen lassen konnten. McEachern zählte das Wechselgeld nach, und sie gingen hinaus auf die Straße. Wieder sah er Joe an. Er sagte: «Ich will, dass du dir dieses Lokal merkst. Es gibt Lokale in der Welt, in die ein Mann gehen kann, aber ein Junge, ein junger Mann in deinem Alter nicht. Dies ist so ein Lokal. Vielleicht hättest du da nie hineingehen sollen. Aber du musst dergleichen sehen, damit du weißt, was du meiden und scheuen sollst. Vielleicht war es gut, dass du's mit mir zusammen gesehen hast, weil ich es dir erklären und dich warnen konnte. Und das Essen dort ist billig.»

«Was ist denn damit?», fragte Joe.

«Das geht nur die Stadt etwas an, nicht dich. Du sollst dir nur meine Worte merken: Ich will nicht, dass du wieder dorthin gehst, außer wenn ich bei dir bin. Was nicht wieder vorkommen wird. Nächstes Mal bringen wir unser eigenes Essen mit, ob wir früh dran sind oder nicht.»

Das war es, was er an jenem Tag gesehen hatte, während er, neben dem unbeugsamen und still empörten Mann, rasch sein Essen verzehrte, sie beide gänzlich isoliert in der Mitte der langen Theke, mit der Frau mit dem Messinghaar am einen Ende und der Gruppe von Männern am andern, und die Kellnerin mit dem sittsam zu Boden gesenkten Gesicht und den großen, zu großen Händen, die Teller und Tassen hinstellten, während ihr Kopf nur so weit über die Theke ragte wie der eines hochgewachsenen Kindes. Dann waren er und McEachern gegangen. Er rechnete nicht damit, jemals wieder dorthin zu kommen. Das lag nicht daran, dass McEachern es ihm verboten hatte. Er glaubte nur nicht, dass sein Leben ihn je wieder dorthin führen würde. Es war, als hätte er sich gesagt: ‹Das sind nicht meine Leute. Ich sehe sie zwar, aber ich weiß nicht, was sie tun oder warum sie es tun. Ich höre sie, aber ich weiß nicht, was sie sagen, noch, warum oder zu wem sie es sagen. Ich weiß, dass es noch um etwas anderes geht als Mahlzeiten und Essen. Aber ich weiß nicht, worum. Und ich werde es auch nie wissen.›

So schwand es von der Oberfläche des Denkens. In den nächsten sechs Monaten kam er hin und wieder in die Stadt, doch sah er das Restaurant nicht wieder und kam auch nicht daran vorbei. Er hätte dort vorbeigehen können. Aber es kam ihm nicht in den Sinn. Vielleicht brauchte er es nicht. Öfter, als er vielleicht wusste, waren seine Gedanken plötzlich zu einem Bild zusammengeflossen, formend, geformt: die lange, nackte, irgendwie dubiose Theke mit der stillen, kaltgesichtigen, grellharigen Frau an einem Ende, als bewachte sie alles, und am andern die Männer, die mit zusammengesteckten Köpfen unablässig rauchten und ihre ständigen Zigaretten anzündeten und wegwarfen, und die Kellnerin, die Frau, kaum größer als ein Kind, die immer auf dem Weg zur Küche und zurück, die Arme mit Tellern beladen, jedes Mal in Berührungsnähe an den Männern vorbeigehen musste, die mit ihren seitwärts geschobenen Hüten an der Theke lehnten und sie durch den Zigarettenrauch ansprachen, ihr heiter oder übermütig etwas zuraunten, und das Gesicht der Frau, abwesend, sittsam zu Boden gesenkt, als hätte sie nichts gehört. ‹Ich weiß nicht einmal, was sie zu ihr sagen›, dachte er, und dachte dann *Ich weiß nicht einmal, dass sie Sachen zu ihr sagen, die Männer zu einem vorübergehenden Kind nicht sagen* und glaubte *Ich weiß auch noch nicht, dass im Moment des Einschlafens das sich schließende Augenlid innerhalb des Auges ihr sittsames, nachdenkliches Gesicht einsperrt, tragisch, traurig und jung; wartend, gefärbt von all dem vagen und ungeformten Zauber junger Sehnsucht. Dass da schon etwas ist, woran die Liebe sich nähren kann: dass ich im Schlaf jetzt weiß, warum ich vor drei Jahren das Negermädchen geschlagen und mich ihm verweigert habe, und dass auch sie es wissen muss und dass auch sie stolz sein muss, stolz vor Warten und vor Stolz*

Er erwartete also nicht, sie wiederzusehen, da Liebe bei jungen Leuten ebenso wenig Hoffnung wie Sehnsucht braucht, um sich zu nähren. Sehr wahrscheinlich war er von seinem Handeln und dem, was es bedeutete und offenbarte, ebenso überrascht, wie McEachern es gewesen wäre. Diesmal war es an einem Samstag, schon im Frühling. Er war achtzehn geworden. Wieder musste McEachern den Anwalt aufsuchen. Doch diesmal war er vorbereitet. «Ich werde eine Stunde dort sein», sagte er. «Du kannst umherspazieren und dir die Stadt ansehen.» Wieder sah er Joe an, hart, berechnend, wieder ein wenig irritiert, wie ein gerechter Mann, der zu einem Kompromiss zwischen Gerechtigkeit und Verurteilung gezwungen ist. «Hier», sagte er. Er öffnete seine Geldbörse und nahm eine Münze heraus. Es war ein Dime. «Vielleicht versuchst du, ihn nicht gleich zu verschleudern, wenn du jemanden triffst, der bereit ist, ihn zu nehmen. Es ist seltsam», sagte er gereizt, mit einem Blick auf Joe, «aber anscheinend ist es nicht möglich, dass ein Mann den Wert des Geldes schätzen lernt, ohne dass er zuvor gelernt hat, es zu verschwenden. Du bist in einer Stunde wieder hier.»

Der Junge nahm die Münze und ging direkt zu dem Restaurant. Er steckte die Münze gar nicht erst in die Hosentasche. Er handelte ohne Plan oder Vorsatz, fast ohne Willen, als bestimmten seine Füße sein Handeln und nicht sein Kopf. Er hielt den Dime, heiß und klein, mit der Hand umschlossen, wie ein Kind es tun würde. Ungeschickt, leicht stolpernd, trat er durch die Fliegengittertür. Die blonde Frau hinter der Zigarrenvitrine (es war, als hätte sie sich in den sechs Monaten nicht vom Fleck gerührt, nicht eine einzige Strähne ihres harten messinggelben gerippten Haars anders gelegt, noch gar ihr Kleid gewechselt) beobachtete ihn. Vom hinteren Ende der Theke her beobachteten ihn die Männer mit ihren seitwärts geschobenen Hüten und ihren Zigaretten und ihrem Barbierladengeruch. Der Inhaber war unter ihnen. Joe bemerkte den Inhaber, sah ihn zum ersten Mal. Wie die anderen Männer trug auch der Inhaber einen

Hut und rauchte. Er war kein großer Mann, nicht viel größer als Joe, eine Zigarette hing ihm im Mundwinkel, damit sie ihn, so schien es, beim Sprechen nicht störte. Von diesem Gesicht, zusammengekniffen und ruhig hinter dem sich kräuselnden Rauch der Zigarette, die nicht ein einziges Mal mit der Hand berührt wurde, bis sie aufgeraucht war und ausgespuckt und unter einem Absatz zertreten wurde, sollte Joe sich eine seiner eigenen Angewohnheiten abgucken. Doch nicht jetzt. Das sollte später kommen, als das Leben sich so sehr beschleunigt hatte, dass Hinnehmen an die Stelle von Glauben und Wissen trat. Jetzt betrachtete er nur den Mann, der hinter der Theke stand und sich darauf stützte, mit schmutziger Schürze, die er so trug, wie ein Wegelagerer sich für den Moment einen falschen Bart ankleben mochte. Das Hinnehmen sollte später kommen, zusammen mit der ganzen Skala von äußerster Empörung bis zu Leichtgläubigkeit: das Hinnehmen dieser beiden Menschen als Ehemann und Ehefrau, des Etablissements als Speiselokal, der nacheinander importierten Kellnerinnen, die billige Gerichte einfachen Essens ungeschickt auftrugen, alles zur Rechtfertigung des Geschäfts, und er selbst, der das alles hinnahm, der es akzeptierte, während seiner kurzen und wilden freien Stunde, wie ein junger Hengst in einem Zustand ungläubigen und ekstatischen Erstaunens auf einer verborgenen Weide müder, professioneller Mähren, er selbst wiederum das Opfer namenloser und ungezählter Männer.

Doch so weit war es noch nicht. Den Dime umklammernd, trat er an die Theke. Er meinte, die Männer hätten allesamt aufgehört zu reden, um ihn zu beobachten, denn er hörte jetzt nichts außer einem bösartigen Zischen von jenseits der Küchentür und dachte *Sie ist da drinnen. Deshalb sehe ich sie nicht* Er schob sich auf einen Hocker. Er glaubte, alle beobachteten ihn. Er glaubte, die blonde Frau hinter der Zigarrenvitrine sähe ihn an, und der Inhaber auch, vor dessen Gesicht der sich träge ausbreitende Zigarettenrauch jetzt ganz still verharrte. Dann sprach der Inhaber ein einzelnes Wort. Joe wusste, dass er sich weder bewegt noch seine Zigarette berührt hatte. «Bobbie», sagte der Mann.

Ein Männername. Es war kein Denken. Es ging zu schnell, war zu vollständig *Sie ist weg. Sie haben jetzt einen Mann an ihrer Stelle. Ich hab den Dime verschwendet, wie er gesagt hat* Er glaubte, dass er jetzt nicht mehr gehen konnte, dass die blonde Frau ihn aufhalten würde, falls er das Lokal zu verlassen versuchte. Er glaubte, dass die Männer hinten an der Theke das wussten und über ihn lachten. So saß er ganz still auf dem Hocker, den Blick gesenkt, den Dime fest in der Hand. Er sah die Kellnerin erst, als die beiden übergroßen Hände ihm gegenüber auf der Theke erschienen und in sein Blickfeld kamen. Er sah das Muster ihres Kleides und den Latz ihrer Schürze und die beiden grobknochigen Hände, die auf der Theke lagen, so völlig regungslos, als wären sie etwas, das sie aus der Küche geholt hatte. «Kaffee und Kuchen», sagte er.

Ihre Stimme klang niedergedrückt, ganz leer. «Zitrone Kokosnuss Schokolade.»

Im Verhältnis zu der Höhe, aus der ihre Stimme kam, konnten die Hände keinesfalls ihre Hände sein. «Ja», sagte Joe.

Die Hände bewegten sich nicht. Die Stimme bewegte sich nicht. «Zitrone Kokosnuss Schokolade. Welche Sorte.» Für die anderen mussten sie beide recht seltsam ausgesehen haben. Wie sie einander ansahen, über die dunkle, fleckige, schmierige und glattgeriebene Theke hinweg, mussten sie ein bisschen so ausgesehen haben, als beteten sie: der landgesichtige Junge in sauberer spartanischer Kleidung, dessen Unbeholfenheit ihm etwas Weltfremdes und Unschuldiges verlieh, und die Frau ihm gegenüber, niedergedrückt, still, abwartend, die ihrer Kleinheit wegen teilhatte an dem, was er ausstrahlte, etwas jenseits des Fleisches. Ihr Gesicht war knochig, hager. Die Haut lag straff über den Wangenknochen, mit dunklen Ringen um die Augen; unter den gesenkten Lidern schienen die Augen ohne Tiefe, als könnten sie nicht einmal widerspiegeln. Ihre Kinnlade schien zu klein, als dass zwei Reihen von Zähnen darin Platz haben konnten.

«Kokosnuss», sagte Joe. Sein Mund sagte es, denn im nächsten Moment wollte er es ungesagt machen. Er hatte nur den einen Dime. Er hatte ihn zu fest in der Hand gehalten, um sich bewusstzumachen, dass es nur ein Dime war. Seine Hand war schwitzig um die Münze herum, auf der Münze. Er glaubte, dass die Männer ihn beobachteten und wieder lachten. Er konnte sie nicht verstehen, und er sah nicht zu ihnen hin. Aber er glaubte, dass sie lachten. Die Hände waren verschwunden. Dann kamen sie zurück, stellten einen Teller und eine Tasse vor ihn hin. Jetzt sah er sie an, sah ihr ins Gesicht. «Wie viel kostet Kuchen?», sagte er.

«Kuchen kostet zehn Cent.» Sie stand direkt vor ihm, hinter der Theke, ihre großen Hände lagen wieder auf dem dunklen Holz, verbraucht und abwartend. Sie hatte ihn noch nicht direkt angesehen. Mit schwacher, verzweifelter Stimme sagte er:

«Ich glaube, ich möchte doch keinen Kaffee.»

Einen Moment lang bewegte sie sich nicht. Dann bewegte sich eine von den großen Händen und ergriff die Kaffeetasse; Hand und Tasse verschwanden. Er saß still da, den Blick gesenkt, und wartete. Dann kam es. Es war nicht der Eigentümer. Es war die Frau hinter der Zigarrenvitrine. «Was war das?», fragte sie.

«Er will keinen Kaffee», sagte die Kellnerin. Ihre Stimme bewegte sich beim Sprechen weiter, als hätte sie bei der Frage gar nicht innegehalten. Ihre Stimme war tonlos, ruhig. Auch die Stimme der anderen Frau war ruhig.

«Hatte er nicht auch Kaffee bestellt?», fragte sie.

«Nein», sagte die Kellnerin mit der gleichbleibenden Stimme, die noch in Bewegung war, sich fortbewegte. «Ich hab es falsch verstanden.»

Im Hinausgehen wand er sich innerlich vor Demütigung, Reue und in dem leidenschaftlichen Wunsch nach einem

Versteck, während er sich an dem kalten Gesicht der Frau hinter der Zigarrenvitrine vorbeidrückte; er glaubte zu wissen, dass er die Kellnerin nie wieder sehen würde und könnte. Er glaubte, er würde es nicht ertragen, sie wieder zu sehen, ja, nur die Straße, den schmuddeligen Eingang wieder zu sehen, und sei es nur aus der Ferne, und dachte noch nicht *Es ist schrecklich, jung zu sein. Es ist schrecklich. Schrecklich* Wenn die Samstage kamen, fand, erfand er Gründe dafür, dass er nicht mit in die Stadt fahren wollte, sodass McEachern ihn beobachtete, jedoch noch ohne direktes Misstrauen. Er verbrachte die Tage mit schwerer Arbeit, zu schwerer Arbeit, und McEachern betrachtete sein Arbeiten mit Misstrauen. Doch da war nichts, was der Mann erkennen, was er folgern konnte. Das Arbeiten war ihm erlaubt. Auf solche Weise überstand er die Nächte, denn so war er zu müde, um wach zu liegen. Und mit der Zeit nahmen Verzweiflung und Reue und Scham auch ab. Zwar hörte er nicht auf, sich daran zu erinnern, immer wieder daran zu denken. Aber inzwischen war das Ganze abgenutzt, wie eine Grammophonplatte: vertraut nur wegen der abgenutzten Rillen, die die Stimmen verschwommen klingen ließen. Nach einer Weile nahm sogar McEachern eine Tatsache hin. Er sagte:

«Ich habe dich in letzter Zeit beobachtet. Und jetzt bleibt mir nichts anderes übrig: Entweder muss ich meinen eigenen Augen misstrauen, oder aber ich muss glauben, dass du endlich das Schicksal anzunehmen beginnst, das der Herr dir zuzuteilen für gut befunden hat. Aber ich will nicht, dass du eitel wirst, weil ich lobend darüber gesprochen habe. Du wirst Zeit und Gelegenheit haben (und auch die Neigung, wie ich nicht bezweifle), mir Grund zu geben, dass ich bedaure, so gesprochen zu haben. Du wirst in Faulheit und Trägheit zurückfallen. Dennoch, die Belohnung wurde ebenso für den Menschen geschaffen wie die Züchtigung. Siehst du die Färse da drüben? Von heute an ist das Kalb deines. Sorge dafür, dass ich es später nicht bereue.»

Joe dankte ihm. Danach konnte er das Kalb ansehen und laut sagen: «Das gehört mir.» Dann sah er es wieder an, und wieder war es zu schnell und zu vollständig, als dass es Denken gewesen wäre: *Das ist kein Geschenk. Es nicht einmal ein Versprechen: Es ist eine Drohung* und er dachte: ‹Ich habe nicht darum gebeten. Er hat es mir geschenkt. Ich habe nicht darum gebeten›, und er glaubte *Ich hab es weiß Gott verdient*

Es war einen Monat später. Es war Samstagmorgen. «Ich dachte, dir gefällt's in der Stadt nicht mehr», sagte McEachern.

«Ich nehme an, wenn ich noch einmal mitfahre, wird mir das nicht schaden», sagte Joe. Er hatte einen halben Dollar in der Tasche. Mrs. McEachern hatte ihn ihm gegeben. Er hatte um einen Nickel gebeten. Sie hatte darauf bestanden, dass er den halben Dollar nahm. Er nahm ihn, hielt ihn auf der Handfläche, kalt, verächtlich.

«Vermutlich nicht», sagte McEachern. «Auch hast du schwer gearbeitet. Aber die Stadt ist kein guter Aufenthalt für jemanden, der noch seinen Weg zu machen hat.»

Er musste nicht fliehen, obwohl er auch das getan hätte, vielleicht sogar mit Gewalt. Aber McEachern machte es ihm leicht. Schnellen Schrittes ging er zu dem Restaurant. Er betrat es diesmal, ohne zu stolpern. Die Kellnerin war nicht da. Vielleicht sah er, bemerkte er, dass sie nicht da war. Er blieb bei der Zigarrenvitrine stehen, hinter der die Frau saß, und legte den halben Dollar auf die Theke. «Ich schulde einen Nickel. Für eine Tasse Kaffee. Ich habe Kuchen und Kaffee gesagt, ehe ich wusste, dass der Kuchen einen Dime kostete. Ich schulde Ihnen einen Nickel.» Er sah nicht zum hinteren Teil des Raums hinüber. Die Männer waren da, mit ihren schief sitzenden Hüten und ihren Zigaretten. Der Inhaber war da; während Joe wartete, hörte er den Mann mit der schmutzigen Schürze endlich sprechen, an der Zigarette vorbei: «Was ist? Was will er?»

«Er sagt, er schuldet Bobbie einen Nickel», sagte die Frau. «Er will Bobbie einen Nickel geben.» Ihre Stimme klang ruhig. Die Stimme des Inhabers klang ebenfalls ruhig.

«Ach, du lieber Himmel», sagte er. Joe glaubte, dass der ganze Raum zuhörte. Er hörte, ohne zu hören, er sah, ohne hinzusehen. Er bewegte sich jetzt auf die Tür zu. Der halbe Dollar lag auf der Glastheke. Selbst vom hinteren Teil des Raums konnte der Inhaber ihn sehen, denn er sagte: «Wofür ist das?»

«Er sagt, er schuldet das Geld für eine Tasse Kaffee», sagte die Frau.

Joe war schon fast an der Tür. «Hier, Jack», sagte der Mann. Joe blieb nicht stehen. «Gib ihm sein Geld», sagte der Mann mit tonloser Stimme, noch ohne sich zu rühren. Der Zigarettenrauch kräuselte sich noch vor seinem Gesicht, von keiner Bewegung gestört. «Gib's ihm zurück», sagte der Mann. «Ich weiß nicht, was für Trickserein er vorhat. Aber hier kann er damit nicht landen. Gib's ihm zurück. Geh du nur wieder auf deine Farm, Hiram. Vielleicht kriegst du da ein Mädchen rum, für einen Nickel.»

Jetzt stand er auf der Straße, seine Hand machte den halben Dollar schweißnass, und die Münze machte seine Hand schweißnass und fühlte sich größer an als ein Wagenrad. Er ging unter Gelächter. Er war damit aus der Tür getreten, mit dem Gelächter der Männer. Es fegte ihn fort, trieb ihn die Straße entlang, dann strömte es an ihm vorbei, erstarb nach und nach, setzte ihn ab, auf der Erde, dem Pflaster. Er und die Kellnerin standen sich gegenüber. Sie sah ihn nicht sogleich, weil sie schnell ging, die Augen gesenkt, in einem dunklen Kleid und mit einem Hut. Als sie stehenblieb, sah sie ihn wiederum nicht an, weil sie ihn schon angesehen und alles gesehen hatte, wie damals, als sie den Kaffee und den Kuchen vor ihn auf die Theke gestellt hatte. Sie sagte: «Oh. Und du kommst wieder, um es mir zu geben. Vor den anderen. Und sie haben dich ausgelacht. Also wirklich.»

«Ich dachte, Sie hätten vielleicht selbst dafür bezahlen müssen. Ich dachte –»

«Also wirklich. Ist das denn möglich. Nein, wirklich.»

Sie sahen einander nicht an, obwohl sie sich gegenüberstanden. Für andere mussten sie wie zwei Mönche ausgesehen haben, die sich in der Kontemplationsstunde auf einem Pfad im Klostergarten begegnet sind. «Ich dachte einfach nur, dass ich ...»

«Wo wohnst du?», fragte sie. «Auf dem Land? Also wirklich. Wie heißt du?»

«Nicht McEachern», sagte er. «Ich heiße Christmas»

«Christmas? So heißt du? Christmas? Also wirklich.»

In der Zeit des Heranwachsens und danach trafen sich er und die anderen vier oder fünf Jungen am Samstagnachmittag zum Jagen und Fischen. Mädchen sah er nur in der Kirche, am Sonntag. Sie gehörten zum Sonntag und zur Kirche. Und so konnte er sie nicht wahrnehmen. Hätte er sie wahrgenommen, wäre das, auch für ihn, einer Abkehr von seinem religiösen Hass gleichgekommen. Aber er und die anderen Jungen sprachen über Mädchen. Vielleicht waren einige darunter – derjenige, zum Beispiel, der das mit dem Negermädchen an jenem Nachmittag eingefädelt hatte –, die Bescheid wussten. «Sie wollen alle», erzählte er den anderen. «Aber manchmal können sie nicht.» Das wussten die anderen nicht. Sie wussten nicht, dass alle Mädchen es wollten, geschweige denn, dass es Zeiten gab, wenn sie nicht konnten. Sie dachten anders darüber. Aber zuzugeben, dass sie das Letztere nicht wussten, hieß zuzugeben, dass sie das Erste noch nicht entdeckt hatten. Also hörten sie zu, wenn der Junge ihnen erzählte. «Es ist etwas, das ihnen einmal im Monat passiert.» Er beschrieb seine Vorstellung von der körperlichen Zeremonie. Vielleicht wusste er Bescheid. Jedenfalls war das, was er sagte, ziemlich anschaulich, überzeugend. Hätte er versucht, es als einen geistigen Zustand zu beschreiben, als etwas, das er nur vermutete, hätten sie ihm nicht zugehört. So aber zeichnete er ein Bild, körperlich, wirklich, das man mit dem Geruchssinn und sogar mit dem Sehsinn erfassen konnte. Es berührte sie: die vorübergehende und abgrundtiefe Hilflosigkeit dessen, was die Lust aufreizte und enttäuschte; die glatte und überlegene Form, in der Wollust wohnte und dazu verdammt war, in festgelegten und unausweichlichen Abständen Opfer periodischer Unreinheit zu werden. So erzählte es der Junge, und die anderen hörten still zu und sahen einander an, fragend und verstohlen. Am nächsten Samstag ging Joe nicht mit ihnen jagen. McEachern dachte, er sei schon gegangen, weil das Gewehr nicht da war. Aber Joe hielt sich in der Scheune versteckt. Er blieb den ganzen Tag dort. Am darauffolgenden Samstag ging er, jedoch allein und früher, bevor die anderen Jungen ihn holen kamen. Aber er ging nicht jagen. Er war keine drei Meilen von zu Hause entfernt, als er am späten Nachmittag ein Schaf erschoss. Er fand die Herde in einem abgelegenen Tal, pirschte sich heran und tötete eines der Schafe mit dem Gewehr. Dann kniete er davor, die Hände in dem noch warmen Blut des verendenden Tieres, zitternd, mit trockenem Mund, wilde Blicke nach hinten werfend. Dann fasste er sich, kam wieder zu sich. Er vergaß nicht, was der Junge ihm erzählt hatte. Er nahm es einfach hin. Er fand, dass er damit leben konnte, Seite an Seite damit. Es war, als hätte er gesagt, ohne Logik und mit verzweifelter Ruhe *Also gut. Dann ist es so. Aber nicht für mich. Nicht in meinem Leben und in meiner Liebe* Dann waren drei oder vier Jahre darüber vergangen, und er hatte es vergessen, in dem Sinne, dass eine Tatsache in Vergessenheit gerät, sobald sie der beharrlichen Behauptung des Verstandes erliegt, dass sie weder wahr noch unwahr ist.

Er traf sich mit der Kellnerin an dem Montagabend nach dem Samstag, als er für die Tasse Kaffee hatte bezahlen wollen. Damals hatte er das Seil noch nicht. Er kletterte aus seinem Fenster und ließ sich drei Meter zu Boden fallen und ging die fünf Meilen in die Stadt zu Fuß. Er dachte nicht darüber nach, wie er wieder in sein Zimmer kommen würde.

Er kam in die Stadt und ging zu der Ecke, wo er auf sie warten sollte. Es war eine ruhige Ecke, und er war ziemlich früh dran und dachte *Ich muss daran denken. Mir von ihr zeigen lassen, was man tut und wie und wann. Sie nicht merken lassen, dass ich es nicht weiß und dass ich es aus ihr rauskriegen muss*

Er hatte über eine Stunde gewartet, als sie kam. So viel zu früh war er da gewesen. Sie kam zu Fuß. Sie kam und stellte sich vor ihn hin, klein, mit diesem unverwandten Ausdruck, abwartend, den Blick gesenkt, tauchte sie aus der Dunkelheit. «Du bist schon da», sagte sie.

«Ich bin so schnell gekommen, wie ich konnte. Ich musste erst warten, bis sie eingeschlafen waren. Ich hatte Angst, ich würde mich verspäten.»

«Wartest du schon lange? Wie lange?»

«Ich weiß nicht. Den größten Teil des Wegs bin ich gerannt. Ich hatte Angst, ich würde mich verspäten.»

«Du bist gerannt? Die ganzen drei Meilen?»

«Es sind fünf Meilen. Nicht drei.»

«Also wirklich.» Danach sprachen sie nicht. Sie standen da, zwei Schatten, die einander gegenüberstanden. Über ein Jahr später, als er an diesen Abend denken musste, sagte er in plötzlicher Erkenntnis *Es war, als wartete sie darauf, dass ich sie schlagen würde* Also», sagte sie.

Ein leichtes Zittern war über ihn gekommen. Er konnte sie riechen, roch das Warten: still, weise, ein wenig erschöpft, dachte *Sie wartet, dass ich anfange, und ich weiß nicht, wie* Selbst in seinen eigenen Ohren klang seine Stimme idiotisch: «Ich nehme an, es ist schon spät.»

«Spät?»

«Ich dachte, vielleicht warten sie auf dich. Bleiben auf, bis du …»

«Warten auf… Warten auf…» Ihre Stimme erstarb, brach ab. Sie sagte, ohne sich zu rühren, während sie wie zwei Schatten standen: «Ich wohne bei Mame und Max. Du weißt. Die vom Restaurant. Du musst dich an sie erinnern, wie du den Nickel bezahlen wolltest…» Sie fing an zu lachen. Es lag keine Heiterkeit darin, es lag nichts darin. «Wenn ich daran denke. Wenn ich daran denke, wie du da reingegangen bist, mit dem Nickel.» Dann hörte sie auf zu lachen. Doch war kein Aufhören von Heiterkeit darin. Die stille, unterwürfige, zu Boden gerichtete Stimme drang zu ihm. «Ich hab heute Abend einen Fehler gemacht. Ich hab was vergessen.» Vielleicht wartete sie darauf, dass er sie fragte, was es war. Aber er fragte nicht. Er stand einfach nur da, während die stille, zu Boden gerichtete Stimme irgendwo um seine Ohren herum verklang. Das mit dem erschossenen Schaf hatte er vergessen. Er lebte jetzt schon zu lange mit der Tatsache, die ihm der ältere Junge erzählt hatte. Es war zu lange her, als dass die Immunität, die er sich mit dem erlegten Schaf erkauft hatte, noch lebendig gewesen wäre. Deshalb konnte er zuerst nicht verstehen, was sie ihm sagen wollte. Sie standen an der Ecke. Es war am Stadtrand, wo die Straße in eine Landstraße überging, die weiterführte, an den gepflegten und abgemessenen Rasenstücken vorbei, zwischen kleinen, verstreut liegenden Häusern und kargen Feldern – kleine, billige Häuser, wie sie die Umgebung solcher Städte ausmachen. Sie sagte: «Hör zu. Ich bin unpässlich heute Abend.» Er verstand sie nicht. Er sagte nichts. Vielleicht brauchte er nicht zu verstehen. Vielleicht hatte er schon eine schicksalhafte Widrigkeit erwartet und dachte: ‹Es war sowieso zu gut, um wahr zu sein›, und dachte so schnell, dass es selbst für einen Gedanken zu schnell war: *In einem Moment wird sie verschwunden sein. Es wird sie nicht geben. Und dann bin ich wieder zu Hause, im Bett, das ich gar nicht verlassen hab* Ihre Stimme fuhr fort: «Ich hatte vergessen, welcher Tag im Monat es ist, als ich dir Montagabend gesagt hab. Du hattest mich überrascht, denke ich. Da, auf der

Straße, am Samstag. Jedenfalls hatte ich vergessen, welches Datum es ist. Bis du gegangen warst.»

Seine Stimme war so ruhig wie ihre. «Wie unpässlich? Hast du keine Medizin zu Hause, die du nehmen kannst?»

«Ob ich keine ...» Ihre Stimme erstarb. Sie sagte: «Also wirklich.» Sie sagte plötzlich: «Es ist spät. Und du hast vier Meilen zu gehen.»

«Ich bin sie schon gegangen. Ich bin jetzt hier.» Seine Stimme war still, hoffnungslos, ruhig. «Ich nehme an, es ist spät», sagte er. Dann veränderte sich etwas. Ohne ihn anzusehen, spürte sie es, bevor sie es in seiner harten Stimme hörte: «Was ist das für eine Krankheit, die du dir geholt hast?»

Sie antwortete nicht sofort. Dann sagte sie, still, den Blick zu Boden gerichtet: «Du hast noch nie eine Liebste gehabt. Ich wette, du hattest noch keine.» Er antwortete nicht. «Oder?» Er antwortete nicht. Sie bewegte sich. Sie berührte ihn zum ersten Mal. Sie trat zu ihm und nahm seinen Arm sanft in beide Hände. Er blickte nach unten und sah die dunklen Umrisse des Kopfes, der ihr, wie es schien, bei ihrer Geburt ein bisschen schief auf den Hals gesetzt worden war. Sie sagte es ihm, stockend, unbeholfen, mit den einzigen Worten, die sie vielleicht kannte. Aber er hatte es vorher schon gehört. Er war schon rückwärts geflüchtet, an dem erlegten Schaf vorbei, dem für die Immunität entrichteten Preis, zu dem Nachmittag, als er am Rand des Baches saß und weniger verletzt oder erstaunt als vielmehr empört gewesen war. Der Arm, den sie hielt, riss sich los. Sie hatte nicht geglaubt, dass er sie wirklich schlagen wollte; sie hatte vielmehr etwas anderes geglaubt. Doch das Ergebnis war dasselbe. Als er auf der Landstraße entschwand, die Umrisse, der Schatten, glaubte sie, dass er rannte. Sie hörte seine Schritte noch eine Weile, als sie ihn schon nicht mehr sehen konnte. Sie bewegte sich nicht gleich von der Stelle. Sie blieb stehen, wie er sie verlassen hatte, regungslos, den Blick gesenkt, als wartete sie auf den Schlag, den sie bereits empfangen hatte.

Er rannte nicht. Aber er ging schnell, und in eine Richtung, die ihn noch weiter von zu Hause fortführte, von dem Haus, fünf Meilen entfernt, das er verlassen hatte, indem er aus dem Fenster geklettert war, ohne einen Plan, wie er wieder hineinkommen sollte. Er ging weiter die Landstraße entlang, schnell, bog ab und sprang über einen Zaun in gepflügte Erde. Etwas wuchs in den Furchen. Dahinter war ein Gehölz, waren Bäume. Er kam zu dem Gehölz und ging zwischen den harten Stämmen hinein, in die von Zweigen beschattete Stille, in das sich hart anfühlende, hart riechende Unsichtbare. In dem Nichtsehen und dem Kaum-Wissen wie in einer Höhle meinte er eine sich verjüngende Reihe glatt geformter, vom Mondlicht gebleichter Gefäße zu erkennen. Und nicht eines war vollkommen. Jedes einzelne hatte einen Sprung, und aus jedem Sprung quoll eine Flüssigkeit, todfarben und übelriechend. Er berührte einen Baum, lehnte sich mit angewinkeltem Arm daran und sah auf die aufgereihten, mondbeschienenen Gefäße. Er übergab sich.

Am nächsten Montagabend hatte er das Seil. Er wartete an der gleichen Ecke; wieder war er ziemlich früh da. Dann sah er sie. Sie kam zu der Stelle, wo er stand. «Ich dachte, du würdest vielleicht nicht hier sein», sagte sie.

«Wirklich?» Er nahm ihren Arm und zog sie mit sich, die Straße entlang.

«Wohin gehen wir?», fragte sie. Er antwortete nicht und zog sie weiter. Sie musste trippeln, um Schritt zu halten. Sie trippelte unbeholfen: ein Tier, behindert durch das, was sie von Tieren unterschied – ihre Absätze, ihre Kleidung, ihre kleine Gestalt. Er zog sie von der Straße fort zu dem Zaun, über den er eine Woche zuvor gesprungen war. «Warte», sagte sie und stieß die Worte hervor, «der Zaun – ich kann nicht –» Als sie sich bückte, um sich zwischen den Drähten hindurchzuzwängen, über die er geklettert war, verfing sich ihr Kleid. Er beugte sich vor und riss es mit einem Ratsch los.

«Ich kauf dir ein neues», sagte er. Sie sagte nichts. Sie ließ sich halb tragen und halb ziehen, zwischen den wachsenden Feldfrüchten, den Furchen hindurch, in das Gehölz, zu den Bäumen.

Er bewahrte das Seil, sorgfältig aufgerollt, hinter denselben losen Brettern in seiner Dachkammer auf, wo Mrs. Eachern ihre gehorteten Nickel und Dimes aufbewahrte, mit dem Unterschied, dass das Seil weiter hinten in das Loch gestopft war, sodass Mrs. McEachern nicht daran kommen konnte. Er hatte die Idee von ihr. Manchmal, wenn das alte Ehepaar in dem Zimmer unter seiner Kammer schnarchte und er lautlos das Seil hervorholte, sann er über das Paradox nach. Manchmal dachte er daran, es ihr zu sagen, ihr zu zeigen, wo er das Werkzeug seiner Sünde versteckt hielt, hatte er doch die Idee, wie und wo er es verstecken konnte, von ihr. Aber er wusste, sie würde ihm nur helfen wollen, es zu verbergen; sie würde wollen, dass er sündigte, damit sie ihm helfen konnte, es zu verheimlichen; sie würde am Ende mit bedeutungsvollem Gewisper und Zeichen so viel Aufhebens davon machen, dass McEachern gegen seinen Willen etwas argwöhnte.

So fing er an zu stehlen, Geld von ihrem Schatz zu nehmen. Es ist sehr gut möglich, dass die Frau in der Stadt es ihm nicht nahelegte, dass sie ihm gegenüber nie von Geld sprach. Es ist möglich, dass ihm nicht einmal bewusst war, dass er mit Geld für sein Vergnügen bezahlte. Es war so, dass er über Jahre hin beobachtet hatte, wie Mrs. McEachern an einer bestimmten Stelle Geld versteckte. Dann hatte er selbst etwas, das versteckt werden musste. Er legte es an den sichersten Platz, den er kannte. Jedes Mal, wenn er das Seil versteckte oder hervorholte, sah er die Blechdose mit dem Geld.

Das erste Mal nahm er fünfzig Cent. Er zögerte eine Weile, ob er fünfzig Cent oder einen Quarter nehmen sollte. Dann nahm er die fünfzig Cent, weil das genau die Summe war, die er brauchte. Davon kaufte er eine alte, mit Fliegendreck bekleckste Schachtel Konfekt von einem Mann, der sie für zehn Cent beim Lochbrettspiel in einem Laden gewonnen hatte. Er schenkte sie der Kellnerin. Es war das erste Geschenk, das er ihr machte. Er schenkte es ihr, als hätte nie zuvor jemand die Idee gehabt, ihr etwas zu schenken. Ihre Miene war ein wenig seltsam, als sie die billige, schäbige Schachtel in ihre großen Hände nahm. Sie saß zu dem Zeitpunkt auf ihrem Bett in ihrem Zimmer in dem kleinen Haus, wo sie mit dem Mann und der Frau lebte, die Max und Mame hießen. Ungefähr eine Woche zuvor war der Mann eines Abends in das Zimmer gekommen. Sie zog sich gerade aus und saß auf dem Bett, um sich die Strümpfe runterzurollen. Er kam herein und lehnte sich an die Kommode, er rauchte.

«Ein reicher Farmer», sagte er. «John Jacob Astor aus dem Kuhstall.»

Sie hatte, auf dem Bett sitzend, ihre Blöße bedeckt, ruhig, den Blick gesenkt. «Er bezahlt mich.»

«Womit? Hat er den Nickel noch nicht aufgebraucht?» Er sah sie an. «Gefälligkeiten für Trottel vom Land – dafür also habe ich dich aus Memphis hergebracht. Ich sollte vielleicht anfangen, Essen zu verschenken.»

«Ich mache es nicht in meiner Arbeitszeit bei dir.»

«Klar. Ich kann dich nicht hindern. Ich mag dich nur nicht so sehen. Mit einem Jungen, der in seinem Leben noch keinen ganzen Dollar gesehen hat. In dieser Stadt, wo es lauter Kerle gibt, die anständig Kohle machen und dich gut behandeln würden.»

«Vielleicht mag ich ihn. Vielleicht ist dir das noch nicht in den Sinn gekommen.»

Er sah auf sie hinab, auf den Scheitel ihres stillen, gesenkten Kopfes, während sie auf dem Bett saß, die Hände im Schoß. Er lehnte an der Kommode und rauchte. Er sagte: «Mame!» Nach einer Weile sagte er wieder: «Mame! Komm mal.» Die Wände waren dünn. Nach einer Weile kam die große blonde Frau ohne Eile durch den Flur. Sie konnten sie beide hören.

Sie kam herein. «Hör dir das an», sagte der Mann. «Sie sagt, vielleicht mag sie ihn am liebsten. Eine Romeo-und-Julia-Geschichte. Du lieber Heiland.»

Die blonde Frau blickte auf den dunklen Scheitel der Kellnerin. «Und was soll das alles?»

«Nichts. Alles bestens. Max Confrey präsentiert Ihnen Miss Bobbie Allen, die Geliebte des Jugendlichen.»

«Geh raus», sagte die Frau.

«Klar. Ich hab ihr nur das Wechselgeld für einen Nickel gebracht.» Er ging aus dem Zimmer. Die Kellnerin hatte sich nicht gerührt. Die blonde Frau ging zur Kommode, lehnte sich daran und blickte auf den gesenkten Kopf der anderen.

«Bezahlt er dich manchmal?», fragte sie.

Die Kellnerin rührte sich nicht. «Ja. Er bezahlt mich.»

Die blonde Frau, die wie zuvor Max an der Kommode lehnte, betrachtete sie. «Da kommst du den ganzen Weg von Memphis her. Schaffst es bis hierher, und dann verschenkst du's.»

Die Kellnerin rührte sich nicht. «Ich schade Max nicht.»

Die blonde Frau blickte auf den gesenkten Kopf der anderen. Dann wandte sie sich ab und ging zur Tür. «Das will ich hoffen», sagte sie. «Das hält nicht ewig. Diese kleinen Städte dulden das nicht lange. Ich weiß das. Ich komme aus einer.»

Sie saß auf dem Bett, die billige geblümte Konfektschachtel in den Händen, so wie sie da gesessen hatte, als die blonde Frau mit ihr sprach. Doch jetzt war es Joe, der an der Kommode lehnte und sie ansah. Sie fing an zu lachen. Sie lachte und hielt die bunte Schachtel in ihren grobknochigen Händen. Joe beobachtete sie. Er beobachtete, wie sie aufstand und an ihm vorbeiging, das Gesicht gesenkt. Sie ging aus der Tür und rief Max beim Namen. Joe hatte Max nie gesehen, außer mit dem Hut auf dem Kopf und der schmutzigen Schürze im Restaurant. Als Max hereinkam, rauchte er nicht einmal. Er streckte ihm die Hand entgegen. «Na, wie geht's, Romeo?», sagte er.

Joe gab dem Mann die Hand, fast bevor er ihn erkannt hatte. «Ich heiße Joe McEachern», sagte er. Die blonde Frau war ebenfalls eingetreten. Auch sie sah er zum ersten Mal außerhalb des Restaurants. Er sah sie hereinkommen, beobachtete sie, beobachtete die Kellnerin, wie sie die Schachtel aufmachte. Sie hielt ihnen die Schachtel hin.

«Das hat Joe mir mitgebracht», sagte sie.

Die blonde Frau warf nur einen Blick auf die Schachtel. Sie hob nicht einmal die Hand. «Danke», sagte sie. Auch der Mann sah auf die Schachtel, ohne die Hand zu heben.

«Sieh an, sieh an, sieh an», sagte er. «Manchmal dauert Weihnachten ganz schön lange. Was, Romeo?» Joe hatte sich etwas von der Kommode entfernt. Er war das erste Mal in dem Haus. Er betrachtete den Mann mit einem leicht nachgiebigen und verdutzten Ausdruck, doch nicht beunruhigt, und beobachtete die undurchdringliche und mönchische Miene des Mannes. Aber er sagte nichts. Es war die Kellnerin, die sprach:

«Wenn ihr's nicht mögt, braucht ihr nicht davon zu essen.» Er beobachtete Max, beobachtete sein Gesicht, als er die Stimme der Kellnerin hörte, die nach unten gerichtete Stimme: «Ich schade dir nicht und keinem sonst ... Es ist nicht in der Zeit, die er mir bezahlt ...» Er beobachtete weder sie noch die blonde Frau. Er beobachtete Max mit einem verwirrten, nachgiebigen, aber nicht ängstlichen Ausdruck. Jetzt sprach die blonde Frau; es war, als sprächen sie von ihm in seiner Gegenwart und in einer Sprache, von der sie wussten, dass er sie nicht verstand.

«Komm, gehen wir», sagte die blonde Frau.

«Du lieber Heiland», sagte Max. «Gerade wollte ich Romeo einen Drink auf Kosten des Hauses spendieren.»

«Will er einen?», fragte die blonde Frau. Auch als sie Joe direkt ansprach, war es, als spräche sie weiter mit Max. «Willst du einen Drink?»

«Lass ihn nicht im Ungewissen, bloß wegen neulich. Sag ihm, es ist auf Kosten des Hauses.»

«Ich weiß nicht», sagte Joe. «Ich hab's noch nie versucht.»

«Noch nie was auf Kosten des Hauses versucht», sagte Max. «Du lieber Heiland.» Er hatte Joe nicht ein einziges Mal angesehen, seit er ins Zimmer gekommen war. Und wieder war es, als sprächen sie zu ihm und über ihn, in einer Sprache, die er nicht verstand.

«Komm jetzt», sagte die blonde Frau. «Nun komm.»

Sie gingen aus dem Zimmer. Die blonde Frau hatte ihn kein einziges Mal angesehen, und der Mann hatte, ohne ihn anzusehen, nie aufgehört, ihn anzusehen. Dann waren sie fort. Joe stand an der Kommode. In der Mitte des Zimmers stand die Kellnerin, den Blick gesenkt, die offene Konfektschachtel in der Hand. Im Zimmer war es stickig, es roch nach schalem Parfum. Joe hatte es noch nie gesehen. Er hatte nicht geglaubt, dass er es je sehen würde. Die Vorhänge waren zugezogen. Die einzelne Glühbirne brannte am Ende der Schnur, eine darum befestigte Seite aus einer Zeitschrift, die von der Hitze schon braun geworden war, diente als Schirm. «Schon gut.», sagte er. «Schon gut.» Sie antwortete nicht, noch rührte sie sich. Er dachte an die Dunkelheit draußen, die Nacht, in der sie bisher allein gewesen waren. «Lass uns gehen», sagte er.

«Gehen?», sagte sie. Da sah er sie an. «Gehen? Wohin?», fragte sie. «Warum?» Noch immer verstand er sie nicht. Er beobachtete, wie sie zur Kommode kam und die Schachtel mit dem Konfekt darauf stellte. Während er sie beobachtete, fing sie an, sich auszuziehen, sich die Sachen vom Leib zu reißen und auf den Boden zu werfen.

Er sagte: «Hier? Hier drinnen?» Es war das erste Mal, dass er eine nackte Frau sah, obwohl er seit einem Monat ihr Geliebter war. Doch auch jetzt war ihm gar nicht bewusst, dass er nicht gewusst hatte, welchen Anblick er erwarten sollte.

In dieser Nacht sprachen sie miteinander. Sie lagen im Bett, in der Dunkelheit, und sprachen. Oder vielmehr, er sprach. Und die ganze Zeit dachte er: ‹Himmel. Himmel. So ist das also.› Er war auch nackt, neben ihr, und er berührte sie mit der Hand und sprach über sie. Nicht darüber, woher sie kam oder was sie bisher gemacht hatte, sondern über ihren Körper, so als hätte niemand das je zuvor getan, weder bei ihr noch bei einer anderen. Es war, als lernte er mit der Sprache den Körper von Frauen kennen, mit der Neugier eines Kindes. Sie erzählte ihm von der Unpässlichkeit am ersten Abend. Jetzt schockierte es ihn nicht. Wie die Nacktheit und die körperlichen Formen war es etwas, das vorher nie geschehen war, nie existiert hatte. Und so erzählte er ihr seinerseits, was er zu erzählen wusste. Er erzählte ihr von dem Negermädchen im Sägemühlenschuppen an dem Nachmittag vor drei Jahren. Er erzählte es ihr ruhig und friedlich, während er neben ihr lag und sie berührte. Vielleicht hätte er nicht einmal sagen können, ob sie ihm zuhörte oder nicht. Dann sagte er: «Du hast meine Haut bemerkt, mein Haar», und wartete auf ihre Antwort, während seine Hand langsam über ihren Körper fuhr.

Sie flüsterte zurück. «Ja. Ich dachte, du wärst vielleicht ein Fremder. Dass du jedenfalls nicht aus der Gegend hier stammst.»

«Es ist noch was anderes. Mehr als bloß ein Fremder. Du kannst es nicht erraten.»

«Was? Wieso, noch was anderes?»

«Rate.» Ihre Stimmen klangen ruhig. Es war still, ruhig; das Nachtdunkel war jetzt vertraut, musste nicht begehrt, nicht ersehnt werden. «Das kann ich nicht. Was bist du?»

Seine Hand fuhr langsam und ruhig über ihre nicht sichtbare Hüfte. Er antwortete nicht gleich. Es war nicht so, dass er sie auf die Folter spannen wollte. Eher war es so, als hätte er nicht daran gedacht, weiterzusprechen. Sie fragte ihn noch einmal. Da sprach er zu ihr. «Ich habe Niggerblut in mir.»

Darauf lag sie völlig still, mit einer anderen Art von Stille. Doch schien er das nicht zu bemerken. Auch er lag friedlich, und seine Hand fuhr langsam ihre Hüfte auf und ab. «Was bist du?», fragte sie.

«Ich glaube, ich habe Niggerblut in mir.» Seine Augen waren geschlossen, seine Hand bewegte sich langsam und unablässig. «Ich weiß es nicht. Ich glaube es aber.»

Sie rührte sich nicht. Plötzlich sagte sie: «Du lügst.»

«Schon gut», sagte er, ohne sich zu rühren, und seine Hand ließ nicht ab.

«Das glaube ich nicht», sagte ihre Stimme in der Dunkelheit.

«Schon gut», sagte er, und seine Hand ließ nicht ab.

Am nächsten Samstag nahm er wieder einen halben Dollar aus Mrs. McEacherns Versteck und gab ihn der Kellnerin. Einen oder zwei Tage darauf hatte er Grund zu glauben, dass Mrs. McEachern das Geld vermisste und argwöhnte, er habe es genommen. Denn sie lag auf der Lauer und wartete auf ihn, bis er wusste, dass sie jetzt wusste, dass McEachern sie nicht unterbrechen würde. Dann sagte sie: «Joe.» Er blieb stehen und sah sie an, weil er wusste, dass sie ihn nicht ansehen würde. Sie sagte, ohne ihn anzusehen, mit tonloser, gleichbleibender Stimme: «Ich weiß, dass ein junger Mann, der heranwächst, Geld braucht. Mehr, als Pa ... als Mr. McEachern dir gibt ...» Er sah sie so lange an, bis ihre Stimme abbrach und verklang. Offenbar wartete er darauf, dass sie abbrach. Dann sagte er:

«Geld? Was soll ich mit Geld?»

Am darauffolgenden Samstag verdiente er sich zwei Dollar damit, dass er für einen Nachbarn Holz hackte. Er belog McEachern, sagte ihm nicht, wohin er ging, wo er gewesen war und was er dort gemacht hatte. Er gab der Kellnerin das Geld. McEachern fand heraus, dass er gearbeitet hatte. Vielleicht glaubte er, dass Joe das Geld versteckt hatte. Mrs. McEachern hatte ihm vielleicht so etwas gesagt.

An zwei Abenden in der Woche oder so gingen Joe und die Kellnerin in ihr Zimmer. Anfangs wusste er nicht, dass auch andere das schon getan hatten. Vielleicht meinte er, dass zu seinen Gunsten, um seinetwillen, eine besondere Ausnahme gemacht worden war. Sehr wahrscheinlich glaubte er noch bis zum Schluss, dass Max und Mame begütigt werden mussten, nicht der eigentlichen Tatsache wegen, sondern wegen seiner Anwesenheit dort. Aber er sah sie nie mehr im Haus, obwohl er wusste, dass sie da waren. Er wusste jedoch nicht mit Bestimmtheit, ob sie wussten, dass er da war oder nach dem Abend mit dem Konfekt überhaupt noch einmal wiedergekommen war.

Meistens trafen sie sich draußen, gingen irgendwohin oder trödelten einfach auf dem Weg zu dem Haus, in dem sie wohnte. Vielleicht glaubte er bis zum Schluss, dass er es vorgeschlagen hatte. Dann, eines Abends, kam sie nicht dorthin, wo er auf sie wartete. Er wartete, bis die Uhr am Gerichtsgebäude zwölf schlug. Dann ging er zu dem Haus, wo sie wohnte. Das hatte er noch nie getan, obwohl er auch jetzt nicht hätte sagen können, dass sie ihm verboten hätte, dorthin zu kommen, wenn sie nicht bei ihm war. Aber an diesem Abend ging er dorthin und erwartete, das Haus dunkel und schlafend vorzufinden. Das Haus war dunkel, aber es schlief nicht. Er wusste das, wusste, dass hinter der dunklen Gardine ihres Zimmer Menschen waren, die nicht schliefen, und dass sie nicht allein dort war. Wie er das wissen konnte, hätte er nicht zu sagen gewusst. Auch gestand er sich nicht ein, was er wusste. ‹Es ist bloß Max›, sagte er sich. ‹Es ist bloß Max.› Aber er wusste es besser. Er wusste, dass in dem Zimmer ein Mann bei ihr war. Er traf sie zwei Wochen lang nicht, obwohl er wusste, dass sie auf ihn wartete. Dann, eines Abends, stand er an der Ecke, als sie kam. Er schlug sie, ohne Warnung, und spürte ihr Fleisch. Da wusste er, was er selbst noch immer nicht geglaubt hatte. «Au», rief sie. Er schlug sie wieder. «Nicht hier!», flüsterte sie. «Nicht hier!» Da merkte er, dass er weinte. Er hatte nicht geweint, solange er sich erinnern konnte. Er weinte, beschimpfte sie, schlug sie. Dann hielt sie ihn fest. Selbst der Grund, sie zu schlagen, war nun nicht mehr da. «Komm jetzt», sagte sie. «Komm.»

An dem Abend gingen sie nicht von der Ecke fort, an der sie sich getroffen hatten. Sie gingen nicht trödelnd weiter, sie verließen nicht die Landstraße. Sie setzten sich auf eine ansteigende grasbewachsene Böschung und redeten. Diesmal sprach sie, erzählte ihm. Es gab nicht viel zu erzählen. Er sah nun, dass er, was er entdeckte, die ganze Zeit gewusst hatte: die müßigen Männer im Restaurant, deren Zigaretten wippten, wenn sie zu der vorbeigehenden Kellnerin sprachen, und sie, die hin und her ging, ständig hin und her, den Blick gesenkt, unterwürfig. Während er ihr zuhörte, meinte er den säuerlichen Geruch all der anonymen Männer über dem Erdgeruch zu riechen. Ihr Kopf war leicht geneigt, während sie sprach, die großen Hände lagen still in ihrem Schoß. Das konnte er natürlich nicht sehen. Er brauchte es nicht zu sehen. «Ich dachte, du hättest es gewusst», sagte sie.

«Nein», sagte er. «Ich glaube, ich hab's nicht gewusst.»

«Ich dachte, du wüsstest es.»

«Nein», sagte er. «Ich glaube nicht, dass ich's gewusst hab.»

Zwei Wochen später hatte er angefangen zu rauchen, das Gesicht gegen den Rauch zusammengekniffen, und er trank nun auch. Er trank abends mit Max und Mame und manchmal mit drei oder vier anderen Männern, und gewöhnlich war noch eine andere Frau dabei oder auch zwei, manchmal aus der Stadt, aber gewöhnlich waren es Fremde, die aus Memphis kamen und eine Woche oder einen Monat blieben, als Kellnerinnen hinter der Theke, wo sich den ganzen Tag die müßigen Männer versammelten. Er wusste nicht immer ihre Namen, aber er konnte sich den Hut schräg aufsetzen, wie sie es taten; an den Abenden hinter den vorgezogenen Vorhängen bei Max im Speisezimmer setzte er ihn auf diese Art schräg auf und sprach zu den anderen von der Kellnerin, sogar in ihrer Gegenwart, nannte sie mit seiner lauten, betrunkenen, verzweiflungsvollen jungen Stimme seine Hure. Hin und wieder fuhr er mit ihr in Max' Auto zu Tanzabenden auf dem Land, immer sorgfältig darauf bedacht, dass McEachern davon nichts zu Ohren kam. «Ich weiß nicht, was ihn wilder machen würde», sagte er zu ihr, «das mit dir oder das mit dem Tanzen.» Einmal mussten sie ihn zu Bett bringen, hilflos, in dem Haus, von dem er einst nicht im Traum geglaubt hätte, dass er es je betreten würde. Am nächsten Morgen fuhr die Kellnerin ihn vor Tageslicht zurück, sodass er sich ins Haus schleichen konnte, bevor er erwischt wurde. Und während des Tages beobachtete McEachern ihn mit verdrießlicher, widerwilliger Anerkennung.

«Aber du hast immer noch reichlich Zeit, mir Grund zu geben, dass ich das mit der Färse bereue», sagte McEachern.

IX

McEachern lag im Bett. Im Zimmer war es dunkel, aber er schlief nicht. Er lag neben Mrs. McEachern, von der er mit Sicherheit glaubte, dass sie schlief, und er dachte schnell und heftig, dachte: ‹Der Anzug ist getragen worden. Aber wann. Bei Tage kann es nicht gewesen sein, weil er da unter meinen Augen ist, außer am Samstagnachmittag. An einem Samstagnachmittag aber könnte er in die Scheune gehen, die taugliche Kleidung, die ich ihn tragen lasse, ablegen und verstecken und sich den Anzug anziehen, den er aber nur als Beiwerk zum Sündigen brauchen würde und könnte.› Es war, als wüsste er es nun, als wäre es ihm gesagt worden. Das ließe dann darauf schließen, dass die Sachen heimlich getragen wurden und infolgedessen aller Wahrscheinlichkeit nach abends. Und falls das so war, dann weigerte er sich zu glauben, dass der Junge etwas anderes im Sinn hatte als Wollust. Er selbst hatte sich nie der Wollust schuldig gemacht, und er hatte sich immer geweigert zuzuhören, wenn jemand davon erzählte. Doch nach dreißig Minuten intensiven Nachdenkens wusste er beinahe so viel über Joes Umtriebe, wie Joe selbst ihm hätte erzählen können, mit Ausnahme von Namen und Orten. Sehr wahrscheinlich hätte er sie nicht einmal geglaubt, auch wenn er sie aus Joes Mund gehört hätte, da Männer seines Schlages gewöhnlich ebenso festgefügte Überzeugungen von den Abläufen und Inszenierungen des Bösen haben wie über die des Guten. So waren Bigotterie und Hellsichtigkeit fast ein und dasselbe, nur dass die Bigotterie ein wenig schwerfällig war, denn als Joe an seinem Seil herunterrutschte und wie ein schneller Schatten an dem geöffneten, von Mondschein gefüllten Fenster vorbeiglitt, hinter dem McEachern lag, erkannte McEachern ihn nicht sofort, oder vielleicht glaubte er nicht, was er sah, obwohl er das Seil sehen konnte. Und als er zum Fenster kam, hatte Joe das Seil schon zur Seite geschwungen und befestigt und war jetzt auf dem Weg zur Scheune. Als McEachern ihn vom Fenster aus beobachtete, empfand er fast eine ähnlich reine und unpersönliche Empörung, wie ein Richter sie empfinden müsste, wenn er sähe, wie ein Mann, dem der Prozess gemacht wurde und dem die Todesstrafe drohte, sich vorbeugte und dem Gerichtsdiener auf den Ärmel spuckte.

Halb verborgen von den Schatten des Weges zwischen dem Haus und der Landstraße, sah er Joe an der Einmündung des Weges stehen. Er hörte auch das Auto und sah, wie es sich näherte und anhielt und wie Joe einstieg. Womöglich war es ihm gleichgültig, wer noch in dem Auto war. Vielleicht wusste er schon und hatte nur sehen wollen, in welche Richtung es fuhr. Vielleicht glaubte er, dass er auch das schon wusste, da das Auto praktisch überall hätte hinfahren können in einer Gegend lauter denkbarer Ziele und Straßen, die zu ihnen hinführten. Denn jetzt wandte er sich wieder dem Haus zu, ging mit schnellen Schritten, in derselben reinen, unpersönlichen Empörung, als glaubte er, er werde von einer noch größeren und reineren Empörung geleitet, sodass er an seinen persönlichen Fähigkeiten nicht einmal zu zweifeln brauchte. In Hausschuhen, ohne Hut, das Nachthemd in die Hose gestopft und mit herabbaumelnden Hosenträgern, ging er pfeilgerade zum Stall und sattelte sein großes altes, kräftiges weißes Pferd, kehrte zum Weg zurück und ritt in schwerem Galopp zur Straße, obwohl Mrs. McEachern von der Küchentür her seinen Namen rief, als er vom Grundstück ritt. Im gleichen langsamen, schwerfälligen Galopp bog er in die Straße ein, beide, der Mann und das Tier, ein wenig steif vorgebeugt, wie in einer unaufhaltsamen Simulation ungeheurer Geschwindigkeit, obwohl es an tatsächlicher Geschwindigkeit mangelte, so als wären dank der kalten, unerbittlichen und unbeirrbaren Überzeugung, dass sie beides,

Allmacht und Hellsichtigkeit, teilten, weder Kenntnis von einem Ziel noch Geschwindigkeit nötig.

Mit gleichbleibendem Tempo ritt er geradewegs zu der Stelle, die er suchte und die er aus einer ganzen Nacht und aus nahezu einem halben Bezirk herausgefunden hatte, auch wenn sie am Ende gar nicht weit entfernt war. Er war kaum vier Meilen geritten, als er vor sich Musik hörte, und dann sah er an der Straße Lichter in einem Schulhaus, das aus einem einzigen Klassenraum bestand. Er hatte gewusst, wo das Gebäude war, doch hatte er weder Grund noch die Möglichkeit zu wissen, dass dort eine Tanzveranstaltung stattfand. Aber er ritt geradewegs zwischen den zufälligen Schatten von abgestellten Autos und Buggys, gesattelten Pferden und Maultieren in dem Hain, der das Schulhaus umgab, hindurch und stieg ab, fast ehe das Pferd angehalten hatte. Er band es nicht einmal an. Er stieg ab, und in seinen Hausschuhen und den herabbaumelnden Hosenträgern, mit seinem runden Kopf und mit seinem kurzen, gestutzten, empörten Bart rannte er auf die offene Tür und die offenen Fenster zu, aus denen die Musik kam und wo sich im Licht von Petroleumlampen Schatten in einer gewissen geordneten Wildheit bewegten.

Vielleicht, wenn überhaupt ein Gedanke ihm durch den Kopf ging, glaubte er, ein streitbarer Erzengel Michael habe ihn geleitet und ihn jetzt, da er den Raum betrat, vorwärts gestoßen. Offenkundig waren seine Augen auch nicht einen Moment lang von dem plötzlichen Licht und der Bewegung in die Irre geführt, als er sich zwischen die Leiber mit den umgewandten Köpfen warf und, eine Welle des Erstaunens und des beginnenden Aufruhrs hinter sich lassend, auf den Jungen zurannte, den er aus freien Stücken adoptiert und den er so aufzuziehen versucht hatte, wie es seiner Überzeugung nach richtig war. Joe und die Kellnerin tanzten, und Joe hatte ihn noch nicht gesehen. Die Frau hatte ihn überhaupt nur ein einziges Mal gesehen, aber vielleicht erinnerte sie sich an ihn, oder vielleicht genügte einfach sein Erscheinen. Denn sie hörte auf zu tanzen, und in ihr Gesicht trat ein Ausdruck, der an Entsetzen grenzte; Joe bemerkte das und drehte sich um. Als er sich umdrehte, war McEachern bei ihnen. Auch McEachern hatte die Frau nur einmal gesehen, und sehr wahrscheinlich hatte er sie damals nicht angesehen, so wie er auch absichtlich niemals zugehört hatte, wenn Männer von Unzucht sprachen. Doch er ging geradewegs auf sie zu, beachtete Joe in dem Moment gar nicht. «Hinweg mit dir, Iezabel!», sagte er. Seine Stimme donnerte in die schockierte Stille, in die schockierten Gesichter ringsumher unter den Petroleumlampen, in die abgebrochene Musik, in die friedliche, von Mondschein erfüllte Nacht des jungen Sornmers. «Hinweg mit dir, Dirne!»

Vielleicht merkte er selbst gar nicht, dass er sich schnell bewegt hatte und dass seine Stimme laut dröhnte. Sehr wahrscheinlich sah er sich gerecht und felsengleich dastehen, ohne Hast oder Zorn, während auf allen Seiten die Liederlichkeit des schwachen Menschengeschlechts in einem langen Seufzer des Erschreckens vor dem wahren Statthalter des zornigen, rachsüchtigen Thrones wogte. Vielleicht waren es gar nicht seine Hände, die den Jungen, dem er von Kindesbeinen an Nahrung und Obdach und Kleidung gegeben hatte, ins Gesicht schlugen, und vielleicht war es, als das Gesicht sich vor dem Schlag duckte und wieder hochkam, gar nicht das Gesicht dieses Kindes. Doch das konnte ihn nicht überraschen, denn es war nicht das Gesicht des Kindes, auf das er es absah: Es war das Gesicht Satans, das er ebenfalls kannte. Und als er, den Blick starr auf dieses Gesicht gerichtet, die Hand immer noch erhoben, festen Schrittes darauf zuging, ging er sehr wahrscheinlich in der furiosen und traumhaften Verzücktheit eines Märtyrers, der schon Absolution erlangt hat, auf den niedersausenden Stuhl zu, den Joe auf seinen Kopf schlug, und ins Nichts. Vielleicht erstaunte ihn das Nichts ein wenig, aber doch nicht sehr, und nicht lange.

Dann rauschte für Joe alles fort, brüllend, ersterbend, ließ ihn allein mitten auf der Tanzfläche; den geborstenen Stuhl in der Hand, blickte er auf seinen Adoptivvater hinunter. McEachern lag auf dem Rücken. Er sah jetzt ganz friedlich aus. Er schien zu schlafen: Der stumpfe Kopf, unbezwingbar noch im Ruhen, und selbst das Blut auf seiner Stirn friedlich und ruhig.

Joe atmete schwer. Er konnte seinen Atem hören, und noch etwas anderes, dünn und schrill und in weiter Ferne. Er lauschte lange, so schien es, bevor er es als eine Stimme erkannte, eine Frauenstimme. Er blickte hin und sah, wie zwei Männer sie festhielten und wie sie sich wand und wehrte, ihr Haar nach vorn gefallen, ihr weißes Gesicht verzerrt und hässlich unter der fleckigen, wilden Tünche, ihr Mund eine kleine gezackte Öffnung, angefüllt mit Gekreisch. «Er hat mich Dirne genannt!», schrie sie und riss an den Männern, die sie festhielten. «Der alte Dreckskerl! Lasst mich los! Lasst mich los!» Dann hörte ihre Stimme wieder auf, Wörter zu bilden, und schrie einfach nur; sie zappelte und zerrte und versuchte, den Männern, die mit ihr rangen, in die Hände zu beißen.

Joe, den geborstenen Stuhl noch immer in der Hand, trat auf sie zu. An den Wänden kauerten, aneinandergedrängt, die anderen und beobachteten ihn: die Mädchen in steifen, gewagten Kleidern, in Strümpfen und hochhackigen Schuhen vom Versandhaus, die Männer, junge Männer in schlecht geschnittenen und bretttharten Anzügen, ebenfalls vom Versandhaus, mit harten, rissigen Händen und Augen, die schon das Erbe geduldigen Stierens über endlosen Furchen hin und auf die langsam schwankenden Hinterteile von Maultieren erkennen ließen. Joe rannte los und schwang den Stuhl. «Lasst sie los!», sagte er. Sofort hörte sie auf, sich zu wehren, und kehrte ihm ihre Wut, ihr Kreischen zu, als hätte sie ihn eben erst gesehen, hätte eben erst entdeckt, dass er auch da war.

«Und du! Du hast mich hergebracht. Du verdammter Trottel. Du Dreckskerl! Hurensöhne, du und er auch. Ihn auf mich zu hetzen, dabei hat er noch nie –» Joe schien auf niemanden direkt zuzulaufen, und sein Gesicht unter dem erhobenen Stuhl war ganz ruhig. Die anderen wichen aus der Nähe der Frau zurück und gaben sie frei, doch sie rang weiter mit den Armen, als hätte sie es noch nicht bemerkt.

«Raus hier!», schrie Joe. Er wirbelte herum und schwang den Stuhl, doch sein Gesicht war immer noch ganz ruhig. «Zurück!», sagte er, obwohl niemand sich ihm genähert hatte. Alle waren so still und so stumm wie der Mann am Boden. Joe schwang den Stuhl über dem Kopf und bewegte sich jetzt rückwärts auf die Tür zu. «Bleibt zurück! Ich hab gesagt, eines Tages bring ich ihn um! Ich hab's ihm gesagt!» Er schwang den Stuhl über dem Kopf, das Gesicht ruhig, und bewegte sich rückwärts auf die Tür zu. «Dass sich keiner von euch jetzt rührt», sagte er und blickte fest und unverwandt auf die Gesichter, die ebenso gut Masken hätten sein können. Dann schleuderte er den Stuhl zu Boden, wirbelte herum und sprang aus der Tür in das weiche, von Schatten durchbrochene Mondlicht. Er überholte die Kellnerin, als sie gerade in das Auto steigen wollte, mit dem sie gekommen waren. Er keuchte, und doch war auch seine Stimme ruhig: ein schlafendes Gesicht, das lediglich schwer genug atmete, um Laute hervorzubringen. «Fahr zurück in die Stadt», sagte er. «Ich komme, sobald ich …» Offenbar war ihm nicht bewusst, was er sagte noch was geschah, und als sich die Frau an der Autotür plötzlich umdrehte und anfing, ihn ins Gesicht zu schlagen, rührte er sich nicht, noch veränderte sich seine Stimme: «Ja. Richtig. Ich komme da hin, sobald ich –» Dann wandte er sich ab und rannte los, während sie noch auf ihn einschlug.

Er konnte nicht wissen, wo McEachern das Pferd gelassen hatte, noch konnte er mit Sicherheit wissen, ob es überhaupt da war. Dennoch rannte er direkt darauf zu, mit einer Spur von dem unbedingten Vertrauen seines Adoptivvaters in die Unfehlbarkeit der Ereignisse. Er saß auf und riss das Pferd herum, zurück zur Straße hin. Das Auto war schon in die Straße eingebogen. Er sah, wie die Rücklichter schwächer wurden und verschwanden.

Das alte, kräftige, auf der Farm aufgewachsene Pferd kehrte in seinem langsamen, gleichmäßigen Handgalopp nach Hause zurück. Der junge Mann auf seinem Rücken ritt leicht, hielt sich leicht im Gleichgewicht; er beugte sich weit vor und freute sich vielleicht an diesem Moment wie Faust, dass er nun ein für alle Mal das Du-sollst-nicht hinter sich gelassen hatte, dass er endlich von Ehre und Gesetz befreit war. In der Bewegung stieg der süße scharfe Schweißgeruch des Pferdes wie eine Schwefelwolke auf; der unsichtbare Wind flog vorbei. Laut rief er: «Ich hab's getan! Ich hab's getan! Ich hab ihnen gesagt, dass ich's tun würde!»

Er bog in den Weg ein und ritt durch das Mondlicht zum Haus, ohne das Tempo zu verlangsamen. Er hatte angenommen, das Haus würde dunkel sein, doch das war es nicht. Er hielt nicht inne; das sorgfältig versteckte Seil gehörte jetzt ebenso zu seinem toten Leben wie Ehre und Hoffnung und wie die alte, lästige Frau, die dreizehn Jahre lang zu seinen Feinden gezählt hatte und die jetzt wach war und auf ihn wartete. Das Licht brannte in ihrem und McEacherns Schlafzimmer, und sie stand in der Tür, mit einem Schal über dem Nachthemd. «Joe?», sagte sie. Er kam raschen Schrittes den Flur entlang. Sein Gesicht hatte den Ausdruck, den McEachern gesehen hatte, als der Stuhl niederging. Vielleicht konnte sie es noch nicht richtig sehen. «Was ist geschehen?», fragte sie. «Pa ist fortgeritten. Ich habe gehört …» Da sah sie sein Gesicht. Aber ihr blieb nicht einmal Zeit zurückzuweichen. Er schlug sie nicht; seine Hand auf ihrem Arm war ganz zart. Er hatte es nur eilig, drängte sie aus dem Weg, aus der Tür. Er schob sie beiseite, wie er vielleicht einen Vorhang vor der Tür beiseitegeschoben hätte.

«Er ist bei einem Tanz», sagte er. «Weg da, Alte.» Sie wandte sich um, wobei sie mit der einen Hand den Schal umklammert hielt, während die andere nach der Tür griff, als sie zurückwich, und sah ihm nach, wie er durch das Zimmer ging und dann die Treppe hinauflief, die zu seiner Dachkammer führte. Ohne anzuhalten, blickte er zurück. Da konnte sie seine Zähne im Lampenlicht schimmern sehen. «Bei einem Tanz, hast du gehört? Aber er tanzt nicht.» Er lachte, rückwärts gewandt, in die Lampe; er drehte den Kopf mitsamt dem Lachen und rannte weiter die Treppe hinauf, und er verschwand, während er rannte, verschwand nach oben, vom Kopf an abwärts, als liefe er mit dem Kopf zuerst lachend in etwas hinein, das ihn auslöschte, wie eine Kreidezeichnung, die von einer Tafel gewischt wird.

Sie folgte ihm, mühte sich die Treppe hinauf. Kaum war er an ihr vorbeigerannt, machte sie den ersten Schritt, als wäre die unversöhnliche Dringlichkeit, die ihren Mann aus dem Haus getrieben hatte, wie ein Umhang auf den Schultern des Jungen zurückgekehrt und wäre nun von ihm auf sie übergegangen. Sie schleppte sich die enge Treppe hinauf und hielt dabei mit der einen Hand das Geländer, mit der anderen den Schal umklammert. Sie sagte nichts zu ihm, rief ihm nichts zu. Es war so, als wäre sie ein Phantom und gehorchte dem Befehl, den der abwesende Meister ihr sandte. Joe hatte seine Lampe nicht angezündet. Aber das Zimmer war von gebrochenem Mondglanz erfüllt, und selbst ohne dieses Licht hätte sie sehr wahrscheinlich sagen können, was er tat. Sie hielt sich an der Wand aufrecht, tastete sich mit der Hand an der Wand entlang, bis sie an das Bett kam und darauf niedersank und sich setzte. Es hatte sie einige Zeit gekostet, denn als sie zu der Stelle hinblickte, wo das lose Brett war, kam er schon wieder zum Bett, auf das der Mond direkt schien, und sie sah zu, wie er die Blechdose leerte und das kleine Häufchen von Münzen und Scheinen mit der Hand zusammenschob und sich in die Tasche stopfte. Dann erst sah er zu ihr hin, wie sie da saß, ein wenig nach hinten gesunken, auf den einen Arm gestützt und mit der anderen Hand den

Schal haltend. «Ich hab dich nicht drum gebeten», sagte er. «Merk dir das. Ich hab dich nicht gebeten, weil ich befürchtete, du würdest es mir geben. Ich hab's einfach genommen. Vergiss das nicht.» Er wandte sich ab, fast ehe seine Stimme geendet hatte. Sie beobachtete ihn, wie er in das die Treppe heraufleuchtende Lampenlicht trat und hinunterging. Er verschwand aus ihrem Blickfeld, aber sie konnte ihn noch hören. Sie hörte ihn wieder im Flur, schnell; und nach einer Weile hörte sie wieder das Pferd, hörte es galoppieren, und nach einer Weile hörte das Hufeklappern auf.

Irgendwo schlug eine Uhr eins, als Joe das nunmehr verausgabte alte Pferd durch die Hauptstraße der Stadt trieb. Seit einer Weile schon schnaufte das Pferd schwer, doch Joe hielt es noch immer in einem stolpernden Trott, mit einem schweren Stock, der in regelmäßigen Abständen auf die Flanke niederging. Es war keine Gerte, sondern ein Stück von einem Besenstiel, das in Mrs. McEacherns Blumenbeet vor dem Haus gesteckt worden war, damit sich etwas daran hochrankte. Obwohl das Pferd sich noch wie im Galopp bewegte, kam es nicht viel schneller voran, als ein Mann gehen konnte. Auch der Stock hob sich und fiel mit der gleichen verausgabten und ungeheuerlichen Langsamkeit, und der junge Mann auf dem Pferderücken saß vorgebeugt, als wüsste er nicht, dass das Pferd erlahmt war, oder als könnte er das nachlassende Tier, dessen langsame Hufe mit gemessenem hohlem Klang durch die leere, von Mondschein gefleckte Straße hallten, vorwärts und weiter treiben. Der Anblick – von Pferd und Reiter – hatte eine seltsame, traumartige Wirkung, wie ein Film in Zeitlupe, während das Pferd gleichmäßig und erschöpft die Straße entlanggaloppierte, zu der alten Ecke, wo er immer gewartet hatte, mit weniger Dringlichkeit vielleicht, aber nicht weniger begierig, und jünger.

Jetzt trabte das Pferd nicht einmal mehr, es bewegte sich auf steifen Beinen, sein Atem ging tief und gequält und rasselnd, jeder Atemzug ein Ächzen. Der Stock ging immer noch nieder; und in dem Maße, wie das Pferd langsamer wurde, beschleunigten sich die Bewegungen des Stocks. Trotzdem wurde das Pferd langsamer und scherte zum Straßenrand hin aus. Joe zog es am Kopf, er schlug auf das Tier ein, aber es trottete langsam an den Straßenrand und blieb dort, von Schatten gefleckt, stehen, den Kopf gesenkt, zitternd, sein Atem fast wie eine menschliche Stimme. Doch immer noch beugte sich der Reiter in dem zum Stillstand gekommenen Sattel vor, in einer Haltung, die eine ungeheuerliche Geschwindigkeit vortäuschte, und schlug mit dem Stock auf die Flanke des Pferdes ein. Wäre nicht das Auf und Nieder des Stocks und das ächzende Atmen des Pferdes gewesen, hätten die beiden ein Reiterstandbild sein können, das von seinem Sockel gestiegen und in einer Haltung äußerster Erschöpfung auf einer stillen, leeren, von den Schatten des Mondlichts gefleckten und gesprenkelten Straße zur Ruhe gekommen war.

Joe stieg ab. Er ging zum Kopf des Pferdes und begann daran zu zerren, als könnte er es mit eigener Kraft in Bewegung bringen und dann wieder auf seinen Rücken springen. Das Pferd bewegte sich nicht. Er gab auf; es schien, als lehnte er sich ein wenig an das Pferd. Und wieder standen sie bewegungslos: das verausgabte Tier und der junge Mann, einander gegenüber, die Köpfe ganz nahe beieinander, wie in einer Haltung des Zuhörens oder des Gebets oder des Zwiegesprächs gemeißelt. Dann hob Joe den Stock und fing an, das Pferd auf den bewegungslosen Kopf zu schlagen. Er schlug gleichmäßig darauf ein, bis der Stock zerbrach. Er schlug weiter, mit dem einen abgebrochenen Stück, das nicht viel länger war als seine Hand. Aber vielleicht wurde ihm bewusst, dass er keinen Schmerz zufügte, oder vielleicht wurde ihm endlich der Arm lahm, jedenfalls warf er den Stock fort und wandte sich ab, wirbelte herum und schritt schon aus. Er blickte nicht zurück. Während er kleiner und kleiner wurde und sein weißes Hemd in den Mondschatten pulsierend aufleuchtete und verblasste, lief er so vollständig aus dem Leben des Pferdes, als hätte es nie existiert.

Er kam an der Ecke vorbei, an der er immer gewartet hatte. Falls er überhaupt etwas bemerkte, überhaupt etwas dachte, dann musste er sich sagen *Mein Gott, wie lange. Wie lange ist das her* Die Stadtstraße bog in die Schotterstraße ein. Er hatte noch eine Meile Wegs vor sich, deshalb rannte er nicht schnell, sondern bedacht, stetig, den Kopf leicht gesenkt, als betrachtete er die ausgetretene Straße unter seinen Füßen, die Ellbogen an den Seiten wie ein trainierter Läufer. Die Straße wand sich vom Mondlicht gebleicht weiter, in weiten Abständen von jenen kleinen, willkürlichen, neuen, schrecklichen Häuschen gesäumt, in denen Menschen, die gestern von nirgendwoher gekommen waren und morgen ins Nirgendwo fortgegangen sein würden, an den Rändern der Städte lebten. Sie alle waren dunkel, bis auf das eine, auf das er zulief.

Er kam zu dem Haus und bog von der Straße ab, laufend, die Schritte gemessen und laut in der späten Stille. Vielleicht konnte er die Kellnerin schon sehen, wie sie in einem dunklen Reisekleid, den Hut auf dem Kopf und mit gepackter Tasche wartete (wie und womit sie irgendwohin reisen würden, darüber hatte er wahrscheinlich nicht nachgedacht). Und vielleicht waren auch Max und Mame da, schon halb entkleidet – Max ohne Jackett oder womöglich im Unterhemd, und Mame in ihrem blassblauen Kimono –, und wirbelten laut und fröhlich umher, wie wenn man jemanden verabschiedet. Tatsächlich aber dachte er gar nichts, zumal er der Kellnerin nicht gesagt hatte, sie solle sich zur Abreise bereitmachen. Vielleicht glaubte er, dass er es ihr gesagt hatte oder dass sie es wissen musste, da seine jüngsten Taten und seine Pläne für die Zukunft ihm offenbar so simpel vorgekommen waren, dass jeder sie verstehen konnte. Vielleicht glaubte er sogar, dass er ihr, als sie ins Auto einstieg, gesagt hatte, er gehe nach Hause, um sich Geld zu holen.

Er lief zur Veranda hinauf. Bisher war es, auch in seinen besten Zeiten im Haus, immer sein Impuls gewesen, so rasch und unauffällig wie möglich von der Straße in den Schatten der Veranda und von da ins Haus, wo er erwartet wurde, zu gleiten. Er klopfte. In ihrem Zimmer war Licht, ein weiteres war am Ende des Flurs, wie er es erwartet hatte, und auch Stimmen hinter den verhängten Fenstern, mehrere Stimmen, die ihm eher eindringlich als fröhlich klangen: Auch das hatte er erwartet, und er dachte *Vielleicht denken sie, ich komme nicht. Das verdammte Pferd. Das verdammte Pferd* Er klopfte wieder, diesmal lauter, er legte die Hand auf den Knauf, rüttelte daran und presste sein Gesicht an das innen mit einem Vorhang verhängte Glas in der Eingangstür. Die Stimmen verstummten. Jetzt war keinerlei Geräusch mehr aus dem Inneren des Hauses zu hören. Die beiden Lichter – hinter der durchscheinenden Gardine in ihrem Zimmer und hinter dem dunklen, fast undurchsichtigen Vorhang an der Eingangstür – brannten mit einem steten, gleichbleibenden Leuchten, als wären alle Menschen in dem Haus in dem Moment, als er den Türknauf anrührte, gestorben. Er klopfte wieder, fast ohne Pause, und er klopfte noch immer, als die Tür (kein Schatten war auf den Vorhang gefallen, keine Schritte hatten sich von innen her genähert) plötzlich lautlos unter seiner klopfenden Hand aufflog. Er trat schon, als wäre er an der Tür befestigt, über die Schwelle, als Max aus dem Dunkel dahinter zum Vorschein kam und ihm in den Weg trat. Max war vollständig angezogen, sogar mit Hut. «Sieh an, sieh an, sieh an», sagte er. Seine Stimme war nicht laut, und fast war es so, als hätte er Joe rasch ins Haus gezogen und die Tür hinter ihm geschlossen und verriegelt, bevor Joe wusste, dass er drinnen war. Doch seine Stimme hatte wieder dieses Zweideutige, sie war herzlich und völlig leer und völlig ohne Freude oder Heiterkeit, wie eine Hülse, wie etwas, das er vorm Gesicht trug und durch das er Joe beobachtete, was Joe manchmal dazu gebracht hatte, Max mit einer Mischung aus Verwirrung und

Verärgerung anzusehen. «Da ist ja unser Romeo», sagte er. «Der Playboy aus der Beale Street.» Nun sprach er etwas lauter, sagte ziemlich laut Romeo. «Komm rein, komm zu den anderen.»

Joe war schon auf dem Weg zu der Tür, die er kannte, fast lief er wieder, falls er überhaupt je wirklich angehalten hatte. Er hörte Max nicht zu. Er hatte nie von der Beale Street gehört, diesen drei oder vier Straßenblocks in Memphis, im Vergleich zu denen Harlem nur eine Filmkulisse war. Joe hatte auf nichts geachtet. Plötzlich sah er die blonde Frau hinten im Flur stehen. Er hatte gar nicht gesehen, wie sie in den Flur gekommen war, doch als er eintrat, war der Flur leer gewesen. Und nun stand sie plötzlich da. Sie war angekleidet und trug einen dunklen Rock, und in der Hand hielt sie einen Hut. Und gleich hinter einer offenstehenden dunklen Tür neben ihm war ein Stapel Gepäck, mehrere Taschen. Vielleicht sah er sie nicht. Oder vielleicht sah er hin und erfasste schneller, als er dachte *Ich hätte nicht gedacht, dass sie so viel hat* Vielleicht dachte er in dem Moment zum ersten Mal, dass sie kein Fahrzeug hatten, dachte *Wie soll ich das alles tragen* Aber er hielt nicht inne, sondern wandte sich schon zu der Tür, die er kannte. Erst als er die Hand an die Tür legte, wurde er sich der völligen Stille dahinter bewusst, einer Stille, von der auch er mit achtzehn Jahren wusste, dass es mehr als eines Menschen bedurfte, sie zustande zu bringen. Aber er hielt nicht inne; vielleicht wurde ihm nicht einmal bewusst, dass der Flur wieder leer, dass die blonde Frau wieder verschwunden war, ohne dass er gesehen oder gehört hatte, wie sie sich bewegte.

Er öffnete die Tür. Er rannte jetzt, das heißt, so wie vielleicht einer rennt, der sich und seinem Wissen weit voraus ist in dem Moment, in dem er stockstill stehenbleibt. Die Kellnerin saß auf dem Bett, wie er sie viele Male hatte sitzen sehen. Sie trug das dunkle Kleid und den Hut, wie er erwartet, wie er gewusst hatte. Sie saß mit gesenktem Gesicht, sah auch nicht zu der sich öffnenden Tür hin, eine brennende Zigarette in der einen stillen

Hand, die in ihrer Unbeweglichkeit vor dem dunklen Kleid fast monströs wirkte. Und im selben Augenblick sah er den zweiten Mann. Er hatte den Mann nie zuvor gesehen. Doch das wurde ihm jetzt nicht klar. Erst später erinnerte er sich daran, und erinnerte sich an den Stapel Gepäck in dem dunklen Zimmer, den er einen Moment lang gesehen hatte, als die Gedanken schneller als das Sehen waren.

Der Fremde saß auch auf dem Bett, auch er rauchte. Sein Hut war nach vorn geschoben, sodass der Schatten der Krempe über seinen Mund fiel. Er war nicht alt, aber er sah auch nicht jung aus. Er und Max hätten Brüder sein können in dem Sinne, wie zwei beliebige weiße Männer, die sich unversehens in ein afrikanisches Dorf verirrt hatten, in den Augen der dort lebenden Menschen wie Brüder aussehen mochten. Sein Gesicht, sein Kinn, alles, worauf das Licht fiel, war ruhig. Ob der Fremde ihn ansah oder nicht, wusste Joe nicht. Und dass Max direkt hinter ihm stand, wusste Joe auch nicht. Und er hörte ihre wirklichen Stimmen, ohne zu wissen, was sie sagten, ohne auch nur zuzuhören: *Frag ihn*

Wie soll er das wissen Vielleicht hörte er die Wörter. Wahrscheinlich aber nicht. Wahrscheinlich waren sie vorerst nicht bedeutsamer als das Sirren der Insekten hinter dem dicht zugezogenen Fenster oder die gepackten Taschen, die er gesehen und noch nicht wahrgenommen hatte. *Er ist gleich danach abgehauen, sagt Bobbie*

Vielleicht weiß er es trotzdem. Lasst uns, wenn's geht, wenigstens herausfinden, wovor wir weglaufen

Obwohl Joe sich nicht gerührt hatte, seit er eingetreten war, rannte er noch immer. Als Max ihn an der Schulter berührte, drehte er sich um, als wäre er mitten im Schritt angehalten worden. Er hatte nicht gemerkt, dass Max auch im Zimmer war. Er sah Max über die Schulter mit wütender Verdrossenheit an. «Lass hören, Junge», sagte Max. «Was ist passiert?»

«Wieso, was?», fragte Joe.

«Der Alte. Meinst du, du hast ihn kaltgemacht? Sag uns die Wahrheit. Du willst doch Bobbie nicht in Schwierigkeiten bringen.»

«Bobbie», sagte Joe und dachte *Bobbie. Bobbie* Er drehte sich um, jetzt wieder rennend; diesmal packte Max ihn an der Schulter, aber nicht hart.

«Nun komm», sagte Max. «Wir sind doch hier alle Freunde, oder? Hast du ihn kaltgemacht?»

«Kaltgemacht?», sagte Joe in dem gequälten Ton von Ungeduld und Beherrschtheit, als würde er von einem Kind festgehalten und gefragt.

Der Fremde sprach. «Der, dem du den Stuhl über den Kopf gezogen hast. Ist er tot?»

«Tot?», sagte Joe. Er sah den Fremden an. Als er ihn ansah, sah er wieder die Kellnerin, und er rannte wieder. Jetzt bewegte er sich wirklich. Er hatte die beiden Männer vollständig aus seinen Gedanken verdrängt. Er ging zu dem Bett hin, zog etwas aus seiner Tasche, und ein ebenso verzückter wie siegesgewisser Ausdruck trat in sein Gesicht. Die Kellnerin sah ihn nicht an. Sie hatte ihn, seit er ins Zimmer gekommen war, nicht ein einziges Mal angesehen, obwohl er das wahrscheinlich ganz vergessen hatte. Sie hatte sich nicht bewegt, die Zigarette brannte immer noch in ihrer Hand. Ihre bewegungslose Hand sah so groß und tot und bleich aus wie ein Stück Kochfleisch. Wieder packte ihn jemand bei der Schulter. Diesmal war es der Fremde. Der Fremde und Max standen Schulter an Schulter und sahen Joe an.

«Halt uns nicht hin», sagte der Fremde. «Wenn du den Kerl kaltgemacht hast, sag es. Es kann sowieso nicht lange geheim bleiben. Spätestens nächsten Monat erfahren sie es, das steht fest.»

«Ich sag Ihnen doch, ich weiß es nicht!», sagte Joe. Er blickte vom einen zum anderen, gequält, aber noch nicht wütend. «Ich habe ihn geschlagen. Er ist hingefallen. Ich hab ihm gesagt, dass ich es eines Tages tun würde.» Sein Blick ging vom einen zum anderen der stillen, beinahe identischen Gesichter. Unter dem Griff des Fremden ruckte er mit der Schulter.

Max sprach. «Warum bist du dann hergekommen?»

«Warum –», sagte Joe. «Warum ich …», sagte er in einem Ton nachlassender Verwunderung und starrte mit empörter, aber noch geduldiger Verzweiflung von einem Gesicht zum anderen. «Warum ich hergekommen bin? Ich bin gekommen, um Bobbie zu holen. Glauben Sie, dass ich – wo ich den ganzen Weg nach Hause gemacht hab, weil ich das Geld holen wollte, zum Heiraten –» Wieder vergaß er die Männer völlig, verbannte sie. Er riss sich los und wandte sich der Frau zu, wieder mit diesem selbstvergessenen, verzückten und zugleich stolzen Ausdruck. Sehr wahrscheinlich waren die beiden Männer in diesem Moment so vollständig aus seinem Leben fortgeblasen wie zwei Fetzen Papier. Sehr wahrscheinlich merkte er gar nicht, dass Max zur Tür ging und etwas rief und dass einen Moment später die blonde Frau ins Zimmer trat. Er neigte sich über das Bett, auf dem unbeweglich und mit gesenktem Blick die Kellnerin saß, beugte sich über sie, zerrte aus seiner Hosentasche das Knäuel von Münzen und Scheinen und warf es ihr in den Schoß und neben sie auf das Bett. «Da! Sieh es dir an. Sieh mal. Ich hab's. Siehst du?»

Dann erfasste ihn wieder der Wind, wie in dem Schulhaus drei Stunden zuvor zwischen den starrenden Gesichtern dort, die er in dem Moment nicht wahrgenommen hatte. Er stand in einem ruhigen, traumartigen Zustand, stand aufrecht jetzt da, wohin das Aufspringen der sitzenden Kellnerin ihn gestoßen hatte, und sah sie, wie sie, auf den Beinen jetzt, das gebündelte und verstreute Geld auflas und von sich warf; er sah sie ruhig an, das verzerrte Gesicht, den schreienden Mund und die Augen, die ebenfalls schrien. Er als der Einzige von allen, so schien es ihm, war ruhig, still; seine Stimme allein war ruhig genug, dass sie ans Ohr drang: «Heißt das, du willst nicht?», sagte er. «Heißt das, du willst nicht?»

Es war ganz ähnlich, wie es im Schulhaus gewesen war: Jemand hielt sie, und sie wehrte sich und kreischte, das Haar wirr vom Herumreißen und Hin- und Herschütteln des Kopfes, ihr Gesicht, sogar ihr Mund, im Gegensatz zum Haar, so still wie ein toter Mund in einem toten Gesicht. «Dreckskerl! Hurensohn! Mich so in die Klemme zu bringen, wo ich dich immer behandelt hab, als wärst du ein Weißer. Ein Weißer!»

Aber sehr wahrscheinlich war das für ihn jetzt auch nur Geräusch, und er registrierte es nicht: ein Teil nur des lang anhaltenden Windes. Er starrte sie nur an, starrte in das Gesicht, das er vorher noch nie gesehen hatte, sagte ruhig (ob laut oder nicht, hätte er nicht sagen können), in langsam wachsender Verwunderung: *Und ich hab einen Mord für sie begangen. Ich hab sogar für sie gestohlen* Als hätte er eben erst davon gehört, eben erst daran gedacht, als wäre ihm eben erst gesagt worden, dass er es getan hatte.

Dann wurde auch sie, wie es schien, von dem lang anhaltenden Wind aus seinem Leben geblasen, wie ein dritter Fetzen Papier. Er begann den Arm zu schwingen, als hielte seine Hand noch den geborstenen Stuhl. Die blonde Frau war schon seit einiger Zeit im Zimmer. Er sah sie jetzt zum ersten Mal, ohne Überraschung, sie hatte sich anscheinend aus dünner Luft manifestiert und stand regungslos, mit dieser diamantglatten Gelassenheit, die ihr eine Respektabilität verlieh, so unerbittlich und so ruhig wie der weiße, erhobene Handschuh eines Polizisten, nicht ein einziges Härchen am falschen Platz. Sie trug jetzt den blassblauen Kimono über dem dunklen Reisekleid. Sie sagte ruhig: «Macht ihn fertig. Wir müssen hier weg. Die Polizei wird bald hier sein. Sie wissen bestimmt, wo sie nach ihm suchen müssen.»

Vielleicht hörte Joe sie gar nicht, und auch nicht die schreiende Kellnerin: «Er hat mir selbst gesagt, dass er ein Nigger ist!

Der Hurensohn! Da ficke ich für nichts mit einem Hurensohn von einem Nigger, und er bringt mich in die Klemme mit der Bauerntrampelpolizei. Bei einem Bauerntrampeltanz!» Vielleicht hörte er nur den lang anhaltenden Wind, während er mit schwingender Hand, als hielte sie noch den Stuhl, vorwärts sprang, auf die beiden Männer zu. Sehr wahrscheinlich wusste er nicht einmal, dass sie schon auf ihn zukamen. Denn in einem Zustand ähnlich der Verzücktheit seines Adoptivvaters sprang er voll und aus eigenem Antrieb in die Faust des Fremden. Vielleicht spürte er keinen der Schläge, obwohl die Faust des Fremden ihn zweimal im Gesicht traf, bevor er zu Boden ging, wo er, wie der Mann, den er niedergestreckt hatte, auf dem Rücken lag, ganz still. Aber er hatte nicht das Bewusstsein verloren, denn seine Augen standen noch offen und blickten ruhig zu den anderen hinauf. Und nichts war in seinen Augen zu erkennen, weder Schmerz noch Überraschung. Doch anscheinend konnte er sich nicht rühren; er lag einfach nur da, mit einem zutiefst kontemplativen Ausdruck, und blickte ruhig zu den beiden Männern hinauf und zu der blonden Frau, die immer noch so reglos und vollständig makellos und geglättet dastand wie eine gegossene Statue. Vielleicht konnte er auch die Stimmen nicht hören, oder vielleicht hörte er sie, und sie hatten wieder nicht mehr Sinn für ihn als das beständige trockene Sirren der Insekten draußen vor dem Fenster:

Versaut uns ein süßes kleines Arrangement, wie ich's mir besser nicht hätte wünschen können

Er sollte sich lieber von Huren fernhalten

Er kann nichts dafür, er ist zu nah bei einer geboren

Ist er wirklich ein Nigger? Sieht nicht wie einer aus

Das hat er Bobbie eines Nachts erzählt. Aber ich vermute, sie weiß auch nicht mehr darüber, was er ist, als er selbst. Diese Trottel vom Land können alles sein

Das kriegen wir raus. Mal sehen, ob er schwarzes Blut hat Joe lag friedlich und still am Boden und beobachtete, wie der Fremde sich zu ihm runterbeugte, seinen Kopf anhob und ihn erneut ins Gesicht schlug, diesmal mit einem kurzen scharfen Schlag. Nach einem Moment leckte er ein wenig an seiner Lippe, so wie ein Kind einen Kochlöffel ablecken würde. Er sah, wie sich die Hand des Fremden wieder hob. Aber sie ging nicht nieder.

Das reicht. Hauen wir ab, nach Memphis

Nur einen noch Joe lag ruhig da und beobachtete die Hand. Dann war Max neben dem Fremden, und auch er beugte sich über ihn. *Wir brauchen noch ein bisschen mehr Blut, um sicher zu sein*

Klar. Er muss sich keine Sorgen machen. Der geht auch auf Kosten des Hauses

Die Hand ging nicht nieder. Dann war auch die blonde Frau da. Sie hielt den erhobenen Arm des Fremden am Handgelenk. *Ich hab gesagt, das reicht*

X

Das Wissen, nicht die Trauer erinnert sich an tausend brutale und einsame Straßen. Sie nehmen ihren Anfang in der Nacht, als er dalag und die endgültigen Schritte hörte und dann das endgültige Schlagen der Tür (sie machten nicht einmal das Licht aus), und dann lag er ruhig auf dem Rücken, die Augen geöffnet, während über ihm die an der Zimmerdecke hängende Kugel mit schmerzendem und beharrlich grellem Licht brannte, wie in einem Haus, in dem alle Menschen gestorben sind. Er wusste nicht, wie lange er so lag. Er dachte gar nichts, er litt nicht. Vielleicht war ihm bewusst, dass irgendwo in ihm die zwei durchtrennten Drahtenden des Wollens und des Empfindens lagen, jetzt ohne sich zu berühren, und darauf warteten, dass sie sich berührten, wieder zusammengefügt wurden, damit er sich bewegen konnte. Während die anderen letzte Vorbereitungen für ihren Aufbruch trafen, stiegen sie hin und wieder über ihn hinweg, so wie Menschen, die im Begriff sind, ein Haus für immer zu verlassen, über einen Gegenstand hinwegsteigen, den sie nicht mitnehmen wollen. *Hier, Bobbie, hier, Mädchen, hier ist dein Kamm, du hast ihn vergessen, und hier ist auch Romeos Hühnerfutter, Jesus, er muss unterwegs den Geldkasten in der Sonntagsschule ausgeräumt haben, gehört Bobbie, hast du nicht gesehen, wie er's ihr gegeben hat, hast du's nicht gesehen, so großherzig, der Gute, richtig, nimm's nur, Kind, kannst es behalten, als Anzahlung oder als Erinnerung oder so, was, will sie's nicht haben, also wirklich, das ist doch zu schade, das ist hart, aber hier können wir's nicht lassen, auf dem Fußboden, da ätzt es noch ein Loch in den Boden, hat sowieso schon ein Loch geätzt, ein ziemlich großes für seine Größe, ziemlich groß für jede Größe, he, Bobbie, he, Kind, klar heb ich's für Bobbie auf, von wegen, du hebst es für sie auf, also, ich meine, ich heb die Hälfte davon für Bobbie auf, lasst es da liegen, ihr Dreckskerle, was wollt ihr damit, es gehört ihm, also, du lieber Heiland, was soll er denn damit, er benutzt kein Geld, er braucht es nicht, frag Bobbie, ob er Geld braucht, die schenken ihm, wofür wir anderen bezahlen müssen, lass es da liegen, hab ich gesagt, ich kann's nicht liegenlassen, es ist nicht meins, es gehört Bobbie, und deins ist es auch nicht, es sei denn, du lieber Heiland, du willst mir sagen, dass er dir auch Zaster schuldet, dass er dich hinter meinem Rücken gefickt hat, auf Kredit, ich hab gesagt, lass es liegen, mach dich aus dem Staub, es sind sowieso nicht mehr als fünf oder sechs Dollar pro Nase* Dann stand die blonde Frau über ihm, und während er still zusah, bückte sie sich, hob ihren Rock und nahm oben aus ihrem Strumpf ein flach gefaltetes Bündel Banknoten, zog eine davon heraus und schob sie ihm in die Uhrentasche seiner Hose. Dann war sie fort. *Jetzt macht, dass ihr hier wegkommt, du bist doch selbst noch nicht fertig, du musst den Kimono noch einpacken und die Tasche zumachen und dir das Gesicht nochmal pudern, bring mir meine Tasche und meinen Hut hierher, und jetzt geht und nehmt Bobbie mit und die anderen Taschen und setzt euch ins Auto und wartet auf mich, und Max, glaubst du, ich lass einen von euch hier allein, damit ihr ihm den einen Schein auch noch stehlt, geht jetzt, macht, dass ihr wegkommt*

Dann waren sie fort: die endgültigen Schritte, das endgültige Türschlagen. Dann hörte er das Auto, das in einer höheren Tonlage das Sirren der Insekten übertönte, dann in die gleiche Tonlage und noch tiefer sank, sodass er nur noch die Insekten hörte. Er lag unter dem Licht. Noch konnte er sich nicht bewegen, während er sehen konnte, ohne wirklich wahrzunehmen, hören konnte, ohne wirklich zu verstehen; noch waren die beiden Drahtenden nicht wieder zusammengefügt, und er lag friedlich da, leckte sich hin und wieder die Lippen, wie Kinder es tun.

Dann fügten sich die Drahtenden zusammen und stellten die Verbindung her. Er wusste nicht, wann genau das passierte, außer dass er sich plötzlich des Dröhnens in seinem Kopf bewusst wurde; und er setzte sich langsam auf, entdeckte sich aufs Neue, stellte sich auf die Beine. Ihm war schwindlig, das Zimmer drehte sich um ihn, langsam und glatt wie Denken, sodass das Denken sagte *Noch nicht* Aber er spürte immer noch keine Schmerzen, auch nicht, als er, die Hände auf die Kommode gestützt, sein geschwollenes und blutiges Gesicht im Spiegel betrachtete und sein Gesicht berührte. «Du lieber Heiland», sagte er. «Die haben mich ganz schön zugerichtet.» Er dachte noch nicht; das Denken war noch nicht so weit heraufgestiegen *Ich glaube, ich hau hier lieber ab, ich glaube, ich hau hier lieber ab* Er ging zur Tür, die Hände vor sich ausgestreckt wie ein Blinder oder ein Schlafwandler. Er war im Flur, ohne dass er sich erinnerte, wie er durch die Tür gegangen war, und fand sich in einem anderen Schlafzimmer wieder, während er noch hoffte, wenn auch vielleicht nicht glaubte, dass er sich auf die Haustür zubewegte. Auch dieses Zimmer war klein. Doch es schien von der Gegenwart der blonden Frau erfüllt; selbst die engstehenden, harschen Wände wölbten sich mit dieser militanten, diamantglatten Respektabilität vor. Auf der leeren Kommode stand eine fast volle Halbliterflasche Whiskey. Er trank den Whiskey, langsam, ohne auch nur das Feuer zu fühlen, und hielt sich aufrecht, indem er sich an die Kommode klammerte. Der Whiskey rann ihm die Kehle hinunter, kühl wie Melasse, ohne Geschmack. Er stellte die leere Flasche ab und lehnte sich an die Kommode, den Kopf gesenkt, ohne zu denken; vielleicht wartete er, ohne es zu wissen, vielleicht wartete er nicht einmal. Dann begann der Whiskey in ihm zu brennen, und er fing an den Kopf hin und her zu bewegen, langsam, von einer Seite zur andern, und das Denken wurde eins mit den langsamen, heißen Wellenbewegungen seiner Eingeweide: ‹Ich muss hier raus.› Er trat wieder in den Flur. Jetzt war sein Kopf zwar klar, aber sein

Körper wollte ihm nicht gehorchen. Er musste ihn mit gutem Zureden durch den Flur lotsen, ihn an der Wand entlang zur Haustür schieben, dachte: ‹Jetzt komm schon, reiß dich zusammen. Ich muss hier raus›, und dachte *Wenn ich ihn bloß nach draußen schaffe, an die Luft, die kühle Luft, die kühle Dunkelheit* Er beobachtete seine Hände, wie sie an der Tür hantierten, und wollte ihnen helfen, sie antreiben und in seine Gewalt bekommen. ‹Jedenfalls haben sie mich nicht eingeschlossen›, dachte er. ‹Du lieber Heiland, sonst hätte ich nicht vor morgen rausgekonnt. Niemals hätte mein Körper ein Fenster öffnen und rausklettern können.› Schließlich öffnete er die Tür und ging hinaus und schloss die Tür hinter sich, und wieder musste er seinen Körper überreden, der sich nicht die Mühe machen wollte, die Tür zu schließen, der gezwungen werden musste, die Tür zu dem leeren Haus zu schließen, wo die beiden Lampen mit ihrem toten und beharrlich grellen Licht leuchteten, sie wussten nicht, dass das Haus leer war, und es kümmerte sie auch nicht; Stille und Verlassenheit kümmerten sie nicht, nicht mehr, als die billigen brutalen Nächte schaler, oft benutzter Gläser und schaler, oft benutzter Betten sie gekümmert hatten. Sein Körper war jetzt folgsamer, gefügiger. Er trat von der dunklen Veranda in das Mondlicht, und mit seinem blutigen Kopf und seinem leeren Magen, der heiß und wild und dreist vom Whiskey war, trat er hinaus auf die Straße, die sich fünfzehn Jahre lang hinziehen sollte.

Mit der Zeit ließ der Whiskey nach, kam noch einmal zurück und verebbte wieder, aber die Straße zog sich immer weiter. Von dieser Nacht an zogen sich die tausend Straßen zu einer zusammen, mit unmerklichen Ecken und Szenenwechseln, unterbrochen von Intervallen erbettelter und gestohlener Fahrten auf Eisenbahnwaggons und Lastwagen, und auf ländlichen Fuhrwerken, auf denen er mit zwanzig und fünfundzwanzig und dreißig auf der Kutschbank saß, mit seinem stillen, harten Gesicht und in den Kleidern (selbst wenn sie verschmutzt und abgetragen waren) eines Städters, und der Kutscher des Fuhrwerks wusste nicht, wer oder was der Fahrgast war, und wagte nicht zu fragen. Die Straße zog sich hin nach Oklahoma und Missouri und weit südlich bis hin nach Mexiko, dann wieder nach Norden, nach Chicago und Detroit, und dann wieder in südliche Richtung und schließlich nach Mississippi. Sie war fünfzehn Jahre lang: Sie zog sich zwischen den brutalen, dürftigen Bretterwänden der Ölstädte hindurch, wo er in seiner unvermeidlichen Sergekleidung und seinen hellen Schuhen, die schwarz waren von bodenlosem Schlamm, derbe Mahlzeiten von Blechtellern aß, die ihn zehn oder fünfzehn Dollar kosteten und für die er mit Banknoten aus einem Bündel bezahlte, so groß wie ein Ochsenfrosch und ebenfalls von dem zähflüssigen Schlamm befleckt, der so bodenlos schien wie das Gold, das er hergab. Sie zog sich durch gelbe Weizenfelder, die unter den brennenden gelben Tagen der Arbeit wogten, und durch den harten Schlaf in Heuschobern unter dem kalten, verrückten Septembermond und den spröden Sternen: Nacheinander war er Landarbeiter, Bergmann, Goldschürfer, Glücksspielwerber; er trat ins Heer ein, diente vier Monate, desertierte und wurde nie erwischt. Und immer, früher oder später, zog sich die Straße durch Städte, durch identische und mehr oder weniger austauschbare Viertel von Städten, an deren Namen er sich nicht erinnerte und in denen er unter den dunklen, zweideutigen und symbolischen Torbogen der Mitternacht mit Frauen schlief, die er bezahlte, wenn er das Geld dazu hatte, und wenn er es nicht hatte, schlief er trotzdem mit ihnen und sagte ihnen dann, er sei Neger. Eine Weile funktionierte das, nämlich solange er noch im Süden war. Es war ganz einfach, ganz leicht. Gewöhnlich riskierte er nur, von der Frau und der Puffmutter beschimpft zu werden, doch hin und wieder wurde er von anderen Kunden bewusstlos geschlagen, sodass er später auf der Straße oder im Gefängnis aufwachte.

So ging es, als er noch (vergleichsweise weit) im Süden war. Denn eines Nachts funktionierte es nicht. Er stand vom Bett auf und sagte zu der Frau, dass er Neger sei. «Wirklich?», sagte sie. «Ich dachte, du bist vielleicht einer von diesen Spaghettifressern oder so.» Sie sah ihn ohne besonderes Interesse an; dann nahm sie offenbar etwas in seinem Gesicht wahr und sagte: «Und wennschon. Du siehst ordentlich aus. Du hättest mal den Kerl sehen sollen, den ich rausgeschickt habe, bevor du an der Reihe warst.» Sie sah ihn an. Sie war jetzt ganz still. «Sag mal, was glaubst du eigentlich, was das hier ist, dieses Loch? Das Ritz?» Dann hörte sie auf zu sprechen. Sie beobachtete sein Gesicht und wich langsam vor ihm zurück, sie starrte ihn an, aus ihrem Gesicht schwand alle Farbe, ihr Mund öffnete sich zu einem Schrei. Und dann schrie sie. Zwei Polizisten waren nötig, um ihn zu überwältigen. Im ersten Moment glaubten sie, die Frau sei tot.

Danach war ihm übel. Er hatte bis dahin nicht gewusst, dass es weiße Frauen gab, die bereit waren, einen Mann mit schwarzer Haut zu nehmen. Das Gefühl der Übelkeit blieb ihm zwei Jahre. Manchmal fiel ihm wieder ein, wie er einst weiße Männer mit Tricks oder Anzüglichkeiten dazu gebracht hatte, dass sie ihn einen Neger nannten, nur damit er sich mit ihnen prügeln, sie schlagen konnte oder von ihnen geschlagen wurde; jetzt prügelte er sich mit den Negern, die ihn einen Weißen nannten. Er war jetzt im Norden, in Chicago und dann in Detroit. Er lebte unter Negern und mied die Weißen. Er aß mit ihnen, schlief mit ihnen, kampflustig, unberechenbar, verschlossen. Er lebte jetzt – wie Ehemann und Ehefrau – mit einer Frau zusammen, die wie aus Ebenholz geschnitzt aussah. Nachts lag er im Bett neben ihr, schlaflos, und atmete tief und schwer. Er machte das absichtlich, und er spürte, beobachtete sogar, wie seine weiße Brust sich tiefer und tiefer in den Brustkasten senkte, und er versuchte, den dunklen Geruch, das dunkle und unergründliche Denken und Sein der Neger in sich einzusaugen und mit jedem Atemzug das weiße Blut und das weiße Denken und Sein aus sich auszustoßen. Und die ganze Zeit spannten sich seine Nasenflügel und wurden weiß bei dem Geruch, den er sich zu eigen machen wollte, und sein ganzes Sein wand sich und sperrte sich in physischem Aufbegehren und geistiger Ablehnung.

Er glaubte, dass er vor der Einsamkeit zu fliehen versuchte und nicht vor sich selbst. Aber die Straße zog sich weiter dahin: Wie für eine Katze war für ihn ein Ort wie der andere. Doch konnte er in keinem Ruhe finden. Aber die Straße zog sich weiter dahin, in ihren Launen und ihren Phasen, und immer leer: Er hätte sich selbst sehen können, wie in unzähligen Verkörperungen – in tiefem Schweigen, zu Bewegung verdammt, getrieben vom Mut angestoßener und angespornter Verzweiflung, von der Verzweiflung des Muts, der im rechten Augenblick angestoßen und angespornt werden musste. Er war dreiunddreißig Jahre alt.

Eines Nachmittags war aus der Straße eine Landstraße in Mississippi geworden. Er war in der Nähe einer Kleinstadt aus einem nach Süden fahrenden Güterzug gejagt worden. Er kannte den Namen der Stadt nicht, es kümmerte ihn nicht, welches Wort sie als ihren Namen benutzte. Er sah die Stadt auch gar nicht. Er ging außen um sie herum, an einem Gehölz vorbei, kam zu der Landstraße und blickte in beide Richtungen. Es war keine geschotterte Straße, obwohl sie aussah, als würde sie ziemlich viel benutzt. Er sah mehrere verstreute Negerhütten hier und da entlang der Straße; dann erblickte er, etwa eine halbe Meile entfernt, ein größeres Haus. Es war ein großes Haus, das in einer Gruppe von Bäumen stand, ein Anwesen offensichtlich, das einst eine gewisse Bedeutung gehabt hatte. Doch jetzt mussten die Bäume dringend beschnitten werden, und das Haus war seit Jahren nicht gestrichen worden. Er sah, dass es bewohnt war, und er hatte seit vierundzwanzig Stunden nicht gegessen. ‹Hier könnte es gehen›, dachte er.

Aber er näherte sich dem Haus nicht gleich, obwohl der Nachmittag schon fortgeschritten war. Stattdessen kehrte er ihm den Rücken zu und ging in die andere Richtung, in seinem schmutzigen weißen Hemd, seinen abgetragenen Sergehosen, seinen rissigen, staubigen Stadtschuhen und der Tuchmütze, die er in einem arroganten Winkel über seinen Dreitagestoppeln trug. Doch auch so sah er nicht wie ein Tramp aus, wenigstens nicht, wie es schien, für den Negerjungen, der ihm auf der Landstraße entgegenkam und einen Blecheimer hin und her schwang. Er hielt den Jungen an. «Wer wohnt in dem großen Haus dahinten?», fragte er.

«Das is, wo Miz Burden drin wohnt.»

«Mr. und Mrs. Burden?»

«Nein, Sir. Mr. Burden gibt's nicht. Keiner wohnt da außer ihr.»

«Oh. Eine alte Frau, schätze ich.»

«Nein, Sir. Miz Burden is nicht alt. Jung is sie auch nicht.»

«Und sie wohnt da allein. Hat sie keine Angst?»

«Wer soll ihr schon was tun, hier, bei der Stadt? Die farbigen Leute hier passen auf sie auf.»

«Farbige Leute passen auf sie auf?»

Sogleich war es, als hätte der Junge eine Tür zwischen sich und dem Mann, der ihn ausfragte, zugemacht. «Hier rum is keiner, der ihr was tut, nehm ich an. Sie hat keinem was getan.»

«Nein, sicher nicht», sagte Christmas. «Wie weit ist es zur nächsten Stadt in dieser Richtung?»

«So etwa dreißig Meilen, sagen sie. Sie wollen doch nicht den ganzen Weg laufen, oder?»

«Nein», sagte Christmas. Dann wandte er sich um und ging weiter. Der Junge sah ihm nach. Dann wandte auch er sich um und ging weiter, und der Blecheimer schwang seitlich gegen sein ausgeblichenes Hosenbein. Nach ein paar Schritten sah er sich um. Der Mann, der ihn ausgefragt hatte, ging stetig, wenn auch nicht schnell. Der Junge ging in seinem ausgeblichenen, geflickten, zu kleinen Overall weiter. Er war barfuß. Im nächsten Moment fing er an, im Weitergehen mit den Füßen zu schlurfen, sodass der rote Staub um seine mageren, schokoladenbraunen Waden und die ausgefransten Hosenbeine seines zu kurzen Overalls aufstob; er fing an zu singen, ohne Melodie, rhythmisch, musikalisch, jedoch auf einem einzigen Ton:

Sag, du nicht, der nicht,
wer nicht, auch du
willst der Gelben
ihr'n Pudding, gib's zu

Christmas lag in einem dichten Gebüsch hundert Meter vom Haus entfernt und hörte, wie eine ferne Uhr neun schlug, und dann zehn. Vor ihm ragte vierschrötig und riesig das Haus aus der Masse der Bäume auf. In einem der Fenster oben war Licht. Die Vorhänge waren nicht zugezogen, und er sah, dass das Licht von einer Petroleumlampe kam, und hin und wieder sah er durch das Fenster den Schatten einer Person, der sich über die hintere Wand bewegte. Aber nie sah er die Person selbst. Nach einer Weile ging das Licht aus.

Das Haus war nun dunkel; er hörte auf, es zu beobachten. Er lag im Gebüsch, bäuchlings auf der dunklen Erde. In dem Dickicht war die Dunkelheit undurchdringlich; durch sein Hemd und seine Hose fühlte sie sich ein wenig kühl an, beengend, eine Spur feucht, als gelangte die Sonne nie in die von den Bäumen umschlossene Höhle. Er spürte, wie die niemals besonnte Erde sich langsam und empfänglich durch seine Kleidung an ihn drängte: an Lenden, Hüften, Bauch, Brust, Unterarme. Seine Arme waren verschränkt, seine Stirn ruhte darauf, in seine Nasenflügel stieg der feuchte, üppige Geruch der dunklen, fruchtbaren Erde.

Er sah kein einziges Mal mehr zu dem dunklen Haus hinüber. Über eine Stunde lang lag er vollkommen still in dem

Gebüsch, bevor er aufstand und hinaustrat. Er schlich nicht. So wie er sich dem Haus näherte, war nichts Heimliches daran, noch war es besonders vorsichtig. Er ging lediglich leise, als wäre das seine natürlich Art, sich zu bewegen, und ging um die jetzt formlose Masse des Hauses herum, nach hinten, wo die Küche sein musste. Er war so leise wie eine Katze, als er unter dem Fenster, wo das Licht geleuchtet hatte, ein Weilchen stehenblieb und verharrte. Die Grillen, die im Gras zu seinen Füßen verstummt waren, während er sich bewegte, und eine kleine Insel der Stille um ihn gebildet hatten, einem dünnen gelben Schatten ihrer kleinen Stimmen gleich, fingen wieder an zu singen und verstummten abermals, als er sich mit dieser leisen, aufmerksamen Plötzlichkeit weiterbewegte. Von der Rückseite des Hauses ging ein eingeschossiger Flügel ab. ‹Das wird die Küche sein›, dachte er. ‹Ja, das wird sie sein.› Er bewegte sich geräuschlos, auf seiner winzigen Insel jäh verstummter Insekten. Er erkannte eine Tür in der Küchenmauer. Er hätte sie unverschlossen gefunden, hätte er versucht, sie zu öffnen. Aber er versuchte es nicht. Er ging daran vorbei und blieb unter einem Fenster stehen. Bevor er es zu öffnen versuchte, erinnerte er sich, dass er in dem erleuchteten Fenster oben kein Fliegengitter gesehen hatte.

Das Fenster stand sogar offen, es wurde mit einem Stock offen gehalten. ‹Was sagst du nun›, dachte er. Er stand an dem Fenster, die Hände auf dem Sims, atmete ruhig ein und aus, horchte nicht, beeilte sich nicht, als gäbe es nirgendwo unter der Sonne einen Grund zur Hast. ‹Sieh an, sieh an, sieh an. Wer hätte das gedacht. Sieh an, sieh an, sieh an.› Dann kletterte er durch das Fenster, er schien in die dunkle Küche zu fließen: ein Schatten, der lautlos und ohne sich fortzubewegen zur Allmutter der Dunkelheit und Finsternis zurückkehrte. Vielleicht dachte er an das andere Fenster, das er einst oft benutzt hatte, an das Seil, mit dem er sich hatte behelfen müssen; vielleicht auch nicht.

Sehr wahrscheinlich nicht, oder so wenig, wie eine Katze sich an ein anderes Fenster erinnern würde; wie eine Katze schien auch er im Dunkeln sehen zu können, als er sich zielstrebig auf das Essen, das er wollte, zubewegte, als wüsste er, wo es zu finden war; entweder so, oder als würde er von einem Mittler, der es wusste, gesteuert. Er aß etwas aus einer nicht sichtbaren Schüssel, mit nicht sichtbaren Fingern: nicht sichtbares Essen. Es war ihm gleichgültig, was es sein mochte. Ihm war nicht bewusst, dass er sich gewundert oder etwas geschmeckt hätte, bis sein Kiefer plötzlich mitten im Kauen innehielt und seine Gedanken fünfundzwanzig Jahre die Straße zurückflohen, vorbei an all den unmerklichen Ecken bitterer Niederlagen und noch bitterer Triumphe, und noch fünf Meilen jenseits der Straßenecke, wo er in den schrecklichen frühen Zeiten der Liebe so oft gewartet hatte, auf eine, deren Namen er vergessen hatte; noch fünf Meilen weiter gingen seine Gedanken zurück *Gleich weiß ich es. Das habe ich schon einmal gegessen, irgendwo. Gleich weiß ich es* Das Gedächtnis klickte, wurde Wissen *Ich sehe, ich sehe, mehr als ich sehe, höre ich, höre ich, ich sehe meinen gebeugten Kopf, ich höre die monotone, belehrende Stimme, die, glaube ich, nie aufhören wird, die immer weiter, auf immer und ewig weitertönen wird, und wenn ich hinspähe, sehe ich den unbeugsamen kugligen Schädel, den sauber gestutzten Bart, beide auch heruntergebeugt, und ich denke: Wie kann er so unhungrig sein, und ich rieche, mein Mund und meine Zunge weinen das heiße Salz des Wartens, meine Augen schmecken den heißen Dampf aus der Schüssel* Es sind Erbsen», sagte er laut. «Du lieber Heiland. Grüne Erbsen, mit Melasse gekocht.»

Mehr als nur seine Gedanken mussten abwesend gewesen sein; er hätte das Geräusch hören müssen, ehe er es hörte, da die Person, die es verursachte, sich nicht mehr Mühe gab, leise und vorsichtig zu sein, als er es getan hatte. Vielleicht hörte er es auch. Aber er rührte sich nicht von der Stelle, als sich vom Haus her das weiche Geräusch in Pantoffeln steckender Füße der Küche näherte, und als er sich dann plötzlich umdrehte, mit plötzlich glühenden Augen, sah er schon unter der Tür, die in das Haus selbst führte, den schwachen, sich nähernden Lichtschein. Das offene Fenster war in Reichweite: fast nur ein einziger Schritt, und er hätte draußen sein können. Aber er rührte sich nicht. Er stellte auch nicht die Schüssel ab. Er hörte auch nicht zu kauen auf. So stand er mitten im Raum, die Schüssel in der Hand, und kaute, als die Tür sich öffnete und die Frau eintrat. Sie trug einen verblichenen Morgenmantel, und sie hielt eine Kerze in der Hand, hielt sie hoch, sodass das Licht auf ihr Gesicht fiel: ein ruhiges Gesicht, ernst, gänzlich unerschrocken. Im weichen Licht der Kerze sah sie nicht viel älter als dreißig aus. Sie stand in der Tür. Sie sahen einander über eine Minute lang an, beide fast in der gleichen Haltung: er mit der Schüssel, sie mit der Kerze. Jetzt hatte er aufgehört zu kauen.

«Wenn Sie nur etwas zu essen suchen, dann finden Sie das», sagte sie mit ruhiger Stimme, die ein wenig tief war und ganz kalt.

XI

Im Licht der Kerze, dem weichen Licht, wie es sich über die weiche, ungegürtete Gestalt einer sich zum Schlafen niederlegenden Frau ergießt, sah sie nicht viel älter als dreißig aus. Als er sie bei Tageslicht sah, wusste er, dass sie über die fünfunddreißig hinaus war. Später sagte sie ihm, dass sie vierzig sei. ‹Das heißt entweder einundvierzig oder neunundvierzig, so wie sie es gesagt hat›, dachte er. Doch das war nicht an jenem ersten Abend und auch nicht an vielen Abenden danach, dass sie ihm auch nur so viel sagte.

Sie erzählte ihm ohnehin sehr wenig. Sie sprachen sehr wenig, und immer nur beiläufig, auch nachdem er der Liebhaber in ihrem Altjungfernbett geworden war. Manchmal hätte er fast glauben können, dass sie überhaupt nicht miteinander sprachen, dass er sie überhaupt nicht kannte. Es war, als gäbe es sie zweimal: einmal die Frau, die er hin und wieder bei Tage traf und ansah, wenn sie miteinander sprachen, mit Wörtern, die nichts weiter aussagten, da sie das auch weder versuchten noch beabsichtigten, und dann die andere, bei der er nachts lag und die er nicht einmal sah, mit der er überhaupt nicht sprach.

Auch ein Jahr später (inzwischen arbeitete er im Hobelwerk) sah er sie, wenn er sie überhaupt bei Tage sah, samstagnachmittags oder sonntags oder wenn er zu dem Haus kam, um das zu essen, was sie für ihn zubereitet und auf dem Küchentisch gelassen hatte. Hin und wieder kam sie dann in die Küche, während er aß, blieb jedoch nie, und manchmal traf sie ihn auf der hinteren Veranda, wo sie in den ersten vier oder fünf Monaten, nachdem er in die Hütte unterhalb des Hauses gezogen war, manchmal standen und beinahe wie Fremde miteinander sprachen. Immer standen sie: sie in einem ihrer anscheinend unzähligen sauberen Hauskleider aus Kattun und manchmal mit einem Sonnenhut wie eine Landarbeiterin auf dem Kopf, und er in einem nunmehr sauberen weißen Hemd und der jetzt jede Woche gebügelten Sergehose. Nie setzten sie sich hin, wenn sie miteinander sprachen. Er hatte sie nie sitzen sehen, außer dem einen Mal, als er von draußen durch ein Fenster unten im Haus geblickt und sie in dem Zimmer an einem Schreibtisch hatte schreiben sehen. Und erst ein ganzes Jahr nachdem er ohne Neugier wahrgenommen hatte, welche Mengen von Post sie erhielt und verschickte und dass sie jeden Vormittag eine bestimmte Zeit an dem abgestoßenen, zerkratzten Rollpult in einem der selten benutzten, spärlich möblierten Zimmer unten saß und die ganze Zeit schrieb, erfuhr er, dass es sich bei dem, was sie empfing, um geschäftliche und private Dokumente mit fünfzig verschiedenen Poststempeln handelte und dass das, was sie verschickte, ihre Antworten waren – Ratschläge geschäftlicher, finanzieller und religiöser Art, an Präsidenten und Fakultäten und Treuhänder gerichtet, sowie Ratschläge persönlicher und praktischer Art an junge Schülerinnen wie auch an ehemalige Schülerinnen von einem Dutzend Negerschulen und Neger-Colleges im ganzen Süden. Von Zeit zu Zeit war sie drei oder vier Tage hintereinander von zu Hause fort, und obwohl er inzwischen, wenn er wollte, jede Nacht zu ihr gehen konnte, verging ein Jahr, bis er erfuhr, dass sie während dieser Abwesenheiten die Schulen persönlich besuchte und mit den Lehrern und Schülerinnen sprach. Ihre geschäftlichen Angelegenheiten wurden von einem Negeranwalt in Memphis geführt, der Treuhänder einer der Schulen war und in dessen Safe neben ihrem Testament ihre (mit eigener Hand) geschriebenen Instruktionen lagen, wie nach ihrem Tode mit ihrer Leiche zu verfahren sei. Als er das erfuhr, verstand er die Haltung der Stadt ihr gegenüber, obwohl er wusste, dass die Stadt nicht so viel über sie wusste wie er. Er sagte sich: ‹Dann wird man mich hier in Ruhe lassen.›

Eines Tages wurde ihm bewusst, dass sie ihn nie in das Innere des Hauses eingeladen hatte. Er war nie weiter als bis zur Küche gekommen, in die er schon aus eigenem Antrieb eingedrungen war, und dachte mit hochgezogener Lippe: ‹Von der Küche konnte sie mich nicht fernhalten. Ich nehme an, sie weiß das.› Und er hatte die Küche auch nie bei Tage betreten, außer wenn er kam, um das Essen zu holen, das sie für ihn zubereitet und auf den Tisch gestellt hatte. Und wenn er bei Nacht das Haus betrat, dann so, wie er es am ersten Abend betreten hatte; er kam sich wie ein Dieb vor, wie ein Räuber, noch wenn er die Treppe zum Schlafzimmer hinaufstieg, wo sie ihn erwartete. Auch nach einem Jahr war es noch so, als dringe er heimlich ein, um sie jedes Mal aufs Neue ihrer Jungfräulichkeit zu berauben. Es war, als sähe ihn die einfallende Dunkelheit jedes Mal wieder vor die Notwendigkeit gestellt, noch einmal zu rauben, was er schon geraubt hatte – oder nie geraubt hatte und nie rauben würde.

Manchmal, wenn er in dieser Weise daran dachte, erinnerte er sich an die harte, tränenlose, von Selbstmitleid ferne und fast männliche Einwilligung in diese Unterwerfung. Ein geistiges Für-sich-Sein, das die physische Erscheinungsform der Kraft und inneren Stärke eines Mannes hatte und das so lange unversehrt geblieben war, dass sein eigener Erhaltungstrieb es geopfert hatte. Eine zwiefache Persönlichkeit: einerseits die Frau, bei deren erstem Anblick im Licht der erhobenen Kerze (oder vielleicht schon beim Geräusch der in Pantoffeln nahenden Füße) sich vor ihm, so unvermittelt wie eine Landschaft im Blitzstrahl, ein Horizont körperlicher Sicherheit und Unkeuschheit, wenn nicht Lust, aufgetan hatte; andererseits die männlich trainierten Muskeln und die männlich trainierten Denkgewohnheiten, hervorgegangen aus einem Erbe und einem Umfeld, mit denen er bis zum letzten Augenblick zu kämpfen hatte. Da war kein weibliches Zaudern, keine Scheu vor offensichtlichem Verlangen und der Absicht, sich schließlich doch zu ergeben. Es war, als kämpfte er körperlich mit einem anderen Mann um einen Gegenstand, der für keinen von beiden einen eigentlichen Wert hatte, um den sie allein um des Prinzips willen kämpften.

Als er sie das nächste Mal sah, dachte er: ‹Mein Gott. Wie wenig ich über Frauen weiß, wo ich doch dachte, ich wüsste so viel.› Es war gleich am nächsten Tag; als er sie ansah, als er von ihr angesprochen wurde, war es, als hätte das, wovon die noch keine zwölf Stunden alte Erinnerung wusste, dass es wahr war, niemals geschehen können, und er dachte *Unter ihren Kleidern kann sie doch gar nicht so gemacht sein, dass es hätte geschehen können* Damals hatte er noch nicht bei der Sägemühle angefangen. Den größten Teil des Tages verbrachte er auf dem Feldbett, das sie ihm geliehen hatte, in der Hütte, die sie ihm zum Wohnen gegeben hatte, rauchend, die Hände unter dem Kopf verschränkt. ‹Mein Gott›, dachte er, ‹es war, als wär ich die Frau und sie der Mann.› Aber das war auch nicht richtig. Denn sie hatte bis zum allerletzten Moment Widerstand geleistet. Aber es war nicht Frauenwiderstand, dieser Widerstand, der, ernst gemeint, von keinem Mann überwunden werden konnte, aus dem einfachen Grunde, weil Frauen die Regeln des körperlichen Kampfes nicht einhielten. Sie hatte jedoch fairen Widerstand geleistet, nach den Regeln, die besagten, dass von einem bestimmten kritischen Zeitpunkt an einer unterlegen war, ungeachtet dessen, ob der Widerstand beendet war oder nicht. In jener Nacht wartete er, bis er das Licht in der Küche erlöschen und dann in ihrem Zimmer aufleuchten sah. Er ging zum Haus. Er ging nicht voller Begierde, sondern in stillem Zorn. «Ich werd's ihr zeigen», sagte er laut. Er versuchte gar nicht, leise zu sein. Dreist betrat er das Haus und stieg die Treppe hinauf; sie hörte ihn sofort. «Wer ist da?», fragte sie. Doch es klang nicht ängstlich. Er antwortete nicht. Er stieg die Treppe hinauf und betrat ihr Zimmer. Sie war noch angekleidet und hatte sich umgewandt und blickte zur Tür, als er eintrat. Aber sie sagte nichts zu ihm. Sie beobachtete ihn nur, wie er zum Tisch ging und die Lampe ausblies; dabei dachte er: ‹Gleich läuft sie weg.› Und deshalb, um sie abzufangen, machte er einen Satz zur Tür. Aber sie floh nicht. Er fand sie im Dunkeln genau da, wo das ausgehende Licht sie gelassen hatte, in derselben Haltung. Er begann, an ihren Kleidern zu zerren. Er sprach mit ihr, mit angespannter, harter, leiser Stimme: «Ich werd's dir zeigen! Ich werd's der Hure zeigen!» Sie widersetzte sich nicht im Geringsten. Fast war es, als wollte sie ihm mit kleinen Änderungen der Haltung ihrer Arme und Beine helfen, als Hilfe schließlich notwendig war. Doch unter seinen Händen hätte der Körper auch der Körper einer Toten vor dem Eintreten der Totenstarre sein können. Aber er ließ nicht ab, und obwohl seine Hände hart und hastig waren, war es allein vor Zorn. ‹Wenigstens habe ich sie endlich zur Frau gemacht›, dachte er. ‹Jetzt hasst sie mich. Das, wenigstens, hab ich ihr beigebracht.›

Am nächsten Tag lag er wieder den ganzen Tag auf dem Feldbett in der Hütte. Er aß nichts; er ging auch nicht zur Küche, sah nicht nach, ob sie ihm etwas zu essen hingestellt hatte. Er wartete auf den Sonnenuntergang, die Dämmerung. ‹Dann hau ich ab›, dachte er. Er rechnete nicht damit, sie noch einmal zu sehen. ‹Besser ich haue ab›, dachte er. ‹Ihr gar nicht erst die Gelegenheit geben, dass sie mich auch noch aus der Hütte rausschmeißt. Das wenigstens nicht. Das hat noch keine weiße Frau gemacht. Nur eine Niggerfrau hat mich mal an die Luft gesetzt, hat mich rausgeschmissen.› So lag er auf dem Bett, rauchte, wartete auf den Sonnenuntergang. Durch die offenstehende Tür sah er, wie die Strahlen der Sonne schräger einfielen, länger wurden und kupfern. Dann verblasste das Kupfer zu Lila, dem vergehenden Lila der vollen Dämmerung. Jetzt hörte er die Frösche, und die Feuerfliegen schwebten vor dem Rechteck der offenen Tür und leuchteten heller, als die Dämmerung verging. Dann stand er auf. Er besaß nichts außer dem Rasiermesser; als er das in die Tasche gesteckt hatte, war er bereit, eine Meile oder tausend Meilen zu gehen, wohin auch immer die Straße mit den unmerklichen Biegungen diesmal wieder führen würde. Doch als er sich in Bewegung setzte, bewegte er sich auf das Haus zu. Sobald er merkte, dass seine Füße dorthin wollten, war es so, als überließe er sich ihnen; er schwebte, als hätte er sich ergeben, und dachte *Gut Gut* und schwebte, glitt durch die Dämmerung, rauf zum Haus und zu der hinteren Veranda und der Tür, durch die er hineingehen würde, die nie verschlossen war. Aber als er die Hand darauf legte, wollte sie sich nicht öffnen. Einen Augenblick lang vielleicht wollte weder die Hand noch das Denken dies glauben; er stand da, ruhig, noch ohne zu denken, beobachtete, wie seine Hand an der Tür rüttelte, hörte das Geräusch des Riegels drinnen. Er wandte sich ruhig ab. Noch tobte er nicht. Er ging zur Küchentür. Er erwartete, dass sie ebenfalls geschlossen sei. Doch erst als er sie offen vorfand, wurde ihm bewusst, dass er sich gewünscht hatte, sie verschlossen zu finden. Als er feststellte, dass sie nicht verschlossen war, war es wie eine Beleidigung. Es war, als stünde ein Feind, den er mit dem Äußersten an Gewalt und Schmach überschüttet hatte, unangefochten und unversehrt da und betrachtete ihn mit nachdenklicher und unerträglicher Verachtung. Als er die Küche betrat, ging er nicht zu der Tür, die in das eigentliche Haus führte, die Tür, in der sie an dem Abend, als er sie das erste Mal sah, mit der Kerze erschienen war. Er ging direkt zu dem Tisch, auf den sie sein Essen stellte. Er musste nichts sehen, seine Hände sahen, die Speisen waren noch warm, und er dachte *Für den Nigger hingestellt. Für den Nigger*

Er beobachtete seine Hand wie aus weiter Ferne. Er sah, wie sie eine Schüssel nahm, nach oben schwang und wieder zurück und dann dort hielt, während er tief und langsam, dabei angespannt denkend, atmete. Er hörte seine Stimme sagen, als spielte er ein Spiel: «Schinken», und er beobachtete, wie seine Hand ausholte und die Schüssel krachend an die Wand, die nicht sichtbare Wand, schleuderte, wartete, bis das Krachen nachließ und die Stille vollständig zurückfloss, ehe er die nächste Schüssel nahm. Er hielt sie vor sich und roch daran. Diesmal brauchte er eine gewisse Zeit. «Bohnen oder Kohl?», sagte er. «Bohnen oder Spinat? ... Also gut. Sagen wir Bohnen.» Er schleuderte sie heftig an die Wand und wartete, bis der Krach aufhörte. Er nahm die dritte Schüssel. «Irgendwas mit Zwiebeln», sagte er und dachte *Das macht Spaß. Warum ist mir das nicht eher eingefallen?* «Weiberdreck.» Er schleuderte die Schüssel langsam, kräftig fort, hörte das Krachen, wartete. Jetzt hörte er etwas anderes: Schritte im Haus, die sich der Tür näherten. ‹Diesmal kommt sie sicher mit der Lampe›, dachte er, und dachte *Wenn ich jetzt hinsehen würde, könnte ich den Schimmer unter der Tür sehen* und seine Hand schwang hoch und zurück. *Jetzt ist sie schon fast an der Tür* «Kartoffeln», sagte er schließlich mit urteilender Endgültigkeit. Er sah sich nicht um, auch nicht, als er den Riegel an der Tür hörte, hörte, wie sich die Tür nach innen auftat und Licht auf ihn fiel, da, wo er mit der erhobenen Schüssel stand. «Ja, es sind Kartoffeln», sagte er in dem gedankenverlorenen, selbstvergessenen Ton eines allein spielenden Kindes. Diesmal konnte er den Aufprall sowohl sehen als auch hören. Dann entfernte sich das Licht; wieder hörte er die Tür gehen, hörte den Riegel. Noch hatte er sich nicht umgesehen. Er nahm die nächste Schüssel. «Rote Bete», sagte er. «Rote Bete mag ich sowieso nicht.»

Am nächsten Tag fing er im Hobelwerk an. Er fing an einem Freitag an. Seit Mittwochabend hatte er nicht gegessen. Erst am Samstagabend holte er sich seinen Lohn, denn am Samstagnachmittag machte er Überstunden. Er aß am Samstagabend, in einem Restaurant in der Stadt, das erste Essen seit drei Tagen. Er ging nicht wieder zum Haus. Eine Zeit lang warf er nicht einmal einen Blick in die Richtung, wenn er die Hütte verließ oder zurückkam. Nach sechs Monaten hatte er sich von der Hütte zum Hobelwerk seinen eigenen Pfad geschaffen. Der Pfad verlief fast schnurgerade, mied alle Häuser, führte bald in das Gehölz und lief geradewegs, mit täglich zunehmender Ausprägung und Präzision, zu dem Sägemehlhaufen, wo er arbeitete. Und immer, wenn um halb sechs die Dampfpfeife ertönte, kehrte er auf dem Weg zur Hütte zurück, wo er sich das weiße Hemd und die dunkle, gebügelte Hose anzog, ehe er wieder die zwei Meilen in die Stadt ging, um dort zu essen, als schämte er sich seines Overalls. Aber vielleicht war es auch nicht Scham, obwohl er sehr wahrscheinlich so wenig hätte sagen können, was es war, wie er hätte sagen können, dass es nicht Scham war.

Er vermied es nun nicht mehr absichtlich, zu dem Haus hinüberzublicken, aber er blickte auch nicht absichtlich hin. Eine Zeit lang glaubte er, sie würde ihn holen lassen. ‹Sie wird das erste Zeichen geben›, dachte er. Doch das tat sie nicht; nach einer Weile glaubte er, dass er es nicht mehr erwartete. Doch als er das erste Mal absichtlich wieder zu dem Haus hinüberblickte, spürte er ein erschrockenes Aufwallen und Zurückströmen seines Bluts; da wusste er, dass er die ganze Zeit gefürchtet hatte, sie könnte zu sehen sein, sie hätte ihn die ganze Zeit mit dieser klaren, stillen Verachtung beobachtet; er hatte das Gefühl, dass er schwitzte, als hätte er eine schwere Prüfung überstanden. ‹Das ist vorbei›, dachte er. ‹Das habe ich jetzt hinter mir.› Sodass es, als er sie eines Tages wirklich sah, kein Schock war. Vielleicht war er vorbereitet. Jedenfalls gab es kein erschrockenes Aufwallen und Zurückströmen des Blutes, als er rein aus Zufall aufblickte und sie hinten im Garten sah, in einem grauen Kleid und mit dem Sonnenhut auf dem Kopf. Er konnte nicht erkennen, ob sie ihn beobachtet oder gesehen hatte oder ob sie ihn jetzt beobachtete. ‹Du lässt mich von jetzt an in Frieden, und ich lasse dich in Frieden›, dachte er, und dachte *Ich hab's geträumt. Es ist nicht geschehen. Sie hat nichts unter ihren Kleidern, dass es hätte geschehen können*

Im Frühling hatte er angefangen zu arbeiten. Eines Abends im September kam er nach Hause zurück, betrat die Hütte und blieb abrupt und völlig verblüfft stehen. Sie saß auf dem Feldbett und sah ihn an. Ihr Kopf war unbedeckt. Er hatte sie nie zuvor barhäuptig gesehen, obwohl er im Dunkeln ihr gelöstes, doch noch nicht wildes Haar auf einem dunklen Kissen gefühlt hatte. Aber bisher hatte er ihr Haar nie gesehen, und er stand da und starrte unverwandt darauf, während sie ihn beobachtete; plötzlich, in dem Augenblick, in dem er sich weiterbewegte, sagte er sich: ‹Sie versucht's. *Ich hatte gedacht, es hätte graue Strähnen* Sie versucht, eine Frau zu sein, und sie weiß nicht, wie.› Und dachte, wusste *Sie ist gekommen, um mit mir zu reden* Zwei Stunden später redete sie noch immer, und sie saßen nebeneinander auf dem Feldbett in der mittlerweile dunklen Hütte. Sie erzählte ihm, dass sie einundvierzig Jahre alt und in dem Haus drüben geboren sei und seither immer dort gelebt habe. Nie sei sie länger als sechs Monate hintereinander von Jefferson fort gewesen, und das auch nur in großen Abständen, und jedes Mal sei sie erfüllt gewesen von Heimweh nach den schieren Brettern und Nägeln, nach der Erde und den Bäumen und Büschen, aus denen die Gegend bestand, die für sie und ihre Familie fremdes Land war; wenn sie sprach, war auch jetzt noch, nach vierzig Jahren, zwischen den gedehnten Konsonanten und den flachen Vokalen des Landes, in das das Leben sie geworfen hatte, Neuengland herauszuhören, so klar und deutlich wie in der Sprechweise ihrer Verwandten, die New Hampshire nie verlassen hatten und die sie vielleicht dreimal in ihrem Leben, in ihren vierzig Jahren, gesehen hatte. Christmas saß neben ihr auf dem dunklen Feldbett, und während das Licht immer schwächer wurde und ihre Stimme schließlich ohne Quelle war, stetig, unaufhörlich, im Ton fast wie die eines Mannes, dachte er: ‹Sie ist wie alle anderen auch. Ob sie siebzehn sind oder siebenundvierzig – wenn sie schließlich so weit sind, dass sie sich ganz ergeben, dann tun sie es mit Worten.›

Calvin Burden war der Sohn eines Geistlichen, der Nathaniel Burrington hieß. Er war das jüngste von zehn Kindern; mit zwölf, bevor er seinen Namen schreiben konnte (oder, wie sein

Vater glaubte, schreiben wollte), riss er von zu Hause aus. Auf einem Schiff machte er die Reise um Kap Hoorn nach Kalifornien und wurde katholisch; ein Jahr lang lebte er in einem Kloster. Zehn Jahre später kam er vom Westen nach Missouri. Drei Wochen nach seiner Ankunft war er verheiratet, mit der Tochter einer Familie hugenottischer Abstammung, die von Carolina über Kentucky gekommen war. Am Tag nach der Hochzeit sagte er: «Ich glaube, ich sollte ein geregeltes Leben führen.» Am selben Tag fing er damit an. Die Hochzeitsfeierlichkeiten waren noch im Gange, als er einen ersten Schritt tat und sich in aller Form von der katholischen Kirche lossagte. Er tat es in einem Saloon und bestand darauf, dass alle Anwesenden ihm zuhörten und ihre Einwände erhoben; er wollte unbedingt Einwände hören, doch es gab keine, jedenfalls nicht bis zu dem Zeitpunkt, als er von Freunden weggeführt wurde. Am nächsten Tag sagte er, es sei ihm dennoch ernst damit, er wolle nicht einer Kirche voller fröschefressender französischer Sklavenhalter angehören. Das war in Saint Louis. Dort kaufte er ein Haus, und ein Jahr darauf war er Vater. Damals sagte er, er habe sich um des Seelenheils seines Sohnes willen vor einem Jahr von der katholischen Kirche losgesagt; kaum war der Junge geboren, fing er damit an, dem Kind die Religion seiner neuenglischen Vorfahren einzutrichtern. Ein Andachtshaus der Unitarier gab es in der Nähe nicht, und Burden konnte die englische Bibel nicht lesen. Aber er hatte von den Priestern in Kalifornien Spanisch lesen gelernt, und sobald das Kind laufen konnte, begann Burden (er sprach seinen Namen inzwischen Burden aus, da er ihn nicht einmal buchstabieren konnte und die Priester ihm beigebracht hatten, ihn so zu schreiben – mühsam, mit einer Hand, die mehr dazu geeignet war, ein Seil oder einen Gewehrkolben oder ein Messer zu halten als einen Federhalter), dem Kind aus dem Buch, das er aus Kalifornien mitgebracht hatte, auf Spanisch vorzulesen, wobei er den feinen, klangvollen Fluss des Mystischen in einer fremden Sprache mit harschen, extemporierten Abhandlungen unterbrach, die zur Hälfte aus der düsteren, blutlosen Logik bestanden, an die er sich von seinem Vater und den nicht enden wollenden Sonntagen in Neuengland her erinnerte, und zur anderen Hälfte aus unmittelbar drohendem Höllenfeuer und greifbarem Pech und Schwefel; jeder über Land reitende Methodistenprediger wäre stolz darauf gewesen. Die zwei waren dabei stets allein im Zimmer: der hochgewachsene, hagere nordische Mann und das kleine, dunkle, lebhafte Kind, das seiner Mutter Körperbau und Hauttönung geerbt hatte, wie Menschen zweier verschiedener Rassen. Als der Junge ungefähr fünf war, brachte Burden bei einem Streit über die Sklaverei einen Mann um und musste mit seiner Familie fortziehen, Saint Louis verlassen. Er ging nach Westen, «um von den Demokraten wegzukommen», sagte er.

Er ließ sich in einer Siedlung nieder, die aus einem Laden, einer Schmiede, einer Kirche und zwei Saloons bestand. Hier verbrachte Burden einen großen Teil seiner Zeit damit, politische Reden zu schwingen und mit seiner harschen, lauten Stimme die Sklaverei und die Sklavenhalter zu verfluchen. Sein Ruf war ihm gefolgt, es war bekannt, dass er eine Pistole bei sich trug, und seine Ansichten wurden zumindest ohne Kommentar aufgenommen. Manchmal, besonders an Samstagabenden, kam er voll des puren Whiskeys und des Klangs seiner eigenen Tiraden nach Hause. Dann weckte er mit harter Hand seinen Sohn (die Mutter war inzwischen tot, und es gab drei Töchter, alle drei mit blauen Augen). «Ich lern dir zwei Dinge, die du hassen sollst», sagte er dann, «sonst verdresch ich dich nach Strich und Faden. Und diese zwei Dinge sind die Hölle und Sklavenhalter. Hörst du mich?»

«Ja», sagte dann der Junge. «Ich höre dich, ob ich will oder nicht. Geh jetzt ins Bett und lass mich schlafen.»

Er war kein Proselytenmacher, kein Missionar. Abgesehen von gelegentlichen geringfügigen Pistolenepisoden, von denen keine tödliche Folgen hatte, beschränkte er sich auf sein eigen

Fleisch und Blut. «Sollen sie alle zu ihrer eigenen stockfinsteren Hölle fahren», sagte er zu seinen Kindern. «Aber euch vieren bläue ich den lieben Gott ein, solange ich meinen Arm heben kann.» Das war sonntags, an jedem Sonntag, wenn sich die Kinder, frisch gewaschen und sauber gekleidet, in Kattun oder Denim, und der Vater in seinem schwarzen Gehrock, der sich über der Pistole in der Hüfttasche wölbte, und dem kragenlosen, gefältelten Hemd, das das älteste Mädchen so gut gewaschen und gebügelt hatte, wie es die gestorbene Mutter zu tun pflegte, in dem sauber gescheuerten, kargen Wohnzimmer versammelten, wo Burden aus dem einst mit Goldschnitt und Verzierungen versehenen Buch in jener Sprache vorlas, die keiner von ihnen verstand. Er führte das fort bis zu der Zeit, als sein Sohn von zu Hause weglief.

Der Sohn hieß Nathaniel. Er lief mit vierzehn weg und kam erst nach sechzehn Jahren wieder, doch hörten sie in dieser Zeit zweimal von ihm durch Überbringer mündlicher Nachrichten. Das erste Mal aus Colorado, das zweite Mal aus Old Mexico. Beide Male gab es keine Auskunft darüber, was er dort jeweils tat. «Es ging ihm gut, als ich mich von ihm verabschiedete», sagte der Bote. Das war der zweite Bote; es war das Jahr 1863, und der Bote saß in der Küche beim Frühstück und schlang mit geziemender Geschwindigkeit sein Essen hinunter. Die drei Mädchen, die beiden ältesten jetzt fast erwachsen, bedienten ihn und standen mit Schüsseln in den Händen, die Münder weich geöffnet, in ihren weiten, derben, sauberen Kleidern um den grob gezimmerten Tisch, während der Vater dem Boten gegenüber am Tisch saß, den Kopf auf die ihm gebliebene Hand gestützt. Den anderen Arm hatte er zwei Jahre zuvor verloren, als er bei einer berittenen Partisanentruppe an den Kämpfen in Kansas teilgenommen hatte, und sein Haupthaar wie sein Bart waren inzwischen ergraut. Doch war er immer noch voller Kraft, und sein Gehrock wölbte sich noch immer über dem Kolben der schweren Pistole. «Er ist in eine kleine

Unannehmlichkeit geraten», sagte der Bote. «Aber es ging ihm gut, als ich zuletzt von ihm hörte.»

«Unannehmlichkeit?», fragte der Vater.

«Er hat einen Mexikaner umgebracht, der ihn beschuldigte, sein Pferd gestohlen zu haben. Sie wissen ja, wie diese Spanier sind, wenn's um Weiße geht, auch wenn sie keine Mexikaner umbringen.» Der Bote trank von dem Kaffee. «Aber ich nehme an, sie müssen in gewisser Weise streng sein, bei all den Neulingen und so, mit denen sich das Land füllt. – Freundlichen Dank», sagte er, als das älteste Mädchen ihm einen frischen Stapel Maiskuchen auf den Teller schob. «Ja, Miss, ich komm gut ran an den Sirup. – Manche Leute behaupten, es war überhaupt nicht das Pferd von dem Mexikaner. Behaupten, der Mexikaner hätte nie ein Pferd besessen. Aber ich nehme an, sogar die Spanier müssen streng sein, bei all den Leute aus dem Osten, die den Westen schon in Verruf bringen.»

Der Vater knurrte: «Auf mein Wort. Wenn es Unannehmlichkeiten gegeben hat, dann hat er dringesteckt, auf mein Wort. Sagen Sie ihm», sagte er heftig, «wenn er sich von den Gelbbäuchen einwickeln lässt, den Priestern, dann erschieße ich ihn auf der Stelle, so fix, wie ich jeden Rebellen erschießen würde.»

«Sagen Sie ihm, er soll wieder nach Hause kommen», sagte das älteste Mädchen. «Das sollen Sie ihm sagen.»

«Ja, Miss», sagte der Bote. «Das sag ich ihm, gewiss. Jetzt geh ich erst mal ein Weilchen nach Osten, nach Indiana. Aber sobald ich wieder zurück bin, sehe ich ihn. Ich sag's ihm, gewiss. Ach ja, beinahe hätt ich's vergessen. Er sagt, ich soll Ihnen sagen, Frau und Kind sind wohlauf.»

«Wessen Frau und Kind?», fragte der Vater.

«Seine», sagte der Bote. «Ich danke Ihnen nochmals freundlich. Und leben Sie alle wohl.»

Sie hörten von dem Sohn ein drittes Mal, ehe sie ihn schließlich wiedersahen. Eines Tages hörten sie ihn draußen vor dem

Haus rufen, wenn auch noch aus einiger Entfernung. Das war 1866. Die Familie war abermals umgezogen, hundert Meilen weiter nach Westen, und es hatte zwei Monate gedauert, bis der Sohn sie fand; er war kreuz und quer durch Kansas und Missouri gefahren, mit einem Pferdekarren, auf dem zwei Ledersäcke mit Goldstaub, geprägten Münzen und rohen Edelsteinen unter den Sitz geworfen lagen wie ein Paar alte Schuhe, ehe er die Sodenhütte fand und laut rufend darauf zufuhr. Auf einem Stuhl vor der Hütte saß ein Mann. «Das ist Vater», sagte Nathaniel zu der Frau, die neben ihm auf der Bank des Karrens saß. «Siehst du?» Obwohl der Vater erst Ende fünfzig war, hatte sein Augenlicht sich getrübt. Er erkannte das Gesicht seines Sohnes erst, als der Pferdekarren angehalten hatte und die Schwestern kreischend, mit wogenden Gewändern, zur Tür herausgestürzt waren. Da erhob sich Calvin und stieß einen langen dröhnenden Ruf aus. «So», sagte Nathaniel, «da sind wir.»

Calvin sprach keine vollständigen Sätze. Er schrie nur, fluchte. «Ich verdresch dich nach Strich und Faden!», brüllte er. «Mädchen! Vangie! Beck! Sarah!» Die Schwestern waren schon herausgekommen. Mit ihren weiten Röcken waren sie, wie Bälle auf einem Sturzbach, unter schrillen Schreien durch die Tür gewogt, übertönt, überdröhnt von der Stimme des Vaters. Sein Rock – der Gehrock für sonntags oder für die Reichen oder für Pensionäre – stand jetzt offen, und er zerrte an etwas in der Nähe seines Hosenbunds mit der gleichen Bewegung und Haltung, mit der er vielleicht die Pistole gezogen hätte. Doch zerrte er nur mit der ihm gebliebenen Hand einen um seine Leibesmitte gewundenen Lederriemen hervor, den er über dem Kopf kreisen ließ, während er sich durch das schrille, vogelgleiche Geflatter der Frauen schob und drängte. «Das lern ich dir noch!», brüllte er. «Ich lern dir wegzulaufen!» Zweimal sauste der Riemen auf Nathaniels Schultern nieder. Zweimal sauste er nieder, ehe die beiden Männer einander umschlangen.

Es war gewissermaßen ein Spiel, ein tödliches Spiel, mit lächelndem Ernst gespielt: das Spiel zweier Löwen, das Spuren hinterlassen konnte oder aber auch nicht. Sie hielten sich umschlungen, der Riemen ruhte: Gesicht an Gesicht und Brust an Brust, so standen sie da – der alte Mann mit dem hageren, ergrauten Gesicht und den blassen Neuengland-Augen, und der junge, der mit seiner Hakennase und den weißen Zähnen beim Lächeln keinerlei Ähnlichkeit mit ihm aufwies. «Genug jetzt», sagte Nathaniel. «Siehst du nicht, wer uns da drüben vom Karren aus zusieht?»

Keiner von ihnen hatte bis jetzt zu dem Pferdekarren hinübergeblickt. Auf dem Sitz saßen eine Frau und ein ungefähr zwölf Jahre alter Junge. Der Vater warf einen einzigen Blick auf die Frau; den Jungen brauchte er nicht einmal anzusehen. Er sah nur die Frau an, und sein Kinn fiel herunter, als hätte er ein Gespenst erblickt. «Evangeline!», sagte er. Sie sah seiner gestorbenen Frau so ähnlich, dass sie ihre Schwester hätte sein können. Der Junge, der sich an seine Mutter kaum erinnern konnte, hatte sich eine Frau genommen, die fast genauso aussah wie sie.

«Das ist Juana», sagte er. «Und neben ihr, das ist Calvin. Wir kommen nach Hause, um zu heiraten.»

Nach dem Abendessen, als die Frau und das Kind schon im Bett waren, erzählte Nathaniel ihnen. Sie saßen um die Lampe herum: der Vater, die Schwestern, der zurückgekehrte Sohn. Es gebe keine Geistlichen dort, wo er gewesen sei, erklärte er, nur Priester und Katholiken. «Und als wir feststellten, dass der *chico* unterwegs war, fing sie an von einem Priester zu reden. Aber ich wollte nicht, dass ein Burden als Heide zur Welt kam. Ich fing also an, mich umzusehen, ihr zuliebe. Aber dann kam eins zum andern, und ich konnte nicht losfahren, um einen Geistlichen zu suchen, und dann wurde der Junge geboren, sodass es keine Eile mehr hatte. Aber sie sorgte sich auch weiterhin, wollte einen Priester und so, und nach ungefähr zwei Jahren hörte ich, dass an einem bestimmten Tag ein weißer Geistlicher in Santa Fe sein werde. Also packten wir alles zusammen und machten uns auf den Weg und kamen gerade so in Santa Fe an, dass wir noch die Staubwolke von der Postkutsche sehen konnten, mit der der Geistliche fortfuhr. Also warteten wir dort, und zwei weitere Jahre darauf hatten wir erneut eine Gelegenheit, diesmal in Texas. Nur dass ich diesmal in eine Sache reingezogen wurde, weil ich ein paar Rangers geholfen hatte, ein Durcheinander aufzuklären, bei dem ein paar Leute in einer Tanzhalle einen Hilfssheriff in eine missliche Lage gebracht hatten. Und als das vorbei war, beschlossen wir einfach, nach Hause zu kommen und richtig zu heiraten. Und jetzt sind wir da.»

Der Vater, hager, ergraut, streng, saß unter der Lampe. Er hatte zugehört, aber seine Miene war grüblerisch vor lauter geballter, schlummernder Nachdenklichkeit und verstörter Entrüstung. «Noch so ein verdammter schwarzer Burden», sagte er. «Die Leute werden denken, ich hab einen verdammten Sklavenhalter aufgezogen. Und jetzt zieht er auch einen auf.» Der Sohn hörte ruhig zu und machte nicht einmal den Versuch, seinem Vater zu sagen, dass die Frau Spanierin war, keine Rebellin. «Diese verfluchten, klein gebauten schwarzen Menschen; klein gebaut, weil das Gewicht von Gottes Zorn auf ihnen lastet, schwarz, weil die Sünde der Versklavung von Menschen ihr Blut und ihr Fleisch fleckt.» Sein Blick ging ins Leere, fanatisch, überzeugt. «Aber wir haben sie jetzt befreit, Schwarze und Weiße gleichermaßen. Jetzt werden sie ausbleichen. In hundert Jahren sind sie wieder alle weiß. Und dann lassen wir sie vielleicht wieder nach Amerika rein.» Er saß da, grübelnd, schwelend, regungslos. «Mein Gott», sagte er plötzlich, «er ist tatsächlich wie ein Mann gebaut, und wenn er noch so schwarz aussieht. Mein Gott, eines Tages wird er so groß und so kräftig sein wie sein Großpapa, nicht so ein Wicht wie sein Pa. Trotz seiner schwarzen Haut und seinem schwarzen Aussehen, ja, das wird er.»

All das erzählte sie Christmas, während sie in der dunkel werdenden Hütte nebeneinander auf dem Feldbett saßen. Sie hatten sich seit über einer Stunde nicht gerührt. Er konnte ihr Gesicht jetzt nicht mehr sehen; obgleich er kaum zuhörte, hatte er das Gefühl, wie auf einem treibenden Boot sanft auf dem Klang ihrer Stimme zu schaukeln, in einem unermesslichen, schläfrig machenden Frieden, der nichts von Bedeutung beschwor. «Er hieß Calvin, wie Großpapa, und er war so groß wie Großpapa, obwohl er so dunkel war wie Vaters Leute mütterlicherseits und wie seine Mutter. Sie war nicht meine Mutter: er war nur mein Halbbruder. Großpapa war der Jüngste von zehn, Vater der Letzte von zweien und Calvin der Letzte von allen.» Er war gerade zwanzig geworden, als er in der zwei Meilen entfernten Stadt von einem ehemaligen Sklavenhalter und Soldaten der Konföderierten, der Sartoris hieß, bei einem Disput über das Negerwahlrecht getötet wurde.

Sie erzählte Christmas von den Gräbern – dem des Bruders, dem des Großvaters, denen des Vaters und seiner beiden Ehefrauen – auf einem Zedernhügel im Weideland, eine halbe Meile vom Haus entfernt; Christmas, der still zuhörte, dachte: ‹Ah. Sie wird sie mir zeigen wollen. Ich muss wohl mitgehen.› Aber das wollte sie gar nicht. Nach dem Abend, an dem sie ihm erzählte, wo die Gräber waren und dass er hingehen könne, wenn er das wolle, sprach sie nie wieder davon. «Wahrscheinlich würdest du sie auch gar nicht finden», sagte sie. «Denn als sie an dem Abend damals Großvater und Calvin nach Hause brachten, wartete Vater bis nach Einbruch der Dunkelheit, dann begrub er sie und versteckte die Gräber, indem er die Grabhügel einebnete und Gestrüpp und alles Mögliche darüberlegte.»

«Er hat sie versteckt?», fragte Christmas.

In ihrer Stimme war nichts Weiches, Weibliches, schwang keine Trauer, keine Rückbesinnung mit. «Damit man sie nicht finden konnte. Damit keiner sie ausgrub. Sie womöglich zerhackte.» Sie fuhr fort und sagte mit leichter Ungeduld, wie zur Erläuterung: «Sie haben uns hier gehasst. Wir waren Yankees. Fremde. Schlimmer als Fremde: Feinde. Kriegsgewinnler aus dem Norden. Und er, der Krieg, war selbst denen, die geschlagen worden waren, noch zu nahe, als dass sie einigermaßen vernünftig gewesen wären. Die Neger zu Mord und Vergewaltigung aufwiegeln, so nannten sie es. Die weiße Vorherrschaft in Gefahr bringen. Wahrscheinlich war Colonel Sartoris deshalb ein Held der Stadt, weil er mit zwei Schüssen aus ein und derselben Pistole einen alten einarmigen Mann und einen Jungen, der noch nie zur Wahl gegangen war, getötet hatte. Vielleicht hatten sie recht. Ich weiß es nicht.»

«Oh», sagte Christmas. «Das hätten sie vielleicht getan? Sie ausgegraben, nachdem sie umgebracht waren, schon tot waren? Wann hören Menschen, die verschiedenes Blut haben, auf, einander zu hassen?»

«Ja, wann nur?» Ihre Stimme brach ab. Dann fuhr sie fort: «Ich weiß es nicht. Ich weiß nicht, ob sie sie ausgegraben hätten oder nicht. Ich habe damals noch nicht gelebt. Ich bin erst vierzehn Jahre nach Calvins Tod geboren. Ich weiß nicht, was die Männer damals vielleicht getan hätten. Aber Vater glaubte, sie wären dazu imstande. Deshalb hat er die Gräber versteckt. Und dann starb Calvins Mutter, und er hat sie auch dort begraben, bei Calvin und Großpapa. Und so ist unversehens unsere Begräbnisstätte daraus geworden. Vielleicht hatte Vater nicht vor, sie dort zu begraben. Ich weiß noch, wie meine Mutter (Vater ließ sie aus New Hampshire kommen, wo noch heute Verwandte von uns leben, bald nachdem Calvins Mutter gestorben war. Er war hier nämlich allein, verstehst du. Ich vermute, er wäre fortgegangen, hätten Calvin und Großpapa nicht da drüben begraben gelegen), wie meine Mutter mir erzählte, dass Vater, als Calvins Mutter starb, Anstalten machte, fortzugehen. Doch sie starb im Sommer, und da wäre es zu heiß gewesen, um sie wieder nach Mexiko, zu ihrer Familie, zu bringen. Also hat er sie hier begraben. Vielleicht war das der Grund, warum er beschloss, hierzubleiben. Aber vielleicht lag es auch daran, dass er selbst alt wurde und dass alle Männer, die im Bürgerkrieg gekämpft hatten, alt wurden und dass die Neger so gut wie niemanden vergewaltigt oder ermordet hatten. Jedenfalls hat er sie hier begraben. Auch dieses Grab musste er verstecken, weil er dachte, jemand könnte es sehen und sich dann an Calvin und Großvater erinnern. Er wollte es nicht riskieren, auch wenn damals alles vorbei war, vergangen und vergessen. Und im Jahr darauf schrieb er an unseren Cousin in New Hampshire. Er schrieb: ‹Ich bin fünfzig Jahre alt. Ich habe alles, was sie je benötigen wird. Schick mir eine gute Frau als Eheweib. Es ist mir gleichgültig, wer sie ist, solange sie eine gute Haushälterin und mindestens fünfunddreißig Jahre alt ist.› Er schickte das Geld für die Eisenbahnfahrt in dem Brief mit. Zwei Monate später kam meine Mutter hier an, und noch am selben Tag wurden sie verheiratet. Das war eine schnelle Heirat, für ihn. Das Mal davor hatte er über zwölf Jahre gebraucht, um zu heiraten, damals, in Kansas, als er und Calvin und Calvins Mutter endlich Großvater ausfindig gemacht hatten. Sie kamen Mitte der Woche an, aber sie warteten bis zum Sonntag mit der Hochzeit. Sie fand draußen statt, unten beim Bach, mit einem Ochsen am Spieß und einem Fass Whiskey, und alle, die sie davon benachrichtigen konnten oder die davon hörten, kamen. Von Samstagmorgen an trafen sie ein, und am Samstagabend kam der Prediger. Den ganzen Tag über arbeiteten Vaters Schwestern daran, Calvins Mutter ein Hochzeitskleid und einen Schleier zu nähen. Sie nähten das Kleid aus Mehlsäcken und den Schleier aus einem Moskitonetz, das ein Saloon-Besitzer über ein Bild hinter der Bar genagelt hatte. Sie liehen sich das Netz von ihm aus. Sie machten sogar so etwas wie einen Anzug für Calvin. Er war damals zwölf, und sie wollten, dass er die Ringe übergab. Das wollte er nicht. Am Abend zuvor erfuhr er, was sie mit ihm vorhatten, und am nächsten Tag (die Hochzeit sollte eigentlich um sechs oder sieben am nächsten Morgen stattfinden) mussten sie, nachdem alle aufgestanden waren und gefrühstückt hatten, die Zeremonie verschieben, bis sie Calvin gefunden hatten. Endlich fanden sie ihn und brachten ihn dazu, den Anzug anzuziehen, und dann fand die Hochzeit statt, und Calvins Mutter trug das selbstgemachte Kleid mit dem Moskitonetz-Schleier, und Vater hatte sich das Haar mit Bärenfett geglättet und trug die verzierten spanischen Stiefel, die er sich aus Mexiko mitgebracht hatte. Großvater übergab die Braut. Nur dass er, während die anderen nach Calvin suchten, immer wieder an das Whiskeyfass gegangen war, und als er schließlich die Braut übergeben sollte, hielt er stattdessen eine Rede. Er fing bei Lincoln und der Sklaverei an und wollte wissen, wer zu leugnen wagte, dass Lincoln und die Neger und Moses und die Kinder Israel ein und dasselbe seien und dass das Rote Meer nichts anderes sei als das Blut, das vergossen werden musste, auf dass die schwarze Rasse es durchqueren und in das Gelobte Land einziehen konnte. Es dauerte eine Weile, bis sie ihn zum Schweigen gebracht hatten, sodass die Hochzeit stattfinden konnte. Nach der Hochzeit blieben sie ungefähr einen Monat. Dann reisten Vater und Großvater eines Tages nach Osten, nach Washington, und bekamen von der Regierung den Auftrag, hierherzukommen und den freigelassenen Negern zu helfen. Sie alle, außer Vaters Schwestern, zogen nach Jefferson. Zwei von ihnen heirateten, und die jüngste zog zu einer der beiden anderen, und Großvater und Vater und Calvin und seine Mutter kamen hierher und kauften das Haus. Und dann passierte das, wovon sie wahrscheinlich schon die ganze Zeit gewusst hatten, dass es passieren würde, und Vater war allein, bis meine Mutter aus New Hampshire kam. Sie hatten sich nie zuvor gesehen, nicht einmal auf einem Bild. Sie heirateten an dem Tag, an dem meine Mutter hier ankam, und zwei Jahre später wurde ich geboren, und mein Vater nannte mich Joanna, nach Calvins Mutter. Ich glaube nicht, dass er sich noch einen zweiten Sohn wünschte. Ich habe keine sehr klare Erinnerung an ihn. Als lebendige Gestalt, als Person erinnere ich mich an ihn nur von dem Mal, als er mich mitnahm und mir Calvins und

Großpapas Grab zeigte. Es war ein sonniger Tag im Frühling. Ich weiß noch, dass ich zuerst nicht mitgehen wollte, obwohl ich gar nicht wusste, wohin wir gingen. Ich wollte nicht zu den Zedern gehen. Ich weiß nicht, warum ich das nicht wollte. Ich konnte damals gar nicht wissen, was da oben bei den Zedern war, ich war ja erst vier. Und selbst wenn ich es gewusst hätte – es hätte ein Kind sicher nicht geängstigt. Ich glaube, es hatte irgendwie mit Vater zu tun, es war etwas, das von dem Zedernhain ausging und sich durch ihn auf mich übertrug. Etwas, das er, so wie ich es empfand, auf den Zedernhain übertragen hatte und das der Hain, wenn ich dort hineinginge, auf mich übertragen würde, sodass ich es nie wieder vergessen könnte. Ich weiß es nicht. Aber er wollte, dass ich hineinging, und als wir zwei da standen, sagte er: ‹Merk dir das. Dein Großvater und dein Bruder liegen hier, gemordet, nicht von einem einzelnen Weißen, sondern von dem Fluch, den Gott einer ganzen Rasse auferlegt hat, bevor dein Großvater und dein Bruder und ich und du überhaupt da waren. Eine Rasse, auf immer und ewig dazu verdammt und verflucht, Teil der Verdammnis und der Verfluchung der weißen Rasse für ihre Sünden zu sein. Merk dir das. Von Gott verdammt und von ihm verflucht. Auf immer und ewig. Ich. Deine Mutter. Du, obwohl du ein Kind bist. Der Fluch eines jeden weißen Kindes, das je geboren wurde und noch geboren wird. Niemand kann dem entkommen.› Und ich hab gefragt: ‹Ich auch nicht?›, und er sagte: ‹Auch du nicht. Du am allerwenigsten.› Ich hatte, solange ich denken konnte, Neger gesehen und gekannt. Ich betrachtete sie als etwas Selbstverständliches, wie den Regen oder die Möbel, oder wie das Essen oder den Schlaf. Aber danach sah ich sie, glaube ich, zum ersten Mal nicht als Menschen, sondern als eine Sache, einen Schatten, in dem ich lebte, in dem wir lebten, alle Weißen, alle anderen Menschen. Ich dachte an all die Kinder, die immer und zu allen Zeiten zur Welt kamen, weiße, auf die schon ein schwarzer Schatten fiel, noch ehe sie den ersten Atemzug machten. Und ich glaubte den schwarzen Schatten in der Gestalt eines Kreuzes zu sehen. Und es war, als kämpften die weißen Kinder, noch ehe sie den ersten Atemzug gemacht hatten, darum, dem Schatten zu entkommen, der nicht nur auf ihnen lag, sondern auch unter ihnen, ausgebreitet, als wären ihre Arme ausgebreitet, als wären sie ans Kreuz genagelt. Ich sah all die kleinen Kinder, die noch zur Welt kommen würden und die noch nicht geboren waren – eine lange Reihe, und alle, die Arme ausgebreitet, an den schwarzen Kreuzen. Ich hätte damals nicht sagen können, ob ich das alles sah oder ob ich es träumte. Aber es war mir ein Grauen. Ich weinte des Nachts. Schließlich sagte ich es Vater, versuchte es ihm zu sagen. Ich wollte ihm sagen, dass ich fliehen musste, dass ich dem Schatten über mir entkommen musste, sonst würde ich sterben. ‹Das kannst du nicht›, sagte er. ‹Du musst ringen, dich erheben. Doch wenn du dich erheben willst, musst du den Schatten mit dir heben. Aber du kannst ihn nie auf deine Höhe heben. Heute verstehe ich das, aber ich verstehe es erst, seitdem ich hier lebe. Aber entkommen kannst du ihm nicht. Der Fluch der schwarzen Rasse ist Gottes Fluch. Aber der Fluch der weißen Rasse ist der schwarze Mann, der auf immer Gottes Auserwählter sein wird, weil er ihn einst verflucht hat.›» Ihre Stimme brach ab. Vor dem vage erkennbaren länglichen Viereck der offenen Tür schwirrten Feuerfliegen. Schließlich sagte Christmas:

«Da war noch etwas, das ich dich fragen wollte. Aber ich glaube, ich weiß die Antwort jetzt selbst.»

Sie regte sich nicht. Ihre Stimme war ruhig. «Was?»

«Warum dein Vater diesen Kerl – wie hieß er doch? Sartoris? – nicht umgebracht hat.»

«Oh», sagte sie. Dann herrschte wieder Schweigen. Vor der Tür trieben die Feuerfliegen hin und her. «Du hättest es getan. Stimmt's?»

«Ja», sagte er sogleich, augenblicklich. Da wusste er, dass sie zu seiner Stimme hin blickte, fast als könnte sie ihn sehen. Ihre Stimme war jetzt fast sanft, so ruhig war sie, so still.

«Du hast keine Ahnung, wer deine Eltern waren?»

Hätte sie sein Gesicht sehen können, sie hätte es mürrisch, brütend gefunden. «Außer dass einer von den beiden teils Nigger war. Das hab ich dir schon erzählt.»

Sie blickte noch immer in seine Richtung; das verriet ihm ihre Stimme. Die Stimme war ruhig, unpersönlich, interessiert, ohne neugierig zu sein. «Woher weißt du das?»

Eine Weile lang antwortete er nicht. Dann sagte er: «Ich weiß es nicht.» Wieder brach seine Stimme ab; an ihrem Klang erkannte sie, dass er den Blick abwandte, zur Tür hin. Seine Miene war mürrisch, ganz still. Dann sprach er wieder, bewegte sich; in seiner Stimme schwang jetzt ein Unterton mit, nicht heiter, aber doch spöttisch, ohne Humor und zugleich sarkastisch. «Wenn nicht, dann hab ich verdammt viel Zeit vergeudet.»

Jetzt wiederum schien sie nachzusinnen, ruhig, kaum atmend, doch ohne eine Spur Selbstmitleid oder Rückschau: «Ich habe früher manchmal darüber nachgedacht. Warum Vater Colonel Sartoris nicht erschossen hat. Ich glaube, es lag an seinem französischen Blut.»

«An seinem französischen Blut?», sagte Christmas. «Dreht ein Franzose nicht durch, wenn einer an ein und demselben Tag seinen Vater und seinen Sohn tötet? Dein Vater muss wohl sehr fromm gewesen sein. Vielleicht ist er zum Prediger geworden.»

Sie antwortete eine Zeit lang nicht. Die Feuerfliegen trieben umher, irgendwo bellte ein Hund, sanft, traurig, fern. «Ich habe darüber nachgedacht», sagte sie. «Es war ja dann alles vorbei. Das Töten in Uniform und mit Fahnen, und das Töten ohne Uniformen und ohne Fahnen. Und weder das eine noch das andere hat etwas Gutes bewirkt. Weder das eine noch das andere. Und wir waren Ausländer, Fremde, wir dachten anders als die Menschen, in deren Land wir gekommen waren, ohne dass man uns gebeten oder gewollt hätte. Und er war Franzose, zur Hälfte Franzose. So sehr Franzose, dass er die Liebe eines jeden zu dem Land, in dem er und die Seinen geboren waren, respektierte und verstand, dass ein Mann so handeln musste, wie das Land, in dem er geboren war, ihn zu handeln gelehrt hatte. Ich glaube, das war's.»

XII

So begann die zweite Phase. Es war, als wäre er in eine Kloake gefallen. Wie ein anderes Leben erschien ihm im Rückblick jene erste harte, mannhafte Unterwerfung, eine Unterwerfung, so ungeheuerlich und hart, als bräche ein geistiges Skelett zusammen und das Geräusch der splitternden Fasern könnte beinahe vom physischen Ohr gehört werden, sodass der Akt der Kapitulation eine Antiklimax war, wie wenn ein besiegter General am Tag nach der letzten Schlacht, nachdem er sich über Nacht rasiert und seine Stiefel vom Schlamm der Schlacht gereinigt hat, sich ergibt und einem Komitee sein Schwert aushändigt.

Die Kloake floss nur bei Nacht. Die Tage waren so, wie sie immer gewesen waren. Morgens um halb sieben ging er zur Arbeit. Meist verließ er die Hütte, ohne zum Haus hinüberzusehen. Um sechs Uhr abends kam er zurück, auch diesmal ohne zum Haus hinüberzusehen. Er wusch sich, zog sein weißes Hemd und die dunkle Hose mit Bügelfalten an und ging zur Küche, wo er sein Abendessen auf dem Tisch vorfand, und er setzte sich und aß es, noch immer, ohne sie auch nur gesehen zu haben. Aber er wusste, dass sie im Haus war und dass die einbrechende Dunkelheit innerhalb der alten Mauern etwas zerfallen ließ, sodass es vom Warten verderbt zurückblieb. Er wusste, wie sie den Tag verbracht hatte, dass auch ihre Tage nicht anders verliefen, als sie immer verlaufen waren, so als hätte auch in ihrem Fall eine andere Person sie gelebt. Den ganzen Tag über stellte er sich vor, wie sie ihre Arbeiten im Haus versah, wie sie immer die gleiche Zeitspanne lang an dem zerkratzten Schreibtisch saß oder wie sie sich, redend und zuhörend, mit den Negerfrauen abgab, die auf der Landstraße aus beiden Richtungen zu dem Haus kamen, auf über Jahre hin ausgetretenen

Pfaden, die wie Radspeichen von dem Haus ausgingen. Worüber sie mit ihr sprachen, wusste er nicht, obwohl er sie beobachtet hatte, wie sie sich dem Haus näherten, nicht unbedingt verstohlen, jedoch zielgerichtet, gewöhnlich einzeln, manchmal auch zu zweit oder zu dritt, in Schürzen, mit Kopftüchern und hin und wieder mit einem über die Schultern geworfenen Männermantel, und wie sie wieder herauskamen und weder schnell noch schlendernd über die strahlenförmigen Pfade davongingen. Sie waren kurz in seinen Gedanken, wenn er dachte *Jetzt macht sie dies. Jetzt macht sie das* ohne dass er viel an sie dachte. Er glaubte auch, dass sie tagsüber nicht mehr an ihn dachte als er an sie. Und selbst nachts, wenn sie in ihrem dunklen Schlafzimmer darauf bestand, dass sie ihm in umständlichen Einzelheiten von den trivialen Angelegenheiten ihres Tages erzählte, und dann umgekehrt darauf bestand, dass er ihr von seinem Tag erzählte, so geschah es nach Art Liebender: dieses gebieterische, unersättliche Fordern, dass die trivialen Einzelheiten ihrer beider Tage in Worte gekleidet wurden, ohne dass es die geringste Notwendigkeit gab, sie sich anzuhören. Dann beendete er sein Abendessen und ging zu ihr, dahin, wo sie wartete. Oft, ohne sich zu beeilen. Als die Zeit voranschritt und das Neue der zweiten Phase sich abnutzte und Gewohnheit wurde, stand er manchmal an der Küchentür und blickte hinaus durch die Dämmerung und sah, vielleicht mit einer Ahnung oder einem Vorgefühl, die wilde, einsame Straße, die er aus freiem Willen gewählt hatte und die auf ihn wartete, und er dachte *Das hier ist nicht mein Leben. Ich gehöre nicht hierher*

Anfangs schockierte es ihn: der abgrundtiefe Furor des Neuengland-Gletschers, der plötzlich dem Feuer der biblischen Hölle Neuenglands ausgesetzt war. Vielleicht war er sich der Entsagung darin bewusst: der gebieterischen, wilden Dringlichkeit, die eine tiefe Verzweiflung verbarg angesichts vergeblicher und unwiederbringlicher Jahre, die sie nun, wie es schien, jede Nacht, als glaubte sie, es wäre die letzte Nacht auf Erden, wettzumachen suchte, indem sie sich auf immer zur Hölle ihrer Vorfahren verdammte und nicht nur in Sünde, sondern in Unflat lebte. Sie hatte eine Gier nach den verbotenen Wortsymbolen, einen unersättlichen Appetit, sie auf seiner Zunge und auf ihrer erklingen zu hören. Sie offenbarte die schreckliche, unpersönliche Neugier eines Kindes auf verbotene Themen und Gegenstände, das berauschte, unermüdliche, unpersönliche Interesse eines Chirurgen am leiblichen Körper und seinen Möglichkeiten. Und am Tage sah er die ruhige, fast männliche, fast in die Jahre gekommene Frau mit dem kalten Gesicht, die zwanzig Jahre lang ohne alle weibliche Angst allein gelebt hatte, in einem einsamen Haus, in einer Nachbarschaft, die, wenn überhaupt, von Negern bewohnt war, eine Frau, die an jedem Tag eine bestimmte Anzahl von Stunden in aller Ruhe an einem Schreibtisch saß und in aller Ruhe für Junge wie auch für Alte ihre praktischen Ratschläge schrieb – Priesterin, Bankier und ausgebildete Krankenschwester in einer Person.

In dieser Phase (sie als Flitterwochen zu bezeichnen wäre nicht richtig) beobachtete Christmas, wie sie alle Erscheinungsformen einer verliebten Frau durchlief. Schon bald schockierte sie ihn nicht nur, sie erstaunte und verwirrte ihn. Sie überraschte und überfiel ihn unerwartet mit heftigen Eifersuchtsanfällen. Sie konnte darin keinerlei Erfahrung haben, auch gab es weder einen Grund für die Szene noch irgendeine Anlass gebende Person: Er wusste, dass sie das wusste. Es war, als hätte sie das Ganze absichtlich erfunden, allein um es auszuagieren, wie ein Schauspiel. Doch sie tat es mit solchem Furor, mit solcher Überzeugungskraft und Überzeugung, dass er beim ersten Mal dachte, sie sei einer Täuschung erlegen, und beim dritten Mal, sie sei verrückt. Sie offenbarte ein unerwartetes und unfehlbares Gespür für Intrigen. Sie bestand darauf, einen Ort als Versteck für Mitteilungen, Briefe zu bestimmen. Es war ein hohler Zaunpfosten ein Stück vor dem zerfallenden Stall. Er sah sie nie eine Mitteilung dort verstecken, doch bestand sie darauf, dass er täglich nachsah, und wenn er es tat, lag dort der Brief. Wenn er nicht nachsah und sie belog, musste er feststellen, dass sie bereits ihre Fallen gestellt hatte, um ihn bei der Lüge zu ertappen; dann weinte sie, schluchzte.

Manchmal teilte sie ihm in einem Brief mit, dass er erst zu einer bestimmten Stunde kommen solle, in das Haus, das außer ihm seit Jahren kein Weißer betreten hatte und in dem sie seit jetzt zwanzig Jahren nachts allein war; eine ganze Woche lang zwang sie ihn, durch ein Fenster zu klettern, um zu ihr zu kommen. Er tat es, und manchmal musste er sie in dem dunklen Haus suchen, bis er sie, in einem Wandschrank oder in einem der leeren Zimmer versteckt, gefunden hatte, wartend, keuchend, die Augen in der Dunkelheit leuchtend wie die einer Katze. Hin und wieder verabredete sie auch ein Rendezvous unter bestimmten Büschen auf dem Gelände, wo er sie dann nackt fand oder in zu Fetzen zerrissener Kleidung, in wilden nymphomanischen Zuckungen, ihr Körper gleißend im langsamen Wechsel von einer förmlichen erotischen Position in die andere, wie ein Beardsley sie zu Zeiten des Petronius hätte zeichnen können. Dann gebärdete sie sich wild, im engen, atmenden Halbdunkel ohne Wände, das wilde Haar in Strähnen, von denen jede einzelne wie Krakenarme zum Leben zu erwachen schien, mit ihren wilden Händen und ihrem Keuchen: «Neger! Neger! Neger!»

Nach sechs Monaten war sie völlig verderbt. Es wäre nicht richtig zu sagen, dass er sie verdorben hätte. Sein eigenes Leben war, bei all seiner anonymen Promiskuität, doch konventionell gewesen, so wie es ein Leben in gesunder und normaler Sünde gewöhnlich ist. Die Verderbtheit kam aus einer Quelle, die ihm noch unerklärlicher war als ihr. Tatsächlich war es so, als ob sie mit der Verderbtheit, die sie aus der Luft selbst zu nehmen schien, ihn zu verderben begann. Er bekam es mit der Angst zu tun. Er hätte nicht sagen können, wovor. Aber er fing an, sich selbst wie aus einer gewissen Entfernung zu sehen, wie einen Mann, der in einen bodenlosen Morast hinabgezogen wird. Er hatte das noch nicht ganz so gedacht. Was er jetzt sah, war die Straße – einsam, wild und kühl. Das war's: kühl. Er dachte und sagte manchmal laut zu sich selbst: «Ich sollte gehen. Ich sollte lieber fort von hier.»

Doch etwas hielt ihn, so wie ein Fatalist immer gehalten werden kann: durch Neugier, Pessimismus, durch schlichte Trägheit. Unterdessen ging das Verhältnis weiter und drückte ihn immer tiefer hinab, mit dem gebieterischen, über alles hinweggehenden Furor jener Nächte. Vielleicht wurde ihm klar, dass er nicht entfliehen konnte. Jedenfalls blieb er und beobachtete die beiden Kreaturen, die in ein und demselben Körper wie zwei im Mondlicht gleißende Gestalten an der Oberfläche eines trüben Teiches unter dem späten Mond miteinander rangen und abwechselnd einander zu ertränken versuchten. Mal war es die stille, kalte, gefasste Gestalt der ersten Phase, die, obwohl verloren und verdammt, irgendwie undurchdringlich und unbezwinglich blieb; dann war es die andere, die zweite Gestalt, die in furioser Leugnung ihrer Unbezwinglichkeit danach strebte, in dem von ihr selbst erschaffenen schwarzen Abgrund jene körperliche Reinheit zu ertränken, die jedoch inzwischen zu lange bewahrt worden war, um nun verloren zu gehen. Hin und wieder kamen sie an die schwarze Oberfläche, umschlungen wie Schwestern, und die schwarzen Wasser liefen von ihnen ab. Dann rauschte die Welt wieder zurück: das Zimmer, die Wände, das friedliche Gesumm unzähliger Insekten jenseits der Fliegengitter, wo Insekten schon seit vierzig Jahren sirrten. Sie starrte ihn dann mit dem wilden, verzweifelnden Gesicht einer Fremden an; wenn er sie dann ansah, formulierte er für sich: «Sie möchte beten, aber auch da weiß sie nicht, wie sie es tun soll.»

Sie fing an, dick zu werden.

Diese Phase endete nicht abrupt, nicht mit einer Klimax, wie die erste. Sie ging so allmählich in die dritte Phase über, dass er nicht hätte sagen können, wo die eine aufhörte und die andere begann. Es war Sommer, der sich zum Herbst wandelte: wie Schatten vor einer sich westwärts neigenden Sonne nahten vorzeitige, herbstliche Lüfte und stürzten sich frostig und unversöhnlich vor den Sommer hin, und wie verglühende Kohle flackerte etwas von dem sterbenden Sommer im Herbst noch einmal auf. Das zog sich über einen Zeitraum von zwei Jahren hin. Er arbeitete weiter im Hobelwerk und hatte in der Zwischenzeit angefangen, ein wenig Whiskey zu verkaufen, wobei er sich, klug abwägend, auf wenige, verschwiegene Kunden beschränkte, von denen einer den andern nicht kannte. Sie wusste davon nichts, obwohl er seinen Vorrat auf dem Grundstück versteckt hielt und sich mit seinen Kunden in dem Gehölz jenseits der Weide traf. Sehr wahrscheinlich hätte sie keine Einwände erhoben. Aber auch Mrs. McEachern hätte keine Einwände gegen das versteckte Seil erhoben, und vielleicht erzählte er es ihr jetzt aus dem gleichen Grund nicht, aus dem er Mrs. McEachern nichts erzählt hatte. Als er an Mrs. McEachern und das Seil dachte, und an die Kellnerin, der er nie gesagt hatte, woher das Geld kam, das er ihr gab, und jetzt an seine derzeitige Geliebte und den Whiskey, wollte er fast glauben, dass er den Whiskey nicht verkaufte, um Geld zu verdienen, sondern weil er dazu verdammt war, immer vor den Frauen, die ihn umgaben, etwas zu verbergen. Unterdessen sah er sie tagsüber hin und wieder aus der Ferne, auf dem hinteren Teil des Grundstücks, wo sich, deutlich unter den sauberen, strengen Gewändern, die sie trug, die verrottete Verderbtheit regte, bereit, bei der leisesten Berührung in Fäulnis auszufließen, wie etwas, das in einem Sumpf immer weiter wächst; doch nicht ein einziges Mal sah sie zu der Hütte hin oder zu ihm. Und wenn er an jene andere Person dachte, die irgendwo im physischen Dunkel zu existieren schien, so hatte er das Gefühl, dass das, was er jetzt bei Tage sah, ein Trugbild derjenigen war, die, von der nächtlichen Schwester ermordet, jetzt ziellos und noch der Fähigkeit des Klagens beraubt, an den Schauplätzen früheren Friedens umherirrte.

Natürlich konnte der erste Furor der zweiten Phase nicht andauern. Anfangs war es eine Sturzflut gewesen, jetzt waren es Gezeiten mit Flut und Ebbe. Bei Flut gelang es ihr fast, sie beide zu täuschen. Es war, als würde aus ihrem Wissen, dass es nur eine Flut sei, die im nächsten Moment zurückginge, ein noch wilderer Furor geboren, eine heftige Leugnung, die sich selbst und ihn zu physischen Experimenten jenseits der Vorstellungskraft treiben konnte und sie beide, wie allein durch Schwung in Bewegung gesetzt, ohne ihren Willen und ohne Plan fortriss. Es war, als wüsste sie, dass die Zeit knapp war, dass der Herbst schon beinahe über sie hereingebrochen war, ohne dass sie genau gewusst hätte, was der Herbst bedeutete. Es schien bloßer Instinkt zu sein: physischer Instinkt und eine instinktive Leugnung der vergeudeten Jahre. Dann ebbte die Flut ab. Und dann lagen sie gestrandet, wie hinter einem ersterbenden Mistral, auf einem verausgabten, gesättigten Strand und sahen einander an wie Fremde, mit hoffnungslosen und vorwurfsvollen (auf seiner Seite mit müden, auf ihrer Seite mit verzweiflungsvollen) Augen.

Aber der Schatten des Herbstes lag auf ihr. Sie fing an, von einem Kind zu sprechen, als hätte ihr Gespür ihr gesagt, dass dies nun die Zeit sei, da sie sich rechtfertigen oder aber sühnen musste. Sie sprach davon in den Phasen der Ebbe. Zuerst war der Anfang der Nacht immer Flut, als hätten die Stunden von Tageslicht und Trennung genug von dem versiegenden Strom aufgestaut, dass er, wenigstens für einen Augenblick, eine Sturzflut simulieren konnte. Doch nach einer Weile wurde der Strom auch dafür zu dünn: jetzt ging er widerstrebend zu ihr, ein Fremder, dessen Blick schon rückwärts gerichtet war; und als Fremde ließ er sie schließlich zurück, nachdem er in dem dunklen Schlafzimmer bei ihr gesessen und mit ihr von noch einem, einem dritten Fremden gesprochen hatte. Jetzt fiel ihm auf, dass sie sich, wie mit Vorbedacht, immer im Schlafzimmer trafen, als wären sie verheiratet. Er musste sie nicht mehr im ganzen Haus suchen; die Nächte, in denen er sie, versteckt und keuchend und nackt, im dunklen Haus oder im Gebüsch des verkommenen Parks suchen musste, waren jetzt so tot wie der hohle Zaunpfosten vor der Scheune.

All das war tot: die Schauplätze, die makellos gespielten Szenen von geheimer und monströser Wonne und Eifersucht. Dabei hatte sie jetzt, wenn sie es nur gewusst hätte, Grund zur Eifersucht. Jede Woche oder so fuhr er weg, geschäftlich, sagte er ihr. Sie wusste nicht, dass die Geschäfte ihn nach Memphis führten, wo er sie mit anderen Frauen betrog, Frauen, die er für eine bestimmte Summe kaufte. Sie wusste es nicht. Vielleicht hätte sie sich in der Phase, in der sie jetzt war, nicht überzeugen lassen, hätte Beweise nicht hören wollen, hätte sich nicht darum geschert. Denn sie lag nun oft den größten Teil der Nacht schlaflos da und holte den Schlaf am Nachmittag nach. Sie war nicht krank, es war nichts Körperliches. Es war ihr nie besser gegangen; ihr Appetit war gewaltig; sie wog dreißig Pfund mehr als je zuvor in ihrem Leben. Das war es nicht, was sie nachts wach hielt. Es war etwas, das aus dem Dunkel kam, aus der Erde, aus dem sterbenden Sommer selbst: etwas, das bedrohlich und schrecklich für sie war, weil ihr Gespür ihr versicherte, dass es ihr keinen Schaden zufügte; dass es sie zwar überwältigte und verriete, dass sie aber nicht zu Schaden käme: Sie würde im Gegenteil gerettet werden, und das Leben ginge ebenso und sogar noch besser, sogar weniger schrecklich weiter. Das Schreckliche war, dass sie nicht gerettet werden wollte. «Ich bin noch nicht bereit zu beten», sagte sie laut, ruhig, starr, tonlos, die Augen weit geöffnet, während der Mond durch das Fenster strömte und immer weiter strömte und das Zimmer mit etwas erfüllte, das kalt und unwiderruflich und wild vor Reue war. «Mach, dass ich nicht schon beten muss. Lieber Gott, lass mich noch ein bisschen länger verdammt sein, eine Weile noch.» Sie meinte ihr ganzes vergangenes Leben zu sehen, die dürren Jahre, die wie ein grauer Tunnel waren, an dessen fernem und unwiderruflichem Ende, so wenig weichend wie ein Vorwurf, ihre nackte Brust von vor drei kurzen Jahren wie im Todeskampf jungfräulich und gekreuzigt, schmerzte: «Noch nicht, lieber Gott. Noch nicht, lieber Gott.»

So begann sie, wenn er jetzt zu ihr kam, nach den passiven, kühlen und maßvollen Verzückungen schierer Gewohnheit, von einem Kind zu sprechen. Anfangs sprach sie unpersönlich davon, sprach von Kindern im Allgemeinen. Vielleicht war es schiere, instinktive weibliche List, war es Umschweifigkeit, vielleicht auch nicht. Jedenfalls dauerte es geraume Zeit, bis er mit einem Schock entdeckte, dass sie es als Möglichkeit erwog, als praktischen Gedanken. Er sagte sofort nein.

«Warum nicht?», sagte sie. Sie sah ihn forschend an. Er dachte schnell, dachte *Sie will geheiratet werden. Das ist es. Ein Kind will sie so wenig wie ich* ‹Es ist nur ein Trick›, dachte er. ‹Ich hätte es wissen, damit rechnen müssen. Ich hätte schon vor einem Jahr von hier abhauen sollen.› Aber er hatte Angst, ihr das zu sagen, das Wort Heirat zwischen ihnen aufkommen, es laut werden zu lassen, und er dachte: ‹Vielleicht hat sie gar nicht daran gedacht, und ich setze ihr den Gedanken in den Kopf.› Sie beobachtete ihn. «Warum nicht?», sagte sie. Und dann blitzte etwas in ihm auf *Warum nicht? Es würde Bequemlichkeit bedeuten, Sicherheit für den Rest deines Lebens. Du würdest nie wieder weggehen müssen. Und so, wie es jetzt ist, könntest du genauso gut mit ihr verheiratet sein* und dachte: ‹Nein. Wenn ich jetzt nachgebe, dann leugne ich all die dreißig Jahre, in denen ich gelebt habe, um mich zu dem zu machen, was ich sein wollte.› Er sagte:

«Wenn wir ein Kind gewollt hätten, dann hätten wir, denke ich, schon vor zwei Jahren eins bekommen.»

«Damals wollten wir keins.»

«Jetzt wollen wir auch keins», sagte er.

Das war im September. Kurz nach Weihnachten erzählte sie ihm, sie sei schwanger. Noch während sie sprach, glaubte er, dass sie log. Er machte sich jetzt klar, dass er seit drei Monaten damit gerechnet hatte, dass sie ihm das sagen würde. Aber als er ihr ins Gesicht sah, wusste er, dass sie nicht log. Er glaubte, dass auch sie wusste, dass sie nicht log. Er dachte: ‹Jetzt ist es so weit. Gleich sagt sie es: Heiraten. Doch wenigstens kann ich vorher aus dem Haus raus.›

Aber sie sagte es nicht. Sie saß ganz still auf dem Bett, die Hände im Schoß, ihr stilles Neuengland-Gesicht (noch immer das Gesicht einer Jungfer: mit starken Knochen, länglich, ein wenig schmal, fast männlich; ganz im Gegensatz dazu ihr rundlicher Körper, der in seiner Üppigkeit und seiner Weichheit animalischer war als je zuvor) gesenkt. Sie sagte in einem sinnenden, losgelösten, unpersönlichen Ton: «Ein volles Maß. Auch für einen Bastard, ein Negerkind. Ich würde gern die Gesichter von Vater und Calvin sehen. Jetzt ist ein guter Zeitpunkt für dich wegzulaufen, wenn du das möchtest.» Aber es war, als hörte sie ihrer eigenen Stimme nicht zu, als läge es nicht in ihrer Absicht, dass die Wörter eine wirkliche Bedeutung hatten: das letzte Aufflackern des hartnäckigen, sterbenden Sommers, über den unversehens der Herbst, das Heraufdämmern des Halbtods, gekommen war. ‹Jetzt ist es vorbei›, dachte sie ruhig, ‹zu Ende.› Ausgenommen das Warten, dass noch ein weiterer Monat verging, um sicher zu sein; das hatte sie von den Negerfrauen gelernt, dass man manchmal erst nach zwei Monaten sagen konnte, was war. Sie würde einen weiteren Monat abwarten müssen und den Kalender im Auge behalten. Sie machte ein Zeichen auf dem Kalender, um sicher zu sein, dass es keinen Irrtum gäbe; durch das Schlafzimmerfenster beobachtete sie, wie dieser Monat sich rundete. Frost war gekommen, und die ersten Blätter begannen sich zu verfärben. Der auf dem Kalender markierte Tag kam und verstrich; sie gab sich noch eine weitere Woche, um doppelt sicher zu sein. Es versetzte sie nicht in Hochstimmung, da sie nicht überrascht war. «Ich trage ein Kind», sagte sie ruhig, laut.

‹Morgen gehe ich›, sagte er zu sich, noch am selben Tag. ‹Am Sonntag gehe ich›, dachte er. ‹Ich warte, bis ich den Lohn für diese Woche bekomme, und dann bin ich fort.› Er freute sich jetzt auf Samstag, überlegte, wohin er gehen wollte. Diese ganze Woche sah er sie nicht. Er erwartete, dass sie nach ihm schickte. Wenn er die Hütte betrat oder verließ, ertappte er sich dabei, dass er es vermied, zum Haus hinüberzublicken, so wie er es in der ersten Woche seines Hierseins getan hatte. Er bekam sie überhaupt nicht zu Gesicht. Hin und wieder sah er die Negerfrauen, nun in unbestimmbaren Kleidungsstücken gegen die herbstliche Kühle, wie sie auf den ausgetretenen Pfaden kamen oder gingen, das Haus betraten oder verließen. Aber das war alles. Als es Samstag war, ging er nicht fort. ‹Vielleicht sollte ich alles Geld mitnehmen, was ich kriegen kann›, dachte er. ‹Wenn sie's nicht eilig hat, dass ich abhaue, warum sollte ich's dann eilig haben. Ich gehe nächsten Samstag.›

Er blieb. Das Wetter war weiterhin kalt, sonnig und kalt. Wenn er jetzt ins Bett ging und unter seiner Baumwolldecke in der zugigen Hütte lag, dachte er oft an das Schlafzimmer im Haus, mit dem Kaminfeuer, den großen gesteppten, mit Lintbaumwolle gefüllten Decken. Mehr denn je zuvor neigte er dazu, sich zu bemitleiden. ‹Sie könnte mir wenigstens noch eine Wolldecke schicken›, dachte er. Genauso gut hätte er sich eine kaufen können. Das aber tat er nicht. Noch unternahm sie etwas. Er wartete. Er wartete lange, wie er glaubte. Dann, an einem Abend im Februar, fand er, als er nach Hause kam, eine Mitteilung von ihr auf seinem Bett. Sie war kurz, war fast ein Befehl und forderte ihn auf, an diesem Abend zum Haus zu kommen. Er war nicht überrascht. Er hatte noch nie eine Frau kennengelernt, die, wenn kein anderer Mann verfügbar war, nicht irgendwann nachgegeben hätte. Und jetzt wusste er, dass er am nächsten Tag weggehen würde. ‹Das muss es sein, worauf ich gewartet hab›, dachte er; ‹ich hab nur darauf gewartet, dass mir Genugtuung widerfährt.› Er zog sich um und rasierte sich auch. Er bereitete sich, ohne dass es ihm bewusst war, wie ein Bräutigam vor. Wie immer fand er den Tisch in der Küche für ihn gedeckt; in der ganzen Zeit, in der er sie nicht gesehen hatte, war das nie ausgeblieben. Er aß und ging dann nach oben. Er beeilte sich nicht. ‹Wir haben die ganze Nacht›, dachte er. ‹Dann hat sie etwas, worüber sie morgen Abend und am Abend darauf, wenn sie merkt, dass die Hütte leer ist, nachdenken kann.› Sie saß vor dem Kaminfeuer. Sie wandte nicht einmal den Kopf, als er eintrat. «Bring dir den Stuhl da mit», sagte sie.

Und so begann die dritte Phase. Sie verwirrte ihn eine Weile, mehr noch als die beiden vorangegangenen. Er hatte Begierde erwartet, eine stillschweigende Entschuldigung oder, falls dergleichen ausblieb, eine Bereitwilligkeit, die nur umworben werden wollte. Er war sogar bereit, sich darauf einzulassen. Stattdessen fand er eine Fremde, die, als er schließlich in verblüffter Verzweiflung auf sie zuging und sie berührte, seine Hand mit der ruhigen Festigkeit eines Mannes wegschob. «Komm schon», sagte er. «Wenn du mir etwas sagen willst. Wir haben immer danach besser reden können. Dem Kind schadet's schon nicht, falls es das ist, was du befürchtest.»

Mit einem einzigen Wort gebot sie ihm Einhalt; zum ersten Mal sah er ihr ins Gesicht: Er blickte in ein kaltes, fernes, fanatisches Gesicht. «Ist dir klar», sagte sie, «dass du dein Leben vergeudest?» Und er saß da und sah sie wie versteinert an, als könnte er seinen Ohren nicht trauen.

Er brauchte eine Weile, bis er begriff, was sie meinte. Sie sah ihn nicht einmal an. Sie saß da und blickte ins Kaminfeuer, das Gesicht kalt, still, brütend, und sprach mit ihm, als wäre er ein Fremder, während er empört und staunend zuhörte. Sie wollte, dass er alle ihre geschäftlichen Angelegenheiten im Zusammenhang mit den Negerschulen übernahm, die Korrespondenz und die periodisch durchgeführten Besuche. Sie hatte den Plan schon ganz ausgearbeitet. Sie trug ihn ihm in allen Einzelheiten vor, während er mit wachsendem Zorn und Erstaunen zuhörte. Er sollte die verantwortliche Leitung übernehmen, und sie wollte seine Sekretärin sein, seine Assistentin: Zusammen würden sie zu den Schulen reisen, zusammen die Negerheime besuchen; selbst in seinem Zorn wusste er, während er ihr zuhörte, dass der Plan verrückt war. Und die ganze Zeit war ihr ruhiges Profil im friedlichen Feuerschein so ernst und gefasst wie ein Porträt in einem Bilderrahmen. Als er ging, fiel ihm ein, dass sie nicht ein einziges Mal das Kind, das sie erwartete, erwähnt hatte.

Noch glaubte er nicht, dass sie verrückt sei. Er glaubte, es liege daran, dass sie schwanger war, so wie er glaubte, dass dies der Grund sei, warum sie nicht zuließ, dass er sie berührte. Er versuchte mit ihr zu reden. Aber es war, als versuchte man mit einem Baum zu reden: Sie fuhr nicht einmal auf, um zu widersprechen, sie hörte bloß ruhig zu und sprach dann in demselben gleichmäßigen, kalten Ton weiter, als hätte er gar nichts gesagt. Als er schließlich aufstand und hinausging, wusste er nicht einmal, ob sie merkte, dass er gegangen war.

Innerhalb der folgenden zwei Monate sah er sie nur ein einziges Mal. Er hielt sich an seinen üblichen Tageslauf, außer dass er jetzt nie mehr zum Haus hinüberging und seine Mahlzeiten wieder unten in der Stadt einnahm, so wie damals, als er angefangen hatte, im Hobelwerk zu arbeiten. Doch damals, als er dort zu arbeiten anfing, hatte er tagsüber nicht an sie denken müssen; er dachte kaum je an sie. Jetzt konnte er nicht anders. Sie war so beständig in seinen Gedanken, dass es ihm fast so vorkam, als sähe er sie vor sich, dort im Haus, geduldig, wartend, unausweichlich, verrückt. In der ersten Phase war es so gewesen, als hätte er draußen vor einem Haus, wo der Boden mit Schnee bedeckt war, gestanden und versucht, in das Haus hineinzukommen; in der zweiten Phase war er tief unten in der heißen, wilden Dunkelheit einer Grube gewesen; jetzt befand er sich mitten in einer Weite, wo kein Haus war, nicht einmal Schnee, nicht einmal Wind.

Jetzt bekam er es mit der Angst zu tun, er, der bisher nur Verwirrung empfunden hatte und vielleicht eine Vorahnung, das Gefühl eines drohenden Verhängnisses. Er hatte neuerdings einen Partner bei seinem Whiskeyhandel, einen Fremden namens Brown, der eines Tages zu Beginn des Frühlings Arbeit suchend im Werk erschienen war. Er wusste, dass der Mann ein Dummkopf war, aber anfangs dachte er: ‹Wenigstens wird er Verstand genug haben zu tun, was ich ihm sage. Er braucht überhaupt nicht selbst zu denken›; erst später sagte er sich: ‹Jetzt weiß ich, dass ein Dummkopf einer ist, der nicht einmal in der Lage ist, seinen eigenen guten Rat zu befolgen.› Er nahm Brown, weil Brown ein Fremder war, eine gewisse fröhliche, skrupellose Bereitwilligkeit an den Tag legte und nicht gerade viel persönliche Courage bewies, denn er wusste, dass ein Feigling innerhalb seiner Grenzen von einem vernünftigen Mann zu einem Werkzeug gemacht werden konnte, nützlich für jedermann, außer für sich selbst.

Seine Befürchtung war nur, dass Brown von der Frau im Haus erfahren und in seiner unberechenbaren Dummheit etwas Unwiderrufliches tun könnte. Er befürchtete, dass die Frau, weil er sie gemieden hatte, sich vielleicht einfallen ließe, eines Abends zur Hütte zu kommen. Seit Februar hatte er sie nur ein einziges Mal gesehen. Das war, als er sie aufgesucht hatte, um ihr zu sagen, dass Brown künftig bei ihm in der Hütte wohnen würde. Es war an einem Sonntag. Er rief sie, und sie kam auf die hintere Veranda, wo er stand, und hörte ruhig zu. «Das hättest du nicht zu tun brauchen», sagte sie. In dem Moment verstand er nicht, wie sie das meinte. Erst später blitzte der Gedanke in ihm auf, wieder vollständig, wie ein gedruckter Satz: *Sie glaubt, ich habe ihn hergeholt, um sie fernzuhalten. Sie glaubt, ich denke, wenn er da ist, traut sie sich nicht, zur Hütte zu kommen, und sie muss mich in Ruhe lassen*

So machte er seine Annahme, seine Befürchtung, was sie vielleicht tun würde, zu einem Teil seines Denkens, weil er glaubte, er habe ihr den Gedanken nahegelegt. Er glaubte, weil sie dies gedacht habe, würde Browns Anwesenheit sie nicht nur nicht abschrecken, sondern ihr ein Anreiz sein, zur Hütte zu kommen. Da sie nunmehr seit über einem Monat überhaupt nichts getan, keinerlei Schritte unternommen hatte, glaubte er, sie sei zu allem bereit. Jetzt lag auch er nachts wach. Aber er dachte: ‹Ich muss etwas tun. Irgendetwas werde ich tun.›

Deshalb wandte er Listen an und mied Brown, damit er als Erster in der Hütte ankam. Jedes Mal rechnete er damit, sie dort wartend vorzufinden. Wenn er zur Hütte kam und sie leer war, dachte er in ohnmächtigem Zorn an die Bedrängnis, an die Lügen und die Hast und dass sie den ganzen Tag allein und untätig in dem Haus war und über nichts anderes nachzudenken brauchte als darüber, ob sie ihn gleich verraten oder noch ein wenig länger quälen sollte. Normalerweise hätte es ihm nichts ausgemacht, ob Brown von ihrer beider Verhältnis wusste oder nicht. Verschwiegenheit oder Ritterlichkeit gegenüber Frauen waren seinem Wesen fremd. Es ging um Praktisches, Materielles. Von ihm aus hätte ganz Jefferson wissen können, dass er ihr Liebhaber war: Der Grund, warum er nicht wollte, dass jemand über sein Privatleben hier draußen zu mutmaßen begann, war der versteckte Whiskey, der ihm dreißig bis vierzig Dollar in der Woche einbrachte. Das war der eine Grund. Ein anderer war Eitelkeit. Lieber wäre er gestorben oder hätte einen Mord begangen, als zuzulassen, dass jemand, ein anderer Mann, herausfand, was aus diesem Verhältnis inzwischen geworden war. Dass die Frau nicht nur ihr eigenes Leben von Grund auf verändert hatte, sondern dass sie auch seines zu verändern suchte und ihn zu einem Zwischending zwischen Eremit und Missionar für Neger machen wollte. Er glaubte, wenn Brown das eine erführe, würde er zwangsläufig das andere erfahren. So kam er abends schließlich, nach dem Lügen und dem Hasten, bei der Hütte an, und wenn er die Hand auf die Türklinke legte und sich an die Eile erinnerte und daran dachte, dass sie, wie er gleich feststellen würde, überhaupt nicht nötig gewesen war und dass er dennoch auf diese Vorsichtsmaßnahme nicht zu verzichten wagte, dann hasste er sie mit wildem Abscheu, einer Mischung aus Furcht und ohnmächtiger Wut. Dann aber öffnete er eines Abends die Tür und fand den Zettel auf dem Feldbett.

Er sah ihn in dem Moment, als er eintrat, er lag, ein weißes Viereck, weiß und zutiefst unerforschlich, auf der dunklen Decke. Er verharrte nicht einmal bei dem Gedanken, dass er zu wissen glaubte, wie die Botschaft lautete, was sie versprach. Er empfand keine Begierde, er empfand Erleichterung. ‹Jetzt ist es vorbei›, dachte er, und noch immer nahm er das gefaltete Papier nicht in die Hand. ‹Es wird wieder so sein, wie es vorher war. Kein Gerede mehr von Niggern und Kindern. Sie hat Vernunft angenommen. Sie ist all das andere leid geworden, hat eingesehen, dass sie damit nicht weiterkommt. Jetzt versteht sie, dass das, was sie will, was sie braucht, ein Mann ist. Sie will bei Nacht einen Mann; was er bei Tag tut, ist ohne Belang.› In diesem Moment hätte er den Grund, warum er nicht weggegangen war, erkennen müssen. Er hätte einsehen müssen, dass er von dem kleinen viereckigen Stück Papier, das noch immer nichts preisgegeben hatte, ebenso festgehalten wurde, als wäre es eine Kette mit Schloss. Aber das kam ihm nicht in den Sinn. Wieder einmal sah er nur sich selbst an der Schwelle von Verheißung und Wonne. Es würde ruhiger sein, von jetzt an. Sie würden es beide so sehr wollen; außerdem hätte jetzt er die Oberhand. ‹Die ganze Dummheit›, dachte er und hielt das immer noch nicht geöffnete Papier in den Händen, ‹diese ganze verdammte Dummheit. Sie ist immer noch sie selbst, und ich bin immer noch ich. Und jetzt, nach all dieser verdammten Dummheit›; er dachte, wie sie beide in der Nacht darüber lachen würden, später, danach, wenn die Zeit kam, leise miteinander zu sprechen, leise miteinander zu lachen: über die ganze Angelegenheit, über einander, über sich selbst.

Er entfaltete den Zettel nicht. Er steckte ihn ein und wusch sich und rasierte sich und wechselte die Kleidung, und die ganze Zeit pfiff er vor sich hin. Er war noch nicht fertig, als Brown hereinkam. «Sieh an, sieh an, sieh an», sagte Brown. Christmas sagte nichts. Er stand vor der an die Wand genagelten Spiegelscherbe und band sich den Schlips. Brown war mitten im Zimmer stehengeblieben: ein hochgewachsener, schlanker junger Mann in schmutzigem Overall, mit einem dunklen, unbestimmt hübschen Gesicht und neugierigen Augen. An seinem Mund hatte er eine schmale Narbe, so weiß wie ein Fädchen Speichel. Nach einer Weile sagte Brown: «Sieht so aus, als wolltest du ausgehen.»

«Wirklich?», sagte Christmas. Er drehte sich nicht um. Er pfiff monoton, aber richtig: eine Melodie, etwas in Moll, klagend, negroid.

«Ich glaube, ich wasche mich gar nicht erst», sagte Brown, «wo du schon fast fertig bist.»

Christmas drehte sich zu ihm um. «Fertig wofür?»

«Gehst du nicht in die Stadt?»

«Habe ich gesagt, ich ginge?», sagte Christmas. Er wandte sich wieder zum Spiegel.

«Oh», sagte Brown. Er beobachtete Christmas' Hinterkopf. «Dann nehme ich an, dass du was Privates vorhast.» Er beobachtete Christmas. «Ist ein bisschen kalt heute Abend, um auf dem feuchten Boden rumzuliegen, nur mit einem mageren Mädchen unter dir.»

«Meinst du?», sagte Christmas und pfiff, beschäftigt, aber ohne Eile. Er wandte sich um, nahm sein Jackett und zog es sich an; Brown beobachtete ihn noch immer. Er ging zur Tür. «Wir sehen uns morgen früh», sagte er. Die Tür schloss sich nicht hinter ihm. Er wusste, dass Brown in der Tür stand und ihm nachsah. Doch er versuchte nicht, sein Ziel zu vertuschen. Er schlug den Weg zum Haus ein. ‹Soll er nur zusehen›, dachte er. ‹Soll er mir nachgehen, wenn er das will.›

In der Küche war der Tisch für ihn gedeckt. Bevor er sich hinsetzte, nahm er den noch ungeöffneten Zettel aus der Tasche und legte ihn neben den Teller. Er war nicht verschlossen, nicht versiegelt; er entfaltete sich ganz von selbst, als forderte er ihn auf, insistierte. Doch Christmas warf keinen Blick darauf. Er fing an zu essen. Er aß ohne Hast. Er hatte fast aufgegessen, als er plötzlich horchend den Kopf hob. Dann stand er auf und ging, lautlos wie eine Katze, zu der Tür, durch die er hereingekommen war, und riss sie jäh auf. Brown stand davor, das Gesicht an die Tür gelehnt, oder vielmehr da, wo die Tür eben noch gewesen war. Das Licht fiel auf sein Gesicht, und es lag ein Ausdruck von gespannter, kindlicher Neugier darauf, der in Überraschung umschlug, als Christmas ihn ansah, und sich dann wieder fasste, als es zurückwich. Browns Stimme klang fröhlich, jedoch ruhig, verhalten, verschwörerisch, als hätte er sein Im-Bunde-Sein mit Christmas und seine Sympathie für ihn schon bekundet, ungefragt und ohne darauf zu warten, dass er erfuhr, was hier gespielt wurde, aus Loyalität zu seinem Partner oder vielleicht zum Mann im Abstrakten, im Gegensatz zu allem, was Frau war. «Sieh an, sieh an, sieh an», sagte er. «Hier schleichst du dich also jeden Abend hin. Direkt vor unserer Haustür, könnte man sagen –»

Ohne ein Wort zu sagen, schlug Christmas ihn. Der Schlag traf nicht hart, denn Brown war schon dabei, mitten im Kichern sozusagen, in unschuldiger Fröhlichkeit zurückzuweichen. Der Schlag schnitt abrupt seine Stimme ab; Brown bewegte sich, machte einen Satz zurück und verschwand aus dem Lichtschein in das Dunkel, aus dem seine Stimme kam, noch immer nicht laut, so als wollte er auch jetzt noch das Vorhaben seines Partners nicht gefährden, aber angespannt nun vor Schreck und Staunen: «Schlag mich nicht!» Er war der Größere von beiden:

eine schlaksige Gestalt, bereits in lächerlich diffuser Fluchtbewegung, als würde er gleich scheppernd zu Boden stürzen und in Stücke zerfallen, während er angesichts des steten, immer noch stummen Nahens des anderen rückwärts stolperte. Wieder erklang Browns Stimme, hoch, voller Angst und in falscher Drohung: «Schlag mich nicht!» Diesmal traf der Schlag seine Schulter, während er sich abwandte. Jetzt rannte er. Er rannte gut hundert Meter, ehe er langsamer wurde und zurückblickte. Dann blieb er stehen und drehte sich um: «Du verdammter gelbbäuchiger Itaker», sagte er in unsicher ausprobierendem Ton und zuckte sogleich mit dem Kopf zurück, als hätte seine Stimme mehr Geräusch gemacht, hätte lauter geklungen, als er beabsichtigt hatte. Vom Haus her war kein Laut zu hören; die Küchentür war wieder dunkel, wieder geschlossen. Mit leicht erhobener Stimme rief er: «Du verdammter gelbbäuchiger Itaker! Ich werd dir zeigen, mit wem du dich da anlegst.» Nirgendwo war ein Laut zu hören. Es war kalt. Er drehte sich um und ging, vor sich hin murmelnd, zur Hütte zurück.

Als Christmas wieder in die Küche kam, warf er nicht einmal mehr einen Blick auf den Tisch, wo der Zettel lag, den er noch nicht gelesen hatte. Er ging weiter, durch die Tür, die ins Haus und zur Treppe führte. Er begann die Stufen hinaufzusteigen, nicht schnell. Er stieg stetig nach oben; jetzt konnte er die Schlafzimmertür sehen, einen Spalt Licht, den Schein vom Feuer, unter der Tür. Er ging stetig weiter und legte die Hand auf die Tür. Dann öffnete er die Tür und blieb wie angewurzelt stehen. Sie saß an einem Tisch, unter der Lampe. Er sah eine Gestalt, die er kannte, in einem strengen Gewand, das er kannte – ein Gewand, das aussah, als wäre es für einen nachlässigen Mann gemacht und von ihm getragen worden. Darüber sah er einen Kopf, dessen allmählich ergrauendes Haar hinten straff zu einem Knoten zusammengezogen war, so wild und hässlich wie eine Warze an einem kranken Ast. Dann blickte sie zu ihm auf, und er sah, dass sie eine Brille mit Stahlrand trug, die er noch nie gesehen hatte. Er stand in der Tür, die Hand noch auf dem Knauf, ohne sich zu bewegen. Es kam ihm so vor, als könnte er in seinem Innern die Worte hören: *Du hättest den Zettel lesen sollen. Du hättest den Zettel lesen sollen* und er dachte: ‹Ich werde etwas tun. Etwas tun.›

Das hörte er immer noch, während er an dem Tisch mit den verstreuten Papieren stand, von dem sie sich nicht erhoben hatte, und der ruhigen Ungeheuerlichkeit lauschte, die ihre kalte, stille Stimme von sich gab, und sein Mund sprach ihre Worte nach, wobei er auf die verstreuten rätselhaften Papiere und Dokumente hinunterblickte, und sein Denken flog sanft und träge dahin und überlegte, was wohl dieses Papier und was jenes bedeuten mochte. «Zur Schule», sagte sein Mund.

«Ja», sagte sie. «Sie werden dich nehmen. Jede wird dich nehmen. Meinetwegen. Du kannst dir jede beliebige auswählen. Wir brauchen nichts zu bezahlen.»

«Zur Schule», sagte sein Mund. «Zu einer Niggerschule. Ich.»

«Ja. Danach kannst du nach Memphis gehen. Du kannst in Peebles Kanzlei Juristerei lernen. Er bringt dir alles bei. Dann kannst du alle rechtlichen Angelegenheiten übernehmen. All das hier, alles, was er macht, was Peebles macht.»

«Und dann Juristerei lernen, in der Kanzlei eines Niggeranwalts», sagte sein Mund.

«Ja. Danach übergebe ich dir alles Geschäftliche, das ganze Geld. Alles. Und wenn du dann Geld für dich selbst brauchst, könntest du … dann wüsstest du, wie; Anwälte wissen, wie man es macht, damit es … Du würdest ihnen aus der Dunkelheit heraushelfen, und keiner könnte dich anklagen oder beschuldigen, selbst wenn sie herausfänden … auch wenn du's nicht zurücklegen würdest … aber du könntest das Geld zurücklegen, und keiner würde je erfahren …»

«Aber ein Nigger-College, ein Nigger-Anwalt», sagte seine Stimme in ruhigem Ton, nicht einmal streitbar, bloß das

Stichwort aufgreifend. Sie sahen einander nicht an; seit er hereingekommen war, hatte sie nicht aufgesehen.

«Sag's ihnen», sagte sie.

«Den Niggern sagen, dass ich auch ein Nigger bin?» Jetzt sah sie ihn an. Ihr Gesicht war ganz ruhig. Es war jetzt das Gesicht einer alten Frau.

«Ja. Das musst du wohl tun. Damit sie dir nichts berechnen. Meinetwegen.»

Dann war es so, als sagte er plötzlich zu seinem Mund: ‹Hör auf. Hör auf mit dem Gefasel. Lass mich reden.› Er beugte sich hinunter. Sie rührte sich nicht. Ihre Gesichter waren keinen halben Meter voneinander entfernt: das eine kalt, totenbleich, fanatisch, wahnsinnig, das andere pergamentfarben, die Oberlippe angehoben in lautlosem, starrem Fletschen. Dann sagte er mit ruhiger Stimme: «Du bist alt. Das habe ich vorher nie bemerkt. Eine alte Frau. Du hast graue Strähnen im Haar.» Sie schlug ihn im gleichen Augenblick mit der flachen Hand, ihr übriger Körper bewegte sich nicht. Ihr Schlag machte ein klatschendes Geräusch; sein Schlag folgte so schnell wie ein Echo. Er schlug mit der Faust, dann, in dem langen wehenden Wind, riss er sie vom Stuhl hoch und hielt sie, und sie sah ihn an, regungslos, ohne ein Zucken in ihrem stillen Gesicht, während der lange Wind der Erkenntnis auf ihn niederströmte. «Du kriegst gar kein Kind», sagte er. «Da war auch nie eins. Mit dir ist gar nichts los, außer dass du alt bist. Du bist einfach alt, das ist's, was dir passiert ist, und jetzt taugst du zu nichts mehr. Das ist alles, was dir fehlt.» Er ließ sie los und schlug sie wieder. Sie fiel wie ein Bündel aufs Bett und sah zu ihm auf, und er schlug sie wieder ins Gesicht und stand über ihr und sagte die Worte, die sie einst so gern auf seiner Zunge gehört hatte und die sie, wie sie immer sagte, auf seiner Zunge schmecken konnte, murmelnd, obszön, liebkosend. «Das ist alles. Du bist ausgelaugt. Du taugst zu nichts mehr. Das ist alles.»

Sie lag auf dem Bett, auf der Seite, den Kopf gedreht, und sah mit blutendem Mund zu ihm auf. «Vielleicht wäre es besser, wir wären beide tot», sagte sie.

Er sah den Zettel immer gleich auf der Decke liegen, wenn er die Tür öffnete. Jedes Mal ging er, nahm ihn und faltete ihn auf. Dabei erinnerte er sich an den hohlen Zaunpfosten wie an etwas, wovon man ihm erzählt hatte, etwas, das in einem anderen Leben gewesen war, nicht in einem, das er gelebt hatte. Denn das Papier, die Tinte, Form und Größe des Blattes – alles war gleich. Nie waren die Mitteilungen lang gewesen, sie waren auch jetzt nicht lang. Doch jetzt war da nichts, was an unausgesprochene Versprechen denken ließ, an reiche, unaussprechliche Freuden. Jetzt waren sie kürzer als Epitaphe und knapper als Befehle.

Sein erster Impuls war es jedes Mal, nicht zu gehen. Er glaubte, er würde es wagen, nicht zu gehen. Gleich darauf wusste er, dass er es nicht wagte, nicht zu gehen. Er zog sich jetzt nie mehr um. In seinem schweißfleckigen Overall ging er durch das Licht der späten Maiendämmerung und betrat die Küche. Der Tisch war jetzt niemals mehr für ihn gedeckt. Manchmal, wenn er daran vorbeiging, warf er einen Blick darauf und dachte: ‹Mein Gott, wann habe ich mich das letzte Mal in Frieden zum Essen hingesetzt?› Und er konnte sich nicht erinnern.

Dann ging er ins Haus und stieg die Treppe hinauf. Schon konnte er ihre Stimme hören. Die Stimme wurde zunehmend lauter, während er die Treppe hinaufstieg, bis er die Tür zu ihrem Schlafzimmer erreichte. Die Tür war nun immer geschlossen, zugeschlossen; aus dem Raum dahinter kam die monotone, stetige Stimme. Er vermochte die Wörter nicht zu erkennen, hörte nur die unaufhörliche Monotonie. Er wagte es nicht, die Wörter zu erkennen. Er wagte es nicht, sich bewusstzumachen, was sie da tat. Also blieb er abwartend dort stehen, und nach einer Weile brach ihre Stimme ab, und dann öffnete sie die Tür, und er trat ein. Wenn er am Bett vorbeiging, blickte er jedes Mal auf den Fußboden daneben und meinte die Abdrücke von Knien zu erkennen, und dann wandte er abrupt die Augen ab, als wäre es der Tod, den sie erblickt hatten.

Es kam vor, dass die Lampe noch nicht angezündet war. Sie setzten sich nicht. Sie sprachen jetzt wieder im Stehen, wie sie es zwei Jahre zuvor getan hatten; sie standen in der Dämmerung, während ihre Stimme aufs Neue die gleiche Geschichte erzählte: «... nicht zur Schule, also, wenn du nicht willst. ... Dann lass es eben. ... Deine Seele. Buße für ...» Und er wartete, kalt, still, bis sie fertig war: «... die Hölle ... immer und immerdar ...»

«Nein», sagte er. Und jedes Mal hörte sie ruhig zu, und er wusste, dass sie nicht überzeugt war, und sie wusste, dass er es nicht war. Doch keiner gab nach; schlimmer noch: Sie ließen beide nicht voneinander ab; er ging trotz allem nicht fort. Und so standen sie noch eine Weile länger in der ruhigen Dämmerung, die mit unzähligen, gleichsam ihren Lenden entsprungenen Geistern toter Sünden und Wonnen bevölkert war, und blickten auf des anderen stilles, schwindendes Gesicht, matt, verausgabt und doch unbeugsam.

Dann ging er gewöhnlich. Und noch bevor die Tür sich hinter ihm geschlossen hatte und der Riegel vorgeschoben war, hörte er wieder die Stimme, monoton, ruhig und verzweifelnd, und was sie sagte und wem sie es sagte, wagte er weder zu erfahren noch zu vermuten. Und als er drei Monate später, an dem Abend im August, im Schatten des verfallenen Gartens saß und die Uhr des zwei Meilen entfernten Gerichtshauses zehn schlagen hörte und dann elf, glaubte er in gelassener Widersprüchlichkeit, dass er der willenlose Diener des Schicksals sei, von dem er glaubte, dass er nicht daran glaubte. Zu sich selbst sprechend sagte er *Ich musste es tun* schon jetzt in der Vergangenheitsform *Ich musste es tun. Sie hat es selbst gesagt*

Sie hatte es zwei Abende zuvor gesagt. Er hatte den Zettel gefunden und war zu ihr gegangen. Als er die Treppe hinaufstieg, wurde die monotone Stimme lauter, klang lauter und klarer als sonst. Als er oben an der Treppe ankam, sah er, warum. Die Tür stand diesmal offen, und als er eintrat, erhob sie sich nicht von der Stelle am Bett, wo sie kniete. Sie rührte sich nicht; ihre Stimme brach nicht ab. Ihr Kopf war nicht gesenkt. Ihr Gesicht war erhoben, fast stolz, und ihre Haltung förmlicher Demut war Bestandteil des Stolzes; ihre Stimme klang ruhig und gefasst und entsagend im Halbdunkel. Ihr wurde anscheinend erst bewusst, dass er eingetreten war, als sie an das Ende eines Satzes kam. Dann wandte sie den Kopf. «Knie neben mir nieder», sagte sie.

«Nein», sagte er.

«Knie nieder», sagte sie. «Du brauchst gar nicht selbst zu ihm zu sprechen. Knie einfach nieder. Tu einfach den ersten Schritt.»

«Nein», sagte er. «Ich gehe.»

Sie bewegte sich nicht, sah zurückgewandt und zu ihm auf. «Joe», sagte sie. «Bleibst du, bitte? Kannst du das wenigstens tun?»

«Ja», sagte er. «Ich bleibe. Aber mach schnell.»

Sie betete wieder. Sie sprach leise, mit jener Demut des Stolzes. Wo es notwendig war, die Symbolworte zu benutzen, die er ihr beigebracht hatte, benutzte sie diese, sagte sie geradeheraus und ohne Zögern, sie sprach zu Gott, als wäre er ein Mann im Zimmer, zusammen mit zwei anderen Männern. Sie sprach von sich und von ihm wie von zwei anderen Menschen, und ihre Stimme war still, monoton, geschlechtslos. Dann hörte sie auf. Sie erhob sich ruhig. Sie standen im Dämmerlicht, standen einander gegenüber. Diesmal stellte sie die Frage gar nicht erst; er brauchte nicht zu antworten. Nach einer Weile sagte sie ruhig:

«Dann ist nur noch eines zu tun.»

«Nur noch eines zu tun», sagte er.

‹Also ist jetzt alles getan, beendet›, dachte er ruhig, während er in dem dichten Schatten des Gebüschs saß und den letzten Schlag der fernen Uhr verklingen und ersterben hörte. Es war eine Stelle, wo er sie in einer der wilden Nächte vor zwei Jahren eingeholt und gefunden hatte. Doch das war in einer anderen Zeit gewesen, in einem anderen Leben. Jetzt war es still, ruhig, die fruchtbare Erde seufzte kühl. Das Dunkel war erfüllt von den Stimmen, den unzähligen Stimmen aus all den Zeiten, in denen er gelebt hatte, so als wäre die ganze Vergangenheit ein banales Muster. Und es ging immer weiter: Der morgige Abend, alle kommenden Tage würden Teil des banalen Musters werden, das immer weiter ging. Er dachte das mit ruhigem Staunen: Es ging weiter, unzählige Male, vertraut, da alles, was je gewesen war, dasselbe war wie all das, was kommen sollte, weil morgen Sein und Gewesensein ein und dasselbe sein würden. Dann war es Zeit.

Er stand auf. Er trat aus dem Schatten und ging ums Haus herum und betrat die Küche. Das Haus war dunkel. Er war seit dem frühen Morgen nicht in der Hütte gewesen und wusste nicht, ob sie ihm eine Nachricht hingelegt hatte oder nicht, ob sie ihn erwartete oder nicht. Dennoch gab er sich keine Mühe, leise zu sein. Es war, als dächte er nicht an Schlaf, nicht daran, ob sie schlafen würde oder nicht. Mit gleichmäßigen Schritten stieg er die Treppe hinauf und betrat das Schlafzimmer. Fast sofort sprach sie vom Bett aus. «Zünde die Lampe an», sagte sie.

«Ich brauch kein Licht», sagte er.

«Zünde die Lampe an.»

«Nein», sagte er. Er stand über dem Bett. Er hielt das Rasiermesser in der Hand. Aber es war noch nicht aufgeklappt. Doch sie sprach nicht mehr, und dann war es, als bewegte sich sein Körper von ihm fort. Der Körper ging zum Tisch, und seine Hände legten das Rasiermesser auf den Tisch und fanden die Lampe und zündeten das Streichholz an. Sie saß aufrecht im Bett, den Rücken an das Kopfteil gelehnt. Über ihrem Nachthemd hatte sie sich einen Schal über die Brust gezogen. Ihre Arme waren auf dem Schal verschränkt, ihre Hände waren darunter verborgen. Er stand am Tisch. Sie sahen einander an.

«Kniest du mit mir nieder?», fragte sie. «Ich bitte nicht darum.»

«Nein», sagte er.

«Ich bitte nicht darum. Nicht ich bin's, die darum bittet. Knie mit mir nieder.»

«Nein.»

Sie sahen einander an. «Joe», sagte sie. «Zum letzten Mal. Ich bitte nicht darum. Denk daran. Knie mit mir nieder.»

«Nein», sagte er. Dann sah er, wie sich ihre Arme aus der Verschränkung lösten und ihre rechte Hand unter dem Schal hervorkam. Die Hand hielt eine altmodische Spannschlosspistole, fast so lang wie ein kleines Gewehr und schwerer als ein Gewehr. Aber der Schatten der Waffe und der ihres Arms und ihrer Hand an der Wand schwankten nicht, beide Schatten monströs, der gespannte Hammer monströs, nach hinten gelegt und bösartig bereit wie der gekrümmte Kopf einer Schlange – ohne auch nur zu schwanken. Und auch ihre Augen flackerten nicht. Sie waren so still wie der runde schwarze Kreis der Pistolenmündung. Aber es war keine Erregung darin, keine Wut. Sie waren so still und so ruhig wie alles Mitleid und alle Verzweiflung und alle Überzeugung. Aber er sah nicht in ihre Augen. Er beobachtete den Schatten der Pistole an der Wand; er sah zu, als der gespannte Schatten des Hammers vorschnellte.

Er stand mitten auf der Straße, die rechte Hand voll in den grellen Schein des sich nähernden Autos gehoben; er hatte nicht wirklich damit gerechnet, dass es halten würde. Doch es hielt mit einer quietschenden, rutschenden Plötzlichkeit, die fast lächerlich wirkte. Es war ein kleines Auto, zerbeult und alt. Als er darauf zutrat, schienen die beiden jungen Gesichter im reflektierten Licht der Scheinwerfer wie zwei blass getönte, entgeisterte Ballons zu schweben, das nähere, das Gesicht des Mädchens, zurückgezuckt in weichem, weitem Schrecken. Aber Christmas bemerkte das in dem Moment nicht. «Kann ich mit euch fahren, so weit wie ihr fahrt?», fragte er. Sie sagten nichts, sahen ihn an mit jenem stillen, fragenden Entsetzen, das er nicht bemerkte. Also machte er die Tür auf und setzte sich auf den Rücksitz.

Während er das tat, gab das Mädchen ein ersticktes Wimmern von sich, ein Geräusch, das im nächsten Augenblick, als die Angst sozusagen an Mut gewann, sehr viel lauter wurde. Das Auto war schon in Bewegung; es schien einen Satz nach vorn zu machen, und ohne die Hände vom Lenkrad zu nehmen oder den Kopf dem Mädchen zuzuwenden, zischte der Junge: «Sei still! Pst! Das ist unsere einzige Chance! Bist du jetzt endlich still?» Auch das hörte Christmas nicht. Er saß zurückgelehnt da, ohne auch nur im Mindesten wahrzunehmen, dass er unmittelbar hinter verzweifeltem Entsetzen fuhr. Er dachte nur mit momentanem Interesse, dass das kleine Auto mit einer für eine schmale Landstraße ziemlich wilden Geschwindigkeit dahinraste.

«Wie weit führt diese Straße?», fragte er.

Der Junge sagte es ihm und nannte dieselbe Stadt, die der Negerjunge ihm an jenem Nachmittag vor drei Jahren genannt hatte, als er das erste Mal nach Jefferson gekommen war. Die Stimme des Jungen klang trocken, dünn. «Wollen Sie dahin, Käpt'n?»

«Schon gut», sagte Christmas. «Ja. Ja. Das geht. Das passt mir. Fahren Sie dahin?»

«Klar», sagte der Junge in dem dünnen, flachen Ton. «Wohin Sie wollen.» Wieder begann das Mädchen neben ihm mit dem erstickten, murmelnden, an ein kleines Tier erinnernden Jammern; wieder zischte der Junge ihr zu, das Gesicht nach wie vor starr nach vorn gerichtet, während das kleine Auto weiter raste und sprang: «Still! Pssssst! Still! Still!» Aber wieder bemerkte Christmas nichts. Er sah nur die Köpfe der starr nach vorn blickenden jungen Leute, vor dem grellen Schein, in den das Band der Straße schwankend und fliehend hineinsauste. Doch er nahm die beiden und die dahinfliehende Straße ohne jede Neugier wahr; er gab auch nicht acht, als er merkte, dass der Junge offenbar schon eine Weile mit ihm gesprochen hatte; wie weit sie gekommen waren oder wo sie waren, wusste er nicht. Der Junge sprach jetzt ganz langsam, rekapitulierend, so als hätte er jedes Wort sorgfältig um seiner Einfachheit willen gewählt und spreche es nun langsam und deutlich für das Ohr eines Fremden: «Hören Sie, Käpt'n. Ich biege jetzt hier ab. Ist nur eine Abkürzung. Eine Abkürzung zu einer besseren Straße. Ich nehme die Abkürzung. Gleich, wenn ich zu der Abkürzung komme. Zu der besseren Straße. Damit wir schneller hinkommen. Verstehen Sie?»

«In Ordnung», sagte Christmas. Das Auto holperte und raste weiter, legte sich in die Kurven, erkletterte die Steigungen und raste wieder bergab, als wäre die Erde unter ihnen weggesackt. An Pfosten befestigte Briefkästen am Straßenrand sausten ins Scheinwerferlicht und huschten vorbei. Hin und wieder kamen sie an einem dunklen Haus vorbei. Wieder sprach der Junge:

«Jetzt, das hier ist die Abkürzung, von der ich gesprochen hab. Gleich da vorn. Da biege ich ab. Aber das heißt nicht, dass wir die Straße verlassen. Ich fahre nur den kurzen Querweg zu einer besseren Straße. Verstehen Sie?»

«In Ordnung», sagte Christmas. Dann sagte er ohne besonderen Grund: «Ihr müsst hier irgendwo wohnen.»

Diesmal sprach das Mädchen. Sie drehte sich auf ihrem Sitz herum, wirbelte herum, und ihr kleines Gesicht war bleich vor Anspannung und Entsetzen und blinder, rattenartiger Verzweiflung. «Ja, das stimmt!», rief sie. «Wir wohnen beide hier! Gleich da drüben! Und wenn mein Pappa und meine Brüder –» Ihre Stimme brach ab, wurde abgeschnitten; Christmas sah, wie die Hand des Jungen sich fest auf die untere Hälfte ihres Gesichts legte und ihre Hände an seinem Handgelenk zerrten, während unter der Hand ihre erstickte Stimme röchelte und blubberte. Christmas beugte sich vor.

«Hier», sagte er. «Ich steige hier aus. Ihr könnt mich hier rauslassen.»

«Das hast du jetzt davon!», schrie der Junge, auch er mit dünner Stimme und voll verzweifelten Zorns. «Wärst du bloß still gewesen –»

«Halt an», sagte Christmas. «Ich tue keinem von euch was. Ich will bloß aussteigen.» Wieder hielt das Auto mit einem jähen Rutschen an. Aber der Motor lief weiter, und das Auto machte wieder einen Satz, bevor Chrismas vom Trittbrett gesprungen war, und er musste ein paar Schritte laufen, um sein Gleichgewicht wiederzugewinnen. Dabei spürte er, wie etwas Schweres und Hartes ihm gegen die Hüfte schlug. Das Auto raste los und entschwand mit großer Geschwindigkeit. Das schrille Wimmern des Mädchens schwebte vom Auto zurück. Dann war es fort; das Dunkel, der jetzt unfühlbare Staub senkten sich wieder herab, die Stille unter den Sommersternen. Der harte Gegenstand hatte ihm einen ziemlichen Schlag versetzt; jetzt entdeckte er, dass dieser Gegenstand fest von seiner rechten Hand umschlossen war. Er hob die Hand und sah, dass sie die alte, schwere Pistole hielt. Er hatte nicht gewusst, dass er sie bei sich hatte; er konnte sich nicht daran erinnern, dass er sie überhaupt genommen hatte, noch warum. Aber da war sie. ‹Und ich habe das Auto mit der rechten Hand angehalten›, dachte er. ‹Kein Wunder, dass das Mädchen … dass die beiden …› Er holte mit der rechten Hand, in der er die Pistole hielt, weit nach hinten aus zum Werfen. Dann hielt er inne, strich ein Streichholz an und untersuchte die Pistole in dem schwachen vergehenden Flackern. Das Streichholz brannte ab und erlosch, doch er schien das alte Ding mit den zwei geladenen Kammern noch immer zu sehen: die eine, auf die der Hammer bereits gefallen war, ohne den Schuss auszulösen, und die andere, auf die noch kein Hammer gefallen war, aber auf die ein Hammer hatte fallen sollen. ‹Für sie und für mich›, sagte er. Sein Arm holte aus und warf. Er hörte, wie die Pistole mit einem Krachen durch das Gebüsch fiel. Dann war es wieder still. ‹Für sie und für mich.›

XIII

Keine fünf Minuten nachdem der Landarbeiter das Feuer entdeckt hatte, begannen die Menschen sich zu versammeln. Einige, die ebenfalls mit ihren Fuhrwerken auf dem Weg zur Stadt waren, um dort den Samstag zu verbringen, blieben auch stehen. Andere kamen zu Fuß aus der unmittelbaren Nachbarschaft. Es war eine Gegend von Negerhütten und ausgelaugten, heruntergewirtschafteten Feldern, in der eine ganze Mannschaft von Detektiven keine zehn Leute – Mann, Frau oder Kind – hätte aufspüren können, aus der nun aber binnen einer halben Stunde, wie aus der Luft herbeigewirbelt, Scharen und Gruppen hervorkamen, einzelne Personen und ganze Familien. Wieder andere kamen in ratternden, hupenden Autos aus der Stadt. Unter diesen war auch der Sheriff des Bezirks – ein dickleibiger, gemütlicher Mann mit hartem, schlauem Kopf und gutmütigem Aussehen –, der diejenigen wegstieß, die sich um die Leiche auf dem Laken drängten und mit dem gleichen statischen, kindlichen Staunen darauf nieder blickten, mit dem Erwachsene ihr eigenes unabweichliches Bild betrachten. Unter ihnen waren auch vereinzelte Yankees, arme Weiße und sogar Südstaatler, die eine Weile im Norden gelebt hatten und die allesamt glaubten und laut sagten, dass es sich um ein anonymes Negerverbrechen handle, nicht von irgendeinem Neger begangen, sondern vom Neger schlechthin, und alle wussten, glaubten, hofften, dass die Frau zudem geschändet worden war: mindestens einmal, bevor ihr die Kehle durchgeschnitten wurde, und mindestens einmal danach. Der Sheriff trat hinzu und warf selbst einen Blick auf die Leiche, dann ließ er sie forttragen und entzog das bedauernswerte Geschöpf den Blicken.

Danach war nichts mehr da, was die Leute sich ansehen konnten, außer der Stelle, wo die Leiche gelegen hatte, und dem Feuer. Und bald konnte sich niemand mehr recht erinnern, wo genau das Laken gelegen hatte, welchen Fleck Erde es bedeckt hatte, sodass ihnen zum Ansehen nur noch das Feuer blieb. Also blickten sie auf das Feuer mit dem gleichen dumpfen, statischen Staunen, das sie aus den alten, übelriechenden Höhlen ferner Zeiten mitgebracht hatten, wo Wissen und Erfahrung begannen, als hätten sie nie zuvor ein Feuer gesehen und nie den Tod. Bald darauf fuhr mit Getöse, mit tönenden Pfeifen und Glocken die Feuerwehr vor, prächtig anzusehen. Es war ein neuer Wagen, rot lackiert, mit goldenen Verzierungen sowie mit einer handbetriebenen Sirene und einer Glocke, die von der Farbe golden und im Klang heiter, arrogant und stolz war. Hutlose Männer und junge Burschen klammerten sich unter erstaunlicher Missachtung der physikalischen Gesetze, wie sie Fliegen eigen ist, an die Seiten. Der Wagen war mit mechanischen Leitern ausgestattet, die auf einen Handgriff in gewaltige Höhen emporschnellten, so wie Klappzylinder, nur dass da nichts war, wohin sie schnellen konnten. Die ordentlich aufgerollten, noch jungfräulichen Rollen von Wasserschläuchen erinnerten an die Anzeigen von Telefongesellschaften in volkstümlichen Zeitschriften, nur dass da nichts war, woran man sie anschließen, und nichts, was durch sie hindurchfließen konnte. Also schwangen sich die hutlosen Männer, die ihre Ladentresen und Schreibtische im Stich gelassen hatten, vom Wagen herab, darunter auch der, der die Sirene betätigt hatte. Sie kamen heran, man zeigte ihnen lauter verschiedene Stellen, wo das Laken gelegen habe, und einige von ihnen, mit Pistolen schon griffbereit in den Taschen, machten sich auf die Suche nach jemandem, den man kreuzigen konnte.

Aber es gab niemanden. Die Frau hatte ein so stilles Leben geführt, sich so sehr nur um ihre eigenen Angelegenheiten gekümmert, dass sie nun der Stadt, wo sie als Fremde, als

Ausländerin geboren war, gelebt hatte und gestorben war, sozusagen Erstaunen und Empörung als Erbe hinterließ, was ihr die Menschen, obwohl sie ihnen zu guter Letzt ein emotionales Barbecue geboten hatte, einen geradezu römischen Festtag, nie verzeihen würden; nie würde man sie in Ruhe und Frieden tot sein lassen. Nein, das nicht. Frieden gibt es so leicht nicht. Und so standen sie ärgerlich in Grüppchen beisammen und glaubten, dass die Flammen, das Blut, der Körper, der vor drei Jahren gestorben war und eben erst wieder zu leben begonnen hatte, nach Rache riefen, und wollten in dem verzückten Ingrimm der Flammen und in der Bewegungslosigkeit der Leiche nicht Bestätigungen dafür sehen, dass eine Schwelle jenseits von menschlichem Schmerz und Schaden überschritten worden war. Nein, das nicht. Weil es hübscher war, das andere zu glauben. Besser als die Regale und Ladentresen voller seit langem vertrauter Dinge, die erworben worden waren, nicht weil der Besitzer sie begehrte oder bewunderte oder weil es ihm Vergnügen bereitete, sie zu besitzen, sondern um andere zum Kauf zu überreden oder zu überlisten und selbst dabei Profit zu machen, während er hin und wieder beides, die noch nicht verkauften Dinge wie die Menschen, die sie kaufen konnten, es aber noch nicht getan hatten, mit Zorn, vielleicht auch mit Empörung oder sogar Verzweiflung betrachten musste. Besser auch als die muffigen Büros, wo Anwälte lauernd zwischen Gespenstern alter Lüste und Lügen hockten, oder die Sprechzimmer, in denen Ärzte mit scharfen Messern und scharfen Arzneien warteten und dem Patienten in der festen Überzeugung, dass er es glauben sollte, ohne bei den gedruckten Warnungen Rat zu suchen, einredeten, dass sie auf ein Ziel hinarbeiteten, nach dessen Erreichen ihnen letztlich nichts mehr zu tun bliebe. Und auch die Frauen kamen, die müßigen, in bunten, manchmal hastig übergeworfenen Kleidern, mit heimlichen, leidenschaftlichen, glitzernden Blicken und insgeheim enttäuschten Brüsten (die den Tod stets mehr geliebt hatten als den Frieden), und klapperten mit ihren unzähligen kleinen harten Absätzen im Takt zu dem anhaltenden Gemurmel *Wer war's? Wer war's?* Oder vielleicht auch Sätze wie *Ist er noch auf freiem Fuß? Ah. Noch frei? Noch frei?*

Auch der Sheriff starrte erbittert und erstaunt in die Flammen, weil es keinen Tatort zu untersuchen gab. Noch sah er sich nicht als jemanden, der durch das Handeln eines Menschen an seiner Arbeit gehindert worden war. Es war der Brand. Ihm schien, dass sich das Feuer zu diesem Ziel und Zweck selbst entzündet hatte. Ihm schien, dass das, wodurch und weshalb er selbst am Ende einer langen Reihe von Vorfahren ins Leben getreten war, sich mit dem Verbrechen verbündet hatte. Also stapfte er weiter, verblüfft und verärgert über das rücksichtslos in der Farbe der Hoffnung und der Katastrophe lodernde Fanal, bis ein Hilfssheriff zu ihm trat und ihm berichtete, er habe in einer Hütte hinter dem Haus Hinweise darauf entdeckt, dass dort kürzlich noch jemand gewohnt habe. Und sogleich erinnerte sich der Landarbeiter, der das Feuer entdeckt hatte (er war noch nicht in die Stadt gelangt, sein Fuhrwerk hatte sich nicht einen Zoll vorwärts bewegt, seit er vor zwei Stunden abgestiegen war, und jetzt ging er zwischen den Leuten umher, mit wildem Haar, gestikulierend, mit stumpferschöpftem, starrendem Blick, die Stimme heiser, dass er fast nur noch flüstern konnte), er erinnerte sich daran, dass er in dem Haus, als er die Tür aufbrach, einen Mann gesehen hatte.

«Einen Weißen?», fragte der Sheriff.

«Ja, Sir. Er polterte in dem Flur herum, als wäre er gerade die Treppe von oben bis unten runtergefallen. Wollte mich unbedingt davon abhalten, nach oben zu gehen. Sagte, er wäre schon oben gewesen und da wär keiner. Und als ich wieder runterkam, war er weg.»

Der Sheriff sah sich in der Menge um. «Wer hat in der Hütte gewohnt?»

«Ich wusste nicht, dass da wer gewohnt hat», sagte der Hilfssheriff. «Nigger, nehm ich an. Könnte sein, dass Nigger bei ihr im Haus gewohnt haben, nach allem, was ich gehört hab. Ich bin eher überrascht, dass es so lange gedauert hat, bis einer von denen ihr das angetan hat.»

«Holt mir einen Nigger», sagte der Sheriff. Der Hilfssheriff und zwei oder drei andere holten ihm einen Nigger herbei. «Wer hat in der Hütte dort gewohnt?», fragte der Sheriff.

«Ich weiß nicht, Mr. Watt», sagte der Neger. «Ich hab nie drauf geachtet. Ich wusste nicht mal, dass da überhaupt jemand gewohnt hat.»

«Bringt ihn dorthin», sagte der Sheriff.

Die Leute drängten sich jetzt um den Sheriff, den Hilfssheriff und den Neger, mit gierigen Blicken, nachdem das bloße anhaltende Lodern leerer Flammen seinen Reiz für sie verloren hatte, und mit einander gleichenden Gesichtern, eins wie das andere. Es war, als wären alle ihre fünf Sinne gleichsam in einer Apotheose zu einem einzigen Organ des Sehens verschmolzen und als wären die Wörter, die zwischen ihnen hin und her flogen, vom Wind oder von der Luft erzeugt *Ist er das? Ist das der, der's getan hat? Der Sheriff hat ihn schon. Der Sheriff hat ihn schon geschnappt* Der Sheriff sah sie an. «Geht weg», sagte er. «Alle miteinander. Geht und seht euch das Feuer an. Wenn ich Hilfe brauche, lasse ich euch holen. Jetzt geht.» Er drehte sich um und ging seiner Gruppe voraus zu der Hütte. Hinter ihm standen die Zurückgewiesenen in einem Häufchen und sahen zu, wie die drei weißen Männer und der Neger in die Hütte gingen und die Tür hinter sich schlossen. Und hinter ihnen wiederum brüllte das langsam ersterbende Feuer und erfüllte die Luft, nicht lauter als die Stimmen und weitaus klareren Ursprungs *Mein Gott, wenn er das ist, was machen wir, was stehen wir dann hier rum? Eine Weiße ermorden! Der schwarze Hurensohn* Keiner von ihnen hatte je das Haus betreten. Als sie noch lebte, hätten die Männer ihren Frauen nicht erlaubt, sie zu besuchen. Und als sie noch jünger waren, Kinder, hatten sie (wie einige ihrer Väter auch) ihr auf der Straße nachgerufen: «Niggerfreundin! Niggerfreundin!»

In der Hütte ließ sich der Sheriff schwer auf einem der Feldbetten nieder. Er seufzte: Er war eine Tonne von einem Mann, und in seiner felsenstarren Trägheit so unbeweglich wie eine Tonne. «Also, ich will wissen, wer in dieser Hütte wohnt», sagte er.

«Ich hab Ihnen doch gesagt, ich weiß es nicht», sagte der Neger. Seine Stimme klang ein wenig mürrisch, sehr wachsam, verdeckt wachsam. Er beobachtete den Sheriff. Die beiden anderen Männer, die Weißen, standen hinter ihm, wo er sie nicht sehen konnte. Er sah sich nicht nach ihnen um, nicht mit einem einzigen Blick. Er beobachtete das Gesicht des Sheriffs, so wie man in einen Spiegel blickt. Vielleicht sah er es, wie in einem Spiegel, bevor es kam. Vielleicht auch nicht, denn falls da überhaupt eine Veränderung, ein Zucken im Gesicht des Sheriffs war, dann war es auch nicht mehr als ein Zucken. Doch der Neger sah sich nicht um; über sein Gesicht ging, als der Riemen auf seinen Rücken traf, nur ein Flackern, plötzlich, scharf, flüchtig, und seine Mundwinkel zogen sich hoch und entblößten einen Moment lang die Zähne, wie bei einem Lächeln. Dann glättete sich sein Gesicht wieder, war wieder unergründlich.

«Ich nehme an, du hast dir nicht genug Mühe gegeben, dich zu erinnern», sagte der Sheriff.

«Ich kann mich nicht erinnern, weil ich's nicht wissen kann», sagte der Neger. «Ich wohne nicht mal hier in der Nähe. Ihr solltet wissen, wo ich wohne, ihr Weißen.»

«Mr. Buford sagt, du wohnst gleich unten an der Straße da drüben», sagte der Sheriff.

«Viele Leute wohnen da unten an der Straße. Mr. Buford sollte wissen, wo ich wohne.»

«Er lügt», sagte der Hilfssheriff. Er hieß Buford. Er war auch derjenige, der den Riemen geschwungen hatte, mit der Schnalle am äußeren Ende. Er hielt ihn halb erhoben. Er beobachtete das Gesicht des Sheriffs. Er sah aus wie ein Spaniel, der darauf wartet, dass man ihm befiehlt, ins Wasser zu springen.

«Vielleicht ja, vielleicht nein», sagte der Sheriff. Er betrachtete den Neger nachdenklich. Er saß still da, riesig, träge, und die Federn des Feldbetts bogen sich unter ihm. «Ich glaube, er hat noch nicht begriffen, dass ich nicht spiele. Ganz zu schweigen von den Leuten da draußen, die kein Gefängnis haben, in das sie ihn stecken können, falls irgendwas, das ihm nicht passt, ans Licht kommen sollte. Die würden sich kaum die Mühe machen, ihn ins Gefängnis zu stecken, selbst wenn sie eins hätten.» Vielleicht war da wieder ein Zeichen, ein Signal in seinen Augen, vielleicht nicht. Vielleicht sah der Neger es, vielleicht nicht. Der Riemen fiel wieder, die Schnalle ratschte über den Rücken des Negers. «Erinnerst du dich jetzt?», fragte der Sheriff.

«Es sind zwei weiße Männer», sagte der Neger. Seine Stimme war kalt, nicht mürrisch, nichts. «Ich weiß nicht, wer die sind und was sie machen. Es geht mich nichts an. Ich hab sie nie gesehen. Ich habe bloß gehört, dass hier zwei weiße Männer wohnen. Es war mir egal, wer sie waren. Und das ist alles, was ich weiß. Sie können mir das Blut aus dem Leib prügeln. Aber das ist alles, was ich weiß.»

Wieder seufzte der Sheriff. «Das dürfte reichen. Ich nehme an, das stimmt.»

«Es ist dieser Mann, der Christmas heißt, der in der Sägemühle gearbeitet hat, und ein anderer, der Brown heißt», sagte der dritte Mann. «Sie hätten sich jeden Mann in Jefferson, der eine Fahne hat, vornehmen können, und er hätte Ihnen das Gleiche gesagt.»

«Ich nehme an, das stimmt auch», sagte der Sheriff.

Er fuhr zurück in die Stadt. Als die Menge merkte, dass der Sheriff aufbrach, begann ein allgemeiner Exodus. Es war, als gäbe es nun nichts mehr zu sehen. Die Leiche war fort, und jetzt ging auch der Sheriff. Es war, als trüge er in sich, irgendwo in dieser trägen, ächzenden Fleischmasse, das Geheimnis: das, was sie alle bewegte und aufweckte, ein Versprechen auf etwas, das über den Stumpfsinn vollgestopfter Bäuche und monotoner

Tage hinausging. So gab es jetzt außer dem Feuer nichts mehr zu sehen; und das Feuer hatten sie inzwischen drei Stunden lang betrachtet. Sie hatten sich längst daran gewöhnt, damit vertraut gemacht; es war nun ein dauerhafter Teil ihres Lebens wie auch ihrer Erfahrung geworden, während sie unter der windstillen Rauchsäule standen, die größer war als ein Monument und ebenso unangreifbar und zu der man jederzeit zurückkehren konnte. So hatte die Karawane, als sie die Stadt erreichte, etwas von der arroganten Schicklichkeit eines Trauerzugs hinter einem Katafalk: das Auto des Sheriffs fuhr voran, während die anderen Autos dahinter im gemeinsam aufgewirbelten Staub hupten und lärmten. Einen Moment lang wurde der Zug an einer Straßenkreuzung kurz vor dem Platz von einem ländlichen Fuhrwerk aufgehalten, das dort stehengeblieben war, um eine Mitfahrerin absteigen zu lassen. Der Sheriff, der aus dem Fenster sah, erblickte eine junge Frau, die langsam und vorsichtig von dem Fuhrwerk herunterkletterte, mit der behutsamen Unbeholfenheit einer fortgeschrittenen Schwangerschaft. Dann wich das Fuhrwerk seitwärts aus, die Karawane bewegte sich weiter, überquerte den Platz, wo der Kassierer der Bank schon den Umschlag aus dem Tresor geholt hatte, den die Tote bei ihm hinterlegt hatte und der die Aufschrift trug *Bei meinem Tode zu öffnen. Joanna Burden* Der Kassierer wartete schon im Büro des Sheriffs, als der Sheriff eintrat, den Umschlag und dessen Inhalt in der Hand. Der Inhalt bestand aus einem einzigen Blatt Papier, auf dem, in derselben Handschrift wie auf dem Umschlag, geschrieben stand *Bitte benachrichtigen: E. . Peebles, Rechtsanwalt, – Beale Street, Memphis, Tennessee, und Nathaniel Burrington, – Street, Exeter, New Hampshire* Das war alles.

«Dieser Peebles ist ein Negeranwalt», sagte der Kassierer.

«So, ist er das?», fragte der Sheriff.

«Ja. Was soll ich also tun?»

«Ich denke, am besten tun Sie das, was auf dem Blatt steht», sagte der Sheriff. «Ich denke, am besten mache ich es selbst.» Er schickte zwei Telegramme. Die Antwort aus Memphis erhielt er binnen einer halben Stunde. Die andere kam zwei Stunden später; zehn Minuten danach hatte sich in der Stadt die Kunde verbreitet, dass Miss Burdens Neffe in New Hampshire für die Ergreifung ihres Mörders eine Belohnung in Höhe von eintausend Dollar ausgesetzt hatte. Am selben Abend um neun Uhr erschien der Mann, den der Landarbeiter, als er die Haustür aufbrach, in dem brennenden Haus vorgefunden hatte. Da wussten sie allerdings noch nicht, dass er der Mann war. Er sagte es ihnen auch nicht. Sie wussten nur, dass ein Mann, der seit kurzem in der Stadt lebte und den sie als Schnapsschmuggler – und überdies als keinen sehr guten Schnapsschmuggler – mit dem Namen Brown kannten, sich in erregtem Zustand auf dem Platz eingefunden hatte und den Sheriff suchte. So setzte sich nach und nach das Bild zusammen. Der Sheriff wusste, dass Brown in irgendeiner Verbindung mit einem anderen Mann stand, ein Fremder auch er, der Christmas hieß und über den, ungeachtet der Tatsache, dass er seit drei Jahren in Jefferson lebte, noch weniger bekannt war als über Brown; erst jetzt erfuhr der Sheriff, dass Christmas seit drei Jahren in der Hütte hinter Miss Burdens Haus gewohnt hatte. Brown wollte reden, er bestand darauf, zu reden, laut, eindringlich; sofort wurde ersichtlich, dass es sein Anliegen war, die tausend Dollar Belohnung für sich zu fordern.

«Wollen Sie als Belastungszeuge auftreten?», fragte ihn der Sheriff.

«Ich will überhaupt nicht auftreten», sagte Brown in einem harschen, heiseren Ton und mit beinahe wildem Gesichtsausdruck. «Ich weiß, wer's getan hat, und wenn ich meine Belohnung kriege, sage ich es.»

«Schaffen Sie den Kerl herbei, der's getan hat, dann kriegen Sie Ihre Belohnung», sagte der Sheriff. Also brachten sie Brown zum Gefängnis, zur Sicherheitsverwahrung. «Obwohl das, glaube ich, nicht einmal nötig ist», sagte der Sheriff. «Ich denke, solange die tausend Dollar da sind, wo er sie riechen kann, wird er sich nicht von hier vertreiben lassen.» Als Brown, immer noch gestikulierend und aufgebracht, abgeführt worden war, telefonierte der Sheriff mit einer Nachbarstadt, wo es ein Paar Spürhunde gab. Die Hunde sollten mit dem Frühzug am nächsten Tag eintreffen.

Auf dem öden Bahnsteig warteten im trüben Grauen dieses Sonntagmorgens dreißig oder vierzig Männer, als der Zug einfuhr und die erleuchteten Fenster zuerst vorbeiglitten und dann kreischend zu einem kurzen Halt kamen. Es war ein Schnellzug, der nicht immer in Jefferson hielt. Er hielt gerade lange genug, um die beiden Hunde rauszulassen: Tausend teure Tonnen komplizierten und seltsamen Metalls, die blitzend nahten und in eine fast erschreckende, nur von den schwächlichen Lauten der Männer gefüllte Stille hineindonnerten, um zwei magere, sich duckende Phantome mit Hängeohren und sanften Gesichtern auszuspeien, die in trauriger Unterwürfigkeit auf die müden, blassen Gesichter der Männer blickten, die in der vergangenen Nacht kaum geschlafen hatten und nun die Hunde mit einer Mischung aus Schrecken, Gier und Ohnmacht umringten. Es war, als zöge gerade die anfängliche Empörung über den Mord etwas Monströses und Paradoxes und Falsches nach sich und prägte damit die nun folgenden Handlungen, die allesamt wider die Vernunft und die Natur waren.

Die Sonne ging gerade auf, als die Meute bei der Hütte hinter den verkohlten und inzwischen erkalteten Überresten des Hauses ankam. Die Hunde, entweder vom Licht und von der Wärme der Sonne erkühnt oder angesteckt von der angespannten, nervösen Erregung der Männer, fingen an, vor der Hütte umherzuspringen und wild zu kläffen. Laut schnüffelnd verfolgten sie vereint eine Spur und zerrten den Mann, der sie an der Leine hielt, hinter sich her. Sie rannten hundert Meter nebeneinander, dann hielten sie an, begannen wie wild in der Erde zu scharren und eine Grube freizulegen, in der jemand ein paar kürzlich geleerte Konservendosen vergraben hatte. Die Männer zerrten die Hunde mit aller Kraft fort. Sie zerrten sie ein gutes Stück von der Hütte weg und fingen noch einmal an. Einen kurzen Augenblick suchten die Hunde winselnd, dann schossen sie wieder los, mit hängender Zunge und wehendem Speichel, und zerrten und zogen die rennenden und fluchenden Männer in vollem Tempo zur Hütte zurück, wo sie mit fest aufgestemmten Pfoten, zurückgeworfenen Köpfen und verdrehten Augen den leeren Eingang anbellten, so leidenschaftlich und hingebungsvoll wie zwei Baritone in einer italienischen Oper. Die Männer brachten die Hunde in Autos wieder in die Stadt zurück und fütterten sie. Als sie den Platz querten, läuteten gerade die Glocken, langsam und friedlich, und auf den Straßen gingen gemessenen Schrittes unter Sonnenschirmen die ehrbaren Bürger, Bibeln und Gebetbücher in der Hand.

Am selben Abend suchten ein Bursche, ein junger Mann vom Lande, und sein Vater den Sheriff auf. Der Bursche berichtete, er sei am Freitagabend spät in einem Auto auf dem Weg nach Hause gewesen und ein, zwei Meilen von dem Schauplatz des Mordes entfernt von einem Mann mit einer Pistole angehalten worden. Der junge Mann hatte geglaubt, er werde gleich ausgeraubt, wenn nicht gar umgebracht, und er erzählte, wie er drauf und dran gewesen sei, mit einem Trick zu erreichen, dass der Mann ihm erlaubte, bis vor seine Haustür zu fahren, wo er halten und aus dem Auto springen und um Hilfe rufen wollte, aber dann hätte der Mann etwas geargwöhnt und ihn gezwungen, vorher anzuhalten und ihn rauszulassen. Der Vater wollte wissen, wie viel von den tausend Dollar ihnen zustünde.

«Fangt ihn, dann sehen wir mal», sagte der Sheriff. Also weckten sie die Hunde und steckten sie in ein anderes Auto, und der Junge zeigte ihnen, wo der Mann ausgestiegen war, und sie ließen die Hunde los, die unverzüglich in das Gehölz stürmten und mit ihrer augenscheinlichen Unfehlbarkeit, Metall in jedweder Form aufzuspüren, fast sogleich die alte Pistole mit den zwei geladenen Kammern fanden.

«Eine von diesen alten Bürgerkriegspistolen, eine Schnappschlosspistole», sagte der Hilfssheriff. «Eines der Zündhütchen ist angeschlagen worden, aber der Schuss ist nicht losgegangen. Was, glauben Sie, hat er wohl damit vorgehabt?»

«Lasst die Hunde los», sagte der Sheriff. «Vielleicht stören die Leinen sie.» Das taten die Männer. Jetzt waren die Hunde frei; eine halbe Stunde später waren sie verloren. Nicht dass die Männer die Hunde verloren hätten, die Hunde hatten die Männer verloren. Sie waren unmittelbar auf der anderen Seite eines kleinen Creeks und einer Erhebung, und die Männer konnten sie deutlich hören. Jetzt kläfften sie nicht voller Stolz und Selbstsicherheit und vielleicht Lust. Was sie jetzt von sich gaben, während die Männer unentwegt nach ihnen riefen, war ein langgezogenes, hoffnungsloses Winseln. Doch offenbar konnten die Hunde die Männer nicht hören. Die Stimmen der beiden Hunde waren unterscheidbar, doch das heulende, klägliche Winseln klang, als käme es aus ein und derselben Kehle, als kauerten die beiden Tiere Flanke an Flanke. Und so fanden die Männer sie nach einer Weile, in einem Graben hingekauert. Inzwischen klangen ihre Stimmen fast wie Kinderstimmen. Die Männer lagerten sich dort und blieben, bis es hell genug war, dass sie den Weg zurück zu den Autos finden konnten. Inzwischen war es Montagmorgen.

Am Montag begann die Temperatur zu steigen. Am Dienstag ist es abends, in der Dunkelheit nach dem heißen Tag, stickig, still, drückend; in dem Moment, in dem Byron das Haus betritt, spürt er, wie seine Nasenflügel weiß werden und sich spannen in dem schweren Geruch des muffigen, allein von einem Mann bewohnten Hauses. Und als Hightower kommt, ist der Geruch weichen ungewaschenen Fleisches und unfrischer Kleidung – diese Ausdünstung nachlässiger Sesshaftigkeit, eines nicht oft genug gebadeten überquellenden

Körpers – nahezu überwältigend. Im Eintreten denkt Byron, was er manchmal schon gedacht hat: ‹Das ist sein Recht. Es ist vielleicht nicht meine Art, aber es ist seine Art und sein Recht.› Und er erinnert sich, wie er einst, gleichsam durch Inspiration, durch göttliche Eingebung, die Antwort gefunden zu haben glaubte: ‹Es ist der Geruch der Güte. Natürlich muss er uns, die wir schlecht und sündig sind, schlecht vorkommen.›

Wieder sitzen sie einander in dem Studierzimmer gegenüber, den Schreibtisch, die brennende Lampe zwischen sich. Byron sitzt wieder auf dem harten Stuhl, das Gesicht gesenkt, still. Seine Stimme klingt nüchtern, störrisch: die Stimme eines Mannes, der etwas sagt, das nicht nur unerfreulich ist, sondern auch nicht geglaubt werden wird. «Ich werde mich nach einer anderen Bleibe für die Frau umsehen. Einer Bleibe, wo sie mehr für sich ist. Wo sie ...»

Hightower beobachtet das gesenkte Gesicht. «Warum muss sie da weg? Wenn sie es dort bequem hat und eine Frau in der Nähe ist, falls sie eine braucht?» Byron antwortet nicht. Er sitzt regungslos da, den Blick gesenkt; sein Gesicht ist störrisch, still. Hightower betrachtet es, denkt: ‹Es liegt daran, dass so viel passiert. Zu viel passiert. Das ist der Grund. Der Mensch vollbringt, verursacht sehr viel mehr, als er tragen kann oder zu tragen haben sollte. Und so stellt er fest, dass er alles tragen kann. Das ist es. Das ist das Schreckliche. Dass er alles tragen kann, alles.› Er beobachtet Byron. «Ist Mrs. Beards der einzige Grund, warum sie da weg will?»

Byron blickt noch immer nicht auf und spricht noch immer mit dieser stillen, störrischen Stimme: «Sie braucht etwas, wo sie sich zu Hause fühlt. Sie hat nicht mehr viel Zeit, und in einer Pension, wo hauptsächlich Männer wohnen ... Ein Zimmer, wo es ruhig ist, wenn ihre Zeit kommt, und wo nicht jeder verdammte Pferdehändler oder jeder Geschworene, der durch den Flur geht ...»

«Ich verstehe», sagte Hightower. Er betrachtete Byrons Gesicht. «Und Sie wollen, dass ich sie hier bei mir aufnehme.» Byron schickt sich an zu sprechen, doch der andere fährt fort; sein Ton ist ebenfalls kalt, gleichmäßig: «Das geht nicht, Byron. Ja, wenn eine andere Frau hier wohnte, bei mir im Haus. Zu schade, wo hier so viel Platz ist, und so viel Ruhe. Ich denke dabei an sie, verstehen Sie. Nicht an mich. Mir wäre es gleichgültig, was die Leute sagten oder dächten.»

«Nein, darum bitte ich nicht.» Byron sieht nicht auf. Er spürt, dass der andere ihn beobachtet. Er denkt *Er weiß auch, dass ich das nicht gemeint habe. Er weiß das. Er hat es nur so gesagt. Ich weiß, was er denkt. Ich nehme an, ich habe es nicht anders erwartet. Ich nehme an, es gibt keinen Grund, warum er anders denken sollte als die anderen, auch über mich* Ich denke, das sollten Sie wissen.» Vielleicht weiß er es auch. Aber Byron sieht nicht auf, um sich zu vergewissern. Er spricht mit der gleichen dumpfen, tonlosen Stimme weiter, den Blick gesenkt, während Hightower, der betont gerade, fast steif hinter dem Schreibtisch sitzt, das schmale, vom Wetter gegerbte, von der Arbeit gezeichnete Gesicht seines Gegenübers betrachtet. «Ich will Sie da in nichts reinziehen, wo es doch nicht Ihre Angelegenheit ist. Sie haben sie noch nie gesehen, und ich nehme an, Sie werden sie auch nie sehen. Ich nehme an, Sie haben auch ihn nie gesehen, um sich ein Bild zu machen. Ich dachte einfach nur, vielleicht …» Seine Stimme bricht ab. Der unnachgiebige Geistliche auf der anderen Seite des Schreibtisches sieht ihn abwartend an, bietet ihm keine Hilfe an. «Wenn es darum geht, nichts zu tun, dann, denke ich, kann einer sich auf seinen eigenen Rat verlassen. Aber wenn es darum geht, etwas zu tun, dann sollte einer sich, denke ich, allen Rat anhören, den er bekommen kann. Aber ich will Sie da nicht reinziehen. Ich möchte nicht, dass Sie sich deswegen Sorgen machen.»

«Das weiß ich, glaube ich», sagt Hightower. Er beobachtet das gesenkte Gesicht seines Gegenübers. ‹Ich stehe nicht mehr im

Leben›, denkt er. ‹Deshalb hat es auch keinen Sinn, dass ich auch nur versuche, mich einzumischen, dreinzureden. Er könnte mir ebenso wenig zuhören, wie dieser Mann und diese Frau (ja, und das Kind) mir zuhören würden, auf mich hören würden, wenn ich versuchte, wieder ins Leben zurückzukehren.› – «Aber Sie haben mir gesagt, sie weiß, dass er hier ist.»

«Ja», sagt Byron grübelnd. «Da draußen, wo ich gedacht habe, die Gelegenheit, jemandem wehzutun, ob einem Mann, einer Frau oder einem Kind, könnte mich nie finden. Und kaum war die Frau da, musste ich auch schon alles ausplaudern.»

«Das meine ich nicht. Sie selbst wussten es ja damals auch nicht. Ich meine, den Rest. Über ihn und den – diesen … Das ist jetzt drei Tage her. Inzwischen muss sie es wissen, egal ob Sie es ihr gesagt haben oder nicht. Sie muss es inzwischen gehört haben.»

«Christmas.» Byron sieht nicht auf. «Ich habe nie mehr etwas gesagt, nachdem sie mich nach der kleinen weißen Narbe an seinem Mund gefragt hatte. Die ganze Zeit auf dem Weg zur Stadt an dem Abend hatte ich Angst, sie würde danach fragen. Ich habe mich bemüht, mir lauter Dinge auszudenken, die ich ihr erzählen konnte, damit sie keine Gelegenheit hätte, mich zu fragen. Und die ganze Zeit, als ich noch dachte, ich bewahrte sie davor herauszufinden, dass er nicht nur davongelaufen war und sie sitzengelassen hatte, sondern dass er außerdem seinen Namen geändert hatte, damit sie ihn nicht fände, und dass sie jetzt, nachdem sie ihn endlich gefunden, nichts anderes als einen Whiskeyschmuggler gefunden hatte, da wusste sie es schon alles. Wusste schon, dass er nichts taugte.» Dann sagt er in nachdenklichem Staunen: «Ich hätte es gar nicht vor ihr verbergen oder es gar nicht mit einer Lüge glätten müssen. Es war, als hätte sie von vornherein gewusst, was ich sagen wollte, dass ich sie belügen würde. Als wäre es ihr selbst schon in den Sinn gekommen und als hätte sie es schon nicht geglaubt, ehe ich es überhaupt gesagt hatte, und das war auch in Ordnung so. Doch den Teil von ihr, der die Wahrheit wusste, den hätte ich sowieso nicht täuschen können …» Er sucht, tastet herum, und der unnachgiebige Mann hinter dem Schreibtisch beobachtet ihn, bietet ihm keine Hilfe an. «So als wäre sie zweigeteilt, und ein Teil von ihr weiß, dass der Mann ein Lump ist. Aber der andere Teil glaubt, wenn ein Mann und eine Frau ein Kind bekommen, dann sorgt der Herr dafür, dass sie alle zusammen sind, wenn die Zeit kommt. Als würde Gott auf die Frauen achten, um sie vor den Männern zu beschützen. Und wenn der Herr es nicht für richtig hält, dass die beiden Teile zusammenkommen und sich gewissermaßen vergleichen, dann will ich mich auch nicht darum kümmern.»

«Unsinn», sagt Hightower. Er blickt über den Schreibtisch in das stille, störrische, asketische Gesicht des anderen: das Gesicht eines Einsiedlers, der lange Zeit in einer Einöde gelebt hat, wo der Sand bläst. «Das Einzige, das einzig Richtige für sie ist, dass sie zurückgeht nach Alabama. Zu ihren Leuten.»

«Nein, ich glaube das nicht», sagt Byron. Er sagt es prompt, mit prompter Endgültigkeit, als hätte er schon die ganze Zeit darauf gewartet, dass dies gesagt würde. «Das wird nicht nötig sein. Ich glaube, das wird nicht nötig sein.» Doch er blickt nicht auf. Er spürt deutlich, dass der andere ihn ansieht.

«Weiß Bu – weiß Brown, dass sie in Jefferson ist?»

Einen Moment gleitet ein halbes Lächeln über Byrons Gesicht. Die Lippen heben sich; eine winzige Bewegung, fast ein Schatten nur, ohne Fröhlichkeit. «Er ist zu beschäftigt. Jagt den tausend Dollar nach. Richtig komisch, ihn dabei zu beobachten. Wie einer, der keine Melodie spielen kann, aber laut ins Horn bläst und hofft, dass jeden Moment Musik rauskommt. Alle zwölf oder fünfzehn Stunden wird er über den Platz gezerrt, in Handschellen, wo sie ihn doch gar nicht aus der Stadt vertreiben könnten, selbst wenn sie die Bluthunde auf ihn hetzten. Die Nacht zum Sonntag hat er im Gefängnis zugebracht und dauernd davon geredet, sie wollten ihn um seine tausend

Dollar bringen, deshalb versuchten sie ihm nachzuweisen, dass er Christmas bei dem Mord geholfen hätte, bis schließlich Buck Conner zu seiner Zelle gegangen ist und zu ihm gesagt hat, er würde ihm einen Knebel in den Mund stecken, wenn er nicht die Klappe hält und die anderen Häftlinge schlafen lässt. Da hat er die Klappe gehalten, und Sonntagabend, als sie mit den Hunden rausgefahren sind, hat er so ein Geschrei gemacht, dass sie ihn aus dem Gefängnis holen und ihn mitnehmen mussten. Aber die Hunde sind nie richtig in Gang gekommen. Und er hat rumgebrüllt und die Hunde beschimpft und wollte sie schlagen, weil sie keine Spur gefunden haben, und dann hat er wieder allen erzählt, dass er es gewesen sei, der Christmas als Erster angezeigt habe, und dass er nur faire Gerechtigkeit wolle, bis der Sheriff ihn auf die Seite genommen und mit ihm geredet hat. Sie wussten nicht, was der Sheriff zu ihm gesagt hat. Vielleicht hat er angedroht, er werde ihn wieder ins Gefängnis sperren und ihn das nächste Mal nicht mitnehmen. Jedenfalls hat er sich ein bisschen beruhigt, und sie sind weitergezogen. Erst am Montagabend sind sie wieder in die Stadt gekommen. Da war er noch immer ruhig. Vielleicht war er erschöpft. Er hatte eine Zeit lang nicht geschlafen, und die anderen erzählten, wie er versucht habe, schneller als die Hunde zu rennen, sodass der Sheriff schließlich gedroht habe, er werde ihn mit Handschellen an einen Hilfssheriff fesseln, um ihn zurückzuhalten, damit die Hunde was anderes als ihn wittern konnten. Schon als sie ihn einsperrten, am Samstagabend, hätte er sich eigentlich rasieren müssen, und inzwischen war es noch nötiger. Ich nehme an, er hat noch mehr wie ein Mörder ausgesehen als Christmas. Und jetzt beschimpfte er Christmas, als ob Christmas sich nur aus Gemeinheit versteckt hätte, um ihm eins auszuwischen und um zu verhindern, dass er die tausend Dollar bekommt. Und gestern Abend haben sie ihn wieder ins Gefängnis gebracht und eingesperrt. Und heute Morgen haben sie ihn wieder rausgeholt, und dann sind sie alle mit den Hunden losgezogen, einer neuen Spur nach. Die Leute haben gesagt, man konnte ihn brüllen und reden hören, bis sie weit aus der Stadt raus waren.»

«Und sie weiß das nicht, sagen Sie. Sie sagen, das haben Sie vor ihr geheim gehalten. Ihnen wäre es lieber, sie glaubt, dass er ein Schurke ist und nicht ein Narr. Stimmt's?»

Byrons Gesicht ist wieder still, ohne ein Lächeln jetzt: Es ist ganz nüchtern. «Ich weiß nicht. Es war letzten Sonntag, als ich hier war und mit Ihnen geredet habe und dann wieder nach Hause gegangen bin. Ich dachte, sie wäre im Bett und würde schlafen, aber sie war noch auf und saß im Wohnzimmer, und sie fragte: ‹Was ist los? Was ist hier passiert?› Und ich hab sie nicht angesehen, aber ich konnte spüren, dass sie mich ansah. Ich hab ihr gesagt, ein Nigger hat eine Weiße umgebracht. Da hab ich also nicht gelogen. Ich glaube, ich war richtig froh, dass ich diesmal nicht zu lügen brauchte. Denn noch ehe ich mich besann, hatte ich schon gesagt: ‹… und hat das Haus angezündet.› Und da war's zu spät. Ich hatte ihr den Rauch gezeigt, und ich hatte ihr von den beiden Männern, Brown und Christmas, erzählt, die da draußen gelebt hatten. Und ich spürte, wie sie mich ansah, so wie ich jetzt spüre, dass Sie mich ansehen, und sie hat gesagt: ‹Wie hieß der Nigger?› So als ob Gott dafür sorgen würde, dass die Frauen das, was sie wissen müssen, aus den Lügen der Männer erfahren, ohne dass sie fragen müssen. Und dass sie das, was sie nicht wissen müssen, nicht herausfinden, ohne auch nur zu wissen, dass sie es nicht herausgefunden haben. Und so weiß ich nicht mit Sicherheit, was sie weiß und was sie nicht weiß. Nur dass ich ihr nicht gesagt hab, dass der Mann, den sie sucht, derjenige ist, der den Mörder angezeigt hat, und dass er jetzt im Gefängnis sitzt, außer wenn er mit den Hunden den Mann jagt, der ihn zu sich genommen und sich mit ihm angefreundet hat. Das habe ich ihr nicht erzählt.»

«Und was wollen Sie jetzt machen? Wo will sie jetzt hin?»

«Sie will da raus und auf ihn warten. Ich habe ihr gesagt, dass er in Geschäften für den Sheriff unterwegs ist. Ich habe also nicht richtig gelogen. Sie hatte mich vorher schon gefragt, wo er wohnt, und ich hatte es ihr schon gesagt. Und sie sagte, das sei der Ort, wo sie hingehört, bis er zurückkommt, weil es sein Haus sei. Sie sagte, er wolle das so, dass sie dort wartet. Und ich konnte ihr nicht widersprechen, konnte ihr nicht sagen, dass er ganz bestimmt nicht will, dass sie die Hütte sieht. Sie wollte gleich heute Abend hingehen, als ich von der Sägemühle nach Hause kam. Sie hatte ihr Bündel geschnürt und ihre Haube aufgesetzt und wartete auf mich. ‹Einmal bin ich schon allein losgegangen›, sagte sie, ‹aber ich wusste den Weg nicht genau.› Und ich hab gesagt: Ja, allerdings sei es für heute zu spät, wir könnten ja morgen rausgehen, worauf sie sagte: ‹Es ist noch eine Stunde, bis es dunkel wird. Es sind doch keine zwei Meilen, oder?›, und ich sagte, wir sollten lieber warten, ich müsste erst fragen, und sie sagte: ‹Wen fragen? Ist es nicht Lucas' Haus?›, und ich spürte förmlich, wie sie mich beobachtete, und sie sagte: ‹Ich dachte, Sie hätten gesagt, Lucas wohnt da›, und sie beobachtete mich und sagte: ‹Wer ist dieser Geistliche, zu dem Sie dauernd gehen, um über mich zu sprechen?›»

«Und Sie wollen also zulassen, dass sie da draußen wohnt.»

«Vielleicht ist es das Beste. Sie wäre dort für sich, und sie wäre weit weg von all dem Gerede, bis diese Sache vorbei ist.»

«Sie meinen, sie ist dazu entschlossen, und Sie wollen sie nicht davon abhalten. Sie möchten sie gar nicht davon abhalten.»

Byron hebt nicht den Blick. «In gewisser Weise ist es ja sein Haus. Etwas, das mehr wie ein eigenes Zuhause ist, wird er nie im Leben besitzen, nehm ich an. Und er ist ihr …»

«Da draußen, allein, und jeden Moment kann das Kind kommen. Die nächsten Häuser ein paar Negerhütten, eine halbe Meile entfernt.» Er beobachtet Byrons Gesicht.

«Darüber hab ich nachgedacht. Da gibt es Möglichkeiten, da kann man was tun …»

«Was kann man da tun? Was können Sie tun, um sie da draußen zu beschützen?»

Byron antwortet nicht sofort, er blickt nicht auf. Als er spricht, tut er es in sturem Ton. «Es gibt Dinge, die ein Mann insgeheim tun kann, ohne dass er böse ist, Reverend. Einerlei, wie das für die Leute aussieht.»

«Ich glaube nicht, dass Sie etwas tun könnten, das sehr böse ist, Byron, einerlei, wie es für die Leute aussieht. Aber wollen Sie es wagen zu sagen, wie weit das wirklich Böse in das nur scheinbar Böse hineinreicht? Wo genau zwischen Tun und Schein das Böse aufhört?»

«Nein», sagt Byron. Dann regt er sich leicht, er spricht, als wäre er jetzt hellwach: «Ich hoffe nicht. Ich glaube, ich versuche das zu tun, was nach meinem Verstand das Richtige ist.» – ‹Und das›, denkt Hightower, ‹ist das erste Mal, dass er mich angelogen hat. Dass er überhaupt jemanden belogen hat, Mann oder Frau, vielleicht sogar sich selbst.› Er blickt über den Schreibtisch in das störrische, sture, nüchterne Gesicht, das noch nicht zu ihm aufgeblickt hat. ‹Aber vielleicht ist es noch keine Lüge, weil er selbst nicht weiß, dass es eine ist.› Er sagt:

«Also.» Er spricht jetzt mit einer gewissen falschen Forschheit, die sein schlaffwangiges Gesicht mit den tiefen dunklen Augenhöhlen Lügen straft. «Dann ist das ja beschlossen. Sie bringen sie raus, dahin, wo er wohnt, und Sie sorgen dafür, dass sie alles hat, und dafür, dass sie nicht gestört wird, bis das hier vorbei ist. Und dann sagen Sie diesem Mann – Burch, Brown –, dass sie hier ist.»

«Und dann macht er sich aus dem Staub», sagt Byron. Er sieht nicht auf, aber eine Welle, eine Woge der Verzückung, des Triumphs scheint durch seinen Körper zu gehen, bevor er sie zurückdrängen und verbergen kann, als es für den Versuch schon zu spät dazu ist. Im Moment versucht er gar nicht, sie fortzudrängen; zurückgelehnt auf seinem harten Stuhl, sieht er zum ersten Mal den Geistlichen an, das Gesicht zuversichtlich und kühn und von Gefühlen überwältigt. Der andere erwidert unverwandt seinen Blick.

«Möchten Sie das? Dass er sich aus dem Staub macht?», fragt Hightower. Sie sitzen im Schein der Lampe. Durch das offene Fenster dringt die heiße, tausendfältige Stille der atemlosen Nacht herein. «Bedenken Sie, was Sie da tun. Sie versuchen, sich zwischen einen Mann und seine Frau zu stellen.»

Byron hat sich wieder gefangen. Seine Miene ist nicht mehr triumphierend. Doch er sieht den älteren Mann unverwandt an. Vielleicht hat er auch versucht, seine Stimme zu zügeln. Doch das gelingt ihm noch nicht. «Sie sind noch nicht Mann und Frau», sagt er.

«Denkt das die Frau? Glauben Sie, dass sie das sagen würde?» Sie sehen einander an. «Ach, Byron, Byron. Was gelten schon ein paar gemurmelte Worte vor Gott, angesichts des standhaften Wesens einer Frau? Angesichts dieses Kindes?»

«Gut, vielleicht läuft er ja auch nicht weg. Wenn er die Belohnung bekommt, das Geld. Wahrscheinlich würde er sich mit den tausend Dollar dermaßen betrinken, dass er zu allem bereit wäre, selbst zum Heiraten.»

«Ach, Byron, Byron.»

«Was meinen Sie denn? Was sollten wir – was sollte ich Ihrer Meinung nach tun? Was raten Sie mir?»

«Gehen Sie fort. Verlassen Sie Jefferson.» Sie sehen einander an. «Nein», sagt Hightower. «Sie brauchen meine Hilfe nicht. Sie haben schon die Hilfe von einem, der stärker ist als ich.»

Einen Moment lang sagt Byron nichts. Sie sehen sich an, unverwandt. «Hilfe von wem?»

«Vom Teufel», sagt Hightower.

‹Und auf *ihn* hat der Teufel auch ein Auge›, denkt Hightower. Er schreitet aus, ist auf dem Weg nach Hause, am Arm seinen gefüllten kleinen Einkaufskorb. ‹Auch auf ihn, auch auf ihn›, denkt er im Gehen. Es ist heiß. Er ist in Hemdsärmeln, groß, die dünnen Beine in schwarzem Tuch, mit mageren, knochigen Armen und Schultern und diesem schwammigen dicken Bauch, der nach einer monströsen Schwangerschaft aussieht. Das Hemd ist weiß, aber nicht frisch; der Kragen ist beschmutzt, das weiße, achtlos geknotete Halstuch aus Batist ebenfalls, und seit zwei oder drei Tagen hat er sich nicht rasiert. Der Panamahut ist fleckig, und darunter, zwischen Hut und Schädel, sind die Ecken und Ränder eines schmutzigen Taschentuchs zu sehen, gegen die Hitze. Er ist in der Stadt gewesen, um seine halbwöchentlichen Einkäufe zu machen, und hat dort, hager, unförmig, mit seinen grauen Bartstoppeln und seinen dunklen, durch die Brille verschwommenen Augen, mit seinen schwarzgeränderten Fingernägeln und dem ranzigen Männergeruch seines dauernd sitzenden, ungewaschenen Körpers den übelriechenden, vollgestopften Laden betreten, den einzigen, in dem er einkaufte und wo er alles, was er kaufte, bar bezahlte.

«So, jetzt haben sie endlich die Spur von diesem Nigger gefunden», sagte der Ladeninhaber.

«Neger?», fragte Hightower. Er war dabei, das Wechselgeld von seinen Einkäufen in die Tasche zu stecken, und wurde ganz still.

«Von diesem Dre– von diesem Kerl, dem Mörder. Ich hab ja schon immer gesagt, dass der nicht astrein war. Dass er kein Weißer ist. Der hatte so was Komisches an sich. Aber man kann den Leuten nichts sagen, bis –»

«Sie haben ihn gefunden?», fragte Hightower.

«Richtig, das haben sie. Also, der Dummkopf hat doch nicht mal genug Grips gehabt, aus dem Bezirk abzuhauen. Da hat der Sheriff im ganzen Land nach ihm rumtelefoniert, und die ganze Zeit war der schwarze Huren– hier direkt vor seiner Nase.»

«Und sie haben ihn ...?» Er beugte sich über seinen vollen Korb und lehnte sich an den Tresen. Er spürte, wie die Kante des Tresens gegen seinen Bauch drückte. Sie fühlte sich fest an, sehr stabil; es war eher so, als ob die Erde selbst schwach bebte, als wäre sie im Begriff, sich zu bewegen. Dann schien sie sich wirklich zu bewegen, wie etwas, das langsam und ohne Hast losgelassen wird und immer mehr in Schwung kommt, und so raffiniert, dass das Auge überlistet wurde zu glauben, die schäbigen Regale voller Reihen mit Fliegendreck besprenkelter Dosen und der Kaufmann hinter dem Tresen hätten sich nicht bewegt; ein empörender, trügerischer Sinneseindruck. Und er dachte: ‹Ich will nicht! Ich will nicht! Ich habe mir Immunität erkauft. Ich habe bezahlt. Ich habe bezahlt.›

«Noch haben sie ihn nicht gefangen», sagte der Inhaber. «Aber sie sind drauf und dran. Der Sheriff ist heute früh vor Tagesanbruch mit den Hunden zu der Kirche aufgebrochen. Sie sind keine sechs Stunden hinter ihm. Wenn man sich vorstellt, dass der verdammte Dummkopf nicht mal den Grips hatte … das zeigt ja schon, dass er ein Nigger ist, wenn nicht Schlimmeres …» Dann fragte der Inhaber: «War das alles für heute?»

«Was?», fragte Hightower. «Was?»

«War das alles, was Sie wollten?»

«Ja. Ja. Das war …» Er kramte in seiner Hosentasche herum, und der Inhaber sah ihm zu. Seine Hand kam, noch immer tastend, aus der Tasche. Sie fuhr auf dem Tresen herum, ließ Münzen fallen. Der Inhaber hielt zwei oder drei davon auf, die sonst vom Tresen gerollt wären.

«Wofür ist das?», fragte der Inhaber.

«Für das …» Hightowers Hand zeigte fahrig auf den gefüllten Korb. «Für –»

«Sie haben schon bezahlt.» Der Inhaber beobachtete ihn neugierig. «Das ist Ihr Wechselgeld, das ich Ihnen gerade gegeben hab. Auf die Dollarnote.»

«Oh», sagte Hightower. «Ja. Ich …. Ich wollte nur –» Der Kaufmann sammelte die Münzen auf. Er gab sie zurück. Als die Hand des Kunden die seine berührte, fühlte sie sich wie Eis an.

«Das ist das heiße Wetter», sagte der Inhaber. «Das strengt einen an. Wollen Sie sich ein Weilchen setzen, bevor Sie sich auf den Rückweg machen?» Doch Hightower hörte ihn offenbar nicht. Er bewegte sich jetzt, ging auf die Tür zu, während der Inhaber ihn beobachtete. Er ging durch die Tür hinaus auf die Straße, den Korb am Arm, und ging steif und vorsichtig, wie jemand, der sich auf Eis bewegt. Es war heiß; die Hitze stieg wabernd vom Asphalt auf und verlieh den vertrauten Gebäuden rings um den Platz eine Art Nimbus, ein lebendiges, zuckendes Chiaroscuro. Jemand sprach ihn im Vorbeigehen an; er merkte es nicht einmal. Er ging weiter, dachte *Und auch auf ihn. Und auch auf ihn* und ging jetzt schnell, sodass er, als er endlich um die Ecke bog, in die tote, leere kleine Straße kam, wo sein totes, leeres kleines Haus auf ihn wartete, ganz außer Atem war. ‹Das ist die Hitze›, sagte die oberste Schicht seines Bewusstseins, wiederholend, erklärend, zu ihm. Doch noch immer, auch in der ruhigen Straße, wo jetzt kaum noch jemand stehenblieb, um das Schild zu lesen, sich zu erinnern, und wo sein kleines Haus, seine Zuflucht, jetzt in Sicht ist, geht unter der obersten Schicht seines Bewusstseins, die ihn betören, beschwichtigen will, das Denken weiter: ‹Ich will nicht. Ich will nicht. Ich habe mir Immunität erkauft.› Jetzt ist es wie laut gesprochene Worte: wiederholend, geduldig, rechtfertigend: ‹Ich habe dafür bezahlt. Ich habe nicht um den Preis gefeilscht. Das kann keiner behaupten. Ich wollte nur Frieden; ich habe ihnen den verlangten Preis bezahlt, ohne zu feilschen.› Die Straße schimmert und schwimmt; er hat geschwitzt, doch jetzt fühlt sich sogar die Mittagsluft kühl auf ihm an. Dann stürzen Schweiß, Hitze, Sinnestäuschung zusammen und verschmelzen zu einer Endgültigkeit, die jede Logik und jede Rechtfertigung außer Kraft setzt und wie durch Feuer tilgt: Ich *will* nicht! Ich *will* nicht!

Als er in der ersten Dunkelheit am Fenster seines Studierzimmers saß und Byron in den Schein der Straßenlaterne gelangen und dann wieder hinausgleiten sah, beugte er sich plötzlich auf seinem Stuhl vor. Nicht dass er überrascht gewesen wäre, Byron um diese Stunde dort zu sehen. Im ersten Augenblick, als er die

Gestalt erkannte, dachte er *Ah. Ich hatte mir schon gedacht, dass er heute Abend kommen würde. Es ist ihm nicht gegeben, auch nur den Anschein des Bösen zu unterstützen* Während er dies dachte, geschah es, dass er zusammenfuhr, sich einen Augenblick lang vorbeugte, denn eine Sekunde nachdem er die näher kommende Gestalt im vollen Schein der Laterne erkannt hatte, glaubte er, sich geirrt zu haben, obwohl er die ganze Zeit wusste, dass er sich nicht geirrt haben konnte, dass es niemand anders sein konnte als Byron, der sich jetzt auch schon dem Gartentor zuwandte.

An diesem Abend ist Byron wie ausgewechselt. Das drückt sich in seinem Gang, in seiner Haltung aus; vorgebeugt auf seinem Stuhl, sagt sich Hightower *Als hätte er gelernt, stolz zu sein, oder trotzig* Byron geht erhobenen Hauptes, geht schnell und aufrecht; plötzlich sagt Hightower fast laut: ‹Er hat etwas getan. Er hat etwas unternommen.› Er schnalzt mit der Zunge, während er am dunklen Fenster lehnt und beobachtet, wie die Gestalt rasch aus dem Blickfeld jenseits des Fensters und zur Veranda, zum Eingang hin entschwindet, wo Hightower im nächsten Moment Byrons Schritte und dann sein Klopfen hört. ‹Und er hat keine Anstalten gemacht, es mir zu erzählen›, denkt er. ‹Dabei hätte ich ihm zugehört, hätte ihn laut vor mir denken lassen.› Er ist schon auf dem Weg durchs Zimmer, bleibt nur am Schreibtisch kurz stehen, um das Licht anzumachen. Er geht zur Haustür.

«Ich bin es, Reverend», sagt Byron.

«Ich habe Sie erkannt», sagt Hightower. «Obwohl Sie diesmal nicht auf der untersten Stufe gestolpert sind. Sie haben dieses Haus sogar am Sonntagabend betreten, doch bis zum heutigen Abend, Byron, haben Sie es nie betreten, ohne auf der untersten Stufe zu stolpern.» Das war der Ton, mit dem Byrons Besuche gewöhnlich eingeleitet wurden: dieser etwas übertriebene Ton von Unbeschwertheit und Herzlichkeit, der dem anderen die Befangenheit nehmen soll, und aufseiten des Besuchers diese bedächtige, ländliche Schüchternheit, die als Zeichen von Höflichkeit gilt. Manchmal wollte es Hightower scheinen, als bliese er Byron mit einem wohldosierten Hauch reinen Atems ins Haus, als trüge Byron ein Segel.

Aber diesmal betritt Byron bereits das Haus, bevor Hightower seinen Satz beendet hat. Er tritt unverzüglich ein, in dieser neuen Haltung, die einem Gefühl irgendwo zwischen Selbstvertrauen und Trotz entstammt. «Und ich nehme an, Sie werden denken, dass Sie es noch weniger leiden können, wenn ich nicht stolpere, als wenn ich stolpere», sagt Byron.

«Ist das eine Hoffnung oder eine Drohung, Byron?»

«Oh, als Drohung hab ich es nicht gemeint», sagt Byron.

«Ah», sagt Hightower. «Mit anderen Worten, Sie können keine Hoffnung bieten. Nun, wenigstens bin ich vorgewarnt. Ich war schon vorgewarnt, als ich Sie im Licht der Straßenlaterne sah. Aber wenigstens werden Sie mir jetzt alles erzählen. Was Sie schon unternommen haben, auch wenn Sie es nicht für nötig befanden, vorher darüber zu sprechen.» Sie gehen zur Tür des Studierzimmers. Byron bleibt stehen; er dreht sich um und blickt zu dem Gesicht des Größeren auf.

«Dann wissen Sie es also», sagt er. «Sie haben es schon gehört.» Dann, obwohl sein Kopf sich nicht bewegt hat, sieht er den anderen nicht mehr an. «Gut», sagt er. Er sagt: «Gut, jeder Mann ist frei zu sagen, was er will. Auch jede Frau. Aber ich wüsste gern, wer es Ihnen erzählt hat. Nicht dass ich mich schäme. Nicht dass ich es Ihnen verheimlichen wollte. Ich bin gekommen, sobald ich konnte, um es Ihnen zu erzählen.»

Sie stehen vor der Tür zu dem erleuchteten Zimmer. Hightower sieht jetzt, dass Byrons Arme beladen sind mit Bündeln und Päckchen, die aussehen, als enthielten sie Lebensmittel. «Was?», sagt Hightower. «Was wollen Sie mir erzählen? – Aber kommen Sie rein. Vielleicht weiß ich wirklich schon, was es ist. Aber ich möchte Ihr Gesicht sehen, wenn Sie es mir erzählen. Auch warne ich Sie im Voraus, Byron.» Sie betreten das erleuchtete Zimmer. In den Päckchen sind tatsächlich Lebensmittel: Zu oft hat er selbst welche gekauft und getragen, als dass er es nicht wüsste. «Setzen Sie sich», sagt er.

«Nein», sagt Byron. «Ich will nicht so lange bleiben.» Er bleibt stehen, nüchtern, beherrscht, mit teilnahmsvoller stiller Miene, entschlossen, aber nicht anmaßend, zuversichtlich, aber nicht auftrumpfend: die Miene eines Mannes, der im Begriff ist, etwas zu tun, das ein Mensch, der ihm teuer ist, nicht versteht und nicht billigt, wovon er jedoch weiß, dass es richtig ist, so wie er auch weiß, dass der Freund es nie so sehen wird. Er sagt: «Es wird Ihnen nicht gefallen. Aber es gibt keine andere Möglichkeit. Ich wünschte, Sie könnten das auch so betrachten. Aber ich nehme an, das können Sie nicht. Und ich glaube, da ist nichts zu machen.»

Über den Schreibtisch hinweg, an dem er jetzt sitzt, betrachtet Hightower ihn ernst. «Was haben Sie getan, Byron?»

Byron spricht mit dieser neuen Stimme, dieser Stimme, die kurz und knapp ist, jedes Wort klar in seiner Bedeutung, kein Herumtasten. «Ich habe sie heute Abend rausgebracht. Die Hütte hatte ich schon vorbereitet, ordentlich sauber gemacht. Sie hat sich da jetzt eingerichtet. Sie wollte es so. Für ihn war es mehr ein Zuhause als alles, was er je hatte oder jemals haben wird, und so, nehme ich an, hat sie ein Recht darauf, es zu benutzen, zumal der Besitzer es nicht benutzt. Weil er anderswo festgehalten wird, könnte man sagen. Ich weiß, dass Ihnen das nicht gefallen wird. Sie können eine Menge Gründe nennen, gute Gründe. Sie können sagen, es ist nicht seine Hütte, er kann sie ihr gar nicht überlassen. Gut. Das mag so sein. Aber es gibt in diesem Land oder in diesem Staat niemanden, weder Mann noch Frau, der sagen könnte, sie darf sie nicht benutzen. Sie werden sagen, in ihrem Zustand sollte sie eine Frau bei sich haben. Gut. Es gibt dort eine Niggerfrau, alt genug, dass sie vernünftig sein dürfte, die keine zweihundert Meter entfernt wohnt. Nach der kann sie rufen, ohne dass sie vom Stuhl oder vom Bett aufstehen muss. Sie werden sagen, aber das ist keine Weiße. Und dann frage ich Sie, was kann sie denn von den weißen Frauen in Jefferson erwarten, wenn das Baby kommt, wo sie doch erst seit einer Woche in Jefferson ist und nicht zehn Minuten mit einer Frau sprechen kann, ehe die andere weiß, dass sie nicht verheiratet ist; und solange dieser Lump noch auf Erden ist, sodass sie hin und wieder von ihm hören kann, wird sie auch nicht heiraten. Was würde sie an Hilfe von den weißen Damen bekommen, wenn ihre Zeit gekommen ist? Sie würden dafür sorgen, dass sie ein Bett hat, auf dem sie liegen kann, und vier Wände um sie herum, damit man sie von der Straße her nicht sieht. Das meine ich nicht. Und ich nehme an, jemand könnte mit Fug und Recht sagen, mehr als das hat sie auch nicht verdient, schließlich war es nicht hinter vier Wänden, wo sie in den Zustand geraten ist, in dem sie jetzt ist. Aber das Baby hat nie eine andere Wahl gehabt. Und selbst wenn, so will ich doch verdammt sein, wenn ein armes kleines Wurm, dem das bevorsteht, was ihm in dieser Welt bevorsteht, nicht mehr – nichts Besseres als das – verdient hat. Aber ich nehme an, Sie wissen, was ich meine. Ich nehme an, Sie könnten das auch so sagen.» Hightower beobachtet ihn von der anderen Seite des Schreibtisches her, während Byron in diesem gleichbleibenden, zurückgenommenen Ton spricht, nie um Worte verlegen, bis er auf etwas zu sprechen kommt, das auch für ihn zu neu und zu nebulös ist, sodass er es nur fühlen kann. «Und jetzt der dritte Grund. Eine Weiße da draußen, allein. Das wird Ihnen gar nicht gefallen. Das wird Ihnen am allerwenigsten gefallen.»

«Ah, Byron, Byron.»

Byrons Stimme klingt jetzt störrisch. Doch er hält nach wie vor den Kopf hoch. «Ich bin nicht mit ihr im Haus. Ich hab ein Zelt. Und das ist auch nicht so nah. Nur so, dass ich sie hören kann, wenn sie Hilfe braucht. Und an der Tür habe ich einen Riegel angebracht. Die können gern alle rauskommen, jederzeit, und mich da in dem Zelt besuchen.»

«Ah, Byron, Byron.»

«Ich weiß, dass Sie nicht das denken, was die meisten von den anderen denken. Jetzt schon denken. Ich weiß, dass Sie es besser wissen, auch wenn es nichts mit ihr – auch wenn es nicht wegen – ich weiß, Sie haben das gesagt, weil Sie wissen, was die anderen denken werden.»

Hightower sitzt jetzt wieder in der Haltung eines orientalischen Götzenbilds da, zwischen seinen parallel auf den Armlehnen liegenden Armen. «Gehen Sie fort, Byron. Gehen Sie. Sofort. Jetzt. Verlassen Sie für immer diesen Ort, diesen schrecklichen Ort, diesen schrecklichen, schrecklichen Ort. Ich kann in Ihnen lesen. Sie werden mir sagen, dass Sie soeben die Liebe kennengelernt haben; ich werde Ihnen sagen, dass Sie soeben die Hoffnung kennengelernt haben. Das ist alles: Hoffnung. Worum es dabei geht, ist ohne Bedeutung, für die Hoffnung wie auch für Sie. Es gibt nur ein Ziel auf der Straße, die Sie einschlagen: die Sünde oder die Ehe. Und Sie würden die Sünde verweigern. So ist es, Gott möge mir verzeihen. Für Sie wird es, muss es die Ehe sein, oder gar nichts. Und Sie werden darauf bestehen, dass es die Ehe ist. Sie werden die Frau überzeugen; vielleicht haben Sie sie schon überzeugt – wenn sie es bloß wüsste, es zugäbe: Warum sonst sollte sie zufrieden hierbleiben und gleichwohl keine Anstalten machen, den Mann zu sehen, den zu finden sie hergekommen ist? Ich kann Ihnen nicht sagen: Wählen Sie die Sünde, denn Sie würden dann nicht nur mich hassen, Sie würden den Hass weitertragen, zu ihr. Deshalb sage ich: Gehen Sie fort. Jetzt. Auf der Stelle. Wenden Sie sich ab, jetzt, und blicken Sie nicht zurück. Aber nicht dies, Byron.»

Sie sehen sich an. «Ich wusste, dass es Ihnen nicht gefallen würde», sagte Byron. «Wahrscheinlich hatte ich recht, mich nicht als Gast zu fühlen und mich zu setzen. Aber das hatte ich nicht erwartet. Dass auch Sie sich gegen eine Frau wenden würden, der unrecht getan, die betrogen wurde –»

«Keine Frau, die ein Kind hat, ist je betrogen worden; der Ehemann einer Mutter, ob er der Vater ist oder nicht, ist von Anfang an der Gehörnte. Nutzen Sie wenigstens die eine Chance, so gering sie sein mag, Byron. Wenn Sie denn heiraten müssen, dann gibt es unverheiratete Frauen, Mädchen, Jungfrauen. Es ist nicht gerecht, dass Sie sich für eine Frau opfern sollten, die bereits eine Wahl getroffen hat und jetzt diese Wahl rückgängig machen möchte. Das ist nicht recht. Es ist nicht gerecht. Das hatte Gott nicht im Sinn, als er die Ehe einsetzte. Setzte er sie ein? Die Frauen haben die Ehe gemacht.»

«Opfern? Ich das Opfer? Mir scheint, das Opfer –»

«Sie sieht das nicht so. Für die Lena Groves auf dieser Welt gibt es immer nur zwei Arten von Männern, und deren Zahl ist Legion: die Lucas Burches und die Byron Bunches. Doch keine Lena, keine Frau verdient mehr als einen von ihnen. Keine. Es hat gute Frauen gegeben, die an der Seite von Rohlingen, Säufern und dergleichen zu Märtyrerinnen geworden sind. Doch welche Frau, ob gut oder schlecht, hat je unter einem Rohling so gelitten, wie Männer unter guten Frauen gelitten haben? Sagen Sie mir das, Byron.»

Beide sprechen ruhig, ohne Erregung, nehmen sich Zeit, um die Worte des anderen abzuwägen, wie zwei Männer, die beide in ihren Überzeugungen schon fest und unerschütterlich sind. «Ich nehme an, Sie haben recht», sagt Byron. «Jedenfalls steht es mir nicht zu, zu sagen, dass Sie unrecht haben. Und ich glaube nicht, dass es Ihnen zusteht, zu sagen, dass ich unrecht habe, auch wenn es so ist.»

«Nein», sagt Hightower.

«Auch wenn es so ist», sagt Byron. «Ich nehme an, ich sollte mich verabschieden.» Er sagt mit ruhiger Stimme: «Es ist ein gutes Stück Wegs da raus.»

«Ja», sagt Hightower. «Ich bin ihn früher auch hin und wieder gegangen. Es sind bestimmt über drei Meilen.»

«Zwei Meilen», sagt Byron. «Also gut.» Er dreht sich um. Hightower rührt sich nicht. Byron rückt die Päckchen zurecht, die er nicht abgesetzt hat. «Dann sage ich also gute Nacht», sagt er und geht zur Tür. «Ich nehme an, ich sehe Sie bald wieder.»

«Ja», sagt Hightower. «Kann ich irgendetwas tun? Brauchen Sie etwas? Bettwäsche oder dergleichen?»

«Danke vielmals. Ich glaube, sie hat reichlich. Es war schon etwas da. Danke vielmals.»

«Und Sie sagen mir Bescheid? Wenn etwas passiert. Wenn das Kind – Haben Sie einen Arzt verständigt?»

«Darum kümmere ich mich.»

«Aber haben Sie schon einen aufgesucht? Haben Sie einen bestellt?»

«Ich habe vor, das alles zu erledigen. Und ich sage Ihnen Bescheid.»

Dann ist er fort. Nun wieder vom Fenster aus, beobachtet Hightower, wie er am Haus vorbei und dann auf der Straße weiter geht, auf den Stadtrand zu, seinen zwei Meilen langen Weg, mit den in Papier gewickelten Lebensmitteln beladen. Aufrechten Ganges und forschen Schrittes entschwindet er dem Blickfeld – ein Schritt, mit dem ein alter Mann, der schon Fleisch angesetzt hat und kurzatmig ist, einer, der schon allzu viel Zeit in sitzender Haltung zugebracht hat, nicht mithalten könnte. Und Hightower lehnt dort am Fenster, in der Augusthitze, ohne den Geruch, in dem er lebt, wahrzunehmen – den Geruch eines Menschen, der nicht mehr im Leben steht: den Geruch fleischlichen Ausdörrens und muffigen Leinens, ein Vorläufer gleichsam des Grabes –, und lauscht den Schritten, die er noch zu hören vermeint, als er längst weiß, dass er sie nicht mehr hören kann, und denkt: ‹Gott segne ihn. Gott helfe ihm›, und er denkt *Jung sein. Jung sein. Es gibt nichts Vergleichbares: es gibt nichts anderes auf der Welt, das dem gleichkäme* Er denkt ruhig: ‹Ich hätte die Gewohnheit des Betens nicht aufgeben sollen.› Dann hört er die Schritte nicht mehr. Jetzt hört er nur noch die unzähligen, ewigen Insekten, während er am Fenster lehnt und den heißen, stillen, starken, fauligen Geruch der Erde einatmet, und er denkt, wie er, als er jung war, als junger Mann, die Dunkelheit geliebt hat, wie er bei Nacht umhergegangen ist oder allein zwischen Bäumen gesessen hat. Dann wurden der Boden, die Rinde der Bäume wirklich, wild, voller sonderbarer unheimlicher, von ihm selbst beschworener Dinge, halb Wonnen, halb Schrecken. Er hatte Angst davor. Er fürchtete sich; er genoss es, wenn er sich fürchtete. Dann, eines Tages während seiner Zeit im Priesterseminar, wurde ihm bewusst, dass er sich nicht mehr fürchtete. Es war, als hätte sich irgendwo eine Tür geschlossen. Er fürchtete sich nun nicht mehr vor der Dunkelheit. Jetzt hasste er sie bloß; er floh sie, floh hinter Mauern, in künstliches Licht. ‹Ja›, denkt er. ‹Ich hätte nie die Gewohnheit des Betens aufgeben sollen.› Er wendet sich vom Fenster ab. Die eine Wand des Studierzimmers ist mit Bücherreihen bedeckt. Er bleibt davor stehen, sucht, bis er das gefunden hat, was er will. Es ist Tennyson. Der Band hat Eselsohren. Er besitzt ihn, seit er im Priesterseminar war. Er setzt sich unter die Lampe und schlägt ihn auf. Es dauert nicht lange. Bald beginnt die feine, galoppierende Sprache, das schlaffe Wogen voller saftloser Bäume und ausgedörrter Lüste dahinzuschwimmen, geschmeidig, geschwind, friedvoll. Es ist besser als Beten, und man muss sich nicht mit lautem Denken plagen. Es ist, als lauschte man in einer Kathedrale einem Kastraten, der in einer Sprache singt, die er nicht einmal nicht zu verstehen braucht.

XIV

«Da draußen in der Hütte ist jemand», sagte der Hilfssheriff zum Sheriff. «Nicht jemand, der sich versteckt hat, sondern jemand, der dort wohnt.»

«Gehen Sie hin und sehen Sie nach», sagte der Sheriff.

Der Hilfssheriff ging hin und kam zurück.

«Es ist eine Frau. Eine junge Frau. Und es sieht ganz so aus, als wollte sie eine gute Weile dort bleiben, so wie sie sich eingerichtet hat. Und Byron Bunch kampiert in einem Zelt, ungefähr so weit von der Hütte entfernt wie von hier bis zur Post.»

«Byron Bunch?», sagt der Sheriff. «Wer ist die Frau?»

«Ich weiß es nicht. Eine Fremde. Eine junge Frau. Sie hat mir alles erzählt. Sie fing schon fast an, mir zu erzählen, ehe ich drinnen in der Hütte war, als hielte sie eine Rede. Als wäre es ihr zur Gewohnheit geworden, das zu erzählen, als wäre es eine Angewohnheit. Und ich nehme an, genau so ist es, denn sie ist von irgendwo in Alabama hergekommen und sucht ihren Mann. Er war vor ihr losgegangen, um Arbeit zu suchen, so sieht es aus, und nach einer Weile hat sie sich auf den Weg zu ihm gemacht, und unterwegs haben ihr die Leute gesagt, dass er hier ist. Und ungefähr in dem Moment kam Byron herein und sagte, er könnte mir alles erzählen. Er hätte sowieso vorgehabt, es Ihnen zu erzählen.»

«Byron Bunch», sagt der Sheriff.

«Ja», sagt der Hilfssheriff. Er sagt: «Sie richtet sich ein, sie kriegt ein Kind. Wird auch nicht mehr lange dauern.»

«Ein Kind?», sagt der Sheriff. Er sieht den Hilfssheriff an. «Und aus Alabama. Von irgendwoher. Das können Sie mir nicht erzählen, nicht von Byron Bunch.»

«Will ich auch gar nicht», sagt der Hilfssheriff. «Ich sage ja gar nicht, dass es Byrons ist. Zumindest sagt Byron nicht, dass es seins ist. Ich sage Ihnen bloß, was er mir erzählt hat.»

«Oh», sagt der Sheriff. «Ich verstehe. Und warum ist sie da draußen? Dann ist es also von einem von denen. Von Christmas, ja?»

«Nein. Byron hat es mir erzählt. Er ist mit mir rausgegangen, wo sie es nicht hören konnte, und hat es mir erzählt. Er sagte, er hätte vorgehabt, herzukommen und es Ihnen zu erzählen. Es ist Browns. Nur dass der nicht Brown heißt. Er heißt Lucas Burch. Das hat Byron mir erzählt. Und dass Brown oder Burch sie drüben in Alabama gelassen hat. Hat ihr gesagt, er wollte Arbeit suchen und eine Wohnung einrichten und sie dann nachkommen lassen. Aber dann rückte ihre Zeit näher, und sie hatte nicht von ihm gehört, wo er war oder was er machte, gar nichts, und da hat sie kurzerhand beschlossen, nicht länger zu warten. Sie ist zu Fuß losgegangen und hat unterwegs gefragt, ob jemand einen jungen Mann namens Lucas Burch kennt, und manchmal wurde sie ein Stück mitgenommen, und sie hat immer alle, die sie traf, gefragt, ob sie ihn kennen. Und nach einer Weile hat ihr jemand gesagt, dass ein Mann namens Burch oder Bunch oder so in Jefferson im Hobelwerk arbeitet, und so ist sie hierhergekommen. Sie ist am Samstag hier angekommen, mit einem Fuhrwerk, als wir alle draußen waren, bei dem Mord, und sie ist zur Sägemühle gegangen und hat festgestellt, dass der Mann Bunch hieß, nicht Burch. Und Byron sagt, er hat ihr erzählt, dass ihr Mann in Jefferson ist, noch bevor er es selbst wusste. Und dann, sagt er, hat sie ihn festgenagelt, und er musste ihr erzählen, wo Brown wohnt. Aber er hat ihr nicht erzählt, dass Brown oder Burch etwas mit Christmas und diesem Mord zu tun hat. Er hat ihr nur gesagt, dass Brown geschäftlich unterwegs ist. Und geschäftlich kann man es nennen, nehme ich an. Jedenfalls Arbeit. Ich habe noch nie einen Mann gesehen, der so wild auf tausend Dollar aus ist und der sich so anstrengt, um sie zu bekommen. Sie hat also gesagt, dass das Haus von Brown genau das ist, das Lucas Burch ihr versprochen hat und ihr einrichten wollte, also ist sie dort eingezogen und wartet jetzt darauf, dass Brown von den geschäftlichen Unternehmungen, in denen er unterwegs ist, zurückkommt. Byron hat gesagt, er konnte sie nicht davon abhalten, weil er ihr nicht die Wahrheit über Brown sagen wollte, nachdem er sie sozusagen schon einmal angelogen hatte. Er hat gesagt, er hätte längst vorgehabt, es Ihnen zu erzählen, nur dass Sie es so schnell herausgefunden haben, noch bevor er sie in dem Haus ordentlich untergebracht hatte.»

«Lucas Burch?», sagt der Sheriff.

«Ich war auch ziemlich überrascht», sagt der Hilfssheriff. «Was wollen Sie jetzt tun?»

«Nichts», sagt der Sheriff. «Ich nehme an, sie werden da draußen keinen Schaden anrichten. Mir gehört das Haus ja nicht, dass ich ihr sagen könnte, sie soll da wieder raus. Und wie Byron ihr schon gesagt hat, Burch oder Brown oder wie er nun heißt wird noch eine ganze Weile ziemlich beschäftigt sein.»

«Haben Sie vor, Brown von ihr zu erzählen?»

«Ich glaube nicht», sagt der Sheriff. «Es geht mich nichts an. Ich bin an Ehefrauen, die er in Alabama oder anderswo sitzengelassen hat, nicht interessiert. Was mich interessiert, ist der Ehemann, den er anscheinend hatte, seit er in Jefferson ist.»

Der Hilfssheriff lacht laut auf. «Das ist wohl wahr», sagt er. Dann wird er wieder ernst, sinnt nach. «Wenn der die tausend Dollar nicht kriegt, wird er, glaube ich, tot umfallen.»

«Das glaube ich nicht», sagt der Sheriff.

Um drei Uhr früh am Mittwochmorgen kam ein Neger auf einem ungesattelten Maultier in die Stadt geritten. Er ging zum Haus des Sheriffs und weckte ihn. Er war direkt von einer Negerkirche zwanzig Meilen entfernt gekommen, wo ein nächtlicher Erweckungsgottesdienst stattfand. Am Abend zuvor war mitten während eines Chorals hinten in der Kirche ein gewaltiger Lärm losgegangen, und als die Gemeinde sich umdrehte, sah sie einen Mann in der Tür stehen. Die Tür war nicht verschlossen gewesen, ja, sie stand sogar offen, doch anscheinend hatte der Mann den Knauf gepackt und die Tür mit solcher Wucht gegen die Wand geschmettert, dass der Lärm wie ein Pistolenschuss in die sich vereinigenden Stimmen krachte. Dann kam der Mann rasch durch den Mittelgang, wo das Singen jäh aufgehört hatte, und ging auf die Kanzel zu, wo der Prediger sich mit noch erhobenen Händen und noch offenem Mund über die Brüstung beugte. Dann sahen sie, dass der Mann ein Weißer war. In der tiefen, höhlenartigen Düsternis, die von den zwei Öllampen eher noch verstärkt wurde, hatten sie nicht gleich erkennen können, was er war; sie sahen es erst, als er halb durch den Mittelgang gekommen war. Dann sahen sie, dass sein Gesicht nicht schwarz war, und eine Frau fing an zu kreischen, und die Leute hinten sprangen auf und rannten zur Tür, und eine andere Frau, die auf der Bank für die Trauernden saß und sich ohnehin schon in einem halb hysterischen Zustand befand, sprang auch auf, wirbelte herum und starrte ihn einen Moment lang mit weißrollenden Augen an und schrie: «Es ist der Teufel! Satan selbst!» Dann rannte sie blindlings los. Sie rannte direkt auf ihn zu, und er schlug sie nieder, ohne im Gehen innezuhalten, stieg über sie hinweg und ging weiter, während vor ihm die Gesichter mit den zum Schreien aufgerissenen Mündern zurückwichen, ging bis zur Kanzel und legte Hand an den Geistlichen.

«Keiner hat ihm was getan, auch da noch nicht», sagte der Bote. «Es ging alles so schnell, und keiner kannte ihn, keiner wusste, wer er war und was er wollte, nichts. Und die Frauen haben geschrien und gekreischt, und er langt mit Würgegriff zur Kanzel hin und packt Bruder Bedenberry an der Kehle und versucht ihn von der Kanzel zu zerren. Wir konnten sehen, wie Bruder Bedenberry auf ihn eingeredet hat und wie er versucht hat, ihn zu beschwichtigen und zu beruhigen, und er, er zerrt Bruder Bedenberry zu sich ran und schlägt ihm mit der Hand ins Gesicht. Und das Weibervolk kreischt und schreit, sodass man nicht hören konnte, was Bruder Bedenberry zu ihm gesagt hat, man konnte bloß sehen, dass er nicht versucht hat zurückzuschlagen, nichts, und dann sind ein paar von den alten Männern, von den Diakonen, auf ihn zu gegangen und wollten mit ihm reden, und er hat Bruder Bedenberry losgelassen und ist rumgewirbelt und hat Pappy Thompson, der siebzig Jahre alt ist, mit einem Schlag niedergestreckt, sodass er auf die Trauerbank fiel, und dann hat er runtergelangt und sich einen Stuhl gegriffen und ihn rumgewirbelt und ist auf die anderen zugegangen, bis sie Platz gemacht haben. Und die Leute haben immer weiter geschrien und gekreischt und wollten alle nur raus. Dann hat er sich umgedreht und ist auf die Kanzel gestiegen, von wo Bruder Bedenberry auf der anderen Seite runtergestiegen war, und dann stand er da – er war ganz verschmutzt, die Hose, das Hemd, und das Gesicht schwarz von Bartstoppeln –, und hatte die Hände erhoben wie ein Prediger. Und dann fing er an zu fluchen, er hat laut zu den Leuten gebrüllt, und er hat Gott verflucht, lauter noch, als die Frauen kreischen konnten, und ein paar von den Männern haben versucht, Roz Thompson festzuhalten, den Sohn von Pappy Thompsons Tochter, der ein Meter achtzig ist und ein blankes Rasiermesser in der Hand hielt und brüllte: ‹Ich bring ihn um. Lasst mich los, Leute. Er hat meinen Grandpappy geschlagen. Ich bring ihn um. Lasst mich los, bitte, lasst mich los›, und die Leute wollten nur noch raus und haben sich schubsend durch den Mittelgang gedrängt und zur Tür raus, und er steht auf der Kanzel und verflucht Gott, und die Männer zerren Roz Thompson rückwärts nach draußen, und Roz fleht sie immer noch an, sie sollen ihn loslassen. Aber sie haben Roz rausgezogen, und wir haben uns im Gebüsch versteckt, und er hat noch immer drinnen von der Kanzel gebrüllt und geflucht. Dann, nach einer Weile, hat er aufgehört, und wir sehen, wie er an die Tür kommt und dort stehenbleibt. Und wieder mussten sie Roz festhalten. Er muss den Krach gehört haben, den sie gemacht haben, als sie Roz festhielten, jedenfalls fing er an zu lachen. Er stand in der Tür, hinter ihm das Licht, und hat laut gelacht, und dann hat er wieder geflucht, und wir konnten sehen, wie er von einer Kirchenbank ein Bein abriss und damit ausholte. Und dann hörten wir, wie die erste Lampe zerschellte, und in der Kirche wurde es dämmerig, dann hörten wir die zweite Lampe zerschellen, und da war es dunkel, und wir konnten ihn nicht mehr sehen. Und wo sie versucht haben, Roz festzuhalten, ging plötzlich ein furchtbarer Krach los, und alle flüsterten laut: ‹Haltet ihn fest! Haltet ihn fest! Haltet ihn! Haltet ihn!› Dann hat einer gebrüllt: ‹Er hat sich losgerissen›, und wir hörten, wie Roz zurück zur Kirche rennt, und Diakon Vines sagt zu mir: ‹Roz bringt ihn um. Spring auf ein Maultier und reite zum Sheriff. Sag ihm, was du gesehen hast.› Und keiner dort hat ihm was getan, Captain», sagte der Neger. «Wir kannten ihn ja gar nicht, kannten nicht mal seinen Namen. Haben ihn vorher nie gesehen. Und wir haben versucht, Roz zurückzuhalten. Aber Roz ist ein kräftiger Mann, und der andere hatte Roz' Grandpappy, der siebzig ist, niedergeschlagen, und Roz mit dem blanken Rasiermesser in der Hand, der scherte sich doch nicht drum, wen er sonst noch verletzten musste, um sich zurück zur Kirche durchzukämpfen, wo dieser weiße Kerl war. Aber so wahr mir Gott helfe, wir haben versucht, Roz festzuhalten.»

Das war's, was er erzählte, weil es das war, was er wusste. Er war sofort losgeritten. Zu dem Zeitpunkt, als er es erzählte, wusste er nicht, dass der Neger Roz bewusstlos in einer Hütte nahe der Kirche lag, mit gebrochenem Schädel, nachdem Christmas ihm, als Roz in die Kirche gestürzt kam, drinnen im Eingang, der zu dem Zeitpunkt im Dunkeln lag, mit dem Bein von der Kirchenbank auf den Kopf geschlagen hatte. Christmas schlug nur einmal zu, hart, wild, bei dem Geräusch näher kommender Schritte, beim Anblick der massigen Gestalt, die geradewegs durch die Tür gestürmt kam, und er hörte, wie sie unverzüglich zwischen den umgekippten Bänken krachend zu Boden stürzte und still war. Und Christmas sprang im selben Moment nach draußen ins Freie, wo er, immer noch das Bein von der Bank umklammernd, ruhig stehenblieb, kühl und gelassen, und nicht einmal sein Atem ging schwer. Er war ganz kühl, er schwitzte nicht; das Dunkel lag kühl auf ihm. Der Kirchhof war ein blasses Halbrund niedergetrampelter und zerstampfter Erde, geformt und umschlossen von Buschwerk und Bäumen. Er wusste, dass im Gebüsch lauter Neger saßen; er spürte ihre auf ihn gerichteten Augen. ‹Sie starren und starren›, dachte er. ‹Wissen nicht einmal, dass sie mich nicht sehen können.› Er atmete tief ein; er stellte fest, dass er abwägend das Bein von der Kirchenbank hob, neugierig, als wollte er es ausbalancieren, als er hätte er es nie zuvor angefasst. ‹Morgen schnitze ich eine Kerbe rein›, dachte er. Er stellte das Bein achtsam an die Wand neben sich und nahm aus seinem Hemd eine Zigarette und ein Streichholz. Als er das Streichholz anriss, hielt er inne, und beim Aufflackern der dürftigen gelben Flamme drehte er ein wenig den Kopf. Er hatte Hufe gehört. Er hörte, wie sie zu klappern begannen, wie sie schneller wurden und dann verklangen. ‹Ein Maultier›, sagte er mit klarer Stimme, nicht laut. ‹Auf dem Weg zur Stadt, mit der frohen Botschaft.› Er zündete sich die Zigarette an und schnipste das Streichholz fort und stand rauchend da, spürte die auf den winzigen glühenden Punkt gerichteten Negeraugen. Und obwohl er dort stehenblieb, bis er die Zigarette aufgeraucht hatte, war er die ganze Zeit auf der Hut. Er hatte sich mit dem Rücken an die Mauer gelehnt und hielt das Bein von der Kirchenbank wieder in der rechten Hand. Er rauchte die Zigarette bis zum letzten Zug, dann schnipste er den glimmenden Stummel so weit er konnte ins Gebüsch, wo er die kauernden Neger spürte. «Die Kippe ist für euch, Jungs», sagte er, und seine Stimme ertönte jäh und laut in der Stille. Im

Gebüsch, wo sie kauerten, sahen sie, wie die glimmende Kippe zu Boden segelte und dort noch einen Moment glühte. Aber sie konnten ihn nicht sehen, als er ging, auch nicht, in welche Richtung er ging.

Am nächsten Morgen um acht Uhr kam der Sheriff mit seinem Trupp und mit den Bluthunden. Sie machten sogleich einen Fund, woran die Hunde allerdings keinen Anteil hatten. Die Kirche stand verlassen, kein Neger war in Sicht. Die Männer betraten die Kirche und betrachteten ruhig die Trümmer. Dann kamen sie heraus. Die Hunde hatten sogleich eine Spur aufgenommen, doch ehe sie losstürmten, hatte ein Hilfssheriff ein Stück Papier gefunden, das im Spalt einer Planke an der Seitenwand der Kirche klemmte. Offenkundig war es von Menschenhand dorthin gesteckt worden, und als man es entfaltete, erwies es sich als eine leere Zigarettenschachtel, die aufgerissen und glatt gestrichen worden war; auf der weißen Innenseite stand eine mit Bleistift geschriebene Botschaft. Sie war kritzelig geschrieben, wie von ungeübter Hand, oder vielleicht im Dunkeln, und sie war nicht lang. Sie war namentlich an den Sheriff gerichtet und bestand aus einem einzelnen, nicht für den Druck geeigneten Satz, ohne Unterschrift. «Hab ich's Ihnen nicht gesagt?», sagte einer der Männer. Auch er war unrasiert und schmutzig, wie der Gejagte, den sie noch nicht einmal zu Gesicht bekommen hatten, und sein Gesicht wirkte angespannt und ein wenig wirr vor Enttäuschung, vor Empörung, und seine Stimme war heiser, als hätte er in jüngster Zeit eine Menge gebrüllt oder geredet, ohne dass man ihn angehört hatte. «Ich hab's Ihnen die ganze Zeit gesagt! Ich hab's Ihnen gesagt!»

«Was hast du mir gesagt?», fragte der Sheriff mit kalter, gleichmütiger Stimme und fixierte den anderen mit einem kalten, gleichmütigen Blick, die mit Bleistift geschriebene Botschaft in der Hand. «Was hast du mir gesagt?» Der andere sah den Sheriff an, empört, verzweifelt, bis zum Zerreißen gespannt; der

Hilfssheriff, der ihn ansah, dachte: ‹Wenn der die tausend Dollar nicht kriegt, dann fällt er tot um.› Sein Mund stand offen, wortlos starrte er den Sheriff mit verblüfftem und ungläubigem Erstaunen an. «Und ich hab dir auch was gesagt», sagte der Sheriff in seinem kargen, ruhigen Ton. «Wenn es dir nicht gefällt, wie ich die Sache hier leite, dann kannst du in der Stadt warten. Da gibt's ein gutes Plätzchen, wo du warten kannst. Wo es kühl ist und wo dir nicht so heiß wird wie hier draußen in der Sonne. Hab ich dir das nicht gesagt? Sprich.»

Der andere machte den Mund zu. Er sah weg, doch so, als kostete es ihn eine enorme Anstrengung. Und als kostete es ihn eine enorme Anstrengung, sagte er «Ja», mit trockener, erstickter Stimme.

Der Sheriff drehte sich schwerfällig um und zerdrückte die Botschaft. «Behalt das mal schön im Gedächtnis», sagte er. «Falls du überhaupt ein Gedächtnis hast, wo du was behalten kannst.» In dem frühen Sonnenlicht waren sie umringt von stillen, aufmerksamen Gesichtern. «Woran ich bei Gott meine Zweifel habe, falls das dich oder sonst jemanden interessiert.» Einer von den Männern lachte auf, einmal. «Ruhe da», sagte der Sheriff. «Gehen wir. Lass die Hunde laufen, Bufe.»

Die Hunde, die noch angeleint waren, wurden auf die Fährte gesetzt. Sie nahmen sie sofort auf. Die Spur war gut und wegen des Morgentaus leicht zu verfolgen. Offenbar hatte der Flüchtige sich gar nicht bemüht, sie zu verbergen. Sie konnten sogar den Abdruck seiner Knie und seiner Hände sehen, wo er gekniet hatte, um Wasser von einer Quelle zu trinken. «Ich habe noch nie einen Mörder erlebt, der so viel Verständnis für die Leute hatte, die ihn verfolgten», sagte der Hilfssheriff. «Aber dieser Idiot kommt nicht einmal auf die Idee, dass wir Hunde zu Hilfe nehmen könnten.»

«Wir haben die Hunde seit Sonntag jeden Tag auf ihn angesetzt», sagte der Sheriff. «Und wir haben ihn noch nicht erwischt.»

«Das waren kalte Spuren. Heute haben wir das erste Mal eine gute heiße Spur. Endlich hat er einen Fehler gemacht. Heute kriegen wir ihn. Vielleicht noch vor Mittag.»

«Wollen wir mal lieber abwarten», sagte der Sheriff.

«Sie werden sehen», sagte der Hilfssheriff. «Diese Spur ist schnurgerade wie eine Eisenbahnstrecke. Ich könnte sie fast selbst verfolgen. Sehen Sie hier. Da können Sie sogar seine Fußabdrücke sehen. Der verdammte Idiot hat nicht genug Verstand, dass er auf der Straße geht, im Staub, wo schon andere gegangen sind und wo die Hunde ihn nicht wittern können. Die Hunde finden das Ende der Fußspuren bestimmt noch vor zehn.»

Und so war es. Bald darauf bog die Spur im rechten Winkel scharf ab. Sie folgten ihr und kamen zu einer Straße, auf der sie weitergingen, hinter den mit gesenkten Köpfen eifrig vorauseilenden Hunden, die nach einer kurzen Strecke zu der anderen Straßenseite wechselten, wo ein Weg von einem Baumwollschuppen auf einem nahen Feld herunterführte und in die Straße einmündete. Die Hunde fingen an zu bellen, sie drehten sich, zerrten, sie kläfften laut, sanft, schallend; sie winselten und sprangen hoch vor Erregung. «Oh, dieser verdammte Idiot!», sagte der Hilfssheriff. «Hier hat er sich hingesetzt und Pause gemacht. Das sind seine Fußabdrücke, dieselben Gummiabsätze. Er ist jetzt höchstens noch eine Meile voraus! Los, Jungs!» Sie gingen weiter, die Leinen waren straff gespannt, die Hunde bellten, die Männer verfielen jetzt in einen leichten Trab. Der Sheriff wandte sich dem unrasierten Mann zu.

«Jetzt hast du die Gelegenheit, vorauszulaufen und ihn zu fangen, dann kriegst du die tausend Dollar», sagte er. «Warum machst du's nicht?»

Der Mann antwortete nicht; sie alle hatten kaum noch Luft zum Reden, besonders als die Hunde, die immer noch an den Leinen zerrten und wild kläfften, nach ungefähr einer Meile von der Straße abbogen und einem Weg folgten, der in Schleifen einen Hügel hinauf und in ein Maisfeld führte. Hier hörten sie auf zu bellen, aber ihr Eifer nahm, so schien es, eher noch zu; die Männer fingen an zu rennen. Hinter dem mannshohen Mais stand eine Negerhütte. «Da ist er drin», sagte der Sheriff und zog seine Pistole. «Seht euch jetzt vor, Leute. Er hat inzwischen bestimmt eine Waffe.»

Alles geschah raffiniert und geschickt: Das Haus wurde von versteckten Männern mit gezogenen Pistolen umstellt, und der Sheriff, dem der Hilfssheriff folgte, presste sich ungeachtet seiner Leibesfülle rasch und geschmeidig an die Hüttenwand, sodass er von keinem Fenster aus gesehen werden konnte. Immer dicht an der Wand entlang lief er um die Ecke, stieß mit dem Fuß die Tür auf und sprang, die Pistole vor sich haltend, in die Hütte hinein. Drinnen war ein Negerkind. Das Kind war splitternackt, es saß in der kalten Asche der Feuerstelle und aß etwas. Es war offenbar allein, doch im nächsten Moment erschien in einer Tür im Innern der Hütte eine Frau; ihr Mund stand weit offen, und um ein Haar wäre ihr die eiserne Pfanne aus der Hand gefallen. Sie hatte Männerschuhe an, die einer aus dem Trupp als die Schuhe des Flüchtigen identifizierte. Sie erzählte ihnen von dem weißen Mann auf der Straße, kurz vor Tagesanbruch, der mit ihr die Schuhe getauscht und sich ein Paar derbe Lederschuhe von ihrem Mann, die sie gerade trug, angezogen hatte. Der Sheriff hörte zu. «Das war ganz in der Nähe eines Baumwollschuppens, stimmt's?», fragte er. Sie sagte ja. Er kehrte zu seinen Männern zurück, zu den angeleinten, eifrigen Hunden. Er sah zu den Hunden hinunter, und die Männer bestürmten ihn mit Fragen und verstummten, als sie sein Gesicht sahen. Sie sahen zu, wie er seine Pistole wieder in die Tasche steckte, sich umdrehte und jedem der beiden Hunde einen kräftigen Tritt versetzte. «Bringt die verdammten Eierlutscher wieder in die Stadt», sagte er.

Aber der Sheriff war ein guter Sheriff. Er wusste ebenso gut wie seine Männer, dass er zu dem Baumwollschuppen zurückkehren würde, wo Christmas sich, wie er glaubte, die ganze

Zeit versteckt gehalten hatte, auch wenn er jetzt wusste, dass Christmas, wenn sie wieder hinkämen, nicht mehr da wäre. Sie hatten einige Mühe, die Hunde von der Hütte wegzubringen, und so war es schon zehn Uhr, in der Hitze der grellen Vormittagssonne, als sie den Baumwollschuppen umstellten, sorgfältig und geschickt und lautlos, und nach allen Regeln der Kunst, wenn auch ohne große Hoffnung, mit gezogenen Pistolen zum Überraschungsangriff übergingen – und lediglich eine erstaunte und erschreckte Feldratte fanden. Und der Sheriff ließ die Hunde herbeischaffen, obwohl sie sich geweigert hatten, sich dem Baumwollschuppen auch nur zu nähern; sie hatten sich sogar geweigert, die Straße zu verlassen, hatten an den Leinen gezerrt und sich in die Halsbänder gestemmt und beide zugleich die Köpfe zurückgewandt, in Richtung der Hütte, von der sie gerade weggezerrt worden waren. Es bedurfte der ganzen Kraft zweier Männer, sie heranzuholen, und sobald die Leinen gelockert wurden, sprangen sie gleichzeitig auf und rannten um den Baumwollschuppen herum, durch ebendie Spuren, die der Flüchtige in den hohen, noch vom Tau benetzten Gräsern im Schatten des Schuppens hinterlassen hatte, und rannten springend und zerrend zurück zur Straße, wo sie die Männer gut fünfzig Meter hinter sich herzogen, bevor es denen gelang, die Leinen um einen jungen Baum zu schlingen und die Hunde zu stoppen. Diesmal versetzte der Sheriff ihnen nicht einmal einen Tritt.

Schließlich verhallen der Lärm und die Warnrufe, der Tumult und das Getöse der Jagd werden schwächer, entfernen sich, sodass er sie nicht mehr hört. Er war nicht, wie der Sheriff glaubte, in dem Baumwollschuppen, als der Mann und die Hunde dort vorbeikamen. Er hatte dort nur gerade lange genug verweilt, um sich die derben Schuhe zuzuschnüren: die schwarzen Schuhe, die schwarzen, nach Neger riechenden Schuhe. Sie sahen aus, als wären sie mit einer stumpfen Axt aus Eisenerz geschlagen worden. Er blickte auf die derbe, grobe, plumpe Unförmigkeit hinunter und stieß ein «Hah» durch die Zähne. Ihm war, als könnte er sich selbst sehen, wie er von weißen Männern endlich in den schwarzen Abgrund gejagt wurde, der auf ihn wartete, der ihn seit dreißig Jahren zu ertränken suchte und in den er sich nun schließlich tatsächlich begeben hatte, denn jetzt trug er an seinen Füßen die deutliche und unauslöschliche Markierung des steigenden Pegels.

Der Morgen graut, erstes Tageslicht: dieser graue, einsame Schwebezustand, erfüllt vom friedlichen, zögernden Erwachen der Vögel. Beim Einatmen ist die Luft wie Quellwasser. Er atmet tief und langsam, spürt, wie er sich bei jedem Atemzug mit dem neutralen Grau vermischt und eins wird mit Einsamkeit und Stille, die nie Wut oder Verzweiflung kennengelernt haben. ‹Mehr habe ich gar nicht gewollt›, denkt er in ruhigem, langsamem Staunen. ‹Nicht mehr, dreißig Jahre lang. Das war doch wohl nicht zu viel verlangt, in dreißig Jahren.›

Seit Mittwoch hat er nicht viel geschlafen, und jetzt ist ein neuer Mittwoch gekommen und wieder vergangen, doch das weiß er nicht. Wenn er über Zeit nachdenkt, kommt es ihm jetzt so vor, als hätte er dreißig Jahre lang innerhalb einer ordentlichen Kette von Tagen, die Namen und Zahlen hatten, gelebt wie hinter Zaunlatten, und eines Abends hätte er sich schlafen gelegt, und als er aufwachte, wäre er außerhalb des Zauns gewesen. Eine Zeit lang, nachdem er an jenem Freitagabend geflohen war, hatte er mit den Tagen Schritt zu halten versucht, nach alter Gewohnheit. Einmal, nachdem er eine ganze Nacht in einem Heuhaufen verbracht hatte, war er so früh wach gewesen, dass er beobachten konnte, wie das Farmhaus erwachte. Er sah, wie vor Tagesanbruch eine Lampe in der Küche gelb aufleuchtete, und dann hörte er in dem grauen Nochdunkel das langsame Schlagen einer Axt und Bewegungen, Bewegungen eines Mannes zwischen den Geräuschen erwachender Rinder im nahen Stall. Dann konnte er Rauch riechen und Essen, warmes, kräftiges

Essen, und er sagte zu sich selbst, wieder und wieder *Ich habe nicht gegessen seit ich habe nicht gegessen seit* und versuchte sich zu erinnern, wie viele Tage seit jenem Freitag in Jefferson, als er in dem Restaurant zu Abend gegessen hatte, vergangen waren, bis nach einer Weile, während er still dalag und darauf wartete, dass die Männer gegessen hatten und aufs Feld gingen, der Name des Wochentags ihm wichtiger war als das Essen. Denn als die Männer endlich gegangen waren und er hinunterstieg, hinaustrat in die gleichmäßig scheinende, narzissengelbe Sonne und zu der Küchentür ging, bat er gar nicht um etwas zu essen. Dabei hatte er das tun wollen. Er konnte fühlen, wie sich die harschen Wörter in seinem Kopf, gleich hinter dem Mund, ordneten. Und dann kam die hagere, lederhäutige Frau an die Tür und sah ihn an, und er sah Entsetzen und Erkennen und Furcht in ihren Augen, und während er dachte *Sie erkennt mich. Sie hat davon gehört* hörte er seinen Mund leise sagen: «Können Sie mir sagen, was für ein Tag heute ist? Ich möchte nur wissen, was für ein Tag heute ist.»

«Was für ein Tag?» Ihr Gesicht war hager wie seins, ihr Körper war ebenso mager, ebenso unermüdlich, so getrieben. Sie sagte: «Machen Sie, dass Sie hier wegkommen! Heute ist Dienstag! Machen Sie, dass Sie hier wegkommen! Ich rufe meinen Mann!»

Er sagte mit ruhiger Stimme «Danke», und schon schlug die Tür zu. Dann rannte er. Er wusste nicht, wann er angefangen hatte zu rennen. Eine Weile dachte er, er renne, weil er ein Ziel habe und dass er nun darauf zurenne und dass seinem Rennen das plötzlich eingefallen sei und dass darum sein Verstand nicht wissen müsse, warum er rannte, zumal das Rennen nicht schwer war. Es war sogar ganz einfach. Er fühlte sich ganz leicht, schwerelos. Noch bei weit ausholenden Schritten schienen seine Füße langsam und leicht und mit bedachter Zufälligkeit über eine Erde ohne Festigkeit zu gleiten, bis er fiel. Da war nichts, worüber er gestolpert wäre. Er schlug einfach der Länge nach hin, glaubte jedoch eine Zeit lang, er sei noch immer auf den Beinen und renne noch. Aber er lag auf dem Boden, das Gesicht in einem flachen Graben am Rand eines gepflügten Felds. Dann sagte er: «Ich sollte wohl besser aufstehen.» Als er sich aufsetzte, stellte er fest, dass die auf halber Höhe am Himmel stehende Sonne jetzt von der anderen Seite her auf ihn schien. Zuerst glaubte er, er habe sich einfach nur umgedreht. Dann bemerkte er, dass es inzwischen, obwohl er meinte, er habe sich sofort wieder aufgesetzt, Abend geworden war. Dass es Morgen gewesen war, als er beim Rennen hinfiel, und dass es nun Abend war. ‹Ich habe geschlafen›, dachte er. ‹Ich habe über sechs Stunden geschlafen. Ich muss beim Rennen eingeschlafen sein, ohne dass ich's gemerkt hab. So muss es sein.›

Er war nicht überrascht. Zeit, die Zeiten von Licht und Dunkel hatten seit langem nichts Geordnetes mehr. Es konnte jetzt das eine oder das andere sein, offenbar von einem Moment zum andern, zwischen zwei Lidschlägen, ohne Vorwarnung. Er konnte nie wissen, wann er vom einen zum andern hinübergehen, wann er feststellen würde, dass er geschlafen hatte, ohne sich daran zu erinnern, dass er sich hingelegt hatte, oder wann er feststellen würde, dass er wieder ging, ohne sich daran zu erinnern, dass er aufgewacht war. Manchmal kam es ihm so vor, dass auf eine Nacht, die er schlafend im Heu, in einem Graben oder unter einem verlassenen Dach verbracht hatte, unmittelbar eine weitere Nacht folgte, ohne das Intervall des Tages, ohne Tageslicht dazwischen, bei dem er sehen und fliehen konnte, oder dass auf einen Tag ein weiterer, von hastigem Fliehen ausgefüllter Tag folgte, ohne eine Nacht dazwischen oder ein Intervall zum Ausruhen, als wäre die Sonne nicht untergegangen, sondern stattdessen, bevor sie den Horizont erreichte, am Himmel umgekehrt und hätte ihren Weg in die entgegengesetzte Richtung genommen. Wenn er im Gehen einschlief, oder gar im Knien, beim Trinken aus einer Quelle, konnte er nie wissen, ob seine Augen, wenn sie sich wieder öffneten, Sonnenschein oder das Licht der Sterne erblickten.

Eine Zeit lang war er ununterbrochen hungrig gewesen. Er las faulendes, wurmstichiges Obst auf und aß es; manchmal kroch er in ein Feld, zog die Halme zu sich herunter und nagte an den reifen Maiskörnern, die hart wie Kartoffelreiben waren. Er dachte dauernd ans Essen, stellte sich Gerichte, Mahlzeiten vor. Dann dachte er an das Mahl, das vor drei Jahren für ihn auf dem Küchentisch gestellt worden war, und erlebte noch einmal die gleichmäßige, bewusst ausholende Bewegung seines Arms, als er die Schüsseln an die Wand geworfen hatte, und er krümmte sich im qualvollen Schmerz des Bedauerns, der Reue und des Zorns. Dann hatte er eines Tages keinen Hunger mehr. Es kam plötzlich und friedlich. Er war gelassen, ruhig. Doch er wusste, dass er essen musste. Er zwang sich, das faulende Obst, die harten Maiskörner zu essen, langsam kauend, ohne etwas zu schmecken. Er aß gewaltige Mengen davon, was zu Anfällen von blutendem Durchfall führte. Doch unmittelbar darauf war er aufs Neue von dem zwanghaften Bedürfnis, dem Drang zu essen erfüllt. Seine Zwanghaftigkeit war jetzt nicht auf das Essen gerichtet, sondern auf die Notwendigkeit zu essen. Er versuchte sich zu erinnern, wann er zuletzt eine gute, gekochte Mahlzeit gegessen hatte. Er meinte sich zu erinnern, an ein Haus irgendwo, eine Hütte, Haus oder Hütte, weiß oder schwarz: Er wusste nicht mehr, was es gewesen war. Dann, während er ganz still dasaß, mit einem Ausdruck des verzückten Staunens in seinem hageren, kranken, stoppligen Gesicht, roch er Neger. Regungslos (an einen Baum bei einer Quelle gelehnt, den Kopf nach hinten gelegt, die Hände im Schoß, das Gesicht erschöpft und friedlich) saß er da und roch und sah Negergerichte, Negerspeisen. Es war in einem Zimmer. Er wusste nicht, wie er dahin gekommen war. Aber das Zimmer war erfüllt von Flucht und jäher Bestürzung, als wären eben erst überstürzt und in Angst Menschen daraus geflohen. In einer Leere, einem von Flucht erfüllten Schweigen saß er an einem Tisch, wartete, dachte an nichts. Dann stand Essen vor ihm, es erschien plötzlich, von langen, geschmeidigen schwarzen Händen gereicht, auch sie schon auf der Flucht, während sie noch die Schüsseln auf den Tisch setzten. Ihm war, als könnte er rings um sich herum, ohne sie zu hören, zwischen den Geräuschen des Kauens und Schluckens Klage- und Kummerlaute hören, leiser als Seufzer. «Das war in einer Hütte», dachte er. «Und sie hatten Angst. Hatten Angst vor ihrem Bruder.»

In jener Nacht kam ihm ein sonderbarer Gedanke. Er lag da, bereit zu schlafen, doch ohne zu schlafen und anscheinend ohne den Schlaf zu brauchen, so wie er seinen Magen für die Aufnahme von Nahrung bereit zu machen pflegte, die dieser weder zu wünschen noch zu brauchen schien. Es war ein sonderbarer Gedanke deshalb, weil er weder Herkunft noch Anlass, noch Erklärung dafür finden konnte. Er merkte, dass er versuchte, den Tag der Woche auszurechnen. Es war, als hätte er jetzt endlich ein wirkliches, dringendes Anliegen, die vollendeten Tage im Hinblick auf einen Zweck, auf einen bestimmten Tag oder eine bestimmte Tat auszustreichen, und wollte dabei weder zu kurz zielen noch über das Ziel hinausschießen. Mit diesem Anliegen in seinen Gedanken fiel er in den komatösen Zustand, zu dem das Schlafen inzwischen für ihn geworden war. Als er im Taugrau der Morgendämmerung erwachte, hatte sich das Anliegen so kristallisiert, dass es ihm nicht mehr sonderbar vorkam.

Eben dämmert der Morgen, der Tag bricht an. Er steht auf und steigt zu der Quelle hinunter und nimmt das Rasiermesser, den Pinsel und die Seife aus seiner Tasche. Doch es ist noch zu dämmrig, als dass er sein Gesicht im Wasser deutlich sehen könnte, also setzt er sich an die Quelle und wartet, bis er besser sehen kann. Dann seift er sich das Gesicht ein, geduldig, mit dem harten, kalten Wasser. Sein Hand zittert, trotz der Dringlichkeit spürt er eine Mattigkeit, sodass er sich antreiben muss.

Das Rasiermesser ist stumpf; er versucht es an der Seite seines einen Schuhs zu wetzen, doch das Leder ist eisenhart und feucht vom Tau. Er rasiert sich recht und schlecht. Seine Hand zittert; es gelingt ihm nicht sehr gut, er schneidet sich drei-, viermal und stillt das Blut mit dem kalten Wasser, bis es aufhört. Er steckt die Rasiersachen ein und macht sich auf den Weg. Er folgt einer geraden Linie, obwohl es leichter wäre, auf dem Kamm zu gehen. Nach einer kurzen Strecke kommt er zu einer Straße und setzt sich an den Rand. Es ist eine ruhige Straße, die ruhig daherkommt und wieder verschwindet; der blasse Staub ist nur von wenigen schmalen Rädern, von Pferde- und Maultierhufen und hin und wieder von Abdrücken menschlicher Füße markiert. Er sitzt am Straßenrand, ohne Jacke, das ehemals weiße Hemd und die ehemals gebügelte Hose schmutzig und fleckig, sein hageres Gesicht stellenweise fleckig von Stoppeln und von getrocknetem Blut, und schüttelt sich langsam vor Müdigkeit und Kälte, während die Sonne aufsteigt und ihn wärmt. Nach einer Weile kommen zwei Negerkinder um die Biegung der Straße und nähern sich. Sie sehen ihn erst, als er spricht. Sie bleiben wie versteinert stehen und sehen ihn mit weißrollenden Augen an. «Welcher Wochentag ist heute?», fragt er wieder. Sie sagen kein Wort, starren ihn an. Er macht eine leichte Bewegung mit dem Kopf. «Geht weiter», sagt er. Sie gehen weiter. Er sieht ihnen nicht nach. Er sitzt da und blickt nachsinnend, wie es scheint, auf die Stelle, wo sie gerade gestanden haben, als wären sie für ihn beim Weggehen einfach aus zwei Hüllen herausspaziert. Er sieht nicht, dass sie jetzt rennen.

Während er da sitzt und die Sonne ihn langsam wärmt, schläft er ein, ohne es zu merken, denn das Nächste, was er wahrnimmt, ist ein gewaltiges Klappern von ratterndem und rasselndem Holz und Metall und trottenden Hufen. Er macht die Augen gerade rechtzeitig auf, um zu sehen, wie das Fuhrwerk schaukelnd um die Kurve rast und seiner Sicht entschwindet, während die Leute auf dem Wagen über die Schulter zu ihm zurückblicken und die Hand des Kutschers mit der Peitsche auf und nieder saust. ‹Die haben mich auch erkannt›, denkt er. ‹Die und die weiße Frau. Und die Neger, wo ich damals gegessen habe. Sie alle hätten mich fangen können, wenn sie das gewollt hätten. Denn das wollen sie doch alle: dass ich gefangen werde. Aber zuerst laufen sie weg. Sie alle wollen, dass ich gefangen werde, und wenn ich dann komme und sage: Hier bin ich *Ja, würde ich sagen, Hier bin ich, ich bin es müde wegzulaufen, mein Leben zu tragen, als wäre es ein Korb Eier* dann laufen sie alle weg. Als ob es eine Regel gäbe, wie man mich fangen soll, und als wäre es, wenn sie mich einfach so fingen, nicht nach der Regel.›

Er zieht sich also wieder ins Gebüsch zurück. Diesmal ist er auf der Hut und hört das Fuhrwerk, bevor es in Sicht kommt. Er zeigt sich erst, als der Wagen mit ihm auf gleicher Höhe ist. Dann tritt er vor und ruft: «He.» Das Fuhrwerk bleibt ruckend stehen. Auch der Kopf des Negerkutschers ruckt; auch in sein Gesicht tritt das Erstaunen, dann das Erkennen und das Entsetzen. «Was für ein Tag ist heute?», fragt Christmas.

Der Neger starrt ihn an, mit offenem Mund. «W– was haben Sie gesagt?»

«Welcher Wochentag ist heute? Donnerstag? Freitag? Welcher? Welcher Tag? Ich tue dir nichts.»

«Es ist Freitag», sagt der Neger. «Oh, Herr im Himmel, es ist Freitag.»

«Freitag», sagt Christmas. Wieder macht er eine ruckende Kopfbewegung. «Fahr weiter.» Die Peitsche fällt, die Maultiere springen vorwärts. Auch dieses Fuhrwerk entschwindet in fliegender Hast seinem Blick, während die Peitsche auf und nieder geht. Doch Christmas hat sich schon abgewandt und ist wieder im Gehölz verschwunden.

Und wieder ist sein Weg schnurgerade, wie die Linie eines Landvermessers, ohne Rücksicht auf Hügel und Tal und Sumpf. Doch er eilt nicht. Er ist wie einer, der weiß, wo er ist und wohin er will und wie viel Zeit auf die Minute genau er hat, um dort hinzukommen. Es ist, als wünschte er sich, die Erde, wo er geboren wurde, in all ihren Stadien zum ersten oder zum letzten Mal zu sehen. Er ist auf dem Land zum Mann herangewachsen, wo, wie bei dem Matrosen, der nicht schwimmen kann, seine körperliche Gestalt und sein Denken von den dortigen Zwängen geformt wurden, ohne dass er damals etwas über die eigentliche Gestalt und das Wesen des Landes erfahren hätte. Eine Woche lang hatte er nun, sich verbergend und duckend, in den geheimen Nischen des Landes verbracht, und dennoch ist er den so unveränderlichen Gesetzen gegenüber, denen die Erde gehorchen muss, ein Fremder geblieben. Eine Weile lang, während er stetig weitergeht, denkt er, das sei es – das Sehen und das Wahrnehmen –, was ihm Frieden und Unhast und Ruhe schenkt, bis ihm plötzlich die richtige Antwort kommt. Er fühlt sich trocken und leicht. ‹Ich brauche mich nicht mehr zu sorgen, dass ich essen muss›, denkt er. ‹Das ist es.›

Bis Mittag ist er acht Meilen gegangen. Jetzt kommt er an einen breiten Kiesweg, eine Chaussee. Diesmal hält das Fuhrwerk ruhig an, als er die Hand hebt. In dem Gesicht des Negerjungen, der es kutschiert, steht weder Erstaunen noch Erkennen. «Wohin führt diese Straße?», fragt Christmas.

«Mottstown. Da fahr ich hin.»

«Mottstown. Fährst du auch nach Jefferson?»

Der Junge reibt sich den Kopf. «Weiß nich, wo das is. Ich fahr nach Mottstown.»

«Oh», sagt Christmas. «Ich verstehe. Du bist nicht von hier.»

«Nein, Sir. Ich wohn zwei Bezirke weg von hier. Bin seit drei Tagen unterwegs. Ich fahr nach Mottstown, ein Kalb abholen, das Pappy gekauft hat. Wollen Sie nach Mottstown?»

«Ja», sagt Christmas. Er steigt auf und setzt sich auf die Bank neben den Jungen. Das Fuhrwerk fährt an. ‹Mottstown›, denkt er. Jefferson ist nur zwanzig Meilen entfernt. ‹Jetzt kann ich eine Weile loslassen›, denkt er. ‹Sieben Tagen lang hab ich nicht losgelassen, aber jetzt werde ich, glaube ich, eine Weile loslassen.› Er denkt, dass er, wenn er so sitzt, bei dem einlullenden Geschaukel des Wagens vielleicht einschlafen wird. Aber er schläft nicht. Er ist weder schläfrig noch hungrig, noch gar müde. Er ist irgendwo mitten dazwischen, in der Schwebe, und schwankt mit dem Schwanken des Fuhrwerks, ohne zu denken, ohne etwas zu empfinden. Er hat den Überblick über Zeit und Entfernung verloren; vielleicht ist eine Stunde vergangen, vielleicht sind es drei. Der Junge sagt:

«Mottstown. Da is es.»

Er blickt auf und sieht den Rauch tief am Himmel, hinter einer kaum wahrnehmbaren Biegung; jetzt ist er wieder auf der Straße, die sich dreißig Jahre lang hingezogen hat. Es ist eine gepflasterte Straße gewesen, auf der man schnell vorankam. Sie hatte einen Kreis beschrieben, und er ist immer noch innerhalb des Kreises. Obwohl er in den letzten sieben Tagen keine gepflasterte Straße gesehen hat, ist er doch weiter herumgekommen als in all den dreißig Jahren davor. Und immer noch ist er innerhalb des Kreises. ‹Und doch bin ich weiter weg gewesen in diesen sieben Tagen als in all den dreißig Jahren›, denkt er. ‹Aber ich bin nie aus dem Kreis rausgekommen. Ich bin nie ausgebrochen aus dem Ring dessen, was ich schon getan hab und nie ungeschehen machen kann›, denkt er, während er auf der Bank sitzt, vor sich auf dem Fußbrett die Schuhe, die schwarzen Schuhe, die nach Neger riechen: Die Markierung an seinen Knöcheln der Pegelstand, deutlich und unauslöschlich, der Stand der schwarzen Flut, die an seinen Beinen heraufkriecht, von den Füßen aufwärts, wie es der Tod tut.

XV

Als Christmas an diesem Freitag in Mottstown gefangen genommen wurde, lebte in der Stadt ein altes Ehepaar namens Hines. Sie waren ziemlich alt. Sie lebten in einem kleinen eingeschossigen Haus in einem Negerviertel; wie und wovon, das wusste die Stadt nicht, da sie anscheinend in schmutziger Armut und völliger Untätigkeit lebten und Hines, soweit die Stadt wusste, seit fünfundzwanzig Jahren keiner Arbeit, keiner regelmäßigen Arbeit nachgegangen war.

Sie waren vor dreißig Jahren nach Mottstown gekommen. Eines Tages stellte die Stadt fest, dass die Frau sich in dem kleinen Haus eingerichtet hatte, in dem die beiden seither lebten, obwohl Hines in den ersten fünf Jahren immer nur einmal im Monat, übers Wochenende, zu Hause gewesen war. Bald wurde bekannt, dass er irgendeine Art Stellung in Memphis hatte. Was genau es war, wurde nicht bekannt, denn schon damals war er ein verschlossener Mann; er hätte ebenso fünfunddreißig wie auch fünfzig sein können, und in seinem Blick war etwas, das von kaltem, gewalttätigem Fanatismus und einem Anflug von Wahnsinn sprach und Fragen oder Neugier von vornherein ausschloss. Die Stadt hielt die beiden für ein bisschen beschränkt – einsam, grau in grau, ein bisschen kleiner als die meisten anderen Männer und Frauen, als gehörten sie einer anderen Rasse, einer anderen Spezies an –, obwohl manche Leute ihn in den ersten fünf, sechs Jahren, nachdem er sich anscheinend dauerhaft in Mottstown, in dem kleinen Haus, wo seine Frau wohnte, niedergelassen hatte, für unterschiedliche kleinere Arbeiten anheuerten, die ihrer Ansicht nach in seinen Kräften standen. Doch mit der Zeit hörte er auch damit auf. Eine Weile wunderte sich die Stadt, wovon die beiden jetzt wohl lebten, dann vergaß sie, darüber Mutmaßungen anzustellen, so wie die Stadt sich später, als sie erfuhr, dass Hines zu Fuß über Land ging und in Negerkirchen Erweckungsgottesdienste abhielt und dass hin und wieder Negerfrauen mit Schüsseln, die offenkundig Essen enthielten, gesehen wurden, wie sie das Haus durch die Hintertür betraten und mit leeren Händen wieder herauskamen, eine Zeit lang darüber wunderte und es dann vergaß. Mit der Zeit vergaß die Stadt entweder oder sie verzieh all das, was sie bei einem jungen Mann gegeißelt hätte, weil Hines ein alter Mann und harmlos war. Man sagte einfach: «Die sind verrückt, verrückt mit ihren Vorstellungen von Negern. Vielleicht sind sie Yankees», und ließ es dabei bewenden. Vielleicht aber war das, was man verzieh, nicht die Hingabe des Mannes, der sich der Rettung von Negerseelen verschrieben hatte, sondern das öffentliche Ignorieren der Tatsache, dass die beiden milde Gaben aus Negerhänden empfingen, denn es ist eine glückliche Fähigkeit des menschlichen Geistes, abzustreifen, was das Gewissen zu verinnerlichen sich weigert.

Fünfundzwanzig Jahre lang also hatte das alte Paar keinerlei sichtbare Unterhaltsmittel gehabt, und die Stadt hatte ihr kollektives Auge vor den Negerfrauen und den zugedeckten Schüsseln und Töpfen verschlossen, zumal manche der Schüsseln und Töpfe aller Wahrscheinlichkeit nach unangetastet aus weißen Küchen, wo die Negerfrauen kochten, zu ihnen getragen worden waren. Vielleicht gehörte das zu den Dingen, die der menschliche Geist abstreift. Jedenfalls sah die Stadt nicht hin, und fünfundzwanzig Jahre lang hatte das Paar in dem trüben Brackwasser seiner Einsamkeit und Isolierung gelebt – so wie zwei Moschusochsen, die sich vom Nordpol her verirrt hatten, oder zwei heimatlose, aus einer Epoche vor der Eiszeit übrig gebliebene Tiere.

Die Frau wurde kaum je gesehen, doch der Ehemann – bekannt als Uncle Doc – war eine regelmäßige Erscheinung auf dem Platz: ein schmuddeliger kleiner Mann mit einem Gesicht, das einst entweder mutig oder gewalttätig gewirkt hatte – entweder war er ein Visionär oder ein ausgemachter Egoist –, kragenlos, in schmutzigen Bluejeans, mit einem schweren Stock aus geschältem Hickoryholz, der um den Griff so dunkel wie Walnussholz und so glatt wie Glas war. Anfangs, als er noch in Memphis tätig war, hatte er bei seinen monatlichen Besuchen ein wenig von sich erzählt, mit einem Selbstbewusstsein, wie es dem Unabhängigen eigen ist und das in seinem Fall darüber hinaus von einer weiteren Eigenschaft zeugte; als wäre er zu einem bestimmten Zeitpunkt in seinem Leben sogar noch etwas mehr als nur unabhängig gewesen, und das vor nicht einmal langer Zeit. Er hatte nichts von einem Geschlagenen an sich. Es war vielmehr das Selbstbewusstsein eines Mannes, dem die Befehlsgewalt über niedrigergestellte Menschen oblegen hatte und der freiwillig und aus einem Grund, den seiner Überzeugung nach kein anderer in Zweifel ziehen oder begreifen konnte, sein Leben verändert hatte. Doch was er von sich und seiner gegenwärtigen Beschäftigung erzählte, ergab, trotz aller scheinbaren Kohärenz, keinen Sinn. Deshalb glaubte man damals schon, dass er ein bisschen verrückt sei. Nicht dass es so aussah, als suchte er etwas Bestimmes zu verbergen, indem er etwas anderes erzählte. Es war vielmehr so, dass seine Rede, sein Erzählen einfach nicht mit dem zusammenpasste, was nach Ansicht seiner Zuhörer dem Wirkungskreis eines einzelnen Menschen entsprach (und entsprechen musste). Manchmal kamen sie zu dem Schluss, dass er einst Geistlicher gewesen war. Dann wiederum sprach er von Memphis, der Stadt, in vagen und großartigen Tönen, als hätte er dort sein Leben lang ein wichtiges, wenn auch bisher nicht genanntes städtisches Amt bekleidet. «Klar», sagten die Männer in Mottstown hinter seinem Rücken, «er war dort Inspektor bei der Eisenbahn. Er hat mit einer roten Flagge mitten auf einem Bahnübergang gestanden, sooft ein Zug vorbeifuhr», oder: «Er ist ein bedeutender Zeitungsmann. Sammelt die alten Zeitungen unter den Parkbänken auf.» Sie sagten ihm das nicht ins Gesicht, auch nicht die Dreistesten unter ihnen, auch nicht diejenigen, die aus höchst fragwürdigen Gründen in dem Ruf standen, schlagfertig zu sein.

Dann verlor er die Arbeit in Memphis, oder er gab sie auf. An einem Wochenende kam er nach Hause, und am darauffolgenden Montag ging er nicht wieder fort. Von da an war er den ganzen Tag in der Stadt, auf dem Platz, wortkarg, schmuddelig, mit dem wilden, abweisenden Ausdruck um die Augen, den die Leute für Wahnsinn hielten: Es war diese Art erschöpfter Gewalttätigkeit, die ihm wie ein Geruch anhing, ein Odeur; dieser einer ersterbenden, fast schon erloschenen Glut gleichende Fanatismus, eine Art doppelfäustiger Verkündigungseifer, der zu einem Viertel aus gewaltbereiter Überzeugung und zu drei Vierteln aus physischer Unverfrorenheit bestanden hatte. Deshalb waren sie nicht sonderlich überrascht, als sie erfuhren, dass er im ganzen Bezirk unterwegs war, meist zu Fuß, und in Negerkirchen predigte, und auch nicht, als sie ein Jahr darauf erfuhren, was sein Thema war. Dass dieser weiße Mann, der für seinen Unterhalt nahezu vollständig von der Freigebigkeit und den milden Gaben der Neger abhängig war, allein in entlegene Negerkirchen ging, die Gottesdienste unterbrach und auf die Kanzel stieg, um den Leuten mit seiner harschen dumpfen Stimme und zuweilen mit wilder Obszönität Demut vor jeder Hautfarbe, die heller als ihre eigene war, zu predigen, ja, die Überlegenheit der weißen Rasse zu predigen, wobei er sich selbst als Musterbeispiel hinstellte – ein fanatisches unbewusstes Paradox. Die Neger glaubten, dass er wahnsinnig sei, angerührt von Gott, oder dass er einmal Gott angerührt habe. Wahrscheinlich hörten sie dem, was er sagte, nicht zu, oder verstanden nicht viel davon. Vielleicht glaubten sie, er selbst sei Gott, da Gott für sie ebenfalls ein Weißer war und auch sein Tun ein wenig unerklärlich.

Er war in der Stadt an dem Nachmittag, als Christmas' Name zum ersten Mal die Straße auf und ab flog und die Jungen und

Männer – die Händler, die Verkäufer, die Müßiggänger und die Neugierigen, wobei die Männer vom Lande in ihren Overalls in der Überzahl waren – zu rennen begannen. Auch Hines rannte. Aber er konnte nicht so schnell rennen, und er war auch nicht groß genug, um über die dichtgedrängten Schultern zu blicken, als er ankam. Trotzdem versuchte er so brutal und besessen wie jeder andere dort, wie in einem Aufbranden der alten Gewalt, die sein Gesicht gezeichnet hatte, sich in die laute, wogende Gruppe zu drängen; er klammerte sich an die Rücken und begann schließlich, mit seinem Stock auf sie einzuschlagen, bis einige der Männer sich umdrehten, ihn erkannten und ihn packten, während er um sich schlug und mit dem schweren Stock auf sie eindrosch. «Christmas?», rief er. «Haben sie Christmas gesagt?»

«Christmas!», brüllte einer der Männer, die ihn hielten, zurück, und auch sein Gesicht war verzerrt, und seine Augen funkelten. «Christmas! Der weiße Nigger, der letzte Woche den Mord drüben in Jefferson begangen hat!»

Hines funkelte den Mann an, in seinem zahnlosen Mund schäumte weißer Speichel. Dann schlug er wieder um sich, wild fluchend – ein gebrechlicher kleiner alter Mann mit den leichten, zerbrechlichen Knochen eines Kindes, der sich mit seinem Stock freizukämpfen versuchte, sich in die Mitte des Kreises zu prügeln versuchte, wo mit blutendem Gesicht der Gefangene stand. «Schon gut, Uncle Doc!», sagten sie und hielten ihn fest. «Schon gut, Uncle Doc. Sie haben ihn. Er kann nicht entwischen. Schon gut.»

Aber er schlug um sich und kämpfte, fluchte mit seiner krächzenden, dünnen Stimme, während ihm der Speichel vom Mund troff, und auch die, die ihn hielten, zappelten wie Männer, die einen kleinen, hin und her schnellenden Schlauch zu halten versuchen, in dem der Druck zu stark ist. Von der gesamten Gruppe war der Gefangene der Einzige, der ruhig dastand. Fluchend hielten sie Hines, dessen alte, zerbrechliche Knochen und bindfadendünne Muskeln in diesem Moment von der fließenden, geschmeidigen Wut eines Wiesels durchströmt waren. Er riss sich los und sprang geduckt vor, brach durch die Reihen und stand Auge in Auge vor dem Gefangenen. Hier hielt er einen Moment lang inne und sah mit funkelnden Augen in des Gefangenen Gesicht. Es war nur ein kurzer Augenblick, doch bevor sie ihn wieder ergreifen konnten, hatte er den Stock gehoben und schlug den Gefangenen einmal, und er wollte gerade wieder zuschlagen, als sie ihn endlich fassten und festhielten, sodass er ohnmächtig tobte, mit dem weißen, dünnen Schaum auf seinen Lippen. Doch das Mundwerk hatten sie ihm nicht gestopft. «Tötet den Bastard!», schrie er. «Tötet ihn. Tötet ihn!»

Eine halbe Stunde später brachten ihn zwei Männer mit einem Auto nach Hause. Der eine fuhr, der andere hielt Hines auf dem Rücksitz aufrecht. Hines' Gesicht war jetzt blass unter den Bartstoppeln und dem Schmutz, und seine Augen waren geschlossen. Sie hoben ihn aus dem Auto und trugen ihn durch die Pforte und über den Weg aus bröselnden Backsteinen und splitterndem Beton zu den Eingangsstufen. Seine Augen standen jetzt offen, doch sie waren ganz leer und rollten in den Schädel zurück, bis nur noch das schmuddelige bläuliche Weiß zu sehen war. Aber er war noch immer schlaff und hilflos. Kurz bevor sie zur Veranda kamen, öffnete sich die Haustür, und seine Frau trat heraus; sie schloss die Tür hinter sich und stand da und sah ihnen zu. Sie wussten, dass es seine Frau war, weil sie aus dem Haus kam, in dem er, wie man wusste, wohnte. Einer der Männer hatte sie, obwohl er in der Stadt lebte, noch nie gesehen. «Was ist los?», fragte sie.

«Ihm fehlt nichts», sagte der erste Mann. «Wir haben unten in der Stadt gerade eine kleine Aufregung gehabt, und dazu noch das heiße Wetter, das war alles ein bisschen viel für ihn.» Sie stand vor der Tür, als wollte sie ihnen den Zutritt verwehren – eine kuglige, dicke kleine Frau mit einem runden Gesicht wie schmutziger, noch ungebackener Teig und einem straff gebundenen Knoten spärlichen Haars. «Sie haben gerade den Nigger gefangen, diesen Christmas, der letzte Woche die Lady oben in Jefferson umgebracht hat», sagte der Mann. «Uncle Doc hat sich einfach ein bisschen darüber aufgeregt.»

Mrs. Hines hatte sich schon halb umgedreht, als wollte sie die Tür öffnen. Wie der erste Mann später zu seinem Begleiter sagte, verharrte sie mitten in der Umdrehung, als hätte jemand sie leicht mit einem geworfenen Kieselstein getroffen. «Gefangen? Wen?», fragte sie.

«Christmas», sagte der Mann. «Den Mörder, diesen Nigger. Christmas.»

Sie stand oben am Rand der Veranda und blickte mit ihrem grauen, stillen Gesicht zu ihnen hinunter. «Als hätte sie schon gewusst, was ich ihr sagen würde», sagte der Mann zu seinem Begleiter, als sie wieder zum Auto gingen. «Als wollte sie gleichzeitig, dass ich ihr sagte, dass er es ist und dass er es nicht ist.»

«Wie sieht er aus?», fragte sie.

«Ich hab nicht viel von ihm gesehen», sagte der Mann. «Sie haben ihn ein bisschen blutig geschlagen, als sie ihn gefangen haben. Junger Kerl. Sieht nicht wie ein Nigger aus, nicht mehr als ich.» Die Frau sah sie an, sah zu ihnen hinunter. Zwischen den beiden Männern stand Hines jetzt auf eigenen Beinen und murmelte leise vor sich hin, als wäre er gerade aus dem Schlaf erwacht. «Was sollen wir mit Uncle Doc machen?», fragte der Mann.

Sie gab keinerlei Antwort. Es war, als hätte sie ihren Mann gar nicht erkannt, sagte der Mann später zu seinem Begleiter. «Was machen sie jetzt mit ihm?», fragte sie.

«Mit ihm?», sagte der Mann. «Ach so. Mit dem Nigger. Das muss Jefferson bestimmen. Zu denen gehört er.»

Sie sah auf die Männer hinunter, grau, still, entrückt. «Werden sie warten, bis Jefferson Bescheid sagt?»

«Sie?», sagte der Mann. «Ach so», sagte er. «Ja, schon, wenn Jefferson sich nicht zu viel Zeit lässt.» Er veränderte seinen

Griff an dem Arm des alten Mannes. «Wo sollen wir ihn hinbringen?» Jetzt bewegte sich die Frau. Sie kam die Stufen herunter und trat näher. «Wir tragen ihn ins Haus, das machen wir schon», sagte der Mann.

«Ich kann ihn selbst tragen», sagte sie. Sie und Hines waren ungefähr gleich groß, wobei sie die Schwerere war. Sie packte ihn unter den Armen. «Eupheus», sagte sie, nicht laut, «Eupheus.» Zu den beiden Männern sagte sie mit ruhiger Stimme: «Lassen Sie ihn los. Ich hab ihn.» Sie ließen ihn los. Er ging ein paar Schritte. Sie sahen zu, wie sie ihm die Stufen hinauf und zur Tür hinein half. Sie blickte nicht zurück.

«Nicht mal bedankt hat sie sich», sagte der zweite Mann. «Vielleicht sollten wir ihn wieder mitnehmen und zusammen mit dem Nigger ins Gefängnis stecken, wo er ihn doch anscheinend so gut kennt.»

«Eupheus», sagte der erste Mann. «Eupheus. Seit fünfzehn Jahren frage ich mich, wie er wohl heißt. Eupheus.»

«Komm schon. Lass uns zurückfahren. Sonst verpassen wir noch was.»

Der erste Mann blickte zum Haus zurück, zu der geschlossenen Tür, durch die die beiden verschwunden waren. «Sie hat ihn auch gekannt.»

«Gekannt? Wen?»

«Den Nigger. Christmas.»

«Komm jetzt.» Sie gingen zum Auto zurück. «Wie findest du das, da kommt der dumme Kerl hier einfach in die Stadt, keine zwanzig Meilen von wo er es getan hat, und spaziert auf der Hauptstraße auf und ab, bis einer ihn erkennt. Ich wünschte, ich wär's gewesen, ich hätte ihn erkannt. Mir wären die tausend Dollar gerade recht gekommen. Aber ich hab nie Glück im Leben.» Das Auto fuhr los. Der erste Mann blickte noch immer zu der nichtssagenden Tür zurück, durch die die beiden verschwunden waren.

Im Flur des kleinen Hauses, das dunkel war und eng und ranzig roch wie eine Höhle, standen die beiden alten Leute. Der Erschöpfungszustand des alten Mannes kam beinahe einem Koma gleich, und als seine Frau ihn zu einem Lehnstuhl führte und ihm half, sich zu setzen, schien das eine Sache der Zweckmäßigkeit und Besorgnis. Doch dass sie dann noch einmal zurückging und die Haustür abschloss, dazu bestand kein Grund. Dann kam sie zu ihm und stand eine Weile vor ihm. Zuerst war es, als beobachtete sie ihn nur, besorgt und teilnahmsvoll. Doch dann hätte ein Dritter gesehen, dass sie heftig zitterte und dass sie ihn auf den Stuhl gesetzt hatte, entweder um ihn nicht auf den Boden fallen zu lassen oder um ihn gefangen zu halten, bis sie sprechen konnte. Sie beugte sich über ihn: kuglig, fettleibig, von grauer Hautfarbe und mit einem Gesicht wie eine Wasserleiche. Als sie sprach, bebte ihre Stimme, und sie bemühte sich zitternd, sie zu beherrschen, während ihre Hände die Lehnen des Sessels umklammerten, auf dem er halb lag, und sie sagte mit bebender, beherrschter Stimme: «Eupheus. Hör mir zu. Du musst mir zuhören. Ich hab dich nie damit belästigt. Dreißig Jahre lang hab ich dich nicht damit belästigt. Aber jetzt tue ich es. Ich muss es wissen, und du musst es mir sagen. Was hast du mit Millys Kind gemacht?»

Den ganzen langen Nachmittag hindurch standen sie in Grüppchen auf dem Platz und vor dem Gefängnis – die Verkäufer, die Müßiggänger, die Leute vom Lande in ihren Overalls; das Gerede. Es wanderte hierhin und dorthin in der Stadt, erstarb und lebte wieder auf, wie Wind oder wie ein Feuer, bis in den länger werdenden Schatten die Landleute allmählich mit ihren Fuhrwerken und staubigen Autos aufbrachen und die Stadtleute zum Abendessen nach Hause gingen. Dann flackerte das Gerede erneut auf, belebte sich vorübergehend, bei Ehefrauen und Familien, um Esstische in elektrisch beleuchteten Zimmern und in entlegenen Berghütten im Licht von Petroleumlampen.

Und am nächsten Tag, einem gemächlichen, freundlichen Sonntag auf dem Lande, als die Menschen in ihren sauberen Hemden und schmucken Hosenträgern friedlich Pfeife rauchend um ländliche Kirchen herum oder in schattigen Hauseingängen hockten, wo am Zaun die Gespanne der Besucher angebunden und die Autos geparkt waren und die Frauen in der Küche das Essen zubereiteten, erzählten sie es sich wieder: «Er sieht nicht aus wie ein Nigger, so wenig wie ich. Aber es muss das Niggerblut in ihm gewesen sein. Es sah so aus, als wäre er darauf aus gewesen, dass sie ihn gefangen nehmen, so wie einer vielleicht darauf aus ist zu heiraten. Eine ganze Woche lang war er frei herumgelaufen. Hätte er nicht das Haus in Brand gesteckt, wäre das mit dem Mord vielleicht einen Monat lang nicht rausgekommen. Und selbst dann hätten sie ihn nicht verdächtigt, wenn da nicht dieser Brown gewesen wäre, den der Nigger benutzt hat, um Whiskey zu verkaufen, während er so tat, als wäre er ein Weißer, und wenn er nicht versucht hätte, den Whiskey und den Mord Brown zur Last zu legen, und wenn Brown nicht die Wahrheit gesagt hätte.

Und gestern Morgen kommt er am helllichten Tag nach Mottstown, an einem Samstag, wo die Stadt voller Menschen ist. Er ist zu einem weißen Barbier reingegangen, wie ein Weißer, und weil er wie ein Weißer aussah, hat keiner Verdacht geschöpft. Sogar als der Schuhputzer sah, dass er ein Paar gebrauchte Lederschuhe anhatte, die ihm zu groß waren, haben sie keinen Verdacht geschöpft. Sie haben ihn rasiert und ihm die Haare geschnitten, und er hat bezahlt und ist rausgegangen und ist gleich in einen Laden rein, wo er sich ein neues Hemd und einen Schlips und einen Strohhut gekauft hat, von ebendem Geld, das er der Frau, die er ermordet hat, gestohlen hatte. Und dann ist er am helllichten Tag durch die Straßen gegangen, als gehörte die Stadt ihm, ist hin und her gegangen, und die Leute sind ein Dutzend Mal an ihm vorbeigegangen und haben ihn nicht erkannt, bis Halliday ihn sah und zu ihm gerannt ist und ihn am Ärmel gepackt und gesagt hat: ‹Bist du nicht der Christmas?›, und der Nigger sagte, er sei es. Er hat es keinen Moment geleugnet. Er hat überhaupt nichts gemacht. Er hat sich weder wie ein Nigger noch wie ein Weißer verhalten. Das war es. Deshalb waren die Leute so aufgebracht. Dass er, ein Mörder, in feinen Klamotten durch die Stadt spaziert, als wollte er die Leute herausfordern, ihn anzufassen, wo er sich doch eigentlich in den Wäldern hätte herumdrücken und verstecken müssen, dreckig und schmutzig und auf der Flucht. Fast war es, als wüsste er nicht einmal, dass er ein Mörder war, und ein Nigger noch dazu.

Und Halliday (er war ganz aufgeregt, weil er an die tausend Dollar dachte, und er hatte dem Nigger schon ein paarmal ins Gesicht geschlagen, und der Nigger tat zum ersten Mal das, was ein Nigger tut, und nahm es hin, ohne ein Wort zu sagen: Er blutete einfach, verstockt und ruhig) – Halliday also hat gebrüllt und ihn festgehalten, als der alte Mann, den sie Uncle Doc Hines nennen, dazukam und anfing, mit seinem Spazierstock auf den Nigger einzuschlagen, bis endlich zwei Männer Doc Hines festhalten mussten und ihn mit einem Auto nach Hause brachten. Keiner wusste, ob er den Nigger wirklich kannte oder nicht. Er kam einfach nur angehumpelt und hat gekreischt: ‹Heißt er Christmas? Habt ihr gesagt, er heißt Christmas?›, und schob sich vor und sah den Nigger lange an, und dann begann er, ihn mit dem Spazierstock zu schlagen. Er handelte so, als wäre er hypnotisiert oder so etwas. Sie mussten ihn festhalten, und seine Augäpfel rollten blau im Kopf nach hinten, und der Geifer lief ihm aus dem Mund, und er hieb mit seinem Stock auf alles, was in seine Reichweite kam, bis er plötzlich zusammensackte. Dann haben ihn zwei Männer mit einem Auto nach Hause gefahren, und seine Frau kam raus und hat ihn ins Haus geholt, und die beiden Männer sind wieder in die Stadt gefahren. Sie wussten nicht, was ihm fehlte, warum er sich so aufgeregt hatte, nachdem der Nigger gefangen war, jedenfalls glaubten sie, nun wäre alles in Ordnung und sie bräuchten sich keine Sorgen zu machen. Aber keine halbe Stunde später war er wieder in der Stadt. Inzwischen war er völlig irre, er stand an der Straßenecke und schrie alle Vorübergehenden an, nannte sie Feiglinge, weil sie den Nigger nicht aus dem Gefängnis holen und auf der Stelle aufhängen wollten, Jefferson hin, Jefferson her. Auch im Gesicht sah er aus wie ein Irrer, wie einer, der gerade aus der Irrenanstalt davongelaufen ist und weiß, dass ihm nicht viel Zeit bleibt, bis sie kommen und ihn wieder einsperren. Die Leute haben außerdem gesagt, er wäre früher Prediger gewesen.

Er sagte, er hätte das Recht, den Nigger zu töten. Warum, hat er nicht gesagt, und er war so aufgebracht und irre, dass er lauter unverständliches Zeug sagte, wenn jemand dazwischenfuhr und ihm eine Frage stellte. Inzwischen hatte sich eine ziemlich große Menge um ihn versammelt, und er brüllte, er hätte als Erster das Recht zu sagen, ob der Nigger leben oder sterben sollte. Und die Leute dachten schon, dass er vielleicht am besten bei dem Nigger im Gefängnis aufgehoben wäre, als seine Frau dazukam.

Es gibt Leute in Mottstown, die seit dreißig Jahren hier leben und die Frau nie gesehen haben. Erst als sie auf ihn einredete, wurde ihnen klar, wer sie war, denn die Leute, die sie vom Sehen kannten, hatten sie immer in der Nähe des kleinen Hauses in Niggertown, wo sie wohnten, gesehen, in einer Kittelschürze und mit einem seiner abgetragenen Hüte auf dem Kopf. Jetzt dagegen war sie fein herausgeputzt. Sie trug ein purpurrotes Seidenkleid und einen Hut mit einer Feder daran, und sie hatte einen Regenschirm in der Hand und kam auf die Menge zu, wo er herumschrie und brüllte, und sie sagte: ‹Eupheus.› Er hörte sofort auf zu brüllen und sah sie an, mit dem noch erhobenen, leicht zitternden Stock in der Hand, und sein Unterkiefer klappte runter, und er sabberte. Sie nahm ihn am Arm. Die meisten Leute hatten sich nicht getraut, ihm zu nahe zu kommen, wegen des Stocks, denn er sah so aus, als wäre er imstande, jederzeit und auf jeden einzuschlagen, ohne dass er selbst es richtig merkte oder beabsichtigte. Doch sie trat unter dem erhobenen Stock direkt auf ihn zu, nahm ihn am Arm und führte ihn zu einem Stuhl, der vor einem Laden stand, und sie setzte ihn auf den Stuhl und sagte: ‹Du bleibst hier, bis ich wiederkomme. Rühr dich nicht vom Fleck. Und hör auf mit dem Gebrüll.›

Und er gehorchte. Er hat wirklich gehorcht. Er blieb da sitzen, wo sie ihn hingesetzt hatte, und sie hat sich nicht einmal nach ihm umgedreht. Das fiel allen auf. Vielleicht lag es daran, dass die Leute sie sonst nie gesehen hatten außer bei ihrem Haus, wo sie immer war. Und er war ein wilder kleiner alter Mann, mit dem man sich nicht anlegte, ohne es sich gründlich überlegt zu haben. Jedenfalls waren alle überrascht. Sie hätten nie gedacht, dass er sich von jemandem Vorschriften machen lassen würde. Es war, als hätte sie Macht über ihn und er müsste auf sie hören. Denn er hatte sich hingesetzt, wie sie es ihm befahl, hatte sich auf den Stuhl gesetzt und schrie und schwadronierte nicht mehr, sondern saß da mit gesenktem Kopf, und seine Hände lagen zitternd auf dem großen Spazierstock, und noch immer rann ihm Sabber aus dem Mund und tropfte auf sein Hemd.

Sie ging geradewegs zum Gefängnis. Davor hatte sich eine große Menschenmenge versammelt, denn aus Jefferson war die Nachricht gekommen, dass man unterwegs sei, um den Nigger zu holen. Sie spazierte direkt durch die Menge und ins Gefängnis, und sie sagte zu Metcalf: ‹Ich will den Mann sehen, den sie gefangen haben.›

‹Wozu wollen Sie ihn sehen?›, fragte Metcalf.

‹Ich will nichts von ihm›, sagte sie. ‹Ich will ihn nur ansehen.›

Metcalf sagte, es wären schon ganz schön viele andere da gewesen, die das auch wollten, und er wisse ja, dass sie ihm nicht zur Flucht verhelfen wolle, aber er sei nur der Gefängniswärter und er könne niemanden zu ihm reinlassen, ohne die Erlaubnis vom Sheriff. Und sie stand vor ihm, in dem purpurroten Kleid, und die Feder am Hut wippte nicht und bog sich nicht, so still stand die Frau. ‹Wo ist der Sheriff?›, fragte sie.

‹Vielleicht ist er in seinem Büro›, sagte Metcalf. ‹Gehen Sie zu ihm und holen Sie sich von ihm die Erlaubnis. Dann können Sie den Nigger sehen.› Metcalf glaubte, damit sei die Sache erledigt. Er sah ihr also nach, wie sie kehrtmachte und rausging und durch die Menge vor dem Gefängnis ging und dann die Straße hinauf zum Platz. Jetzt wippte auch die Feder. Er sah deutlich, wie sie oberhalb des Zauns entlangwippte. Und dann sah er, wie die Frau quer über den Platz und in das Gerichtsgebäude ging. Die Leute wussten nicht, was sie vorhatte, denn Metcalf hatte keine Zeit gehabt, ihnen zu erzählen, was sich im Gefängnis zugetragen hatte. So sahen sie einfach zu, wie die Frau ins Gerichtsgebäude hineinging, und dann erzählte Russell, wie er in seinem Büro saß und zufällig aufblickte, und da war dieser Hut mit der Feder, unmittelbar hinter der Glasscheibe des Schalters. Er wusste nicht, wie lange sie schon da gestanden und gewartet hatte, dass er aufblickte. Er sagte, sie war gerade so groß, dass sie über das Schalterbrett gucken konnte, sodass es aussah, als hätte sie überhaupt keinen Körper. Vielmehr sah es so aus, als hätte sich jemand hereingeschlichen und einen Luftballon mit einem aufgemalten Gesicht und einem komischen Hut darüber auf das Brett gesetzt, so wie die Katzenjammer-Kids auf der Witzseite. ‹Ich möchte den Sheriff sprechen›, sagt sie.

‹Er ist nicht da›, sagt Russell. ‹Ich bin sein Stellvertreter. Was kann ich für Sie tun?›

Er sagte, sie habe eine Weile nicht geantwortet, nur dagestanden. Dann sagte sie: ‹Wo kann ich ihn finden?›

‹Vielleicht ist er zu Hause›, sagt Russell. ‹Er hatte ziemlich viel zu tun diese Woche. Ist nachts auf, um den Polizisten aus Jefferson zu helfen. Kann sein, dass er zu Hause ein Nickerchen macht. Aber vielleicht kann ich Ihnen –› Doch da, sagte er, war sie schon weg. Er sagte, er habe aus dem Fenster gesehen und beobachtet, wie sie quer über den Platz ging und um die Ecke bog, wo der Sheriff wohnte. Er sagte, er hätte immer noch überlegt, woher er sie kannte, wer sie war.

Sie fand den Sheriff nicht. Aber da war es sowieso zu spät. Denn der Sheriff war schon im Gefängnis, nur dass Metcalf ihr das nicht gesagt hatte, und außerdem hatte sie sich noch nicht weit vom Gefängnis entfernt, als die Polizisten aus Jefferson in zwei Autos vorfuhren und hineingingen. Sie fuhren schnell vor und gingen schnell hinein. Doch die Kunde, dass sie da waren, hatte sich schon verbreitet, und es müssen gut zweihundert Männer und Jungen und auch Frauen vor dem Gefängnis gestanden haben, als die beiden Sheriffs auf die Veranda heraustraten und unser Sheriff eine Ansprache hielt und die Leute aufforderte, das Gesetz zu achten, und sowohl er als auch der Sheriff von Jefferson versprächen beide, dass dem Nigger ein schneller und fairer Prozess gemacht werde, und dann rief jemand aus der Menge: ‹Fair? Verflucht. Hat er etwa der weißen Frau einen fairen Prozess gemacht?› Und darauf schrien sie und drängten, als schrien alle miteinander etwas, das an die tote Frau gerichtet war und nicht an die beiden Sheriffs. Doch der Sheriff sprach weiter mit ruhiger Stimme zu ihnen und sagte, er versuche nur, sich an das zu halten, was er ihnen an dem Tag, als sie ihn zum Sheriff wählten, geschworen habe. ‹Ich habe genauso wenig Verständnis für Niggermörder wie jeder andere Weiße hier›, sagt er. ‹Aber ich habe meinen Eid geschworen, und den werde ich mit Gottes Hilfe halten. Ich will hier keinen Ärger, aber ich werde mich auch nicht davor drücken. Das lasst euch gesagt sein.› Und Halliday war auch da, bei den beiden Sheriffs. Er mahnte am deutlichsten zur Vernunft und dass man keinen Ärger machen solle. ‹Klar›, brüllt einer, ‹ihr wollt nicht, dass er gelyncht wird. Aber uns ist er keine tausend Dollar wert. Uns ist er nicht mal tausend abgebrannte Streichhölzer wert.› Worauf der Sheriff schnell sagt: ‹Und wenn Halliday nicht will, dass er getötet wird? Wollen wir nicht alle dasselbe? Einer aus unserer

Stadt kriegt die Belohnung: Das Geld wird hier, in Mottstown, ausgegeben. Stellt euch vor, einer aus Jefferson würde das Geld bekommen. Hab ich nicht recht, Leute? Ist das nicht vernünftig?› Seine Stimme klang schwach, wie die Stimme einer Puppe, oder so, wie die eines erwachsenen Mannes klingt, wenn er zu Leuten spricht, die ihm zwar zuhören, aber ihre Entscheidung schon halbwegs getroffen haben.

Jedenfalls schien das die Leute zu überzeugen, obwohl die meisten wussten, dass weder Mottstown noch eine andere Stadt von den tausend Dollar genug sehen würde, um ein Kalb zu mästen, falls Halliday derjenige war, der für das Ausgeben zuständig war. Trotzdem tat es seine Wirkung. Die Leute sind komisch. Sie können nicht bei einer Art zu denken oder zu handeln bleiben, wenn ihnen nicht immer wieder ein neuer Grund dafür geliefert wird. Und dann, wenn sie einen neuen Grund bekommen, ändern sie vielleicht trotzdem ihre Meinung. Sie gaben also nicht unbedingt nach; eher war es so, dass die Menge, nachdem sie sich anfangs von innen nach außen gewendet hatte, sich jetzt von außen nach innen zu wenden begann. Und das wussten die Sheriffs, so wie sie auch wussten, dass dies vielleicht nicht lange dauern würde, denn sie gingen schnell ins Gefängnis und kamen fast schneller, als sie kehrtmachen konnten, wieder heraus, den Nigger zwischen sich und fünf oder sechs Hilfssheriffs, die dahinter kamen. Sie müssen ihn schon die ganze Zeit da stehen gehabt haben, hinter der Gefängnistür, denn sie kommen fast im selben Moment wieder heraus, den Nigger zwischen sich, mit beschmutztem Gesicht und die Handgelenke mit Handschellen an den Sheriff von Jefferson gefesselt, und aus der Menge ertönt so etwas wie: ‹Ahhhhhhhhhhhh.›

Die Leute bildeten eine Gasse die Straße entlang, wo das erste Auto aus Jefferson mit laufendem Motor und mit einem Mann am Steuer wartete, und die Sheriffs gingen, ohne Zeit zu verlieren, darauf zu, als sie, die Frau, diese Mrs. Hines, wieder erschien. Sie schob sich durch die Menge. Sie war so klein von Gestalt, dass die Leute nur die langsam vorwärts wippende Feder sehen konnten, wie etwas, dass sich auch dann nicht schneller bewegt hätte, wenn nichts im Weg gewesen wäre, und das unaufhaltsam war, wie ein Trecker. Sie schob sich ganz durch die Menge und dann hinaus in die Gasse, die die Leute gebildet hatten, direkt vor die beiden Sheriffs mit dem Nigger zwischen sich, sodass die anhalten mussten, um sie nicht umzurennen. Ihr Gesicht sah aus wie ein großer Klumpen Kitt, und ihr Hut war seitwärts gerutscht, sodass die Feder ihr übers Gesicht hing und sie sie zurückschieben musste, damit sie sehen konnte. Aber sie tat nichts. Sie zwang die Männer nur, einen Moment anzuhalten, während sie dastand und den Nigger ansah. Sie sagte kein einziges Wort, als wäre das alles, was sie gewollt und weswegen sie die Leute belästigt hatte, und als wäre das der Grund, warum sie sich zurechtgemacht hatte und in die Stadt gekommen war: damit sie dem Nigger einmal ins Gesicht sehen konnte. Denn dann machte sie kehrt und bahnte sich wieder einen Weg durch die Menge, und als die Autos mit dem Nigger und den Gesetzeshütern aus Jefferson abgefahren waren und die Leute sich umsahen, war sie verschwunden. Und nun gingen die Leute zum Platz zurück, und da war auch Uncle Doc von dem Stuhl verschwunden, auf den sie ihn gesetzt hatte, mit der Anweisung, da zu warten. Doch nicht alle Leute waren gleich zum Platz gegangen. Viele blieben auch und blickten weiter zum Gefängnis hinüber, als wäre es vielleicht nur der Schatten des Niggers gewesen, der herausgekommen war.

Sie glaubten, dass die Frau mit Uncle Doc nach Hause gegangen war. Es war vor Dollars Laden, und Dollar erzählte, dass er gesehen hatte, wie sie wieder die Straße heraufkam, noch vor der Menge. Er sagte, Uncle Doc habe sich nicht gerührt, er habe noch immer auf dem Stuhl gesessen, auf den sie ihn gesetzt hatte, als wäre er hypnotisiert, bis sie vor ihm stand und ihn an der Schulter berührte; da stand er auf und sie gingen zusammen weg, und die ganze Zeit beobachtete Dollar ihn.

Und Dollar sagte, so wie Uncle Doc im Gesicht aussah, hätte er auch nach Hause gehört.

Nur dass sie ihn gar nicht nach Hause brachte. Nach einer Weile sahen die Leute, dass sie ihn nirgendwohin bringen musste. Es war, als wollten sie beide das Gleiche. Das Gleiche, aber aus verschiedenen Gründen, und jeder wusste, dass die Gründe des anderen anders waren als die eigenen und dass es, wer immer von beiden sich durchsetzte, für den anderen ernst sein würde. Als wüssten sie es beide, ohne es auszusprechen, und beobachteten einander und wüssten beide, dass sie, die Frau, am ehesten eine Ahnung hatte, wie sie den gemeinsamen Aufbruch bewerkstelligen sollten.

Sie gingen direkt zu der Tankstelle, wo Salmon sein Mietauto stehen hat. Die Frau besorgte das Reden. Sie sagte, sie wollten nach Jefferson. Vielleicht hatten sie sich nicht träumen lassen, dass Salmon mehr als einen Quarter von jedem verlangen würde, denn als er drei Dollar sagte, fragte sie ihn noch einmal, als traute sie ihren Ohren nicht. ‹Drei Dollar›, sagt Salmon. ‹Für weniger fahre ich nicht.› Und die beiden stehen da, und Uncle Doc sagt nichts, als wartete er bloß, als ginge es ihn nichts weiter an, als wüsste er, dass er sich um nichts zu kümmern brauchte: Sie würde schon dafür sorgen, dass sie hinkamen.

‹Das kann ich nicht bezahlen›, sagt sie.

‹Billiger kriegen Sie's nicht›, sagt Salmon. ‹Außer mit dem Zug. Die nehmen Sie für zweiundfünfzig Cent pro Person mit.› Aber sie war schon wieder gegangen, und Uncle Doc folgte ihr, wie ein Hund es tun würde.

Das war gegen vier Uhr. Bis sechs Uhr sahen die Leute sie auf einer Bank im Vorhof des Gerichtsgebäudes sitzen. Sie sprachen nicht miteinander: als wäre keinem der beiden auch nur bewusst, dass der andere auch da war. Sie saßen einfach nebeneinander, die Frau herausgeputzt in ihren Sonntagssachen. Vielleicht genoss sie es, so herausgeputzt den ganzen Samstagabend in der Stadt zu sein. Vielleicht war es für sie so, wie es für andere war, wenn sie einen Tag nach Memphis fuhren.

Sie saßen da, bis es sechs schlug. Dann standen sie auf. Die Leute, die es sahen, erzählten, dass die Frau die ganze Zeit kein Wort zu ihm sagte; sie seien einfach zur gleichen Zeit aufgestanden, so wie zwei Vögel von einem Ast auffliegen, und kein Mensch kann sagen, welcher von beiden das Signal gegeben hat. Als sie losgingen, ging Uncle Doc einen Schritt hinter ihr. Sie gingen quer über den Platz und bogen in die Straße zum Bahnhof ein. Und die Leute wussten, dass der nächste Zug erst in drei Stunden ging, und sie fragten sich, ob die beiden wirklich mit dem Zug irgendwohin fahren wollten, bis sie merkten, dass die beiden etwas vorhatten, was die Leute noch mehr überraschte. Sie gingen nämlich in das kleine Café beim Bahnhof und aßen zu Abend, obwohl sie nie zuvor, seit sie nach Mottstown gekommen waren, zusammen auf der Straße gesehen worden waren, geschweige denn beim Essen in einem Café. Doch dorthin führte sie ihn; vielleicht hatten sie Angst, sie könnten den Zug verpassen, wenn sie in der Stadt aßen. Denn sie waren vor halb sieben da, saßen auf zwei von den kleinen Hockern an der Theke und aßen das, was die Frau bestellt hatte, ohne Uncle Doc zu fragen. Sie fragte den Mann vom Café nach dem Zug nach Jefferson, und er sagte, der Zug führe um zwei Uhr früh. ‹Mächtig was los in Jefferson heute Abend›, sagt er. ‹Sie können in der Stadt ein Auto nehmen, dann sind Sie in einer Dreiviertelstunde in Jefferson. Sie brauchen nicht bis zwei Uhr auf den Zug zu warten.› Vielleicht dachte er, sie seien Fremde; er erklärte der Frau, wo es zur Stadt ging.

Aber sie sagte nichts, und nachdem sie gegessen hatten, bezahlte sie mit einem Nickel und einem Dime aus einem zusammengeknoteten Tuch, das sie aus ihrem Schirm nahm, während Uncle Doc dasaß und mit benommenem Gesichtsausdruck wartete wie ein Schlafwandler. Dann gingen sie, und der Mann vom Café dachte, sie würden seinem Rat folgen und in die Stadt gehen und einen Mietwagen nehmen, doch als er aus dem Fenster blickte, sah er sie über die Weichen zum Bahnhof gehen. Erst wollte er ihnen nachrufen, doch dann ließ er es. ‹Ich hab die Frau wohl falsch verstanden›, sagt er, hätte er gedacht. ‹Vielleicht wollen sie zu dem Neun-Uhr-Zug, nach Süden.›

Sie saßen auf der Bank im Wartesaal, als die Leute, die Handlungsreisenden und Müßiggänger und dergleichen, nach und nach hereinkamen und Fahrkarten für den Zug nach Süden kauften. Der Fahrkartenverkäufer sagte, ihm sei aufgefallen, dass Leute im Wartesaal waren, als er nach dem Abendessen um halb acht hereinkam, dass er aber von niemandem besondere Notiz genommen habe, bis die Frau an den Schalter kam und fragte, um wie viel Uhr der Zug nach Jefferson ginge. Er sagte, er sei gerade beschäftigt gewesen und habe nur kurz aufgeblickt und gesagt: ‹Morgen›, ohne mit dem, was er gerade tat, aufzuhören. Dann, nach einer Weile, sagte er, habe er aus irgendeinem Grund aufgesehen, und da waren das runde Gesicht, das ihn beobachtete, und die Feder noch immer vor der Glasscheibe, und die Frau sagt:

‹Ich möchte zwei Fahrkarten dafür.›

‹Der Zug fährt erst um zwei Uhr früh›, sagt der Fahrkartenverkäufer. Auch er erkannte die Frau nicht. ‹Wenn Sie möglichst schnell nach Jefferson wollen, gehen Sie besser in die Stadt und nehmen sich ein Auto. Wissen Sie den Weg in die Stadt?› Aber sie stand einfach nur da, sagte er, und zählte Nickels und Dimes aus ihrem geknoteten Tuch, und er gab ihr die beiden Fahrkarten, und dann sah er an ihr vorbei durch die Scheibe und sah Uncle Doc, und da wusste er, wer sie war. Und er sagte, dass sie da saßen, und die Leute, die Richtung Süden fahren wollten, kamen rein, und der Zug kommt an und fährt wieder ab, und die beiden sitzen immer noch da. Er sagte, Uncle Doc habe noch immer so ausgesehen, als schliefe er oder als wäre er betäubt oder so. Und dann fuhr der Zug ab, aber nicht alle Leute kehrten in die Stadt zurück. Einige blieben da, sahen durch das Fenster in den Wartesaal, und hin und wieder kamen sie herein und betrachteten Uncle Doc und seine Frau, wie sie auf der Bank saßen, bis der Fahrkartenverkäufer das Licht im Wartesaal ausmachte.

Ein paar Leute blieben auch dann noch. Sie konnten durch das Fenster nach drinnen blicken und die beiden dort im Dunkeln sitzen sehen. Vielleicht konnten sie die Feder und das Weiß von Uncle Docs Kopf sehen. Und dann wurde Uncle Doc nach und nach wach. Nicht dass er überrascht gewesen wäre, als er sah, wo er war, oder dass er war, wo er nicht sein wollte. Er wurde nur munter, so als wäre er lange im Leerlauf gerollt und jetzt sei es an der Zeit, den Motor wieder anzumachen. Sie hörten, wie die Frau ‹Pschschtt, pschscht› machte, und dann brach seine Stimme los. Sie saßen immer noch da, als der Fahrkartenverkäufer das Licht anmachte und sagte, dass der Zwei-Uhr-Zug gleich käme, und immer noch machte sie ‹pschscht, pschschscht›, als wäre er ein kleines Kind, und Uncle Doc brüllte: ‹Hurerei und Gräuel! Gräuel und Hurerei!›»

XVI

Als sein Klopfen unbeantwortet bleibt, verlässt Byron die Veranda und geht ums Haus und betritt den kleinen, umschlossenen Garten hinter dem Haus. Sofort fällt sein Blick auf den Stuhl unter dem Maulbeerbaum. Es ist ein mit Segeltuch bespannter Liegestuhl, geflickt und verschossen, der so lange der Form von Hightowers Körper nachgegeben hat, dass er, selbst wenn er leer ist, noch die beleibte Formlosigkeit seines Besitzers in geisterhafter Umarmung zu halten scheint; im Näherkommen denkt Byron, wie der stumme Stuhl, der an Nichtgebrauchtwerden, Untätigkeit und armselige Abgekehrtheit von der Welt denken lässt, irgendwie das Symbol und auch das Wesen des Mannes selbst ist. ‹Den ich nun wieder stören werde›, denkt er, mit diesem angedeuteten Anheben der Oberlippe, und denkt *Wieder? Die Störungen, die ich ihm verursacht habe – selbst er wird sehen, dass diese Störungen jetzt nichts sind. Und wieder an einem Sonntag. Aber ich nehme an, dass der Sonntag sich auch an ihm rächen will, wo doch der Sonntag von Menschen erfunden wurde*

Er nähert sich von hinten dem Stuhl und sieht von oben hinunter. Hightower schläft. Auf der Wölbung seines Bauches, wo sich das weiße Hemd (diesmal ist es ein sauberes, frisches) aus den abgetragenen schwarzen Hosen bläht, liegt ein aufgeschlagenes Buch, mit den Seiten nach unten. Hightowers Hände sind über dem Buch gefaltet, friedlich, gütig, fast priesterlich. Das Hemd ist nach einem altmodischen Schnitt genäht, mit gefältelter, wenn auch nachlässig gebügelter Hemdbrust, und er trägt es ohne Kragen. Sein Mund steht offen, von der runden Öffnung, in der die fleckigen unteren Zähne zu sehen sind, hängt das weiche, schlaffe Fleisch herab, schlaff auch um die noch immer edle Nase, das Einzige, dem das Alter, das zerstörerische Werk der Jahre, nichts anhaben konnte. Während Byron auf das unbewusste Gesicht hinunterblickt, kommt es ihm so vor, als fliehe der ganze Mann von seiner Nase fort, die unbezwingbar noch festhält an so etwas wie Stolz und Mut, über allen Verheerungen des Besiegtseins, wie eine vergessene Fahne über einer zerstörten Festung. Und wieder glitzert und funkelt das Licht, die Spiegelung des Himmels jenseits der Maulbeerblätter, in den Brillengläsern, sodass Byron nicht genau sagen kann, wann Hightowers Augen sich öffnen. Er sieht nur, wie sich der Mund schließt, und dann eine Bewegung der gefalteten Hände, als Hightower sich aufsetzt. «Ja», sagt er, «ja? Wer ist – ah, Byron.»

Byron blickt zu ihm hinunter, sein Gesicht ist ganz ernst. Doch jetzt ist es nicht voller Mitgefühl. Es ist ausdruckslos: einfach nur ganz sachlich und entschlossen. Ohne jede Betonung sagt er: «Sie haben ihn gestern gefangen. Ich nehme an, das haben Sie so wenig gehört, wie Sie von dem Mord gehört hatten.»

«Ihn gefangen?»

«Christmas. In Mottstown. Er ist in die Stadt gekommen, und nach allem, was ich gehört habe, hat er so lange auf der Straße rumgestanden, bis einer ihn erkannt hat.»

«Ihn gefangen.» Jetzt richtet sich Hightower in dem Liegestuhl auf. «Und Sie sind gekommen, um mir zu sagen, dass er – dass sie ihn …»

«Nein. Bisher hat ihm noch keiner etwas angetan. Er ist noch nicht tot. Er ist im Gefängnis. Es ist ihm nichts geschehen.»

«Nichts geschehen. Sie sagen, es ist ihm nichts geschehen. Byron sagt, es ist ihm nichts geschehen – Byron Bunch hat dem Schatz der Frau geholfen, seinen Freund für tausend Dollar zu verraten, und Byron sagt, es ist nichts geschehen. Hat die Frau vor dem Vater ihres Kindes versteckt, während der – soll ich sagen: der andere Schatz, Byron? Soll ich das sagen? Soll ich vor der Wahrheit zurückweichen, weil Byron Bunch sie verbirgt?»

«Wenn öffentliches Gerede als Wahrheit gilt, dann ist das wohl die Wahrheit. Besonders wenn man herausfindet, dass ich sie beide hinter Schloss und Riegel gebracht habe.»

«Beide?»

«Brown auch. Obwohl ich glaube, die meisten Leute sind zu der Überzeugung gekommen, dass Brown so wenig fähig war, den Mord zu begehen oder dabei zu helfen, wie er fähig war, den, der ihn begangen hat, festzunehmen oder bei seiner Festnahme zu helfen. Aber sie können alle sagen, Byron Bunch hat erreicht, dass er jetzt sicher hinter Schloss und Riegel ist.»

«Aha, so.» Hightowers Stimme zittert ein wenig, sie klingt hoch und dünn. «Byron Bunch, der Hüter des öffentlichen Wohls und der Moral. Der Gewinner, der Erbe von Belohnungen, denn jetzt geht sie sicher an die morganatische Ehefrau von – Soll ich das auch sagen? Soll ich auch hier Byron deuten?» Dann beginnt er, riesig und schlaff in dem durchgesackten Liegestuhl sitzend, zu weinen. «Ich meine es nicht so. Sie wissen, dass ich es nicht so meine. Aber es ist nicht recht, mich damit zu behelligen, mich zu beunruhigen, wenn ich doch – wenn ich mich doch dazu gebracht habe zu bleiben – wenn sie mich dazu gebracht haben zu bleiben – Dass dies nun über mich kommt, mich trifft, nachdem ich alt geworden bin und versöhnt mit dem, was nach ihrem Dafürhalten –» Schon einmal hat Byron ihn so dasitzen sehen; damals lief ihm Schweiß über das Gesicht wie Tränen; jetzt sieht er echte Tränen, die ihm über die schlaffen Wangen laufen wie Schweiß.

«Ich weiß. Es ist jämmerlich. Eine jämmerliche Sache, Sie zu beunruhigen. Ich habe es nicht gewusst. Habe es nicht gewusst, als ich da reingeraten bin. Sonst hätte ich … Aber Sie sind ein Gottesmann. Sie können sich dem nicht entziehen.»

«Ich bin kein Gottesmann mehr. Und nicht auf meinen eigenen Wunsch. Bedenken Sie das. Es war nicht meine Entscheidung, dass ich kein Gottesmann mehr bin. Es war der Wille, mehr noch als das Geheiß, von Leuten wie Ihnen und wie der

Frau und wie dem Mann im Gefängnis drüben und von Leuten wie denen, die ihn dorthin gebracht haben, um ihren Willen an ihm durchzusetzen, wie sie ihn an mir durchgesetzt haben, mit Schmähungen und Gewalttätigkeit an denen, die von demselben Gott wie sie geschaffen und von ihnen dazu getrieben worden sind, das zu tun, wofür man sich jetzt auf sie stürzt und sie zerreißt. Es war nicht meine Entscheidung. Bedenken Sie das.»

«Das weiß ich. Denn so viele Entscheidungsmöglichkeiten sind dem Menschen nicht gegeben. Sie hatten sich schon vorher entschieden.» Hightower sieht ihn an. «Sie hatten die Möglichkeit, sich zu entscheiden, ehe ich geboren wurde, und Sie haben Ihre Entscheidung getroffen, ehe ich oder sie oder er geboren wurde. Das war Ihre Entscheidung. Und ich nehme an, diejenigen, die gute Menschen sind, müssen ebenso dafür leiden wie die, die schlechte Menschen sind. Ebenso wie die Frau und er und ich. Und so wie die anderen, wie die andere Frau.»

«Die andere Frau? Welche andere Frau? Muss mein Leben nach fünfzig Jahren versehrt und mein Frieden zerstört werden, von zwei verlorenen Frauen, Byron?»

«Die andere ist nicht verloren. Sie ist dreißig Jahre lang verloren gewesen. Aber jetzt ist sie gefunden. Sie ist seine Großmutter.»

«Wessen Großmutter?»

«Christmas' Großmutter», sagt Byron.

Wartend, vom dunklen Fenster des Studierzimmers aus die Straße und das Gartentor beobachtend, hört Hightower die ferne Musik in dem Moment, als sie einsetzt. Er weiß nicht, dass er sie erwartet, dass er an jedem Mittwochabend und Sonntagabend am dunklen Fenster sitzt und darauf wartet, dass sie beginnt. Er weiß fast auf die Sekunde, wann er die ersten Töne hören müsste, ohne die Taschenuhr oder die Wanduhr zu Rate zu ziehen. Er braucht beide nicht, hat beide seit fünfundzwanzig Jahren nicht gebraucht. Er lebt losgelöst von mechanisch gemessener Zeit. Doch das ist der Grund, warum er sie nie verloren hat. Es ist, als brächte er aus dem Unterbewussten ohne Willensanstrengung die wenigen Kristallisierungen feststehender Momente hervor, von denen sein nunmehr totes Leben einst in der wirklichen Welt regiert und geordnet worden war. Ohne einen Blick auf die Uhr wusste er sofort, bei dem Gedanken allein, wo genau er in seinem alten Leben zwischen den zwei feststehenden Momenten, die Anfang und Ende des Gottesdienstes am Sonntagmorgen und des sonntäglichen Abendgottesdiensts und des Gebetsgottesdiensts am Mittwochabend markierten, gewesen wäre und was er gerade getan hätte, wann genau er die Kirche betreten und wann genau er Gebet oder Predigt zum wohlbedachten Abschluss gebracht hätte. Und so sagt er sich, bevor das Dämmerlicht ganz verblasst ist *Jetzt versammeln sie sich, kommen langsam die Straße herunter und biegen ein, begrüßen einander: die Gruppen, die Paare, die Einzelnen. In der Kirche plaudert man noch ein wenig miteinander, mit gesenkter Stimme, die Damen, unablässig mit säuselnden Fächern wedelnd, nicken den ankommenden Freundinnen zu, wenn sie durch den Mittelgang gehen. Miss Carruthers* (sie war seine Organistin, sie war fast zwanzig Jahre tot) *ist darunter; gleich erhebt sie sich und steigt zur Orgelempore hinauf* Gebetsgottesdienst am Sonntagabend. Immer war es ihm vorgekommen, als sei der Mensch um diese Stunde Gott am nächsten, näher als zu jeder anderen Stunde an allen sieben Tagen. Nur dann, bei dieser einen von allen kirchlichen Zusammenkünften, ist etwas von dem Frieden zu spüren, der Verheißung und Ziel der Kirche ist. Dann, wenn überhaupt jemals, sind Geist und Herz gereinigt; die Woche und ihre etwaigen Katastrophen sind vorüber, sind beim strengen, förmlichen Furor des Morgengottesdienstes aufgezählt und gesühnt worden, und die nächste Woche mit ihren etwaigen Katastrophen ist noch nicht geboren, das Herz ist eine kleine Weile still unter dem kühlen, sanften Atem von Glaube und Hoffnung.

Am dunklen Fenster sitzend, meint er sie zu sehen *Jetzt versammeln sie sich, gehen zur Tür hinein. Jetzt sind sie fast alle da* Und dann sagt er langsam: «Jetzt. Jetzt», und beugt sich ein wenig vor; und dann, als hätte sie auf sein Signal gewartet, setzt die Musik ein. Die Orgelklänge tönen reich und voll durch den Sommerabend, ineinanderfließend, klangvoll, mit jenem Hauch von Demut und Lauterkeit, als nähmen die befreiten Stimmen selbst die Gestalten und Haltungen der Kreuzigungsmomente an, ekstatisch, feierlich und profund in ihrer anschwellenden Lautstärke. Aber auch so hat die Musik noch etwas Strenges und Unversöhnliches, etwas Absichtliches, bar aller Leidenschaft, doch voll Opferbereitschaft, und so wie alle protestantische Musik bittet sie, fleht sie, nicht um Liebe, nicht um Leben, sie verbietet es anderen, verlangt in dröhnenden Klängen nach dem Tod, als wäre der Tod die Gnade. Es war, als ob alle, die das akzeptierten und die ihre Stimmen im Lobgesang erhoben, um dies zu preisen, nachdem sie durch das, was die Musik pries und versinnbildlichte, zu dem geworden waren, was sie waren, mit ihrem Lobgesang Rache nähmen an dem, was sie so hatte werden lassen. Er lauscht den Klängen und scheint darin die Verherrlichung seiner eigenen Geschichte zu vernehmen, seines eigenen Landes, seines eigenen darin umschlossenen Blutes: der Menschen, aus deren Mitte er stammt und unter denen er lebt, die niemals Freude oder Unglück hinnehmen können, aber auch nicht vor dem einen oder anderen fliehen können, ohne ein Geschrei darüber zu machen. Freude, Ekstase scheinen sie nicht zu ertragen; sie flüchten sich davor in Gewalt, Trunksucht, Kampf und Gebet; und auch im Unglück ist die Gewalt die gleiche und offenbar unausweichlich *Warum also sollte ihre Religion sie nicht dazu treiben, sich selbst und einander zu kreuzigen?* denkt er. Es kommt ihm so vor, als könnte er in der Musik die Ankündigung und feierliche Eröffnung dessen vernehmen, was sie, wie sie wissen, am nächsten Morgen zu tun haben werden. Es kommt ihm so vor, als sei die vergangene Woche wie ein Sturzbach vorbeigetost, und die bevorstehende Woche, die morgen beginnt, sei der Abgrund, und der Strom habe jetzt, am Rand des Katarakts, einen einzigen vielstimmigen, hallenden, harschen Schrei ausgestoßen, nicht zur Rechtfertigung, sondern als Todesgruß vor seinem Sturz, und nicht an einen Gott gerichtet, sondern an den todgeweihten Mann in der vergitterten Zelle, der in Hörweite von ihnen und zwei anderen Kirchen sitzt und für dessen Kreuzigung auch sie ein Kreuz errichten werden. ‹Und sie werden es frohen Herzens tun›, sagt er am dunklen Fenster. Er spürt, wie sich sein Mund und seine Kiefermuskeln spannen, in Vorahnung von etwas, das schrecklicher noch ist als Gelächter. ‹Denn Mitleid mit ihm zu zeigen hieße, sich Selbstzweifel einzugestehen und für sich selbst auf Mitleid zu hoffen, Mitleid zu brauchen. Sie werden es frohen Herzens tun, frohen Herzens. Deshalb ist es so schrecklich, schrecklich, schrecklich.› Dann, indem er sich vorbeugt, sieht er drei Personen näher kommen und jetzt, Silhouetten vor dem Schein der Straßenlaterne zwischen den Schatten, durch das Tor hereinkommen. Byron hat er schon erkannt, und er sieht zu den beiden hin, die ihm folgen. Eine Frau und ein Mann, das weiß er, doch abgesehen von dem Rock, den die eine Person trägt, sind sie fast austauschbar: von gleicher Größe und Breite, doppelt so breit wie gewöhnliche Männer oder Frauen, wie zwei Bären. Er fängt an zu lachen, ehe er es unterdrücken kann. ‹Byron brauchte sich bloß ein Taschentuch um den Kopf zu knüpfen und Ohrringe anzuhängen›, denkt er und lacht und lacht, lautlos, und versucht, das Lachen zu unterdrücken, damit er zur Tür gehen kann, wenn Byron gleich klopft.

Byron führt sie ins Studierzimmer – eine kugelrunde Frau in einem purpurroten Kleid, mit einer Feder am Hut und einem Regenschirm in der Hand, das Gesicht vollkommen unbewegt, und einen unglaublich schmutzigen und augenscheinlich unglaublich alten Mann mit einem tabakfleckigen Ziegenbart und irren Augen. Sie treten ein, nicht schüchtern, sondern gleichsam marionettenhaft, als würden sie von einem schwergängigen Federantrieb bewegt. Die Frau scheint selbstsicherer zu sein oder wenigstens die Wachere von beiden. Es sieht so aus, als wäre sie trotz ihrer starren und mechanisch bewegten Trägheit zu einem bestimmten Zweck oder doch zumindest mit einer undeutlichen Hoffnung gekommen. Aber er sieht sofort, dass der Mann sich in einer Art Koma befindet, als nähme er nicht wahr, wo er ist, und als sei es ihm auch völlig gleichgültig, doch als gebe es daneben einen latenten explosiven Wesenszug, eine paradoxe Mischung aus Entrücktheit und zugleich Wachsamkeit.

«Das ist sie», sagt Byron mit ruhiger Stimme. «Das ist Mrs. Hines.»

Sie stehen regungslos da: die Frau, als wäre sie am Ende einer langen Reise angekommen und wartete nun unter lauter fremden Gesichtern, in einer fremden Umgebung, ruhig, gletscherhart, wie etwas aus bemaltem Stein, und der stille, entrückte und doch latent furiose und schmutzige alte Mann. Als hätte keiner der beiden ihn auch nur angesehen, weder mit Neugier noch interesselos. Er deutet auf die Stühle. Byron geleitet die Frau, die sich vorsichtig, den Regenschirm umklammernd, niederlässt. Der Mann setzt sich sogleich. Hightower setzt sich auf seinen Stuhl hinter dem Schreibtisch. «Worüber möchte sie mit mir sprechen?», fragt er.

Die Frau rührt sich nicht. Anscheinend hat sie nicht gehört. Sie ist wie jemand, der von einem Versprechen geleitet eine anstrengende Reise gemacht hat und jetzt einfach aufgibt und wartet. «Das ist er», sagt Byron. «Das ist Reverend Hightower. Erzählen Sie ihm. Sagen Sie ihm, was Sie ihm erzählen wollen.» Sie sieht Byron an, als er spricht, ihr Gesicht bleibt völlig leer. Wenn dahinter Sprachlosigkeit steht, dann deshalb, weil die Ausdrucksfähigkeit durch die Erstarrung des Gesichts zunichtegemacht wird; wenn es Hoffen oder Sehnen ist, dann kommt weder Hoffnung noch Sehnen zum Vorschein. «Sagen Sie's ihm», sagt Byron. «Sagen Sie ihm, warum Sie gekommen sind. Warum Sie nach Jefferson gekommen sind.»

«Es war, weil –», sagt sie. Ihre Stimme erklingt jäh und tief, fast harsch, jedoch nicht laut. Es ist, als hätte sie nicht erwartet, beim Sprechen so viel Geräusch zu machen; sie bricht mit einem gewissen Erstaunen ab, überrascht von dem Klang ihrer eigenen Stimme, und blickt von einem der beiden Gesichter zum anderen.

«Sagen Sie's mir», sagt Hightower. «Versuchen Sie es mir zu erzählen.»

«Es ist, weil –» Wieder bricht die Stimme ab, erstirbt mit einem harschen Ton, obwohl sie noch gar nicht laut war, wie vor dem eigenen Erstaunen. Als wären diese drei Wörter ein automatisches Hindernis, das ihre Stimme nicht zu überspringen vermag; die Männer können fast zusehen, wie sie sich befiehlt, um die Wörter herumzugehen. «Ich hab ihn nicht gesehen, seitdem er laufen konnte», sagt sie. «Dreißig Jahre hab ich ihn nicht gesehen. Nie hab ich ihn auf seinen eigenen Füßen gehen sehen, seinen Namen sagen hören –»

«Hurerei und Gräuel!», sagt der alte Mann plötzlich. Seine Stimme ist hoch, schrill, kräftig. «Hurerei und Gräuel!» Dann verstummt er. Unmittelbar aus seinem traumartigen Zustand ruft er die drei Wörter mit erbitterter, prophetenhafter Jähheit, und das ist alles. Hightower sieht ihn an, dann sieht er Byron an. Byron sagt leise:

«Er ist das Kind der Tochter der beiden. Er –» mit einer leichten Kopfbewegung deutet er auf den alten Mann, der Hightower jetzt mit seinem grellen, irren Starren ansieht – «hat das Kind gleich nach der Geburt genommen und weggebracht. Sie wusste nicht, was er mit dem Kind gemacht hatte. Sie wusste auch nicht, ob es noch am Leben war, bis –»

Wieder unterbricht der alte Mann, mit der gleichen verblüffenden Jähheit. Doch diesmal schreit er nicht: Seine Stimme klingt jetzt so ruhig und vernünftig wie Byrons Stimme. Er spricht klar und deutlich, bloß ein bisschen ruckartig: «Ja. Old Doc Hines hat ihn genommen. Gott hat Old Doc Hines seine Gelegenheit gegeben, und so hat Old Doc Hines auch Gott seine Gelegenheit gegeben. Aus den Mündern der kleinen Kinder hat Gott seinen Willen kundgetan. Die kleinen Kinder, die ihm Nigger! Nigger! nachgerufen haben, sodass Gott und Mensch es hören konnten und Gottes Wille offenbar wurde. Und Old Doc Hines hat zu Gott gesagt: ‹Aber das ist nicht genug. Die Kinder da geben sich schlimmere Namen als Nigger›, und Gott sprach: ‹Warte du ab und pass gut auf, denn ich hab keine Zeit zu verschwenden mit der Niedertracht und der Hurerei dieser Welt. Ich habe ihn mit dem Zeichen versehen, und jetzt werde ich es allen kundtun. Und ich habe dich dort eingesetzt, damit du aufpasst und dafür sorgst, dass mein Wille geschieht. Du sollst der sein, der darauf achtet und darüber wacht.›» Seine Stimme bricht ab, ohne dass sein Ton sich gesenkt hätte. Seine Stimme hört einfach auf, wie wenn die Nadel von einem Grammophon gehoben wird, von jemandem, der nicht zuhört. Hightowers Blick wandert von ihm zu Byron, und es ist auch ein fast wütender Blick.

«Was soll das? Was soll das?», fragt er.

«Ich wollte es so einrichten, dass die Frau allein kommt und mit Ihnen spricht, ohne dass er dabei ist», sagte Byron. «Aber wir konnten ihn nirgendwo lassen. Sie sagt, sie muss auf ihn aufpassen. Gestern hat er in Mottstown versucht, die Leute aufzuwiegeln, dass sie Christmas lynchen, ehe er auch nur wusste, was er getan hatte.»

«Ihn lynchen?», sagt Hightower. «Seinen eigenen Enkelsohn lynchen?»

«Das jedenfalls hat sie gesagt», sagt Byron mit gleichbleibender Stimme. «Sie sagt, deshalb ist er hergekommen. Und sie musste mit ihm kommen, um ihn daran zu hindern.»

Die Frau spricht wieder. Vielleicht hat sie zugehört. Aber ihr Gesicht ist jetzt so ausdruckslos wie in dem Augenblick, als sie eintrat; mit hölzernem Gesicht und ihrer toten Stimme spricht sie wieder, mit fast der gleichen Jähheit wie der Mann. «Seit fünfzig Jahren ist er so. Seit über fünfzig Jahren, aber seit fünfzig Jahren leide ich darunter. Schon ehe wir geheiratet haben, hat er immer gekämpft. Sogar an dem Abend, als Milly geboren wurde, saß er wegen einer Schlägerei im Gefängnis. Das hab ich ertragen und erlitten. Er hat gesagt, er musste immer kämpfen, weil er kleiner ist als die meisten Männer, und deshalb würden sie ihn unterdrücken. Das war seine Eitelkeit und sein Stolz. Aber ich habe ihm gesagt, das ist so, weil der Teufel in ihm steckt. Und eines Tages würde der Teufel über ihn kommen, und er würde es erst merken, wenn es zu spät ist, und der Teufel würde sagen: ‹Eupheus Hines, ich bin gekommen, um mir meinen Tribut zu holen.› Das hab ich zu ihm gesagt, an dem Tag, nachdem Milly geboren wurde, und ich war noch zu schwach, um den Kopf zu heben, und er war gerade aus dem Gefängnis gekommen. Das habe ich zu ihm gesagt: wie ihm gerade da Gott ein Zeichen gegeben hatte und eine Warnung: dass er zu der Stunde und Minute, als seine Tochter geboren wurde, im Gefängnis eingesperrt war. Das war das Zeichen des Herrn, dass der Himmel ihn nicht für geeignet hielt, eine Tochter großzuziehen. Ein Zeichen von Gott im Himmel, dass die Stadt (er war damals Bremser bei der Eisenbahn) ihm nur schadet. Und er hat es selbst so verstanden, damals, denn es war ein Zeichen, und wir sind fortgezogen aus der Stadt, und nach einer Weile ist er Vorarbeiter in der Sägemühle geworden, und er kam gut zurecht, weil er damals noch nicht angefangen hatte, den Namen Gottes unnütz und stolz im Munde zu führen, um den Teufel, der in ihm steckte, zu rechtfertigen und zu entschuldigen. Und als Lem Bushs Fuhrwerk nachts auf der Rückfahrt vom Zirkus vorbeifuhr und nicht anhielt, um Milly absteigen zu lassen, und Eupheus wieder ins Haus kam und alles aus der Schublade warf, bis er an die Pistole kam, hab ich gesagt: ‹Eupheus, das ist der Teufel. Das ist nicht die Sorge um Milly, was dich jetzt treibt›, und er hat gesagt: ‹Teufel ja oder nein. Teufel ja oder nein›, und er hat mich geschlagen, mit seiner Hand, und ich lag quer auf dem Bett und hab ihm zugesehen –» Sie bricht ab. Doch bei ihr sinkt die Stimme, als wäre das Gerät mitten beim Abspielen der Schallplatte langsam zum Stillstand gekommen. Wieder blickt Hightower von ihr zu Byron mit jenem Ausdruck wütender Verwunderung.

«So habe ich das auch gehört», sagte Byron. «Zuerst hatte auch ich Mühe, es zu verstehen. Sie haben bei einer Sägemühle gelebt, wo er Vorarbeiter war, drüben in Arkansas. Das Mädchen war damals ungefähr achtzehn. Eines Abends kam ein Zirkus an der Mühle vorbei, auf dem Weg in die Stadt. Es war Dezember, und es hatte viel geregnet, und eines der Fuhrwerke brach auf der Brücke in der Nähe der Mühle ein, und die Männer kamen zu seinem Haus und weckten ihn, um sich einen Flaschenzug zu leihen und den Wagen rauszuholen –»

«Frauenfleisch – Gottes Gräuel!», schreit der alte Mann plötzlich. Dann senkt sich seine Stimme, wird leise, und es ist, als wollte er lediglich Aufmerksamkeit auf sich ziehen. Er spricht wieder schnell, in vernünftigem Ton, vage, fanatisch, spricht wieder von sich selbst in der dritten Person. «Er wusste es. Old Doc Hines hat es gewusst. Er hatte schon das Frauenzeichen von Gottes Gräuel an ihr gesehen, unter ihren Kleidern. Und als er ging und sich den Regenmantel überzog und die Laterne anzündete und zurückkam, war sie schon an der Tür, auch im Regenmantel, und er sagte: ‹Du gehst wieder ins Bett›, und sie sagte: ‹Ich will mitkommen›, und er sagte: ‹Du gehst wieder rein, ins Zimmer›, und sie ging rein, und er holte den großen Flaschenzug aus der Sägemühle und zog den Wagen wieder raus. Fast bis Tagesanbruch arbeitete er und bildete sich ein, sie hätte den Befehl des Vaters, den Gott der Herr ihr gegeben hatte, befolgt. Aber er hätte es wissen müssen. Er hätte wissen müssen, dass Frauenfleisch Gottes Gräuel ist; er hätte die wandelnde Gestalt von Hurerei und Gräuel, die Gott schon ins Angesicht stank, erkennen müssen. Und zu Old Doc Hines, der es besser hätte wissen müssen, hat sie gesagt, er ist Mexikaner. Wo Old Doc Hines doch in seinem Gesicht den schwarzen Fluch des allmächtigen Gottes sehen konnte. Sie hat ihm gesagt –»

«Was soll das?», sagt Hightower. Er spricht laut, als hätte er im Voraus gewusst, dass er die Stimme des anderen durch schiere Lautstärke zum Schweigen bringen musste. «Was soll das alles?»

«Es war ein junger Kerl vom Zirkus», sagt Byron. «Sie hat ihm gesagt, der Mann wäre Mexikaner. Das hat die Tochter zu ihm gesagt, als er sie erwischt hat. Kann sein, dass der Mann das auch dem Mädchen gesagt. Aber er –» wieder deutet er auf den alten Mann «– er wusste irgendwie, dass der Mann Niggerblut hatte. Vielleicht haben die Zirkusleute ihm das gesagt. Ich weiß es nicht. Er hat nie gesagt, wie er's rausgefunden hat, so als wäre das ohne Bedeutung. Und ich nehme an, nach dem nächsten Abend war es das auch.»

«Nach dem nächsten Abend?»

«Ich nehme an, sie hat sich nachts rausgeschlichen, als der Zirkus feststeckte. Das hat sie, sagt er. Jedenfalls hat er sich so verhalten, und was er getan hat, hätte nicht passieren können, wenn er's nicht gewusst und sie sich nicht weggeschlichen hätte. Denn am nächsten Tag ist sie mit ein paar Nachbarn in den Zirkus gegangen. Er hat sie gehen lassen, weil er nicht wusste, dass sie sich in der Nacht davor aus dem Haus geschlichen hatte. Er hat auch nichts geargwöhnt, als sie in ihrem Sonntagskleid in das Fuhrwerk der Nachbarn stieg. Aber er wartete schon auf das Fuhrwerk, als es an dem Abend zurückkam, horchte darauf, als es die Straße entlangkam und an dem Haus vorbeifuhr, als wollte es nicht anhalten und sie absetzen. Da ist er rausgelaufen und hat gerufen, und der Nachbar hat angehalten, und das Mädchen war nicht im Wagen. Der Nachbar hat gesagt, das Mädchen hätte sich auf dem Zirkusplatz von ihnen getrennt, sie wollte die Nacht bei einem anderen Mädchen verbringen, das sechs Meilen entfernt lebte, und der Nachbar wunderte sich, dass Hines nichts davon wusste, denn er sagte, sie hätte ihren Beutel bei sich gehabt, als sie in den Wagen stieg. Hines hatte den Beutel nicht bemerkt. Und sie» – diesmal zeigt er auf die Frau mit dem steinernen Gesicht, die dem, was er sagt, vielleicht zuhört, vielleicht auch nicht, – «sie sagt, es war der Teufel, der ihn gelenkt hat. Sie sagt, er hätte genauso wenig wissen können wie sie, wo das Mädchen war, und doch ist er ins Haus gekommen und hat sich die Pistole geholt, und als sie ihn aufhalten wollte, habe er sie quer übers Bett geworfen und sein Pferd gesattelt und sei davongeritten. Und sie sagt, er hätte die einzige Abkürzung genommen, die er nehmen konnte, um sie einzuholen, und er hätte sich in der Dunkelheit für diese eine von einem halben Dutzend Abkürzungen entschieden. Und das, obwohl er unmöglich wissen konnte, welche Straße sie genommen hatten. Aber er hat's gewusst. Er fand die beiden, als hätte er die ganze Zeit gewusst, wo sie sein würden, als hätten er und der Mann, von dem ihm seine Tochter gesagt hatte, er wäre Mexikaner, sich dort zu einem Treffen verabredet. Als hätte er es gewusst. Es war pechschwarze Nacht, und selbst als er einen Buggy einholte, konnte er unmöglich wissen, dass es der war, den er suchte. Aber er ritt von hinten an den Buggy heran, den ersten, den er in dieser Nacht erblickte. Er schloss rechts auf und beugte sich hinüber, noch immer in pechschwarzer Dunkelheit, und ohne ein Wort zu sagen oder sein Pferd anzuhalten, packte er den Mann, der nach allem, was er sehen oder hören konnte, ebenso ein Fremder wie ein Nachbar hätte sein können. Packte ihn mit einer Hand, hob die Pistole mit der andern und erschoss ihn und brachte das Mädchen hinter sich auf dem Pferd wieder nach Hause. Den Buggy und den Mann ließ er dort auf der Straße zurück. Inzwischen regnete es auch wieder.»

Er bricht ab. Sogleich fängt die Frau an zu sprechen, als hätte sie mit starrer Ungeduld darauf gewartet, dass Byron aufhört. Sie spricht mit der gleichen toten, gleichmäßigen Stimme: die zwei Stimmen in monotoner Strophe und Antistrophe: zwei körperlose Stimmen, die wie im Traum von etwas berichten, das in einer dimensionslosen Region von Menschen ohne Blut vollführt worden ist: «Ich lag quer über dem Bett und hörte ihn rausgehen, und dann hörte ich das Pferd, wie es aus der Scheune kam und schon im Galopp am Haus vorbeilief. Und ich lag da, ohne mich auszuziehen, und blickte auf die Lampe. Das Petroleum war fast aufgebraucht, und nach einer Weile stand ich auf und ging mit der Lampe in die Küche und füllte sie auf und säuberte den Docht, und dann zog ich mich aus und legte mich hin, bei brennender Lampe. Es regnete noch immer, und es war außerdem kalt, und nach einer Weile hörte ich das Pferd auf den Hof zurückkommen und an der Veranda anhalten, und ich stand auf und legte mir den Schal um, und dann hörte ich sie ins Haus kommen. Ich konnte Eupheus' Schritte hören, dann Millys Schritte, sie kamen durch den Flur zur Tür, und Milly stand da, mit Regentropfen im Gesicht, ihr Haar und ihr neues Kleid ganz schmutzig, die Augen geschlossen, und dann schlug Eupheus sie, und sie fiel zu Boden und lag da, und sie sah im Gesicht nicht anders aus als zuvor, als sie aufrecht gestanden hatte. Und Eupheus stand in der Tür, auch er war nass und schmutzig, und er sagte: ‹Du hast gesagt, ich verrichte des Teufels Werk. Und jetzt hab ich dir des Teufels Brut zurückgebracht. Frag sie, was sie jetzt in sich trägt. Frag sie.› Und ich war so müde, und es war kalt, und ich sagte: ‹Was ist geschehen?›, und er sagte: ‹Gehe hin und sieh im Schlamm nach, dann siehst du es. Ihr hat er vielleicht vorgemacht, dass er Mexikaner war. Aber mir hat er nichts vorgemacht. Und ihr hat er auch nichts vorgemacht. Das brauchte er gar nicht. Denn du hast ja einmal gesagt, eines Tages würde der Teufel auf mich niederfahren und seinen Tribut fordern. Das hat er jetzt getan.

Meine Frau hat mir eine Hure geboren. Doch wenigstens hat er getan, was er konnte, als die Zeit kam, dass er seine Forderung stellte. Er hat mir die richtige Straße gezeigt, und er hat die Pistole ruhig gehalten.›

Und so hab ich manches Mal gedacht, dass der Teufel Gott besiegt hatte. Denn wir fanden heraus, dass Milly ein Kind bekam, und Eupheus machte sich auf die Suche nach einem Arzt, der das richten würde. Ich glaubte, er werde einen finden, und manchmal glaubte ich, es wäre besser so, wenn doch Mann und Frau in der Welt leben sollen. Und manchmal hoffte ich, er würde einen finden, denn ich war so müde und alles, als der Prozess vorbei war und der Zirkusbesitzer wiederkam und sagte, dass der Mann wirklich teils Nigger war und nicht Mexikaner, wie Eupheus ja die ganze Zeit gesagt hatte, als ob der Teufel Eupheus eingeflüstert hätte, dass es ein Nigger war. Und Eupheus hat wieder die Pistole genommen und gesagt, er würde einen Arzt finden, oder einen umbringen, und dann verschwand er öfter und blieb manchmal eine Woche lang weg, und alle Leute wussten davon, und ich wollte Eupheus überreden, lass uns hier wegziehen, es war ja nur der Zirkusmann, der gesagt hatte, er wäre ein Nigger, und vielleicht wusste der es auch nicht mit Sicherheit, und außerdem war er auch weg, und wahrscheinlich würden wir ihn nie wieder sehen. Aber Eupheus wollte nicht wegziehen, und Millys Zeit kam näher, und Eupheus war noch immer mit seiner Pistole auf der Suche nach einem Arzt, der es tun würde. Und dann hörte ich, dass er wieder im Gefängnis war; dass er in verschiedenen Orten, wo er versucht hat, einen Arzt zu finden, zur Kirche und in die Gebetsstunden gegangen war und dass er eines Abends bei einer Gebetsstunde aufgestanden und auf die Kanzel gestiegen war und selbst angefangen hatte zu predigen, und dass er gegen die Nigger gebrüllt hatte und die Weißen angestachelt hatte, sie sollten sie alle töten, und die Leute in der Kirche zwangen ihn, aufzuhören und von der Kanzel runterzukommen, und er bedrohte sie mit der Pistole, bedrohte sie dort in der Kirche, bis die Gesetzeshüter kamen und ihn festnahmen, und eine Zeit lang betrug er sich wie ein Verrückter. Und sie fanden heraus, dass er in einer anderen Stadt einen Arzt verprügelt hatte und weggelaufen war, ehe man ihn fassen konnte. Als er dann aus dem Gefängnis entlassen wurde und wieder nach Hause kam, war Millys Zeit fast gekommen. Und da dachte ich, er hätte aufgegeben, hätte endlich Gottes Willen erkannt, weil er zu Hause ganz ruhig war, und eines Tages fand er die Babysachen, die Milly und ich zurechtgelegt und vor ihm versteckt hatten, und er hat nichts darüber gesagt, nur gefragt, wann es so weit sein würde. Jeden Tag fragte er das nun, und wir dachten, er hätte aufgegeben und dass die Besuche in den Kirchen oder die Zeit im Gefängnis ihn wieder versöhnt hätten, wie damals in der Nacht, als Milly geboren worden war. Und so kam die Zeit, und eines Nachts weckte mich Milly und sagte, es hat angefangen, und ich hab mich angezogen und hab zu Eupheus gesagt, er solle den Arzt holen, und er zog sich an und ging raus. Und ich hab alles vorbereitet, und wir haben gewartet, und die Zeit, dass Eupheus und der Arzt hätten kommen müssen, kam und ging, und Eupheus war immer noch nicht zurück, und ich wartete so lange, bis der Arzt ziemlich schnell hätte kommen müssen, und dann bin ich rausgegangen auf die Veranda, um Ausschau zu halten, und da sah ich Eupheus auf der obersten Stufe sitzen, die Schrotflinte über den Knien, und er sagte: ‹Geh wieder ins Haus, du Hurenmutter›, und ich sagte: ‹Eupheus›, und er hob die Flinte und sagte: ‹Geh wieder ins Haus. Lass den Teufel seine eigene Brut holen: Er hat sie schließlich auch gepflanzt.› Und ich hab versucht, hinten aus dem Haus zu kommen, aber er hat mich gehört und ist mit der Schrotflinte ums Haus gerannt und hat mich mit dem Lauf geschlagen, und ich bin wieder zu Milly rein, und er stand draußen im Flur vor der Tür, wo er Milly sehen konnte, bis sie starb. Dann kam er rein, ans Bett, und sah sich das Baby an, und er nahm es und hielt es hoch, höher als die Lampe, als wollte er sehen, wer gewinnen würde, der Teufel oder der Herr. Und ich war so müde, ich saß neben dem Bett und starrte auf seinen Schatten an der Wand, auf die Schatten von seinen Armen und dem Bündel ganz hoch oben an der Wand. Und da dachte ich, der Herr hätte gesiegt. Aber jetzt weiß ich nicht. Denn dann legte er das Baby wieder aufs Bett, neben Milly, und ging raus. Ich hörte ihn, wie er zur Haustür hinausging, und ich stand auf und machte Feuer im Herd und wärmte ein bisschen Milch.» Sie bricht ab; ihre harsche, dröhnende Stimme verklingt. Hightower beobachtet sie über den Schreibtisch hinweg: das stille, steinerne Gesicht der Frau in dem purpurroten Kleid, die sich nicht gerührt hat, seit sie das Zimmer betreten hat. Dann fängt sie wieder an zu sprechen, ohne sich zu rühren, fast ohne die Lippen zu bewegen, als wäre sie eine Marionette und die Stimme gehörte einem Bauchredner im Nebenzimmer.

«Und Eupheus war verschwunden. Der Mann, dem das Sägewerk gehörte, wusste nicht, wohin er gegangen war. Er hatte einen neuen Vorarbeiter eingestellt, aber er ließ mich noch eine Weile in dem Haus bleiben, weil wir nicht wussten, wo Eupheus war, und es wurde Winter, und ich saß da und hatte das Baby zu versorgen. Aber ich wusste so wenig wie Mr. Gillman, wo Eupheus war, bis der Brief kam. Er war aus Memphis, und er enthielt eine Postanweisung, und das war alles. Ich wusste also immer noch nichts. Und dann, im November, kam wieder eine Postanweisung, ohne Brief, ohne alles. Und ich war so müde, und dann, zwei Tage vor Weihnachten, war ich hinten im Hof und hackte Holz, und als ich wieder ins Haus kam, war das Baby verschwunden. Ich war keine Stunde draußen gewesen, und eigentlich war es so, dass ich ihn hätte sehen müssen, als er kam und als er ging. Aber ich hatte ihn nicht gesehen. Ich fand nur den Brief, den Eupheus auf das Kopfkissen gelegt hatte, das ich immer an die Bettkante legte, damit das Baby nicht rausfallen konnte, und ich war so müde. Und ich wartete, und nach Weihnachten kam Eupheus nach Hause, aber er wollte mir nichts sagen. Er sagte nur, wir würden umziehen, und ich dachte, er hätte das Baby schon dorthin gebracht und wollte mich jetzt nachholen. Und er wollte mir nicht sagen, wohin wir ziehen würden, aber es dauerte nicht lange, da war ich beinahe verrückt vor Sorge, was mit dem Baby geschehen würde, bis wir dort ankamen, und er wollte mir immer noch nichts sagen, und ich dachte, wir würden nie dort ankommen. Dann kamen wir dort an, und das Baby war nicht da, und ich sagte: ‹Sag mir, was du mit Joey gemacht hast. Du musst es mir sagen›, und er sah mich an, wie er Milly angesehen hatte, in der Nacht, als sie auf dem Bett lag und starb, und er hat gesagt: ‹Es ist Gott dem Herren ein Gräuel, und ich bin das Werkzeug seines Willens.› Und am nächsten Tag ging er fort, und ich wusste nicht, wohin er gegangen war, und dann kam wieder eine Postanweisung, und im Monat darauf kam Eupheus nach Hause und sagte, er hätte jetzt Arbeit in Memphis. Und da wusste ich, dass er Joey irgendwo in Memphis versteckt hatte, und ich dachte, das wäre doch wenigstens etwas, weil er sich dort um Joey kümmern konnte, selbst wenn ich nicht da war. Und ich wusste, dass ich abwarten musste, bis Eupheus wollte, dass ich es erfuhr, und jedes Mal dachte ich, nächstes Mal nimmt er mich vielleicht mit nach Memphis. Und so wartete ich. Ich nähte und machte Sachen zum Anziehen für Joey und wollte alles fertighaben, wenn Eupheus nach Hause käme, und dann würde ich versuchen, aus ihm herauszubekommen, ob die Sachen Joey passten und ob es ihm gutging, aber Eupheus erzählte mir nichts. Meistens saß er im Zimmer und las laut aus der Bibel vor, obwohl keiner da war, der zuhörte, außer mir, und er las und brüllte heraus, was in der Bibel stand, als glaubte er, ich würde nicht glauben, was er vorlas. Aber fünf Jahre lang hat er mir nichts gesagt, und ich wusste nie, ob er Joey die Sachen brachte, die ich genäht hatte, oder nicht. Und ich hatte Angst, ihn zu fragen, ihn zu bedrängen, denn es war ja gut, dass er da war, wo

Joey war, auch wenn ich nicht dort war. Und dann, nach fünf Jahren, kam er eines Tages nach Hause und sagte: ‹Wir ziehen weg›, und ich dachte, jetzt ist es so weit, jetzt sehe ich ihn wieder; wenn es Sünde war, so dachte ich, dann haben wir jetzt genug dafür bezahlt, und ich verzieh Eupheus sogar. Ich dachte nämlich, dass wir diesmal endlich nach Memphis ziehen würden. Aber wir zogen nicht nach Memphis. Wir zogen nach Mottstown. Wir mussten über Memphis fahren, und ich hab ihn angefleht. Ich hatte ihn nie zuvor angefleht. Aber da hab ich's gemacht: nur eine Minute, eine Sekunde lang; ich würde ihn auch nicht anfassen oder mit ihm sprechen, nichts. Aber Eupheus hörte nicht. Wir haben den Bahnhof gar nicht verlassen. Wir sind aus einem Zug ausgestiegen und haben sieben Stunden gewartet, bis der andere Zug kam, und dann sind wir nach Mottstown gefahren. Und Eupheus ist nicht mehr nach Memphis zur Arbeit gefahren, und nach einer Weile hab ich gesagt: ‹Eupheus›, und er hat mich angesehen, und ich hab gesagt: ‹Ich hab fünf Jahre lang gewartet und ich hab dich nie belästigt. Kannst du mir einfach nur einmal sagen, ob er tot ist oder nicht?›, und er hat gesagt: ‹Er ist tot›, und ich hab gesagt: ‹Tot für die Welt der Lebenden, oder nur tot für mich? Selbst wenn er nur tot für mich ist. Sag mir wenigstens das, denn fünf Jahre lang hab ich dich nicht bedrängt›, und er hat gesagt: ‹Er ist tot, tot für dich und für mich und für Gott und für Gottes ganze Welt, immer und immerdar.›»

Wieder bricht sie ab. Hinter dem Schreibtisch sitzt Hightower und beobachtet sie mit diesem ruhigen, verzweifelten Staunen. Auch Byron sitzt regungslos, den Kopf ein wenig geneigt. Die drei sind wie drei Felsen an einem Strand, wo sie bei Ebbe aus dem Wasser herausragen, nur der alte Mann nicht. Er hat jetzt zugehört, fast aufmerksam, mit der ihm eigenen Fähigkeit, von einem Moment zum andern zwischen völliger Aufmerksamkeit, in der er nicht zu hören scheint, und jener komatösen Gedankenverlorenheit zu wechseln, in der das

Starren seiner anscheinend nach innen gewandten Augen so unbehaglich ist, als hielte er sie mit der Hand fest. Plötzlich lacht er gackernd auf, hell, laut, irre; unglaublich alt, unglaublich schmutzig, beginnt er zu sprechen. «Es war der Herr. Er war da. Old Doc Hines hat auch Gott seine Gelegenheit gegeben. Der Herr hat Old Doc Hines gesagt, was er tun muss, und Old Doc Hines hat es getan. Dann sagte der Herr zu Old Doc Hines: ‹Jetzt gib acht. Gib acht und sieh meinen Willen am Werke.› Und Old Doc Hines gab acht und hörte, was die Münder kleiner Kinder, Gottes eigener vaterloser und mutterloser Kinder sagten, in deren Münder er seine Worte und sein Wissen legte, auch wenn sie es nicht wissen konnten, weil sie noch ohne Sünde waren, selbst die Mädchen waren noch ohne Sünde und Hurerei: Nigger! Nigger!, kam es aus den unschuldigen Mündern kleiner Kinder. ‹Was habe ich dir gesagt?›, sagte Gott zu Old Doc Hines. ‹Und jetzt habe ich dafür gesorgt, dass mein Wille ins Werk gesetzt wird, und jetzt bin ich fort. Es gibt nicht so viel Sünde hier, dass ich genug zu tun hätte, denn was schert mich die Unzucht einer Schlampe, wenn auch das Teil meines Plans ist?›, und Old Doc Hines sagte: ‹Wie ist die Unzucht einer Schlampe Teil deines Plans?›, und Gott sagte: ‹Warte du nur ab. Denkst du, es ist bloß Zufall, dass ich den jungen Doktor sandte, auf dass er den Gegenstand meines Gräuels, in eine Decke gewickelt, an jenem Weihnachtsabend auf der Türschwelle fand? Denkst du, es war bloß Zufall, dass die Madam an jenem Abend nicht da war und so den jungen Schlampen die Gelegenheit gab, ihn Christmas zu nennen und so meinen Sohn zu lästern? Darum bin ich jetzt fort, denn ich habe meinen Willen ins Werk gesetzt, und ich kann dich hierlassen, damit du darüber wachst.› Und so hat Old Doc Hines gewacht und gewartet. Von Gottes Heizungsraum aus hat er über die Kinder gewacht, und über des Teufels Saat, die unerkannt unter ihnen wandelte und die Erde mit dem Wirken jenes an ihm haftenden Wortes beschmutzte. Denn er spielte nun nicht mehr mit den anderen

Kindern. Er blieb für sich, er stand still, und da wusste Old Doc Hines, dass er der verborgenen Warnung Gottes vor ewiger Verdammnis lauschte, und Old Doc Hines sagte zu ihm: ‹Warum spielst du nicht mit den anderen Kindern, wie du es früher getan hast?›, und er hat nichts gesagt, und Old Doc Hines fragte: ‹Ist es, weil sie dich Nigger rufen?›, und er antwortete nicht, und Old Doc Hines fragte: ‹Glaubst du, du bist ein Nigger, weil Gott dein Gesicht gezeichnet hat?›, und er fragte: ‹Ist Gott auch ein Nigger?›, und Old Doc Hines sagte: ‹Er ist Gott, der Herr zorniger Heerscharen: Sein Wille geschehe. Nicht deiner, nicht meiner, denn du und ich, wir sind beide Teil seines Plans und seiner Rache.› Und der Junge ging davon, und Old Doc Hines wachte über ihn und sah, wie er horchte und dem rächenden Willen des Herrn lauschte, bis Old Doc Hines entdeckte, dass er den Nigger, der im Garten arbeitete, beobachtete und, wenn er im Garten arbeitete, hinter ihm herging, bis der Nigger schließlich sagte: ‹Warum beobachtest du mich, Junge?›, und der Junge fragte: ‹Wie kommt es, dass du ein Nigger bist?›, und der Nigger sagte: ‹Wer hat dir gesagt, dass ich ein Nigger bin, du kleiner dreckiger weißer Bastard?›, und er sagt: ‹Ich bin kein Nigger›, und der Nigger sagt: ‹Du bist schlimmer als das. Du weißt nicht, was du bist. Und mehr noch, du wirst es nie wissen. Du wirst leben und du wirst sterben und du wirst nie wissen›, und der Junge sagt: ‹Gott ist kein Nigger›, und der Nigger sagt: ‹Ich nehme an, du solltest wissen, was Gott ist, weil niemand außer Gott weiß, was du bist.› Aber Gott war nicht da, es ihm zu sagen, denn er hatte dafür gesorgt, dass sein Wille ins Werk gesetzt wurde, und hatte Old Doc Hines aufgetragen, darüber zu wachen. Von jenem ersten Abend an, als er den heiligen Geburtstag seines einzigen Sohnes gewählt hatte, dass sein Wille getan werde, setzte er Old Doc Hines ein, darüber zu wachen. Es war kalt in dieser Nacht, und Old Doc Hines stand gleich hinter der Ecke im Dunkeln, wo er die Schwelle und die Erfüllung von Gottes Willen sehen konnte, und er sah, wie der junge Arzt, der in Lüsternheit und Unzucht kam, stehenblieb und sich bückte und den Gräuel des Herrn aufhob und ins Haus trug. Und Old Doc Hines ging hinter ihm her, und er hat gesehen und gehört. Er sah zu, wie die jungen Schlampen, die in Madams Abwesenheit den heiligen Geburtstag des Herrn mit Eierpunsch und Whiskey entweihten, die Decke aufschlugen. Und sie, die Iezabel des Arztes, die Gottes Werkzeug war, sagte: ‹Wir nennen ihn Christmas›, und eine andere sagte: ‹Was, Christmas? Christmas, und was?›, und Gott sagte zu Old Doc Hines: ‹Sag's ihnen›, und sie alle sahen Old Doc Hines an, und der Ruch der Beschmutzung haftete an ihnen, und sie schrien: ‹Oh, da ist ja Uncle Doc. Sehen Sie mal, was Santa Claus uns gebracht und auf die Türschwelle gelegt hat, Uncle Doc›, und Old Doc Hines sagte: ‹Sein Name ist Joseph›, und sie hörten auf zu lachen und sahen Old Doc Hines an, und die Jezabel sagte: ‹Woher wissen Sie das?›, und Old Doc Hines sagte: ‹Das sagt der Herr›, und da lachten sie wieder und schrien: ‹So steht's geschrieben: Christmas, der Sohn Joes. Joe, der Sohn Joes. Joe Christmas›, und sie sagten: ‹Auf Joe Christmas›, und sie wollten, dass Old Doc Hines auch auf den Gräuel des Herrn trank, aber er schlug den Becher fort. Und er musste nur wachen und warten, und das tat er und wartete, dass die Zeit des Herrn reif war und Böses aus Bösem entstand. Und die Iezabel des Arztes kam von ihrem Lustbett angerannt, und der Gestank von Sünde und Angst haftete noch an ihr. ‹Er hatte sich hinter dem Bett versteckt›, sagt sie, und Old Doc Hines sagte: ‹Du hast diese parfümierte Seife benutzt, sie hat dein Verderben herbeigeführt, durch den Gräuel und die Empörung des Herrn. Erdulde es›, und sie sagte: ‹Sie können mit ihm sprechen. Ich hab Sie gesehen. Sie können ihn überreden›, und Old Doc Hines sagte: ‹Ich kümmere mich um deine Hurerei nicht mehr als Gott›, und sie sagte: ‹Er wird mich verraten, und dann wird man mich rauswerfen. Und Schande wird über mich kommen.› Der Gestank von Lust und Unzucht haftete an ihr, während sie so vor Old Doc Hines stand, und in der gleichen Minute geschah der Wille des Herrn an ihr, die das Haus geschändet hatte, in dem Gott seine vaterlosen und mutterlosen Kinder beherbergte. ‹Du bist ein Nichts›, sagte Old Doc Hines, ‹du und alle Schlampen. Du bist ein Werkzeug Gottes in seinem zornigen Plan, nach dem selbst ein Sperling nicht auf die Erde fällt. Du bist ein Werkzeug Gottes, so wie Joe Christmas und Old Doc Hines.› Und sie ging fort, und Old Doc Hines wartete und wachte, und es dauerte nicht lange, da kam sie zurück, und ihr Gesicht war wie das eines reißenden Wüstentiers. ‹Ich hab ihn bestochen›, sagte sie, und Old Doc Hines sagte: ‹Wie bestochen?›, weil es nichts gab, was Old Doc Hines nicht wusste, denn der Herr verbarg seinen Plan nicht vor seinem erwählten Werkzeug, und Old Doc Hines sagte: ‹Du hast den vorbestimmten Willen Gottes ausgeführt. Du kannst jetzt gehen und ihn in Frieden bis an den Jüngsten Tag hassen›, und ihr Gesicht war wie das eines reißenden Wüstentiers, als sie Gott aus ihrem verderbten, trügerischen Schmutz verlachte. Und sie kamen und brachten den Jungen fort. Old Doc Hines sah, wie der Junge in dem Buggy davonfuhr, und er ging zurück und wartete auf Gott, und Gott kam und sagte zu Old Doc Hines: ‹Du kannst jetzt auch gehen. Du hast mein Werk getan. Hier ist jetzt kein Übel mehr, außer dem Frauenübel, das es nicht wert ist, dass mein erwähltes Werkzeug darüber wache.› Und Old Doc Hines ging, wie Gott ihm befohlen hatte. Aber er blieb in Berührung mit Gott, und zur Nacht sagte er: ‹Dieser Bastard, Herr›, und Gott sagte: ‹Er wandelt noch auf meiner Erde›, und Old Doc Hines blieb in Berührung mit Gott, und zur Nacht sagte er: ‹Dieser Bastard, Herr›, und Gott sagte: ‹Er wandelt noch auf meiner Erde›, und Old Doc Hines blieb in Berührung mit Gott, und eines Nachts rang er und kämpfte und schrie laut: ‹Dieser Bastard, Herr! Ich spüre ihn! Ich spüre die Zähne und Klauen des Bösen!›, und Gott sagte: ‹Es ist der Bastard. Dein Werk ist noch nicht vollendet. Er ist eine Beschmutzung und ein Gräuel auf meiner Erde.›»

Die Musik aus der ein Sück entfernten Kirche ist längst verklungen. Durch das offene Fenster kommen jetzt nur die friedlichen, tausendfältigen Geräusche der Sommernacht herein. Hightower, der hinter dem Schreibtisch sitzt, sieht mehr denn je wie ein gequältes Tier aus, das in seinem Bedürfnis zu fliehen überlistet und genarrt wurde und nun von denen in Schach gehalten wird, die es überlistet und genarrt haben. Die drei anderen sitzen ihm gegenüber, fast wie eine Reihe Geschworener. Zwei von ihnen sitzen ebenfalls regungslos, die Frau mit dieser steingesichtigen Geduld eines wartenden Felsens, der alte Mann so verausgabt wie der verkohlte Docht einer Kerze, deren Flamme heftig ausgeblasen wurde. Nur in Byron scheint noch Leben. Sein Gesicht ist gesenkt. Anscheinend betrachtet er die Hand, die auf seinem Schoß liegt, deren Daumen und Zeigefinger langsam, mit knetender Bewegung aneinanderreiben, während er gedankenverloren und versonnen zuzusehen scheint. Als Hightower spricht, richtet er sich, das weiß Byron, nicht an ihn, richtet er sich an niemanden im Zimmer. «Was wollen Sie, was soll ich tun?», fragt er. «Was kann ich tun – was denken, hoffen, glauben sie?»

Darauf ist kein Laut zu hören. Offenbar haben weder der Mann noch die Frau zugehört. Byron erwartet nicht, dass der Mann zuhört. ‹Er braucht keine Hilfe›, denkt er. ‹Er nicht. Eher muss er gehindert werden›; und er denkt an den komatösen Zustand, an die traumartige und doch manische Anspannung, in der sich der alte Mann, immer in kleinem Abstand hinter der Frau, von einem Platz zum andern bewegt hat, seit er ihnen vor zwölf Stunden begegnet ist. ‹Eher muss er gehindert werden. Ich nehme an, es ist ein Glück, und nicht nur für die Frau, dass er nahezu hilflos ist.› Er sieht die Frau an. Leise, fast sanft sagt er: «Nur zu. Sagen Sie ihm, was Sie wollen. Er möchte wissen, was Sie möchten, dass er tun soll. Sagen Sie es ihm.»

«Ich dachte, vielleicht –», sagt sie. Sie spricht, ohne sich zu rühren. Ihre Stimme klingt weniger zögernd als vielmehr rostig, als würde sie zu dem Versuch gezwungen, etwas zu artikulieren, das außerhalb des Bereichs des laut Gesprochenen liegt, das nur gefühlt, gewusst werden kann. «Mr. Bunch sagt, dass vielleicht –»

«Was?», sagt Hightower. Er spricht scharf, ungeduldig, die Stimme etwas zu hoch; auch er hat sich nicht gerührt, er sitzt zurückgelehnt auf seinem Stuhl, die Hände auf den Armlehnen. «Was? Dass was –?»

«Ich dachte ...» Wieder erstirbt die Stimme. Draußen vorm Fenster das unablässige Sirren der Insekten. Dann spricht die Stimme weiter, flach, tonlos; die Frau sitzt ebenfalls mit leicht geneigtem Kopf da, als hörte auch sie mit der gleichen ruhigen Intensität der eigenen Stimme zu: «Er ist mein Enkelsohn, der kleine Junge meiner Tochter. Ich dachte einfach nur, wenn ich ... wenn er ...» Byron hört ruhig zu und denkt *Eigentlich ist es komisch. Man könnte denken, irgendwann wären sie getauscht worden. Als wäre er es, der einen Niggerenkelsohn hätte, der demnächst gehenkt werden soll* Die Stimme spricht weiter. «Ich weiß, es ist nicht recht, einen Fremden zu belästigen. Aber Sie haben es gut. Ein Junggeselle, ein alleinstehender Mann, der ohne die Verzweiflung der Liebe alt werden konnte. Aber ich nehme an, Sie würden es nie verstehen, selbst wenn ich es richtig erklären könnte. Ich hab einfach nur gedacht, wenn es vielleicht nur einen Tag lang so sein könnte, als wäre es nicht geschehen. Wenn die Leute ihn nicht kennen würden als einen, der getötet hat ...» Wieder bricht die Stimme ab. Die Frau hat sich nicht gerührt. Es ist, als lauschte sie der abbrechenden Stimme, wie sie der anhebenden gelauscht hat, mit dem gleichen Interesse, dem gleichen ruhigen Nichterstaunen.

«Weiter», sagt Hightower, wieder mit dieser hohen, ungeduldigen Stimme, «weiter.»

«Ich hab ihn nicht gesehen, seit er gehen und sprechen kann. Seit dreißig Jahren hab ich ihn nicht gesehen. Ich will nicht sagen, dass er nicht getan hat, was die Leute ihm nachsagen. Dass er nicht dafür leiden soll, so wie die anderen durch ihn gelitten haben, die geliebt und verloren haben. Aber wenn man ihn vielleicht nur einen Tag lang freilassen könnte. Als wäre es noch nicht geschehen. Als hätte die Welt noch nichts gegen ihn vorzubringen. Dann könnte es so sein, als ob er einfach eine Reise gemacht hätte und zum Mann herangewachsen und zurückgekommen wäre. Wenn es einen einzigen Tag so sein könnte. Danach würde ich mich nicht mehr einmischen. Wenn er es getan hat – ich würde mich nicht dazwischenstellen, zwischen ihn und das, was er leiden muss. Nur einen einzigen Tag lang. Als hätte er eine Reise gemacht und wäre zurückgekommen und würde mir von der Reise erzählen, ohne dass schon etwas auf der lebenden Erde gegen ihn wäre.»

«Oh», sagt Hightower mit seiner schrillen, hohen Stimme. Obwohl er sich nicht bewegt hat, obwohl die Knöchel seiner Hände, mit denen er die Lehnen umklammert, angespannt und weiß sind, steigt unter seiner Kleidung ein langsames, unterdrücktes Beben empor. «Aha, ja», sagt er. «Das ist alles. Das ist einfach. Einfach. Einfach.» Anscheinend kann er nicht aufhören, es zu sagen. «Einfach. Einfach.» Bisher hat er leise gesprochen, doch jetzt wird seine Stimme lauter. «Was wollen Sie von mir, was soll ich tun? Was muss ich jetzt tun? Byron! Byron? Was bedeutet das? Was wollen Sie von mir?» Byron ist aufgestanden. Er steht jetzt neben dem Schreibtisch, seine Hände liegen auf dem Schreibtisch, er sieht Hightower an. Noch immer rührt Hightower sich nicht, abgesehen von dem stetig stärker werdenden Beben seines schlaffen Körpers. «Ah, ja. Ich hätte es wissen müssen. Byron ist derjenige, der die Bitte vorbringt. Ich hätte es wissen müssen. Dieser Teil ist Byron und mir vorbehalten. Nur zu, nur zu. Heraus damit. Warum zögern Sie plötzlich?»

Byron blickt hinunter auf den Schreibtisch, auf seine Hände auf dem Tisch. «Es ist eine jammervolle Sache. Eine jammervolle Sache.»

«Ah. Mitleid? Nach dieser langen Zeit? Mitleid mit mir oder mit Byron? Nur zu, heraus damit. Was soll ich für Sie tun? Denn es ist für Sie, das weiß ich. Das habe ich die ganze Zeit gewusst. Ach, Byron, Byron. Was für ein Dramatiker wäre aus Ihnen geworden!»

«Vielleicht meinen Sie ein Werbetrommler, ein Verkäufer, ein Vertreter», sagt Byron. «Es ist eine jammervolle Sache. Das weiß ich. Das brauchen Sie mir nicht zu sagen.»

«Aber ich bin kein Hellseher wie Sie. Sie scheinen schon zu wissen, was ich Ihnen sagen könnte, aber Sie wollen mir nicht sagen, was ich Ihrer Meinung nach wissen sollte. Was wollen Sie, was soll ich tun? Mich des Mordes schuldig bekennen? Meinen Sie das?»

Byrons Gesicht zerspringt zu einer Grimasse, schwach, flüchtig, sarkastisch, erschöpft, ohne Freude. «Es kommt dem nahe, nehme ich an.» Dann wird sein Gesicht nüchtern; es ist ganz ernst. «Es ist eine jammervolle Sache, darum zu bitten. Gott weiß, ich bin mir dessen bewusst.» Er beobachtet seine Hand, die sich langsam, verloren und banal auf dem Schreibtisch bewegt. «Ich weiß noch, wie ich einmal zu Ihnen gesagt hab, dass das Gutsein seinen Preis hat, genauso wie das Schlechtsein; immer ist ein Preis zu bezahlen. Und die guten Menschen können die Rechnung nicht zurückweisen, wenn sie ihnen präsentiert wird. Sie können sie schon deshalb nicht zurückweisen, weil es keine Möglichkeit gibt, sie zum Zahlen zu zwingen; es ist ähnlich wie bei einem ehrlichen Mann, der spielt. Die schlechten Menschen können die Rechnung zurückweisen; deshalb erwartet auch niemand, dass sie bei Vorlage oder ein andermal bezahlen. Aber die guten können das nicht. Vielleicht bezahlt man länger fürs

Gutsein als fürs Schlechtsein. Und es ist sicher auch nicht so, als hätten Sie das nicht schon einmal getan, als hätten Sie eine solche Rechnung nicht auch schon früher bezahlt. Diesmal dürfte es nicht so schlimm sein wie damals.»

«Weiter. Weiter. Was soll ich tun?»

Byron sieht sinnend auf seine sich langsam und unablässig bewegende Hand. «Er hat nicht gestanden, dass er sie umgebracht hat. Und alles, was sie an Beweismaterial gegen ihn haben, ist Browns Aussage, was so gut wie nichts ist. Sie könnten sagen, dass er hier bei Ihnen war an dem Abend. An allen Abenden, an denen Brown, wie er sagt, beobachtet hat, dass er zu dem großen Haus raufgegangen und da reingegangen ist. Die Leute würden Ihnen glauben. Das würden sie auf jeden Fall glauben. Sie würden es, wenn es von Ihnen kommt, eher glauben, als dass er mit ihr gelebt hat wie ein Ehemann und sie dann umgebracht hat. Und Sie sind jetzt alt. Die Leute würden Ihnen deswegen nichts tun, was Sie jetzt verletzen würde. Und alles, was man Ihnen sonst antun kann, sind Sie, nehme ich an, schon gewöhnt.»

«Oh», sagt Hightower. «Ah. Ja. Ja. Sie würden es glauben. Das wäre sehr einfach, sehr gut. Gut für alle. Dann wird er denen, die um seinetwillen gelitten haben, wiedergegeben, und Brown könnte ohne die Belohnung so verschreckt werden, dass er das Kind der Frau ehelich macht und dann wieder davonläuft, diesmal für immer. Und dann wären nur noch die Frau da und Byron. Denn ich bin bloß ein alter Mann, der das große Glück hatte, alt zu werden, ohne dass er die Verzweiflung der Liebe erfahren musste.» Er zittert unablässig; er blickt jetzt auf. Im Licht der Lampe glänzt sein Gesicht, als wäre es gerade geölt worden. Zerknittert und gefurcht schimmert es im Licht der Lampe; das vergilbte, oft gewaschene Hemd, das an diesem Morgen frisch war, ist feucht von Schweiß. «Nicht dass ich es nicht könnte, nicht wagen würde», sagt er. «Nein, weil ich es nicht will! Ich will nicht! Haben Sie gehört?» Er hebt die Hände von den Armlehnen. «Weil ich es nicht tun will!» Byron rührt sich nicht. Seine Hand auf dem Schreibtisch bewegt sich nicht mehr; er beobachtet den Mann und denkt *Das bin nicht ich, den er anschreit. Es ist, als wüsste er, dass da noch etwas, das ihm näher ist als ich, überzeugt werden muss* Denn jetzt schreit Hightower: «Ich will es nicht tun! Ich will nicht!», die Hände erhoben und zu Fäusten geballt, das Gesicht schweißüberströmt, die Oberlippe hochgezogen über den zusammengepressten faulenden Zähnen, um die herum das nachgebende, schlaffe, kittgraue Fleisch herunterhängt. Plötzlich wird seine Stimme noch schriller. «Raus!», schreit er. «Raus aus meinem Haus! Raus aus meinem Haus!» Dann fällt er vornüber, auf den Schreibtisch, das Gesicht zwischen seinen ausgestreckten Armen und den geballten Fäusten. Byron blickt, als die beiden alten Leute vor ihm das Zimmer verlassen, von der Tür zurück und sieht, dass Hightower sich nicht bewegt hat, dass sein kahler Kopf und die ausgestreckten Arme mit den geballten Fäusten mitten in der Lichtlache der beschirmten Lampe liegen. Draußen vor dem offenen Fenster hat das Sirren der Insekten nicht aufgehört, nicht gestockt.

XVII

Das war am Sonntagabend. Lenas Kind wurde am nächsten Morgen geboren. Es war kurz vor Tagesanbruch, als Byron sein galoppierendes Maultier vor dem Haus anhielt, das er keine sechs Stunden vorher verlassen hatte. Er sprang zu Boden und rannte schon, rannte den schmalen Weg zur dunklen Veranda hinauf. Es war, als stünde er abseits von sich selbst und beobachtete sich, trotz seiner Hast, und er dachte grimmig und unüberrascht: ‹Byron Bunch hilft einem Kind zur Welt. Hätte ich mich heute vor zwei Wochen so sehen können – ich hätte meinen eigenen Augen nicht getraut. Ich hätte ihnen gesagt, dass sie lügen.›

Das Fenster, hinter dem er sechs Stunden zuvor den Geistlichen verlassen hatte, war jetzt dunkel. Im Laufen hatte er an den kahlen Kopf gedacht, die geballten Fäuste, den schlaffen, vornüber auf den Schreibtisch gesunkenen Körper. ‹Aber ich nehme an, er hat nicht viel geschlafen›, dachte er. ‹Selbst wenn er sich nicht einspannen lassen will als – als –› Ihm fiel das Wort Hebamme nicht ein, das Hightower, wie er wusste, gebrauchen würde. ‹Ich nehme an, es muss mir auch nicht einfallen›, dachte er. ‹So wie einer, der vor einer Pistole davonläuft oder auf eine zu, keine Zeit hat, darüber nachzudenken, ob das Wort für das, was er tut, Mut oder Feigheit ist.›

Die Tür war nicht verschlossen. Offenbar wusste er im Voraus, dass sie offen sein würde. Er tastete sich in den Flur vor, nicht leise, nicht darum bemüht, leise zu sein. Er war nie weiter drinnen im Haus gewesen als in dem Zimmer, in dem er zuletzt den Besitzer im vollen Lampenschein über dem Schreibtisch hatte liegen sehen. Doch er ging fast so geradewegs auf die richtige Tür zu, als wüsste er Bescheid oder könnte sehen oder würde hingeführt. ‹So würde er es nennen›, dachte er, während er tastend durch das Dunkel hastete. ‹Und sie auch.› Er meinte Lena, die in der Hütte drüben lag und deren Wehen schon begonnen hatten. ‹Nur dass sie beide für den, der führt, einen anderen Namen hätten.› Er hörte Hightower schnarchen, noch ehe er das Zimmer betrat. ‹Als ob er am Ende doch nicht so unglücklich wäre›, dachte er. Und im nächsten Moment dachte er: ‹Nein. Das stimmt nicht. Das ist nicht gerecht. Das glaube ich nicht. Ich weiß den Grund, warum er schläft und ich nicht schlafe, es liegt daran, dass er ein alter Mann ist und nicht so viel aushalten kann wie ich.›

Er trat an das Bett. Der noch immer unsichtbare Schläfer schnarchte tief. Das Schnarchen drückte tiefe und vollständige Hingabe aus. Nicht Erschöpfung, sondern Hingabe, als hätte er es vollständig aufgegeben und losgelassen, dieses Festhalten an einer Mischung aus Stolz und Hoffnung und Eitelkeit und Furcht, diese Stärke, sich an Niederlage oder Sieg zu klammern, die das Ich-bin ist und die aufzugeben gewöhnlich den Tod bedeutet. Byron stand an dem Bett und dachte abermals *Eine jammervolle Sache. Eine jammervolle Sache* Den Mann aus diesem Schlaf zu wecken kam ihm jetzt wie die schlimmste Verletzung vor, die er ihm je angetan hatte. ‹Aber nicht ich bin's, der wartet›, dachte er. ‹Gott weiß das. Denn ich nehme an, Gott hat auch mich in der letzten Zeit beobachtet, so wie die anderen, um zu sehen, was ich als Nächstes tun werde.›

Er berührte den Schläfer, nicht grob, aber entschieden. Hightowers Schnarchen brach mittendrin ab; unter Byrons Hand fuhr er plötzlich in seiner Leibesfülle hoch. «Ja?», sagte er. «Was? Wer ist …? Wer ist da?»

«Ich bin's», sagte Byron. «Schon wieder Byron. Sind Sie jetzt wach?»

«Ja. Was –»

«Ja», sagte Byron. «Sie sagt, es ist jetzt beinahe so weit. Die Zeit ist da.»

«Sie?»

«Sagen Sie mir, wo das Licht – Mrs. Hines. Sie ist draußen bei ihr. Ich gehe jetzt und hole den Arzt. Aber das kann eine Weile dauern. Sie können gern mein Maultier nehmen. Ich nehme an, Sie schaffen es, so weit zu reiten. Haben Sie noch Ihr Buch?»

Das Bett knarrte, als Hightower sich bewegte. «Buch? Mein Buch?»

«Das Buch, das Sie benutzt haben, als das Niggerbaby kam. Ich wollte Sie nur daran erinnern, für den Fall, dass Sie es mitnehmen müssen. Für den Fall, dass ich nicht rechtzeitig mit dem Arzt zurück bin. Das Maultier steht draußen am Gartentor. Es kennt den Weg. Ich gehe zu Fuß in die Stadt und hole den Arzt. Ich komme so schnell wie möglich zurück.» Er drehte sich um und ging wieder quer durchs Zimmer. Er hörte, spürte, wie der andere sich im Bett aufrichtete. In der Mitte des Zimmers blieb er stehen, fand die Hängelampe und machte sie an. Als das Licht anging, war er schon auf dem Weg zur Tür. Er sah sich nicht um. Hinter sich hörte er Hightowers Stimme:

«Byron! Byron!» Er blieb nicht stehen, antwortete nicht.

Das Morgenlicht nahm zu. Er ging mit schnellen Schritten die leere Straße entlang, unter den in Abständen stehenden und nach und nach verlöschenden Straßenlaternen, um die herum noch immer Insekten schwirrten und taumelten. Doch das Tageslicht nahm zu; als er zum Platz kam, hoben sich die Häuserfassaden an der Ostseite deutlich vor dem Himmel ab. Er überlegte schnell. Er hatte mit dem Arzt nichts verabredet. Jetzt, im Weitergehen, verfluchte er sich mit der Mischung aus Furcht und Zorn eines wirklichen jungen Vaters für das, was er nun als krasse, kriminelle Nachlässigkeit betrachtete. Doch es war nicht genau die Besorgnis eines werdenden Vaters. Dahinter stand noch etwas anderes, das er erst später erkennen sollte. Es war, als lauerte in seinen Gedanken, noch verdunkelt durch die notwendige Hast, irgendetwas, das bereit war, ihn jeden Moment mit ausgestreckten Klauen anzuspringen. Jetzt aber dachte er: ‹Ich muss mich schnell entscheiden. Das Niggerbaby hat er sicher geholt, haben sie gesagt. Aber das hier ist anders. Ich hätte es letzte Woche machen sollen, hätte im Voraus für einen Arzt sorgen sollen, statt abzuwarten; jetzt muss ich in letzter Minute alles erklären, muss von Haus zu Haus hetzen, bis ich einen finde, der kommt und der die Lügen glaubt, die ich erzählen muss. Verdammt will ich sein, wenn es jetzt so aussieht, als ob einer, der letzthin so viel gelogen hat wie ich, jetzt nicht eine Lüge erzählen könnte, die jeder, Mann oder Frau, glauben würde. Aber es sieht nicht so aus, als ob ich das könnte. Ich nehme an, es liegt mir einfach nicht, eine gute Lüge zu erzählen und es auch noch gut zu machen.› Er ging schnell, seine Schritte klangen hohl und einsam auf der leeren Straße; seine Entscheidung stand schon fest, ohne dass er sich dessen bewusst war. Für ihn war nichts Paradoxes oder Komödienhaftes daran. Sie war zu schnell in seine Gedanken getreten und hatte sich schon zu sehr darin festgesetzt, als er sich ihrer bewusst wurde; seine Füße gehorchten schon dem Entschluss. Sie trugen ihn zum Haus desselben Arztes, der bei der Geburt des Negerkindes, bei der Hightower mit seinem Rasiermesser und seinem Buch amtiert hatte, zu spät gekommen war.

Auch diesmal kam der Arzt zu spät. Byron musste warten, bis er angezogen war. Er war inzwischen ein älterer Mann, umständlich und etwas verstimmt, dass man ihn um diese Zeit geweckt hatte. Dann musste er den Zündschlüssel für sein Auto holen, den er in einem festen Metallkästchen aufbewahrte, für das er den Schlüssel nicht gleich finden konnte. Und er wollte auch nicht zulassen, dass Byron das Schloss aufbrach. So war, als sie schließlich zu der Hütte kamen, der östliche Himmel primelrosa gefärbt, und es zeigte sich schon eine erste Andeutung der rasch steigenden Sommersonne. Und wieder trafen sich die beiden Männer, beide inzwischen älter, an der Tür einer aus nur einem Raum bestehenden Hütte, und wieder hatte der ausgebildete Arzt gegen den Laien verloren, denn im Eintreten hörte er den Schrei des Kindes. Der Arzt blinzelte den Geistlichen verärgert an. «Nun, Doktor», sagte er. «Ich wünschte, Byron hätte mir gesagt, dass er Sie schon geholt hat. Dann wäre ich noch im Bett.» Im Hereinkommen drängte er sich an dem Geistlichen vorbei. «Anscheinend haben Sie diesmal mehr Glück gehabt als das letzte Mal, als wir zu Rate gezogen wurden. Nur dass Sie so aussehen, als ob Sie selbst einen Arzt brauchten. Aber vielleicht brauchen Sie eher eine Tasse Kaffee.» Hightower sagte etwas, doch der Arzt war weitergegangen, ohne stehenzubleiben und zuzuhören. Er ging in den Raum hinein, in dem eine junge Frau, die er nie zuvor gesehen hatte, blass und erschöpft auf einem schmalen Feldbett lag und eine alte Frau in einem purpurroten Kleid, die er auch noch nie gesehen hatte, das Kind auf dem Schoß hielt. Auf einem zweiten Feldbett im Dämmerlicht lag ein alter Mann und schlief. Als der Arzt ihn bemerkte, dachte er bei sich, dass der Mann wie tot aussah, so tief und friedlich schlief er. Aber der Arzt bemerkte den alten Mann nicht sofort. Er ging zu der alten Frau, die das Kind hielt. «Sieh an, sieh an», sagte er. «Byron muss ganz schön aufgeregt gewesen sein. Er hat mir nicht gesagt, dass die ganze Familie zur Stelle sein würde, auch der Großvater und die Großmutter.» Die alte Frau sah zu ihm auf. Er dachte: ‹Sie wirkt nicht viel lebendiger als er, nur dass sie sitzt. Sieht nicht so aus, als ob sie Grips genug hätte, um zu begreifen, dass sie Mutter ist, sogar Großmutter.›

«Ja», sagte die Frau. Über das Kind geneigt, blickte sie zu ihm auf. Da sah er, dass ihr Gesicht nicht dumm war, nicht leer. Er sah, dass es friedlich und zugleich schrecklich war, als wären der Frieden und der Schrecken darin beide vor langer Zeit gestorben und nun zur gleichen Zeit wieder lebendig geworden. Doch hauptsächlich fiel ihm ihre Körperhaltung auf, wie ein Fels und zugleich wie ein kauerndes wildes Tier. Mit einer kurzen Kopfbewegung deutete sie zu dem Mann hinüber; zum ersten Mal sah der Arzt ihn genauer an, wie er dort schlafend auf dem anderen Feldbett lag. In einem Flüsterton, in dem

Verschlagenheit und zugleich die Anspannung nachlassenden Schreckens mitschwang, sagte sie: «Ich hab ihn überlistet. Ich hab ihm gesagt, Sie würden diesmal durch die Hintertür kommen. Ich habe ihn überlistet. Aber jetzt sind Sie da. Jetzt können Sie Milly versorgen. Ich kümmere mich um Joey.» Dann schwand all dies. Während er sie ansah, wichen Leben und Lebendigkeit aus ihrem Gesicht, flohen plötzlich daraus, sodass es zu still, zu dumpf wirkte, als dass es je dergleichen hätte ausdrücken können; jetzt fragten ihn die Augen mit stierem Blick, stumpf, ausdruckslos, wirr, während sie sich über das Kind beugte, als hätte er gedroht, es ihr zu entreißen. Vielleicht hatte ihre Bewegung das Kind geweckt, denn es schrie einmal auf. Dann schwand auch das Wirre. Es floh so sanft wie ein Schatten; sie blickte auf das Kind hinunter, sinnend, mit hölzernem Gesicht, absurd. «Das ist Joey», sagte sie. «Der kleine Junge von meiner Milly.»

Und Byron, der vor der Tür stehengeblieben war, als der Arzt hineinging, hörte den Schrei, und etwas Schreckliches geschah in ihm. Mrs. Hines hatte ihn aus dem Zelt geholt. An ihrer Stimme war etwas gewesen, dass er sich schon fast im Laufen die Hose anzog, in der Tür der Hütte an Mrs. Hines vorbeilief, die sich gar nicht ausgezogen hatte, und in den Raum stürzte. Dann sah er sie, und er blieb abrupt stehen wie vor einer Wand. Mrs. Hines neben ihm redete auf ihn ein; vielleicht hatte er geantwortet, etwas erwidert. Jedenfalls hatte er das Maultier gesattelt und galoppierte schon in Richtung Stadt, während er sie noch zu betrachten schien, ihr Gesicht, wie sie auf die Ellbogen gestützt auf dem Feldbett lag und mit klagendem, hoffnungslosem Schrecken an sich hinunterblickte, auf die Form ihres Leibes unter der Decke. Dieses Bild sah er die ganze Zeit, als er Hightower weckte, die ganze Zeit, als er den Arzt zum Aufbruch drängte, und die ganze Zeit lauerte irgendwo in ihm das Krallenwesen und wartete, und seine Gedanken rasten zu schnell, als dass sie ihm Zeit zum Nachdenken gelassen hätten.

Ja, so war es. Die Gedanken waren zu schnell zum Nachdenken, bis er mit dem Arzt zur Hütte zurückkam. Und dann, draußen vor der Hüttentür, wo er stehengeblieben war, hörte er den einen Schrei des Kindes, und etwas Schreckliches geschah in ihm.

Jetzt wusste er, was da mit ausgestreckten Krallen gelauert und gewartet hatte, während er über den leeren Platz geeilt war, um den Arzt zu holen, den zu bestellen er versäumt hatte. Jetzt wusste er, warum er es versäumt hatte, im Vorhinein einen Arzt zu bestellen. Es lag daran, dass er bis zu dem Moment, als Mrs. Hines ihn aus seinem Zelt holte, nicht geglaubt hatte, dass er (sie) einen Arzt brauchen würde, dass die Notwendigkeit bestehen könnte. Es war, als hätten seine Augen nun schon eine ganze Woche lang ihren Bauch akzeptiert, ohne dass sein Verstand daran geglaubt hatte. ‹Aber ich hab's gewusst, geglaubt›, dachte er. ‹Ich muss es gewusst haben, sonst hätte ich nicht tun können, was ich getan habe: das Laufen und das Lügen, und dass ich andere Leute bedrängt hab.› Aber jetzt wurde ihm klar, dass er es erst geglaubt hatte, als er an Mrs. Hines vorbeilief und in die Hütte blickte. Als Mrs. Hines' Stimme ihn vorher in seinem Schlaf erreichte, wusste er, worum es ging, was geschehen war; er stand auf und streifte sich, wie einen hastig angezogenen Overall, das Wissen über, dass Eile geboten war, und er wusste, warum, wusste, dass er seit fünf Nächten darauf gewartet hatte. Doch immer noch glaubte er es nicht. Er wusste jetzt, was er, als er zur Hütte gelaufen war und hineinsah, erwartet hatte – dass sie aufrecht im Bett saß; oder dass er sie vielleicht an der Tür antraf, versonnen, unverändert, zeitlos. Doch schon in dem Moment, als er mit der Hand die Tür berührte, hörte er etwas, das er nie zuvor gehört hatte. Es war ein stöhnendes Klagen, laut, in dem zugleich Leidenschaft und Verzweiflung mitschwangen, das sich eindeutig an etwas zu wenden schien, in einer Sprache, die nicht seine Sprache war noch die irgendeines anderen Mannes. Dann lief er an Mrs. Hines vorbei durch die Tür und sah sie auf dem Bett liegen. Er hatte sie noch nie im Bett gesehen, und er hatte geglaubt, wenn oder falls er sie je im Bett sähe, dass sie dann gespannt und hellwach sein würde, vielleicht mit einem kleinen Lächeln und dabei seiner vollständig gewahr. Doch als er eintrat, sah sie ihn nicht einmal an. Sie schien nicht bemerkt zu haben, dass die Tür sich geöffnet hatte, dass jemand oder etwas in dem Raum war – außer ihr selbst und dem, an den oder an das sie jenen klagenden Schrei gerichtet hatte, in einer allen Männern unbekannten Sprache. Sie war bis zum Kinn zugedeckt, aber ihr Oberkörper war auf die Arme gestützt, und ihr Kopf war vorgebeugt. Ihr Haar hing lose herunter, ihre Augen sahen aus wie zwei Löcher, und ihre Lippen waren jetzt so blutlos wie das Kissen hinter ihr, und während sie in dieser Angst und Überraschung ausdrückenden Haltung mit empörter Ungläubigkeit die Form ihres Leibes unter der Decke betrachtete, gab sie wieder diesen lauten, verzweiflungsvoll klagenden Schrei von sich. Mrs. Hines beugte sich jetzt über sie. Sie wandte den Kopf, ihr hölzernes Gesicht, über ihre purpurrote Schulter. «Gehen Sie», sagte sie. «Holen Sie den Arzt. Es ist so weit.»

Er wusste nicht einmal mehr, wie er zum Stall gekommen war. Aber dann war er da, griff nach seinem Maultier, zerrte den Sattel hervor und legte ihn auf. Er beeilte sich, doch das Denken ging nur langsam. Jetzt wusste er auch, warum. Jetzt wusste er, dass das Denken aus Berechnung langsam und glatt ging, wie Öl, das sich langsam auf der Oberfläche eines sich zusammenbrauenden Unwetters ausbreitet. ‹Wenn ich es da gewusst hätte›, dachte er. ‹Wenn ich es da gewusst hätte. Wenn es da zu mir durchgedrungen wäre.› Er dachte das ruhig, in entgeisterter Verzweiflung, mit Bedauern. ‹Ja. Ich hätte mich abgewandt und wäre in die andere Richtung davongeritten. Ich wäre, glaube ich, über das Wissen und die Erinnerung des Menschen hinaus, immer und ewig weitergeritten.› Aber er tat es nicht. Er ritt im Galopp an der Hütte vorbei, und das Denken ging glatt und stetig, er verstand noch nicht warum. ‹Wenn ich nur vorbei bin und außer Hörweite, ehe sie wieder schreit›, dachte er. ‹Wenn ich nur vorbei bin, ehe ich sie wieder hören muss.› Das trug ihn eine Weile, bis zur Straße, das muskelstarke kleine Reittier lief jetzt schnell, und das Denken, das Öl, breitete sich aus, stetig und glatt: ‹Als Erstes gehe ich zu Hightower. Ich lasse ihm das Maultier da. Ich muss daran denken, ihn an sein Arztbuch zu erinnern. Das darf ich nicht vergessen›, sagte das Öl und brachte ihn bis zu der Stelle, wo er von dem noch laufenden Maultier absprang und in Hightowers Haus rannte. Dann kam der nächste Schritt. ‹Das ist jetzt erledigt›, dachte er *Selbst wenn ich keinen richtigen Arzt kriege* Das brachte ihn zum Platz, und dann ließ es ihn im Stich; er spürte es förmlich, das Lauern, die Krallen, und dachte *Selbst wenn ich keinen richtigen Arzt kriege. Weil ich nie geglaubt habt, dass ich einen brauchen würde. Ich hab's nicht geglaubt* Das war in seinem Kopf, wo es in ungestümem Widersinn, gekoppelt mit dem Drang zur Eile, galoppierte, während er dem alten Arzt half, den Schlüssel für die Kassette zu suchen, damit er an den Zündschlüssel für das Auto kam. Endlich fanden sie ihn, und eine Zeit lang ging der Drang zur Eile Hand in Hand mit der Bewegung, der Geschwindigkeit auf der leeren Straße unter der leeren Morgendämmerung – entweder das, oder er hatte, wie Menschen es oft tun, alle Wirklichkeit, alle Angst und Furcht dem Arzt neben sich überlassen. Jedenfalls brachte es ihn zur Hütte zurück, wo sie beide aus dem Auto stiegen und auf die Tür der Hütte zugingen, hinter der noch immer die Lampe brannte: In dieser kurzen Pause bewegte er sich im letzten Moment des Friedens, ehe der Hieb niederging und das Krallending ihn von hinten anfiel. Dann hörte er das Kind schreien. Da wusste er. Es wurde schnell Tag. Er stand ruhig in dem frostigen Frieden, der erwachenden Stille – ein kleiner, unauffälliger Mann, den niemand, weder Mann noch Frau, je eines zweiten Blickes gewürdigt hatte. Er wusste jetzt, dass da die ganze Zeit etwas gewesen war, das ihn vor dem Glauben geschützt hatte, ihn mit dem Glauben geschützt hatte. Mit strengem, herbem Erstaunen dachte er *Es muss so gewesen sein: Erst als Mrs. Hines mich rief, erst als ich sie hörte und ihr Gesicht sah und wusste, dass Byron Bunch ihr in dem Moment gar nichts bedeutete, erst in dem Moment wurde mir klar, dass sie nicht mehr Jungfrau ist* Und er dachte, dass das furchtbar war, aber das war nicht alles. Da war noch etwas anderes. Er hielt den Kopf nicht gesenkt. Er stand ganz still im heller werdenden Morgen, während das Denken leise weiterging *Und auch dies ist mir vorbehalten, wie Reverend Hightower sagt. Ich muss es ihm jetzt sagen. Ich muss Lucas Burch Bescheid sagen* Das war jetzt kein Unüberraschtsein. Es war so etwas wie die schreckliche und nicht behebbare Verzweiflung der Jugendjahre *Und bis zu diesem Moment hab ich nicht einmal geglaubt, dass es ihn gibt. Es war, als wären ich und sie und all die anderen Leute, die ich da hineinziehen musste, einfach nur eine Menge Wörter, die für gar nichts standen, die auch nicht wir waren, und die ganze Zeit ging das, was wir waren, weiter und immer weiter, ohne dass wir das Fehlen von Wörtern überhaupt bemerkt hätten. Ja. Erst jetzt glaube ich endlich, dass er Lucas Burch ist. Dass es überhaupt jemals einen Lucas Burch gegeben hat*

«Glück», sagt Hightower, «Glück. Ich weiß nicht, ob ich Glück hatte oder nicht.» Aber der Arzt ist schon in die Hütte gegangen. Hightower blickt einen Moment lang zurück, beobachtet die Gruppe um das Feldbett, hört noch die muntere Stimme des Arztes. Die alte Frau sitzt jetzt ruhig da, doch als er zu ihr zurückblickt, scheint es kaum einen Moment her, dass er mit ihr um das Kind gerungen hat, damit sie es in ihrem dumpfen, wilden Schrecken nicht fallen ließ. Doch nicht weniger wild war sie ungeachtet dieser Dumpfheit, als sie das dem Mutterleib geradezu entrissene Kind hoch emporhielt, während ihr schwerer bärengleicher Körper sich duckte und sie den alten Mann, der auf dem Feldbett schlief, mit funkelnden Augen anstarrte.

So hatte er auch schon geschlafen, als Hightower kam. Er schien überhaupt nicht zu atmen, und neben dem Feldbett kauerte die Frau auf einem Stuhl, als Hightower eintrat. Sie glich einem Felsen, der im Begriff ist, über den Rand eines Abgrunds in die Tiefe zu stürzen, und einen Moment lang dachte Hightower *Sie hat ihn schon umgebracht. Diesmal hat sie im Vorhinein ihre Vorsichtsmaßnahme getroffen* Dann war er sehr beschäftigt; die alte Frau stand gleich neben ihm, ohne dass er es bemerkte, bis sie ihm das noch nicht atmende Kind entriss und es hoch emporhielt und den schlafenden alten Mann auf dem anderen Feldbett mit einem Tigergesicht anfunkelte. Dann atmete das Kind und schrie, und die Frau schien darauf zu antworten, auch das in einer unbekannten Sprache, wild und triumphierend. Ihr Gesicht sah aus wie das einer Verrückten, als er mit ihr rang und ihr das Kind wegnahm, bevor sie es am Ende noch fallen ließ. «Sehen Sie», sagte er. «So sehen Sie doch! Er ist still. Diesmal schafft er es nicht fort.» Noch immer starrte sie ihn mit funkelnden Augen an, dumpf, raubtierhaft, als verstünde sie kein Englisch. Doch die Wildheit, der Triumph waren aus ihrem Gesicht gewichen: Sie machte ein heiseres, wimmerndes Geräusch und versuchte ihm das Kind wegzunehmen. «Vorsicht jetzt», sagte er. «Wollen Sie jetzt vorsichtig sein?» Sie nickte, wimmerte, tatschte nach dem Kind. Aber ihre Hände waren ruhig, und er ließ sie das Kind halten. Und jetzt sitzt sie da, mit dem Kind auf dem Schoß; der Arzt, der zu spät gekommen ist, steht am Feldbett und spricht mit seiner munteren, aufgekratzten Stimme, derweil seine Hände geschäftig sind. Hightower dreht sich um und geht hinaus und steigt vorsichtig wie ein alter Mann die zerbrochene Stufe zum Erdboden hinunter, als hätte er in seinem schlaffen Bauch etwas Gefährliches und Hochexplosives wie Dynamit. Inzwischen ist es mehr als Morgengrauen, es ist Morgen: Die Sonne ist schon da. Er sieht sich um, hält inne; er ruft: «Byron.» Keine Antwort. Dann sieht er, dass auch das Maultier, das er an einen Zaunpfahl in der Nähe gebunden hatte, nicht mehr da ist. Er seufzt. ‹Nun gut›, denkt er. ‹Ich bin also an dem Punkt angelangt, wo die Krönung der Entwürdigung, die mir von Byron zuteil werden soll, ein zwei Meilen langer Weg nach Hause ist. Das ist Byrons nicht würdig, ist des Hasses nicht würdig. Aber das gilt so oft für unsere Taten. Und oft sind wir unserer Taten nicht würdig.›

Langsam geht er zur Stadt zurück – ein hagerer, dickbäuchiger Mann mit einem schmutzigen Panamahut und in einem Nachthemd aus grober Baumwolle, das er sich in seine schwarze Hose gestopft hat. ‹Ein Glück, dass ich mir die Zeit genommen habe, mir Schuhe anzuziehen›, denkt er. ‹Ich bin müde›, denkt er gereizt. ‹Ich bin müde, und ich werde nicht schlafen können.› Er denkt es gereizt, erschöpft, im Rhythmus seiner Schritte, als er durch sein Gartentor geht. Die Sonne steht jetzt hoch, die Stadt ist erwacht; hier und da riecht er Rauch, wo Frühstück zubereitet wird. ‹Das Geringste, was er hätte tun können›, denkt er, ‹wenn er mir schon das Maultier nicht lassen wollte – er hätte vorausreiten und mir Feuer in meinem Herd machen sollen. Wenn er es denn um meines Appetits willen für ratsam hält, dass ich vor dem Frühstück einen zwei Meilen langen Spaziergang mache.›

Er geht in die Küche und macht Feuer im Herd, langsam, ungeschickt, so ungeschickt nach fünfundzwanzig Jahren wie am ersten Tag, an dem er es versucht hatte, dann setzt er Kaffee auf. ‹Danach gehe ich wieder ins Bett›, denkt er. ‹Aber ich weiß, dass ich nicht schlafen kann.› Doch er merkt, dass seine Gedanken etwas Nörglerisches haben, wie das friedliche Gejammer einer nörgelnden Frau, die sich selbst nicht zuhört; dann wird ihm bewusst, dass er dabei ist, sich sein gewohntes herzhaftes Frühstück zuzubereiten, und er hält jäh inne und schnalzt mit der Zunge, als erregte das sein Missfallen. ‹Eigentlich sollte ich mich schlechter fühlen›, denkt er. Aber er muss sich eingestehen, dass er sich nicht schlecht fühlt. Und als er, groß, unförmig, einsam, in seiner einsamen und unordentlichen Küche steht und die eiserne Pfanne in der Hand hält, in der das Fett vom Vortag zu einer trüben Masse erstarrt ist, durchströmt ihn ein Glühen, eine Welle, ein Aufwallen, das fast heiß, fast triumphierend ist. ‹Ich hab's ihnen gezeigt!›, denkt er. ‹Noch kommt das Leben zu dem alten Mann, während die anderen zu spät kommen. Sie kommen und kriegen, was er übrig lässt, wie Byron sagen würde.› Aber das ist Eitelkeit und hohler Stolz. Dennoch, das langsame, nun vergehende Glühen setzt sich darüber hinweg, ist für Tadel unzugänglich. Er denkt: ‹Wenn es doch so ist? Wenn ich es so empfinde? Triumph und Stolz? Und wenn es doch so ist?› Aber die Wärme, das Glühen achtet offenbar der Unterstützung nicht, bedarf ihrer nicht; auch lässt es sich nicht von der Wirklichkeit von Orange, Eiern und Toast auslöschen. Und er blickt auf das schmutzige leere Geschirr auf dem Tisch und sagt, nunmehr laut: «Du liebe Güte! Aber ich wasche es jetzt nicht ab.» Doch er geht auch nicht in sein Schlafzimmer, um zu versuchen zu schlafen. Er geht bis zur Tür und sieht hinein, und während das Glühen von Zielstrebigkeit und Stolz anhält, denkt er: ‹Wenn ich jetzt eine Frau wäre. Eine Frau würde das tun: sich wieder ins Bett legen und ausruhen.› Er geht in sein Studierzimmer. Er bewegt sich jetzt wie ein Mann, der etwas vorhat, der fünfundzwanzig Jahre lang überhaupt nichts getan hat zwischen dem Augenblick des Erwachens und dem des Einschlafens. Auch ist das Buch, das er jetzt wählt, nicht Tennyson: Diesmal wählt er Nahrung für einen Mann. Es ist *Heinrich IV.*, und er geht hinaus in den Garten und legt sich in den durchhängenden Liegestuhl unter dem Maulbeerbaum, lässt sich breit und behäbig hineinfallen. ‹Aber schlafen kann ich sicher nicht›, denkt er, ‹denn bald wird Byron kommen und mich wecken. Aber zu erfahren, was er sich Neues für mich zu tun ausgedacht hat, dafür lohnt es sich schon fast, wach zu bleiben.›

Er schläft bald, fast augenblicklich ein und schnarcht. Wäre jemand stehengeblieben und hätte in den Liegestuhl gesehen, dann hätte er unter den doppelten Himmelsspiegelungen in den Brillengläsern ein Gesicht erblickt, das unschuldig, friedlich und zuversichtlich war. Doch niemand kommt, obwohl er, als er sechs Stunden später aufwacht, meint, jemand habe nach ihm gerufen. Er setzt sich abrupt auf, sodass der Stuhl unter ihm ächzt. «Ja?», sagt er. «Ja? Was ist?» Aber es ist niemand da, obwohl er sich noch einen Moment lang umsieht, mit dieser forschen, zuversichtlichen Miene zu horchen und zu warten scheint. Und auch das Glühen ist nicht vergangen. ‹Obwohl ich gehofft hatte, ich würde es wegschlafen›, denkt er, und denkt sogleich: ‹Nein. Ich meine nicht *gehofft*. Was ich gedacht habe, war *gefürchtet*. Und so habe auch ich mich ergeben›, denkt er ruhig, leise. Er beginnt sich die Hände zu reiben, zuerst sanft, ein wenig schuldbewusst. ‹Auch ich habe mich ergeben. Und ich will es mir gestatten. Ja. Vielleicht ist auch das mir zugedacht. Und so werde ich es mir gestatten.› Und dann sagt er es, denkt es *Das Kind, das ich entbunden habe. Ich habe niemanden, der nach mir genannt ist. Allerdings habe ich öfter erlebt, dass ein Kind von einer dankbaren Mutter nach dem Arzt genannt wurde, der ihr beigestanden hat. Aber Byron ist auch noch da. Byron hat natürlich den Vortritt vor mir. Sie wird noch weitere Kinder bekommen, noch mehr* und er denkt an den jungen, kräftigen Körper, der trotz der Wehen etwas Ruhiges, Furchtloses ausgestrahlt hatte. *Mehr Kinder. Viele, viele. Das ist ihr Leben, ihr Schicksal. Das gute Saatgut, das in stillem Gehorsam sich selbst gegenüber die gute Erde bevölkert; diesen kräftigen Hüften werden ohne Eile oder Hast Mutter und Tochter entspringen. Doch nächstes Mal von Byron gezeugt. Armer Junge. Auch wenn er mich gezwungen hat, zu Fuß nach Hause zu gehen*

Er geht ins Haus. Er rasiert sich und zieht sich das Nachthemd aus, er zieht das Hemd vom Vortag an, dazu einen Kragen und die Battistkrawatte, und setzt sich den Panamahut auf. Für den Weg hinaus zur Hütte braucht er nicht so lange, wie er für den Weg nach Hause gebraucht hat, obwohl er jetzt durch das

Gehölz geht, wo das Gehen schwieriger ist. ‹Das muss ich öfter tun›, denkt er, als er zwischendurch die Sonne, die Hitze spürt, den wilden, fruchtbaren Geruch der Erde riecht, die Bäume, die laute Stille. ‹Auch diese Gewohnheit hätte ich nie aufgeben sollen. Aber vielleicht kehren sie beide zu mir zurück, falls dies nicht das Gleiche ist wie Beten.›

Er verlässt das Gehölz auf der anderen Seite der Weide, hinter der Hütte. Jenseits der Hütte sieht er die Baumgruppe, in der das Haus stand, ehe es abbrannte, auch wenn er von hier nicht die verkohlten, stummen Überreste einstiger Bretter und Balken sehen kann. ‹Arme Frau›, denkt er. ‹Arme, unfruchtbare Frau. Dass sie nicht eine einzige Woche länger gelebt hat, bis das Glück hierher zurückkehrte. Bis Glück und Leben wiederkehrten zu diesen unfruchtbaren, geschundenen Feldern.› Es kommt ihm so vor, als sähe, als spürte er um sich herum die Geister üppiger Felder, die Geister üppigen, fruchtbaren schwarzen Lebens in den Hütten, die sanften Rufe, die Gegenwart fruchtbarer Frauen, die Scharen nackter Kinder im Staub vor den Türen und aufs Neue das große Haus, erfüllt, laut von den dreifachen Stimmen der Generationen. Er kommt bei der Hütte an. Er klopft nicht; während seine Hand die Tür schon öffnet, ruft er mit kräftiger, fast dröhnender Stimme: «Darf der Doktor reinkommen?»

In der Hütte ist niemand außer der Mutter und dem Kind. Sie sitzt, von Kissen gestützt, im Bett und hat das Kind an der Brust. Als Hightower eintritt, zieht sie sich gerade das Laken über die nackte Brust und sieht zur Tür, nicht im Mindesten erschrocken, aber wachsam, und in ihrem Gesicht ist ein Ausdruck von Heiterkeit und Wärme, als wäre sie im Begriff zu lächeln. Er sieht, wie dieser Ausdruck schwindet. «Ich dachte –», sagt sie.

«Was dachtest du, wer kommt?», fragt er mit dröhnender Stimme. Er tritt an das Feldbett und blickt hinunter, auf sie, auf das winzige zerknitterte, terrakottarötliche Gesicht des Kindes, das gleichsam körperlos und noch schlafend an ihrer Brust zu hängen scheint. Wieder zieht sie, bescheiden und ruhig, das Laken enger um sich, ruhig, während über ihr der hagere, dickbäuchige, kahlköpfige Mann mit sanfter, strahlender, triumphierender Miene steht. Sie blickt nieder auf das Kind.

«Es sieht so aus, als könnte er nicht genug kriegen. Ich denke, er schläft wieder, und ich lege ihn hin, und dann schreit er, und ich muss ihn wieder anlegen.»

«Du solltest hier nicht allein sein», sagt er. Er sieht sich in der Hütte um. «Wo –»

«Sie ist auch weggegangen. In die Stadt. Sie hat es nicht gesagt, aber dort ist sie hingegangen. Er hat sich rausgeschlichen, und als sie aufwachte, hat sie mich gefragt, wo er ist, und ich hab ihr gesagt, dass er rausgegangen ist, und da ist sie hinter ihm hergegangen.»

«In die Stadt? Rausgeschlichen?» Dann sagte er mit ruhiger Stimme: «Oh.» Sein Gesicht ist jetzt ernst.

«Sie hat ihn den ganzen Tag beobachtet. Und er hat sie beobachtet. Das hab ich genau gemerkt. Er hat so getan, als ob er schläft. Und sie hat geglaubt, dass er schläft. Und nach dem Essen konnte sie nicht mehr. Sie hatte die ganze letzte Nacht nicht geschlafen, und nach dem Essen hat sie sich auf den Stuhl gesetzt und ist eingedöst. Und er hat sie beobachtet, dann ist er von dem andern Feldbett aufgestanden, ganz vorsichtig, und hat mir zugeblinzelt und Gesichter geschnitten. Er ist zur Tür gegangen, und immer noch hat er mir über die Schulter zugeblinzelt und Gesichter geschnitten, und ist auf Zehenspitzen rausgegangen. Und ich hab auch gar nicht versucht, ihn aufzuhalten oder sie zu wecken.» Sie sieht Hightower an, ihre Augen sind ernst und weit geöffnet. «Ich hatte Angst. Er redet so komisch. Und wie er mich angeguckt hat. Als sollte all das Zwinkern und Gesichterschneiden nicht bedeuten, dass ich sie nicht aufwecken soll, sondern mir sagen, was mit mir geschehen würde, wenn ich's täte. Ich hatte Angst, sie zu wecken. Und ich hab hier gelegen mit dem Kind, und bald darauf ist sie hochgeschreckt. Da wusste ich, dass sie eigentlich gar nicht hatte einschlafen wollen. Es war, als würde sie im Aufwachen schon zu dem Bett rennen, wo er gelegen hatte, und es befühlen, als könnte sie es nicht fassen, dass er fort war. Denn sie stand da, an dem Bett, und hat dauernd auf die Wolldecke geklopft, als glaubte sie, er wäre irgendwie in die Decke eingerollt. Und dann hat sie mich angesehen, nur einmal. Und sie hat nicht geblinzelt oder Gesichter geschnitten, aber fast hab ich mir gewünscht, sie hätte es getan. Und sie hat mich gefragt, und ich hab es ihr gesagt, und sie hat sich den Hut aufgesetzt und ist rausgegangen.» Sie sieht Hightower an. «Ich bin froh, dass sie fort ist. Ich nehm an, ich sollte das nicht sagen, nach allem, was sie für mich getan hat. Aber …»

Hightower steht über dem Feldbett. Er scheint sie nicht zu sehen. Sein Gesicht ist sehr ernst; fast ist es, als wäre es um zehn Jahre gealtert, seit er da steht. Oder als sähe sein Gesicht jetzt so aus, wie es aussehen sollte, und wäre, als er die Hütte betrat, sich selbst fremd gewesen. «In die Stadt», sagt er. Dann erwachen seine Augen, sehen wieder. «Aha. Da kann man jetzt nichts mehr machen», sagt er. «Außerdem, die Männer in der Stadt, die vernünftigen … ein paar vernünftige werden schon dabei sein. – Warum bist du froh, dass die beiden fort sind?»

Sie senkt den Blick. Ihre Hand fährt über dem Kopf des Kindes hin und her, ohne ihn wirklich zu berühren: eine unwillkürliche, unnötige, augenscheinlich unbewusste Geste. «Sie war freundlich. Mehr als freundlich. Sie hat das Kind gehalten, damit ich ausruhen konnte. Sie sitzt da drüben auf dem Stuhl und will es immerzu halten – Sie müssen mir verzeihen, ich hab Sie nicht einmal eingeladen, sich zu setzen.» Sie beobachtet ihn, während er den Stuhl ans Bett heranzieht und sich setzt. «– sitzt da, wo sie ihn auf dem Bett beobachten und sehen konnte, dass er schlief.» Sie sieht Hightower an; ihre Augen blicken fragend, gespannt. «Sie nennt ihn dauernd Joey. Dabei heißt er gar nicht Joey. Und dauernd redet sie von …»

Sie beobachtet Hightower. Ihre Augen blicken jetzt verwirrt, fragend, zweifelnd. «Dauernd redet sie von – Sie ist irgendwie durcheinander. Und manchmal bin ich es dann auch, wenn ich ihr zuhöre, und muss ...» Ihre Augen, ihre Worte tasten, suchen.

«Durcheinander?»

«Sie redet dauernd so von ihm, als wäre sein Pa dieser – der im Gefängnis, dieser Mr. Christmas. Sie redet dauernd davon, und dann komme ich durcheinander, und manchmal ist es so, als könnte ich nicht – als wäre auch ich durcheinander, und dann denke ich auch, sein Pa ist dieser Mr. – Mr. Christmas –» Sie beobachtet ihn; es ist, als unternähme sie eine enorme Anstrengung. «Aber ich weiß, dass das nicht stimmt. Ich weiß, dass es dumm ist. Es ist nur, weil sie es wieder und wieder sagt, und vielleicht bin ich noch nicht wieder richtig bei Kräften und komme auch durcheinander. Aber ich habe Angst ...»

«Wovor?»

«Ich mag's nicht, wenn ich durcheinander bin. Und ich hab Angst, dass sie mich noch ganz durcheinanderbringt, so wie es heißt, wenn man zum Spaß schielt, dann kann man auf einmal nicht mehr aufhören mit dem Schielen ...» Sie wendet den Blick von ihm ab. Sie rührt sich nicht. Sie spürt, dass er sie beobachtet.

«Du sagst, das Kind heißt nicht Joey. Wie heißt es denn?»

Sie sieht Hightower noch immer nicht an. Dann hebt sie den Blick. Sie sagt, zu schnell, zu glatt: «Ich hab ihm noch keinen Namen gegeben.»

Und er weiß, warum. Es ist, als sähe er sie zum ersten Mal, seit er die Hütte betreten hat. Er bemerkt zum ersten Mal, dass ihr Haar frisch gekämmt ist und dass sie sich das Gesicht gewaschen hat, und er sieht, halb verdeckt von dem Laken, als hätte sie die Dinge schnell versteckt, als er hereinkam, einen Kamm und eine Spiegelscherbe. «Als ich hereinkam, hast du jemanden erwartet. Nicht mich. Wen hast du erwartet?»

Sie wendet den Blick nicht ab. Ihr Gesicht ist weder unschuldig, noch verbirgt es etwas. Es ist auch nicht ruhig und gelassen. «Erwartet?»

«Hast du Byron Bunch erwartet?» Noch immer wendet sie den Blick nicht ab. Hightowers Gesicht ist ernst, fest, freundlich. Doch zeigt sich darin auch diese Unbarmherzigkeit, die sie in den Gesichtern einiger guter Menschen, denen sie begegnet ist, meist Männer, gesehen hat. Er beugt sich vor und legt seine Hand auf ihre, die den Rücken des Kindes stützt. «Byron ist ein guter Mann», sagt er.

«Ich glaube, ich weiß das so gut wie jeder andere. Besser als die meisten.»

«Und du bist eine gute Frau. Wirst es sein. Ich meine nicht –», sagt er rasch. Dann bricht er ab. «Ich habe nicht gemeint –»

«Ich glaube, ich verstehe», sagt sie.

«Nein. Nicht das hier. Das ist nicht wichtig. Das ist noch nichts. Es hängt alles davon ab, was du daraus machst, später. Mit dir selbst. Mit anderen.» Er sieht sie an; sie wendet den Blick nicht ab. «Lass ihn gehen. Schick ihn fort.» Sie sehen einander an. «Schick ihn fort, Tochter. Du bist wahrscheinlich kaum mehr als halb so alt wie er, aber du hast schon doppelt so viel gelebt wie er. Er wird dich nie einholen, nie die gleiche Stufe erreichen, weil er zu viel Zeit verschwendet hat. Und auch das, sein Nichts, ist unabänderlich, so wie dein Alles. Er kann so wenig die Zeit zurückdrehen und handeln, wie du die Zeit zurückdrehen und Geschehenes ungeschehen machen kannst. Du hast ein Kind, ein männliches, das nicht seins ist, von einem Mann, der nicht er ist. Du zwingst zwei Männer in sein Leben hinein und nur das Drittel einer Frau, die es zumindest verdient, dass das Nichts, das er fünfunddreißig Jahre lang gelebt hat, wenn es denn verletzt werden muss, nicht vor zwei Zeugen verletzt wird. Schick ihn fort.»

«Das ist nicht meine Aufgabe. Er ist frei. Fragen Sie ihn. Ich hab nicht ein einziges Mal versucht, ihn zu halten.»

«Das ist es ja. Wahrscheinlich hättest du ihn nicht halten können, wenn du's versucht hättest. Das ist es ja. Wenn du gewusst hättest, wie du es anstellen musst. Doch wenn, wenn du das gewusst hättest, wärst du jetzt nicht hier in diesem Bett, mit diesem Kind an deiner Brust. Und du willst ihn nicht fortschicken? Du willst es nicht sagen?»

«Ich kann nicht mehr sagen, als ich schon gesagt habe. Und ich habe nein zu ihm gesagt, vor fünf Tagen.»

«Nein?»

«Er hat mich gebeten, ihn zu heiraten. Nicht zu warten. Und ich hab nein gesagt.»

«Würdest du jetzt auch nein sagen?»

Sie sieht ihn fest an. «Ja. Ich würde es jetzt auch sagen.»

Er seufzt, massig, unförmig; sein Gesicht ist wieder schlaff, müde. «Ich glaube dir. Du wirst es auch weiterhin sagen, bis du erkannt hast –» Er sieht sie wieder an; wieder ist sein Blick angespannt, hart. «Wo ist er? Wo ist Byron?»

Sie sieht ihn an. Nach einer Weile sagt sie leise: «Ich weiß es nicht.» Sie sieht ihn an; mit einem Mal ist ihr Gesicht ganz leer, als wäre das, was ihm eben noch Form und Festigkeit gab, im Begriff, langsam daraus zu entweichen. Jetzt ist da nichts mehr von Täuschung, Wachsamkeit oder Vorsicht. «Heute Morgen, gegen zehn, ist er wiedergekommen. Er ist nicht reingekommen. Er kam nur an die Tür, und er stand da und hat mich nur angesehen. Und ich hatte ihn seit gestern Abend nicht gesehen, und er hatte das Baby noch nicht gesehen, und ich sagte: ‹Kommen Sie und sehen Sie ihn sich an›, und er hat mich angesehen, wie er da in der Tür stand, und hat gesagt: ‹Ich komme, um zu fragen, wann Sie ihn sehen möchten›, und ich hab gesagt: ‹Wen sehen?›, und er hat gesagt: ‹Vielleicht müssen sie einen Hilfssheriff mitschicken, aber ich kann Kennedy überreden, dass er ihn herkommen lässt›, und ich hab gesagt: ‹Wen kommen lässt?›, und er hat gesagt: ‹Lucas. Burch›, und ich hab gesagt: ‹Ja›, und er hat gesagt: ‹Heute Abend? Ist das recht?›, und ich hab gesagt: ‹Ja›, und da ist er gegangen. Er hat nur dagestanden, und dann ist er gegangen.» Während Hightower sie beobachtet, mit jener Hilflosigkeit betrachtet, die alle Männer bei Frauentränen überkommt, fängt sie an zu weinen. Sie sitzt aufrecht, das Kind an der Brust, und weint, nicht laut und nicht heftig, aber mit geduldiger und hoffnungsloser Niedergeschlagenheit, ohne ihr Gesicht zu verbergen. «Und Sie bedrängen mich damit, ob ich nein gesagt habe oder nicht, und ich habe schon nein gesagt, und Sie bedrängen mich und bedrängen mich, und er ist schon fort. Ich werde ihn nie wieder sehen.» Und er sitzt da, und sie beugt endlich den Kopf, und er erhebt sich und steht über ihr, die Hand auf ihrem gebeugten Kopf, und denkt *Gott sei Dank, Gott helfe mir. Gott sei Dank, Gott helfe mir*

Er fand Christmas' alten Pfad durch das Gehölz zur Sägemühle. Er wusste nicht, dass es den Weg gab, aber als ihm klar wurde, in welcher Richtung er verlief, kam es ihm in seiner Hochgestimmtheit wie ein Omen vor. Er glaubt ihr, aber er möchte sich die Auskunft bestätigen lassen, um des schieren Vergnügens willen, sie abermals zu hören. Es ist gerade vier Uhr, als er beim Werk ankommt. Er fragt im Büro.

«Bunch?», sagt der Buchhalter. «Den finden Sie hier nicht. Er hat heute früh aufgehört.»

«Ich weiß, ich weiß», sagt Hightower.

«War sieben Jahre bei der Firma, auch an den Samstagabenden. Und heute Morgen kommt er reinspaziert und sagt, er hört auf. Ohne Grund. Aber so machen das diese Leute aus den Bergen.»

«Ja», sagt Hightower. «Ja. Aber es sind gute Menschen. Gute Männer und Frauen.» Er verlässt das Büro. Die Straße zur Stadt führt am Hobelwerk vorbei, wo Byron gearbeitet hat. Er kennt Mooney, den Vorarbeiter. «Ich höre, Byron Bunch ist nicht mehr bei euch», sagt er und bleibt stehen.

«Richtig», sagt Mooney. «Er hat heute früh gekündigt.» Aber Hightower hört nicht zu; die Männer in ihren Overalls beobachten die schäbige, komische, nicht recht vertraute Gestalt, die mit überschwänglichem Interesse die Wände, die Bretter, die rätselhaften Maschinen betrachtet, deren Zweck und Funktionsweise er weder verstehen noch gar sich einprägen könnte. «Falls Sie ihn treffen wollen», sagt Mooney, «ich nehme an, Sie finden ihn in der Stadt, beim Gericht.»

«Beim Gericht?»

«Ja, Sir. Das Geschworenengericht tritt heute zusammen. Eine besondere Sitzung. Um Anklage gegen den Mörder zu erheben.»

«Ja, ja», sagt Hightower. «Er ist also gegangen. Ja. Ein guter junger Mann. Einen guten Tag, einen guten Tag, meine Herren. Einen guten Tag Ihnen allen.» Er geht weiter, und die Männer in ihren Overalls sehen ihm eine Weile nach. Er hat die Hände auf dem Rücken gefaltet. Er geht weiter und denkt ruhig, friedlich, traurig: «Armer Mann. Armer Kerl. Niemand ist berechtigt, keiner kann berechtigt sein, einem Menschen das Leben zu nehmen; schon gar nicht einer, der ein öffentliches Amt bekleidet, ein vereidigter Diener seiner Mitmenschen. Wenn das öffentlich sanktioniert ist, in der Person eines gewählten Amtmanns, der weiß, dass er selbst nicht unter den Händen seines Opfers gelitten hat, einerlei, welchen Namen man diesem Opfer geben will, wie können wir dann erwarten, dass ein Einzelner zurückschreckt, wenn er glaubt, dass er sehr wohl unter den Händen *seines* Opfers gelitten hat?› Er geht weiter; er ist jetzt in seiner Straße. Bald sieht er seinen Zaun, sein Schild; dann das Haus hinter dem üppigen Augustblattwerk. ‹Er ist also gegangen, ohne zu kommen und sich von mir zu verabschieden. Nach allem, was er für mich getan hat. Mir gebracht hat. Ja – mir gegeben hat, mir wieder heil gemacht hat. Es scheint fast so, als wäre auch das mir zugedacht gewesen. Und das muss alles sein.›

Aber es ist nicht alles. Noch eines ist ihm zugedacht.

XVIII

Als Byron in die Stadt kam, erfuhr er, dass der Sheriff den ganzen Vormittag mit der eigens einberufenen Sitzung des Geschworenengerichts zu tun hätte und er ihn deshalb erst gegen Mittag sprechen könne. «Sie müssen warten», sagte man ihm.

«Ja», sagte Byron. «Ich weiß auch, wie.»

«Was wissen Sie, wie?» Aber er antwortete nicht. Er verließ das Büro des Sheriffs und stellte sich unter den Portikus, von wo man auf die Südseite des Platzes blickte. Von der flachen gefliesten Terrasse erhoben sich steinerne, in Bögen mündende Säulen, verwittert, beschmutzt von dem in Generationen achtlos ausgespuckten Tabaksaft. Darunter bewegten sich, stetig und beständig, mit ernster Ziellosigkeit Männer vom Lande in ihren Overalls (und dazwischen hier und da, regungslos stehend oder aus dem Mundwinkel miteinander sprechend, einige jüngere Männer, Städter, von denen Byron manche als Verkäufer, junge Rechtsanwälte und sogar Kaufleute kannte, die allgemein das gleiche herrische Gehabe zur Schau trugen wie verkleidete Polizisten, die sich nicht weiter darum kümmerten, ob die Verkleidung den Polizisten in ihnen versteckte oder nicht), Männer, die fast wie Mönche in einem Kloster wirkten und leise untereinander über Geld und Ernten sprachen und hin und wieder ruhig den Blick zur Decke hoben, wo hinter verschlossenen Türen das Geschworenengericht Vorbereitungen dafür traf, einem Mann, den nur wenige von ihnen oft genug gesehen hatten, um ihn zu kennen, das Leben zu nehmen, weil er einer Frau das Leben genommen hatte, die noch weniger von ihnen je bewusst gesehen hatten. Die Fuhrwerke und die staubigen Autos, mit denen sie in die Stadt gekommen waren, standen aufgereiht um den Platz, und auf den Straßen und in den Läden und davor schlenderten in Grüppchen die Ehefrauen und Töchter, die mit den Männern in die Stadt gekommen waren und sich gemächlich und gleichfalls ziellos bewegten, so wie Rinder oder Wolken. Byron stand dort eine gute Weile, regungslos, ohne sich irgendwo anzulehnen – ein kleiner Mann, der seit sieben Jahren in der Stadt lebte und den trotzdem nur wenige von den Landleuten beim Namen oder vom Sehen kannten, weniger noch, als den Mörder oder die Ermordete gekannt hatten.

Byron war sich dessen nicht bewusst. Jetzt kümmerte es ihn nicht, doch eine Woche zuvor wäre das anders gewesen. Da hätte er nicht hier gestanden, wo jeder ihn ansehen und womöglich wiedererkennen konnte: *Byron Bunch, der an sich genommen hat, was ein anderer Mann gesät hatte, ohne halbehalbe zu machen. Der Kerl, der eines anderen Mannes Hure in seine Obhut genommen hat, während der andere damit beschäftigt war, tausend Dollar zu ergattern. Und nichts dafür gekriegt hat. Byron Bunch, der ihren guten Namen schützte, nachdem sowohl die Frau, deren guter Name es war, als auch der Mann, dem sie ihn hingegeben hatte, ihn weggeworfen hatten; der dafür sorgte, dass der Bastard des anderen in Ruhe und Frieden geboren werden konnte, auf seine Kosten, und der zum Lohn dafür ein einziges Mal einen Säugling hat schreien hören. Der nichts dafür bekommen hat, außer der Erlaubnis, den anderen Kerl wieder zu ihr zu bringen, sobald der damit fertig war, die tausend Dollar einzustecken, und Byron nicht mehr gebraucht wurde. Byron Bunch* ‹Und jetzt kann ich gehen›, dachte er. Er atmete tief. Er spürte es, wie er tief atmete, als hätte sein Inneres jedes Mal Angst, dass es dem nächsten Atemzug nicht genug Raum gäbe und etwas Schreckliches passierte und dass er die ganze Zeit beim Atmen auf sich hinunterblickte, auf seine Brust, und keinerlei Bewegung sehen konnte, so wie das Dynamit sich erst nach und nach sammelt für das jetzt, Jetzt, JETZT und die äußere Form der Stange sich nicht verändert; dass auch die Menschen, die an ihm vorübergingen und ihn ansahen, keine Veränderung bemerken konnten: ein kleiner Mann, den man keines zweiten Blickes würdigte, dem man niemals zutrauen würde, dass er wirklich getan, was er getan hatte, und gefühlt, was er gefühlt hatte, und der geglaubt hatte, draußen beim Sägewerk, an einem Samstagnachmittag, wenn er allein war, könnte die Gelegenheit, ihm wehzutun, ihn niemals finden.

Er ging unter den Leuten umher. ‹Ich muss woandershin›, dachte er. Er konnte im Rhythmus dazu gehen: ‹Ich muss woandershin.› Das würde ihn voranbringen. Er sagte es sich noch immer vor sich hin, als er zu seiner Pension kam. Sein Zimmer ging zur Straße hinaus. Bevor ihm bewusst wurde, dass seine Blicke dorthin wanderten, wandte er die Augen schon wieder ab. ‹Ich könnte jemanden im Fenster lesen oder rauchen sehen›, dachte er. Er betrat den Flur. Nach dem hellen Morgenlicht konnte er nicht gleich sehen. Er roch nasses Linoleum, Seifenlauge. ‹Es ist immer noch Montag›, dachte er. ‹Das hatte ich vergessen. Vielleicht ist es schon der nächste Montag. Ja, es ist, als müsste es so sein.› Er rief nicht. Nach einer Weile konnte er besser sehen. Er hörte das Wischen hinten im Flur oder vielleicht in der Küche. Dann sah er vor dem Lichtrechteck der ebenfalls offenstehenden hinteren Tür, wie zuerst Mrs. Beards Kopf zum Vorschein kam, dann in voller Silhouette ihre Gestalt, die durch den Flur auf ihn zukam.

«Ja, nun», sagte sie. «Da ist ja Mister Byron Bunch. Mister Byron Bunch.»

«Ja, Ma'am», sagte er und dachte: ‹Nur sollte eine dicke Frau, die in ihrem Leben nicht mehr Ärger gehabt hat, als in einen Scheuereimer passt, nicht versuchen, so ...› Wieder konnte er sich nicht auf das Wort besinnen, das Hightower wüsste und benutzen würde, ohne darüber nachzudenken. ‹Ich kann, so scheint's, nicht nur nichts tun, ohne dass ich ihn mit hineinziehe, ich kann nicht einmal denken, ohne dass er mir aushilft.› – «Ja, Ma'am», sagte er. Und dann stand er da und vermochte ihr nicht einmal zu sagen, dass er gekommen war, um sich zu verabschieden. ‹Vielleicht tu ich's gar nicht›, dachte er. ‹Wenn einer sieben Jahre in ein und demselben Zimmer gelebt hat, kann er wahrscheinlich nicht an einem einzigen Tag ausziehen. Nur wird sie das nicht daran hindern, nehm ich an, sein Zimmer zu vermieten.› – «Ich glaube, ich schulde Ihnen noch etwas Miete für das Zimmer», sagte er.

Sie sah ihn an: Ihr Gesicht war hart, selbstzufrieden, aber nicht unfreundlich. «Miete wofür?», fragte sie. «Ich dachte, Sie hätten sich entschieden. Wollten den Sommer über kampieren.» Sie sah ihn an. Dann sagte sie es ihm. Sie tat es sanft, zartfühlend, rücksichtsvoll. «Die Miete für dieses Zimmer habe ich schon bekommen.»

«Oh», sagte er. «Aha. Ich verstehe. Ja.» Er blickte ruhig auf die geschrubbte, mit Linoleum ausgelegte Treppe, blank gewetzt auch von seinen Füßen. Als das Linoleum vor drei Jahren verlegt wurde, war er der erste Zimmerbewohner gewesen, der darauf nach oben ging. «Oh», sagte er. «Na, dann sollte ich wahrscheinlich –»

Auch das beantwortete sie sofort und nicht unfreundlich. «Ich habe mich darum gekümmert. Ich habe alle ihre Sachen in ihren Beutel getan. Er steht hinten in meinem Zimmer. Aber wenn Sie raufgehen und selber nachsehen wollen?»

«Nein. Ich nehme an, Sie haben alles … Also, ich nehme an …»

Sie beobachtete ihn. «Ihr Männer», sagte sie. «Kein Wunder, dass Frauen die Geduld mit euch verlieren. Ihr wisst nicht, was ihr euch an Unfug erlauben dürft, und das ist nicht mehr, als auf einen Stecknadelkopf passt. Ich nehme an, wenn ihr nicht irgendeine Frau mit reinziehen könntet, damit sie euch hilft, dann würdet ihr alle brüllend in den Himmel geschleppt, noch ehe ihr zehn Jahre alt seid.»

«Ich glaube nicht, dass Sie einen Grund haben, etwas gegen sie zu sagen», sagte er.

«Hab ich auch nicht. Brauch ich auch nicht. Keine Frau braucht gegen sie reden. Ich sage ja nicht, dass es nicht die

Frauen gewesen sind, die am meisten geredet haben. Aber wenn Sie mehr als Ihren Männerverstand hätten, wüssten Sie, dass Frauen nichts damit meinen, wenn sie reden. Die Männer sind's, die nehmen das Gerede ernst. Es gibt keine Frau, die schlecht über Sie und die Frau denkt. Es gibt keine Frau, die nicht weiß, dass das Mädchen keinen Grund hatte, böse mit Ihnen umzuspringen, von dem Baby mal ganz abgesehen. Oder mit irgendeinem anderen Mann, jetzt. Hat sie nie nötig gehabt. Haben Sie und der Prediger und jeder andere Mann, der von ihr weiß, nicht schon alles für sie getan, was sie sich nur wünschen konnte? Wozu sollte sie da böse mit einem umspringen? Sagen Sie mir das doch mal.»

«Ja», sagt Byron. Er sah sie jetzt nicht mehr an. «Ich bin nur gekommen ...»

Auch darauf antwortete sie, ehe es ausgesprochen war. «Ich könnt mir denken, Sie werden uns bald verlassen.» Sie beobachtete ihn. «Was haben die heute Morgen beschlossen? Im Gericht?»

«Ich weiß nicht. Sie sind noch nicht zum Schluss gekommen.»

«Das hab ich mir schon gedacht. Die nehmen sich so viel Zeit und öffentliche Gelder, wie sie können, um mühselig was in Ordnung zu bringen, was wir Frauen in zehn Minuten am Samstagabend hätten in Ordnung bringen können. Weil der so ein Dummkopf ist. Nicht dass Jefferson ihn vermissen wird. Die Stadt kommt auch ohne ihn aus. Aber dass er so dumm ist und glaubt, einem Mann würde es mehr nützen, eine Frau umzubringen, als es einer Frau nützen würde, einen Mann umzubringen ... Ich nehme an, den andern werden sie jetzt laufenlassen.»

«Ja, Ma'am. Das nehm ich auch an.»

«Und eine Weile lang haben sie geglaubt, dass er dabei geholfen hat. Und jetzt werden sie ihm die tausend Dollar geben, um zu zeigen, dass sie nichts gegen ihn haben. Und dann können die beiden heiraten. So ist es doch, hab ich recht?»

«Ja, Ma'am.» Er spürte, wie sie ihn, nicht unfreundlich, beobachtete.

«Und so nehme ich an, dass Sie uns verlassen werden. Ich nehme an, Sie haben sozusagen das Gefühl, dass Sie von Jefferson genug haben, stimmt's?»

«So ungefähr. Ich glaube, ich werde weiterziehen.»

«Na ja, aber Jefferson ist eine gute Stadt. Wenn auch nicht so gut, dass ein freier und ungebundener Mann wie Sie nicht auch anderswo genug Unfug und Ärger finden könnte, womit er beschäftigt ist ... Sie können ihren Beutel hierlassen, bis Sie so weit sind, wenn Sie wollen.»

Er wartete bis Mittag und noch länger. Er wartete, bis er glaubte, dass der Sheriff mit dem Essen fertig sein musste. Dann ging er zu dem Haus, wo der Sheriff wohnte. Er wollte nicht hineingehen. Er wartete an der Tür, bis der Sheriff herauskam – der dicke Mann mit den kleinen klugen Augen, die wie Glimmer in sein dickes, ruhiges Gesicht eingebettet waren. Sie gingen zur Seite, in den Schatten eines Baumes im Garten. Dort gab es keine Bank; auch setzten sie sich nicht in die Hocke, wie sie es gewöhnlich getan hätten (beide waren auf dem Land aufgewachsen). Der Sheriff hörte sich den Mann in Ruhe an, den ruhigen kleinen Mann, der sieben Jahre lang der Stadt ein kleines Rätsel und der jetzt fast sieben Tage lang geradezu ein öffentliches Ärgernis und ein Affront gewesen war.

«Ich verstehe», sagte der Sheriff. «Sie meinen, es ist an der Zeit, dass die beiden heiraten.»

«Das weiß ich nicht. Das ist seine und ihre Sache. Ich denke nur, er sollte jetzt zu ihr gehen und mit ihr sprechen. Jetzt ist die richtige Zeit dafür, nehme ich an. Sie können einen Hilfssheriff mitschicken. Ich hab ihr gesagt, er würde heute Abend zu ihr rauskommen. Was die beiden dann tun, ist ihre Sache und seine. Das geht mich nichts an.»

«Klar», sagte der Sheriff. «Das geht Sie nichts an.» Er betrachtete das Profil des anderen. «Und was haben Sie jetzt vor, Byron?»

«Ich weiß nicht.» Sein Fuß fuhr langsam über den Boden, und er sah ihm dabei zu. «Ich hab überlegt, ob ich nach Memphis gehe. Das überlege ich schon seit zwei Jahren. Vielleicht mach ich's. In diesen Kleinstädten ist ja nichts los.»

«Klar. Memphis ist nicht schlecht, für Leute, die das Stadtleben mögen. Sicher, Sie haben keine Familie, die Sie mitschleifen müssen und die Sie hindert. Ich nehme an, wenn ich vor zehn Jahren noch Junggeselle gewesen wäre, hätte ich das auch gemacht. Wär mir besser ergangen, vielleicht. Sie wollen sicher gleich aufbrechen.»

«Bald, nehme ich an.» Er sah auf, dann blickte er wieder zu Boden. Er sagte: «Bei der Sägemühle hab ich heute Morgen gekündigt.»

«Klar», sagte der Sheriff. «Hab mir schon gedacht, dass Sie nicht seit zwölf den ganzen Weg hierhergelaufen sind und um eins wieder draußen sein wollen. Also, es sieht so aus –» Er brach ab. Er wusste, dass das Geschworenengericht bis zum Abend Anklage gegen Christmas erheben würde und dass Brown – oder Burch – dann ein freier Mann sein würde, abgesehen von der Auflage, bei der Gerichtsverhandlung im nächsten Monat als Zeuge zu erscheinen. Doch selbst da wäre seine Anwesenheit nicht absolut erforderlich, da Christmas die Tat nicht geleugnet hatte und sich, wie der Sheriff glaubte, schuldig bekennen würde, um seinen Kopf zu retten. ‹Und es schadet auch nichts, wenn man dem verdammten Dummkopf einmal in seinem Leben eine heilige Angst einjagt›, dachte er. Er sagte: «Ich nehme an, das lässt sich einrichten. Natürlich, ich muss, wie Sie sagen, einen Hilfssheriff mitschicken. Auch wenn er sicher nicht weglaufen wird, solange er noch Hoffnung hat, einen Teil der Belohnung zu bekommen. Und vorausgesetzt, dass er nicht weiß, was ihn erwartet, wenn er dort ankommt. Das weiß er noch nicht.»

«Nein», sagte Byron. «Das weiß er nicht. Er weiß nicht, dass sie in Jefferson ist.»

«Ich glaube, ich schicke ihn einfach mit einem Hilfssheriff raus. Ohne ihm zu sagen, warum. Ich schicke ihn einfach raus. Falls Sie ihn nicht selbst hinbringen wollen.»

«Nein», sagte Byron. «Nein. Nein.» Aber er rührte sich nicht.

«Dann mache ich's so. Bis dahin sind Sie schon weg, nehm ich an. Ich schicke einfach einen Hilfssheriff mit. Ist vier Uhr recht?»

«Das ist gut. Sehr freundlich von Ihnen. Eine Freundlichkeit.»

«Klar. Eine Menge Leute außer mir sind gut zu ihr gewesen, seit sie nach Jefferson gekommen ist. Also, ich werd mich nicht verabschieden. Ich nehme an, Jefferson wird Sie eines Tages wiedersehen. Hab noch nie einen gekannt, der eine Weile hier gelebt hat und dann für immer weggegangen ist. Außer vielleicht dem Burschen im Gefängnis drüben. Aber er wird sich schuldig bekennen, nehm ich an. Um seinen Kopf zu retten. Aber dann wird er aus Jefferson verschwinden. Ganz schön hart für die alte Lady, die denkt, dass sie seine Großmutter ist. Der alte Mann war unten in der Stadt, als ich nach Hause kam, und hat gebrüllt und rumgeschrien und die Leute als Feiglinge beschimpft, weil sie ihn nicht auf der Stelle aus dem Gefängnis holen und lynchen wollten.» Er lachte leise und behäbig. «Der soll lieber aufpassen, sonst schnappt ihn sich noch Percy Grimm mit seinen Leuten.» Dann wurde er wieder ernst. «Ist ziemlich hart für die Frau. Für die Frauen.» Er betrachtete Byrons Profil. «Ist für viele von uns hart gewesen. Na gut, kommen Sie bald mal wieder. Vielleicht ist Jefferson das nächste Mal freundlicher zu Ihnen.»

Um vier Uhr am gleichen Nachmittag sieht er von einem Versteck aus, wie das Auto kommt und anhält und wie der Hilfssheriff und der Mann, den er unter dem Namen Brown kannte, aussteigen und auf die Hütte zugehen. Brown ist jetzt nicht mit Handschellen gefesselt, und Byron beobachtet, wie sie zu der Hütte kommen, und sieht, wie der Hilfssheriff Brown vorwärts und durch die Tür stößt. Dann schließt sich die Tür hinter Brown, und der Hilfssheriff setzt sich auf die Stufe und zieht einen Beutel Tabak aus der Tasche. Byron steht auf. ‹Ich kann jetzt gehen›, denkt er. ‹Jetzt kann ich gehen.› Sein Versteck ist ein dichtes Gebüsch auf dem Rasen, wo einst das Haus gestanden hat. Auf der anderen Seite des Gebüschs, weder von der Hütte noch von der Straße aus zu sehen, ist das Maultier angebunden. Hinter dem abgewetzten Sattel ist ein zerbeulter gelber Koffer festgezurrt, der nicht aus Leder ist. Byron besteigt das Maultier und wendet es zur Straße. Er sieht sich nicht um.

Die sanftrote Straße zieht sich unter der schrägstehenden, friedlichen Nachmittagssonne hin und führt einen Hügel hinauf. ‹Gut, gut, einen Hügel kann ich ertragen›, denkt er. ‹Einen Hügel kann ich ertragen, das kann ein Mann ertragen.› Es ist friedlich und still, vertraut durch sieben Jahre. ‹Es scheint, dass ein Mann nahezu alles ertragen kann. Er kann auch ertragen, was er gar nicht getan hat. Er kann sogar den Gedanken ertragen, dass manches einfach mehr ist, als er ertragen kann. Er kann es sogar ertragen, dass er, wenn er sich fallenlassen und weinen könnte, das nicht tun würde. Er kann es sogar ertragen, nicht zurückzublicken, auch wenn er weiß, dass es ihm nichts nützen wird, ob er zurückblickt oder nicht.›

Der Hügel steigt an, erreicht den Scheitelpunkt. Byron hat nie das Meer gesehen, und so denkt er: ‹Als stünde man am Rand des Nichts. Als würde ich, sobald ich ihn hinter mir lasse, direkt ins Nichts hineinreiten. Wo Bäume anders aussehen und anders genannt würden, nicht Bäume, und wo Menschen anders aussehen und anders genannt würden, nicht Menschen. Und Byron Bunch müsste nicht unbedingt Byron Bunch oder aber nicht Byron Bunch sein. Byron Bunch und sein Maultier wären ein Nichts, sie würden rasch fallen, bis sie Feuer fingen, wie Reverend Hightower es von den Felsen sagt, die so schnell durch das Weltall fliegen, dass sie Feuer fangen und in Flammen aufgehen, und nicht einmal Asche bleibt, die auf die Erde fallen könnte.›

Doch dann erhebt sich hinter dem Kamm des Hügels, was er dort kennt: Bäume, die Bäume sind, die ungeheuerliche und zermürbende Entfernung, die er, weil Blut ihn treibt, immer und immerdar zwischen zwei unausweichlichen Horizonten der unerbittlichen Erde durchmessen muss. Sie erheben sich stetig, nicht unheilkündend, nicht bedrohlich. Das ist alles. Sie sind seiner nicht gewahr. ‹Sie wissen nichts, sie kümmern sich um nichts›, denkt er. ‹Als wollten sie sagen *Na gut. Du sagst, du leidest. Na gut. Aber zunächst einmal haben wir nichts weiter als dein Wort dafür. Und zweitens, du behauptest einfach, du bist Byron Bunch. Und drittens, du bist einfach nur der eine, der sich Byron Bunch nennt, heute, jetzt, in dieser Minute* … Also›, denkt er, ‹wenn das alles ist, dann kann ich mir doch wohl auch das Vergnügen erlauben, dass ich es nicht ertrage zurückzublicken.› Er hält das Maultier an und dreht sich im Sattel um.

Er hat gar nicht gemerkt, dass er so weit gekommen und dass der Kamm so hoch ist. Wie eine flache Schale liegt das einst weitläufige Gebiet, das vor siebzig Jahren zu einem Pflanzerhaus gehörte, vor ihm: unterhalb, zwischen ihm und dem Kamm auf der anderen Seite, wo Jefferson ist. Doch inzwischen ist die Plantage durchbrochen von hier und da errichteten Negerhütten, kleinen Gärten und Brachland, das durch Erosion zerklüftet ist und überwuchert von Schwarzeichen, Sassafraslorbeer, Dattelpflaumenbäumen und Dornengestrüpp. Doch genau in der Mitte steht noch die Gruppe von Eichen, so wie sie da stand, als das Haus gebaut wurde, nur dass jetzt kein Haus mehr dazwischen ist. Von hier kann er nicht einmal die Spuren des Brandes sehen; er könnte nicht einmal sagen, wo das Haus gestanden hat, wären da nicht die Eichen und die Stelle mit dem zerstörten Stall und die Hütte dahinter, die Hütte, zu der jetzt sein Blick geht. Sie steht voll sichtbar und ruhig in der Nachmittagssonne, fast wie ein Spielzeug, und wie ein Spielzeug sitzt der Hilfssheriff auf der Eingangsstufe davor. Und da, während Byron hinsieht, erscheint wie durch Magie ein Mann an der Rückseite der Hütte, ist schon dabei zu rennen, rennt hinten von der Hütte weg, während der nichtsahnende Hilfssheriff ruhig und reglos vorn auf der Stufe sitzt. Eine Weile sitzt auch Byron noch reglos, halb rückwärts gewandt im Sattel, und beobachtet die winzige Gestalt, wie sie quer über den brachliegenden Abhang hinter der Hütte auf das Gehölz zu flüchtet.

Da ist es, als führe ein kalter, schneidender Wind durch ihn hindurch. Gewaltsam und friedlich zugleich fegt er alles Verlangen und alle Verzweiflung und alle Hoffnungslosigkeit hinweg und dazu die tragischen und eitlen Phantasien, als wären sie Spreu oder Staub oder welkes Laub. Und Byron meint zu spüren, wie er unter diesem Windstoß zurückschnellt und wieder leer ist, sodass jetzt nichts mehr in ihm ist, was nicht vor zwei Wochen, ehe er sie zum ersten Mal sah, in ihm war. Das Verlangen in diesem Moment ist mehr als Verlangen: es ist Überzeugung, ruhig und selbstgewiss; noch ehe er sich bewusst wird, dass sein Gehirn seinen Händen den Befehl telegrafiert hat, hat er das Maultier schon von der Straße weggedreht und galoppiert auf dem Kamm entlang, der parallel zu dem Weg verläuft, den der rennende Mann eingeschlagen hat, als er ins Gehölz eingetaucht ist. Er hat sich noch nicht einmal den Namen des Mannes gesagt. Er macht sich keine Gedanken darüber, wohin der Mann rennt und warum. Es kommt ihm nicht einmal der Gedanke, dass Brown abermals flieht, wie er selbst, Byron, es vorausgesagt hat. Hätte er darüber nachgedacht, wäre er wahrscheinlich zu der Überzeugung gelangt, dass Brown auf seine eigene, spezielle Art mit einer ganz und gar legitimen Angelegenheit befasst war, die mit seiner und Lenas Aufbruch zu tun hatte. Doch er dachte überhaupt nicht darüber nach; er dachte auch nicht über Lena nach; sie war völlig aus seinem Kopf verschwunden, als hätte er nie ihr Gesicht gesehen, nie ihren Namen gehört. Er denkt: ‹Ich hab mich für ihn um seine Frau gekümmert, und ich habe für ihn bei der Geburt seines Kindes geholfen. Und jetzt bleibt noch eines, was ich für ihn tun kann.

Ich kann die beiden nicht verheiraten, weil ich kein Geistlicher bin. Und vielleicht kann ich ihn nicht einholen, weil er einen zu großen Vorsprung vor mir hat. Und wenn ich's schaffe, kann ich ihn vielleicht nicht verprügeln, weil er größer ist als ich. Aber ich kann's versuchen. Ich kann es immerhin versuchen.›

Als der Hilfssheriff ihn im Gefängnis abholte, fragte Brown sofort, wohin sie gingen. Einen Besuch machen, sagte der Hilfssheriff. Brown zögerte und musterte mit seinem hübschen, scheinbar verwegenen Gesicht den Hilfssheriff. «Ich will hier niemanden besuchen. Ich bin ein Fremder hier.»

«Du wärst überall, wo du bist, ein Fremder», sagte der Hilfssheriff. «Sogar zu Hause. Komm.»

«Ich bin amerikanischer Bürger», sagte Brown. «Ich nehme an, ich hab meine Rechte, auch wenn ich keinen Blechstern am Hosenträger habe.»

«Klar», sagte der Hilfssheriff. «Genau das habe ich jetzt vor: Ich verhelfe dir zu deinen Rechten.»

Browns Gesicht leuchtete auf: Es war wie ein Blitz. «Haben sie – Zahlen die mir jetzt die –»

«Die Belohnung? Klar. Ich bringe dich jetzt sofort persönlich dorthin, wo du sie kriegst, wenn dir eine Belohnung zusteht.»

Brown wurde wieder nüchtern. Aber er setzte sich in Bewegung, obwohl er den Hilfssheriff noch immer misstrauisch musterte. «Komische Art, wie die das machen», sagte er. «Mich im Gefängnis sitzen zu lassen, während diese Dreckskerle versuchen, sie mir wegzunehmen.»

«Ich nehme an, der Dreckskerl, der dir was wegnehmen kann, muss erst noch geboren werden», sagte der Hilfssheriff. «Komm jetzt. Wir werden erwartet.»

Sie traten vor das Gefängnis. Im Sonnenlicht blinzelte Brown, blickte hierhin und dorthin, dann riss er ruckartig wie ein Pferd den Kopf herum und warf einen Blick über die Schulter. Das Auto wartete am Rand. Brown sah das Auto, dann sah er den Hilfssheriff an, ganz nüchtern, ganz auf der Hut. «Wohin fahren wir mit dem Auto?», fragte er. «Bis zum Gericht ist es nicht weit, heute Morgen konnte ich gut dahin laufen.»

«Watt hat das Auto geschickt, damit wir die Belohnung damit zurückbringen können», sagte der Hilfssheriff. «Steig ein.»

Brown knurrte. «Da ist er aber plötzlich mächtig um mein Wohl besorgt. Ein Auto für den Weg und keine Handschellen. Und nur einer, der mich daran hindert, dass ich weglaufe.»

«Ich hindere dich nicht am Weglaufen», sagte der Hilfssheriff. Er war schon im Begriff, das Auto zu starten. «Möchtest du jetzt weglaufen?»

Brown sah ihn an, finster, verdrossen, empört, misstrauisch. «Ich verstehe», sagte er. «Das ist sein Trick. Erst bringt er mich dazu, dass ich weglaufe, und dann holt er sich selbst die tausend Dollar. Wie viel davon hat er Ihnen versprochen?»

«Mir? Ich kriege genauso viel wie du, auf den Cent.»

Brown sah den Hilfssheriff noch einen Moment länger finster an. Er stieß sinnlose Flüche aus, machtlos und wild. «Na los», sagte er. «Fahren wir, wenn wir schon fahren müssen.»

Sie fuhren hinaus zu dem Schauplatz des Brandes und des Mordes. In regelmäßigen, fast rhythmischen Abständen riss Brown den Kopf hoch und nach hinten wie ein freilaufendes Maultier, das auf schmaler Straße vor einem Auto herrennt. «Warum fahren wir hier raus?»

«Damit du deine Belohnung kriegst», sagte der Hilfssheriff.

«Und wo kriege ich sie?»

«In der Hütte da drüben. Da erwartet sie dich.»

Brown sah sich um, er sah die verkohlten Holzstücke, die einst ein Haus gewesen waren, und, verwittert und ruhig im Sonnenlicht, die karge Hütte, in der er vier Monate gelebt hatte. Sein Gesicht war ganz ernst, ganz wachsam. «Irgendwas ist daran komisch. Wenn Kennedy denkt, er kann meine Rechte mit Füßen treten, bloß weil er so einen verdammten kleinen Blechstern trägt …»

«Mach schon», sagte der Hilfssheriff. «Wenn dir die Belohnung nicht gefällt – ich warte hier und bringe dich, wann immer du willst, ins Gefängnis zurück. Wann immer du willst.» Er schob Brown vor sich her, öffnete die Tür zur Hütte, stieß ihn hinein und schloss hinter ihm die Tür, dann setzte er sich auf die Stufe.

Brown hörte, wie sich die Tür hinter ihm schloss. Er war noch im Hineingehen. Dann, mitten in einem dieser schnellen, ruckartigen, alles umfassenden Blicke, als könnten seine Augen den Raum gar nicht schnell genug in sich aufnehmen, blieb er wie angewurzelt stehen. Lena beobachtete von dem Feldbett aus, wie die weiße Narbe an seinem Mund völlig verschwand, als hätte das weichende Blut dahinter sie im Vorbeifließen mitgerissen, wie einen Fetzen von einer Wäscheleine. Sie sagte nichts, kein Wort. Sie lag nur da, auf die Kissen gestützt, und beobachtete ihn mit ihren nüchternen Augen, in denen gar nichts war – keine Freude, keine Überraschung, kein Vorwurf, keine Liebe –, während über sein Gesicht Erschrecken, Erstaunen, Empörung und dann schlichtes Entsetzen glitten und alle der Reihe nach die kleine verräterische weiße Narbe verspotteten, während seine gehetzten, verzweifelten Augen unablässig in dem leeren Raum hierhin und dorthin sprangen. Sie beobachtete, wie er seine Augen willentlich bändigte, als wären es zwei erschrockene Tiere, und sie dazu zwang, ihrem Blick zu begegnen. «Sieh an, sieh an», sagte er. «Sieh an, sieh an, sieh an. Es ist Lena.» Sie beobachtete, wie er seine Augen auf ihre Augen gerichtet hielt wie zwei Tiere, die im Begriff sind, loszubrechen, als wüsste er, wenn sie diesmal ausbrächen, würde er sie nie wieder einfangen, nie wieder abwenden können und dass er dann verloren wäre. Sie konnte geradezu mit ansehen, wie seine Gedanken sich hierhin und dorthin warfen, unablässig, gehetzt, entsetzt, nach Worten suchend, die seine Stimme, seine Zunge sprechen konnten. «Wenn das nicht Lena ist. Ja, wirklich. Du hast also meine Nachricht erhalten. Gleich, als ich hier angekommen bin, letzten Monat, hab ich dir eine Nachricht geschickt, gleich als ich mich eingerichtet hatte, und ich dachte schon, sie wäre verlorengegangen – Es war einer, ich wusste nicht, wie er hieß, aber er hat gesagt, er nimmt sie mit – Er sah nicht sehr zuverlässig aus, aber ich musste ihm vertrauen, aber ich dachte, als ich ihm die zehn Dollar für dich gab, damit du herreisen kannst, dass er …» Seine Stimme erstarb irgendwo hinter seinen verzweifelten Augen. Und noch immer konnte sie seine Gedanken beobachten, wie sie ohne alles Mitleid, ohne jedes Gefühl hierhin und dorthin sprangen, und sie beobachtete ihn mit ihrem ernsten, unverwandten, unerträglichen Blick, beobachtete, wie er sich wand und floh und steckenblieb, bis schließlich alles, was noch an Stolz in ihm war – der armselige Stolz in seinem Wunsch nach Rechtfertigung –, ihn verließ und er nackt zurückblieb. Da sprach sie zum ersten Mal. Ihre Stimme klang ruhig, unaufgeregt, gleichmütig.

«Komm her», sagte sie. «Komm nur. Ich passe auf, dass er dich nicht beißt.» Als er näher kam, ging er auf Zehenspitzen. Sie sah das, obwohl sie ihn nun nicht mehr beobachtete. Sie wusste es, wie sie auch wusste, dass er jetzt mit einer gewissen unbeholfenen, scheuen Ehrfurcht über ihr und dem schlafenden Kind stand. Doch sie wusste, dass es nicht Ehrfurcht vor dem Kind oder wegen des Kindes war. Sie wusste, dass er in diesem Sinne das Kind noch gar nicht gesehen hatte. Sie konnte noch immer sehen, spüren, wie seine Gedanken hierhin und dorthin sprangen. *Er will so tun, als ob er keine Angst hätte* dachte sie. *Er schämt sich nicht, mir vorzulügen, dass er keine Angst hat, so wie er sich nicht geschämt hat, dass er Angst hatte, weil er gelogen hat*

«Sieh an, sieh an», sagte er. «Da ist es also, kaum zu glauben.»

«Ja», sagte sie. «Willst du dich nicht setzen?» Der Stuhl, den Hightower herangezogen hatte, stand noch neben dem Bett. Er hatte ihn schon bemerkt. *Sie hat schon alles für mich vorbereitet* dachte er. Wieder fluchte er, lautlos, in die Enge getrieben, wütend. *Diese Dreckskerle. Diese Dreckskerle* Doch sein Gesicht war ganz glatt, als er sich auf den Stuhl setzte.

«Ja, tatsächlich. Da sind wir wieder. Genau, wie ich es geplant hatte. Ich hätte alles ordentlich für dich vorbereitet, nur dass ich in letzter Zeit so viel zu tun hatte. Dabei fällt mir ein –» Wieder machte er die abrupte, maultierartige, rückwärts gewandte Kopfbewegung. Sie sah ihn nicht an. Sie sagte:

«Es gibt hier einen Prediger. Er war schon da und hat mich besucht.»

«Das ist gut», sagte er. Seine Stimme war laut, munter. Doch die Munterkeit und der Tonfall waren so flüchtig wie der Klang der Wörter und schwanden dahin, ohne etwas zu hinterlassen, nicht einmal einen entschieden ausgedrückten Gedanken im Ohr, der überzeugte. «Das ist ja gut. Sobald ich all diesen Geschäftskram erledigt hab –» In einer vagen, umfassenden Geste bewegte er ruckartig den Arm und sah sie an. Sein Gesicht war glatt und ausdruckslos. Seine Augen blickten höflich, wachsam, undurchschaubar, doch dahinter lauerte noch immer das Gehetzte und Verzweifelte. Aber sie sah ihn nicht an.

«Was für eine Arbeit hast du inzwischen? Arbeitest du im Hobelwerk?»

Er beobachtete sie. «Nein. Da hab ich aufgehört.» Seine Augen beobachteten sie. Es war, als gehörten die Augen nicht ihm, als hätten sie keine Beziehung zu seinem übrigen Ich, zu dem, was er machte und was er sagte. «Schuften wie ein verdammter Nigger, zehn Stunden am Tag. Jetzt hab ich was an der Hand, was Geld bringt. Nicht mehr diese miesen fünfzehn Cent in der Stunde. Und wenn ich das erst mal festgemacht hab, sobald ich noch ein paar Kleinigkeiten geklärt hab, dann werden du und ich …» Hart, angespannt, undurchschaubar musterten seine Augen sie, ihr gesenktes Gesicht im Profil. Und wieder hörte sie das schwache, abrupte Geräusch, als er den Kopf hoch- und zurückriss. «Und dabei fällt mir ein –»

Sie hatte sich nicht gerührt. Sie sagte: «Wann ist es so weit, Lucas?» Darauf hörte, spürte sie förmlich eine äußerste Stille, ein äußerstes Schweigen.

«Wann ist was so weit?»

«Du weißt doch. Was du gesagt hast. Zu Hause. Es war nicht schlimm, solange es bloß um mich ging. Mir hat es nichts ausgemacht. Aber jetzt ist es anders. Ich glaube, jetzt hab ich ein Recht darauf, dass ich mir Sorgen mache.»

«Ach so, das», sagte er. «Das. Mach dir deswegen keine Sorgen. Lass mich bloß noch diese Angelegenheit hier klären, damit ich an das Geld komme. Es ist rechtmäßig mein Geld. Von diesen Dreckskerlen kann mich keiner –» Er hielt inne. Seine Stimme war angestiegen, als hätte er vergessen, wo er war, und hätte laut vor sich hin gedacht. Er senkte sie wieder; er sagte: «Überlass das nur mir. Mach dir gar keine Sorgen. Ich habe dir doch noch nie Grund zur Sorge gegeben, oder? Sag doch.»

«Nein. Ich hab mir nie Sorgen gemacht. Ich wusste, dass ich mich auf dich verlassen konnte.»

«Klar, das hast du gewusst. Und diese Dreckskerle hier – die hier –» Er war vom Stuhl aufgestanden. «Da fällt mir ein –» Weder sah sie auf, noch sprach sie, während er mit diesen Augen, die gehetzt, verzweifelt und zudringlich waren, vor ihr stand. Es war, als hielte sie ihn dort fest und dass sie das wusste. Und dass sie ihn aus freien Stücken losließ, absichtlich.

«Ich nehme an, dann hast du gerade recht viel zu tun.»

«Ja, wirklich, das habe ich. Mit all dem, worum ich mich kümmern muss, und mit diesen Dreckskerlen –» Jetzt sah sie ihn an. Sie beobachtete ihn, wie sein Blick zu dem hinteren Fenster ging. Dann wandte er sich um und blickte auf die geschlossene Tür. Dann sah er sie an, ihr ernstes Gesicht, das entweder nichts ausdrückte oder alles, das ganze Wissen. Er senkte die Stimme. «Ich habe Feinde hier. Leute, die nicht wollen, dass ich kriege, was ich verdient hab. Deswegen muss ich jetzt –» Wieder war es so, als hielte sie ihn fest, zwänge ihn, drängte ihn zu der endgültigen Lüge, gegen die selbst die kläglichen Reste seines Stolzes aufbegehrten; sie hielt ihn, nicht mit Waffen oder Stricken, sondern mit etwas, wovor sein Lügen nichtig war und verwehte wie Laub oder Staub. Aber sie sagte nichts, kein Wort. Sie beobachtete ihn nur, wie er auf Zehenspitzen zu dem Fenster ging und es geräuschlos öffnete. Dann sah er sie an. Vielleicht glaubte er, dass er nun in Sicherheit war, dass er aus dem Fenster steigen konnte, ehe sie ihn mit der Hand berührte. Aber vielleicht war es auch ein klägliches Überbleibsel von Scham, so wie es vor einer Weile Stolz gewesen war. Denn er sah sie an, nackt, für den Augenblick allen Wortgeklingels und aller Täuschung entblößt. Seine Stimme war kaum lauter als ein Flüstern: «Da draußen ist ein Mann. Vorn, er wartet auf mich.» Dann war er fort, durch das Fenster, ohne einen Laut, in einer einzigen Bewegung, fast wie eine lange Schlange. Von draußen, vor dem Fenster, hörte sie ein einzelnes schwaches Geräusch, als er zu laufen begann. Da erst rührte sie sich, und jetzt auch nur, um einmal tief zu seufzen.

«Jetzt muss ich wieder aufstehen», sagte sie mit lauter Stimme.

Als Brown aus dem Gehölz tritt, da, wo die Eisenbahnstrecke verläuft, keucht er. Nicht vor Erschöpfung, obwohl er in den letzten zwanzig Minuten eine Entfernung von fast zwei Meilen zurückgelegt hat und der Weg nicht einfach war. Vielmehr ist es das Knurren und bösartige Atmen eines Tieres auf der Flucht: Während er dasteht und in beide Richtungen über das leere Gleis hin blickt, hat sein Gesicht, sein Ausdruck etwas von einem Tier, das, allein auf der Flucht, nicht Hilfe von einem Gefährten sucht, das auf sich gestellt ist und sich allein auf seine Muskelkraft verlässt, das in der kurzen Pause zum Atemschöpfen jeden Baum und jeden Grashalm vor seinen Augen hasst, als wären es lebendige Feinde, ja selbst die Erde hasst, auf der es steht, und noch die Luft, die es zum Atemschöpfen braucht.

Er ist nur wenige hundert Meter von der Stelle, die er anvisiert hat, auf die Eisenbahnstrecke gestoßen. Es ist der höchste Punkt einer Steigung, wo die nach Norden gehenden Güterzüge in einem ungeheuer langsamen Kriechtempo fahren, fast langsamer, als ein Mann geht. Nur wenig weiter vor ihm sieht es so aus, als wären die schimmernden Zwillingsbänder wie mit einer Schere abgeschnitten worden.

Eine Weile steht er, noch versteckt, im Schutz der Bäume neben dem Schienenstrang. Er steht da wie ein grübelnder Mann, der in eine verzweifelte Berechnung vertieft ist, als suchte er in seinem Kopf nach einem letzten verzweifelten Wurf in einem Spiel, das er bereits verloren hat. Nachdem er noch einen Moment länger so verharrt, in einer Haltung, als horchte er, dreht er sich um und fängt wieder an zu laufen, durch das Gehölz und parallel zu der Bahnstrecke. Offenbar weiß er genau, wohin er will; im nächsten Augenblick erreicht er einen Pfad, dem er folgt, immer noch rennend, und tritt dann auf eine Lichtung hinaus, auf der eine Negerhütte steht. Er nähert sich der Hütte, rennt jetzt aber nicht mehr. Auf der Veranda sitzt eine alte Negerfrau und raucht eine Pfeife, ihr Kopf ist mit einem weißen Tuch umwickelt. Brown rennt nicht, aber er atmet schnell und schwer. Er beruhigt seinen Atem, um sprechen zu können. «Hallo, Tantchen», sagt er. «Ist wer da?»

Die alte Negerfrau nimmt die Pfeife aus dem Mund. «Ich bin hier. Wer will das wissen?»

«Ich muss eine Nachricht in die Stadt schicken. Möglichst schnell.» Er versucht ruhig zu atmen, um sprechen zu können. «Ich bezahle auch. Ist hier keiner, der das machen kann?»

«Wenn's so eilig ist, machen Sie's lieber selbst.»

«Ich bezahl auch, sage ich!», sagt er. Er spricht sozusagen mit wütender Geduld, beherrscht seine Stimme, seinen Atem. «Einen Dollar, wenn er wirklich schnell ist. Ist keiner hier, der sich einen Dollar verdienen will? Einer von den Jungen vielleicht?»

Die alte Frau raucht, beobachtet ihn. Mit ihrem uralten, unergründlichen Mitternachtsgesicht betrachtet sie ihn, und ihre Abgeklärtheit hat etwas Gottähnliches, jedoch keineswegs Wohlwollendes. «Einen Dollar, in bar?»

Er macht eine unbeschreibliche Handbewegung, in der sich Eile und gezügelter Zorn ausdrücken und etwas wie Verzweiflung. Er will sich schon abwenden, als die Negerin wieder spricht. «Is keiner hier, nur ich und die beiden Kleinen. Und die sind Ihnen bestimmt zu klein.»

Brown dreht sich wieder um. «Wie klein? Ich brauche nur wen, der dem Sheriff eine eilige Nachricht bringen kann und –»

«Dem Sheriff? Dann sind Sie hier falsch. Ich lass keinen von meinen mit keinem Sheriff rummachen. Ich hab mal nen Nigger gehabt, der hat gedacht, er kennt den Sheriff so gut, dass er ihn besuchen kann. Is nie wieder zurückgekommen. Da müssen Sie woanders fragen.»

Aber Brown ist schon losgegangen. Er rennt nicht gleich wieder. Er hat noch nicht daran gedacht, wieder zu rennen; im Moment kann er überhaupt nicht denken. Seine Wut und seine Ohnmacht haben jetzt fast etwas Ekstatisches. Er sinnt, wie es scheint, über die sozusagen zeitlose und schöne Unfehlbarkeit seiner unvorhersagbaren Enttäuschungen nach. Als erhöbe ihn allein schon die Tatsache, dass er so beharrlich damit bedacht wird, irgendwie über die banalen menschlichen Hoffnungen und Wünsche, die dadurch vereitelt und negiert werden. Daher muss die Negerin zweimal hinter ihm herrufen, bevor er hört und sich umdreht. Sie hat nichts gesagt, sie hat sich nicht gerührt: sie hat lediglich gerufen. Sie sagt: «Hier is einer, der macht das für Sie.»

Bei der Veranda steht plötzlich, wie aus der dünnen Luft herbeigezaubert, ein Neger, der entweder ein erwachsener Schwachkopf oder ein Klotz von einem Jungen ist. Sein Gesicht ist schwarz, still, zudem unergründlich. Sie stehen da und sehen sich an. Oder vielmehr, Brown sieht den Neger an. Er könnte nicht sagen, ob der Neger ihn ansieht oder nicht. Und auch das scheint irgendwie richtig und gut und passend: dass seine letzte Hoffnung und Zuflucht ein Lebewesen sein soll, das allem Anschein nach nicht mit der nötigen Vernunft begabt ist, die Stadt zu finden, geschweige denn eine bestimmte Person in der Stadt. Wieder macht Brown eine unbeschreibliche Geste. Jetzt rennt er fast zurück zu der Veranda und klopft sich auf die Tasche. «Ich möchte, dass du eine Nachricht in die Stadt mitnimmst und mir eine Antwort bringst», sagt er. «Kannst du das?» Aber er wartet nicht auf eine Antwort. Er hat aus seinem Hemd einen Fetzen beschmutzten Papiers und einen angekauten Bleistiftstummel genommen und schreibt, über das Verandageländer gebeugt, mühevoll und hastig, während die Negerin ihn beobachtet:

Mr. Wat Kenedy Geehrter Herr bitte geben Sie Überbringer mein Belohnungsgeld für Gefangennahme Mörder Xmas wickeln Sie es in Papier ein und geben Sie es Überbringer Hochachtungsvoll

Er unterschreibt nicht. Er reißt den Fetzen hoch und starrt darauf, während die Negerin ihn beobachtet. Er starrt auf das schmuddelige, unschuldige Stück Papier, auf die mühevoll und hastig daraufgekritzelten Wörter, in denen er in einem einzigen Augenblick seine ganze Seele und dazu sein ganzes Leben eingefangen hat. Dann legt er das Stück Papier wieder hin und schreibt *ohne Unterschrift aber in Ordnung Sie wissen von wem*, faltet es und gibt es dem Neger. «Bring das dem Sheriff. Keinem anderen. Glaubst du, du kannst ihn finden?»

«Wenn der Sheriff ihn nicht vorher findet», sagt die alte Negerin. «Geben Sie's ihm. Er findet ihn, wenn er noch auf der Erde ist. Nimm deinen Dollar und geh los, Junge.»

Der Neger will losgehen. Er bleibt stehen. Er steht einfach nur da, sagt nichts, sieht nichts. Auf der Veranda sitzt die Negerin, raucht, blickt hinunter auf das schwache Wolfsgesicht des Weißen: ein Gesicht, hübsch, gefällig, doch jetzt gezeichnet von einer Erschöpfung, die mehr als nur körperlich ist, und zu einer verausgabten Wolfsmaske verzerrt. «Ich dachte, Sie hätten's eilig», sagt sie.

«Ja», sagt Brown. Er nimmt eine Münze aus der Tasche. «Hier. Und wenn du mir innerhalb einer Stunde die Antwort bringst, gebe ich dir noch fünf von der Sorte.»

«Mach schon, Nigger», sagt die Frau. «Du hast nicht den ganzen Tag Zeit. Soll er die Antwort hierherbringen?»

Brown betrachtet sie noch einen Moment länger. Dann flieht wieder alle Vorsicht, alle Scham von ihm. «Nein. Nicht hierher. Bring's da oben hin, zur Kuppe. Geh die Schienen entlang, bis ich dich rufe. Ich werde dich die ganze Zeit beobachten. Vergiss das nicht. Hast du verstanden?»

«Machen Sie sich keine Sorgen», sagt die Negerin. «Er geht damit hin und kommt mit der Antwort wieder, wenn ihn nichts aufhält. Los jetzt, Junge.»

Der Neger geht los. Aber dann hält ihn etwas auf, als er noch keine halbe Meile gegangen ist. Es ist ein anderer weißer Mann, der ein Maultier führt.

«Wo?», fragt Byron. «Wo hast du ihn gesehen?»

«Gerade erst. Oben bei dem Haus.» Der weiße Mann geht, das Maultier führend, weiter. Der Neger sieht ihm nach. Er hat dem weißen Mann nicht den Zettel gezeigt, weil der weiße Mann nicht danach gefragt hat. Vielleicht hat der weiße Mann ihn nicht nach dem Zettel gefragt, weil er nicht wusste, dass er einen Zettel hat; vielleicht ist es das, was der Neger denkt, denn einen Moment lang spiegelt sich in seinem Gesicht etwas Ungeheuerliches, Unterirdisches. Dann weicht es wieder. Er ruft. Der weiße Mann hält an und dreht sich um. «Er ist da nicht mehr», ruft der Neger. «Er sagt, er wartet da oben bei den Schienen.»

«Vielen Dank», sagt der weiße Mann. Der Neger geht weiter.

Brown kehrte zu dem Schienenstrang zurück. Er rannte jetzt nicht. Er sagte vor sich hin: ‹Er macht das nicht. Er kann's nicht. Ich weiß, er findet ihn nicht, er kriegt es nicht, er bringt es nicht her.› Er nannte keine Namen, dachte keine Namen. Für ihn waren sie jetzt alle nur Formen, wie Schachfiguren – der Neger, der Sheriff, das Geld, alles –, die unvorhersagbar und ohne Grund hierhin und dorthin gezogen wurden von einem Gegner, der seine, Browns, Züge kannte, bevor er sie machte, und der spontan Regeln erfand, die er, nicht aber der Gegner befolgen musste. Als er das Gleis verließ und in das Dickicht bei der Kuppe der Steigung trat, war er für den Moment sogar über alle Verzweiflung hinaus. Er bewegte sich jetzt ohne Hast vorwärts und schätzte die Entfernung ab, als gäbe es nichts in der Welt oder wenigstens nichts in seinem Leben, das wichtiger wäre. Er wählte eine Stelle aus und setzte sich, wo er von dem Gleis aus unsichtbar war, selbst aber das Gleis sehen konnte.

‹Bloß weiß ich, er wird's nicht tun›, dachte er. ‹Ich erwarte es nicht mal. Wenn ich ihn mit dem Geld in der Hand zurückkommen sähe, ich würde es nicht glauben. Es wäre nicht für mich. Das wüsste ich. Ich wüsste, dass es ein Irrtum ist. Ich würde zu ihm sagen *Geh nur weiter. Du suchst einen andern, nicht mich. Du suchst nicht Lucas Burch. Nein, nein, Lucas Burch hat das Geld, die Belohnung nicht verdient. Er hat nie was getan, um sie zu bekommen. Nein, nein›* Er fängt an zu lachen, hockt da, rührt sich nicht, senkt sein verausgabtes Gesicht und lacht. ‹Jawohl. Lucas Burch hat nichts anderes als Gerechtigkeit gewollt. Nur Gerechtigkeit. Er hat den Dreckskerlen doch nicht den Namen des Mörders gesagt und ihnen gesagt, wo sie ihn finden können, damit sie es gar nicht erst versuchen. Sie haben es nicht versucht, weil sie sonst Lucas Burch das Geld hätten geben müssen. Gerechtigkeit.› Dann sagt er laut, mit harscher, tränenerstickter Stimme: «Gerechtigkeit. Mehr nicht. Nur meine Rechte. Und diese Dreckskerle mit ihren kleinen Blechsternen, alle haben sie einen Eid geschworen, dass sie amerikanische Bürger beschützen.» Er sagt es mit harscher Stimme, weint fast vor Wut und Verzweiflung und Erschöpfung: «Verdammt will ich sein, wenn das nicht reicht, um einen Mann glatt zu einem Bolschewiken zu machen.» Und so hört er kein Geräusch, bis Byron unmittelbar hinter ihm spricht:

«Steh auf.»

Es dauert nicht lange. Byron wusste, dass es nicht lange dauern würde. Aber er zögerte nicht. Er schlich so weit heran, bis er den anderen sehen konnte, blieb dann stehen und sah zu der hockenden, ahnungslosen Gestalt hinüber. ‹Du bist größer als ich›, dachte Byron. ‹Aber das kümmert mich nicht. Du bist in allem mir gegenüber im Vorteil gewesen. Und auch das kümmert mich nicht. Du hast innerhalb von neun Monaten zweimal das weggeworfen, was ich in fünfunddreißig Jahren nicht gehabt hab. Und jetzt werde ich mich grün und blau prügeln lassen, und auch das kümmert mich nicht.›

Es dauert nicht lange. Brown wirbelt herum und macht sich sogar noch sein Erstaunen zunutze. Er hat nicht geglaubt, dass irgendeiner, der seinen Widersacher sitzend antrifft, ihm Gelegenheit geben würde, auf die Füße zu kommen, auch wenn der Widersacher nicht der Größere von beiden wäre. Er jedenfalls hätte das nicht getan. Und die Tatsache, dass der Kleinere es tat, während er selbst es nicht getan hätte, war schlimmer als eine Beleidigung: Es machte ihn lächerlich. Deshalb kämpfte er mit noch wilderer Wut, als wäre Byron ihm ohne Vorwarnung auf den Rücken gesprungen: Mit der blinden, verzweifelten Kraft einer ausgehungerten und in die Enge getriebenen Ratte kämpfte er.

Es dauerte keine zwei Minuten. Dann lag Byron ruhig inmitten des zerknickten, niedergetretenen Dickichts; er blutete im Gesicht, er hörte, wie das Unterholz weiter knackte, wie das Geräusch dann leiser wurde und in Stille überging. Dann ist er allein. Er spürt jetzt keinen bestimmten Schmerz, und was noch besser ist, er verspürt keine Eile, keine Dringlichkeit, etwas Bestimmtes zu tun oder irgendwohin zu gehen. Er liegt einfach da, blutend, ganz ruhig, und weiß, dass es nach einer

Weile noch früh genug sein wird, wieder in die Welt und die Zeit zurückzukehren.

Er denkt auch nicht darüber nach, wohin Brown wohl gegangen ist. Er muss jetzt nicht über Brown nachdenken. Wieder ist sein Kopf angefüllt mit stillen Formen, die, abgelegten und zerbrochenen Spielsachen aus der Kindheit gleich, in einem vergessenen Schrank unordentlich übereinanderliegen und in Ruhe einstauben – Brown. Lena Grove. Hightower. Byron Bunch –, alle wie kleine Gegenstände, die nie lebendig gewesen sind, mit denen er in der Kindheit gespielt und die er dann kaputt gemacht und vergessen hat. So liegt er, als er das Pfeifen des Zuges vor einem Bahnübergang eine halbe Meile entfernt hört.

Das rüttelt ihn auf; das ist die Welt und auch die Zeit. Er setzt sich auf, langsam, vorsichtig. ‹Jedenfalls habe ich mir nichts gebrochen›, denkt er. ‹Ich meine, er hat nichts gebrochen, was zu mir gehört.› Es wird spät: Hier ist jetzt wieder die Zeit, und die Entfernung, die sich darin bewegt. ‹Ja. Ich muss mich aufmachen. Ich muss los, um mir etwas anderes zu suchen, in das ich mich einmischen kann.› Der Zug kommt näher. Schon ist der Takt der Lokomotive kürzer geworden, schwerer, als sie die Steigung zu spüren beginnt; gleich darauf sieht er den Rauch. Er sucht in seiner Hosentasche nach einem Taschentuch. Er hat keines, also reißt er sich einen Zipfel von seinem Hemd ab und betupft sich damit behutsam das Gesicht, während er nach dem kurzen, prustenden Fauchen horcht, mit dem die Lokomotive die Steigung heraufkeucht. Er arbeitet sich zum Rand des Dickichts vor, wo er das Gleis sehen kann. Die Lokomotive ist jetzt in Sicht, bewegt sich fast direkt auf ihn zu, unter den einzelnen, heftigen Stößen schwarzen Rauchs. Es sieht wie ungeheuerliche Nichtbewegung aus. Und doch bewegt sie sich, kriecht ungeheuerlich langsam herauf und über den Kamm der Steigung. Er steht jetzt am Rand des Dickichts, sieht die Lokomotive näher kommen und an sich vorbeifahren, mühselig, kriechend, und die verzückte, knabenhafte Faszination (und vielleicht Sehnsucht) seiner ländlichen Kindheit steigt in ihm auf. Sie fährt vorbei; seine Blicke wandern weiter, beobachten die Waggons, wie sie der Reihe nach herauf und über den Kamm kriechen, als er zum zweiten Mal an diesem Nachmittag einen Mann, wie aus der Luft herbeigezaubert, rennen sieht.

Selbst da begreift er noch nicht, was Brown vorhat. Er ist zu tief in Frieden und Einsamkeit vorgedrungen, um sich zu wundern. Er steht einfach nur da und beobachtet, wie Brown geduckt, fliehend, auf den Zug zuläuft, wie er die Eisenleiter am Ende eines der Waggons packt und nach oben springt und dem Blick entschwindet, als wäre er in ein Vakuum gesogen worden. Die Zug wird jetzt schneller; Byron sieht den Waggon näher kommen, auf dem Brown verschwunden ist. Der Wagen gleitet vorbei; hinten angeklammert, zwischen diesem und dem nächsten Wagen, steht Brown, den Kopf nach draußen gebeugt, den Blick auf das Buschwerk gerichtet. Sie sehen einander in ein und demselben Moment: Die beiden Gesichter, das milde, unauffällige, blutige des einen und das magere, gehetzte, verzweifelte des anderen, verzerrt jetzt in einem geräuschlosen Schrei über dem Lärm des Zuges, und sie ziehen wie Phantome oder Erscheinungen auf unterschiedlichen Umlaufbahnen aneinander vorbei. Noch immer fasst Byron keinen Gedanken. «Großer Gott der Berge», sagt er mit kindlichem, fast ekstatischem Erstaunen, «der weiß aber, wie man auf einen Zug aufspringt. Das hat er bestimmt früher schon mal gemacht.» Er denkt nicht. Es ist, als wäre die gleitende Wand schmutziger Waggons ein Wall, hinter dem die Welt, die Zeit, die unglaubliche Hoffnung und die unstreitige Gewissheit warteten und ihm noch einen kleinen Augenblick des Friedens gewährten. Wie auch immer, als der letzte Wagen, in schneller Fahrt nun, vorbeifährt, stürzt die Welt auf ihn herab, wie ein Schwall Wasser, eine Flutwelle.

Sie ist zu riesig und zu schnell für Entfernung und Zeit; und so gibt es auch keinen Pfad, der zurückgegangen werden kann:

Er führt das Maultier ein gutes Stück neben sich, bevor er sich daran erinnert, dass er aufsitzen und reiten kann. Es ist so, als hätte er sich selbst längst weit hinter sich gelassen und wartete schon bei der Hütte, dass er sich einholt und eintreten kann. *Und wenn ich dann da stehe und ...* Er versucht es von Neuem: *Und wenn ich dann da stehe und ...* Aber weiter kommt er nicht. Er ist jetzt wieder auf der Straße und nähert sich einem Fuhrwerk, das von der Stadt kommt und auf dem Weg nach Hause ist. Es ist ungefähr sechs Uhr. Er gibt jedoch nicht auf. *Auch wenn ich anscheinend keinen Schritt weiterkomme als bis dahin: wenn ich die Tür öffne und reingehe und da stehe. Und dann werde ich. Sie ansehen. Sie ansehen. Sie ansehen* – Die Stimme spricht wieder:

«– Aufregung, nehm ich an.»

«Was?», sagt Byron. Das Fuhrwerk hat angehalten. Er ist direkt daneben, das Maultier hat auch angehalten. Der Mann auf dem Kutschersitz spricht wieder mit seiner flachen, klagenden Stimme:

«Verdammtes Pech. Gerade als ich mich auf den Weg nach Hause machen musste. Ich bin sowieso schon spät dran.»

«Aufregung?», fragt Byron. «Was für eine Aufregung?»

Der Mann sieht ihn an. «So wie Sie aussehen, möchte man meinen, Sie haben auch einige Aufregung hinter sich.»

«Ich bin gestürzt», sagt Byron. «Aber was für eine Aufregung gibt's heute Abend in der Stadt?»

«Ich dachte mir's schon, dass Sie es nicht gehört haben. Vor einer Stunde ungefähr. Dieser Nigger, Christmas. Sie haben ihn umgebracht.»

XIX

An den Esstischen an diesem Montag fragte sich die Stadt weniger, wie Christmas die Flucht gelungen sein mochte, sondern eher, warum er, als er frei war, ausgerechnet dort Zuflucht gesucht hatte, wo er, wie er gewusst haben musste, mit Sicherheit zur Strecke gebracht werden würde, und warum er, als es so kam, sich weder ergeben noch Widerstand geleistet hatte. Es war, als hätte er es darauf abgesehen und den Plan gefasst, passiv Selbstmord zu begehen.

Es wurden viele Gründe genannt, viele Meinungen geäußert, warum er am Schluss in Hightowers Haus geflohen war. «Gleiches zu Gleichem», sagten die flinken Zungen, die schnellfertigen, die sich an die alten Geschichten über den Geistlichen erinnerten. Manche glaubten, es sei reiner Zufall gewesen; andere sagten, der Mann habe Klugheit bewiesen, denn niemand hätte ihn in dem Haus des Geistlichen vermutet, hätte ihn nicht jemand gesehen, wie er durch den hinteren Garten und in die Küche gerannt sei.

Gavin Stevens dagegen hatte eine andere Theorie. Er ist der Bezirksstaatsanwalt, Harvard-Absolvent, Mitglied der Studentenvereinigung Phi-Beta-Kappa: ein hochgewachsener, schlaksiger Mann, immer mit einer Maiskolben-Pfeife im Mund, mit einem unordentlichen Schopf eisengrauen Haars und immer in lose sitzenden, ungebügelten dunkelgrauen Sachen. Er stammt aus einer alteingesessenen Familie in Jefferson; seine Vorfahren waren dort Sklavenhalter, und sein Großvater kannte Miss Burdens Großvater und Bruder (und hasste sie: Er gratulierte Colonel Sartoris öffentlich, als die beiden starben). Er hat einen lockeren, ruhigen Umgangston mit Leuten vom Lande, mit den Wählern und den Juroren; hin und wieder kann man ihn sehen, wie er ganze Sommernachmittage lang unter Männern in Overalls auf den Veranden ländlicher Läden hockt und mit ihnen in der ihnen eigenen Sprache über alles und nichts spricht.

An diesem Montagabend stieg aus dem nach Süden fahrenden Neun-Uhr-Zug ein Professor der Universität des Nachbarstaats, ein Studienfreund von Stevens in Harvard, der ein paar Ferientage bei seinem Freund verbringen wollte. Als er aus dem Zug stieg, erblickte er sofort seinen Freund. Er glaubte, Stevens sei gekommen, ihn abzuholen, bis er bemerkte, dass sein Freund mit einem seltsam aussehenden alten Paar beschäftigt war, das er in den Zug setzte. Der Professor betrachtete die beiden, einen kleinen schmutzigen alten Mann mit einem Ziegenbärtchen, der sich in einem Zustand der Katalepsie zu befinden schien, und eine alte Frau, die seine Ehefrau sein musste, eine kleine rundliche Gestalt mit einem teigigen Gesicht unter einer wippenden, beschmutzten weißen Hutfeder; unförmig, in einem altmodisch geschnittenen Seidenkleid von hoheitsvoller und moribunder Farbe. Verwundert und neugierig blieb der Professor einen Moment lang stehen und beobachtete, wie Stevens in die Hand der Frau, wie in die eines Kindes, zwei Eisenbahnfahrkarten legte, und als er weiterging und sich der Gruppe näherte, hörte er, noch immer ungesehen von seinem Freund, Stevens' Abschiedsworte, während der Bahnwärter den alten Leuten auf die Plattform hinauf half: «Ja, ja», sagte Stevens in einem besänftigenden, rekapitulierenden Ton, «morgen Vormittag ist er im Zug. Ich sorge dafür. Sie brauchen sich nur um die Beerdigung zu kümmern, den Friedhof. Bringen Sie den Großvater nach Hause und stecken Sie ihn ins Bett. Ich sorge dafür, dass der Junge morgen früh im Zug ist.»

Dann setzte sich der Zug in Bewegung, und Stevens drehte sich um und sah den Professor. Auf der Fahrt durch die Stadt begann Stevens die Geschichte zu erzählen, und er beendete sie, als sie auf der Veranda seines Hauses saßen; rekapitulierend sagte er: «Ich glaube, ich weiß, warum es so war, warum er am Schluss in Hightowers Haus Zuflucht gesucht hat. Ich glaube, es war wegen seiner Großmutter. Sie war gerade bei ihm in seiner Zelle gewesen, als er wieder ins Gerichtsgebäude gebracht wurde; sie und der Großvater – dieser kleine verrückte alte Mann, der ihn lynchen wollte und eigens zu diesem Zweck aus Mottstown gekommen war. Ich glaube nicht, dass die alte Dame noch Hoffnung hatte, ihn zu retten, als sie kam, keine echte Hoffnung jedenfalls. Ich glaube, sie wollte nur, dass er, wie sie es ausdrückte, ‹anständig› stirbt. Anständig gehängt von einer Macht, einem Prinzip, nicht verbrannt oder zerhackt oder zu Tode geschleift von irgendwem. Ich glaube, sie ist einfach mitgekommen, um auf den alten Mann aufzupassen, dass er nicht derjenige war, der den Sturm auslöste, denn sie hat es nicht gewagt, ihn aus den Augen zu lassen. Nicht dass sie Zweifel daran gehabt hätte, dass Christmas ihr Enkelsohn war, verstehst du. Sie hatte nur keine Hoffnung. Sie wusste nicht, wie sie es anfangen sollte, zu hoffen. Ich stelle mir vor, dass nach dreißig Jahren die Maschinerie der Hoffnung länger als vierundzwanzig Stunden braucht, um wieder in Gang zu kommen.

Aber ich glaube, als die Frau erst einmal rein körperlich in Gang gekommen war, angetrieben von dem Wahnsinn und der Überzeugtheit des alten Mannes, ist sie, bevor sie wusste, wie ihr geschah, auch mitgerissen worden. Und so sind sie hergekommen. Sie sind mit dem Frühzug hier eingetroffen, am Sonntagmorgen um drei Uhr früh. Sie machte keinen Versuch, Christmas zu sehen. Vielleicht hat sie auf den alten Mann aufgepasst. Aber das glaube ich nicht. Ich glaube auch nicht, dass zu dem Zeitpunkt die Maschinerie der Hoffnung schon in Gang gekommen war. Ich glaube, das ging erst los, als heute Morgen das Baby da draußen geboren wurde, direkt vor ihren Augen, sozusagen; ein Junge obendrein. Und sie hatte die Mutter nie zuvor gesehen, und schon gar nicht den Vater, und dann der Enkel, den sie als erwachsenen Mann nie gesehen hatte;

deswegen waren die dreißig Jahre für sie wie nichts. Ausgelöscht, als das Baby schrie. Sie existierten nicht mehr.

Es ist alles viel zu schnell auf sie eingestürzt. Da war zu viel Realität, die ihre Hände und Augen nicht leugnen konnten, und zu viel, was hingenommen werden musste, ohne dass ihre Hände oder Augen es beweisen konnten; zu viel Unerklärliches, das ihre Hände und Augen allzu plötzlich und ohne Beweise akzeptieren sollten. Nach den dreißig Jahren muss es so gewesen sein, als stolpere eine Person in ihrer Vereinsamung plötzlich in ein Zimmer voller fremder Menschen, die alle auf einmal sprechen, und sie muss sich verzweifelt nach etwas umsehen, das ihren Verstand beisammenhält, also entscheidet sie sich für eine in den Grenzen ihrer beschränkten Möglichkeiten liegende logische Vorgehensweise, von der sie mit einiger Sicherheit annehmen kann, dass es ihr gelingen wird, sich daran zu halten. Bis zu dem Zeitpunkt, als das Kind geboren wurde und sie die Mittel fand, die es ihr erlaubten, sich sozusagen selbständig zu machen, war sie wie eine Puppe mit mechanischer Stimme gewesen, die von diesem Bunch auf einem Karren herumgezogen wurde und immer dann sprechen musste, wenn er das Zeichen dazu gab, so wie gestern Abend, als er sie zu Doctor Hightower brachte, damit sie ihm ihre Geschichte erzählte.

Und sie tappte noch immer herum, verstehst du? Sie versuchte noch immer etwas zu finden, woran ihr Verstand, der dreißig Jahre lang offenkundig nicht sehr viel benutzt worden war, glauben konnte, etwas, das er als wirklich, als real anerkennen konnte. Und ich glaube, das hat sie zum ersten Mal dort, bei Hightower gefunden: Da war jemand, dem sie alles erzählen konnte, der ihr zuhörte. Sehr wahrscheinlich war es auch das erste Mal, dass sie die Geschichte erzählt hat. Und sehr wahrscheinlich hat sie selbst sie da zum ersten Mal begriffen, hat sie zur gleichen Zeit wie Hightower als etwas Ganzes und Reales vor sich gesehen. Deshalb finde ich es gar nicht so seltsam, dass sie eine Zeit lang nicht nur das Kind, sondern auch seine Eltern verwechselt hat, denn in der Hütte existierten diese dreißig Jahre nicht: das Kind und der Vater dazu, den sie nie gesehen hatte, und ihr Enkelsohn, den sie nicht gesehen hatte, seit er ein Säugling war wie das Kind vor ihren Augen, und dessen Vater für sie ebenfalls nie existiert hatte – alles ging durcheinander. Und dass sie sich, als sich doch Hoffnung in ihr zu regen begann, sofort, mit dem erhabenen und grenzenlosen Vertrauen von Menschen ihrer Art in die freiwilligen Sklaven und geschworenen Gefolgsleute des Gebets, an einen Geistlichen wandte.

Davon hat sie Christmas heute im Gefängnis erzählt; zur gleichen Zeit nutzte der alte Mann die Gelegenheit, sich davonzumachen, worauf sie ihm in die Stadt folgte und ihn an einer Straßenecke wiederfand, wo er vollends übergeschnappt und völlig heiser geschrien das Lynchen predigte und den Leuten erzählte, dass er der Großvater dieser Ausgeburt des Teufels sei und dass er sie für diesen Tag treuhänderisch bewahrt habe. Aber vielleicht war die Frau auch auf dem Weg zu ihm im Gefängnis, nachdem sie die Hütte verlassen hatte. So oder so, als sie sah, dass die Zuhörer des Alten eher neugierig als aufgestachelt waren, ließ sie ihn dort stehen und ging zum Sheriff. Der war gerade vom Mittagessen zurückgekommen und verstand eine Zeit lang nicht, was sie wollte. Sie muss ihm ziemlich verrückt vorgekommen sein, mit ihrer Geschichte, in diesem hoffnungslos respektablen Sonntagskleid, und wie sie einen Ausbruch aus dem Gefängnis plante. Doch erlaubte er ihr, ins Gefängnis zu gehen, in Begleitung eines Hilfssheriffs. Und ich glaube, da, bei ihm in der Zelle, hat sie ihm von Hightower erzählt, dass Hightower ihn retten könnte, ihn bestimmt retten würde.

Aber ich weiß natürlich nicht, was sie ihm gesagt hat. Ich glaube nicht, dass irgendjemand die Szene rekonstruieren könnte. Ich glaube nicht, dass sie selbst wusste oder gar geplant hatte, was sie sagen würde, denn das war schon an dem Abend für sie geschrieben und formuliert worden, als sie seine Mutter zur Welt gebracht hatte, und das war inzwischen so lange her, dass sie es über alles Vergessen hinaus gelernt und dann die Wörter vergessen hatte. Vielleicht hat er ihr deshalb sofort geglaubt, ohne zu zweifeln. Ich meine, weil sie sich keine Gedanken darüber gemacht hatte, was sie sagen sollte, und ob es ihm glaubwürdig erschien oder ob er womöglich daran zweifeln würde: nämlich dass da irgendwo, irgendwie, in der Gestalt oder Gegenwart, oder was auch immer, des verstoßenen alten Geistlichen eine sichere Zuflucht sei, unverletzbar nicht nur für Polizisten und den Pöbel, sondern auch für die unwiderrufliche Vergangenheit – für die Verbrechen, welcher Art auch immer, die ihn geformt und geprägt und ihn schließlich in die Enge getrieben und in eine vergitterte Zelle gebracht hatten, in der ihm, wohin er sich auch wandte, die Gestalt eines nahenden Henkers entgegenblickte.

Und er hat ihr geglaubt. Ich denke, das hat ihm nicht so sehr den Mut, sondern vielmehr die passive Geduld gegeben, die einzige Gelegenheit, die er hatte, zu erdulden und zu erkennen und anzunehmen, nämlich sich mitten auf dem belebten Platz loszureißen, in Handschellen, und loszurennen. Aber da war zu vieles, was neben ihm herrannte, Schritt für Schritt. Nicht Verfolger, sondern er selbst: Jahre, versäumte und verübte Taten, die mit ihm rannten, Schritt für Schritt, Atemzug um Atemzug, Herzschlag um Herzschlag, und nur von einem einzigen Herzen. Es waren nicht allein diese dreißig Jahre, von denen sie nichts wusste, sondern wieder dreißig Jahre davor und wieder davor, die diesen Makel hinterlassen hatten, in seinem weißen Blut oder in seinem schwarzen Blut, wie immer du das sehen willst, und die ihn umgebracht haben. Aber eine Zeit lang muss er mit Vertrauen gerannt sein, jedenfalls mit Hoffnung. Doch sein Blut gab keine Ruhe, es ließ nicht zu, dass er es rettete. Es wollte weder das eine noch das andere sein, wollte nicht, dass sein Körper sich rettete. Denn das schwarze Blut trieb ihn zuerst zu der Negerhütte. Und dann trieb ihn das weiße Blut dort wieder hinaus, während das schwarze Blut ihn nach der Pistole greifen ließ und das weiße Blut ihm nicht erlauben wollte, sie abzufeuern. Und es war das weiße Blut, das ihn zu dem Geistlichen laufen ließ und ihn, in einem letzten und endgültigen Aufwallen, wider alle Vernunft und Realität in die Arme einer Schimäre schickte, im blinden Vertrauen auf etwas in einem gedruckten Buch Gelesenes. Dann, so glaube ich, hat das weiße Blut ihn einen Moment lang im Stich gelassen. Nur eine Sekunde, ein Zucken lang, was dem schwarzen Blut erlaubte, sich im letzten Aufwallen gegen das zu wenden, worauf er seine Hoffnung auf Rettung gesetzt hatte. Es war das schwarze Blut, das ihn auf sein eigenes Verlangen hin mitriss, fort von jedweder menschlichen Hilfe, das ihn emporriss in jene Ekstase aus einem schwarzen Dschungel, wo das Leben schon aufgehört hat, ehe das Herz stehenbleibt, und wo Tod Sehnsucht und Erfüllung ist. Und dann ließ ihn das schwarze Blut abermals im Stich, wie es in Krisen sein ganzes Leben hindurch gewesen sein muss. Er hat den Geistlichen nicht getötet. Er hat ihn lediglich mit der Pistole niedergeschlagen und rannte weiter und hockte sich hinter den Tisch und trotzte dem schwarzen Blut ein letztes Mal, so wie er ihm dreißig Jahre lang getrotzt hatte. Er hockte sich hinter den umgestürzten Tisch und ließ sich, die geladene und nicht abgefeuerte Pistole in der Hand, von den anderen totschießen.»

Es lebte aber zu der Zeit in der Stadt ein junger Mann, der Percy Grimm hieß. Er war ungefähr fünfundzwanzig Jahre alt und Captain der Nationalgarde. Er war in der Stadt geboren und hatte, von Zeiten in Sommerlagern abgesehen, sein ganzes bisheriges Leben dort gelebt. Er war zu jung, um am großen europäischen Krieg teilgenommen zu haben, doch erst 1921 oder 22 wurde ihm klar, dass er dies seinen Eltern nie verzeihen würde. Sein Vater, ein Eisenwarenhändler, verstand das nicht. Er glaubte, der Junge sei einfach faul und auf dem besten Wege, ein ausgesprochener Taugenichts zu werden, während der Junge in Wirklichkeit unter der schrecklichen Tragödie litt, dass er nicht nur zu spät geboren war, sondern obendrein nicht spät genug, um von dem Wissen aus erster Hand über die verlorene Zeit, als er ein Mann hätte sein sollen und kein Kind, verschont zu bleiben. Und jetzt, da die Hysterie verebbt war und diejenigen, die in dieser Hysterie am lautesten gewesen waren, und selbst diejenigen, allesamt Helden, die gelitten und gedient hatten, auf einmal anfingen, sich gegenseitig ein bisschen scheel anzusehen, hatte er niemanden, dem er davon erzählen, dem er sein Herz öffnen konnte. So hatte er seine erste ernste Prügelei mit einem ehemaligen Soldaten, der eine Bemerkung in dem Sinne machte, dass er, wenn er noch einmal in den Krieg müsste, dann auf deutscher Seite und gegen Frankreich kämpfen würde. Grimm sprang sofort darauf an. «Auch gegen Amerika?», fragte er.

«Wenn Amerika so dumm wäre, Frankreich wieder aus der Patsche zu helfen», sagte der Soldat. Grimm schlug sofort zu; er war kleiner als der Soldat, noch ein Jugendlicher. Das Ergebnis stand von vornherein fest; Grimm wusste das zweifellos selbst. Aber er nahm seine Strafe hin, bis sogar der Soldat die Umstehenden bat, den Jungen zurückzuhalten. Und er trug die Narben dieses Kampfes mit dem gleichen Stolz, mit dem er später die Uniform tragen sollte, für die er blind gekämpft hatte.

Das neue Zivil-Militär-Gesetz war seine Rettung. Es erging ihm wie einem Mann, der lange bei Dunkelheit in einem Sumpf umhergeirrt ist – als könnte er nicht nur keinen Pfad vor sich sehen, sondern als wüsste er, dass es keinen gab. Dann, plötzlich, tat sich sein Leben vor ihm auf, deutlich und klar. Die vergeudeten Jahre, in denen er in der Schule keinerlei Begabungen hatte erkennen lassen, in denen er als faul, widerborstig, ehrgeizlos gegolten hatte, lagen hinter ihm, waren vergessen. Jetzt konnte er sehen, wie sein Leben sich vor ihm auftat, unkompliziert und unausweichlich wie ein nackter Korridor, vollständig befreit jetzt von der Notwendigkeit, je wieder denken oder entscheiden zu müssen, und die Last, die er nun auf sich nahm und trug, war so hell und gewichtslos und martialisch wie seine Messingabzeichen: ein erhabenes, bedingungsloses Vertrauen auf physischen Mut und blinden Gehorsam und die Überzeugung, dass die weiße Rasse jeder anderen Rasse überlegen sei und dass die amerikanische allen anderen weißen Rassen überlegen sei, und dass die amerikanische Uniform allen Männern überlegen sei, und dass alles, was je als Gegenleistung für diese Überzeugung, dieses Privileg von ihm gefordert würde, sein eigenes Leben wäre. An jedem nationalen Feiertag, der eine wie auch immer geartete martialische Note hatte, zog er sich seine Captain-Uniform an und kam in die Stadt. Und wer ihn sah, erinnerte sich wieder an den Tag seiner Prügelei mit dem ehemaligen Soldaten, wenn er mit seinem glitzernden Schützen-Abzeichen (er war ein guter Schütze) und seinen Streifen ernst und aufrecht, mit halb kriegerischem, halb knabenhaft verlegen-stolzem Gehabe, zwischen den Zivilisten einherschritt.

Er war nicht Mitglied der American Legion, aber daran waren seine Eltern schuld, nicht er. Doch als Christmas an jenem Samstagnachmittag aus Mottstown zurückgeholt wurde, hatte Grimm bereits bei dem Stadtkommandanten des Legionspostens vorgesprochen. Seine Überlegungen, seine Worte waren schlicht und direkt. «Wir müssen Ordnung bewahren», sagte er. «Wir müssen dafür sorgen, dass das Gesetz seinen Lauf nimmt. Das Gesetz, die Nation. Kein Zivilist hat das Recht, einen Menschen zum Tode zu verurteilen. Und wir, die Soldaten von Jefferson, haben dafür Sorge zu tragen.»

«Woher wissen Sie, dass jemand etwas anderes plant?», fragte der Kommandant der Legion. «Haben Sie irgendwelches Gerede gehört?»

«Ich weiß nicht. Ich habe es mir nicht angehört.» Das war nicht gelogen. Es klang eher so, als messe er dem, was von Zivilisten gesagt oder auch nicht gesagt worden sein mochte, nicht genügend Bedeutung bei, um zu lügen. «Das ist nicht die Frage. Es geht darum, ob wir, die Soldaten, die Uniform getragen haben, als Erste klar zum Ausdruck bringen, wo wir stehen. Um diesen Leuten von Anfang an zu zeigen, wo die Regierung des Landes in solchen Fragen steht. Sodass sich für die Leute die Notwendigkeit zu Gerede gar nicht erst ergibt.» Sein Plan war ganz einfach. Er sah vor, aus Kräften der Legion einen Zug zu bilden, der kraft seines persönlichen Auftrags unter seinem Kommando stehen sollte. «Aber wenn man mir das Kommando nicht übertragen will, ist das auch in Ordnung. Dann bin ich der Zweite, wenn die anderen das wollen. Oder Sergeant oder Corporal.» Und so meinte er es auch. Es suchte nicht eitlen Ruhm. Dafür war er zu aufrichtig. So aufrichtig und so humorlos, dass der Legionskommandant die schnippische Zurückweisung, die ihm schon auf der Zunge lag, hinunterschluckte.

«Ich glaube noch immer nicht, dass eine Notwendigkeit besteht. Und wenn doch, dann müssten wir als Zivilisten handeln. Ich könnte den Posten der Legion dafür nicht einsetzen. Schließlich sind wir zurzeit keine Soldaten. Selbst wenn ich könnte, würde ich es, glaube ich, nicht tun.»

Grimm sah ihn an, nicht erbost, sondern eher so, als wäre der Mann ein Insekt. «Und dabei haben Sie einst die Uniform getragen», sagte er, um einen geduldigen Ton bemüht. Er sagte: «Ich nehme an, Sie werden Ihre Autorität nicht dazu benutzen, um mich daran zu hindern, dass ich mit den Leuten rede, oder? Mit den Leuten, individuell?»

«Nein. Dazu habe ich sowieso keine Befugnis. Aber denken Sie daran, nur individuell. Sie dürfen keinesfalls meinen Namen ins Spiel bringen.»

Darauf gab Grimm ihm seinerseits eine scharfe Antwort. «Das werde ich auch ganz bestimmt nicht tun», sagte er. Und schon war er fort. Das war am Samstag, gegen vier. Den Rest des Nachmittags verbrachte er damit, in die Geschäfte und Büros zu gehen, in denen die Mitglieder der Legion arbeiteten, sodass er bei Einbruch der Dunkelheit genügend Männer für seine Sache gewonnen hatte, um einen stattlichen Zug zusammenstellen zu können. Er war unermüdlich – unaufdringlich, aber nachdrücklich; er hatte etwas Unwiderstehliches und Prophetenhaftes an sich. In einer Sache jedoch waren die Rekruten ein und derselben Meinung wie der Kommandant: Der offizielle Name der Legion musste aus der Sache herausgehalten werden – worauf er, ohne bewusste Absicht, sein ursprüngliches Ziel erreicht hatte: Er hatte jetzt das Kommando. Er versammelte sie kurz vor der Abendessenszeit, teilte sie in Trupps ein, ernannte Offiziere und einen Stab; die Jüngeren, diejenigen, die nicht in Frankreich dabei gewesen waren, hatten inzwischen mächtig Feuer gefangen. Er richtete eine Ansprache an sie, knapp, kalt: «... Ordnung ... der Gang der Gerechtigkeit ... zeigen wir den Leuten, dass wir, die wir die Uniform der Vereinigten Staaten getragen haben ... Und noch eines.» Einen Moment lang ließ er sich zu einem vertraulichen Ton herab: der Regimentskommandant, der seine Männer beim Vornamen kennt. «Ich überlasse das euch, Jungs. Ich werde tun, was ihr sagt. Aber ich dachte, es ist vielleicht eine gute Idee, wenn ich meine Uniform so lange trage, bis diese Sache erledigt ist. Damit alle sehen, dass sich Onkel Sam nicht nur im Geiste beteiligt.»

«Aber das stimmt nicht», sagte einer schnell, geistesgegenwärtig; er war vom gleichen Schlag wie der Kommandant, der übrigens nicht anwesend war. «Bisher ist das hier keine Angelegenheit der Regierung. Kennedy dürfte damit nicht einverstanden sein. Dies ist eine Angelegenheit Jeffersons, nicht Washingtons.»

«Dann sorgt dafür, dass er einverstanden ist», sagte Grimm. «Wozu ist eure Legion da, wenn nicht zum Schutze Amerikas und der Amerikaner?»

«Nein», sagte der andere. «Wir sollten, glaube ich, lieber keine Parade daraus machen. Wir können das, was wir tun wollen, auch so tun. Und besser. Habe ich nicht recht, Jungs?»

«In Ordnung», sagte Grimm. «Ich tue, was ihr sagt. Aber jeder wird eine Pistole brauchen. Wir treffen uns in einer Stunde hier wieder zu einer Waffeninspektion. Alle melden sich hier.»

«Was sagt Kennedy zu Pistolen?», fragte einer.

«Ich kümmere mich darum», sagte Grimm. «Meldet euch hier in genau einer Stunde, mit Handwaffen.» Er entließ sie. Er ging über den stillen Platz zum Büro des Sheriffs. Der Sheriff sei zu Hause, wurde ihm gesagt. «Zu Hause?», wiederholte er. «Jetzt? Was macht er jetzt zu Hause?»

«Er isst, nehme ich an. Ein so kräftiger Mann wie er muss mehrmals am Tag essen.»

«Zu Hause», sagte Grimm wieder. Seine Augen funkelten nicht; er hatte wieder den kalten, unbeteiligten Ausdruck, mit dem er den Legionskommandanten angesehen hatte. «Er isst», sagte er. Er ging hinaus, schnellen Schrittes. Er überquerte wieder den leeren Platz, der still war, menschenleer, weil die Leute in dieser friedlichen Stadt, in diesem friedlichen Land friedlich beim Abendessen saßen. Er ging zum Haus des Sheriffs. Der Sheriff sagte sofort nein.

«Fünfzehn bis zwanzig Leute, die mit Schusswaffen in den Hosentaschen auf dem Platz rumlaufen? Nein, nein. Auf keinen Fall. Das lasse ich nicht zu. Das geht nicht. Überlassen Sie das mir.»

Einen Moment noch sah Grimm den Sheriff an. Dann drehte er sich um, schon wieder schnellen Schrittes. «In Ordnung», sagte er. «Wenn Sie das wollen. Ich mische mich nicht bei Ihnen ein, und Sie mischen sich nicht bei mir ein.» Das klang nicht wie eine Drohung. Dafür klang es zu flach, zu endgültig, zu unerregt. Er ging weiter, schnell. Der Sheriff sah ihm nach; dann rief er. Grimm drehte sich um.

«Und Sie lassen Ihre Waffe auch zu Hause», sagte der Sheriff. «Haben Sie gehört?» Grimm antwortete nicht. Er ging weiter. Der Sheriff sah ihm stirnrunzelnd nach, bis er aus seinem Blickfeld verschwunden war.

An diesem Abend ging der Sheriff nach dem Essen wieder in die Stadt – was er seit Jahren nicht mehr getan hatte, außer wenn dringende und unaufschiebbare Geschäfte es erforderten. Er fand einen Posten von Grimms Männern vor dem Gefängnis und einen weiteren im Gerichtsgebäude, und ein dritter patrouillierte auf dem Platz und in den angrenzenden Straßen. Die anderen, die Ablösung, wie sie dem Sheriff sagten, hielten sich im Baumwollbüro auf, wo Grimm als Angestellter arbeitete; sie benutzten es als Ordonnanzraum, als Kommandostand. Der Sheriff traf Grimm auf der Straße, wo der eine Inspektionsrunde machte. «Kommen Sie mal her, mein Junge», sagte der Sheriff. Grimm blieb stehen. Er kam nicht näher; der Sheriff ging zu ihm. Er klopfte mit seiner dicken Hand auf Grimms Hüfte. «Ich hab Ihnen gesagt, Sie sollen das zu Hause lassen», sagte er. Grimm schwieg. Er sah dem Sheriff ruhig in die Augen. Der Sheriff seufzte. «Gut, wenn Sie nicht wollen, muss ich Sie wohl zu einem Hilfssheriff in besonderer Mission ernennen. Aber Sie dürfen die Waffe nicht einmal zeigen, solange ich es Ihnen nicht befehle. Haben Sie verstanden?»

«Selbstverständlich», sagte Grimm. «Sie würden bestimmt nicht wollen, dass ich sie ziehe, solange ich keinen Grund dafür sehe.»

«Ich meine, erst, wenn ich es Ihnen befehle.»

«Selbstverständlich», sagte Grimm, unerregt, geduldig, prompt. «Genau das haben wir beide gesagt. Seien Sie beruhigt. Ich werde zur Stelle sein.»

Später, als die Stadt sich für die Nacht zur Ruhe begab, als das Kino sich leerte und die Drugstores einer nach dem anderen schlossen, schlichen sich auch die Männer von Grimms Zug davon. Grimm protestierte nicht, er beobachtete sie nur kühl; sie wirkten etwas verlegen, defensiv. Wieder hatte er, ohne es zu wissen, einen Trumpf ausgespielt. Denn da sie verlegen waren und das Gefühl hatten, dass sie irgendwie hinter seinem kalten Eifer zurückgeblieben waren, würden sie morgen zur Stelle sein, und sei es nur, um es ihm zu beweisen. Ein paar wenige blieben; es war sowieso Samstagabend, jemand holte von irgendwoher noch ein paar Stühle, und sie fingen an, Poker zu spielen. Das Spiel ging die ganze Nacht, allerdings schickte Grimm (er spielte nicht mit, und er erlaubte auch nicht, dass sein zweiter Mann mitspielte, der einzige andere, der das Äquivalent eines Rangs innehatte) von Zeit zu Zeit einen Trupp als Patrouille zum Platz. Inzwischen saß auch der Polizeichef der Nachtstreife bei ihnen, aber auch er beteiligte sich nicht an dem Spiel.

Der Sonntag verlief ruhig. Die Pokerpartie zog sich friedlich über den ganzen Tag hin, unterbrochen nur von den regelmäßig stattfindenden Patrouillengängen, während die friedlichen Kirchenglocken läuteten und die Gemeinden sich in schicklichen Grüppchen sommerlich bunter Farben versammelten. Auf dem Platz war bereits bekannt geworden, dass die Sondersitzung der Grand Jury für den nächsten Tag einberufen worden war. Irgendetwas an dem Klang der beiden Wörter, die etwas Geheimes und Unwiderrufliches beschworen, ein verborgenes, nie schlafendes, allmächtiges Auge, das der Menschen Tun und Treiben beobachtete, bestärkte Grimms Männer in ihrer Verblendung. So schnell lässt sich der Mensch unversehens und unvorhersehbar beeinflussen, dass die Stadt plötzlich, ohne zu wissen, dass sie so dachte, Grimm mit Respekt und vielleicht sogar ein wenig Ehrfurcht und einem Gutteil Vertrauen und Zuversicht akzeptierte, als wären seine Vision und sein Patriotismus, sein Stolz auf die Stadt und auf den Anlass irgendwie schneller und wahrhaftiger gewesen als ihre eigenen Gefühle. Jedenfalls vermuteten seine Männer das und akzeptierten es; nach der schlaflosen Nacht, der Anspannung, dem Feiertag, der festen Entschlossenheit, ihren eigenen Willen ganz aufzugeben, waren sie fast so weit aufgepeitscht, dass sie bereitwillig für ihn sterben wollten, sollte sich die Gelegenheit ergeben. Sie bewegten sich jetzt in einem ernsten und leicht Ehrfurcht einflößenden, gespiegelten Licht, das fast so greifbar war, wie es das Khaki gewesen wäre, von dem Grimm sich wünschte, dass sie es trugen, so als würden sie sich jedes Mal, wenn sie in den Ordonnanzraum zurückkamen, aufs Neue in geschmeidige, strenge und prächtige Stücke seines Traums kleiden.

So ging es den Sonntagabend und die Nacht hindurch. Das Pokerspiel dauerte an. Die Vorsicht, die Heimlichkeit, die es umgeben hatte, war inzwischen verschwunden. Das Ganze hatte etwas allzu Selbstsicheres und heiter Vertrauensvolles, sodass es keine Aufschneiderei sein konnte; als sie am Abend die Schritte des Polizeichefs auf der Treppe hörten, sagte einer: «Achtung, M. .», und einen Moment lang sahen sie einander mit harten, glänzenden, verwegenen Augen an; dann sagte einer ziemlich laut: «Werft den Hurensohn raus», und ein anderer spitzte die Lippen zum Furzgeräusch. Und so war am nächsten Morgen, dem Montag, als die ersten Autos und Fuhrwerke vom Lande kamen, der Zug abermals vollständig. Und jetzt trugen sie Uniform: Es waren ihre Gesichter. Die meisten waren gleichen Alters, gehörten ein und derselben Generation an, hatten die gleichen Erfahrungen. Doch es war noch mehr. Sie trugen jetzt einen tiefen, düsteren Ernst zur Schau, wie sie da am Rand der wogenden Menge standen, ernst, streng, unbeteiligt, die leeren, düsteren Augen auf die langsam vorandrängenden Scharen gerichtet, die, weil sie etwas spürten, unbewusst witterten, vor ihnen dahintrieben, die Schritte verlangsamten und sie anstarrten, sodass sie von Gesichtern umringt waren, so versunken und leer und regungslos wie die Gesichter von Kühen, die näher kamen und weiterdrängten, damit andere an ihre Stelle treten konnten. Und den ganzen Morgen kamen und gingen die Stimmen in stiller Frage und Antwort: «Da geht er. Der junge Kerl mit der Selbstladepistole. Er ist ihr Captain. Offizier mit Sonderauftrag, vom Gouverneur entsandt. Er ist der Anführer bei der Sache. Der Sheriff hat heute nichts zu sagen.»

Später, als es zu spät war, sagte Grimm zum Sheriff: «Hätten Sie bloß auf mich gehört. Hätten Sie bloß erlaubt, ihn mit einem

Trupp meiner Leute aus der Zelle zu holen, statt ihn mit einem einzigen Hilfssheriff über den Platz zu schicken, und nicht mal mit Handschellen an ihn gekettet, und das in dieser Menschenmenge, wo der verdammte Buford sich nicht getraute zu schießen, selbst wenn sein Ziel groß wie ein Scheunentor gewesen wäre.»

«Wie sollte ich wissen, dass er losbrechen wollte, dass er es ausgerechnet da und dort versuchen würde?», sagte der Sheriff. «Nachdem Stevens mir doch gesagt hatte, er würde sich schuldig bekennen und eine lebenslängliche Gefängnisstrafe akzeptieren.»

Aber da war es zu spät. Da war alles vorbei. Es geschah mitten auf dem Platz, auf halbem Weg zwischen Gehweg und Gerichtsgebäude, inmitten einer Menschenmenge, so dicht gedrängt wie am Markttag, wovon Grimm aber erst erfuhr, als er zweimal die Pistole des Hilfssheriffs hörte, Schüsse, die in die Luft gefeuert wurden. Er wusste sofort, was geschehen war, obwohl er sich zu der Zeit im Gerichtsgebäude aufhielt. Er reagierte entschieden und unverzüglich. Er rannte schon in Richtung der Schüsse und rief gleichzeitig über die Schulter zurück, dem Mann zu, der inzwischen fast achtundvierzig Stunden lang halb als Adjutant, halb als Ordonnanz hinter ihm hergetrottet war: «Feueralarm auslösen!»

«Feueralarm?», sagte der Adjutant. «Was –»

«Feueralarm auslösen!», schrie Grimm zurück. «Mir ist egal, was die Leute denken, sie sollen nur wissen, dass etwas …» Er vollendete den Satz nicht; er war fort.

Er rannte zwischen den rennenden Leuten hindurch, überholte sie, rannte an ihnen vorbei, denn er hatte, anders als sie, ein Ziel, sie rannten einfach nur, und ihm bahnte die schwarze, stumpfe, riesige Selbstladepistole wie ein Pflug den Weg. Aus bleichen, schreckerstarrten Gesichtern mit runden, von Zähnen geränderten Öffnungen sahen sie in sein angespanntes, hartes, junges Gesicht und stießen einen langgezogenen Laut aus, der wie ein gemurmelter Seufzer klang: «Da ... in die Richtung ist er ...» Doch Grimm hatte den Hilfssheriff, rennend, die Pistole hoch erhoben, schon erblickt. Er sah sich einmal kurz um und sprang erneut vorwärts; in der Menge, die offenbar den Hilfssheriff und den Gefangenen über den Platz geleitet hatte, befand sich auch der unvermeidliche grobschlächtige junge Mann in der Uniform der Western Union, der sein Fahrrad an den Griffen der Lenkstange führte wie eine gefügige Kuh. Grimm rammte seine Pistole ins Halfter, stieß den Jungen zur Seite und sprang auf das Fahrrad, alles in einer einzigen durchgehenden Bewegung.

Das Fahrrad hatte weder Hupe noch Klingel. Doch die Menschen spürten ihn irgendwie nahen und wichen zur Seite; auch hier, so schien es, war ihm seine Gewissheit zu Diensten, das blinde und unerschütterte Vertrauen in die Rechtmäßigkeit und Unfehlbarkeit seines Handelns. Als er den rennenden Hilfssheriff überholte, verlangsamte er die Fahrt. Der Hilfssheriff wandte ihm sein schwitzendes Gesicht zu, mit offenem Mund vom Rufen und Rennen. «Er ist da rein», schrie der Hilfssheriff. «In die Gasse bei –»

«Ich weiß», sagte Grimm. «War er in Handschellen?»

«Ja!», sagte der Hilfssheriff. Das Fahrrad schoss weiter.

‹Dann kann er nicht sehr schnell rennen›, dachte Grimm. ‹Er wird sich bald verkriechen müssen. Jedenfalls aus dem Blickfeld verschwinden.› Er bog in schneller Fahrt in die Gasse ein. Sie verlief zwischen zwei Häusern, auf der einen Seite von einem hohen Bretterzaun begrenzt. In diesem Augenblick ertönte zum ersten Mal die Feuersirene, stieg zu einem langsamen, anhaltenden Schrei an, der schließlich, über den Bereich des Hörens hinaus, in den des Fühlens überzugehen schien, gleichsam eine geräuschlose Vibration. Grimm radelte weiter, überlegte schnell, logisch, mit wilder und zugleich gezügelter Freude. ‹Als Erstes wird er versuchen, sich den Blicken zu entziehen›, dachte er und sah sich um. Auf der einen Seite war die Gasse offen, auf der anderen erhob sich der sechs Fuß hohe Bretterzaun. An seinem Ende befand sich ein Holztor, dahinter lag Weideland, und dann kam ein tiefer Graben, der ein Merkmal der Stadt war. Die Wipfel hoher Bäume, die dort unten wuchsen, ragten gerade über den oberen Rand hinaus; ein ganzes Regiment hätte sich dort verstecken und neu formieren können. «Ah!», sagte er mit lauter Stimme. Ohne anzuhalten oder langsamer zu fahren, riss er das Fahrrad herum und fuhr die Gasse zurück zu der Straße, von der er gerade gekommen war. Das Heulen der Sirene verebbte jetzt langsam, sank wieder in den Hörbereich, und als er das Fahrrad in die Straße lenkte, sah er einen kurzen Moment lang die rennenden Leute und ein Auto, das in seine Richtung kam. Sosehr er sich in die Pedale legte, das Auto überholte ihn; die Insassen beugten sich heraus und riefen in sein entschlossenes, nach vorn gerichtetes Gesicht. «Steig ein!», riefen sie. «Los, rein!» Er antwortete nicht. Er sah sie nicht an. Das Auto schoss an ihm vorbei und wurde langsamer; jetzt zog er in seinem raschen, stillen, gleichmäßigen Tempo daran vorbei; wieder beschleunigte das Auto und fuhr an ihm vorbei, und die Männer beugten sich heraus und blickten nach vorn. Auch er fuhr schnell, lautlos, mit der kaum wahrnehmbaren Geschwindigkeit einer Erscheinung, der unbeirrbaren Stetigkeit einer Maschine oder eines unversöhnlichen Schicksals. Hinter ihm begann die Sirene wieder ihr ansteigendes Geheul. Als die Männer im Auto sich das nächste Mal nach ihm umdrehten, war er spurlos verschwunden.

Er war mit voller Geschwindigkeit in einen anderen schmalen Weg eingebogen. Sein Gesicht war wie versteinert, ruhig, und noch immer leuchtete darin der Ausdruck von Erfüllung, von ernster, unbändiger Freude. Dieser Weg war stärker gefurcht als der andere, und er lag tiefer und kam schließlich bei einer kahlen Hügelkuppe heraus, wo Grimm absprang und zu Boden fiel, während das Fahrrad weiterschoss; von hier konnte er die ganze Ausdehnung der sich am Stadtrand entlangziehenden Schlucht übersehen, und nur zwei oder drei Negerhütten, die an ihrem Rand standen, unterbrachen das Bild. Er verharrte regungslos, still, allein, schicksalhaft, beinahe wie ein Markstein. Wieder wurde hinter ihm in der Stadt das Kreischen der Sirene langsam leiser.

Dann sah er Christmas. Er sah den Mann, klein in der Entfernung, aus dem Graben emporsteigen, die Hände dicht beieinander. Während Grimm ihn beobachtete, sah er die Hände des Flüchtigen einmal glitzern – es war wie das Aufblitzen eines Heliographen –, als die Sonne auf die Handschellen traf, und ihm war, als könnte er sogar von hier das Keuchen und verzweifelte Atmen des Mannes hören, der selbst jetzt nicht frei war. Dann rannte die winzige Gestalt weiter und verschwand hinter der nächsten Negerhütte.

Auch Grimm rannte jetzt. Er rannte schnell, doch da war kein Anflug von Hast oder Anstrengung. Es war auch nichts Rachsüchtiges an ihm, kein Zorn, keine Empörung. Das konnte sogar Christmas sehen. Denn einen Moment lang blickten sie einander an, fast von Angesicht zu Angesicht. Das war, als Grimm im Begriff war, um die Ecke der Negerhütte herumzulaufen. In ebendiesem Moment sprang Christmas aus dem hinteren Fenster der Hütte, was wie Magie anmutete, die gefesselten Hände hoch erhoben und jetzt gleißend, als stünden sie in Flammen. Einen kurzen Augenblick lang sahen sie einander mit funkelnden Augen an, der eine noch gebückt nach dem Sprung, der andere in vollem Lauf, bevor sein Schwung ihn um die Ecke trug. In diesem kurzen Moment sah Grimm, dass Christmas jetzt eine schwere, nickelbeschlagene Pistole bei sich hatte. Grimm wirbelte herum, machte kehrt und sprang wieder hinter die Ecke, wobei er seine Pistole zog.

Er dachte rasch, ruhig, mit jener stillen Freude: ‹Er kann jetzt zweierlei tun. Er kann versuchen, wieder den Graben zu erreichen, oder er kann sich um das Haus schleichen, bis einer von uns beiden zum Schuss kommt. Und der Graben ist auf der

Seite des Hauses, wo er ist.› Er reagierte unverzüglich. Er rannte in vollem Tempo um die Ecke, um die er gerade gekommen war. Er tat es so, als stünde er unter dem Schutz eines Zaubers oder einer Vorsehung oder als wüsste er, dass Christmas nicht dort stünde und ihn mit der Pistole in der Hand erwartete. Er rannte, ohne innezuhalten, um die nächste Ecke.

Jetzt war er an dem Graben. Er blieb mitten im Lauf regungslos stehen. Über der stumpfen, kalten Waffe hatte sein Gesicht das heiter-gelassene, überirdische Leuchten von Engeln in Kirchenfenstern. Wieder bewegte er sich, fast ehe er stehengeblieben war, weiter mit dem schlichten, schnellen, blinden Gehorsam gegenüber dem Spieler, der, wer immer er sein mochte, seine Züge auf dem Spielbrett bestimmte. Er rannte zum Graben. Doch schon im Ansatz seines Sprungs in die Tiefe, in das Gestrüpp, das den steilen Hang überwucherte, wandte er sich um und klammerte sich fest. Jetzt erst sah er, dass die Hütte ungefähr zwei Fuß über dem Erdboden aufgebockt war. Das hatte er bisher in seiner Hast nicht bemerkt. Er wusste jetzt, dass er einen Punkt vergeben hatte. Dass Christmas die ganze Zeit seine Beine unter dem Haus beobachtet hatte. Er sagte: «Gut, der Mann.»

Sein Sprung riss ihn ein Stück zu weit in die Tiefe, bevor er sich festhalten und wieder nach oben klettern konnte. Er schien unermüdlich, nicht aus Fleisch und Blut, als gäbe der Spieler, der ihn wie einen Bauern hierhin und dorthin zog, auch Atem ein. Ohne Pause, mit demselben Antrieb, der ihn wieder nach oben aus dem Graben trug, rannte er wieder. Er rannte um die Hütte herum und sah gerade noch, wie Christmas sich dreihundert Meter entfernt über einen Zaun katapultierte. Er schoss nicht, weil Christmas jetzt durch einen kleinen Garten direkt auf ein Haus zurannte. Im Laufen sah er Christmas die Stufen zum hinteren Eingang hinaufspringen und das Haus betreten. «Hah», sagte Grimm. «Das Haus des Predigers. Hightowers Haus.»

Er verlangsamte sein Tempo nicht, schlug jedoch einen Bogen und rannte um das Haus herum zur Straße. Das Auto, das an ihm vorbeigefahren war, ihn verloren und dann wieder kehrtgemacht hatte, war jetzt genau da, wo es sein musste, wo der Spieler es haben wollte. Es hielt an, ohne dass er ein Zeichen gegeben hätte, und drei Männer stiegen aus. Ohne ein Wort wandte sich Grimm seitwärts und lief durch den Garten und in das Haus, in dem der alte, entehrte Geistliche allein lebte, und die drei Männer folgten ihm, stürmten in den Flur, blieben stehen und brachten in das ungelüftete, klosterartige Halbdunkel etwas von dem wilden Sommersonnenlicht, aus dem sie gerade kamen.

Es lag auf ihnen, war Teil von ihnen: die schamlose Wildheit des Lichts. Aus dem Licht schienen ihre Gesichter herauszuleuchten und körperlos zu schweben, wie von einem Lichthof umgeben, als sie sich bückten und Hightower, der im Gesicht blutete, vom Boden aufhalfen, da, wo Christmas ihn, als er durch den Flur gelaufen kam, die erhobenen und bewaffneten, gefesselten Hände voller Gleißen und Glitzern wie Blitze, sodass er einem rachsüchtigen und zornigen, sein Urteil verkündenden Gott glich, niedergeschlagen hatte. Sie hielten den alten Mann aufrecht.

«Welches Zimmer?», sagte Grimm und schüttelte ihn. «Welches Zimmer, alter Mann?»

«Meine Herren!», sagte Hightower. Dann sagte er: «Männer, Männer!»

«Welches Zimmer, alter Mann?», brüllte Grimm.

Sie hielten Hightower aufrecht; in dem düsteren Flur, nach dem Sonnenlicht, sah auch er mit seinem kahlen Kopf und dem großen, bleichen, blutigen Gesicht furchtbar aus. «Männer!», rief er aus. «Hören Sie mich an. Er war hier an dem Abend. Er war bei mir, an dem Abend, als der Mord geschah. Ich schwöre es bei Gott –»

«Jesus Christus!», rief Grimm, seine junge Stimme hell und entrüstet wie die eines jungen Priesters. «Hat denn jeder

Prediger und jede alte Jungfer in Jefferson vor diesem gelbbäuchigen Hundesohn die Hosen runtergelassen?» Er stieß den alten Mann zur Seite und rannte weiter.

Es war, als hätte er lediglich darauf gewartet, dass der Spieler einen weiteren Zug mit ihm machte, denn er lief mit dieser unfehlbaren Gewissheit direkt auf die Küche zu und in die Tür und feuerte schon, fast ehe er den umgestürzten, auf der Kante liegenden Tisch in der Ecke und die hellen, glitzernden Hände des dahinter hockenden Mannes gesehen haben konnte. Grimm feuerte das ganze Magazin seiner Pistole in den Tisch; später bedeckte jemand alle fünf Einschusslöcher mit einem gefalteten Taschentuch.

Doch der Spieler war noch nicht fertig. Als die anderen in die Küche kamen, sahen sie den inzwischen beiseitegestoßenen Tisch und Grimm, der sich über den Mann beugte. Und als sie näher kamen, um zu sehen, was Grimm vorhatte, sahen sie, dass der Mann noch nicht tot war, und als sie sahen, was Grimm tat, stieß einer der Männer einen erstickten Schrei aus und stolperte rückwärts gegen die Wand und erbrach sich. Dann sprang auch Grimm zurück und warf das blutige Schlachtermesser hinter sich. «Jetzt wirst du die weißen Frauen in Ruhe lassen, auch in der Hölle», sagte er. Doch der Mann am Boden hatte sich nicht gerührt. Er lag nur da, die Augen weit geöffnet und leer von allem außer dem Bewusstsein, und mit etwas wie einem Schatten um den Mund. Einen langen Augenblick sah er mit friedvollen, unergründlichen und unerträglichen Augen zu ihnen auf. Dann schienen sein Gesicht, sein Körper, schien alles zusammenzubrechen, in sich zusammenzufallen, und aus der zerschlitzten Kleidung um seine Hüften und Lenden stürzte das aufgehaltene schwarze Blut wie losgelassener Atem. Es stürzte aus dem bleichen Leib wie der Funkenregen aus einer aufsteigenden Rakete, und auf diesem schwarzen Ausstoß schien der Mann aufzusteigen und in ihr Gedächtnis einzudringen, auf immer und ewig. Sie werden das Bild nie verlieren, wo sie auch sein werden, in friedlichen Tälern, an ruhigen und sanften Flüssen des hohen Alters, wo sie in den spiegelnden Gesichtern von Kindern altes Unglück und neue Hoffnungen sinnend betrachten werden. Es wird da sein, versunken, ruhig, beständig, nicht verblassend, auch nicht besonders bedrohlich, sondern aus sich allein heraus heiter, aus sich allein heraus triumphierend. Wieder stieg, aus der Stadt kommend, durch die Wände ein wenig gedämpft, das Kreischen der Sirene zu seinem unglaublichen Crescendo an, so schrill, bis es für Ohren nicht mehr zu hören war.

XX

Jetzt schwindet das letzte Kupferlicht des Nachmittags; jetzt ist die Straße hinter den niedrigen Ahornbäumen und dem niedrigen Schild bereit und leer, vom Fenster des Studierzimmers gerahmt wie eine Bühne.

Er kann sich daran erinnern, wie er als junger Mann, als er frisch vom Seminar nach Jefferson kam, dieses schwindende Kupferlicht fast zu hören meinte, eine ersterbende gelbe Trompetenkadenz, die in einem Intervall des Schweigens und des Wartens versank, aus dem sie jeden Augenblick herannahen würden. Schon jetzt, noch ehe die Kadenz der Hörner geendet hatte, war ihm, als hörte er das beginnende Donnern, noch nicht lauter als ein Wispern, ein Grummeln in der Luft.

Doch das hatte er nie jemandem erzählt. Nicht einmal ihr. Nicht einmal ihr in den Tagen, als sie noch die Liebenden der Nacht waren, als es Scham und Spaltung noch nicht gab, als sie noch wusste und dann trotz Spaltung und Traurigkeit und schließlich Verzweiflung nicht vergessen hatte, warum er immer hier an seinem Fenster saß und auf den Einbruch der Nacht wartete, auf den Augenblick, da die Nacht begann. Nicht einmal ihr, der Frau. *Der* Frau. Frau (und nicht, wie er einst geglaubt hatte, das Seminar): das Passive und Anonyme, das Gott geschaffen hatte, damit es nicht allein Empfänger und Gefäß des Samens seines Körpers sei, sondern auch seines Geistes, der Wahrheit ist, oder doch so nahe an der Wahrheit, wie er sich ihr zu nähern wagt.

Er war Einzelkind. Als er geboren wurde, war sein Vater fünfzig Jahre alt, und seine Mutter war seit beinahe zwanzig Jahren leidend. Er wuchs in dem Glauben auf, dass dies eine Folge des Essens war, von dem sich seine Mutter im letzten Jahr des

Bürgerkriegs hatte ernähren müssen. Vielleicht war das wirklich der Grund. Sein Vater hatte keine Sklaven besessen, obwohl er der Sohn eines Mannes war, der damals Sklaven besaß. Auch er hätte welche besitzen können. Doch wenngleich er in einer Zeit und in einem Land geboren und großgezogen worden war und lebte, wo es billiger war, Sklaven zu besitzen, als keine zu besitzen, weigerte er sich, von einem Negersklaven geerntete und zubereitete Nahrung zu sich zu nehmen oder in einem von Negersklaven gemachten Bett zu schlafen. Daher hatte seine Frau während des Krieges, als er fern von zu Hause war, keinen größeren Garten außer dem, den sie allein oder mit der seltenen Hilfe von Nachbarn bestellen konnte. Und diese Hilfe anzunehmen, wollte ihr Mann ihr nicht erlauben, weil man sich nicht dafür erkenntlich zeigen konnte. «Gott wird sehen und sorgen», sagte er.

«Wofür sorgen? Für Löwenzahnblätter und Unkraut?»

«Dann wird er uns den Magen geben, den wir brauchen, um sie zu verdauen.»

Er war Geistlicher. Ein Jahr lang hatte er jeden Sonntagmorgen in der Frühe das Haus verlassen, ehe sein Vater (das war vor der Heirat des Sohnes) – er hatte, obwohl ein angesehenes Mitglied der Episkopalischen Kirche, nie, soweit der Sohn zurückdenken konnte, eine Kirche betreten – entdeckte, wohin er ging. Er fand heraus, dass der Sohn, der damals gerade einundzwanzig geworden war, jeden Sonntag sechzehn Meilen zu Pferd zurücklegte, um in einer kleinen Presbyterianischen Kapelle in den Bergen zu predigen. Der Vater lachte. Der Sohn hörte sich das Gelächter an, wie er sich Schmährufe oder Verfluchungen angehört hätte, nämlich mit kalter, respektvoller Gleichgültigkeit, und schwieg. Am nächsten Sonntag ritt er wieder zu seiner Gemeinde.

Als der Krieg begann, war der Sohn nicht unter den Ersten, die auszogen. Noch war er unter den Letzten. Und er blieb vier Jahre lang bei der Truppe, obwohl er keine Muskete abfeuerte und statt einer Uniform den dunklen Rock trug, den er sich gekauft hatte, um darin zu heiraten, und den er angezogen hatte, wenn er predigte. Als er 65 nach Hause kam, trug er ihn immer noch, doch nach diesem Tag, an dem das Fuhrwerk vor den Eingangsstufen gehalten und zwei Männer ihn herausgehoben und ins Haus hineingetragen und aufs Bett gelegt hatten, zog er ihn nie wieder an. Seine Frau nahm den Rock und legte ihn fort, in eine Truhe auf dem Dachboden. Dort blieb er fünfundzwanzig Jahre lang, bis eines Tages sein Sohn die Truhe öffnete und den Rock herausnahm und das sorgsam gefaltete Stück ausbreitete, das Hände zusammengelegt hatten, die inzwischen tot waren.

Daran erinnert er sich jetzt, während er in seinem stillen Arbeitszimmer am dunklen Fenster sitzt und darauf wartet, dass die Dämmerung der Nacht weicht, den galoppierenden Hufen. Das Kupferlicht ist jetzt ganz geschwunden; die Welt hängt grün in der Schwebe, Farbe und Textur wie Licht, das durch buntes Glas scheint. Bald ist es so weit zu sagen *Gleich jetzt. Jetzt gleich* ‹Damals war ich acht›, denkt er. ‹Es regnete.› Ihm scheint, dass er den Regen noch immer riechen kann, das feuchte Trauern der Oktobererde und das muffige Gähnen, mit dem der Truhendeckel nach hinten klappte. Dann das Kleidungsstück, die ordentlichen Falten. Er wusste nicht, was es war, denn im ersten Augenblick war er überwältigt von der Erinnerung an die Hände seiner toten Mutter, die zwischen den Falten fortlebten. Dann öffnete es sich, entfaltete sich langsam. Ihm, dem Kind, schien es unglaublich groß, wie für einen Riesen gemacht; als hätte der Stoff, bloß weil er von einem von ihnen getragen worden war, selbst die Eigenschaften dieser Phantome angenommen, die heldenhaft und furchterregend vor einem Hintergrund von Donner und Rauch und zerrissenen Flaggen aufragten, der jetzt sein waches Leben und seinen Schlaf erfüllte.

Der Rock war vor lauter Flicken kaum zu erkennen. Flicken aus Leder, von Hand aufgenäht und grob, Flicken vom Grau der

Konföderierten, inzwischen zu Laubbraun verschossen, und einer, bei dem ihm schier das Herz stehenblieb: er war blau, dunkelblau; das Blau der Vereinigten Staaten. Beim Anblick dieses Flickens empfand der Junge, das in den Herbst des Lebens seiner Mutter und seines Vaters hineingeborene Kind, dessen Organe schon damals mit der Regelmäßigkeit einer Schweizer Uhr nie nachlassende Pflege verlangten, eine Art unterdrückten, triumphierenden Schreckens, von dem ihm ein wenig übel wurde.

An diesem Abend konnte er bei Tisch nichts essen. Als der Vater, nun ein auf die sechzig zugehender Mann, aufsah, bemerkte er, dass ihn das Kind mit Entsetzen und Ehrfurcht anstarrte und mit noch etwas anderem. Da sagte der Mann: «Wo bist du denn jetzt wieder gewesen?», und das Kind konnte nicht antworten, konnte nicht sprechen, und starrte den Vater an mit einem Ausdruck in seinem Kindergesicht, als hätte es einen Blick in die Hölle getan. In dieser Nacht lag er im Bett und konnte nicht einschlafen. Er lag steif da, ohne auch nur zu zittern, in seinem dunklen Bett, während der Mann, der sein Vater und der einzige ihm verbliebene Verwandte war – zwischen ihm, dem Vater, und ihm selbst war eine große zeitliche Entfernung, die sich in Jahrzehnten nicht messen ließ, sodass auch nicht einmal eine physische Ähnlichkeit bestand –, durch Wände und Stockwerke von ihm getrennt schlief. Und am nächsten Tag litt das Kind dann an einer seiner Darmkoliken. Aber er sagte keinem, was es war, nicht einmal der Negerin, die den Haushalt führte und die ihm auch Mutter und Kindermädchen war. Allmählich kam er wieder zu Kräften. Und dann stahl er sich eines Tages wieder auf den Dachboden, öffnete die Truhe und nahm den Rock heraus und berührte den blauen Flicken mit diesem Gefühl erschrockenen Triumphes und Übelkeit bereitender Freude, und dachte darüber nach, ob sein Vater den Mann, von dessen blauem Mantel der Flicken stammte, getötet hatte, und wunderte sich mit noch größerem Erschrecken über die Tiefe und Stärke seines Wunsches und seiner Furcht, das wissen zu wollen. Doch schon am nächsten Tag, als er wusste, dass sein Vater zu einem seiner Patienten über Land gefahren war und auf keinen Fall vor Einbruch der Dunkelheit zurück sein konnte, ging er in die Küche und sagte zu der Negerin: «Erzähl noch einmal von Grandpa. Wie viele Yankees hat er umgebracht?» Und wenn er nunmehr zuhörte, geschah es ohne Schrecken. Auch ohne jedes Triumphgefühl: mit Stolz.

Dieser Großvater war seinem Sohn der einzige Dorn im Fleische. Der Sohn hätte das so wenig ausgesprochen, wie er es gedacht hätte, so wie es keinem der beiden je eingefallen wäre, sich einen anderen Sohn oder einen anderen Vater zu wünschen. Ihr Verhältnis zueinander war durchaus friedlich, seitens des Sohnes von kalter, humorloser, mechanisch respektvoller Reserviertheit, und seitens des Vaters von plumpem, direktem, derb-lebhaftem Humor, dem es weniger an Treffsicherheit denn an Witz mangelte. Sie lebten recht freundschaftlich in dem einstöckigen Haus in der Stadt, doch der Sohn hatte sich schon seit einiger Zeit ruhig und standhaft geweigert, etwas zu essen, das von der Sklavin zubereitet worden war, die ihn von seiner frühen Kindheit an aufgezogen hatte. Er kochte sich in der Küche sein eigenes Essen, was die Negerin empörte und entrüstete, und stellte es selbst auf den Tisch und aß es, seinem Vater gegenübersitzend, der ihm förmlich und unfehlbar mit einem Glas Bourbon-Whiskey zutrank: auch Whiskey rührte der Sohn nicht an, er hatte nie davon gekostet.

Am Hochzeitstag des Sohnes überließ der Vater ihm das Haus. Als Braut und Bräutigam kamen, wartete er auf der Veranda, den Schlüssel zum Haus in der Hand. Er trug Hut und Mantel. Um ihn herum stapelte sich sein persönliches Gepäck, und hinter ihm standen die beiden Sklaven, die ihm gehörten: die Negerin, die kochte, und sein ‹Boy›, ein Mann, der älter war als er selbst und kein einziges Haar mehr auf dem Kopf hatte; er war der Ehemann der Köchin. Der Vater war kein Pflanzer, er war Rechtsanwalt, der Jura ungefähr so studiert hatte, wie sein Sohn Medizin studieren würde, nämlich «durch Anstrengung und mit des Teufels Gnade und Glück», wie er es formulierte. Er hatte sich bereits ein kleines Haus gekauft, zwei Meilen außerhalb der Stadt, und sein Kutschwagen mit dem Gespann stand wartend vor der Veranda, während er selbst ebenfalls da stand, breitbeinig, den Hut zurückgeschoben – ein rüstiger, derber, rotnasiger Mann mit einem Schnauzbart wie ein Räubercaptain –, während der Sohn und die Schwiegertochter, die er zuvor nie gesehen hatte, den Pfad vom Tor heraufkamen. Als er sich hinabbeugte und die Schwiegertochter begrüßte, roch sie Whiskey und Zigarren. «Du wirst schon recht sein», sagte er. Seine Augen waren derb und dreist, aber freundlich. «Alles, was der scheinheilige Kauz will, ist eine, die aus einem presbyterianischen Gesangbuch, in das selbst Gott der Herr keine Musik hineinzwingen könnte, die Altstimme singen kann.»

Er fuhr in dem mit Quasten behängten Kutschwagen davon, umgeben von seiner persönlichen Habe – seinen Kleidern, der Korbflasche, seinen Sklaven. Die Sklavenköchin blieb nicht einmal, um die erste Mahlzeit zuzubereiten. Es wurde ihr nicht angeboten und konnte deshalb nicht abgelehnt werden. Der Vater kam zu seinen Lebzeiten nie wieder ins Haus. Er wäre willkommen gewesen. Sowohl er als auch der Sohn wussten das, ohne dass es je ausgesprochen wurde. Und die Ehefrau – sie war eines von vielen Kindern eines vornehmen Paares, das es nie zu etwas gebracht hatte und in der Kirche einen Ersatz für das zu finden schien, woran es auf dem Esstisch mangelte – mochte ihn, bewunderte ihn auf verstohlene, beunruhigende, heimliche Weise: sein lässiges Stolzieren, sein derbes und schlichtes Festhalten an einem schlichten Kodex. Sie hörten jedoch von seinem Treiben, davon, wie er in dem Sommer, nachdem er aufs Land gezogen war, ein mehrtägiges kirchliches Erweckungstreffen, das unter freiem Himmel in einem nahen Wäldchen abgehalten wurde, aufstörte und es in ein einwöchiges Amateur-Pferderennen umwandelte, während vor der schrumpfenden Gemeinde mehrere hagere Landprediger mit fanatischen Gesichtern von der ländlichen Kanzel Verwünschungen auf sein sie nicht beachtendes sündiges Haupt herabdonnerten. Sein Grund dafür, dass er seinen Sohn und seine Schwiegertochter nicht besuchte, klang aufrichtig: «Ihr würdet mich langweilig finden, und ich euch. Und wer weiß, der Kauz könnte mich am Ende korrumpieren. Könnte mich in meinem Alter noch in den Himmel korrumpieren.» Doch das war nicht der Grund. Der Sohn wusste, dass das nicht der Grund war – und er wäre der Erste gewesen, der eine solche Unterstellung, wäre sie von anderer Seite gekommen, zurückgewiesen hätte –, nämlich dass Zartgefühl im Verhalten und Denken des alten Mannes war.

Der Sohn war ein Abolitionist, fast ehe noch aus dieser Einstellung ein Begriff geworden war, der aus dem Norden zu ihnen durchsickerte. Als er jedoch erfuhr, dass die Republikaner tatsächlich ein Wort dafür hatten, änderte er die Benennung seiner Überzeugung vollständig, ohne indessen auch nur im Geringsten von seinen Prinzipien oder seinem Verhalten abzuweichen. Schon damals, er war noch keine dreißig, war er ein Mann von spartanischer Nüchternheit, weit über seine Jahre hinaus, wie es die Sprösslinge nicht übermäßig kritischer Glücksritter und Diener der Whiskeyflasche oftmals sind. Vielleicht erklärte das, warum er kinderlos blieb bis nach dem Krieg, aus dem er als ein anderer zurückkehrte, ein bisschen ‹deodoriert› von Frömmigkeit, wie sein toter Vater wohl gesagt hätte. Obwohl er in diesen vier Jahren kein einziges Mal eine Waffe abgefeuert hatte, bestand sein Dienst nicht allein darin, mit den Soldaten am Sonntagmorgen zu beten und ihnen zu predigen. Als er mit seiner Wunde nach Hause zurückkehrte und genas und sich als Arzt niederließ, wandte er allein die chirurgischen und pharmazeutischen Kenntnisse an, die er an der Front als Helfer der Ärzte an den Körpern von Freund und

Feind gleichermaßen erworben hatte. Von allem, was der Sohn tat, hätte dies dem Vater wahrscheinlich am besten gefallen: dass der Sohn sich seinen Beruf anhand der Eindringlinge und Zerstörer seines Landes beigebracht hatte.

‹Doch Frömmigkeit ist nicht das richtige Wort für ihn›, denkt wiederum der Sohn des Sohnes, der am dunklen Fenster sitzt, während draußen die Welt in dem grünen Schwebezustand jenseits der verklungenen Trompeten hängt. ‹Großvater wäre der Erste gewesen, der sich mit jedem, der diesen Begriff verwendete, angelegt hätte.› Es war ein Rückschritt in die noch nicht lange vergangenen, strengen, nicht dunklen Zeiten, da ein Mann in diesem Land wenig von sich selbst zu vergeuden hatte und auch nur wenig Zeit dazu, und dieses wenige musste nicht nur vor der Natur, sondern auch vor den Menschen bewahrt und beschützt werden, und das allein mit einer Kraft und Stärke, die ihm nichts, wenigstens nicht zu seinen Lebzeiten, an physischer Bequemlichkeit als Belohnung bot. Daher rührte seine Missbilligung der Sklavenhaltung und seines lüsternen, ketzerischen Vaters. Allein die Tatsache, dass er kein Paradoxon in der aktiven Teilnahme an einem Bürgerkrieg sah, und zwar auf der Seite, deren Prinzipien den seinen widersprachen, war Beweis genug, dass er zwei eigenständige und vollständige Personen in sich vereinigte, von denen die eine nach heiteren Regeln in einer Welt weilte, in der die Wirklichkeit nicht existierte.

Doch der andere Teil von ihm, der in der wirklichen Welt lebte, vollbrachte viel und mehr noch als die meisten. Er lebte friedlich nach seinen Prinzipien, und als der Krieg kam, trug er sie in den Krieg und lebte dort nach ihnen; wenn es an friedlichen Sonntagen in einem stillen Hain zu predigen galt, hatte er das getan, ohne besonders dafür gerüstet zu sein, es sei denn mit seinem Willen und seinen Überzeugungen, und mit dem, was er sich unterwegs angeeignet hatte; wenn es darum ging, Verletzte im Feld zu retten und ohne die richtigen Werkzeuge zu heilen, tat er auch das, wiederum ohne Ausrüstung, es sei denn mit seiner Stärke und seinem Mut und dem, was er sich unterwegs angeeignet hatte. Und als der Krieg verloren war und die anderen Männer nach Hause zurückkehrten, die Augen hartnäckig rückwärts gewandt auf das, was – auch wenn sie sich weigerten, es zu glauben – tot war, blickte er nach vorn und machte das Beste aus der Niederlage, indem er praktisch anwandte, was er im Krieg gelernt hatte. Er wurde Arzt. Eine seiner ersten Patientinnen war seine Frau. Möglicherweise erhielt er sie am Leben. Wenigstens ermöglichte er es ihr, Leben hervorzubringen, obwohl er fünfzig und sie über vierzig war, als der Sohn geboren wurde. Dieser Sohn wuchs unter Phantomen zum Mann heran, und Seite an Seite mit einem Geist.

Die Phantome waren sein Vater, seine Mutter und eine alte Negerin. Der Vater, der Geistlicher ohne Kirche gewesen war und Soldat ohne Feind und der in der Niederlage beides vereint hatte und Arzt geworden war, Chirurg. Es war, als wären die kalten und kompromisslosen Überzeugungen, die ihn aufrecht hielten, sozusagen zwischen Puritanismus und Ritterlichkeit aufrecht hielten, nicht besiegt und nicht entmutigt worden, sondern hätten an Weisheit gewonnen. Als hätte er im Rauch der Kanonen wie in einer Vision gesehen, dass das Handauflegen buchstäblich das bedeutete. Als wäre er plötzlich dazu gekommen zu glauben, dass Christus gemeint hatte, der, dessen Geist allein nach Heilung verlange, sei der Heilung, der Rettung nicht wert. Das war das eine Phantom. Das zweite war die Mutter, zuerst und zuletzt ein schmales Gesicht, wie er sich erinnert, mit ungeheuer großen Augen und einer Fülle dunklen, auf einem Kissen ausgebreiteten Haars, mit blauen, stillen, beinahe skeletthaften Händen. Hätte man ihm am Tage ihres Todes gesagt, dass er sie auch anders als im Bett liegend gesehen hatte, er hätte es nicht geglaubt. Später erinnerte er sich anders, denn er erinnerte sich sehr wohl daran, wie sie im Haus umhergegangen war, sich um Haushaltsdinge gekümmert hatte. Doch im Alter von acht, neun, zehn Jahren dachte er an sie als jemanden ohne Beine, ohne Füße; als bestünde sie nur aus diesem schmalen Gesicht und den zwei Augen, die von Tag zu Tag größer und größer zu werden schienen, als wollten sie alles sehen, alles Leben aufnehmen, mit einem letzten furchtbaren Blick der Enttäuschung und des Leidens und des Vorherwissens, und wenn das schließlich geschähe, würde er es hören: Es würde ein Laut sein wie ein Schrei. Schon ehe sie starb, konnte er ihre Augen durch alle Wände hindurch spüren. Sie waren das Haus: Er wohnte in ihnen, in ihrem dunklen, alles umfangenden, geduldigen Ertragen der Folgen des körperlichen Verrats. Er und sie lebten beide darin wie zwei kleine, schwache Tiere in einer Höhle, einem Bau, den der Vater hin und wieder betrat – der Mann, der ihnen beiden ein Fremder war, befremdlich, fast bedrohlich: So schnell verändert körperliches Wohlbefinden den Geist. Er war mehr als ein Fremder: Er war ein Feind. Er roch anders als sie beide. Er sprach mit anderer Stimme, fast mit anderen Worten, als lebte er gewöhnlich in anderen Gefilden, in einer anderen Welt; das neben dem Bett kauernde Kind spürte, wie der Mann, der das Zimmer mit rüder Gesundheit und unbewusster Verachtung füllte, so hilflos und hoffnungslos war wie sie beide.

Das dritte Phantom war die Negerin, die Sklavin, die an dem Morgen, als der Sohn und seine Braut nach Hause kamen, in dem Kutschwagen davongefahren war. Sie fuhr als Sklavin davon; immer noch Sklavin, kehrte sie 66 zurück, nunmehr zu Fuß – eine korpulente Frau mit einem Gesicht, das zornig und ruhig zugleich war: die Maske schwarzer Tragödie zwischen den Szenen. Nach dem Tod ihres Masters und bis sie überzeugt war, dass sie weder ihn noch ihren Ehemann – den ‹Boy›, der dem Master in den Krieg gefolgt war und der ebenfalls nicht zurückkehrte – je wiedersehen würde, weigerte sie sich, das Haus auf dem Lande, in das ihr Master gezogen war und das er, als er davonritt, in ihre Obhut gegeben hatte, zu verlassen. Nach dem Tod des Vaters kam der Sohn heraus und löste den Haushalt auf; er nahm die persönlichen Dinge des Vaters mit und bot ihr an, für sie zu sorgen. Sie weigerte sich, das anzunehmen. Sie weigerte sich auch, das Haus zu verlassen. Sie legte sich einen kleinen Gemüsegarten an und lebte dort allein, immer darauf wartend, dass ihr Mann zurückkehrte, weil sie sich weigerte, dem Gerücht von seinem Tod Glauben zu schenken. Es war nur ein Gerücht, noch dazu vage: Nach dem Tod seines Masters bei dem Angriff der Kavallerie Van Dorns auf Grants Vorratslager in Jefferson war der Neger untröstlich gewesen. Eines Abends verschwand er aus dem Biwak. Bald darauf begannen Geschichten von einem verrückten Neger umzugehen, der von Wachposten der Konföderierten nahe der feindlichen Linie angehalten worden war und immer dieselbe wirre Geschichte erzählte: von einem verschwundenen Master, der von den Yankees festgehalten würde, um Lösegeld zu erpressen. Es wollte ihnen nicht gelingen, ihm auch nur halbwegs den Gedanken nahezubringen, dass sein Master tot sein könnte. «Nein, das isser nicht», sagte er jedes Mal. «Nicht Master Gail. Nicht er. Die würden's nicht *wagen*, einen Hightower zu töten. Das würden die nich *wagen*. Die haben ihn wo versteckt, woll'n aus ihm rausquetschen, wo er und ich die Kaffeekanne von der Missus versteckt haben, und den goldenen Becher. Das isses, was die wollen.» Jedes Mal konnte er entkommen. Dann kam eines Tages die Nachricht von der Front der Föderierten, ein Neger hätte einen Yankee-Offizier mit einer Schaufel angegriffen, sodass der Offizier ihn erschießen musste, um sein eigenes Leben zu retten.

Lange Zeit wollte die Frau es nicht glauben. «Nicht dass er nicht töricht genug wär, so was zu tun», sagte sie. «Aber er hat nich genug Grips, er würd einen Yankee, wenn er ihm über den Weg läuft, gar nicht erkennen und dann mit der Schaufel nach ihm schlagen.» Das sagte sie über ein Jahr lang. Dann erschien sie eines Tages im Haus des Sohnes, dem Haus, das sie zehn Jahre zuvor verlassen und seitdem nicht wieder betreten hatte; ihre ganze Habe trug sie in einem Tuch. Sie kam ins Haus und sagte: «Hier bin ich. Is genug Holz in der Kiste, dass ich das Abendessen kochen kann?»

«Du bist jetzt frei», sagte der Sohn.

«Frei?», sagte sie. Sie sprach mit stiller, brütender Verachtung. «Frei? Was hat Freiheit gemacht? Hat Master Gail umgebracht und aus Pop einen noch größeren Dummkopf gemacht, als selbst der Herrgott ihn erschaffen konnte. Frei? Red mir nich von Freiheit.»

Sie war das dritte Phantom. Und mit diesem Phantom sprach das Kind (‹und war damals selbst wenig besser als ein Phantom›, denkt ebendieses Kind jetzt am dunkler werdenden Fenster) über den Geist. Sie wurden dessen nicht müde: das Kind mit gebannter, großäugiger Halbfurcht und Halbwonne, die alte Frau mit sinnierendem, wildem Kummer und Stolz. Doch für das Kind war dies nur ein friedliches, verzücktes Erschauern. Er sah nichts Erschreckendes in dem Wissen, dass sein Großvater, im Gegenteil dazu, Männer ‹zu Hunderten› umgebracht hatte, wie ihm erzählt wurde und wie er glaubte, oder in dem Umstand, dass der Neger Pop im Augenblick seines Todes einen Mann zu töten versucht hatte. Kein Entsetzen kam auf, weil sie nur Geister waren, nie leibhaftig gesehene Geschöpfe, heldenhaft, einfach, warm; sein Vater hingegen, den er kannte und fürchtete, war ein Phantom, das niemals sterben würde. ‹Es ist also kein Wunder›, denkt er, ‹dass ich eine Generation übersprungen habe. Es ist kein Wunder, dass ich keinen Vater hatte und dass ich, schon zwanzig Jahre bevor ich das Licht erblickte, eines Nachts gestorben war. Und dass meine einzige Rettung ist, dass ich zum Sterben an den Ort zurückkehre, wo mein Leben schon aufgehört hatte, ehe es begann.›

Im Seminar, bald nach seiner Ankunft dort, dachte er oft, dass er es ihnen irgendwann sagen würde, den Ältesten, den hohen und geheiligten Männern, die das Schicksal der Kirche waren, der er sich willentlich untergeordnet hatte. Dass er zu ihnen gehen und sagen würde: «Hört mich an. Gott muss mich nach Jefferson berufen, weil mein Leben dort starb, heruntergeschossen vom Sattel eines galoppierenden Pferdes, auf offener Straße in Jefferson in einer Nacht, zwanzig Jahre bevor es überhaupt geboren wurde.» Anfangs dachte er noch, dass er das sagen könnte. Er glaubte, dass sie das verstehen würden. Mit dieser Absicht war er ins Seminar gegangen, hatte er sich diesen Beruf gewählt. Doch er glaubte an mehr als das. Er hatte auch an die Kirche geglaubt, an alles, was sie bedeutete und beschwor. Er glaubte mit stiller Freude, wenn es überhaupt eine Zuflucht gäbe, dann sei es die Kirche; wenn die Wahrheit je nackt und ohne Scham oder Furcht wandeln könnte, dann im Seminar. Als er glaubte, er habe den Ruf vernommen, schien es ihm, dass er seine Zukunft, sein Leben vor sich sehen konnte, unversehrt, rundum vollständig und unverletzlich, wie ein klassisches, heiter anmutendes Gefäß, in dem der Geist, geschützt vor den harschen Stürmen des Lebens, neu geboren werden und ebenso sterben konnte, friedlich, begleitet nur vom fernen Rauschen des überlisteten Windes und mit kaum mehr als einer Handvoll zerfallenden Staubs, dessen man sich entledigen musste. Das war es, was das Wort Seminar für ihn bedeutete: ruhige, sichere Mauern, in denen der beladene und von seinen Kleidern beschwerte Geist aufs Neue die gelassene Heiterkeit erlernen und ohne Entsetzen oder Angst seine eigene Nacktheit betrachten konnte.

‹Aber es gibt mehr Dinge im Himmel und auf Erden als die Wahrheit›, denkt er, paraphrasierend, ruhig, nicht spöttisch, nicht humorvoll, aber auch nicht ohne Spott und nicht ohne Humor. Im vergehenden Dämmerlicht, in dem sein bandagierter Kopf größer und geisterhafter denn je emporragt, denkt er: ‹Mehr Dinge, tatsächlich›, denkt, dass dem Menschen offenbar Erfindungsgabe geschenkt wurde, damit er sich in Krisenzeiten mit Formen und Klängen umgeben kann, mit denen er sich vor der Wahrheit zu verbergen vermag. Da war wenigstens eines, das er nicht zu bereuen hatte: Er hatte nicht den Fehler begangen, den Ältesten zu sagen, was er ihnen eigentlich hatte sagen wollen. Weniger als ein Jahr im Seminar war nötig gewesen, um ihn eines Besseren zu belehren. Und mehr noch, schlimmer: Indem er dies begriff, hatte er, statt etwas zu verlieren, etwas gewonnen, war er einer Sache entkommen. Und dieser Gewinn hatte das Angesicht und die Form der Liebe selbst gefärbt.

Sie war die Tochter eines der Geistlichen, eines der Lehrer, im College. Wie er war auch sie Einzelkind. Er glaubte sofort, dass sie schön sei, weil er von ihr gehört hatte, ehe er sie sah, und als er sie schließlich sah, sah er sie gar nicht, wegen des Gesichts, das er sich schon von ihr in seinem Kopf geschaffen hatte. Er glaubte nicht, dass sie ihr ganzes Leben dort gelebt haben und nicht schön sein könnte. Drei Jahre lang sah er das Gesicht nicht. Zu der Zeit hatte es schon zwei Jahre lang einen hohlen Baum gegeben, in dem sie füreinander Briefchen hinterlegten. Wenn er darüber überhaupt nachdachte, dann glaubte er, dass die Idee ihnen beiden spontan gekommen war, einerlei, wer zuerst daran gedacht, es zuerst gesagt hatte. Doch in Wirklichkeit hatte er die Idee weder von ihr noch von sich selbst, sondern aus einem Buch. Aber er sah überhaupt nicht ihr Gesicht. Er sah nicht das kleine Oval, das sich zu einem zu spitzen Kinn verjüngte und voll leidenschaftlicher Unzufriedenheit war (sie war ein oder zwei Jahre älter als er, und er wusste es nicht, sollte es nie erfahren). Er sah nicht, dass ihre Augen ihn fast drei Jahre lang mit nahezu verzweifelter Berechnung beobachtet hatten, wie die Augen eines gehetzten Spielers.

Dann, eines Abends, sah er sie, sah sie an. Sie sprach unvermittelt und heftig von Heirat. Es kam ohne Einleitung oder Vorwarnung. Nie zuvor war zwischen ihnen davon die Rede gewesen. Er hatte auch nie daran gedacht, hatte das Wort nicht gedacht. Er hatte es akzeptiert, weil die meisten anderen Mitglieder der Fakultät verheiratet waren. Doch für ihn war das nicht ein Leben von Männern und Frauen in geheiligter und lebendiger körperlicher Vertrautheit, sondern ein toter Zustand, der in die Welt der Lebenden hinübergetragen wurde und dort noch existierte, wie zwei Schatten, die mit dem Schatten einer Kette aneinandergekettet waren. Daran war er gewöhnt: Er war mit einem Geist aufgewachsen. Dann, eines Abends, sprach sie unvermittelt, heftig. Als er endlich begriff, was sie mit Flucht aus ihrem gegenwärtigen Leben meinte, empfand er keine Überraschung. Er war zu unschuldig. «Flucht?», sagte er. «Flucht wovor?»

«Vor dem hier!», sagte sie. Zum ersten Mal sah er ihr Gesicht als ein lebendiges Gesicht, als Maske, hinter der sich Verlangen und Hass verbargen: verzerrt, blind, ungestüm vor Leidenschaft. Nicht dumm: einfach nur blind, rücksichtslos, verzweifelt. «Vor allem hier! Allem! Allem!»

Er war nicht überrascht. Er war sofort überzeugt, dass sie im Recht war, dass er es einfach nicht besser gewusst hatte. Er war sofort überzeugt, dass seine Einstellung zum Seminar die ganze Zeit falsch gewesen war. Nicht auf gravierende Weise falsch, aber unrichtig, ein Irrtum. Vielleicht hatte er selbst schon, ohne es bis jetzt zu wissen, zu zweifeln begonnen. Vielleicht war das der Grund dafür, dass er ihnen noch nicht gesagt hatte, warum er nach Jefferson musste. Ihr hatte er vor einem Jahr gesagt, warum er dorthin wollte, musste, und dass er vorhabe, ihnen den Grund zu sagen, und sie hatte ihn mit diesen Augen angesehen, die er noch nicht gesehen hatte. «Du meinst», fragte er, «sie würden mich nicht dorthin schicken? Es nicht einrichten, dass ich dorthin kann? Dies wäre für sie kein ausreichender Grund?»

«Mit Sicherheit wäre es das nicht», sagte sie.

«Aber warum nicht? Es ist die Wahrheit. Töricht, vielleicht. Aber wahr. Und wozu ist die Kirche da, wenn nicht dazu, denjenigen zu helfen, die töricht sind, aber die Wahrheit suchen? Warum würden sie mich nicht gehen lassen?»

«Also, ich würde dich auch nicht gehen lassen, wenn ich einer von ihnen wäre und du mir das als deinen Grund nennen würdest.»

«Oh», sagte er. «Ich verstehe.» Aber er verstand es nicht, nicht genau, obwohl er glaubte, dass er sich geirrt haben könnte und dass sie recht hatte. Und als sie ein Jahr später so unvermittelt von Heirat sprach und von Flucht, mit den gleichen Worten, war er nicht überrascht, nicht verletzt. Er dachte nur ruhig: ‹Das also ist die Liebe. Ich verstehe. Auch darin habe ich mich geirrt›, und er dachte, was er schon vorher gedacht hatte und wieder denken würde und was jeder schon einmal gedacht hatte: wie falsch auch das profundeste Buch war, wenn man es auf das Leben anwandte.

Er veränderte sich völlig. Sie planten die Hochzeit. Jetzt wusste er, dass er die ganze Zeit diese verzweifelte Berechnung in ihren Augen gesehen hatte. ‹Vielleicht hatten sie recht damit, dass sie die Liebe in Bücher getan haben›, dachte er ruhig. ‹Vielleicht könnte sie nirgendwo sonst leben.› Noch immer stand Verzweiflung in ihren Augen, doch da es jetzt feste Pläne gab, einen festgelegten Tag, war die Verzweiflung ruhiger geworden, war eher Berechnung. Jetzt sprachen sie von seiner Orientierung, wie er einen Ruf nach Jefferson bekommen könnte. «Wir sollten uns am besten gleich an die Arbeit machen», sagte sie. Er sagte ihr, dass er seit seinem vierten Lebensjahr darauf hingearbeitet habe; vielleicht meinte er das humorvoll, komisch. Und sie, mit ihrer leidenschaftlichen, gezügelten Humorlosigkeit, ja fast Unaufmerksamkeit, wischte es beiseite und sprach wie zu sich selbst von Männern, Namen von Männern, die aufzusuchen, zu hofieren oder zu überrumpeln seien, und entwarf für ihn eine Kampagne der Selbsterniedrigung und des Intrigierens. Er hörte zu. Sogar das schwache Lächeln, wunderlich, wissend, vielleicht verzweifelnd, wich nicht von seinem Gesicht. Er sagte: «Ja. Ja. Ich verstehe. Ich verstehe das», während sie sprach. Es war, als sagte er *Ja. Ich verstehe. Jetzt verstehe ich. So macht man das also, so schafft man das. Das sind die Regeln. Jetzt verstehe ich*

Anfangs, als die Demagogie, die Selbsterniedrigung, die kleinen Lügen ihren Nachhall in anderen kleinen Lügen und schließlich in Drohungen in Gestalt von Bitten und Vorschlägen innerhalb der Hierarchie der Kirche fanden und er den Ruf nach Jefferson erhielt, vergaß er eine Weile, wie er das eigentlich erreicht hatte. Es fiel ihm erst wieder ein, nachdem er sich in Jefferson niedergelassen hatte; gewiss jedenfalls nicht unterwegs, als der Zug auf dem letzten Abschnitt der Reise dem Vollzug seines Lebens entgegenfloh, quer durch eine Landschaft, die der ähnelte, in der er geboren war. Doch sie sah anders aus, obwohl er wusste, dass der Unterschied nicht draußen, sondern diesseits des Zugfensters lag, an das sein Gesicht fast wie das eines Kindes gedrückt war, während seine Frau neben ihm auch jetzt etwas Eiferndes in ihrem Gesichtsausdruck hatte, neben Hunger und Verzweiflung. Sie waren noch nicht ganz sechs Monate verheiratet. Sie hatten unmittelbar nach seinem Examen geheiratet. Seitdem hatte er nicht ein einziges Mal die Verzweiflung nackt in ihrem Gesicht gesehen. Aber er hatte auch keine Leidenschaft mehr gesehen. Und wieder dachte er ruhig, ohne große Überraschung und vielleicht ohne gekränkt zu sein: *Ich verstehe. So ist das also. Die Ehe. Ja. Jetzt verstehe ich*

Der Zug eilte weiter. Er lehnte am Fenster, betrachtete die vorbeifliehende Landschaft, und er sprach mit der hellen, glücklichen Stimme eines Kindes: «Ich hätte schon früher nach Jefferson kommen können, fast jederzeit. Aber ich bin nicht gekommen. Ich hätte jederzeit herkommen können. Es ist ein Unterschied zwischen ziviler und militärischer Nachlässigkeit, verstehst du. Militärische Nachlässigkeit? Ah, es war die Lässigkeit der Verzweiflung. Eine Handvoll Männer (er war nicht Offizier: Ich glaube, das war der einzige Punkt, in dem Vater und die alte Cinthy sich je einig waren: dass Großvater keinen Degen trug, dass er nicht mit gezücktem Degen allen anderen vorausgaloppierte), die mit dem grimmigen Leichtsinn von Schuljungen einen Streich ausführten, der so tollkühn war, dass die Soldaten, die ihnen vier Jahre lang Widerstand geleistet hatten, nicht glauben konnten, dass sie dergleichen auch nur versuchen würden. Dass sie hundert Meilen durch eine Landschaft reiten würden, wo es in jedem Gehölz und in jeder Siedlung ein Yankee-Biwak gab, und in eine Garnisonstadt hinein – ich weiß sogar die Straße, auf der sie in die Stadt geritten sind und später wieder hinaus. Ich habe sie nie gesehen, aber ich weiß genau, wie sie aussehen wird. Ich weiß genau, wie das Haus, das wir eines Tages in der Straße besitzen und in dem wir wohnen werden, aussehen wird. Es wird nicht gleich so weit sein, es wird eine Weile dauern. Zuerst müssen wir im Pfarrhaus wohnen. Aber bald, so bald wie möglich, werden wir da wohnen, wo wir aus dem Fenster blicken und die Straße sehen können, vielleicht sogar die Hufabdrücke oder ihre Gestalten in der Luft, denn die Luft ist noch dieselbe, mag auch der Staub, der Schlamm verschwunden sein –. Hungrig, abgemagert, brüllend setzen sie die Vorratsdepots einer ganzen, sorgfältig geplanten Kampagne in Brand und reiten wieder hinaus. Keinerlei Plünderungen: Sie haben nicht einmal angehalten, um sich Schuhe, Tabak zu besorgen. Ich sage dir, das waren keine Männer, die auf Beute und Ruhm aus waren, es waren Jungen, die auf der schier ungeheuren Flutwelle verzweifelten Lebens ritten. Jungen. Deswegen. Das ist schön. Hör zu. Versuch es zu sehen. Hier hast du die schöne Gestalt ewiger Jugend und jungfräulichen Verlangens: Daraus sind Helden gemacht. Deshalb grenzen die Heldentaten so direkt ans Unglaubliche, dass es nicht verwunderlich ist, wenn ihre Taten manchmal wie Mündungsfeuer im Pulverdampf aufblitzen und wenn ihr eigenes physisches Dahinscheiden zu einem Gerücht mit tausend Gesichtern wird, noch ehe ihnen der letzte Atem entwichen ist, damit die paradoxe Wahrheit sich nicht gegen sich selbst empört. Das also hat mir Cinthy erzählt. Und ich glaube es. Ich weiß es. Es ist zu schön, um daran zu zweifeln. Es ist zu schön, zu einfach, als dass es je von weißem Denken hätte erfunden sein können. Ein Neger hätte es erfinden können. Und falls Cinthy es erfunden hat, glaube ich es trotzdem. Weil selbst Tatsachen daneben nicht standhalten. Ich weiß nicht, ob Großvaters Schwadron sich verirrt hatte oder nicht. Ich glaube es nicht. Ich denke, sie haben es absichtlich getan, so wie Jungen, die einem Feind die Scheune in Brand stecken, ohne auch nur eine Schindel oder eine Türhaspe zu nehmen, dann vielleicht auf der Flucht einen Moment anhalten und von einem Nachbarn, einem Freund ein paar Äpfel stehlen. Bedenke, sie hatten Hunger. Seit drei Jahren hatten sie Hunger. Vielleicht hatten sie sich daran gewöhnt. Jedenfalls hatten sie gerade Tonnen von Lebensmitteln und Kleidung und Tabak und Schnaps in Brand gesteckt und nichts genommen, obwohl keinerlei Befehl gegen das Plündern ausgegeben worden war, und jetzt drehen sie sich um, und all das liegt hinter ihnen, ist Hintergrund: die Fassungslosigkeit, die Feuersbrunst; der Himmel selbst muss in Flammen gestanden haben. Du kannst es sehen, hören: die Rufe, die Schüsse, das Triumphgebrüll und die Schreckensschreie, das Trommeln der Hufe, die senkrecht vor dem roten Himmel emporragenden Bäume, als wären auch sie im Schreck erstarrt, die scharfen Konturen der Giebel wie der gezackte Rand der explodierenden, dem Untergang geweihten Erde. Jetzt ist alles ganz nah: Du spürst, du hörst in der Dunkelheit, wie Pferde kurz am Zügel gerissen werden und lossprengen; Waffenklirren, überlautes Geflüster, schweres Keuchen, die Stimmen immer noch triumphierend; hinter ihnen die restlichen Truppen, die vorbeireiten, auf die sie zusammenrufenden Hornsignale zu. Das musst du hören, fühlen, dann siehst du's. Du siehst es vor dem Krachen, siehst in dem jähen roten Aufleuchten die Pferde mit geweiteten Augen und geblähten Nüstern, wie sie ihre Köpfe zurückwerfen, schweißüberströmt; das Glitzern von Metall, die weißen, abgemagerten Gesichter lebendiger Vogelscheuchen, die, solange sie zurückdenken können, nicht ein einziges Mal so viel, wie sie wollten, gegessen haben; vielleicht waren einige von ihnen schon abgestiegen, vielleicht waren ein oder zwei schon ins Hühnerhaus gegangen. All das siehst du, bevor das Krachen der Schrotflinte kommt: dann wieder alles schwarz. Es war nur ein einziger Schuss. ‹Und natürlich stand er genau im Weg›, sagte Cinthy. ‹Beim Hühnerstehlen. Ein erwachsener Mann, hat einen verheirateten Sohn und is in einen Krieg gezogen, wo er Yankees töten soll, und wird in eines andern Hühnerhaus, mit Hühnerfedern in der Hand, getötet.› Beim Hühnerstehlen!» Seine Stimme war hoch, kindlich, exaltiert. Schon packte seine Frau ihn am Arm: *Psssssst! Pssssssssst! Die Leute sehen dich schon an!* Aber er schien sie überhaupt nicht zu hören. Sein dünnes, krankes Gesicht, seine Augen schienen ein Glühen zu verströmen. «Das war es ja. Sie wussten nicht, wer den Schuss abgefeuert hatte. Sie haben es nie erfahren. Sie haben nicht versucht, es herauszufinden. Es kann auch eine Frau gewesen sein, möglicherweise sogar die Frau eines Soldaten der Konföderierten. Der Gedanke gefällt mir. Es ist schön so. Jeder Soldat kann in der Hitze des Gefechts vom Feind getötet werden, mit einer Waffe, gebilligt von den Schiedsrichtern und den Regelmachern der Kriegführung. Oder von einer Frau im Schlafzimmer. Aber nicht mit einer Schrotflinte, einer Vogelflinte, in einem Hühnerhaus. Und ist es, so gesehen, verwunderlich, dass diese Welt vornehmlich von den Toten bevölkert ist? Gewiss, wenn Gott sich deren Nachfahren ansieht, dann kann es ihm doch nicht zuwider sein, das, was sein ist, mit uns zu teilen.»

«Still! Pssssssssst! Die Leute sehen uns an!»

Der Zug fuhr, seine Geschwindigkeit verlangsamend, in die Stadt ein; die schmutzigen Außenbezirke glitten am Fenster vorbei und verschwanden. Er sah immer noch hinaus – ein schmaler, ein bisschen unordentlicher Mann, auf dem noch etwas von dem unverblassten Glanz seines Berufes, seiner Berufung lag – und barg, umschloss, bewachte still sein drängendes

Herz und dachte still bei sich, dass doch bestimmt der Himmel etwas von der Farbe und der Form eines jeden Dorfes, eines jeden Hügels, eines jeden Häuschens hat, von dem der Gläubige sagt: Dies ist mein. Der Zug hielt: der langsame Gang, immer wieder unterbrochen von Blicken nach draußen, dann das Aussteigen unter Gesichtern, die ernst, schicklich und abschätzend waren: die Stimmen, das Gemurmel, die abgerissenen Sätze freundlich, aber noch zurückhaltend, ohne Urteil, noch nicht verurteilend und (sagen wir es ruhig) voreingenommen. ‹Das habe ich zugelassen›, denkt er. ‹Ich glaube, ich habe es akzeptiert. Aber vielleicht habe ich nicht mehr als das getan, Gott verzeihe mir.› Die Erde ist den Blicken fast entschwunden. Es ist jetzt fast Nacht. Sein vom Verband entstellter Kopf hat weder Tiefe noch Festigkeit; unbeweglich scheint er über den beiden bleichen Flecken zu schweben, die seine auf dem Sims des geöffneten Fensters liegenden Hände sind. Er beugt sich vor. Schon jetzt spürt er die zwei Augenblicke, die im Begriff sind, sich zu berühren: der eine, der die Summe seines Lebens ist, der sich zwischen jeder Dunkelheit und Dämmerung erneuert, und der in der Schwebe hängende Augenblick, aus dem in Kürze das *Bald* hervorgehen wird. Als er jünger war, als sein Netz noch zu fein war, als dass er hätte warten können, hat er sich in diesem Augenblick zuweilen selbst etwas vorgemacht und geglaubt, er höre sie, bevor er wusste, dass es so weit war.

‹Vielleicht ist das alles, was ich tat, was ich je getan habe›, denkt er und denkt an die Gesichter: die Gesichter alter Männer, die seiner Jugend wegen natürlich skeptisch waren und eifersüchtig auf die Kirche, die sie in seine Hände gaben, fast so wie ein Vater eine Braut übergibt; die Gesichter alter Männer, zerfurcht von der schieren Anhäufung von Enttäuschungen und Zweifeln, die oft die Kehrseite des Bildes von einem gesunden und geachteten Alter sind – die Seite, nebenbei bemerkt, die der Gegenstand und Besitzer des Bildes ansehen muss, er kann sich dem Anblick nicht entziehen. ‹Sie haben ihren Teil getan, haben sich an die Regeln gehalten›, denkt er. ‹Ich war derjenige, der gefehlt, der dagegen verstoßen hat. Vielleicht ist das die größte aller Sünden an der Gemeinschaft, eine moralische Sünde vielleicht.› Das Denken gleitet ruhig, gemächlich dahin, es fließt, ordnet sich zu Formen, ruhig, nicht anmaßend, nicht vorwurfsvoll, nicht besonders bedauernd. Er sieht sich selbst als Schattengestalt zwischen Schatten, paradox, mit falschem Optimismus und Egoismus; er glaubt, er würde in dem Teil der Kirche, wo die meisten groben Fehler begangen werden, inmitten blinder Leidenschaften, erhobener Hände und der Stimmen der Menschen, wie in einem Traum das finden, was er in der klosterartigen Apotheose der Kirche auf Erden nicht gefunden hat. Es kommt ihm so vor, als hätte er es die ganze Zeit gesehen: dass das, was die Kirche zerstört, nicht das Hinaustasten derer ist, die in der Kirche sind, noch das Hineintasten derer, die draußen stehen, sondern dass es die zuständigen Kirchenleute sind, die alles beherrschen und die Glocken aus den Türmen entfernt haben. Er meint sie vor sich zu sehen, eine endlose Reihe, ohne Ordnung, leer, symbolisch, düster, zum Himmel gereckt, nicht jedoch in Ekstase oder Leidenschaft, sondern beschwörend, drohend, verdammend. Er meint die Kirchen der Welt wie einen Verteidigungswall zu sehen, wie eine jener mittelalterlichen, mit Toten und zugespitzten Pfählen gespickten Schanzen, errichtet gegen die Wahrheit und gegen jenen Frieden, in dem gesündigt und Vergebung erlangt werden kann, was das Leben des Menschen ist.

‹Und ich habe das hingenommen›, denkt er. ‹Ich habe eingewilligt. Nein, schlimmer noch: Ich habe dem gedient. Ich habe ihm gedient, indem ich es benutzte, um meine eigenen Wünsche zu fördern. Ich kam hierher, wo Gesichter voller Verwirrung und Hunger und Eifer auf mich warteten, darauf warteten zu glauben, und ich habe sie nicht gesehen. Wo Hände erhoben waren, um zu empfangen, was ich, wie sie glaubten, ihnen bringen würde, und ich habe sie nicht gesehen. Ich brachte Vertrauen mit, das ursprüngliche Vertrauen des Menschen vielleicht, das ich aus freien Stücken vor Gott angenommen hatte; dieses Versprechen und Vertrauen achtete ich so gering, dass mir nicht einmal bewusst war, dass ich es angenommen hatte. Und wenn das alles war, was ich für die Frau tat, was hätte ich da erwarten können? Was hätte ich anderes erwarten können als Schande und Verzweiflung und dass Gott sein Angesicht voll Scham abwandte? Vielleicht war es in dem Augenblick, als ich ihr nicht nur die Tiefe meines Hungers entdeckte, sondern auch, dass sie nie, niemals daran teilhaben würde, ihn zu stillen; vielleicht war es in diesem Augenblick, dass ich zu ihrem Verführer und Mörder wurde, zum Urheber und Werkzeug ihrer Schande und ihres Todes. Schließlich muss es Dinge geben, für die Gott nicht von den Menschen angeklagt und verantwortlich gemacht werden kann. Es muss sie geben.› Das Denken wird jetzt langsamer. Es verlangsamt sich wie ein Rad, das sich nun im Sand zu drehen beginnt, und die Achse, das Gefährt, die Kraft, die es vorantreibt, merken es noch nicht.

Er meint sich inmitten von Gesichtern zu sehen, immer sieht er sich inmitten, umschlossen und umgeben von Gesichtern, als beobachtete er sich aus dem hinteren Teil der Kirche auf seiner Kanzel oder als wäre er ein Fisch im Glas. Und mehr noch: Die Gesichter sind Spiegel, so scheint es, in denen er sich selbst beobachtet. Er kennt sie alle; er kann sein Handeln an ihnen ablesen. Er meint eine Gestalt in ihnen gespiegelt zu sehen, einen Possenreißer, einen Schausteller, ein bisschen wild: ein Scharlatan, der Schlimmeres als Ketzerei predigt, in äußerster Missachtung desjenigen, dessen Bühne er mit Beschlag belegt hat, und der statt der gekreuzigten Gestalt der Barmherzigkeit und Liebe einen großspurigen, ungeläuterten Banditen darbietet, der in einem kurzen Moment, als er sein Geschäft des Tötens unterbricht, in einem friedlichen Hühnerhaus mit einer Schrotflinte erschossen wird. Das Rad des Denkens wird langsamer; jetzt weiß es die Achse, doch das Gefährt selbst ist sich dessen noch nicht bewusst.

Er sieht, dass die Gesichter, die ihn umgeben, Verwunderung spiegeln, Verwirrung, dann Empörung, dann Furcht und Angst, als blickten sie über seine wilden Possen hinaus und sähen hinter ihm, hinabblickend auf ihn, der es selbst nicht wahrnimmt, das endgültige und höchste Gesicht, das *Gesicht selbst*, kalt, furchtbar in seiner allwissenden Losgelöstheit. Er weiß, dass sie mehr als das sehen: dass sie das Vertrauen sehen, dessen er sich unwürdig erwiesen hat und das nun zu seiner Züchtigung benutzt wird; es scheint ihm jetzt, dass er zu dem *Gesicht* spricht: «Vielleicht habe ich mehr angenommen, als ich leisten konnte. Aber ist das ein Verbrechen? Soll ich dafür bestraft werden? Soll ich für das, was über meine Kräfte ging, zur Verantwortung gezogen werden?» Und das *Gesicht*: «Nicht um das zu vollbringen, hast du sie, die Frau, genommen. Du hast sie als Mittel zu deiner Selbstsucht genommen. Als Werkzeug, um nach Jefferson berufen zu werden; nicht um meiner, sondern um deiner eigenen Ziele willen.»

‹Ist das wahr?›, denkt er. ‹Könnte das die Wahrheit gewesen sein?› Er sieht sich wieder wie damals, als die Schande kam. Er erinnert sich an das, was er gespürt hat, bevor sie zutage trat, und wie er sie vor seinen eigenen Gedanken versteckte. Er sieht sich, wie er beschwichtigend Stärke und Duldsamkeit und Würde zur Schau trug, damit es so aussähe, als gäbe er seine Kanzel als Märtyrer auf, während im selben Moment ein aufspringendes, triumphierendes Leugnen in ihm aufwallte, hinter einem Gesicht, das ihn verraten hatte, obwohl es sich, als der Fotograf auf den Ballonauslöser drückte, hinter dem erhobenen Gesangbuch in Sicherheit wähnte.

Er meint sich zu sehen, wach, geduldig, geschickt, wie er seine Karten gut ausspielt und dabei den Eindruck erweckt, er sei, klaglos, zu dem getrieben worden, was, noch bevor er ins Seminar eintrat, sein dringender Wunsch gewesen war, obwohl er es sich auch damals nicht eingestand. Und wie er noch immer mit Beschwichtigungsversuchen um sich warf, als schleuderte er verfaulte Früchte vor eine Herde Schweine: das magere Einkommen aus dem Erbe seines Vaters, das er nach wie vor mit der Einrichtung in Memphis teilte; wie er zuließ, dass er verfolgt wurde, dass er nachts aus seinem Bett gezerrt, in den Wald geschleppt und mit Stöcken geschlagen wurde, während er die ganze Zeit vor den Augen und Ohren der Stadt schamlos, mit dem geduldigen und wollüstigen Ich des Märtyrers die Miene, das Gehabe, das *Wie lange noch, Herr?* zur Schau trug, bis er wieder sicher in seinem Haus war, bei zugesperrter Tür, und mit wollüstigem, triumphierendem Frohlocken die Maske abnahm: *Ah. Das ist jetzt geschafft. Das ist jetzt vorbei. Das ist jetzt gekauft und bezahlt*

‹Aber ich war jung damals›, denkt er. ‹Auch ich musste tun, nicht, was ich tun konnte, sondern was ich zu tun wusste.› Das Denken läuft jetzt zu beschwerlich; er sollte es wissen, spüren. Noch immer ist dem Gefährt nicht bewusst, worauf es sich zubewegt. ‹Und schließlich habe ich bezahlt. Ich habe mein Gespenst gekauft, auch wenn ich dafür mit meinem Leben bezahlt habe. Und wer kann mir das verbieten? Es ist das Privileg eines jeden, sich selbst zu zerstören, solange er niemand anders verletzt, solange er für sich selbst und von sich selbst lebt –› Er hält plötzlich inne. Regungslos, ohne zu atmen, überkommt ihn ein Gefühl der Bestürzung, das im Begriff ist, sich in wahres Entsetzen zu wandeln. Er nimmt jetzt den Sand wahr; mit der Wahrnehmung spürt er in sich eine Anspannung, als stünde eine ungeheure Anstrengung bevor. Das Vorankommen ist immer noch ein Vorankommen, doch ist es jetzt ununterscheidbar von der jüngsten Vergangenheit, nämlich den bereits durchquerten Zentimetern Sand, der an dem sich drehenden Rad haftet und mit einem trockenen Zischen herabregnet, das ihn schon längst hätte warnen sollen: ‹… meiner Frau meinen Hunger, mein Ich entdeckt … Werkzeug ihrer Verzweiflung und Schande …›, und ohne dass er ihn überhaupt gedacht hätte, entspringt ein Satz fertiggeformt seinem Schädel, hinter seinen Augen: *Ich will das nicht denken. Ich darf das nicht denken. Ich wage das nicht zu denken* Während er so im Fenster sitzt und sich über seinen reglosen Händen nach vorn beugt, bricht plötzlich Schweiß aus ihm hervor, springt hervor wie Blut und strömt hinab. Aus dem Augenblick heraus dreht sich das vom Sand umklammerte Rad des Denkens langsam, mit der Unerbittlichkeit eines mittelalterlichen Folterinstruments, unter den verzogenen und geborstenen Fassungen seines Geistes, seines Lebens weiter: ‹Wenn es denn so ist, wenn ich das Werkzeug ihrer Verzweiflung und ihres Todes bin, dann bin ich meinerseits das Werkzeug von jemandem außerhalb von mir selbst. Und ich weiß, dass ich fünfzig Jahre lang nicht einmal Lehm gewesen bin – ich bin ein einziger Moment der Dunkelheit gewesen, in dem ein Pferd galoppierte und ein Schuss krachte. Und wenn ich mein toter Großvater im Moment seines Todes bin, dann ist meine Frau, seines Enkelsohns Frau … bin ich der Verderber und Mörder der Frau meines Enkelsohns, da ich meinen Enkelsohn weder leben noch sterben lassen konnte …›

Das Rad, plötzlich befreit, scheint mit einem anhaltenden seufzenden Geräusch weiterzurasen. Er sitzt regungslos im Danach, in seinem abkühlenden Schweiß, während der Schweiß immer noch läuft und läuft. Das Rad saust weiter. Es dreht sich jetzt schnell und glatt, weil es von einer Last befreit ist, vom Gefährt, von der Achse, von allem. In dem züngelnden Augustschweben, in das jetzt jeden Augenblick die Nacht vollständig eindringt, scheint es einen schwachen Glanz zu erzeugen und sich damit zu umgeben wie mit einem Heiligenschein. Der Heiligenschein ist voller Gesichter. Die Gesichter sind nicht von Leiden gezeichnet, sie sind von nichts gezeichnet: nicht von Schrecken, Schmerz, nicht einmal von Vorwürfen. Sie sind friedlich, als hätten sie sich in eine Apotheose geflüchtet; sein eigenes Gesicht ist darunter. Eigentlich sehen sie alle ein bisschen ähnlich aus, eine Zusammensetzung aller Gesichter, die er gekannt hat. Aber er kann sie alle voneinander unterscheiden: das seiner Frau, die Gesichter von Menschen aus der Stadt, von Mitgliedern der Gemeinde, die ihn verleugneten, die ihn an jenem Tag voller Eifer und Hunger vom Bahnhof abgeholt hatten; das Gesicht von Byron Bunch, von der Frau mit dem Kind und das von dem Mann, der Christmas hieß. Dieses Gesicht allein ist nicht deutlich. Es ist unschärfer als alle anderen, als wäre es in den nunmehr friedlichen Fängen einer neueren, noch weniger zu entwirrenden Zusammengesetztheit. Dann kann er erkennen, dass es zwei Gesichter sind, anscheinend bemüht (jedoch nicht aus eigenem Willen oder Wunsch heraus, das weiß er, sondern aus der Bewegung und dem Wunsch des Rades selbst heraus), sich voneinander zu befreien, die dann verblassen und sich wieder vermischen. Aber jetzt hat er das andere Gesicht gesehen, das nicht das von Christmas ist. ‹Oh, das ist doch …›, denkt er. ‹Ich habe es kürzlich erst gesehen … Ja, es ist dieser … dieser Junge. Der mit der schwarzen Pistole, einer automatischen, wie sie das nennen. Derjenige, der … in die Küche, wo … getötet, der die Schüsse abgefeuert –› Dann scheint es ihm, dass eine letzte aufgestaute Flut in ihm losbricht und davonstürzt. Er meint sie zu beobachten, spürt, wie er den festen Boden verliert, wie er leichter wird, immer leichter, sich leert, schwebt. ‹Ich sterbe›, denkt er. ‹Ich sollte beten. Ich sollte versuchen zu beten.› Aber er tut es nicht. Er versucht es nicht. ‹Die ganze Luft, der ganze Himmel, erfüllt von dem verlorenen, ungehörten Weinen all der Lebenden, die jemals gelebt haben, sie klagen noch immer wie verirrte Kinder inmitten der kalten, furchtbaren Sterne … Ich wollte so wenig. Ich habe um so wenig gebeten. Es schien mir doch …› Das Rad dreht sich weiter. Es rast jetzt, verblassend, ohne voranzukommen, als würde es von dieser letzten Flut getrieben, die aus ihm hervorgebrochen ist und seinen Körper leer zurückgelassen hat, leichter noch als ein vergessenes Blatt und nichtiger als das

Herbeigewehte, das verausgabt und still auf dem Fenstersims liegt und keine Festigkeit hat unter Händen, die kein Gewicht haben; sodass jetzt Jetzt sein kann.

Es ist so, als hätten sie nur gewartet, bis er etwas fände, seinen keuchenden Atem wiederfände, damit er in Triumph und Verlangen noch einmal bestätigt werden könnte mit diesem letzten Rest von Ehre und Stolz und Leben. Er hört, wie über seinem Herzen das Donnern anschwillt, tausendfältig und trommelnd. Einem langen Seufzen des Windes in den Bäumen gleich fängt es an, dann stürmen sie ins Blickfeld, getragen jetzt auf einer Wolke geisterhaften Staubs. Sie preschen vorbei, vorgebeugt in ihren Sätteln, die Waffen blitzend, unter peitschenden Bändern eingelegter, lechzender Lanzen; im Tumult und unter geräuschlosem Gebrüll rauschen sie vorbei wie eine Woge, deren Kamm gezackt ist von den wilden Pferdeköpfen und den blitzenden Waffen der Männer, wie der Krater der explodierenden Welt. Sie preschen vorbei, sind fort; der Staub wirbelt saugend himmelwärts, entschwindet in die Nacht, die nun ganz da ist. Doch als er sich im Fenster nach vorn beugt, sein bandagierter Kopf riesig und ohne Tiefe über den beiden Flecken, die seine Hände auf dem Fenstersims sind, will es ihm scheinen, dass er sie noch hört: die wilden Hörner, die klirrenden Säbel und das ersterbende Donnern der Hufe.

XXI

Im östlichen Teil des Staates lebt ein Möbelrestaurateur und Händler, der kürzlich eine Reise nach Tennessee machte, um dort ein paar alte Möbel abzuholen, die er per Korrespondenz gekauft hatte. Er machte die Reise in seinem Lastwagen, und da der Lastwagen (mit einem Kastenaufbau und einer Tür hinten) neu war und er damit nicht schneller als fünfzehn Meilen in der Stunde fahren wollte, nahm er alles zum Schlafen mit, um die Hotelkosten zu sparen. Bei seiner Rückkehr erzählte er seiner Frau von einem Erlebnis, das er unterwegs auf der Landstraße gehabt hatte: Es hatte ihn beschäftigt, und er fand es amüsant genug, um es zu berichten. Vielleicht liegt der Grund dafür, dass er es interessant fand und das Gefühl hatte, er könne es interessant wiedererzählen, darin, dass er und seine Frau auch nicht alt sind, ganz abgesehen davon, dass er (wegen des sehr gemäßigten Tempos, auf das sich zu beschränken er für weise hielt) über eine Woche lang von zu Hause fort gewesen war. Die Geschichte handelt von zwei Personen, die er als Passagiere mitnahm; er nennt die Stadt in Mississippi, bevor er die Grenze nach Tennessee überquerte:

«Ich hatte gerade beschlossen zu tanken und verlangsamte schon das Tempo bei der Einfahrt zur Tankstelle, als ich dies junge Ding mit freundlichem Gesicht an der Ecke stehen sah, so als ob sie gerade auf einen wartete, der daherkam und bereit wär, sie mitzunehmen. Sie hielt etwas in den Armen. Zuerst sah ich nicht, was es war, und auch den Mann, der bei ihr war, sah ich erst, als er dazukam und zu mir sprach. Zuerst dachte ich, ich hätte ihn vorher nicht gesehen, weil er nicht da stand, wo sie war. Dann sah ich, dass er so einer war, den man auf den ersten Blick auch dann nicht bemerkt, wenn er ganz allein auf dem Betonboden eines leeren Schwimmbeckens liegt.

Er kam also heran, und ich sagte ganz schnell: ‹Ich fahr aber nicht nach Memphis, wenn Sie dahin wollen. Ich fahre weiter rauf, über Jackson, Tennessee.› Und er sagt:

‹Das ist schön. Das würde uns gut passen. Das wäre eine Gefälligkeit.› Und ich sage:

‹Wohin wollen Sie denn, alle miteinander?› Und er sah mich an, so wie einer, der das Lügen nicht gewöhnt ist, versucht, sich schnell eine Lüge auszudenken, obwohl er schon weiß, dass ihm wahrscheinlich keiner glaubt. ‹Sie sehen sich einfach mal ein bisschen um?›, sage ich.

‹Ja›, sagt er. ‹Richtig. Wir sind einfach so unterwegs. Wenn Sie uns mitnehmen könnten, dann wäre das eine große Gefälligkeit.›

Also hab ich zu ihm gesagt, sie sollten einsteigen. ‹Sie werden mich schon nicht ausrauben und ermorden, denk ich.› Er ging los und holte die Frau und kam zurück. Da erst sah ich, dass es ein Baby war, was sie trug, ein Winzling, noch kein Jahr alt. Er wollte ihr hinten auf den Wagen helfen, und ich sage: ‹Warum setzt sich nicht einer von euch vorn auf den Sitz?›, und sie haben kurz miteinander geredet, und dann kam sie und hat sich auf den Sitz gesetzt, und er ist zurück zur Tankstelle gegangen und hat einen von diesen Pappkoffern, die wie Leder aussehen, geholt und hat ihn auf die Ladefläche gelegt und ist auch eingestiegen. Und schon fuhren wir los, sie mit dem Baby vorn auf dem Sitz, und ab und zu drehte sie sich um, wollte sehen, ob er auch nicht rausgefallen war oder so.

Zuerst dachte ich, sie wären ein Paar. Jedenfalls hab ich mir deswegen keine Gedanken gemacht, nur hab ich mich gewundert, dass ein junges, strammes Ding wie sie sich mit so einem wie ihm zusammentut. Es war nichts Unrechtes an ihm. Er sah aus wie ein guter Kerl, einer von denen, die an ihrem Posten festhalten und lange dieselbe Arbeit machen, ohne dauernd nach einer Lohnerhöhung zu fragen, solange man sie nur arbeiten lässt. Wie so einer sah er aus. Er sah aus wie einer, der, wenn er nicht gerade arbeitet, einem nicht weiter auffallen würde. Ich konnte mir nur nicht vorstellen, dass irgendwer, irgendeine Frau, die das merkte, mit ihm geschlafen hatte, und schon gar nicht, dass sie etwas hatte, womit sie es den Leuten beweisen konnte.»

Schämst du dich eigentlich nicht? sagt seine Frau. *So vor einer Dame zu reden* Sie sprechen im Dunkeln.

Ich sehe allerdings nicht, dass du rot wirst sagt er. Er fährt fort: «Ich hab mir einfach nichts dabei gedacht, bis es Abend wurde und wir das Lager aufschlugen. Sie saß oben bei mir auf dem Sitz, und ich redete mit ihr, wie es jeder tun würde, und nach einer Weile stellte sich heraus, dass sie aus Alabama gekommen waren. Sie sagte mehrmals: ‹Wir sind gekommen›, und so dachte ich, sie meinte sich und den Burschen hinten im Wagen. Und dass sie inzwischen seit beinahe acht Wochen unterwegs waren. ‹Sie haben den Kleinen da aber noch keine acht Wochen›, sage ich. ‹Nicht, wenn ich Farben unterscheiden kann›, und sie sagte, er sei erst vor drei Wochen geboren, in Jefferson, und ich sagte: ‹Oh. Wo sie den Nigger gelyncht haben. Dann müssen Sie zu der Zeit doch da gewesen sein›, und da ist sie verstummt. Als hätte er ihr gesagt, sie solle nicht darüber reden. Ich wusste, dass es so war. Wir fuhren also weiter, und dann wurde es Nacht, und ich sagte: ‹Wir kommen jetzt bald in eine Stadt. Ich will aber nicht in der Stadt schlafen. Aber wenn ihr morgen früh mit mir weiterfahren wollt, dann komm ich zurück zum Hotel und hol euch ab, so gegen sechs›, und sie saß ganz still, als wartete sie darauf, dass er was sagte, und nach einer Weile sagt er:

‹Ich nehme an, mit dem Kasten hier auf ihrem Wagen brauchen Sie sich nicht um Hotels zu kümmern›, und ich hab nichts dazu gesagt, und dann kamen wir in die Stadt, und er sagte: ‹Ist das hier eine größere Stadt?›

‹Keine Ahnung›, sage ich. ‹Aber eine Pension oder dergleichen wird's hier wohl geben.› Und er sagt:

‹Ich hab gerade überlegt, ob es vielleicht einen Touristenzeltplatz gibt.› Und ich sagte nichts darauf, und er sagte: ‹Wo man Zelte mieten kann. Die Hotels sind teuer, und besonders für Leute, die eine weite Reise vor sich haben.› Sie hatten mir gar nicht gesagt, wo sie hin wollten. Es war so, als wüssten sie es selbst nicht, als wollten sie einfach mal sehen, wo sie hinkamen. Aber das wusste ich da noch nicht. Ich wusste aber, was er von mir hören wollte und dass er mich nicht direkt darum bitten mochte. Ein bisschen wie: Wenn der Herr will, dass ich es sage, dann werd ich's schon sagen, und wenn der Herr will, dass er in ein Hotel geht und vielleicht drei Dollar für ein Zimmer bezahlt, dann wird er auch das tun. Also sage ich:

‹Na, die Nacht ist warm, und wenn euch Leuten ein paar Moskitos nichts ausmachen und das Schlafen auf den nackten Brettern im Wagen.› Und er sagt:

‹Klar. Das wäre schön. Das wäre sehr schön, wenn Sie ihr das erlauben würden.› Da fiel mir auf, wie er *ihr* sagte. Und allmählich fiel mir auf, dass er etwas Komisches, irgendwie Angespanntes an sich hatte. Wie wenn ein Mann entschlossen ist, sich dahin zu bringen, dass er etwas tut, was er tun will, wovor er aber Angst hat. Ich meine nicht, dass es so war, als ob er Angst hätte vor dem, was ihm zustoßen könnte, sondern ungefähr so, als würd er lieber sterben, als auch nur daran zu denken, es zu tun, wenn er nicht alles andere versucht hätte, bis zur Verzweiflung. Das war, noch bevor ich's genauer wusste. Ich konnte mir einfach nicht vorstellen, was um alles in der Welt es sein könnte. Und wenn nicht die Nacht gewesen wäre und das, was passiert ist, dann hätte ich's, glaube ich, auch nicht gewusst, als sie in Jackson ausgestiegen sind.»

Was war es denn, was er eigentlich tun wollte? fragt seine Frau.

Warte nur, bis ich dazu komme. Vielleicht zeige ich's dir auch Er fährt fort: «Wir hielten also vor dem Laden. Er sprang schon raus, bevor der Wagen richtig hielt. Als hätte er Angst, ich würde ihm zuvorkommen, und er strahlte übers ganze Gesicht wie ein Kind, das dir einen Gefallen tun will, bevor du es dir mit dem, was du ihm versprochen hast, anders überlegst. Er trabte in den Laden und kam mit so vielen Tüten und Beuteln wieder raus, dass er nicht drüber weg sehen konnte, sodass ich mir sage: ‹Nun sieh dir das an, Junge. Willst du dich hier im Wagen häuslich niederlassen und einrichten?› Dann sind wir weitergefahren, und schon bald kamen wir zu einer geeigneten Stelle, wo ich den Wagen von der Straße runter und zwischen ein paar Bäume fahren konnte, und er springt runter und rennt nach vorn und hilft ihr raus, als wären sie und das Kleine aus Glas oder aus rohen Eiern. Und er hatte immer noch diesen Gesichtsausdruck, als wäre er beinahe entschlossen, zu tun, was immer er vorhatte, aus lauter Verzweiflung, wenn ich oder sie bloß nicht vorher etwas tat, das es verhindern würde, und wenn sie bloß nicht seinem Gesichtsausdruck ansehen würde, dass er verzweifelt etwas zu tun vorhatte. Aber auch da wusste ich noch nicht, was es war.»

Was war es? fragt seine Frau.

Ich hab's dir gerade schon einmal gezeigt. Bist du schon so weit, dass ich's dir noch mal zeige?

Ich denke, ich nehm's dir nicht übel, wenn du's nicht tust. Aber ich sehe immer noch nicht, was daran so komisch ist. Wieso hat er so lange gebraucht und so viele Umstände gemacht?

Das lag daran, dass sie nicht verheiratet waren sagt der Ehemann. *Es war nicht einmal sein Kind. Das wusste ich da aber noch nicht. Ich bekam's erst raus, als ich die beiden später am Feuer reden hörte und sie nicht wussten, denke ich, dass ich sie hören konnte. Bevor er sich in die richtige Verzweiflung gesteigert hatte. Aber ich denke, er war schon verzweifelt genug. Ich nehme an, er wollte ihr noch eine Gelegenheit geben* Er fährt fort: «Da rannte er also ewig rum und bereitete das Nachtlager vor, bis er mich ganz nervös gemacht hat: Er wollte alles tun und wusste nicht, wo er anfangen sollte oder so. Also hab ich gesagt, er soll uns Holz für ein Feuer suchen, und ich hab meine Decken genommen und sie im Laster ausgebreitet. Dabei hab ich mich ein bisschen geärgert, über mich selbst, dass ich mich darauf eingelassen hatte und weil ich jetzt draußen auf der Erde schlafen musste, mit den Füßen zum Feuer und mit nichts unter mir. Deshalb war ich, glaube ich, ein bisschen kurz angebunden und schroff, als ich rumging und alles richtete, und sie saß mit dem Rücken an einem Baum und gab dem Kind sein Nachtmahl unter einem Tuch, und sagte immer wieder, wie sehr sie sich genierte, dass sie mir Ungelegenheiten machte, und dass sie am Feuer sitzen bleiben wollte, sie wäre überhaupt nicht müde, sie wäre den ganzen Tag nur rumgefahren und hätte nichts getan. Dann kam er zurück, mit genug Holz für ein Feuer, dass man einen Ochsen hätte braten können, und sie sagte etwas zu ihm, und er ging zum Wagen und holte den Koffer und machte ihn auf und nahm eine Decke raus. Und dann ging's erst richtig los, klar. Es war wie bei diesen beiden, die früher immer in den Witzblättern waren, diesen beiden Franzosen, die sich dauernd voreinander verbeugen und Kratzfüße machen und dem andern den Vortritt lassen wollen, und wir taten so, als wären wir alle von zu Hause weggefahren, bloß um hier draußen das Vergnügen zu haben, auf dem Erdboden zu schlafen, und einer bemühte sich, schneller und dicker zu lügen als der andere. Eine Weile war ich drauf und dran zu sagen: ‹Gut. Wenn ihr auf der Erde schlafen wollt, bitte sehr. Denn ich bin nicht versessen darauf.› Aber ich denke, man könnte sagen, dass ich gewonnen hab. Oder dass er und ich gewonnen haben. Denn zu guter Letzt hat er ihre Decke im Wagen ausgebreitet, worauf es ja hinauslaufen musste, wie wir alle von Anfang hätten wissen können, und dann haben er und ich meine Decke vor dem Feuer ausgebreitet. Ich nehme an, er jedenfalls hat gewusst, dass es so ausgehen würde. Wenn sie wirklich den ganzen Weg von Alabama gekommen waren, wie die Frau behauptet hatte. Ich nehme an, deshalb hat er auch all das Feuerholz angeschleppt, damit wir eine Kanne Kaffee machen und ein paar Konservendosen aufwärmen konnten. Dann haben wir gegessen, und dann hab ich's rausgefunden.»

Was hast du rausgefunden? Was er gern tun wollte?

Nicht gleich da. Ich denke mal, sie hatte ein bisschen mehr Geduld als du Er fährt fort: «Wir haben also gegessen, und ich hab mich auf die Decke gelegt. Ich war müde, und es tat gut, dass ich mich ausstrecken konnte. Ich hatte nicht die Absicht zuzuhören, so wie ich auch nicht die Absicht hatte, so zu tun, als ob ich schliefe, obwohl ich noch wach war. Aber sie hatten mich ja gebeten, dass ich sie mitnehme; ich hatte nicht darauf bestanden, dass sie bei mir einsteigen. Und wenn sie nichts dabei fanden, miteinander zu reden, ohne sich zu versichern, dass niemand sie hören konnte, dann war das nicht meine Sache. Und so hab ich rausbekommen, dass sie hinter jemandem her waren, dass sie seinen Spuren folgten oder es wenigstens versuchten. Oder vielmehr war sie es, die das versuchte. Und plötzlich sage ich mir: ‹Aha. Hier haben wir wieder so ein junges Ding, das gedacht hat, sie könnte schon am Samstagabend rausfinden, womit ihre Mammy bis Sonntag gewartet hat, bis sie den Pfarrer fragen konnte.› Sie haben nie seinen Namen genannt. Und sie wussten auch nicht, in welche Richtung er sich davongemacht hatte. Und mir war klar, wenn sie gewusst hätten, wohin er gegangen war, dann hätte das sicher nicht an dem Kerl gelegen, der abgehauen war. Das habe ich schnell begriffen. Und so hörte ich, wie er zu ihr sprach und sagte, dass sie so weiterreisen könnten, mit einem Laster nach dem andern und von einem Staat zum andern, ihr ganzes restliches Leben lang, und keine Spur von ihm finden würden, und sie saß da auf dem Holzklotz und hielt den Kleinen und hörte zu, still wie ein Stein und freundlich wie ein Stein und ungefähr ebenso leicht zu bewegen oder zu überzeugen. Und da sage ich mir: ‹Na, mein Lieber, ich nehme an, es ist nicht erst, seit sie vorn in meinem Laster mitgefahren ist und du hinten die Füße hast rausbaumeln lassen, dass sie auf eurer Reise vorn sitzt.› Aber ich hab nichts gesagt. Ich hab da gelegen, und sie haben geredet, oder er hat geredet, nicht laut. Er hat nicht einmal was vom Heiraten gesagt, das auch nicht. Aber genau davon hat er gesprochen, und sie hat zugehört, friedlich und ruhig, als hätte sie das alles schon gehört und als wüsste sie, dass sie sich nicht mal die Mühe machen musste, ja oder nein zu ihm zu sagen. Ein bisschen lächelte sie. Aber das konnte er nicht sehen.

Dann hat er aufgegeben. Er ist von dem Holzklotz aufgestanden und weggegangen. Aber ich hab sein Gesicht gesehen, als er sich umdrehte, und ich wusste, dass er nicht richtig aufgegeben hatte. Er wusste, dass er ihr noch eine Gelegenheit gegeben hatte und dass er selbst inzwischen so verzweifelt war, dass er alles riskieren würde. Ich hätte ihm sagen können, dass er gerade dabei war, sich zu dem zu entschließen, was er ganz zu Anfang hätte tun sollen. Aber ich nehme an, er hatte seine eigenen Gründe. Jedenfalls ist er davongegangen, in die Dunkelheit und hat sie dort sitzenlassen, und ihr Gesicht war ein wenig gesenkt, und das Lächeln war noch drauf. Sie hat ihm auch überhaupt nicht nachgesehen. Vielleicht wusste sie, dass er nur davongegangen war, um sich richtig vorzubereiten auf das, wozu sie ihm vielleicht die ganze Zeit geraten hatte, ohne es in klaren Worten zu sagen, was eine Dame natürlich nicht tun kann, nicht einmal eine Dame mit einer Samstagabendfamilie.

Allerdings glaube ich, dass es das auch nicht war. Oder vielleicht passte ihr der Zeitpunkt nicht, und der Ort, ganz abgesehen von dem Zuschauer. Nach einer Weile stand sie auf und sah zu mir hin, aber ich rührte mich nicht, und dann ist sie in den Wagen geklettert, und nach einer Weile hörte ich sie nicht mehr rumoren, und da wusste ich, dass sie sich zum Schlafen hingelegt hatte. Und ich lag da – ich hatte mich inzwischen gründlich wach gemacht –, und es dauerte ziemlich lange. Aber ich wusste, dass er irgendwo in der Nähe war und vielleicht darauf wartete, dass das Feuer nach und nach erlosch oder dass ich fest einschlafen würde. Und siehe da, kaum war das Feuer fast erloschen, hörte ich ihn herankommen, leise wie eine Katze, und er stand vor mir, sah zu mir herunter und horchte. Ich habe keinen Mucks gemacht; ich weiß nicht genau, aber vielleicht habe ich zwei oder drei Schnarcher für ihn gemacht. Jedenfalls geht er auf den Wagen zu, vorsichtig, als hätte er rohe Eier unter den Füßen, und ich lag da und beobachtete ihn, und ich sage mir: ‹Na, Junge, wenn du das letzte Nacht getan hättest, dann wärst du sechzig Meilen weiter südlich als jetzt, so wie ich das sehe. Und wenn du es vor zwei Nächten getan hättest, dann hätte ich keinen von euch je erblickt.› Dann war ich plötzlich etwas besorgt. Ich war nicht besorgt, dass er ihr etwas antun würde, was sie nicht wollte. Tatsächlich hab ich um den komischen kleinen Kerl gebangt. Das war's. Ich konnte mich nicht entscheiden, was ich tun sollte für den Fall, dass sie anfing zu schreien. Ich wusste, dass sie schreien würde, und wenn ich aufsprang und zum Wagen rannte, würde ich ihn verjagen, und wenn ich nicht angerannt kam, wüsste er, dass ich wach gelegen und ihn die ganze Zeit beobachtet hatte, und das würde ihn erst recht verjagen. Aber ich hätte mir keine Sorgen zu machen brauchen. Das hätte ich von Anfang an wissen können, als ich sie und ihn das erste Mal sah.»

Ich glaube, du hattest schon rausbekommen, was sie in einem solchen Fall tun würde; das war's, weshalb du dir keine Sorgen zu machen brauchtest, sagte seine Frau.

Klar sagte ihr Mann. *Eigentlich wollte ich nicht, dass du das rauskriegst. Ehrlich. Ich hab gedacht, diesmal hätte ich meine Spuren gut getarnt*

Also, erzähl weiter. Was ist passiert?

Was, denkst du, ist passiert, bei einem so großen kräftigen Ding wie ihr, und ohne jede Vorwarnung, dass bloß er es war, ein komischer kleiner Kerl, der schon so aussah, als würde er im nächsten

Moment losplärren wie ein zweites Baby? Er fährt fort: «Es gab kein Geschrei, nichts. Ich sah in Ruhe zu, wie er langsam und leicht in den Wagen kletterte und verschwand, und dann passierte gar nichts eine Weile lang, in der man vielleicht langsam bis fünfzehn zählen konnte, und dann hörte ich ein erstauntes Geräusch, das sie beim Aufwachen machte, als wäre sie bloß überrascht und dann ein bisschen verärgert, kein bisschen ängstlich, und sie sagt, aber auch nicht laut: ‹Also, Mr. Bunch. Schämen Sie sich nicht? Sie hätten auch das Kind aufwecken können.› Dann kam er aus der hinteren Tür. Nicht schnell, und nicht dass er auf seinen eigenen Beinen runtergeklettert ist. Verdammt will ich sein, wenn ich nicht glaube, dass sie ihn hochgehoben und draußen auf die Erde gesetzt hat, wie sie's mit dem Baby gemacht hätte, wenn es schon sechs Jahre alt gewesen wäre, und sie sagt: ‹Jetzt gehen Sie und legen sich hin und schlafen. Morgen haben wir wieder ein gutes Stück vor uns.›

Also, ich hab mich richtig geschämt, ihm ins Gesicht zu sehen, ihn merken zu lassen, dass ein anderes menschliches Wesen gesehen und gehört hatte, was passiert war. Verdammt will ich sein, wenn ich mich nicht am liebsten mit ihm in ein Loch verkrochen hätte. Ehrlich. Im Ernst. Und er stand da, wo sie ihn niedergesetzt hatte. Das Feuer war inzwischen ziemlich weit runtergebrannt, und ich konnte ihn kaum sehen. Aber ich wusste, wie ich an seiner Stelle da gestanden hätte und wie mir zumute gewesen wäre. Und dass ich mit gesenktem Kopf da gestanden und darauf gewartet hätte, dass der Richter sagt: ‹Nehmt ihn mit und hängt ihn auf, schnell.› Und ich machte keinen Mucks, und nach einer Weile hörte ich, wie er davonging. Ich konnte hören, wie die Sträucher zusammenschlugen, als wäre er blindlings losgelaufen durchs Gehölz. Und als es langsam hell wurde, war er noch nicht wieder zurück.

Also, ich hab nichts gesagt. Ich wusste nicht, was ich sagen sollte. Ich dachte die ganze Zeit, er würde wieder aufkreuzen, er würde, Blamage oder keine Blamage, aus dem Gebüsch treten.

Ich machte also wieder Feuer und bereitete das Frühstück vor, und nach einer Weile hörte ich sie von dem Laster runterklettern. Ich hab mich überhaupt nicht umgedreht. Aber ich konnte hören, dass sie da stand, als würde sie sich umsehen, so als könnte sie nach dem Aussehen des Feuers oder meiner Decke sagen, ob er da war oder nicht. Aber ich habe nichts gesagt, und sie hat nichts gesagt. Ich wollte packen und aufbrechen. Und ich wusste, dass ich sie nicht mitten auf der Straße stehenlassen konnte. Und was passieren würde, wenn meine Frau hört, dass ich mit einem hübschen jungen Ding vom Land und einem drei Wochen alten Baby rumreise, auch wenn die Frau behauptete, sie wäre auf der Suche nach ihrem Mann. Oder ihren beiden Männern, inzwischen. Also haben wir gegessen, und dann hab ich gesagt: ‹So, ich hab noch einen weiten Weg vor mir und sollte, glaube ich, besser aufbrechen.› Und sie sagte die ganze Zeit gar nichts. Und als ich zu ihr hinsah, sah ich, dass ihr Gesicht so ruhig und gefasst war wie schon die ganze Zeit vorher. Verdammt will ich sein, wenn sie auch nur verwundert war oder so. Da stand ich also und wusste nicht, was ich mit ihr anfangen sollte, und sie hatte schon ihre Sachen zusammengepackt und sogar den Wagen ausgekehrt, mit einem Zweig von einem Eukalyptusbaum, ehe sie den Pappkoffer hineinstellte und ganz hinten im Wagen mit der gefalteten Decke eine Art Polster machte; und ich sage mir: ‹Kein Wunder, dass du zurechtkommst. Wenn die sich aus dem Staub machen, sammelst du einfach auf, was sie zurückgelassen haben, und machst weiter.› – ‹Ich glaube, ich bleibe unterwegs hier hinten›, sagt sie.

‹Das könnte für das Baby ein bisschen holprig sein›, sage ich.

‹Ich denke, ich kann ihn auf den Armen halten›, sagt sie.

‹Wie Sie wollen›, sage ich. Und wir fuhren los, und ich habe mich vom Sitz rausgehängt, weil ich hoffte, er würde aufkreuzen, ehe wir um die Kurve waren. Aber nichts. Es gibt doch diese Geschichte von dem Mann, der am Bahnhof mit einem fremden Baby auf dem Arm erwischt wird. Und da war ich nun, mit einer fremden Frau und einem fremden Baby, und bei jedem Auto, das sich von hinten näherte und uns überholte, erwartete ich, dass es voller Ehemänner und auch Ehefrauen wäre, um von Sheriffs ganz zu schweigen. Wir waren schon dicht vor der Grenze nach Tennessee, und ich hatte mich fest entschlossen, entweder bringe ich den neuen Laster auf Touren, oder ich fahre in eine Stadt, die so groß ist, dass es da so einen von Damen geführten Wohlfahrtsverein gibt, wo ich sie abgeben kann. Und ab und zu drehte ich mich um, weil ich hoffte, er wäre vielleicht zu Fuß hinter uns hergekommen, und dann sah ich sie da sitzen, mit einem Gesicht so ruhig wie bei der Andacht, und sie hielt das Baby so, dass es trinken konnte und gleichzeitig nicht zu sehr geschüttelt wurde. Die Leute sind unschlagbar.» Er liegt im Bett und lacht. «Ja, ehrlich. Verdammt will ich sein, wenn die noch zu schlagen sind.»

Und dann? Was hat sie dann gemacht?

Nichts. Einfach da gesessen und unterwegs rausgeguckt, als hätte sie nie zuvor in ihrem Leben eine Landschaft gesehen – Straßen und Bäume und Felder und Telefonpfosten. Sodass sie ihn erst gesehen hat, als er rumkam zur hinteren Tür. Sie brauchte gar nicht Ausschau zu halten. Sie brauchte nur zu warten. Und das wusste sie

Er?

Klar. Als wir um eine Kurve kamen, stand er am Straßenrand. Er stand einfach da, Blamage oder keine Blamage, niedergeschlagen und entschlossen und auch ruhig, als hätte er sich zum letzten Mal in Verzweiflung gesteigert und wollte seine letzte Gelegenheit nutzen und so als wüsste er, dass er sich nun nie wieder in Verzweiflung hineinsteigern müsste Er fährt fort: «Er hat mich überhaupt nicht angesehen. Ich hielt nur den Laster an, da rannte er auch schon nach hinten und rum zu der Tür, wo sie saß. Und er kam hintenrum, und er stand da, und sie war nicht einmal überrascht. ‹Ich bin einfach schon zu weit mitgekommen›, sagt er. ‹Verdammt will ich sein, wenn ich jetzt aufgebe.›

Und sie sah ihn an, als hätte sie schon die ganze Zeit gewusst, was er tun würde, noch ehe er selbst es wusste, und dass er, einerlei was er getan hatte, es nicht so meinte.

‹Hat auch keiner gesagt, dass Sie aufgeben sollen›, sagt sie.» Er lacht, liegt im Bett und lacht. «Also, wirklich. Unschlagbar, die Frauen. Denn weißt du, was ich glaube? Ich glaube, sie wollte einfach nur reisen. Ich glaube nicht, dass sie vorhatte, den, hinter dem sie her war, zu finden. Ich glaube nicht, dass sie das überhaupt vorhatte, bloß dass sie es ihm noch nicht gesagt hatte. Ich nehme an, sie war zum ersten Mal in ihrem Leben weiter von zu Hause fort, als ihre Füße sie vor Sonnenuntergang zurückbringen konnten. Und dass es ihr bisher ganz gut dabei ergangen war, mit Leuten, die sich freundlich um sie gekümmert haben. Und so glaube ich, sie hatte sich einfach vorgenommen, noch ein bisschen weiter zu reisen und so viel wie möglich zu sehen, denn ich nehme an, sie wusste, dass es diesmal, wenn sie irgendwo blieb, wahrscheinlich für den Rest ihres Lebens war. So, glaube ich, war es. Sie hat dahinten gesessen, jetzt mit ihm neben sich, und mit dem Baby, das die ganze Zeit nicht aufgehört hatte zu trinken und das seit ungefähr zehn Meilen beim Frühstück war, wie in einem von diesen Speisewagen im Zug, und sie hat rausgeguckt und die Telefonpfosten vorbeiziehen sehen und die Zäune, so als wäre es eine Zirkusparade. Denn nach einer Weile sage ich: ‹Gleich kommt Saulsbury›, und sie sagt:

‹Was?›, und ich sage:

‹Saulsbury, Tennessee›, und ich drehte mich um und sah ihr Gesicht. Und es sah aus, als wäre es schon auf eine Überraschung vorbereitet und wartete darauf und als würde sie sich, wenn die Überraschung kam, mächtig freuen. Und dann kam die Überraschung, und sie gefiel ihr. Denn sie sagte:

‹Meine Güte. Man kommt ganz schön rum. Da sind wir erst vor zwei Monaten von Alabama gekommen, und jetzt ist das schon Tennessee.›»

Nachwort

Dass William Faulkner einer der größten Prosaschriftsteller des zwanzigsten Jahrhunderts sei und *Licht im August* einer seiner herausragenden Romane, war unter Lesern und Kritikern bis vor gar nicht so langer Zeit eine stille Übereinkunft. Ihn erstmals neu zu übersetzen, nach mehr als siebzig Jahren, bedürfte also keiner weiteren Begründung. Man könnte sich mit der Aufforderung begnügen: Hier, nehmt das Buch und lest. Lasst euch nicht ablenken, hängt das Telefon aus! Kein Geringerer als Albert Camus nannte den Autor «eine der wenigen schöpferischen Begabungen des Abendlandes». Auch die Lateinamerikaner, von Juan Carlos Onetti bis Gabriel García Márquez, beriefen sich auf ihn. Weitere Adelstitel, verliehen von Schriftstellern wie Jean-Paul Sartre oder Siegfried Lenz, ließen sich mühelos finden.

Und nichts davon wäre übertrieben. Der Südstaatler William Faulkner, geboren 1897, gestorben 1962, wurde geehrt, geachtet, ja geliebt und ein bisschen auch als Rätsel bestaunt, war er doch ein Exemplar aus der seltenen Gattung der totalen Schriftsteller: ein zwanghafter Schöpfer mit einem eigenen Königreich (2400 Quadratmeilen, 15 11 Einwohner), das er Yoknapatawpha County nannte und nicht nur in fünfzehn Romanen und zahlreichen Erzählungen verewigte, sondern auch mit allen Merkmalen einer wirklichen Gegend samt Häusern, Läden, Leuten, Viehweiden, Fuhrwerken und Straßenlaternen versah. Sein Kreisstädtchen Jefferson gilt als Abbild der Stadt Oxford im Bundesstaat Mississippi. Aber wen schert die Wirklichkeit, wenn die erfundene Welt viel aufregender ist? Der Autor trug auf der Landkarte sogar die Titel seiner Bücher ein und schrieb darunter: «William Faulkner, alleiniger Besitzer und

Eigentümer». Über die Jahre wandelte sich dieser rauschhafte Erzähler ständig aufs Neue, und nicht immer konnten sich die Leser sicher sein, dass er den Überblick über seine Ländereien behielt und den Figuren die richtigen Namen gab; jedenfalls war die Gegend lebendig, als klapperten echte Hufe hindurch und wirbelten echten Staub auf. Selbst die Durststrecken in manchen seiner Romane und die hier und da überbordende Rhetorik empfand ich immer als notwendig, begründet, gleichsam faulknerianisch. Sie bilden Teil der *mileage*, die gute Leser zurücklegen müssen, um den Test zu bestehen. «Kein Land in der gesamten epischen Literatur», schrieb der ebenfalls aus den Südstaaten stammende Erzähler Robert Penn Warren, «ist unter soziologischen Gesichtspunkten sorgfältiger analysiert worden.»

Durchmustert man die Romane, von den späten Zwanzigern bis zu den frühen Sechzigern des letzten Jahrhunderts, gerät man ins Staunen. Faulkner hat nicht nur eine Handschrift, sondern viele. Mal scheint die Handlung lediglich skizziert, durch viele wortkarge Erzähler gebrochen wie in *Als ich im Sterben lag* (1931), dann zu einer furiosen Spekulation ausgesponnen wie in *Absalom, Absalom!* (1936) oder zur epischen Trilogie geschichtet wie in den Bänden *Das Dorf* (1940), *Die Stadt* (1957) und *Das Haus* (1959), dem Porträt der Snopes-Sippe, die mit Härte und Verschlagenheit nach oben drängt – *white trash*, würden wir heute sagen. Faulkner erkannte keine Regeln an außer seinen eigenen und baute sein Werk ebenso in die Breite wie in die Tiefe. Der Reichtum an Variationen bezeugt seine Unrast.

Da er überaus scheu war und seit frühen Jahren Alkoholiker, musste er sich mit wachsendem Ruhm etwas einfallen lassen, um den Anforderungen an das Rollenbild des bedeutenden Schriftstellers gerecht zu werden. Das Ergebnis war – neben periodischen Besäufnissen – eine Mischung aus kauziger Verschlossenheit und Provokationslust. Angenehmerweise klang Faulkners Gesellschaftskritik nicht predigerhaft oder doktrinär, sondern wie die Meinung eines etwas störrischen Privatiers. Mit Vorliebe offenbarte er sich als Farmer, Flieger, Reiter oder Viehzüchter, aber nicht als Intellektueller – eine wohltuende Abwechslung von den bebrillten Vertretern des europäischen Kunstbürgertums. «Sollte es so etwas wie Seelenwanderung geben», sagte er im Interview mit der *Paris Review*, «möchte ich als Bussard wieder zur Welt kommen. Keiner hat etwas gegen ihn, beneidet ihn, will ihn oder braucht ihn. Er hat keinen Ärger, gerät nicht in Gefahr und kann alles fressen.» Seine junge Interviewerin wollte es genauer wissen. «Manche Leute sagen, Ihre Bücher seien selbst nach zwei- oder dreimaligem Lesen nicht zu verstehen. Nehmen wir an, irgendeiner kommt mit dieser Klage direkt zu Ihnen, was würden Sie ihm sagen?» Faulkners Antwort: «Viermal lesen.»

Das war, trotz der Pointe, nicht nur witzig gemeint. «Viermal bauen», so hätte er auch auf die Frage geantwortet, was ein Farmer tun solle, dem dreimal die Scheune abgebrannt ist. Faulkner glaubte an den Instinkt des Schriftstellers, die richtige Form zu finden, wenn er nur hart genug dafür arbeitete und alles gab. Genauer, er glaubte an *seinen* Instinkt. Und weil er keine seiner künstlerischen Phasen für belanglos oder überflüssig hielt, sondern als Teil seiner inneren Entwicklung begriff, verteidigte er so ziemlich alles, was er je geschrieben hatte. Die Meinung der Kritiker interessierte ihn dabei nicht, Überlegungen zur Literaturtheorie ebenso wenig. «Ein Schriftsteller», sagte er, «der sich für technische Probleme interessiert, sollte Chirurg oder Maurer werden.»

Eine Generation deutscher Schriftsteller, für die seine Bücher nach dem Zweiten Weltkrieg eine Offenbarung bedeuteten, hat in Faulkners literarischem Universum eine Moderne ohne politischen Auftrag, Eskapismus oder Ergriffenheitsposen kennengelernt. Alfred Anderschs Bestseller *Sansibar oder der letzte Grund* (1957) etwa ist nicht nur eine Hommage an den Amerikaner, sondern in der Erzähltechnik eine Schulbuchkopie des

Romans *Als ich im Sterben lag.* Am Ende blieb Faulkners Phantasieleistung unerreicht. Sein Schreiben verbindet die Ursprünglichkeit griechischer Tragödien mit dem Schweiß des Alltags in einer konkreten Gegend zu einer konkreten Zeit; nichts daran ist gesucht oder aufgeföhnt. Dennoch hätte sein Anspruch an die literarische Form nicht höher sein können. Faulkner schien immer damit zu rechnen, dass sich die Leser Mühe geben würden, ihn zu verstehen. Vielleicht waren sie früher leichter davon zu überzeugen, dass es sich lohnt.

Es dauerte bis zum Nobelpreis für den Kolumbianer García Márquez, bis ein urwüchsiger Mythiker von vergleichbaren Graden die Szene betrat. Allerdings, dass die Wachablösung so gründlich vonstattengehen würde, überraschte dann doch. Spätestens in den neunziger Jahren des vorigen Jahrhunderts war nicht mehr zu übersehen, dass mit William Faulkner und einer anspruchsvollen, auf die Entzifferungsarbeit der Leser vertrauenden Moderne etwas geschehen war: Sie hatte sich endgültig in Literaturgeschichte verwandelt. Indem sie kanonisch wurde, rückte sie der Gegenwart ferner. Inzwischen sind manche ihrer Werke durch historischen Abstand und veränderte Lebensbedingungen so weit in den Halbschatten zurückgewichen, dass jeder frische Zugang einer gewissen Anstrengung bedarf.

Um solcherlei Vermittlerdienste kümmern sich in Deutschland die Verlage, Rezensenten, Übersetzer, Literaturhäuser und Kulturbüros. Wem haben wir aus der internationalen Klassikergemeinde nicht alles eine Renaissance beschert, sei es mit Werkausgaben, neuen Übertragungen oder Marathonlesungen? Die Liste reicht von Herman Melville bis zu James Joyce, von Proust und Fernando Pessoa bis zu Nabokov und Mandelstam. Wir können gar nicht genug ausgraben, frisch drapieren und neu präsentieren. Gar nicht zu reden von einem kollektiven deutschen Entdeckungsrausch, wie ihn Leben und Taten des Alexander von Humboldt ausgelöst haben.

An William Faulkner ging dieser gesammelte Eifer bisher vorbei, als trügen wir den kapitalen Schriftsteller in der Westentasche und könnten uns seiner sicher sein. Dabei lehrt ein Blick auf amerikanische Verhältnisse, dass Literatur, die das Wort verdient, einer ständigen Debatte und Neubewertung unterworfen ist. Amerikanischen Studenten etwa gilt Faulkner noch immer als Paradeschriftsteller, brisant genug, um gesellschaftliche Bedeutung zu speichern, und so knifflig, dass man sich daran in Seminararbeiten oder Dissertationen mit großem theoretischem Gewinn die Zähne ausbeißen kann. Und selbst wen die *Faulkner Studies* kaltlassen, der müsste bei einem volkstümlichen Votum wie *Oprah Winfrey's Book Club* nachdenklich werden. Im Studio der mächtigsten amerikanischen Fernsehunterhalterin wurden im Jahr 2005 drei der bekanntesten Romane des Autors, darunter *Licht im August*, als Kassette mit dem Titel *A Summer of Faulkner* in die Kamera gehalten und in vielen tausend Exemplaren wieder unter die Leser gebracht.

Im deutschsprachigen Raum muss es also eine neue Übersetzung tun. Und die Zeit ist reif. Einer Übertragung, die mehr als fünfzig Jahre alt ist, lässt sich mit kosmetischen Korrekturen nicht mehr helfen. Obwohl die Wörter völlig verständlich sind, empfinden es heutige Leser als befremdlich, wenn allen Ernstes vom «Abendbrottisch», von «Weibern» und «Staatsuniversitäten» die Rede ist, abgesehen davon, dass sich Franz Feins Version aus dem Jahr 1935 grammatikalische Schnitzer erlaubt und in der Verwendung der Zeitenfolge alles andere als sattelfest ist. Und was macht man mit der prachtvoll geschachtelten Syntax, als hätte der Übersetzer einen Preis für gutes Latein gewinnen wollen? Was mit den Präsens-Partizipien («Schon auf die Schüsse zulaufend, rief er dem Mann ...»), die der hohen deutschen Dichtung einmal heilig waren? Und was mit einem Satz wie: «Er dachte, sein Sohn sei einfach faul und auf dem besten Wege, ein ausgesprochener Tunichtgut zu werden»? Da gähnt uns die Weimarer Republik an, und spätestens dann steht fest, dass Übersetzungen schneller altern als Originale.

Licht im August, erschienen 1932, Faulkners sechster Roman, ist in der neuen Übertragung als spannendes, sprachgewaltiges und immer noch verstörendes Werk wiederzuentdecken. Einerseits geht es um eine Handvoll detailliert gezeichneter Figuren und deren Siege oder Niederlagen. Andererseits, fast von der ersten bis zur letzten Seite, um das Verhältnis von Schwarz und Weiß, also den Rassismus des amerikanischen Südens. Der Erzähler, so meint man, muss auch seine diabolische Seite haben. Wer es gern im Märchenton hört, schlägt am besten das neunzehnte Kapitel auf und liest die Sätze noch einmal: «Es lebte aber zu der Zeit in der Stadt ein junger Mann, der Percy Grimm hieß …»

Ein starkes Stück, den Werdegang des rassisistischen Ordnungsfanatikers, der die automatische Pistole lädt, das Gesetz in die eigenen Hände nimmt und Joe Christmas brutal ermordet und kastriert, als unausweichlich, möglicherweise verständlich darzustellen. Darin liegt eine der wichtigsten Lehren der Faulkner-Lektüre: Der Autor macht die Welt für uns nicht besser, und er hat keine Angst, ihre verkommensten Winkel auszuleuchten. Er verzichtet auch darauf, seine Schilderung als Sozialkritik auszugeben. Faulkner klagt nicht an, sondern rollt ein Bild aus, dessen Deutung allein dem Leser obliegt. In seinem Gesamtwerk sind die positiven Figuren gegenüber den stumpfen, brutalen, besinnungslosen übrigens klar in der Minderheit.

Was den fanatischen Percy Grimm betrifft, so teilt er mit dem Autor zu viele biographische Züge, als dass es sich um Zufall handeln könnte. Wie Faulkner ist es dem armen Jungen verwehrt, ein Kriegsheld zu sein, und während Faulkner die Fliegeruniform dazu benutzte, sich eine ruhmreiche Vergangenheit zu erfinden, sieht Grimm die Rettung in patriotischem Einstehen für militärische Leistung und lässt sich für diese Idee sogar die Nase einschlagen. (Faulkner hat persönlichen Mut immer respektiert, er tut es auch hier.) Dass nur Weiße zum Heldentum in der Schlacht fähig seien, versteht sich für den Rassisten von selbst. Als sich dank eines neuen Gesetzes auch Zivilisten eine Uniform anziehen dürfen, ist Percy Grimm mit Feuereifer zur Stelle. Die Zeit des sinnlosen Herumtrödelns ist vorbei. Endlich kann er den Makel, dass er zu jung ist, um am Ersten Weltkrieg teilgenommen zu haben, auslöschen. Er hat die Tür zur Ruhmeshalle aufgestoßen.

«Die Vergangenheit ist niemals tot. Sie ist nicht einmal vergangen», lauten die vielzitierten Worte aus Faulkners *Requiem für eine Nonne* (1951). In *Licht im August* legt die Vorgeschichte den Figuren einen Mühlstein um den Hals. Im Tableau der Vergangenheitsgeschädigten ist Reverend Gail Hightower so etwas wie die Negativkopie des jungen Percy Grimm, denn was immer es an Heroismus gab, entstammt allein den Bürgerkriegstaten seines Großvaters. Gegen so viel legendäre Tapferkeit kommt Hightower nicht an. Die galoppierenden Hufe aus der Epoche des Ahnen sind für ihn lebendiger als das eigene Leben. Von seiner Frau verlassen und von der Gemeinde verstoßen, harrt der Geistliche schon seit fünfundzwanzig Jahren aus wie Fels oder Flechte. *Hightower*, sein Name, steht ironisch für die gestürzten Türme der Christenheit. «Wir wissen nicht, warum er hierbleibt», sagt das Volk von Jefferson. «Aber jedes Mal, wenn man bei Dämmerung oder bei Einbruch der Dunkelheit dort vorbeigeht, kann man ihn am Fenster sitzen sehen.»

Als ich den Roman vor mehr als zwanzig Jahren zum ersten Mal las, kam mir der Beharrungswille des desillusionierten Mannes heroisch vor, und sehr wahrscheinlich hätte Faulkner mit dieser Lesart sympathisiert. Immerhin bäumt der träge gewordene Reverend sich ein letztes Mal auf, ist sogar zu Lüge und Meineid bereit, um dem gejagten Joe Christmas zu helfen. Vergessen wir nicht, dass Faulkners Nobelpreisrede im Dezember 1950 eine Hommage an Durchhaltewillen und Unbeugsamkeit war.

Erst beim Wiederlesen des Romans fiel mir auf, wie oft Faulkner darauf hinweist, dass Hightower ein fetter, ungewaschener, übelriechender Mann ist, sicherlich eine der unappetitlichsten Figuren der modernen Literatur. Wie konnte ich das vergessen? Die lesende Phantasie – oft unabhängig vom tatsächlich Gelesenen – schafft sich ihre eigenen Bilder. Eine ihrer Fähigkeiten ist eben, das Störende auszublenden, als hänge es wirklich vom Leser ab, ob es für Leute wie Hightower eine Erlösung gibt. Nein, sagte Faulkner viel später in einem Hörsaal voller Studenten, lange nach der Zuerkennung des Nobelpreises, der Reverend habe sein Leben verpfuscht, da sei nichts mehr zu machen. Doch eines sei ihm geblieben: die Erinnerung an die galoppierenden Pferde seines Großvaters, der in die Stadt reitet, um Yankee-Läden niederzubrennen. Ist das viel, ist das wenig? Faulkner sagt es uns nicht.

Oft ist darüber debattiert worden, was das Schicksal von Joe Christmas genau zu bedeuten habe, von seinem Namen (an Heiligabend wird das Baby auf die Türschwelle des Waisenhauses gelegt) bis zu seinem sonderbar passiven, sprachlich überhöhten Opfertod, der unmissverständlich an Martyrium und Himmelfahrt denken lässt. Christliche Symbolik, biblische Namen und Anspielungen haben Faulkner stets inspiriert. *Schall und Wahn* (1929), sein aus vier verschiedenen Perspektiven erzählter Roman über den Niedergang der Compson-Familie, endet bedeutungsvoll am Ostersonntag mit den Vorbereitungen zum Kirchgang. Auch *Licht im August* zeigt einige Figuren fest im Griff der Religion, ja einer hysterischen Gläubigkeit, die sich – wie bei der isoliert lebenden Joanna Burden, die sich Joe Christmas als subalternen Liebhaber hält – mit sexueller Ausschweifung und einem als Wohltätigkeit maskierten Rassismus verbindet. Tatsächlich kreist der Roman geradezu manisch um diese drei Themen: Religion, Sex, Rasse. In der grausamsten Szene von allen, Chrismas' Ermordung, finden die drei Motive zusammen: «Jetzt wirst du die weißen Frauen in Ruhe lassen, auch in der Hölle», sagt Percy Grimm, als er am vermeintlichen Schwarzen das blutige Werk vollbracht hat. Wenige Jahre später, in *Absalom, Absalom!*, wird Faulkner gemischtrassigen Inzest in den Mittelpunkt einer tragischen Familiengeschichte stellen.

Kein zweiter Schriftsteller hat die kollektiven Ängste, die mit dem Bild schwarzer Männlichkeit verbunden waren, so eng mit seinen Fiktionen verwoben wie William Faulkner. Dass ihm mit *Licht im August* eine tiefe Reflexion über die Ideologie der Rassenfrage gelang, könnte allerdings ironisch anmuten. Denn im ganzen Roman taucht kaum ein Schwarzer auf. Eigentlich ist es gleichgültig, ob Joe Christmas schwarz ist oder nicht. (In Wahrheit gibt es begründete Zweifel daran; er sieht aus wie ein Weißer, und das einzige Indiz besteht in der nicht unbedingt zuverlässigen Aussage eines Zirkusdirektors.) Was zählt, ist allein Joe Christmas' gepeinigtes Bewusstsein, das ihm einflüstert, unter Schwarzen ein Weißer und unter Weißen ein «Nigger» zu sein.

Blut ist hier der Saft, der Religion, Sex und Rasse zusammenfügt. Blut ist in der Herrschaftsideologie des Südens das Zauberwort. Metaphern wie «schwarzes Blut» und «weißes Blut», statt als Blödsinn entlarvt zu werden, steigen in den Rang von Naturgesetzen auf. Für den einsamen Joe Christmas, der von seinem Stiefvater mit calvinistischer Moral durchtränkt und unbarmherzig gezüchtigt wird, der wie besessen von seiner Gemischtrassigkeit sprechen muss und keine emotionale Bindung erträgt, für diesen Ausgestoßenen ist auf der Welt wirklich kein Platz: Er ist kein Jesus Christus, sondern Kain mit dem Mal des Mörders. Auch für die meisten Leser dürfte er ein Fremder bleiben. Joe Christmas muss erleiden, was seine Geliebte, die er später umbringt, über ihr Verhältnis zu Schwarzen sagt: «Ich betrachtete sie als etwas Selbstverständliches, wie den Regen oder die Möbel, oder wie das Essen oder wie den Schlaf. Aber danach sah ich sie, glaube ich, zum ersten Mal nicht als Menschen, sondern als eine Sache, einen Schatten, in dem ich lebte, in dem wir alle lebten, alle Weißen, alle anderen Menschen.» Nicht nur das falsche Blut, auch der Schatten ist eine beliebte Metapher für das unnennbar Andere; das Erste fließt unter der Haut, das Zweite hat weder Stimme noch Substanz. Es ist nichts Eigenes, sondern ein geradezu metaphysischer Mangel.

Angesichts der Katastrophe zweier Morde ist es ein kleines Wunder, dass Faulkners Roman nicht in vollständiger Bedrückung endet. Eine einfache Rahmenhandlung reicht dem Autor, um zu den zerquälten Gedanken Joe Christmas' oder Gail Hightowers eine Kontrastfigur zu schaffen: Lena Grove, die sich naiv und voller Hoffnung auf den langen Marsch begibt, um den Vater ihres noch nicht geborenen Kindes zu finden. Durchleuchtet man Faulkners raffiniert verschachtelte Zeitstruktur, die großenteils aus Rückblenden und nachgeholter Geschichte besteht, fallen Entsprechungen ins Auge: Als Lena in Jefferson ankommt, stirbt Joanna. Als Lena ihr Kind zur Welt bringt, stirbt Joe Christmas. Lena Grove verkörpert Zutrauen, Annahme des eigenen Schicksals und neues Leben. Fast die ganze übrige Besetzung des Romans liegt danieder wie unter einem Fluch aus tiefster Vergangenheit.

Diese Doppelköpfigkeit lässt auch den Lesern die Wahl. Sie können sich Faulkner anschließen und vom Bild der schwangeren jungen Frau, die auf die Zukunft vertraut, das Gemüt stärken lassen. Sie können aber auch an die warnenden Zeilen denken, die Gottfried Benn 1935, nach Erscheinen der deutschen Ausgabe von *Licht im August*, in einem Brief schrieb: «Negerproblem. Äußerst fesselnde, fast beunruhigende Partien. Vorsichtig zu besprechen, keine unmittelbare Aufbauillusion drin!!»

Paul Ingendaay